Demetria Cornfield

Der Wächter des Sternensees

Januar 2015

Für Oliver!

– Magie ist überall –

Ganz viel Spaß beim lesen,

Deine

Demetria Cornfield

xxx

Für alle meine Weggefährten, Schwestern und Brüder
im Herzen –
wir kennen uns von Anbeginn der Zeit.

DER WÄCHTER DES STERNENSEES

Roman

Alle Personen und Handlungen in dieser Geschichte sind frei erfunden.
Ähnlichkeiten mit lebenden oder verstorbenen Personen sind rein zufällig und nicht beabsichtigt.

Impressum

Originalausgabe Oktober 2014

Covergestaltung: Demetria Cornfield
Grafik: www.clipdealer.de
Logo Fontdesign: David Kerkhoff
Lektorat: Claudia Ziehm

Druck und Verlag: epubli GmbH, Berlin, www.epubli.de

ISBN 978-3-7375-1370-8
Printed in Germany
Bibliografische Information der Deutschen Nationalbibliothek
Die Deutsche Nationalbibliothek verzeichnet diese Publikation in der Deutschen Nationalbibliografie; detaillierte bibliografische Daten sind im Internet über http://dnb.d-nb.de abrufbar

1. Prolog

Sie schwebte in einem Zustand des Seins und Nichtseins, zwischen Träumen und Wachen. Lichter, Geräusche, Hektik drangen auf sie ein. Ein lautes Piepen begleitete das Durcheinander von Stimmen. Kälte.

Das Erste, das sie wahrnahm, war ein dunkler, verschwommener Schatten, der dicht bei einigen festen Körpern stand. Es befand sich etwas in seiner Hand, ein rundes, durchsichtiges Ding, das zunächst unscheinbar erschien. Doch als der Schatten den kleinen Ball über die Gestalt zu seiner Rechten hielt, bildete sich über ihrem Kopf ein Licht, das in die Kugel gesogen wurde. »Wir verlieren sie!« - »Das Baby atmet nicht« – »Verpassen Sie ihm einen Klaps, verflixt!«

Wo befand sie sich? – Sie beobachtete das Wesen, das den leuchtenden Ball in seinem Umhang verbarg und ihr einen Blick zuwarf. Schwarze Augen, gespickt mit goldenen Sprenkeln, wie Sterne im Universum. Ihre Sicht wurde klarer, die Konturen um sie herum gewannen an Schärfe – der Dunkle bemerkte ebenfalls, dass sie ihn direkt ansah. Im selben Augenblick durchfuhr sie ein Schmerz und sie schrie.

»Es atmet!« »Das ist nicht zu überhören, Schwester.«

Jemand wickelte etwas Weiches um sie, und als sie endlich die Gelegenheit bekam, nach der dunklen Gestalt zu schauen, war sie verschwunden.

Halloween

2. Ein denkwürdiger Abend

»Vicky, es ist DAS Fest! Du musst mitmachen, wenn du dazugehören willst, das haben wir so besprochen!«

Sandy legte so viel Gewicht in diesen Satz, es wirkte nahezu lächerlich. Dabei beugte sie sich weit vor den Spiegel des Mädchenumkleideraums, um sich sorgfältig ihre Wimpern zu tuschen; es sah recht seltsam aus, denn untenherum trug sie noch die Trainingshose.

»Wenn du nicht Gas gibst, kommen wir nicht mehr rechtzeitig zur Haltestelle, um einen Blick auf deine coole Goth-Clique zu werfen«, bemerkte Vicky spöttisch und kratzte sich an der Stelle, wo der Kragen der enggeschnittenen Militärjacke ihren Hals berührte. Das Schwarze-Kleider-Getrage war auf Sandys Mist gewachsen, und Vicky hatte fast das ganze Taschengeld für dieses Image ausgegeben, dabei fand sie die Klamotten nicht mal bequem.

»Das wäre ja dieses Mal nicht schlimm, wir würden sie ja heute Abend treffen.«

Sandy trat einen Schritt zurück und überprüfte ihre langen wasserstoffblonden Haare, die sie rechts offen trug – links hatte sie sie mit Haarklammern am Hinterkopf festgesteckt, damit man ihre drei Silberkreolen sehen konnte. Sie schien nicht ganz zufrieden zu sein, denn sie schüttelte ihre Frisur nochmals durch und strich sie erneut glatt. Da sie die Echthaar-Extensions erst seit einer Woche hatte, verzieh ihr Vicky in diesem Punkt, wie sie ihr eigentlich immer alles verzieh, denn sie war ihre einzige Freundin. Unauffällig zupfte sie selbst an ihren schwarzen Strähnen, die ihr herzförmiges Gesicht umrahmten, überlegte kurz, ob sie sich den Zopf aufdröseln sollte, um zwei Pferdeschwänze daraus zu machen, und verwarf den Gedanken wieder, da es ihr zu aufwändig war.

»Du weißt schon, dass das eine Ehre war, dass wir die Einladung über Facebook bekommen haben?«, sagte Sandy kühl und starrte sie aus ihren blassblauen Augen an.

»Das ist nämlich keine öffentliche Veranstaltung, und nach dreißig Zusagen haben sie sie geschlossen!« Fasziniert stellte Vicky fest, dass die Wimpern der Freundin nun abstanden wie Spinnenbeine.

»Naja, du hast sie auch lang genug gestalkt«, bemerkte sie spitz und ging zum kleinen Fenster hinüber. Draußen auf dem Schulhof mühte sich ein Rabe mit einer Pausenbrot-Tüte ab, in der sich noch ein altes angeknabbertes Brötchen befand.

»Hab ich nicht – ich hab sie nur gegooglet!«

Sandy schien endlich zufrieden zu sein und bequemte sich, langsam und gemächlich die restlichen Klamotten - enge Jeansleggings und einen langen schwarzen Ledermantel - anzuziehen.

»Eigentlich hab ich ja nur Emil gesucht.«

Emil! Vicky verdrehte die Augen. Wegen Emil musste sie stundenlang in einem komischen Hexenforum herumhängen und so tun, als sei sie voll der Checker. Zum Glück hatte Sandy ihr ein paar Bücher für Junghexen gegeben, damit sie wenigstens einigermaßen authentisch tun konnte, während ihre Freundin mit diesem Typen im Chat abhing. Kurz nach der Extension-Aktion wurde sie dann auch noch dazu verdammt, Aufpasserin zu spielen, als die beiden sich in einem Café getroffen hatten – auf Emil war sie nicht sehr gut zu sprechen.

»Super – hast es ja geschafft, dass ihr nun auf Facebook befreundet seid.«

Wenn Vicky darüber nachdachte, hatte sie überhaupt keine Lust auf diese ominöse Gothic-Halloween-Party, wo lauter fremde Menschen weiß Gott was von ihr erwarteten.

»Jetzt komm halt mit, Emil hat sich bereit erklärt, uns zu fahren!«

»Hast du ihm gesagt, dass wir erst fünfzehn sind?«

Peng, das musste gesessen haben, denn Sandy machte ein Gesicht, als hätte sie in eine saure Zitrone gebissen. Sie warf die Haare zurück und schlüpfte in die kniehohen Stiefel, auf denen sie neuerdings umherstolzierte wie eine Elfe. Vicky sah beschämt auf ihren gefärbten Faltenrock, die zerrissenen Strumpfhosen (von denen sie drei Paar übereinander gezogen hatte und die dadurch zum Glück wieder cool aussahen) und die gebrauchten schwarzen Militärstiefel hinab. Frech lugten die Fransen der selbstgestickten Schafswollsocken hervor. Klamottentechnisch konnte sie mit der Freundin zwar nicht mithalten, aber wenigstens hatte sie warme Füße!

»Kannst ja gerne zu Hause versauern, wenn du willst. Wetten, du hast noch nicht mal Bescheid gegeben ...?«

Damit hatte Sandy fast den Nagel auf den Kopf getroffen – aber nur fast, denn erwähnt hatte Vicky die Party schon mal beiläufig.

Sie räusperte sich. »Ja, also Papa ...«

»Dein Alter hat 'ne Neue, der interessiert sich einen Dreck dafür, was du an dem Abend machst«, unterbrach Sandy sie giftig.

Danke für die Retourkutsche, dachte Vicky; jetzt war es an ihr, stinkig zu sein. Sandy hatte es echt geschafft, Salz in die offene Wunde zu streuen. Mama war bei Vickys Geburt gestorben und Papa hatte die letzten Jahre zwar schon einige Freundinnen angeschleppt, aber so schlimm wie mit dieser Bettina war es noch nie gewesen. Mittlerweile ging er ja öfters aus als sie selbst (was nichts zu bedeuten hatte, denn sie durfte ja mit fünfzehn noch nicht so richtig weg, aber es ging ums Prinzip) und benahm sich zudem auch noch äußerst peinlich. Es war das erste Mal, dass sie nicht mehr das Gefühl hatte, die wichtigste Person in seinem Leben zu sein. Zumindest war er bislang bei ihrem Goth-Tick cool geblieben, womöglich war er von dieser neuen Braut auch einfach abgelenkt.

»Hör mal, der ist froh, wenn er diese aufgedonnerte Tussi heute ausführen kann.«

Sandy hatte es endlich geschafft, sich fertig zu stylen, und kam zu ihr hinüber geschwebt.

»Ich leih dir auch das Steampunkkorsett, das braune mit den Uhrenketten, na, haben wir 'n Deal?«

Zweifelnd sah Vicky sie an und seufzte. Sandy hatte ja recht – um daheim zu sitzen und Trübsal zu blasen, blieb ihr noch genug Zeit.

»Okay, ich komm mit – aber sobald es doof wird, hauen wir ab, ja?«

Sandy fiel ihr um den Hals und freute sich. Schnell zückte sie ihr Handy und machte ein Foto von beiden.

»Das poste ich jetzt«, rief sie überschwänglich, »Party des Jahres, wir kommen!«

Den Nachmittag verbrachte Vicky mit Hausaufgaben und Wäschewaschen, während sie darüber nachdachte, wie sie Papa die Party verkaufen konnte. Mitten in ihren Überlegungen rief Tante Lily, Mamas ältere Schwester, an. Vicky mochte sie gern; als Kind war sie in den Ferien oft bei ihr auf dem Land gewesen.

Lily wollte Papa sprechen.

»Heute ist Freitag, Lily, da arbeitet Papa doch bis halb sieben!«, klärte sie sie kichernd auf.

Es passierte öfters, dass Tante Lily die Zeiten durcheinanderbrachte, Papa meinte, es liege daran, dass sie Künstlerin sei, da verliere sie sich manchmal darin.

»Oh ja, stimmt, wieso vergesse ich das nur ständig!«, Lily lachte leise.

»Es ist nur, dass er etwas Wichtiges mit mir besprechen wollte ... kannst du ihm bitte ausrichten, dass ich morgen wieder zu erreichen bin?«

Vicky runzelte die Stirn. Was sollte Papa Wichtiges mit Lily zu besprechen haben?

»Na schließlich ist doch bald Weihnachten, ich wette, er braucht eine Idee«, tönte die tiefe Stimme ihrer Tante aus dem Hörer.

Es war erstaunlich, nicht das erste Mal hatte Vicky das Gefühl, Lily könne einfach ihre Gedanken lesen.

»Hm, ja. O. k., ich richt's ihm aus, aber Lily – es ist nicht *bald* Weihnachten!«

»Zeit ist relativ, meine Liebe. Hab noch einen spannenden Abend, was immer du auch vorhast. Küsschen!« Damit knackte es in der Leitung und Lily hatte aufgelegt.

Pünktlich um halb sieben hörte sie Papas Schritte im Treppenhaus und eilte ihm entgegen. Er hatte Hackfleisch und Spaghetti mitgebracht, wie schon so oft. Es war Familientradition, dass sie dann gemeinsam kochten - Papa machte die Soße und sie die Nudeln. Dabei unterhielten sie sich meist ganz gut über alles Mögliche. Vicky liebte diese Abende; sie ließen sie vergessen, dass sie zum wiederholten Male das Gleiche aßen, weil ihre finanzielle Situation ihnen keine großen Sprünge erlaubte.

Heute war es jedoch seltsam. Papa bemühte sich, heitere Stimmung zu verbreiten, was bei ihr etliche Alarmglocken läuten ließ. Sie dachte an Lilys Anruf und an Papas neue Freundin, die olle Bettina. Hoffentlich wollte Papa nicht, dass sie einen gemeinsamen Ausflug machten oder sowas.

Sie standen in der engen Küche mit den hässlichen gelben Fliesen und den grünen Einbauschränken, die vom schlechten Geschmack der 1980er Jahre kündeten. Vicky hatte Wasser in den braunen Emailtopf gelassen und ihn auf die größte Kochplatte gestellt. Ja, so eine richtige Kochplatte hatte schon was, dachte sie sarkastisch, nicht wie das neumodische Cerankochfeld-Gedöns, das leicht zu reinigen war.

Sie hatte großzügig Salz hineingegeben und wartete, bis das Wasser kochte – oder bis Papa zu reden anfing.

»Erzähl mir doch etwas über die Gruselparty, die du heute Abend besuchen willst«, sagte er endlich, nachdem er eine ganze Weile stumm die Zwiebeln bearbeitet hatte und diese nun zum angebratenen Hackfleisch gab. Der leckere Geruch stieg ihr in die Nase und sie beobachtete ihn, wie er das Gebratene mit einem Schluck Rotwein ablöschte und passierte Tomaten hinzutat.

Ihr war momentan gar nicht nach Feiern zumute. Ein nostalgischer Abend mit Papa auf der durchgesessenen Couch und einem Malefizspiel wäre eine viel bessere Idee, als sich den Blicken fremder Goth-Jugendlicher auszusetzen, die bald dahinter steigen würden, dass sie ein Fake war.

»Sandy hat 'n Fahrer für uns organisiert, den Emil«, fing sie zögernd an, »aber ich mag da gar nicht hin. Ich kenn ja niemanden dort.«

Das Wasser blubberte, sie tat die Nudeln hinein, rührte kurz um und ging zum Geschirrschrank, um den Tisch zu decken. Die Tür musste man leicht anheben, damit sie sich öffnen ließ, und an dem glasierten Blümchengeschirr, das vom vielen Gebrauch schon gelblich angelaufen war, hatte sie sich über die Jahre längst sattgesehen.

»Ich weiß, dass Veranstaltungen nicht dein Ding sind, Vicky, aber je öfter du so eine Situation meisterst, desto leichter wird es dir das nächste Mal fallen.«

Er hatte aufgehört, im Topf zu rühren, und die Soße warf kleine Spritzer an die Wand hinter dem Herd. Ein Schwall landete auf der heißen Herdplatte und es roch nach Verbranntem. Schnell zog Papa den Topf zur Seite und griff nach einem feuchten Lappen, während Vicky zum Fenster eilte und es kippte. Sie hatten keine Dunstabzugshaube und die Wohnung konnte tagelang nach Essen riechen. Vier Stockwerke tiefer fuhr die Straßenbahn rumpelnd vorbei; ihr Blick fiel durch die schmutzigen Scheiben auf das gegenüberliegende Bürgerhaus, dessen ehemals prachtvolle Fassade vor Ruß strotzte. Sie seufzte.

»Meinst du nicht, wir könnten einen gemeinsamen Fernsehabend machen? So wie früher? Bei den Simpsons zeigen sie Grusel-Specials!«

»Vicky, Bettina und ich sind auf dem Kostümfest der Tanzschule, das habe ich dir sicher gesagt. Gegen Mitternacht bin ich aber zurück und ich möchte, dass du bis dahin auch daheim bist.«

Na, das ging ja super-schnell mit der Genehmigung, klang ja so, als wollte er, dass sie auch Spaß hatte, während er ...

»Wahrscheinlich werde ich eh den ganzen Abend da sein!«, raunzte sie trotzig.

Sie musste sich anstrengen, das Besteck leise neben die Teller zu platzieren. Diese Bettina ging ihr langsam richtig auf die Nerven! Damit Papa ihre Wuttränen nicht bemerkte, wandte sie sich ab und holte die Holzuntersetzer, um sie auf dem wackeligen Tisch mit der altmodisch karierten Wachstischdecke zu verteilen. Dann stellte Papa vorsichtig die Töpfe darauf.

Die bescheidene Essecke war zwischen Fenster und Küchentür eingepfercht und es war unmöglich, sich gegenüber zu sitzen. Deswegen quetschte Vicky sich auf den Stuhl an der Wand, damit Papa an der Breitseite Platz nehmen konnte.

»Ist dieser Emil zuverlässig?«, fragte er beiläufig und schaffte es, sie abzulenken.

»Glaub schon. Er hat den Führerschein mit 'm B17 gemacht und geht aufs Gymnasium im Abschlussjahr. Seine Eltern haben eine Apotheke.«

Sie hoffte, das reichte Papa als Leumund, zumindest fand sie, es hörte sich solide an. Wenn man Emil nämlich das erste Mal sah, konnte man als Erwachsener leicht in Sorge um seine Kinder verfallen. Nicht nur, dass er ein Nasenpiercing und Ohrringe trug – er hatte auch lange, hellblond gefärbte Haare und machte einen auf Lucius Malfoy, den Vater von Harry Potters Widersacher Draco aus den Buchverfilmungen. So gesehen passten Sandy und er zumindest optisch perfekt zusammen.

Papa verteilte die Spaghetti und grinste sie an.

»Aha, der Sohn eines Apothekers, hm?«

»Ich steh nicht auf ihn!«

Sie griff beherzt nach der Gabel.

»Er holt Sandy vorher ab und kommt anschließend zu uns, Papa, hör auf, so zu gucken!«

Papa gehorchte. Er beschäftigte sich eine Weile mit seinem Essen, bevor er erneut das Wort ergriff.

»Naja, da ist noch etwas anderes, das wir besprechen müssen.«

Vickys Herz machte einen kleinen Sprung. Es konnte sich doch nur um Bettina handeln, oder? Wollte er sie heiraten? Sollten sie zusammenziehen? Oder war sie doch nicht die Richtige und Papa überlegte, sich von ihr trennen?

Er räusperte sich und spannte sie damit auf die Folter, sie vergaß fast, zu atmen.

»Es schaut so aus, als würde das Ende unserer finanziellen Sorgen in Sicht kommen«, fing Papa nervös an.

Er machte eine künstliche Pause.

»Ich habe heute einen lukrativen Job angeboten bekommen.«

Und nach kurzem Zögern sprudelten die Sätze nur so aus ihm hervor.

»Allerdings müsste ich dafür ein paar Monate ins Ausland gehen, um vor Ort eine Entwicklungsabteilung aufzubauen. Ich habe mir überlegt, du könntest in dieser Zeit zu Lily ziehen und dort die Abschlussklasse machen? Ich meine, das Schuljahr hat ja erst angefangen und du bist doch eine Fleißige …«

Weiter kam er nicht, denn Vicky verschluckte sich an einer Nudel und rang zwischen Hustenanfällen nach Luft. Währenddessen liefen ihre Gedanken fast Amok. Papa fort, sie auf dem Land, die coole Clique und Sandy, alles weit weg, andere Leute … und Bettina? Papa machte Anstalten aufzustehen, um ihr auf den Rücken zu klopfen, doch sie schüttelte vehement den Kopf. Ihre Augen tränten.

»Nicht! Nicht …«, würgte sie hervor.

Papa ließ sie in Ruhe und wartete ab, bis sie sich beruhigte.

‚Vielleicht ist das ja auch *die* Gelegenheit, Bettina loszuwerden?‘, überlegte sie. ‚So unternehmungslustig, wie die war, würde sie doch nicht einmal einen Monat auf Papa warten wollen?‘ Sie unterdrückte alle Gefühle von Angst und Panik, die in ihr aufstiegen, so wie sie es immer machte. Noch war es nicht so weit. Heute Abend musste sie erst die Party überstehen.

»Wo ins Ausland?«, krächzte sie, nachdem der Husten endlich abklang.

Papa seufzte. »Nach Indien. Ich habe aber noch nicht fest zugesagt.«

»...Und Bettina?«, fiel sie ihm ins Wort. Sie hoffte, dass das relativ gleichgültig klang.

»Bettina? Was hat denn Bettina damit zu tun?« Papa sah sie überrascht an.

»Wenn sie nach meiner Rückkehr noch weiter mit mir um die Häuser ziehen will, sage ich gewiss nicht nein. Aber das beeinflusst auf keinen Fall unsere Entscheidung.«

Mit gemischten Gefühlen starrte Vicky auf den fast leeren Teller. Sie wusste nicht, was sie dazu sagen sollte. Papa stand auf und begann den Tisch abzuräumen und das Geschirr in der schmalen Edelstahlspüle zu stapeln; es war eine Kunst für sich, in ihr eine Pfanne zu säubern.

»Das können wir später auch noch besprechen, Vicky – ich glaube, es ist Zeit, dass du dich umziehst.«

Ein Blick auf die mechanische Küchenuhr, und Vicky sprang hektisch auf. Mit einem »Ach – herrje!« verließ sie eilends die Küche. Papas »Ich spüle ab!« hörte sie nicht mehr.

3. Party

»Das sieht hier ja voll profan aus!«

Sandy sprach aus, was Vicky dachte, als sie aus Emils altem VW Jetta kletterten. Ein kühler Wind wehte, und schnell zog sie sich den langen, schwarzen Schurmantel mit den Silberknöpfen über – die aktuellste Investition in ihr Image, online im »Alte Legenden Shop« als Sonderangebot erstanden. Sie standen in einem Vorort, der spießiger nicht sein konnte. Schmucke Reihenhäuser mit korrekt zugeschnittenen Hecken säumten die Vorgärten, die von Straßenlaternen blass beleuchtet wurden.

»Habt ihr alle Türknöpfe runtergedrückt?«, fragte Emil, bevor er die Fahrertür mit seinem Autoschlüssel absperrte.

»Eigentlich müsste die Karre doch schon als Oldtimer durchgehen«, kicherte Vicky.

Emil zuckte die Schultern und grinste.

»Wenn ihr mit der S-Bahn gefahren wärt, hättet ihr noch mindestens eine Viertelstunde laufen müssen – und ob ihr das je ohne GPS gefunden hättet, wage ich zu bezweifeln.«

Sandy lachte schrill und hakte sich bei ihm unter.

»Wir sind ja froh, dass du uns chauffierst«, säuselte sie.

Vicky sah zum sternenklaren Himmel. Wenigstens der Mond schien Halloween zu respektieren, denn er leuchtete majestätisch.

Emil steuerte auf ein Eckhaus zu, auf dessen Treppenabsatz ein einsamer geschnitzter Kürbis stand. Irgendwie entsprach die Szenerie nicht den Vorstellungen der Freundinnen. Vielleicht hatten sie auch zu viele amerikanische Teeniesendungen gesehen, in denen die Vorgärten vor Deko-Grabsteinen nur so strotzten und die Eingänge mit Tonnen falscher Spinnennetze gruselige Atmosphäre verbreiteten - aber das hier … Die Realität konnte grausam sein.

Sie mussten dreimal klingeln, bis sich jemand erbarmte, an die Tür zu kommen. »Patrizia«, sagte Emil huldvoll zu dem Mädchen, das ihnen öffnete. Sie ging im Lolita-Look, mit kurzem, rotem Schottenrock und schweren Schnürstiefeln, auf denen silberglänzende Schnallen prangten. Ihre schwarzen Haare waren zu einem hohen Pferdeschwanz gebunden und dazu trug sie ein dunkles T-Shirt mit dem weißen Aufdruck »Menschenfeind«. Mit vornehmer Zurückhaltung gaben sie sich ein Küsschen rechts und links.

»Darf ich dir meine Gefolgschaft vorstellen? Sandra und Victoria.«

Irritiert nahm sie Emils nasale Aussprache zur Kenntnis. Würdevoll zeigte er mit dem verchromten Knauf seines Spazierstockes auf die Mädchen.

Vicky versuchte sich auf den Lärm und die Menschenmenge im Innern des Hauses zu konzentrieren, um Patrizias kalte, prüfenden Blicken keine Beachtung schenken zu müssen. Sie fühlte sich wie geröntgt und hätte gerne an sich hinabgesehen, um sicherzugehen, ob sie nicht doch nackt war.

Sie überprüfte vor ihrem inneren Auge nochmals ihr Outfit auf eventuelle Anzeichen eines Fakes: Die langen Haare waren offen und sie trug das allgemeine Szenen-Make-up: weißes Puder, dazu dunkel umrandete Augen und stark getuschte Wimpern. Sandy hatte ihr das braune Korsett mit den Uhrenketten geliehen, allerdings mit der Auflage, den Rüschenrock und die passenden Schnürstiefel dazu anzuziehen. Als sie zudem verlangte, dass sie Zylinder und Sonnenschirm mitnahm, hatte Vicky sich geweigert. So dick wollte sie dann doch nicht auftragen.

Nach einer kleinen Ewigkeit schienen beide Mädchen die Prüfung überstanden zu haben, denn Patrizia legte ihnen abwechselnd die Hände auf die Schultern und küsste rechts und links die Luft über ihre Ohren.

»Dein Gefolge sei hier willkommen, Emil, tretet ein«.

Die Goth-Lolita ging ins Wohnzimmer voraus, aus dem in voller Lautstärke »Krabat« von ASP dröhnte. Enttäuscht kräuselte Vicky die Nase. Das alles sah nicht gerade nach einer Horrorparty aus. Die spärliche Gruseldekoration beschränkte sich auf ein paar falsche Spinnweben und einen billigen Plastikschädel, der auf einer Vitrine thronte. Lediglich die Lampe, die in der Ecke stand und aussah, als hätte sie Tentakeln, war gruselig. Vicky stellte sich vor, dass sie in einem unbeobachteten Moment den Nächststehenden festhalten und erwürgen würde. Diese Stehlampe war allerdings bestimmt nicht für diesen Abend angeschafft worden.

»Meine Eltern sind diese Woche auf Geschäftsreise«, erklärte Patrizia. »Ich habe extra mehrmals die Einstellung zur Facebook-Veranstaltung überprüft, damit wir hier keine Party-Crasher haben, das wäre ja der blanke Horror.«

Sie zeigte auf einen langen Tisch, überladen mit Gruselessen. Vicky entdeckte einen Teller Tomaten auf Basilikumblättern, garniert mit zwei in Augenform zugeschnittene Mozzarella-Scheiben, auf denen sich jeweils zwei Trauben mit einem Klecks Kaviar befanden. Dieses Essen starrte sie regelrecht an.

»Bedient euch und fühlt euch wie zu Hause. Ach ja – Trinken steht auf der Terrasse – und kotzt bitte nicht auf den Rasen.« Die Gastgeberin entschwand in Richtung Küche.

Vicky folgte Emil und Sandy nach draußen in den Garten, der wie ein Park anmutete. Das Gras war kurz geschnitten und kein einziges Blatt Laub befand sich darauf. Von der mit Rosen bepflanzten Terrasse aus führte ein geschwungener Kiesweg, der im regelmäßigen Abstand von Solarlampen beleuchtet wurde, zu einem Teich, den in Jutesäcke eingebundene Sträucher säumten. Vicky hätte gerne gewusst, um was für Pflanzen es sich handelte. Zwei rosafarbene Plastik-Flamingos standen im Wasser. Das Bein des einen war angewinkelt und sein Kopf war unter der Wasseroberfläche, während sein Freund ihm stumm zusah. Um das Anwesen herum wuchsen Koniferen, die penibel zu einer grünen Wand geschnitten waren.

Pattys Eltern hatten richtig Asche, dachte Vicky beeindruckt.

»Was trinken die Damen?«, fragte Emil galant.

Neben der Tür waren mehrere Getränkekisten gestapelt, es gab verschiedene Biersorten, aber es war auch Radler und Nichtalkoholisches vorhanden.

»Ich nehme ein Bier«, sagte Sandy wie aus der Pistole geschossen.

Vicky wandte ihren Blick von dem pompösen Garten.

»Bitte ein Mineralwasser …«, begann sie den Satz, doch ihre Freundin sah sie plötzlich so komisch an, dass sie kurzerhand ihre Meinung änderte, »… obwohl – gib mir doch ein Radler.«

Sie seufzte innerlich. Sie hasste Bier. Es schmeckte fürchterlich, überhaupt mochte sie keinen Alkohol. Sie hatte jedes Mal, wenn sie es probierte, den Eindruck, sie würde Gift zu sich nehmen. Aber um nicht komplett daneben zu erscheinen, konnte sie sich ja an der Bierflasche festhalten.

Sie bemerkte, dass Emil eine Flasche Weizen in den Händen hielt.

»Du bist der Fahrer!« rutschte es ihr raus.

Na toll, nun klang sie wie eine Gouvernante.

»Komm, der Abend ist noch jung. Ich hör um elf das Trinken auf, das passt schon!«

Er drehte sich abrupt um und ließ die Mädchen stehen.

»Aber ehrlich, Sandy, das finde ich nicht gut …«, fing Vicky an, doch ihre Freundin machte eine wegwerfende Handbewegung.

»Jetzt bleib mal locker, komm, wir exen die Flaschen, dann sind wir wenigstens ein bisschen lustig.«

»Wir – was?«

Sandy setzte die Bierflasche an den Mund und trank in großen Schlucken, ohne abzusetzen. Sie bedeutete ihr, das Gleiche zu tun. Vicky verdrehte die Augen und nippte vorsichtig, bevor sie einen

Würgereiz verspürte. Tapfer schluckte sie abermals, doch das war ein Fehler, denn ein Teil des Getränkes gelangte über die Luftröhre in ihre Nase und mit einem Schwall fand alles, das sie schluckte, den Weg rückwärts wieder hinaus. Die Freundin sprang zur Seite und kicherte laut.

»Ich glaube, das üben wir noch.«

Vickys Augen tränten, der Alkoholgeschmack auf ihrer Zunge war unerträglich, ihr Gesicht glühte, die Nasenhöhlen brannten und ihr wurde schwindelig.

»So ein Mist.« Sie japste nach Luft.

»Wie war das mit ‚nicht in den Garten kotzen'?«, witzelte Sandy.

»Ich denke, du lässt das doch lieber mit dem Alkohol, bevor wir uns komplett blamieren.«

»Besser ist es!«

Unauffällig leerte Vicky den restlichen Flascheninhalt in eines der Rosenbeete, während Sandy ihr eine kleine Wasserflasche reichte. Sie spülte die Radler-Flasche aus und füllte diese mit dem Wasser auf. Erleichtert nahm sie einen Schluck, es kam ihr wie pure Medizin vor. »Puh.« Die Terrassentür öffnete sich, und vier schwarzgekleidete Jugendliche betraten den Garten.

»Ist das hier die Raucherecke?«, fragte einer von ihnen, ein Junge mit einem Gehrock, einem Rüschenhemd und hochtoupierten Haaren.

»Nein, die Bar«, lachte Sandy übermütig und leerte die Flasche vollends. Sie nahm sich das nächste Bier und zerrte Vicky zurück ins Haus.

Ungefähr fünf Wasser später wurde Vicky der Party überdrüssig.

Sie befand sich in einer Ecke des stilvollen Wohnzimmers und versuchte unnahbar auszuschauen, während Sandy und Emil sich köstlich amüsierten. Sie standen wie festgewachsen bei der Augapfel-Bowle und schienen die Welt um sich herum vergessen zu haben. Um den Anschein der Beschäftigung vorzutäuschen, besuchte Vicky gefühlte hundert Mal die Toilette. Sie hatte sich mehrmals an der seltsamen Armatur des asymmetrischen Waschbeckens nass gespritzt und war immer noch nicht hinter das Geheimnis des elektrischen Seifenspenders gekommen, der ihr partout nicht gehorchen wollte. Zumindest wusste sie mittlerweile, dass sie keine Klospülung zu betätigen brauchte, denn sobald sie aufstand, spülte das Wasser wie von Geisterhand das benutzte Becken. Auch durfte sie feststellen, dass sich hinter dem Spiegel ein Wandschrank befand, der Toilettenpapier und Gästehandtücher beherbergte. Mit gemischten Gefühlen beobachtete sie ihre beste Freundin und ihren Fahrer. Was würde mit ihr passieren, wenn aus den beiden ein Paar wurde? Wäre sie dann abgeschrieben?

Langsam füllte sich das Haus mit Gästen, Vicky holte sich erneut eine Flasche Wasser und musste sich den Weg durch die Jugendlichen bahnen. Sie fühlte sich wie in einer modernen Verfilmung von »Tanz der Vampire«. Einige hatten sich die Gesichter weiß angemalt und UV-aktive Kontaktlinsen eingesetzt, eine schockte mit einer durchschnittenen Kehle, bei der man die Speiseröhre sehen konnte, viele verkleideten sich als viktorianische Blutsauger. Sie versuchte sich einzureden, dass sie alle im Grunde normale Jugendliche waren, mit denselben Interessen wie alle Heranwachsenden: Musik, Klamotten und das andere Geschlecht, nur teilten sie allesamt noch die Vorliebe für das Morbide – und heute Abend wohl für Alkohol. Aber die Party war schlicht und ergreifend nicht Vickys Ding. Sie hatte versucht zu essen, aber das Korsett bot nicht wirklich viel Platz für ein Festmahl. Es schnürte ihr so die Luft ab, dass sie nicht einmal bequem sitzen konnte. Je ausgelassener das Fest wurde, desto mehr zog Vicky sich innerlich zurück. Ein kurzer Blick auf die Uhr zeigte ihr, dass es erst kurz nach zehn war. Über anderthalb Stunden, bis sie zu Hause sein musste. Wie sollte sie das nur so lange aushalten?

»Bist du Tabita16?«

Fast wäre sie vor Schreck umgefallen. Ungläubig drehte sie ihren Kopf nach rechts – jemand sprach sie an! Ein rothaariges Mädchen in einem schwarzen Minikleid mit zerrissenen Strumpfhosen stand vor ihr.

»Entschuldige, wenn ich dich aus einer anderen Sphäre geholt habe. Ich bin Bluemoon94. Wir kennen uns aus dem Hexenforum.«

Ach du Schreck, das Forum! Das war Sandys Idee gewesen. Sie hatten sich als erfahrene Junghexen ausgegeben und für jedes Zipperlein der Forenmitglieder leicht modifizierte Rezepte aus ihren Zauberspruchbüchern gepostet. Hoffentlich kam Bluemoon94 jetzt nicht auf die Idee, dass sie auf die Schnelle einen Zauberspruch gegen Warzen oder Schluckauf brauchte. Um nicht unhöflich zu erscheinen, räusperte sie sich.

»Ach - woran hast du mich erkannt?«, sie versuchte zu lächeln.

»Emil sagte etwas – und außerdem bist du die Einzige hier, die so nach innen gekehrt wirkt. Du befindest dich sicherlich in regem Austausch mit deinem Schutzgeist?«

Vicky starrte sie ausdrucklos an. Was faselte das Mädchen da von Sphären und Geistern? Das war gewiss Sandy, die mal wieder an ihrem Image schraubte, ohne sie darüber zu informieren. Sie würde nachher ein ernstes Wörtchen mit ihr reden müssen.

»Nenn mich Vicky«, sagte sie stattdessen.

Die Andere lächelte schüchtern.

»Ich bin Dani. Danke im Übrigen für deinen Rat, wie man unerwünschte Ex-Freunde los wird. Er ist weggezogen!«

Bevor Vicky sich das Hirn zermartern konnte, was sie denn da ins Forum geschrieben hatte, beugte sich Dani verschwörerisch zu ihr hinüber.

»Wir machen gleich in Pattys Zimmer eine Séance. Es wäre uns eine Ehre, wenn du dabei wärst.«

»Oh. Wie nett.«

Mehr fiel Vicky dazu nicht ein. Sie musste plötzlich dringendst aufs Klo. Dani blieb stehen und sah sie abwartend an.

»Ähm – etwa jetzt?! Ich sollte aber vorher noch für kleine Prinzessinnen.«

»O. k., ich warte draußen. Du weißt sicher nicht, wo Pattys Zimmer ist.«

Sie wurde von Dani in das Treppenhaus eskortiert.

»Ist recht … äh, bis nachher.«

Eilig schloss Vicky die Toilettentür und drehte zwei Mal den Schlüssel um.

‚Danke, Sandy', dachte sie grimmig und kramte ihr Smartphone aus dem Umhängebeutel. Wenn sie das Internet jemals nötig hatte, dann jetzt. Hastig gab sie in das Google-Suchfeld ihres Browsers »Séance« ein. Das erste Suchergebnis war von Wikipedia.

»…Eine Séance (frz. Sitzung) ist eine spiritistische Sitzung einer Gruppe mehrerer Personen, um unter Anleitung oder Nutzung eines ‚Mediums« mit einer behaupteten Welt der Toten und des Übernatürlichen (z. B. Geister oder Dämonen) in Kontakt zu treten, um ‚Nachrichten' aus dem Jenseits zu empfangen oder mit Verstorbenen kommunizieren zu können …«

Beinahe ließ Vicky das Handy fallen.

»Na, das kann ja heiter werden«, murmelte sie.

4. Die Séance

Pattys »Räumlichkeiten« lagen im oberen Stockwerk und es roch im Treppenhaus penetrant nach Räucherstäbchen. Als die Mädchen leise den Raum betraten und die Tür hinter sich zuzogen, fiel Vicky als Erstes der riesige runde Tisch auf, der den Mittelpunkt des Zimmers bildete und in dessen Mitte als einzige Lichtquelle eine Kirchenkerze brannte. Um ihn herum waren Stühle aufgestellt, die so dicht zusammenstanden, dass sich die Lehnen fast berührten. Der Raum selbst war so ausladend, dass Vickys ganze Wohnung darin Platz gefunden hätte. Die Fenster waren mit schwarzem Organza behängt, auf dem Glitzersteinchen wie Glühwürmchen funkelten. In einer Nische stand Patrizias Himmelbett im viktorianischen Stil und die Wände waren in einer Art Fliederfarben gestrichen. Nebelschwaden, die nach Moschus rochen, waberten wie Geister durch den Raum und ließen den schwarzen Drachenkronleuchter, der vor dem dunklen Spiegelschrank baumelte, wie ein lebendiges Fabeltier aussehen.

Der Geruch, gepaart mit der mega-esoterischen Synthesizermusik, verursachte ihr Übelkeit.

Die anderen Teilnehmer der spirituellen Sitzung standen in kleinen Grüppchen zusammen und unterhielten sich flüsternd. Vicky erkannte den Jungen von der Terrasse und Patrizia - Patty, die Gastgeberin. Sandy war ebenfalls anwesend und winkte ihr überschwänglich zu. Vicky schnitt ihr eine Grimasse.

Wo war Emil?

»Ach, da seid ihr ja«, sagte Patty erfreut, als sie die Ankömmlinge bemerkte.

»Da wir endlich vollzählig sind, können wir ja beginnen. Vicky hat sich freundlicherweise dazu bereit erklärt, in unserer heutigen Sitzung als Medium zu agieren. Setzt euch bitte.«

Sie hatte – was?

Sandy zwinkerte ihr zu und sie eilte zu ihr hinüber.

»Du Biest, das zahle ich dir heim!«, zischte sie der Freundin zu. »Ich habe keine Ahnung, was ich tun soll!«

Der Geräuschpegel stieg etwas, bis alle an ihrem Platz waren; die Stühle quietschten beim Zurechtrücken auf dem Parkettboden. Vicky setzte sich links neben Sandy, mit dem Rücken zum Fenster und dem Gesicht zur Zimmertür. Sie hatte ein komisches Gefühl in der Magengegend.

»Ihr spreizt alle die Hände und berührt mit dem kleinen Finger den Finger eures Nachbarn. Die Daumen legt ihr ebenfalls aneinander. Es wird ein Kreis entstehen, der unter keinen Umständen gelöst werden darf, bis die Sitzung vorbei ist, habt ihr alle verstanden?«

Patty sah sie nacheinander mit Nachdruck an.

»Wenn ich sage ‚Rufe deinen Schutzgeist', wird das Medium in Kontakt mit der anderen Sphäre treten. Sobald die Verbindung hergestellt ist, wird das Medium das mit einem Nicken bestätigen. Danach werde ich zuerst fragen, ob eine Wesenheit anwesend ist, und erst dann seid ihr reihum dran. Jeder hat nur eine Frage. Soweit alles klar?«

Vicky schluckte. Keine Ahnung, wie sie das gleich anstellen sollte. Einfach die Augen schließen, würdevoll ausschauen und nach einer Weile huldvoll nicken? Das würde ja ein totaler Reinfall werden, wenn herauskam, dass sie das unmagischste Wesen der Welt war. Sie wünschte sich heim, in ihre Wohnung zu Papa und einem Malefiz-Spiel.

Als sie ihre Hände vor sich spreizte, um der Anweisung zu folgen, fühlte sie eine zaghafte Berührung an ihrem linken kleinen Finger. Mussten die Daumen übereinander liegen, oder reichte es, wenn sie aneinander lagen? Sie sah auf und bemerkte den Jungen von der Terrasse neben sich, der ihr zuzulächeln schien. Sandy kicherte nervös, als sie Vicky ihre gespreizte Hand zustreckte.

»Seid ihr so weit?«

Zustimmendes Gemurmel. Patty holte tief Luft und sprach anschließend mit veränderter Stimme in einem Sing-Sang:

»Wir haben uns hier versammelt, wie es Tradition ist, um in der Nacht der Nächte die Geister nach der Zukunft zu befragen.«

Während ihrer kunstvollen Pause erschien Vicky die seltsame Hintergrund-Musik unnatürlich laut.

»Wir bitten die Wesen, uns wohlgesonnen zu sein, denn wir sind die wenigen, die noch an eure Existenz glauben. In unserer Mitte befindet sich eine Weltenwanderin, die euch bestens bekannt ist. Sie sei Garant dafür, dass wir nichts Böses im Sinn haben. So bitten wir dich, Medium, rufe deinen Schutzgeist!«

Vicky machte ein ernstes Gesicht und schloss die Augen. Gleich würde sie sich bis auf die Knochen blamieren. Das war vermutlich die erste und die letzte Goth-Party, die sie je besuchen würde – sie musste nur schauen, wie sie heil aus der Nummer herauskam. Konnten Schutzgeister Migräne haben? Wäre das eine gute Ausrede? Die Rauchschwaden zogen in ihre Nase und verursachten einen Hustenreiz, die Nebenhöhlen fingen an zu brennen und sie bekam leichte Kopfschmerzen. Sie versuchte flach zu atmen, da die Korsage ihr die Luft abklemmte; sie spürte förmlich die Ungeduld der Anwesenden.

‚Ich werde bis zwanzig zählen', dachte sie verzweifelt, ‚und wenn ich nicke und nichts passiert, sage ich einfach, dass Ungläubige in unserem Kreis sind. Sandy zum Beispiel, das hat sie dann davon.'

Hörte sich nach einem Plan an. Vicky wurde ruhig und konzentrierte sich auf ihren Herzschlag. Wirre Bilder von dicklichen geflügelten Babys mit Pfeil und Bogen, die auf einen Mann schossen, der auf einer Hängebrücke stand, zogen durch ihre Gedanken. Der Mann hatte schützend die Arme über den Kopf gehoben, in seinem

Blick lag ein stummes Flehen. ‚... Neunzehn, zwanzig ... Schutzgeist!' Sie senkte und hob langsam den Kopf und öffnete die Augen. Alle machten recht angespannte Gesichter.

Patty räusperte sich.

»Ist hier ein Geist anwesend?«, rief sie leise.

Ihre Stimme klang plötzlich dünn. Es lag ein Knistern in der Luft. Sie sahen sich alle stumm und ängstlich an. Vicky bemerkte aus den Augenwinkeln, wie Sandys Hände zitterten. Die sphärische Musik schwoll zu einem unerträglichen Jaulen an - aber es geschah nichts. Die Luft war so dick, dass man sie beinahe schneiden konnte. Nach einer Weile rief Patty mit lauter Stimme:

»Wenn hier ein Geist anwesend ist, möge er sich zu erkennen geben!«

Dann passierte alles wie im Zeitraffer. Erst flackerte die Kerze und ging mit einem Zischen aus. Etwas krachte laut an das Fenster, vor dem Vicky und Sandra saßen, und es schwang nach innen auf. Gleichzeitig öffnete sich die Zimmertür – bei alledem fühlte Vicky jedoch keinen einzigen Windstoß.

»Haltet den Kreis«, hörte sie Patty rufen, doch mehrere Anwesende sprangen mit lautem Kreischen auf und rannten aus dem Zimmer, unter ihnen Sandy. Vicky erkannte im Spiegel einen Schatten und sie blickte wie hypnotisiert in die entgegengesetzte Ecke, um ihn genauer in Augenschein zu nehmen. Der Schatten kam ihr bekannt vor. Er stand einfach da, in einen dunklen Umhang gehüllt, und sah sie unverwandt an. Seine Augen funkelten wie Diamanten, und das Gesicht war alterslos und schön wie das eines Engels. Plötzlich war sie sich sicher, dass er unter den Falten seines Überwurfs eine leere Kugel barg. Sie fühlte sich gefangen in seinem Blick, ihr Herz wurde eiskalt. Tausende von Ameisen krabbelten auf ihr herum und verursachten eine Gänsehaut. Sie atmete schwer und riss sich schließlich von seinem Anblick los. »Geh«, krächzte sie leise. »verschwinde – lass mich in Ruhe!« Die Gestalt schien ihr zuzunicken und verschwand langsam im Nichts. Es dauerte eine kleine Weile, bis sich ihre Lähmung löste. Sie sprang auf und rannte hinaus, so schnell es ihr in dem langen Rock möglich war, den anderen hinterher. Sie konnte nicht einmal schreien.

Im Wohnzimmer herrschte ein ziemlicher Tumult. Alle redeten aufgeregt durcheinander. Vicky suchte den Raum nach Emil und ihrer Freundin ab. Sie wollte sofort nach Hause. Einige Gäste warfen ihr seltsame Blicke zu und traten ein paar Schritte zurück, andere wiederum verstummten im Gespräch und starrten sie unverhohlen an. Sandy und Emil standen bei der Augenbowle - wie wenn sie sich den ganzen Abend nicht vom Fleck bewegt hätten, allerdings hielt Sandy ein kleines Fläschchen »Feigling« in der rechten Hand. Damit niemand merkte, wie aufgewühlt sie war, ging Vicky rasch, aber jede Hektik vermeidend, auf die beiden zu.

»Lasst uns nach Hause fahren, es ist bereits nach Mitternacht - bitte.« Ihre Stimme zitterte.

Sandy musterte sie eingehend und hielt ihr den Feigenschnaps hin.

»Magst du auch was? Du bist echt bleich um die Nase.«

Sie schüttelte verneinend den Kopf und sah Emil verzweifelt an.

»Bitte!«

Emil seufzte und stellte sein Weizenglas auf die Seite.

»Okay, lasst uns fahren.«

Sie bahnten sich einen Weg Richtung Haustüre und Vicky erkannte an einigen Gesprächsfetzen, dass die Vorkommnisse der Séance sich wie ein Lauffeuer verbreiteten.

»... Ja, Tabita16, die aus dem Hexenforum, das muss echt gruselig gewesen sein, schau doch, die sind alle total fertig mit den Nerven ...«

Emil warf ihren Mantel um sie und Sandy lotste sie aus dem Haus. Die frische Luft tat gut, doch der Mond schien mittlerweile bedrohlich vom Himmel. Zitternd nahm Vicky auf dem Rücksitz Platz und schloss die Augen. Bloß nichts mehr sehen und hören, nur noch rasch heim. Der Wagen startete und fuhr ruckelnd an, Sandy kicherte leise.

»Das war echt der Hammer, ich frage mich, wie Patrizia das gemacht hat - voll die Grusel-Effects! Was meinst du, Vicky, echt krass, was?«

Vicky lehnte ihren heißen Kopf an die kühle Scheibe und überlegte. Sie wusste, das waren keine Tricks, die irgendjemand angewandt hatte. Sie kannte den schwarzen Mann, sie zermarterte sich das Hirn, von woher ...

»Na dann kann ich Patrizia ja nur gratulieren, bislang sind ihre Geisterbeschwörungen alle etwas öde gewesen«, hörte sie Emils Stimme, die leicht amüsiert klang.

»Ich hoffe, sie hat euch nicht zu arg erschreckt ...?«

Vicky öffnete die Augen und begegnete Sandys Blick.

»Süße, alles o. k.?«, raunte ihre Freundin leise.

Aus den Augenwinkeln bemerkte sie einen Schatten, wie von einem Menschen, am Straßenrand.

Plötzlich gab es einen dumpfen Knall und die rechte Seite des Autos hob und senkte sich, als ob sie über ein Hindernis fuhren - es fühlte sich seltsam »weich« an. Emil machte eine Vollbremsung und brachte den alten Jetta quietschend zum Stehen. Vicky wurde nach vorne geschleudert, wo sie sich die Stirn an der Fahrerkopfstütze stieß, und dann zurück nach hinten. Ihr Hinterkopf prallte auf etwas Hartes.

»Spinnst DUUUUU?«, hörte sie Sandy kreischen und gleich darauf:

»Oh Gott, oh Gott, du hast sie überfahren!«

Vicky presste fest die Augen zusammen. Es passierte nicht wirklich, sie war in ihrem Bett und träumte nur, oder? Alles war ein schlechter Traum.

An den Geräuschen erkannte sie, dass Emil und Sandy das Auto verließen und die Straße zurück eilten. Sie wollte sich ebenfalls abschnallen, um nachzusehen, was geschehen war, als sie die dunkle Gestalt am Straßengraben bemerkte.

Der schwarze Mann! Er hielt eine Kugel in der linken Hand, gefüllt mit einer grünlich leuchtenden Essenz, sah einen langen Moment in ihre Richtung und verschwand dann in der Dunkelheit.

Emil und Sandy kamen zurück.

»Platt wie eine Flunder«, sagte Emil, »so ein Mist, ich habe das erste Mal in meinem Leben ein Tier getötet.«

Alle Coolness war aus seiner Stimme verschwunden.

Sandy weinte leise.

»Die arme Katze, herrje wie schrecklich, ach das Blut aus ihrer Nase, die arme Katze ...«

Bevor Victoria etwas sagen konnte, klingelte ihr Handy. Es war Papa.

»Seid ihr alle o. k., Vicky? Auf der Schnellstraße direkt nach eurer Auffahrt gab es einen großen Unfall, jetzt gerade eben, oh bin ich froh, dass du ans Telefon gehst ...«

»Uns geht es gut, Papa, wir sind ungefähr fünf Minuten von der Auffahrt entfernt, wir sind später dran, ... weil wir ... Papa, wir haben eine Katze überfahren ...«

Tränen schossen ihr in die Augen.

»Vicky, gib mir bitte Emil, ich erkläre ihm einen anderen Weg in die Stadt.«

Sie reichte das Telefon an Emil weiter. Sie fror.

»Mein Vater - es gab einen Unfall auf der Schnellstraße.«

Vicky schlang den Mantel um sich und wollte nicht darüber nachdenken, was passiert wäre, hätten sie die Katze nicht überfahren. Sandy schniefte und auch ihr liefen die Tränen über die Wangen. Es war einfach alles zu viel.

Weihnachten

5. Lily

»Schau, die Berge«, sagte Papa lächelnd. Direkt vor ihnen tauchte gleichsam einer Fata Morgana eine Gebirgskette am Horizont auf. Um den Eindruck der Unwirklichkeit zu verstärken, riss die Wolkendecke in der Ferne auf und die Sonne ließ die verschneiten Bergkämme wie von Gold überzogen erscheinen. Vicky fühlte ein wenig Frieden in sich aufsteigen.

»Deine Mama ...«, fing Papa an.

»Ja, ich weiß. Sie liebte sie.«

Eine seltsame Melancholie überkam sie, als sie sich vorzustellen versuchte, wie ihr Leben wäre, wenn Mama noch lebte. Gemeinsam würden sie zu Mamas Schwester fahren, um dort die Feiertage zu verbringen. Sie stellte sich vor, wie Mama auf der Fahrt Anekdoten aus ihrer Kindheit erzählte und sie zum Lachen brachte. Papa sagte, sie habe dasselbe Lachen wie Mama. Vor allem würden sie im neuen Jahr alle nach Hause zurückkehren, und sie müsste nicht bei ihrer Tante bleiben, weil Papa ins Ausland ging. Ob Mama im Himmel war und auf sie herabsah, wie Papa ihr das als Kind immer erzählt hatte? Oder war sie einfach nicht mehr da? Nach einer Weile verließen sie die Autobahn und es dauerte nicht lange, bis sie das kleine Dorf erreichten und die steile, schneebedeckte Straße, die zu Lilys Haus führte, hinaufrutschten. Sie schien Papas Fahrkünste herauszufordern und Vicky ertappte sich dabei, wie sie sich krampfhaft am Türgriff festhielt. Endlich fuhren sie in die Auffahrt und sie atmete erleichtert auf.

»Entschuldige, mein Schatz, aber mir fehlt die Schneeerfahrung.« Papa lächelte hilflos.

»Alles gut, Papa.« Beherzt sprang sie aus dem Wagen und öffnete den Kofferraumdeckel.

Lilys Haus umgab eine ganz eigentümliche Atmosphäre. Es war ein typisches Haus im alpenländischen Stil, mit Balkonen, die jede Hausseite einnahmen, einer Terrasse im Erdgeschoss und einem kleinen Garten. Trotz der behaglichen Ausstrahlung hatte es auch gleichzeitig etwas Unwirkliches an sich. Als Kind hatte Vicky sich immer eingebildet, wenn sie nur schnell genug die Einfahrt hinaufstürmte, könnte sie das Haus dabei erwischen, wie es sich aus dem Nichts materialisierte. Einmal hatte sie auch geträumt, es wäre ein Raumschiff, mit dem sie fremde Planeten bereiste.

Es war das vorletzte am Dorfrand und stand an einer kleinen Kreuzung, die nicht wirklich als solche zu erkennen war, denn die unauffällige Straße, die am Feld abbog, endete in einer Sackgasse und das Straßenschild war leicht zu übersehen. Die schmale, steile Zubringerstraße, auf der sie hinaufgerutscht waren, führte weiter zu einem weitläufigen Waldgebiet, das von einem Bach durchzogen wurde. Bei schönem Wetter konnte man zwischen den gegenüberliegenden Nachbarhäusern die Berge sehen; jetzt allerdings konnte Vicky vor lauter Schneeflocken nicht mal mehr die Einfahrt richtig erkennen.

Der Kofferraum war gerammelt voll mit Gepäckstücken. Papa musste Meister im Tetris spielen sein, dachte sie erstaunt, denn außer ihren eigenen Koffern hatte er es auch noch geschafft, sein eigenes Gepäck für Indien einzuladen.

»Das nenn ich ja mal Schnee, was?«

Papa stieg aus und formte sogleich einen Schneeball, den er lachend in ihre Richtung warf.

»Maaaartiiiin! Schön, dass ihr da seid!«, hörte Vicky Tante Lily, bevor sie sie überhaupt sah. Sie konnte sich bildhaft vorstellen, wie sie auf Papa zugeflogen kam, um ihm um den Hals zu fallen, denn sie war berüchtigt für ihre überschwängliche Art.

»Und, wo ist ... Vicky, ach, da bist du ja!«

Sie hatte keine Chance, etwas auszuladen, Lily drückte sie an sich und allzu gerne ließ sie sich in die Umarmung sinken, um den bekannten Geruch, eine Mischung aus Parfüm und Weihrauch, einzuatmen.

Bei Lily zu sein bedeutete einfach irgendwie heimkommen, wie hatte sie auf der ganzen Fahrt denken können, es sei schrecklich, so lange Zeit hier zu bleiben?

Als Lily sie losließ, bemerkte sie, dass sie mittlerweile gleich groß waren. Letzten Sommer war sie ihr noch bis ans Kinn gegangen. Amüsiert sah die Tante sie an, auf das obligatorische »Bist du aber gewachsen« wartete Vicky allerdings vergebens.

Stattdessen warf Lily ihren langen schwarzen Zopf unternehmungslustig nach hinten, bevor sie beherzt nach einer der Taschen griff. Ihre schlanken Beine steckten in Winterreitstiefeln und sie hatte einen schwarzen Anorak übergezogen. Überhaupt ging Lily immer in Schwarz, zumindest hatte Vicky sie noch nie in einer anderen Farbe gesehen. Die einzige Ausnahme war ihr Brillengestell, das rote Bügel hatte. Wahrscheinlich trug sie Schwarz seit dem Tod ihrer Schwester und hatte sich einfach dran gewöhnt. Das konnte Vicky sich als Erklärung gut vorstellen; Lily war immens praktisch veranlagt, und wenn sich etwas bewährt hatte, blieb sie meistens dabei. Das erklärte vielleicht auch, warum sie nie Make-up trug und der dicke Kajalstrich ihre einzige Schminke war. Vielleicht hatte Vicky den Unwillen gegen das Gesicht-Anmalen von ihr?

Mittlerweile hatte Lily die zweite Tasche aus dem Kofferraum gehievt und zog beide fröhlich mit den Worten »Ich dachte schon, ich muss alleine in der Küche stehen« hinter sich her. Vicky beeilte sich, ihr mit dem nächsten Schwung Koffer zu folgen, während Papa die Sachen vom Rücksitz nahm.

»Kannst den Kofferraum offen lassen, hier klaut keiner was!«, rief Lily ihnen von der Hausecke zu.

»Mir scheint, sie hat Augen am Hinterkopf«, sagte Papa grinsend. »Pass nur auf, Vicky, ihr entgeht nichts.«

»Weiß ich doch, Papa - und Gedanken lesen kann sie auch noch. Ich hab noch nie 'n Streich bei ihr durchgebracht, aber aus dem Alter bin ich ja raus.«

Ein eisiger Wind pfiff am Hauseck und die letzten Schritte zur Haustür brachte sie fast im Galopp hinter sich.

Drinnen war es behaglich warm und Vicky stellte die Koffer auf dem weiß-schwarz gekachelten Fliesenboden des Hausganges ab. Neugierig sah sie an den blauen Wänden mit der handbreiten Spiegelsplitterbordüre nach oben, um herauszufinden, ob Lily wieder ein neues Bild aufgehängt hatte. Papa quetschte sich mit seinen Taschen an ihr vorbei, während ihre Augen forschend die Werke der Tante musterten. Da – ein Lebkuchenhaus aus Acryl, wie bei Hänsel und Gretel, zwischen dem Ölgemälde mit den Mohnblumen im Kornfeld und dem Aquarell einer Birke.

Und der Kronleuchter, der war doch auch neu, oder? Hing da nicht mal ein Lüster aus Hirschgeweih? Sie ging an der Tür, die zu Lilys Büro führte, vorbei und stieg einige Stufen der knarrigen Holztreppe hinauf, um die neue Lampe in Augenschein zu nehmen. Sie war im Stil der 1920er Jahre und warf bunte Sprenkel an die Wände. Hinten rechts, wo es in die Küche und das angrenzende Wohnzimmer ging, sah das Muster aus wie ein fünfzackiger Stern.

»Witzig«, sagte Vicky zu sich selbst und ging wieder hinunter. Papa musste das Auto komplett ausgeladen haben, denn die Haustür war nun geschlossen und die drei Damen, die auf deren Glasscheibe unter einem Holzkreuz neben einem Schiffsanker verewigt waren, sahen sie freundlich an. Schnell hängte Vicky ihre Jacke an die Garderobe und freute sich auf die Stube.

Im Wohnzimmer brannte fröhlich ein Feuer im offenen Kamin und der Tisch war mit Teegeschirr eingedeckt. Lilys seltsamer elektrischer Wasserkocher in Kesselform pfiff und die Tante schaltete ihn aus. Vicky wunderte sich zum wiederholten Mal, wie sie immer wusste, wann sie ankommen würden. Lily zwinkerte ihr zu, als ob sie ihre Gedanken lesen konnte.

»Martin hat mir Bescheid gegeben, bevor ihr losgefahren seid, und etwas rechnen kann ich auch«, sie zeigte auf den gemütlichen Ohrensessel vor dem Feuer.

»Setz dich doch, Schatz.«

Dankbar kam sie der Aufforderung nach. Ihr Blick wanderte durch das Wohnzimmer, das von einer Bücherwand dominiert wurde. Rechts an der Wand neben dem Kamin war auf Brusthöhe ein Brett angebracht, auf dem eine neue Marienstatue thronte. Schnell stand sie wieder auf, um sie genauer zu betrachten. Es war eine der Darstellungen Marias ohne Christuskind, die Arme waren einladend zu einer Umarmung geöffnet und das makellose Gesicht hatte einen milden Ausdruck. Das Gewand selbst war tiefblau und am Saum mit goldenen Sternen versehen. Neben der Statue hatte Lily blaue Kerzen und eine Vase mit roten Rosen aufgestellt; vor ihr befand sich ein Weihrauchgefäß aus Messing. Anhand der Asche, die sie durch das Gitter sah, wusste sie, dass es rege in Gebrauch war.

»Ist sie nicht wunderbar?« Lily war hinter sie getreten und lächelte. »Das ist die Darstellung der Maria als Stella Maris - Stern des Meeres. Sieht sie nicht aus wie die Venus selbst?« Vicky musste zugeben, dass die Statue tatsächlich wie eine antike Göttin aussah. Andächtig standen beide vor dem Altar und sie spürte eine stille Verbundenheit zu ihrer Tante. Sie schloss die Augen und genoss einfach den Augenblick. Bilder von Mama und Lily aus Kindertagen tauchten vor ihrem inneren Auge auf. Sie waren an einem Apfelbaum, Mama war bereits zwischen den Ästen verschwunden, während Lily noch zweifelnd davor stand und von oben mit unreifen Äpfeln beworfen wurde. Helles Kinderlachen drang an ihr Ohr. Die Sonne schien und es war einer der unwirklichen Tage, an denen man meinte, die Welt stünde still.

»Sie konnte ganz schön biestig sein, ich hatte eine Beule am Kopf, das tat echt weh.« Erstaunt blickte Vicky auf, doch Papa betrat im selben Augenblick das Wohnzimmer und zerriss das Band.

»Wo ist denn jetzt der Weihnachtsbaum?«, fragte er unternehmungslustig und rieb sich die Hände.

»Na, auf der Terrasse, wo sonst?«, Tante Lily lachte Vicky an. »Komm, wir holen derweil den Christbaumschmuck!«

6. Bescherung

»Fertig!«, Lily trat einen Schritt vom Baum zurück und schien sichtlich zufrieden. Vicky kräuselte amüsiert die Lippen und sah auf vier große Papiertaschen, die die leeren Verpackungen von Weihnachtskugeln, Glashennen, Fliegenpilzen und Filzheinzelmännchen beherbergten. Dieses Jahr wollte Lily einen weiß-rot geschmückten Baum und war glücklich darüber, ein Dutzend Zuckerstangen aus Glas günstig erstanden zu haben. Diese hingen sorgsam verteilt zwischen den anderen Kuriositäten. Der Baum sah gar nicht traditionell aus. Prüfend trat Vicky einen Schritt zurück und bemühte sich um einen kritischen Gesichtsausdruck. »Meinst du nicht, dass die Pfauen zu weit unten sind?« Ihre Tante sah zuerst auf das Pfauenpaar, das unmittelbar unterhalb der weißen Christbaumspitze miteinander turtelte, danach zu ihr. Ein Lächeln huschte über ihr Gesicht »Ja, ja, nimm mich nur auf den Arm. Er ist perfekt. Hol doch bitte deinen Vater zum Christbaumloben!« Sie bückte sich und räumte das herumliegende Seidenpapier auf, während Vicky ihren Kopf in den Flur steckte und laut »Christbaaaum loooobeeen« rief.

Vicky fand »Christbaumloben« eine lustige regionale Eigenart. Man versammelte sich dazu mit einem Glas Hochprozentigem vor dem Baum und sagte voller Überzeugung: »Was für ein schöner Christbaum!« Auch wenn er in manchen Jahren so dürr ausgefallen war, dass alle Bemühungen, ihn mit Schmuck aufzuhübschen, scheiterten. Lily war eines Tages auf die Idee gekommen, dass es an den Fichten im Allgemeinen liegen musste, und schwur seither auf den klassischen Nordmann. Seitdem war er wenigstens buschig, wenn oft auch nicht gerade gewachsen.

»Würdest du bitte kurz die Lichter am Baum anmachen? Ich schenk' uns derweil was ein. Was magst du denn? Ich hab dieses Jahr allerdings keinen Kindersekt für dich eingekauft.«

Lily eilte in die Küche, während Vicky unter den Baum kroch, um die zwei Lichterketten in die Buchse des Verlängerungskabels zu stecken.

»Hast du was Süßes?«

»So was wie Kaffee Creme?«

Als sie wieder auftauchte, stand Papa bereits vor ihr.

»Uiii, was für ein schööööner Baum!«

Er strahlte über das ganze Gesicht.

»Ich komme ja«, rief Tante Lily und brachte jedem ein kristallenes Likörgläschen mit einer hellbraunen Flüssigkeit mit. Sie prosteten einander zu und riefen anschließend wie aus einem Munde: »Mei - was für ein schöööner Christbaum!«

Der Likör war wie erwartet süß und brannte zum Glück erst, als er bereits hinuntergeschluckt war. Er schmeckte nach stark gesüßtem Kaffee mit Sahne.

»So, weiter geht's«, Lily war abermals in Richtung Küche unterwegs.

»Würdest du bitte die Tüten in den Keller schaffen, Vicky? Und Martin – hier ist das Sauerkraut und die Rippchen. Ich fang derweil schon mal mit der Soße an.«

»Ja, Tante Lily.«

Vicky tat wie geheißen und warf einen Blick auf Papa, der hilflos die Schultern zuckte und dabei grinste.

»Ja, Frau Feldwebel! Zu Befehl, Frau Feldwebel!«

Als sie später in die Küche kam, sah sie die beiden einvernehmlich nebeneinander am Herd stehen, sich angeregt unterhaltend. Papa lachte zwischendrin kurz auf und schien Lily mit etwas aufzuziehen. Diese knuffte ihn als Revanche in den Oberarm, während er in Deckung ging und laut »Au, au, au«, rief. Sandy hatte nie verstanden, warum sie so gerne die Feiertage bei ihrer Tante verbrachte, die Erfahrungen der Freundin in Bezug auf Besuche bei Verwandten waren durchweg negativ behaftet. Von geheucheltem Frieden, der dann spätestens nach übermäßigem Alkoholkonsum die Flucht ergriff, um Streit und Zank das Feld zu überlassen, war die Rede. Von Leuten, die das Jahr über nicht miteinander sprachen und die für die Dauer der Feiertage gezwungen waren, eine Familientradition aufrechtzuerhalten, die eine Farce war und von der niemand wusste, warum man sie überhaupt noch pflegte. Vicky war froh, dass es bei ihnen anders war; im Nachhinein konnte sie nicht mehr verstehen, wieso sie sich so geziert hatte, dieses Jahr mit herzufahren.

»Ich habe keinen Nerv für Verehrer, Martin, das ist schlichtweg Zeitverschwendung, du kennst doch meine Meinung.«

Vicky neigte den Kopf und betrachtete die beiden. Papa und Lily - ihre Familie.

»... und du weißt genau, dass ich nicht anders kann, Lily. Ich habe bereits zwei Menschen in meinem Herzen.« Papas Stimme klang traurig.

Die Tante legte das Messer, mit dem sie den Liebstöckel bearbeitet hatte, auf die Seite, trat auf ihn zu und nahm ihn in den Arm. Papa lehnte seinen Kopf an ihre Schulter.

»Das Rad lässt sich leider nicht zurückdrehen«, murmelte sie leise.

Für Vicky klang dieser Satz jedoch so laut, als würde er direkt aus ihrem Kopf kommen. Tränen schossen ihr in die Augen. Es wäre so einfach, sich einzubilden, diese beiden seien ihre Eltern. In einer anderen Realität wäre es bestimmt möglich gewesen. Vor ihrem inneren Auge sah sie eine jüngere Lily, wie sie Papa das erste Mal begegnete. Er war damals in einer Softwarefirma angestellt und ihre Tante hatte den Auftrag bekommen, die Büroräume der Firma mit ihren Kunstwerken auszustatten. Sie hatte eine Auswahl davon mitgebracht und stand mit jeweils vier gerahmten Bildern rechts und links unter den Arm geklemmt vor der Tür des Gebäudes, darüber nachdenkend, wie sie es bewerkstelligen konnte, zu klingeln. Papa kam gerade von einem Kunden und fragte sie amüsiert, ob er ihr helfen könne. Dankbar gab sie ihm die gesamte Last, klingelte und lotste ihn bis zum Fahrstuhl, wo sie ihm erklärte, wohin sie überhaupt wollte. Die Bilder verblassten und Vicky bemerkte, dass Lily sie lächelnd ansah.

»Komm her, Vicky, du kannst uns mit den Kartoffeln helfen.«

Während das Essen schmorte, nutzte Vicky die Gelegenheit, ihre Sachen nach oben zu bringen und auszupacken. Ihr Zimmer befand sich gleich links neben dem Treppenaufgang über dem Büro und war mit Bett, Schreibtisch, einem Kleiderschrank und einer Kommode ausgestattet. Es hatte einen kleinen Balkon an der Westseite, von dem man auf die gegenüberliegende Wiese blicken konnte. Im Gegensatz zu zuhause war das hier der reine Luxus. Dort besaß sie zwar einen eigenen Raum, der jedoch nur ein enger Schlauch mit einem Minifenster war, in dem die Matratze auf einem Rost auf dem Boden lag. Direkt an der Tür war der windschiefe Kleiderschrank; die Hausaufgaben musste sie in der Küche erledigen, denn es war kein Platz für einen Schreibtisch.

Seit sie zu Tante Lily kam, war dieses hier »ihr Zimmer« gewesen, und nun würde es tatsächlich für eine lange Zeit ihres sein. Mit gemischten Gefühlen machte sie sich daran, ihre Kleider in den Schrank zu hängen. Außer ein paar Jeans, Pullovern, zwei Jacken, ein paar T-Shirts und Unterwäsche hatte sie noch ein komplettes Steampunk-Outfit dabei. Sie wusste selbst, dass sie es hier nie tragen würde, aber die Klamotten waren es wert, wenigstens ab und zu einen Blick auf sie zu werfen. In der anderen Tasche hatte sie ein paar Bücher, Schmuck, Schreibzeug, Kosmetik, Kleinkram wie ihr Smartphone nebst Ladegerät und die Geschenke für Lily und Papa. Sie legte sich auf das frisch bezogene Bett und starrte an die lindgrüne Decke. Nebenan hörte sie Papa im Zimmer rumoren. Es war wie immer, doch es war dieses Mal anders. Papa würde bald fortfahren, sie waren noch nie länger als über die Ferien getrennt gewesen. Sie würden sich eine Zeit lang nur über Skype sehen, und sie selbst saß in diesem kleinen Dorf bei ihrer Tante fest, ohne Freunde und jenseits jeglicher Zivilisation. Bevor sie komplett in Selbstmitleid versinken konnte, überprüfte sie, ob ihr Handy Empfang hatte, und stellte erleichtert fest, dass zumindest in diesem Zimmer alles in Ordnung war. Morgen würde sie Lily fragen, ob sie WLAN hatte, damit sie wenigstens ab und zu ins Facebook schauen konnte, ohne ihr Handyguthaben anzugreifen. Sie drehte sich auf die Seite und sah aus dem Fenster, an dichten Schneeflocken vorbei bis zum Horizont, wo die letzten Strahlen der untergehenden Sonne sich dunkelrot durch dicke graue Wolken kämpften. Bilder von Lily und Papa mischten sich mit Sandy, Emil, Patty und Dani, einer schwarz-weißen Katze und einem Mann auf einer Hängebrücke, der von Putten mit Pfeilen beschossen wurde. Emils Jetta fuhr fahrerlos in der Schlucht spazieren - und über allem schwebte sie, umfangen von einem Mantel der Gnade in den Armen eines geflügelten Wesens, das so viel Liebe und zugleich Traurigkeit ausstrahlte, dass seine Nähe allein einem den Atem nahm. Das erste Mal seit Halloween fiel sie in einen tiefen, traumlosen Schlaf.

»So, genug gesungen, wollen wir auspacken?«

Papa sah aus wie ein Junge, der es kaum erwarten konnte, dass es endlich losging. Sie hatten sich nach dem Essen umgezogen und waren anschließend geschenkebeladen wieder aufgetaucht. Lily las wie jedes Jahr die Geschichte aus dem Lukas-Evangelium und sie trällerten gemeinsam mehr oder weniger schön ein paar Weihnachtslieder. Der Baum glänzte majestätisch, das Feuer knisterte behaglich und Weihrauchschwaden zogen durch das Zimmer. Vicky fühlte sich wie in ihrer Kindheit in eine andere Welt versetzt. Lily lachte und verteilte als Erste ihre Geschenke. Papa bekam ein paar kurzärmlige Hemden und eine Schachtel Schnapspralinen. Für Vicky gab es schwarze Winterstiefel aus wasserabweisendem Material und ein echt cooles Tagebuch. Der Einband war aus Leder in abgegriffener Optik und überall waren Taschenuhrräder in verschiedenen Größen draufgenäht. Es hatte ein mechanisches Zahlenschloss.

»Ist das Steampunk, oder liege ich da falsch?«, fragte Lily augenzwinkernd.

Vicky freute sich wirklich, obwohl sie keine Ahnung hatte, was sie mit einem Tagebuch anfangen sollte. Außer für die Schule hatte sie bislang nicht viel geschrieben. Papa hatte für Lily Leinwände und Pinsel und für Vicky einen Schulrucksack. Während Vicky ihre Geschenke für die Erwachsenen unter dem Baum hervorholte, bemerkte sie ein weiteres Päckchen, das unauffällig nach hinten gerutscht war. Papa zwängte sich derweil in eines der Hemden.

»Hmmm, gibt's das auch in lang?«

»Martin, ich schätze, du hast seit Ostern doch etwas zu gelegt. Zumindest sind die Arme nicht zu kurz.«

Lily hatte die Hände vors Gesicht geschlagen und unterdrückte einen Lachkrampf.

»Zieh es aus, wir können das zu Glück umtauschen.«

»Ich will mich aber vorher noch im Spiegel anschauen!«, auch Papa lachte und setzte sich auf die Couch. Sein kleines Bäuchlein lugte vorwitzig unterhalb des letzten Knopfloches hervor.

»Hier, Papa, dass du in Indien nicht verhungerst.«

Vicky hatte ihm ein indisches Kochbuch besorgt und Tante Lily bekam ein nettes Schmuckkästchen mit silberfarbenen Beschlägen, das sie bei einem der vielen Geschenkläden in der Stadt erstanden hatte.

»Das ist doch hoffentlich ein Diätkochbuch, Vicky«, witzelte Papa und blätterte bereits darin.

»Endlich hab ich einen Platz für meine Alltags-Räucherwaren«, freute sich auch Lily und drückte sie an sich.

»Will noch jemand den Christbaum loben?«

»Ähm, da liegt noch ein Geschenk ...«, warf Vicky ein.

Die Erwachsenen schauten beide überrascht auf.

»Hast du etwa noch etwas für uns?«

»Nein ...«, Vicky war verwirrt.

»Wir auch nicht.«

Alle sahen sich an.

»Lasst uns doch nachschauen, was das Christkind da gebracht hat.«

Papa kroch unter den Baum und holte ein mittelgroßes, relativ flaches Päckchen hervor, das in einfarbig grünes Geschenkpapier gewickelt war. Das Geschenkband war aus hellgrünem Stoff.

»Könnte ein Spiel sein«, mutmaßte Papa und schüttelte es leicht.

Er drehte und wendete es, aber es war kein Vermerk darauf zu entdecken, für wen das Geschenk war. Vicky verspürte plötzlich ein Kribbeln, das ihr an den Armen beginnend bis zum Nacken hinaufkroch.

»Wer will aufmachen?«

»Gib schon her.«

Tante Lily streckte den Arm aus und löste zuerst gewissenhaft das Band und anschließend das Papier von dessen Inhalt. Vicky hatte ein ungutes Gefühl und wollte nicht hinschauen.

»Was ist das denn?«, hörte sie Papa sagen.

»Wer schenkt uns denn sowas!«, kam es von Lily.

Sie trat hinter ihre Tante, um das Geschenk in Augenschein zu nehmen. Es war ein blauer quadratischer Karton mit der Abbildung eines Kreises drauf. Drumherum waren Schmetterlinge, Bäume, die Worte »Ja«, »Nein«, »Vielleicht«, »Später« und das Alphabet angeordnet.

»Ein Spellboard?«, fragte sie entsetzt und trat automatisch einen Schritt zurück.

»Ja, ein Hexenbrett - wie reizend«, Tante Lily hob die Augenbrauen und sah von einem zum anderen.

»Ja, und was macht man damit?«, wollte Papa wissen.

Vicky setzte zu einer ausschweifenden Antwort über Séancen und Geisterbeschwörungen an, doch Lily kam ihr zuvor.

»Das ist ein dummes Spiel, bei dem man die Zukunft befragt. Keine Ahnung, wie jemand auf die Idee kommen könnte, das wäre was für uns.«

Sie musterte jeden nochmals durch ihre Brillengläser, Vicky fror und schwitzte gleichzeitig.

»Lasst uns kurz reinschauen, vielleicht findet sich ja irgendein Hinweis«, sprach sie weiter. Papa hatte bereits das Interesse an dem Geschenk verloren und ging in die Küche, um sich einen Wein einzuschenken. Die Schachtel enthielt außer dem Spielbrett, einer Gebrauchsanleitung und einer spitz zulaufenden handgroßen Scheibe tatsächlich eine Karte mit einem Rosenmotiv und Glitzer drauf - wie die Klebebildchen aus alten Poesiealben. Darauf stand in altmodischer Schrift

»Für Victoria, damit wir in Kontakt bleiben.«

Vicky musste sich setzen.

»Kann ich bitte den Christbaum loben?«

Lily packte die Karte in die Schachtel und schob das Ganze zurück unter den Baum. Dann ging sie ebenfalls in die Küche und kam nach kurzer Zeit mit zwei gefüllten Likörgläschen wieder, eines davon drückte sie Vicky in die Hand. Sie prosteten einander zu und Vicky hatte das Gefühl, dass ihre Tante sie mit ihren Blicken durchbohrte. Sie wollte ihr erklären, dass sie nichts mit dem Geschenk zu tun hatte, doch als sie ansetzte, schüttelte Lily unmerklich den Kopf. Papa gähnte und streckte sich.

»Also, das gute Essen und der viele Wein, ich bin geschafft. Entschuldigt mich, aber ich gehe jetzt ins Bett.«

»Das wird für uns alle das Beste sein«, stimmte Lily zu, machte jedoch keine Anstalten aufzustehen. Vicky drückte Papa einen Kuss auf die Wange.

»Nacht, Papa - geh du ruhig zuerst ins Bad.«

Martin winkte nochmals kurz in die Runde und wenig später konnten sie seine Schritte auf der knarzenden Holztreppe hören. Sie setzte sich in den Ohrensessel und zog die Beine an. Lily ging zu den kleinen rosa Wandschränkchen, die in einer Nische in der offenen Küche hingen, und kramte darin herum. Danach kam sie mit einem Weinglas, gefüllt mit einer klaren Flüssigkeit, zurück, stellte es zur Marienstatue, drehte sich zum Kamin und warf etwas auf das glimmende Holz. Es zischte kurz und ein beißender Geruch von verbrannten Kräutern lag in der Luft, gemischt mit der schweren Süße von Weihrauch. Es qualmte.

»Komm her«, sagte Lily in einem Ton, der keine Widerrede duldete.

Vicky trat neben ihr an den Kamin und die Tante schob sie direkt in den Rauch. Es kratzte in Nase und Hals und sie hustete, aber Lily zeigte kein Erbarmen. Sie packte sie beherzt an der Schulter und drehte sie ein paar Mal nach links, während sie etwas murmelte und gleichzeitig noch mehr von der Qualm erzeugenden Kräutermischung in den Kamin warf. Vickys Augen tränten, ihr wurde langsam schwindlig und sie sah nur noch verschwommen. Endlich hörte Lily auf, ging zu dem Marienaltar, hielt die Hände über das Weinglas und atmete ein paar Mal tief ein und aus. Sie winkte sie zu sich heran und streckte ihr das Glas entgegen.

»Trink es in einem Zug aus.«

Verwirrt tat Vicky wie ihr geheißen. Es war klares, kaltes Wasser, das ihre Kehle hinabfloss bis in den Magen, fast war es, als konnte sie seinen Lauf durch ihren Bauch nachverfolgen. Es tat auf jeden Fall gut und unwillkürlich nahm sie einen tiefen Atemzug. »Schließe die Augen und atme langsam und tief weiter«, erklang Lilys Stimme. Während sie den Befehl befolgte, hörte sie, wie ihre Tante Richtung Terrassentür ging, und kurze Zeit später strömte frische Luft in das Zimmer. Als es nach einer Weile kalt wurde, schloss Lily die Tür wieder.

»Du kannst dich setzen.« Dankbar öffnete Vicky die Augen und ließ sich in den Ohrensessel plumpsen.

»Lass hören - was hast du da mitgebracht?«

Lily hatte sich auf ein Sitzkissen vor den Kamin gesetzt und sah sie freundlich an. Vicky war unschlüssig. Ein unbestimmtes Gefühl sagte ihr, dass ihre Tante nur indirekt das seltsame Geschenk meinte. Sie biss sich auf die Unterlippe und ihr Gehirn lief auf Hochtouren. Sollte sie von dem schwarzen Mann erzählen? Oder von der Party, von dem Unfall?

»Sind Spellboards gefährlich?«, fragte sie stattdessen.

Lily zögerte nur kurz. »Nicht, wenn du die Wesenheit, die du befragt hast, ordnungsgemäß zurückschickst«, antwortete sie und blickte in die Kaminglut, »sonst kann es sein, du schleppst sie mit dir rum, eine recht energieraubende Angelegenheit.«

Vicky dachte an den Mann mit den Sternenaugen. Hatte sie ihn gerufen, oder war er schon immer da gewesen? War er jetzt auch bei ihr?

»Ich habe das Geschenk nicht mitgebracht, Lily, ganz, ganz ehrlich! Keine Ahnung, wo es herkommt,«, sagte sie schließlich. Mochte Lily denken, was sie wollte, es war die Wahrheit.

»Und bei deiner letzten Séance - da hast du auch alles beendet?«

Vicky sah ihre Tante irritiert an. Es war nicht *meine Séance,* ich hatte überhaupt nichts damit zu tun, schrie eine Stimme in ihrem Kopf. Hau ab, hab ich gesagt, lass mich in Ruhe, schrie eine andere. Lily kam zu ihr hinüber und strich ihr behutsam über den Kopf.

»Lass uns ins Bett gehen, Liebes. Es war ein langer Tag.«

Dankbar stand Vicky auf, murmelte »Gute Nacht« und war froh, dass sie nach oben verschwinden konnte. Sie hatte lange die Gedanken und Gefühle an besagtem Abend verdrängt und wollte nicht daran erinnert werden. Zumindest nicht an Weihnachten.

7. Raunächte

Lily lief in ihrem Zimmer hin und her, setzte sich ab und zu auf die alte Holztruhe, die in der Ecke stand, um abermals umherzugehen. Schließlich blieb sie vor ihrem Bett stehen, auf dem das unerwartete Geschenk für ihre Nichte lag. Nachdenklich starrte sie auf die grüne Geschenkverpackung, in die sie das Hexenbrett wieder gewickelt hatte, auf das Band, das sorgsam gebunden wurde. Trotz seines harmlosen Äußeren sendete dieses Päckchen für sie etwas Bedrohliches aus. Es war keinesfalls das bedruckte Brett mit seinen Symbolen, es war die Signatur, die ihm innewohnte. Nie hatte sie erwartet, dieser Energie erneut zu begegnen. Nach einigem Zögern setzte sie sich an ihren Schminktisch und zündete die zwei Kerzen an, die rechts und links vor dem Spiegel standen. In der Mitte des Tisches befand sich eine kleine Replik der Göttin Artemis von Ephesus mit den vielen Brüsten. Sie holte tief Luft und betete:

»Heilige Mutter, von der wir stammen und zu der wir zurückkehren. Hilf mir auf meiner Reise, öffne mein Herz und zeige mir deine Macht, an dunklen wie an hellen Tagen, segne uns alle, die wir deine Kinder sind.«

Sie hatte nicht dran geglaubt, dass dieser Tag eintreffen würde; nein, sie dachte, sie hätte alles Erdenkliche dafür getan, dass das nicht passieren *konnte.* Hatte sie etwas übersehen? Hatten sie alle etwas übersehen? Sie erinnerte sich an den verhängnisvollen Abend, an dem die Geschichte ihren Anfang nahm. Es war das Jahr, das ihr Leben zerstörte. Damals waren sie erheblich jünger gewesen, und unerfahren. »Deppen«, sagte sie laut zu sich, »überhebliche, dämliche Volldeppen.« Alle mussten bezahlen, der eine mehr, der andere weniger. Es hätte doch enden sollen. »Wir müssen dafür sorgen, dass es für immer vorbei ist.« Kurzentschlossen nahm sie ihr Handy und tippte schweren Herzens die Nummer ein, die sie im Leben nie mehr hatte wählen wollen.

In der Nacht gewitterte es und nach anfänglichem Hagel ging der Niederschlag in dicke Schneeflocken über. Der Wind pfiff heulend um das Haus und Vicky, die von dem Prasseln auf dem Dach aufgewacht war, konnte nicht mehr einschlafen. Sie hörte Tante Lily nebenan rumoren und lauschte ihren Schritten, als diese leise die Treppen hinabstieg. Alles war unwirklich, das diffuse Licht, das durch die Fenster schien, die unbekannten Geräusche - ihr war kalt und sie wickelte sich in die Decke ein. Lilys Stimme drang von der unteren Etage zu ihr hinauf. Der Stimmlage nach zu urteilen musste sie aufgebracht sein, Vicky konnte einige Wörter verstehen, die für sie aber keinen Zusammenhang ergaben. Sie fühlte das Bedürfnis, mit jemandem über die Geschehnisse des Abends zu reden. Ihr fiel Sandy ein, als sie nach ihrem Smartphone tastete, das auf dem Nachtkästchen lag. Das Display zeigte kurz vor Mitternacht an. War die Freundin noch auf? Sie überlegte kurz, ob ihr Guthaben für einen Anruf ausreichte, entschloss sich jedoch für eine Kurznachricht.

»Bist du wach? Ruf mal durch. LG, V.«

Der Empfang war bescheiden, Vicky sah das an dem kleinen Punkt links oben im Startbildschirm, wo sich normalerweise drei Balken befanden.

»Ich erwarte dich noch im alten Jahr!«

Vicky zog die Augenbrauen hoch, als sie die Stimme der Tante vernahm. Das war unmissverständlich, selbst für sie. Sie starrte auf ihr Telefon, das keinen Piep von sich gab, stand auf und überprüfte die Heizung. Sie war lauwarm und gluckte leise vor sich hin. Ihr Blick fiel aus dem Fenster, auf die kleine Kreuzung, die bereits so eingeschneit war, dass das Vorfahrt-gewähren-Schild aussah wie ein dürrer Riese ohne Arme. Ein Windstoß ließ den Schnee aufwirbeln, es sah aus, als schneite es quer. Unter den Geräuschen des Sturms konnte Vicky ein Rasseln vernehmen und sie hörte gedämpftes Rufen. Angestrengt starrte sie in die Dunkelheit und traute ihren Augen kaum, als sie bemerkte, wie sich aus dem Schneegestöber berittene Pferde schälten, die im gestreckten Galopp über das Feld jagten. Sie waren ein Heer aus Schneeflocken und ihr Heulen vermischte sich mit den Geräuschen des Windes. Fasziniert beobachtete sie die Horde und versuchte die Reiter genauer in Augenschein zu nehmen. Sie schloss die Augen bis auf einen kleinen Spalt. Die einzelnen Flocken setzten sich zu einfarbigen Ausschnitten eines Puzzles zusammen, das sich nach einer Zeit auflöste. Hier konnte sie Zaumzeug sehen, da einen Stiefel - das gesamte Bild blieb ihr jedoch verwehrt; es war genauso flüchtig wie die Schneekristalle, aus denen es bestand. Als der Spuk nach einer Weile vorüber war, entdeckte sie eine einsame Gestalt, die sich durch den Schnee kämpfte. Sie trug eine seltsame altertümliche Jacke, einen dicken Wollschal und eine Strickmütze, die weit über die Ohren gezogen war. Vicky kam es vor, als hätte die Reiterschar diese Gestalt zurückgelassen, so verlassen und herausgefallen erschien sie ihr. An der Kreuzung sah sie sich um und blickte kurz nach oben. Vicky konnte das Gesicht erkennen - es war das eines jungen Mannes, ungefähr so alt wie sie selbst. Instinktiv trat sie einen Schritt zurück, hinter die Vorhänge. Die Gestalt wandte sich nach einer Weile Richtung Dorf und verschwand im Schneegestöber. Das Vibrieren ihres Handys ließ sie aufschrecken. Schwarze Buchstaben prangten auf dem grünen Hintergrund und verkündeten zwei Minuten nach Mitternacht. Das Blinken eines Umschlags deutete ihr an, dass eine Nachricht eingegangen war. Es war eine SMS von Sandy. »Bin noch wach aber in der Kirche. Morgen?«

Vicky schaltete das Telefon, ohne zu antworten, aus und ging nachdenklich zum Bett hinüber. Sie erinnerte sich an Besuche in ihrer Kindheit, als sie glaubte, es lebte ein Gnom unter ihrem Bett, der am Abend alle Sachen, die sie tagsüber verloren hatte, zusammensammelte und sie dort hortete. Leider rückte er sie nur gegen ein Geschenk in Form von einem Glas Milch heraus, was Vicky dazu bewogen hatte, zur Schlafenszeit abermals die Küche aufzusuchen. Lily war von ihren Aktionen nach dem zu Bett bringen nicht begeistert gewesen und hatte dem Gnom schließlich mit einer Glocke den Garaus gemacht. Vicky kräuselte die Lippen zu einem Lächeln, während sie daran dachte, was ihre Tante morgen zu ihrer nächtlichen Beobachtung sagen würde.

Sie hörte sie die Treppe hinaufschleichen. Ihre Schritte verharrten kurz vor ihrem Zimmer, wandten sich jedoch nach einigem Zögern zur gegenüberliegenden Seite. Durch die Tür drang der Geruch von verbrannten Kräutern. Beruhigt legte sich Vicky ins Bett. Lily räucherte wie immer an Heiligabend das gesamte Gebäude aus. Manche Dinge änderten sich nie.

Als Vicky am nächsten Morgen aufwachte, war das Wetter unverändert. Der Duft von frisch gebrühtem Kaffee gepaart mit lautem Geschirrklappern deutete an, dass Papa und Lily bereits auf den Beinen waren. Sie streckte sich gähnend. Gerne hätte sie noch weitergeschlafen, aber die dicken Flocken, die an ihren Fenstern vorbeizogen, ermahnten sie zum Aufstehen. Ihre Tante benötigte sicher ihre Hilfe beim Schneeräumen. Geschwind schlüpfte sie in ihre Kleider und eilte nach unten.

»... Ich werde erst im Hotel wohnen«, Papa saß am Tisch, kaute an einem Wurstbrot, vor sich eine dampfende Tasse Tee.

»Ah, Vicky, guten Morgen!«

Er drückte ihr einen Kuss auf die Wange.

»Die Firma bezahlt mir eine möblierte Wohnung, aber ich muss sie mir selbst suchen, naja, das wird ein Abenteuer.« Missmutig runzelte er die Stirn.

Der Gedanke, die Zeit ohne Papa zu verbringen, lag Vicky schwer im Magen. Sie waren nie länger als ein paar Wochen getrennt gewesen, wie sollte sie das überstehen?

»Ein halbes Jahr ist gar nichts«, warf Lily ein, »Vicky und ich kommen schon klar, du wirst sehen, flugs ist es Sommer.«

Sie wandte sich an ihre Nichte: »Magst du einen Kaffee, Liebes?«

Tante Lily stand bereits an der Küchenzeile.

»Viel Milch und drei Löffel Zucker«, brummelte Vicky.

Papa musste an Silvester abreisen, sie mochte nicht darüber nachdenken. Noch war er da, kein Grund zur Panik. Schnell das Thema wechseln.

»Ich habe gestern Nacht ein Schneephänomen beobachtet«, platzte es plötzlich aus ihr heraus.

»Kennt ihr das, wenn der Schnee so wirbelt, dass du meinst, du siehst Sachen?«

Deutlich hatte sie die Szene vor Augen.

»Aha, was hast du denn gesehen?«

Lily gab ihr die Tasse und sah sie interessiert an, während Papa mit abwesender Miene am Telefon seine E-Mails durchging.

»Hm, naja, da war eine Horde Reiter, da drüben auf der Wiese. Aber die waren nicht wirklich da, eher so - halb. Vor der Kreuzung haben sie sich wieder aufgelöst.«

Lily hob leicht die Augenbrauen und verunsicherte sie damit. Fast glaubte sie, die Tante wolle nachfragen, ob sie sich nicht täuschte.

»Ach du hast das wilde Heer gesehen«, sagte sie stattdessen mit einem dünnen Lächeln, »in den Bergdörfern hat man sie früher öfters gesichtet. Ich meine, noch im letzten Jahrhundert. Die Leute hatten solche Angst davor, von den Reitern mitgenommen zu werden, dass sie sich von Weihnachten bis Silvester nach Einbruch der Dunkelheit nicht mehr raustrauten. Wenn sie trotzdem das Haus verlassen mussten, haben sie sich quer über den Weg gelegt, sobald sie Rufen oder Hufschlag hörten, damit die Reiterschar meinte, sie wären seelenlose Baumstämme. Um das Heer von den Höfen fernzuhalten, wurde zwischen den Jahren viel geräuchert, man nennt diese Nächte auch Raunächte.« »Und wer sind diese Reiter? Sind die echt?« Vicky war gespannt. Sie mochte es, wenn ihre Tante volkstümliche Geschichten erzählte. Lily zuckte die Achseln. »Wer weiß es denn so genau, ob sie echt sind. Erzählungen über die sogenannte Wilde Jagd gibt es schon lange - sie stammen noch aus einer Zeit, bevor man an den Herrgott glaubte. Einige sagen, es sei Wodan mit seinem Heer von Gefallenen, der der Freya hinterherjagt. Auffallend ist halt, dass sie sich meist in Winterstürmen zeigen. In den Bergen pfeift der Wind eben recht heftig. Man kann sie aber auch einfach Phänomene nennen. Kommt drauf an, wie abergläubisch man ist.« Sie zwinkerte Lily zu und stand auf.

»Hilft mir nun jemand mit dem Schnee?«

Die Kälte fuhr Vicky bis ins Mark, so dass sie automatisch den Reißverschluss ihrer Jacke bis unters Kinn hochzog. Die neuen Schuhe waren noch etwas steif, aber genau das Passende für die Witterung. Lily hatte ihr ein Paar ihrer Handschuhe geliehen, daran hatte sie natürlich nicht gedacht. Sobald die Feiertage herum waren, musste sie in die Stadt, um sich eigene zu besorgen. Eine gute Gelegenheit, die Busfahrpläne kennenzulernen.

Prüfend sah sie auf die Armee Schneeschippen, die an der Hauswand lehnte. Von der Schneehexe aus Aluminium über Schneeschieber aus Holz bis zu den klassischen Schneeschaufeln aus Plastik war alles dabei. Sie entschied sich für die kleine rote Kinderschippe, da der Schnee recht nass aussah. Während Papa mit der Schneefräse in der Auffahrt hantierte, beschloss Vicky, sich die Terrasse vorzunehmen. Sie ging um das Haus herum und legte als Erstes das hölzerne Gartentürchen frei. Dann arbeitete sie sich langsam durch den schweren Pappschnee, eine hüfthohe Schneewand jenseits des Weges hinterlassend. Sie kam dabei so ins Schwitzen, dass sie die Jacke öffnete, um sich etwas Abkühlung zu verschaffen. Ihr Handy purzelte aus der Innentasche und sie konnte es gerade noch auffangen. Im selben Augenblick klingelte es.

»Hey, Vicky, alles klar?« Sandys Stimme klang gelangweilt.

»Ja, geht so. Und bei dir?« Dankbar für die unerwartete Pause stellte sie die Schneeschippe zur Seite. »Gab's fette Geschenke?«

»Praktisches Anziehzeugs und ein langweiliges Buch - so unterirdisch, dass ich's nicht mal auf Facebook gestellt habe. Hoffe, die Ausbeute war bei dir besser?«

Vicky zögerte kurz mit der Antwort. »Naja, schon - im Übrigen, danke für das Spellboard.«

»Hää, von was redest du?« Sandy klang verwirrt.

»Von deinem Päckchen - war echt witzig«, ihre Stimme zitterte leicht.

»Seit wann schenken wir uns was zu Weihnachten, und warum um Himmels willen sollte ich dir so was Bescheuertes besorgen!«

Vicky wog die Worte der Freundin ab. Seit sie sich kannten, hatte Sandy sie noch niemals belogen. Sie beschloss, ihr zu glauben. »Dann muss es ein anderer Scherzkeks gewesen sein, ich kam echt in Erklärungsnot gestern.«

»Wie krass! Kam das mit der Post? Wer hat es denn unter den Baum gelegt? Kannst du das posten?« Sandy schien aufgewacht zu sein, ihrer aufgeregten Stimme nach zu urteilen. »Wie schaut es aus?«

Vicky beschrieb kurz den vorigen Abend bis zum Auspacken des Brettes. Die Karte ließ sie allerdings aus.

»Wie gesagt, Lily hat nichts erwähnt, und als wir den Baum schmückten, war da drunter alles leer.«

»Vielleicht hat dein Papa das mit angeschleppt, irgendjemand hat es ihm sicher untergejubelt. Hattest du Besuch vor der Abreise?«

»Du meinst außer dir? Niemand.«

»Oh.« Im Hintergrund hörte sie Stimmengewirr. »Mist, ich muss aufstehen und frühstücken, halt mich bitte auf dem Laufenden!«, damit legte Sandy auf. Nachdenklich steckte Vicky das Telefon ein und starrte durch die Terrassentür auf den Christbaum. Es war alles seltsam. Erste Sonnenstrahlen kämpften sich aus den dunklen Wolkenfetzen und spiegelten sich in der Scheibe. Es hatte aufgehört zu schneien.

Nach dem Frühstück mummelte sie sich dick ein und machte sich auf den Weg hinunter ins Dorf. Für Vicky war es Tradition, ihre Mutter am ersten Weihnachtsfeiertag auf dem Friedhof zu besuchen. Zugegebenermaßen war Papa der Initiator gewesen, doch seit vorletztem Jahr verzichtete sie gänzlich auf seine Begleitung. So konnte sie sich ihren Gedanken hingeben, ohne auf ihre Umgebung achten zu müssen. Ein Segen, wenn sie bedachte, wie oft sie sich in Papas Gegenwart zusammennahm, nur um ihn nicht traurig zu stimmen. Sie hatte es sich so angewöhnt, seine Stimmung zu erahnen und darauf zu reagieren, dass sie ihre eigenen Gefühle oft gar nicht mehr fühlte.

Sie freute sich auf die Einsamkeit auf dem Kirchhof. Die Straße war in der Breite des Schneepfluges wie zur Rodelbahn gewalzt und Vicky musste ihre Hacken in den Boden rammen, um nicht auszurutschen. Durch die Sonne, die den Schnee wie kleine Kristalle aufblitzen ließ, fühlte sie sich in eine Zauberwelt versetzt. Es war wie in ihrer Kindheit, damals bildete sie sich ein, die Schneekönigin wohne in diesem Dorf. Als das Bächlein zu ihrer Linken in Sicht kam, wurde der Weg so steil, dass sie sich schon auf dem Hosenboden die Straße hinabrutschen sah. Langsam tastete sie sich vorwärts, einen Fuß vor den anderen setzend. Jemand hatte sich erbarmt, den Steg, der über das *Bacherl* führte, freizuschaufeln. Er war mit Splitt bestreut, so dass die Abkürzung über die Dorfbücherei frei war. Beschwingt überquerte Vicky die Brücke und den Bach, der unter der Schneedecke kaum auszumachen war. Hohe Schneehaufen säumten die sauber geräumten Einfahrten der Häuser, deren fleißige Bewohner alle drinnen beim Aufwärmen waren. In diesem Moment hatte sie das Gefühl, dieses Dorf könnte doch ihre zweite Heimat werden.

Ein paar Schritte noch, bis sie die weiße Mauer erreichte, die die Kirche und den Friedhof umgab. Vor einem verwitterten Denkmal hielt sie kurz inne. Das Kreuz, das auf der Sandsteinsäule thronte, war komplett eingeschneit und der Schnee hatte sich an die in Stein gehauenen Dornenranken geheftet. Die Säule machte nicht den Eindruck, als würde sie dort hingehören. Vicky legte ihre rechte Hand auf den rauen Stein. ‚Sie verpflanzen mich gerade', dachte sie, ‚und ich werde ebenso deplatziert ausschauen wie du.'

»Sie war früher dort drüben.« Mehr erstaunt als erschrocken wandte sie sich der weichen Männerstimme zu. Wo kam die denn so plötzlich her? Ein junger Mann in einer unförmigen Jacke stand vor ihr, die linke Hand deutete auf die gegenüberliegende Straßenseite, in der rechten Hand hielt er eine Schneeschippe. Auf dem Kopf trug er eine grobgestrickte Wollmütze, aus der ein paar schwarze Strähnen hervorlugten. Ihre Augen weiteten sich unmerklich: Das war der Junge von gestern Nacht!

Er lächelte verlegen und sah sie aus rehbraunen Augen an, unter denen sich eine mit Sommersprossen übersäte Stupsnase befand. Vickys Blick folgte seinem Arm zu dem ausladenden Kriegerdenkmal am Bach. Zwei steinerne Löwen säumten die Stufen, die zu der dreiteiligen Steintafel führten. Hinter der mittleren Tafel war eine quaderförmige Säule angebracht, die in einer kleinen Pyramide endete. Ein Schneehütchen deutete an, dass sich auf der Spitze noch etwas befinden musste. Sie konnte drei Soldaten mit verschiedenen Helmen erkennen, die auf dreieckigen Vorsprüngen standen. Die Steinfigur in der Mitte trug statt einer Uniform einen Rock, sein Oberkörper war unbekleidet und er hatte ein gesenktes Schwert in der Hand. Jemand hatte das Plateau von Schnee befreit.

»Das hier war das ursprüngliche Denkmal für die Gefallenen im Krieg gegen die Franzosen 1870. Nach dem Ersten Weltkrieg wollten die Familien aus dem Dorf für ihre Verstorbenen ebenfalls ein Mahnmal aufstellen lassen.«

Er machte eine kurze Pause und seufzte. »Da hat man sie ersetzt, an der Friedhofsmauer abgelegt und fast vergessen.«

Vicky dachte an Sandy und Emil und fühlte sich wie die Säule, die einfach ausgetauscht und dann achtlos liegen gelassen wurde. Sie sah sie nun mit ganz anderen Augen.

»Aber irgendeiner hat sich dann doch ihrer angenommen, denn sie steht ja jetzt.«

Sie wandte sich dem Jungen zu, der sie freundlich ansah.

»Ja, aber erst, als jemand sie als Bachbefestigung benutzen wollte, das fanden einige dann doch schade.«

Ob der junge Mann einen Urgroßvater hatte, der im Franzosenkrieg gefallen war und deswegen auch eine Verbindung zu der Säule hatte?

»Das ist wirklich eine interessante Geschichte. Danke sehr für den Geschichtsunterricht«, sagte sie lächelnd. Oh Mann, der ist echt goldig, fuhr ihr durch den Kopf. Von mir aus kann er stundenlang weiter reden. Leider fiel ihr nichts Sinnvolles ein, um die Konversation aufrechtzuerhalten. Sie musste etwas sagen, bevor es peinlich wurde.

»Ich, äh, ich muss jetzt weiter ...«, sie deutete auf den Eingang zum Friedhof. »Vielleicht sieht man sich ja mal wieder ... ähm ...«, sie hoffte inbrünstig, er würde ihr seinen Namen verraten.

»Melchior, freut mich außerordentlich ...« Während er einen Schritt auf sie zutrat, wechselte die Schippe in seine Linke und er streckte ihr die freie Hand entgegen. Diese höfliche wie auch altmodische Geste rührte sie zutiefst. Dort, wo sie herkam, waren die Jugendlichen ganz anders. Entweder man kannte sich, dann nickte man sich zu, oder man ignorierte sich. Diese Aufmerksamkeit gefiel ihr sehr. Herzlich ergriff sie die dargebotene Hand und schüttelte sie.

»Victoria, meine Freunde sagen Vicky.«

Obwohl sie beide Handschuhe trugen, spürte sie ein leichtes Kribbeln an ihren Handflächen, wie kleine elektrische Impulse. Melchior zog seine Hand hastig zurück und trat zur Seite.

»Dann möchte ich nicht weiter stören, Vicky. Ich wünsche dir einen schönen Tag.« Er deutete eine Verbeugung an.

»Ich dir auch, Melchior, freut mich auch sehr, dich kennengelernt zu haben.« Sie merkte, wie sie rot anlief, und trat schnellen Schrittes zum Nebeneingang des Friedhofes. ‚Was für ein seltsamer Name', ging ihr durch den Kopf, ‚aber er passt so gut zu ihm.' Sie hielt kurz inne und sah die Straße zurück. Von dem Jungen war nichts mehr zu sehen.

Mit leichtem Bedauern blickte sie über die Gräber. Der einzige Weg, der bereits geräumt war, war der vom Haupttor zur Kirchentür. Vor sich konnte sie Fußspuren im kniehohen Schnee erkennen. Da sie in beide Richtungen führten, ging sie davon aus, dass sie allein war. Mamas Grab befand sich am rückwärtigen Teil der Aussegnungshalle. Sie beschloss, die vorhandenen Spuren, so weit es möglich war, zu nutzen; bei dieser Kälte hatte sie wenig Lust auf nasse Hosen. Nach einer Weile bogen die Spuren jedoch nach rechts ab und sie stapfte geradeaus weiter, das Kirchenschiff hinter sich lassend. Mama lag in der ersten Reihe links nach der Halle, die Letzte an der Eibenhecke. Vom behauenen Naturstein spitzte nur das obere Drittel aus dem Schnee, doch man konnte die Rosenblüte erkennen, die neben dem Namen eingehauen war. Vicky beugte sich so weit wie möglich vor, krampfhaft bemüht, nicht vornüber zu fallen. Mit einer Hand stützte sie sich am Grabstein auf, mit der anderen entfernte sie die Schneeflocken, die sich frech auf die Inschrift niedergelassen hatten. Eva Schubert, geb. Mayr stand da. Mehr wollte sie nicht freilegen. Seinen eigenen Geburtstag als Todestag der Mutter ständig im Kopf zu haben, genügte ihr vollauf. Sie versuchte sich auf Mama einzustimmen, doch es gelang ihr nicht, denn Melchior drängte sich in ihre Gedanken. Schließlich atmete sie tief ein und aus.

»Mama, ich werde jetzt ganz oft kommen. Papa ist für ein halbes Jahr in Indien und ich wohne so lange bei Lily. Gerade habe ich mit einem Jungen gesprochen, weißt du was, er ist so anders ... so nett! Ich glaube, die Zeit hier wird doch nicht so übel. Drück mir bitte die Daumen, dass ich ihn nochmal treffe ...« Sie dachte abermals an die Begegnung und ihr Herz klopfte. Schnell verbannte sie ihn aus ihrem Kopf. »... Ach Mama, ich wünsche mir so sehr, wir hätten es beide geschafft und wären jetzt zusammen ...«, von einem Moment zum anderen wurde sie traurig. Sie stockte und wischte sich verstohlen ein paar Tränen aus dem Gesicht. Raben flogen mit lautem Geschrei über sie hinweg und der Schneefall setzte wieder ein. Bald schneite es so stark, dass Vicky kaum mehr die Hand vor Augen sehen konnte. In Gedanken stellte sie sich ihre Mutter vor, wie sie bei Lily in der Stube saß und den Christbaum lobte. Es war ein schönes Bild. »Ich wünsche dir friedliche Weihnachten, Mama«, flüsterte sie schließlich und machte sich langsam auf den Heimweg.

Silvester
8. Zarç

Die restlichen Tage bis zum Jahreswechsel verliefen recht ereignislos. Sobald das Wetter es zuließ, waren sie ein paarmal spazieren und Papa nahm sich einmal einen Skitag, während die Frauen den Haushalt erledigten. Lily hatte ihrer Nichte erklärt, dass der einzige Zugang zum Internet sich in ihrem Büro befand, sie jedoch feste Zeiten in der Woche ausmachen konnten, an denen Vicky für eine Stunde an den PC durfte. Damit musste sie leben, momentan hatte sie eh keine Ahnung, was sie auf Facebook posten sollte. Sie wartete noch ein paarmal auf das Wilde Heer, aber an den klaren und windstillen Nächten gab es, außer Sternen, nichts weiter zu sehen. Papas Abreisetag kam viel zu schnell und war ganz anders, als sie es sich ausgemalt hatte. In ihren Vorstellungen standen beide tränenüberströmt am Terminal und verabschiedeten sich minutenlang und herzzerreißend, doch da sie in einen Stau kamen, reichte die Zeit nur für eine kurze Umarmung, bis Papa durch den Zoll eilte. »Ich schicke eine SMS, wenn ich gelandet bin!«, rief er noch, bevor er nicht mehr zu sehen war. Irgendwie fühlte sie sich um ihren Abschied betrogen.

Lily ließ ihr keine Zeit für Schwermut, denn sie hatte am Abend ein paar Freundinnen eingeladen und sie mussten noch eine lange Einkaufsliste abarbeiten.

»Was meinst du, brauchen wir Ballons, Luftschlangen und so'n Kram?« überlegte Lily laut, während sie das Auto zügig durch den Verkehr zur Autobahn steuerte.

Vicky kicherte. »Ich wusste nicht, dass du einen Kindergeburtstag feiern wolltest. Aber wenn du schon dabei bist: Was hältst du von Tischfeuerwerk?«

»Hmm, erstmal müssen wir hier aus dieser verflixten Stadt raus. Ich hasse München, habe ich das mal erwähnt?«

Die Abneigung gegen die Landeshauptstadt hatte sie an diesem Morgen des Öfteren kundgetan. Vicky lehnte sich in den Sitz zurück und beschloss die Tante erst anzusprechen, wenn sie auf die Bundesstraße auffuhren.

Sie überlegte, ob sie jemals Tischfeuerwerk in echt gesehen hatte oder es nur aus dem Fernsehen kannte.

»Du meinst diese Kegel, die man anzündet und dann sprüht Konfetti raus?«, nahm Lily das Gespräch wieder auf. »Ich glaube nicht, dass wir das in dem Markt bekommen, zu dem ich fahren wollte. Im Übrigen hoffe ich, es ist für dich in Ordnung, wenn wir keine Feuerwerkskörper kaufen. Ich halte es für Verschwendung, genauso gut könnte man auch Geld verbrennen.« »Kein Problem«, sagte Vicky, »Papa und ich sind meist auch nur auf irgendeine Anhöhe gefahren und haben gestaunt, was die Leute so in die Luft schießen. Aber schön anzuschauen war es trotzdem.«

Lily schmunzelte. »Von der Wiese vor dem Haus können wir aufs Dorf und bis in die nächste Stadt sehen. Ich wette, wir bekommen einiges an Feuerwerk geboten.« Vickys Gedanken schweiften zu Papa. Wie würde er wohl den Abend verbringen? Ob sie in dem Hotel eine Party veranstalteten? »Mach dir um Martin keine Sorgen. Er wird nach dem Landen in ein Taxi steigen, zum Hotel fahren, duschen und sich dann sein erstes richtig indisches Essen genehmigen. Vielleicht lernt er auch schon jemand kennen. Du weißt doch, wie er ist. Ihm wird nicht langweilig.« Offenbar konnte Lily in ihren Gedanken lesen wie in einem Buch. ‚Ein kleiner Trost, dass zumindest Bettina nicht dabei ist', dachte Vicky, ‚die sehe ich hoffentlich nie wieder.'

Nach dem Einkaufen verfiel Tante Lily sofort in Hektik. Brokkoli, Sellerie, Karotten und Blumenkohl mussten in mundgerechte Stücke geschnitten werden, was sie an Vicky delegierte. Sie selbst verschwand im Keller, um nach Fonduetöpfen zu fahnden und Verlängerungskabel für die dazugehörigen elektrischen Wärmeplatten zusammenzusammeln. Sie erwartete vier Gäste, und die wollten am frühen Abend eintreffen. Nach Vickys Befinden hatten sie noch genügend Zeit, doch Lily war komplett anderer Meinung. Sie zählte ihr auf, was noch alles zu erledigen war, vom Tische dekorieren bis zum Bowle ansetzen. Damit schaffte sie es tatsächlich, auch in ihrer Nichte eine kleine Panik hervorzurufen, sodass Vicky nun mit voller Konzentration das Gemüse schnitt und es auf einem mit Alufolie umwickelten Backblech ansprechend anrichtete. In dem Moment, als sie überlegte, was sie mit dem Broccolistrunk anstellen sollte, klingelte es an der Tür.

Erstaunt legte sie das Messer zur Seite und warf einen Blick durch das Küchenfenster auf die Einfahrt. Ein dunkler Kombi parkte dort, sie musste so in ihre Arbeit versunken gewesen sein, dass sie ihn nicht hatte kommen hören. Schnell wischte sie sich die Hände am Geschirrtuch ab und öffnete neugierig die Haustür. Ein untersetzter Mann mittleren Alters stand davor, mit grauen Haaren und kleinen blauen Augen hinter einer randlosen Brille. Er war so ordentlich gekleidet, wie Vicky es von Handelsvertretern kannte - oder von den Zeugen Jehovas. Die Jacke spannte an seinem Bauchansatz und der hellbraune karierte Schal, der sein Doppelkinn verhüllte, hob sich von dem Schwarz seiner sonstigen Kleidung ab. Sie wäre nicht erstaunt gewesen, wenn er sie gefragt hätte, ob er ihren Teppich saugen dürfte oder sie vielleicht mit ihm über Gott reden wollte. Stattdessen rief er: »Du musst Victoria sein!« Ehe sie sich versah, zog er sie in seine Arme und sie versank in einer Wolke teurem Parfum. Seine Umarmung glich einem Schraubstock. Sie bemühte sich redlich, sich zu befreien. »Ja, und Sie sind ...?« Sein Lachen war sehr unsympathisch. »Ich bin Michael. Hat dir Lilith nichts von mir erzählt? Wir kennen uns schon laaange!« »Nein - und sie erwähnte auch nichts von Ihrem Besuch.« Bevor Vicky es verhindern konnte, machte der Mann einen großen Schritt und war im Haus. »Na, dann hol sie mal, sie freut sich, mich zu sehen.« Er sah sie auffordernd an, wie jemand, der es gewohnt war, Befehle zu erteilen. Widerwillig eilte sie zur Kellertreppe. »Tante Lily! Der Michael ist da.« Sie hörte ein Rumpeln und ein Fluchen und nach einer Weile kam Lilith schwerbeladen die Treppe hinauf. »Wer?« »Ich.« Lächelnd war der Mann hinter Vicky aufgetaucht und streckte einladend beide Hände aus. Er konnte doch nicht im Ernst meinen, dass Lily das Zeugs von sich warf, um sich in seine Arme zu stürzen?

»Ach du!« Die Tante sah alles andere als begeistert aus. »Nimm mir mal was ab«, sagte sie knapp, trat auf ihn zu und übergab ihm ihre Ladung. Dann scheuchte sie Vicky und den Besucher in die Küche, während sie die Kellertür schloss. »Du weißt schon, dass du die Gabe hast, an den ungünstigsten Momenten aufzutauchen?«, fuhr sie Michael an. Vicky wusch sich kurz die Hände und wandte sich wieder ihrer Aufgabe des Gemüseputzens zu. Sie machte ein gleichmütiges Gesicht, in Wirklichkeit war sie jedoch wahnsinnig neugierig. »Naja, da du da bist, kannst du mir auch gleich mit dem Stromanschluss hier helfen. Vicky - hat er sich dir vorgestellt? Das ist Micha, auch Zarç genannt.«

»Hm ja, er sagte, ihr kennt euch schon lange«, sie warf einen Blick auf den Mann, der sich leicht unbeholfen seiner Jacke entledigte. An seiner Hand fiel ihr ein silberner Siegelring mit einer schwarzen Platte auf, auf der ein seltsames geometrisches Muster eingraviert war. »Du wirst hoffentlich nicht mit uns mitfeiern wollen?«, fragte Lily unverblümt.

Zarç lächelte säuerlich.

»Darf ich dich daran erinnern, dass du mich noch im alten Jahr sehen wolltest?« Vicky sah, wie ihre Tante die Augen verdrehte, während sie sich den Schachteln mit den Fonduetöpfen zuwandte und sie auspackte.

»Die hier kommen auf den Tisch - wir müssen die Kabel irgendwie so legen, dass niemand nachher hängen bleibt. Ich dachte mir, wir nehmen dazu Paketklebeband?«

Micha-Zarç machte sich ans Werk. Nachdem er eine Weile schweigend verschiedene Positionen für die Kabel ausprobiert hatte, begann er damit, diese an der Tischplatte festzukleben. »Im Übrigen musst du dir keine Sorgen machen, dass ich bleibe. Wir feiern heute ja selbst im Ord... äh im Vereinsheim.« In Vickys Hirn arbeitete es. Galt Lilys aufgeregter Anruf am Heiligen Abend etwa ihm? Und was meinte er mit Ord...? Es war offensichtlich, dass er wegen ihr ein anderes Wort gewählt hatte. Tante Lily ging zum Kühlschrank und holte die Rinderfilets heraus. »Wenn du fertig bist, Vicky, möchte ich dich bitten, auch das Fleisch kleinzuschneiden. Hier sind die Fonduegabeln, mach die Stücke aber nicht zu groß und nicht zu klein, die sollen später im Topf nicht von der Gabel fallen. Micha und ich haben noch etwas Geschäftliches zu besprechen. Wir sind drüben.« Sie machte eine Kopfbewegung Richtung Flur und Zarç folgte ihr nach draußen.

In ihrem Arbeitszimmer angekommen, schloss Lily leise die Tür. Mit forschen Schritten ging sie zu ihrem Büroschrank hinüber. »Setz dich doch«, forderte sie den Besucher auf. Sie zeigte auf die Sitzecke, die jenseits ihres Bürotisches stand.

Verschiedene Sitzgelegenheiten in allen erdenklichen Farben und Formen waren scheinbar zufällig um einen niedrigen Tisch herum angeordnet. Der Angesprochene tat wie geheißen, blickte erstaunt auf die bunte Ansammlung, um schließlich den blau gepolsterten Sessel zu wählen, der aussah wie ein Thron mit einer goldbestickten Krone auf der Lehne. Mit seiner Wahl zufrieden nahm er Platz. Erst jetzt bemerkte er das Bild auf der gegenüberliegenden Wand, das ein Kornfeld mit blutroten Mohnblumen zeigte. Es hatte etwas Beunruhigendes an sich. Lily lächelte dünn. Die meisten Leute fühlten sich zu den Sesseln hingezogen, die ihren inneren Zustand am besten spiegelte. Ihrer Einschätzung nach besaß dieser Mann mehr Selbstbewusstsein, als es seiner Umwelt zuweilen guttat. Der Stuhl passte deshalb genau zu ihm. Aus dem Schrank holte sie das Geschenk, das Vicky unter dem Christbaum gefunden hatte, legte es auf den Tisch und wählte selbst den roten, asymmetrischen Sessel, dessen Beine in violetten Stiefeletten endeten.

»Da ist es«, sagte sie. »Was hältst du davon?«

Zarç, der es sich in seinem Sitz bequem machte, zeigte keinerlei Interesse an dem Päckchen.

»Du weißt, dass ich es äußerst bedauerlich finde, dass du den Orden damals verlassen hast?«, meinte er stattdessen.

Innerlich knirschte Lily mit den Zähnen, bemühte sich jedoch um ein gleichmütiges Gesicht. Sie stellte sich darauf ein, ein Verkaufsgespräch über die Vorteile einer magischen Vereinigung über sich ergehen zu lassen. Diese Art von Gesprächen war bereits vor sechzehn Jahren mehrmals geführt worden, und als Zarç' »Heimsuchungen« plötzlich aufgehört hatten, war sie der Meinung gewesen, er hätte sie endlich verstanden.

»Die Türen standen dir immer offen. Es wäre schön, wenn du dich uns wieder anschließt.«

»Könnten wir einfach nicht mehr darüber reden?«, fiel Lily ihm ins Wort. »Du weißt, was ich von euren Methoden halte! Mir sind Dinge heilig, vor denen ihr keinen Respekt habt. Es ist sinnlos, mich umstimmen zu wollen.«

»Es ist viel Zeit vergangen, Menschen können sich ändern,«, entgegnete Michael. Ein ‚Aber du sicherlich nicht' lag ihr auf der Zunge, aber sie biss die Zähne zusammen, nicht gewillt, weiter auf sein Ansinnen einzugehen. Zu mühsam waren diese Diskussionen; es waren Dinge geschehen, über die sie nochmals reden mussten, aber nicht heute. Sie deutete mit dem Kinn auf das grüne Päckchen. »Also sag, ob ich mich getäuscht habe.« Jetzt war es an ihr, sich zurückzulehnen. Stirnrunzelnd sah Zarç auf den Tisch, bevor er aufstand, um aus seiner Hosentasche einen kleinen, silbernen Gegenstand hervorzuholen, der an einer kurzen Kette baumelte. Auffällig daran war eine kegelförmige Spirale, die in einer massiven

Spitze endete. Mit ruhiger Hand ließ er den Kegel über dem Geschenk baumeln; als dieser nach einer Weile stillstand, murmelte er ein paar Worte.

Lily beugte sich gespannt vor. Das Pendel begann zischend auszuschlagen, nach allen Richtungen gleichzeitig zeigend, wie wenn sich im Inneren des Paketes mehrere Magnete befänden, jede Energie für sich um Aufmerksamkeit heischend. Zarç hatte sichtlich Probleme, das Pendel festzuhalten. Kleine Schweißperlen standen ihm auf der Stirn. Schließlich ließ er es einfach los. Mit einem metallenen Geräusch schlug es in den Holzboden neben dem Tisch ein, wo es stecken blieb und mit einem hohen Ton nachvibrierte. Für eine Weile herrschte Schweigen.

»Ich habe es immer noch nicht verstanden, warum ihr Magier so auf Effekthascherei steht«, bemerkte Lily endlich trocken.

»Sollte es daran liegen, dass euch die Intuition vollkommen abhandengekommen ist? Ein kurzes ‚Ja, du hast recht‘ hätte mir auch gereicht. Schau dir meinen armen Fußboden an.« Sie beugte sich über das Pendel, streckte die Hand aus, zog sie jedoch sogleich zurück.

»Entschuldige, fast wäre es mir entfallen. Du verbringst ja sonst Stunden damit, es zu ‚entoden‘.« Zynisch lächelnd setzte sie sich zurück auf ihren Platz und sah zu, wie Michael sich redlich bemühte, die Spitze des Kegels aus ihrem Holzboden zu bekommen. Soweit sie beurteilen konnte, steckte sie tief im Holz - es war nahezu unmöglich, sie zu befreien, ohne dass die Spirale Schaden nahm. »Nein, hier, probier du es, du hast die zarteren Finger«, gab der Mann schließlich klein bei. Lily kniete sich neben das Pendel auf den Boden und umfasste es leicht. Sie stellte sich vor, wie die glatte Spitze im Holz hing und von ihm festgehalten wurde. Stundenlang war sie auf den Knien gewesen, um den Fußboden zu versiegeln, sie kannte jede Maserung des Parketts. ‚Bitte lass es frei‘, dachte sie, ‚ich kümmere mich um deine Wunde.‘ Kurz zog sie an dem Kegel und hielt ihn schließlich in Händen. Sie beeilte sich, das Pendel loszuwerden. »Da hast du dein Angeberpendel«, sagte sie augenzwinkernd, während sie Spucke in das kleine Loch schmierte.

Micha prüfte, ob der Anhänger ganz war, und steckte das Pendel zurück in die Hosentasche. »Ich habe mich bemüht, keine Spuren daran zu hinterlassen«, sie konnte es sich einfach nicht verkneifen, einen weiteren Seitenhieb auf die Regel der energetischen Reinheit magischer Werkzeuge abzulassen.

»Ach ja, wie habe ich deinen Humor vermisst«, entgegnete Zarç trocken.

»In der Tat haben wir es hier mit demselben Wesen zu tun wie damals. Was also ist dein Plan?«

Es ärgerte sie, dass er nicht auf das Naheliegendste kam.

»Wir müssen die alte Gruppe aktivieren.« Ihr grauste es vor dem, was sie als Nächstes sagen musste.

»Unsere Arbeit war fehlerhaft, wir werden sie überprüfen, um sie korrekt zu Ende zu führen.«

Unheilvoll hingen die Worte im Raum, wie düstere Wolken an einem Sommertag. Beide starrten zuerst auf das grüne unscheinbare Päckchen, musterten sich anschließend gegenseitig abschätzend, um dann beinahe gleichzeitig aufzustehen.

Zarç seufzte.

»Ich wünschte, unser Wiedersehen stünde unter einem besseren Stern.«

Er steckte ihr die Hand entgegen. »Auf eine weitere Zusammenarbeit.«

Lily ergriff sie mit düsterer Mine.

»Auf dass wir diesmal erfolgreicher sind«, war ihre grimmige Antwort.

9. Gedankenspiele

Zarç verabschiedete sich überschwänglich von Vicky, die darauf bedacht war, einen Sicherheitsabstand zu ihm einzuhalten. Sie hatte keine Lust, nochmals in eine ungewollte Umarmung zu fallen; so nett, wie er tat, so vereinnahmend war er auch. Auch Lily konnte es offenbar nicht erwarten, dass er das Haus verließ. Durch einen Blick aus dem Küchenfenster beobachtete sie, wie das Auto vom Hof fuhr.

»Eigentlich sollte man ihm noch einen Sack Salz hinterherschmeißen«, murmelte sie kopfschüttelnd. Dann wandte sie sich den zwei Backblechen zu, auf denen Fleisch und Gemüse appetitlich angerichtet waren.

»Oh, das hast du aber toll gemacht, prima.«

Sie lächelte zufrieden. Aus dem Kühlschrank holte sie den Topf mit der vorbereiteten Gemüsebrühe und stellte ihn auf den Herd, anschließend beförderte sie ein paar Gläser eingemachte Früchte aus dem Vorratsschrank. Vicky wartete auf eine Erklärung bezüglich des seltsamen Besuchs, aber ihre Tante schwieg beharrlich. ‚Nun, sag schon', dachte sie, vor Neugierde brennend. Lily warf ihr einen kurzen Blick zu.

»Das war jemand, mit dem ich vor langer Zeit zu tun hatte.«

Sie zögerte kurz, bevor sie fortfuhr: »Du wirst feststellen, dass in diesem Haus viele Leute ein- und ausgehen. Das liegt daran, dass ich hier nicht nur lebe, sondern auch arbeite. Einige kommen, weil sie ein Bild kaufen wollen, andere, weil sie über ihre Probleme reden möchten. Ich helfe ihnen, Antworten zu finden. Für sie ist dies ein geschützter Ort, und damit es auch so bleibt, bitte ich dich, über die Besucher keine Fragen zu stellen. Am besten siehst du sie gar nicht erst.«

»Ja, aber der Typ, der tat so ...,« Vicky suchte nachdem passenden Wort, »... so vertraut!«

Lily ließ die Früchte abtropfen und tat sie in ein Bowlegefäß; langsam goss sie eine halbe Flasche weißen Rum darüber.

»In dem Jahr, bevor du geboren wurdest, war ich Mitglied in dem Verein, in dem er Vorsitzender war. Wir haben intensiv zusammengearbeitet, bis wir uns über einige Satzungspunkte in die Haare bekamen und ich ausgetreten bin. Schau doch mal in die Tüte mit dem Dekozeugs, ob du die Küche partytechnisch herrichten kannst.«

Vicky tat wie geheißen, wartete jedoch darauf, dass ihre Tante weiter sprach. Vorsichtig versuchte sie, sich auf sie einzustellen und ein paar Bilder zu bekommen.

»Er war hier, weil ich ein neues Projekt habe, bei dem ich seine Hilfe benötige«, sagte Lily kurz angebunden und sah sie streng an.

»Und lass das bitte in Zukunft, ich hoffe nicht, dass du in der Gegend rumrennst und auf diese Weise Leute ausspionierst.«

Vicky wurde rot.

»Ich, ähm ...«, stotterte sie verlegen.

Lily hatte ihren zaghaften Versuch, in ihren Gedanken zu lesen, bemerkt.

»Es tut mir leid, Tante Lily, ich mache das sonst nie. Das ist nur ... am ersten Tag, da habe ich so viel gesehen. Mama auf dem Apfelbaum, dich beim Bilder verkaufen ... ich dachte nur ...«, sie war plötzlich den Tränen nahe.

Lily ging um das hüfthohe Küchenbuffet herum, das als Raumteiler zur Essecke fungierte, und nahm ihre Hände.

»Es ist gut, Vicky. Ich habe diese Erinnerungen gerne mit dir geteilt.«

Sie machte eine kurze Pause.

»Du hast eine Gabe, mein Schatz. Von Kindesbeinen an hast du gespürt, wie es den Leuten, die um dich waren, ging und was sie dachten. Du warst stets bemüht, allen ein gutes Gefühl zu geben.

Wir zwei konnten uns unterhalten, ohne zu reden, weißt du noch? Wir haben einfach kleine Filmchen ausgetauscht.«

Vicky erinnerte sich daran, dass sie einmal unerlaubt Lilys Fahrrad genommen hatte. Prompt war sie damit umgekippt und hatte sich das Knie aufgeschlagen. Heulend war sie zu ihrer Tante gelaufen, die am Kräuterbeet gearbeitet hatte. Diese hatte sofort gewusst, was passiert war, und sie getröstet. In Gedanken hatte sie aber gleichzeitig eine sehr wütende Lily gesehen. Seitdem hütete sie sich, etwas hinter ihrem Rücken anzustellen.

»Als du in die fünfte Klasse gekommen bist, hörte das auf und ich befürchtete, du hättest die Gabe verloren. Aber ich merke, sie ist noch da und du versuchst, sie zu gebrauchen. Das ist gut, Vicky. Wir können dran arbeiten.«

Sie nahm sie in den Arm.

»Entschuldige, wenn ich so unsensibel war. Ich vergesse zuweilen, dass dir solche Dinge fremd sind.«

Vicky fühlte sich besser.

»Also kannst du das auch?«, murmelte sie.

»Ja, Liebes.«

Lily hielt sie eine Armlänge vor sich und lächelte.

»Und es ist nichts Böses?«

Die Tante sah sie ernst an.

»Gaben sind Geschenke, Vicky. Es gilt nur zu beurteilen, ob sie für den richtigen Zweck eingesetzt werden. Eine Gabe ist von sich aus niemals böse. - Jetzt lass uns hier alles fertigmachen, bevor die Gäste kommen. Ich weiß zufälligerweise, dass wir heute Abend ein Spiel spielen, bei dem du ein wenig üben kannst.«

Sie zwinkerte und wandte sich wieder der Bowle zu.

»Wenn du fertig bist, solltest du dich umziehen gehen.«

Das ließ Vicky sich nicht zweimal sagen. Sie stürzte die Treppe hoch und hörte aus ihrem Zimmer das Piepen ihres Handys. Papa hatte eine SMS geschickt: »Bin gelandet. Hab dich lieb.«

Die Gäste waren pünktlich und fuhren beinahe gleichzeitig in den Hof. Tante Lily, die sich umgezogen hatte, stand am Küchenfenster und wedelte wie wild mit ihren Armen. Sie trug zur Stoffhose eine Bluse aus T-Shirt-Stoff mit Fledermausärmeln; mit ihren hochgesteckten Haaren und dem dunklen Lidstrich sah sie um mindestens acht Jahre jünger aus.

Vicky selbst war in Jeans und geringeltem Langarmshirt. Als sie die Frauen aus den Autos steigen sah, ärgerte sie sich kurz, nicht mehr als die paar Klamotten eingepackt zu haben.

Lilys Freundinnen hatten alle einen eigenen Klamottenstil, bis auf Mira, die aus dem kleinen grauen Skoda stieg. Auf den ersten Blick konnte man fast meinen, sie wäre die Zwillingsschwester ihrer Tante; Statur und Kleiderwahl waren nahezu identisch. Lachend begrüßten sie sich draußen mit Küsschen, um gemeinsam zur Eingangstüre zu schlendern.

»Mach dir keine Sorgen, Vicky, du wirst sie mögen!«

Lily eilte zur Haustür, um sie hereinzulassen. Vicky stand derweil verunsichert in der Küche und wusste nicht einmal, welche Pose sie einnehmen sollte. Was machte ein gutes Bild? Hilflos blickte sie umher, entschied sich dann für den Spüllumpen, den sie auswrang, um damit über die Küchenzeile zu wischen. Beschäftigt auszuschauen war eine bessere Strategie, als ohne Auftrag in der Gegend rumzustehen.

»Da sind wir!« Mira betrat als Erste den Raum. Als beste Freundin ihrer Tante kannte Vicky sie schon quasi ihr Leben lang. Sie trocknete sich die Hände ab und trat verlegen auf sie zu.

»Vicky, im Sommer warst du aber noch erheblich kleiner!«

Sie drückte ihr einen Kuss auf die Wange.

»Hallo Mira! Ich habe nicht geglaubt, dass du heute frei bekommen hast! Normalerweise musst du an Silvester doch arbeiten!«

»Nicht wahr? Mein Chef muss irgendwelche Drogen genommen haben, als er den letzten Dienstplan geschrieben hat. Ich hab mich gehütet, ihn auf seinen Fehler hinzuweisen.«

Sie lächelte spitzbübisch und drückte ihr eine kalte Flasche Sekt in die Hand. »Dann mach mal auf, Vicky, ich glaube, ich habe heute etwas zu feiern!«

Vicky machte sich am Verschluss zu schaffen, als Lily mit den anderen die Küche betrat und sie zu sich winkte.

»Das ist meine Nichte Victoria«, sagte sie mit Stolz in der Stimme.

»Sie wird mir dieses Jahr Gesellschaft leisten, bis Martin von seiner Geschäftsreise zurückkehrt.«

Die Frauen musterten sie freundlich. Trotzdem war Vicky die Situation recht unangenehm.

»Vicky, das hier sind die besten Freundinnen, die man sich wünschen kann. Jana, Katharina und Sophia.«

Sie gab jeder höflich die Hand und war erstaunt, dass alle drei einen sehr kräftigen Händedruck hatten. Während Jana mehr der sportliche Typ war - mit durchtrainiertem Körperbau, einer burschikosen, braunen Kurzhaarfrisur, Jeans und Karobluse -, schien Katharina das komplette Gegenteil zu sein. Sie hatte lange rote Haare, die sie offen trug und die im krassen Kontrast zu ihren grünen Augen standen. Ihre weibliche Figur betonte sie mit einem fließenden Chiffonkleid. Sophia war die größte von ihnen, sie überragte Lily um eine Kopflänge und trug eine grelle türkisfarbene Designerbluse, die nicht so recht zu ihrem bunten Rock passen wollte. Ihr dunkler Bob war sorgfältig zu einer Innenrolle geföhnt, ihre blauen Augen strahlten unternehmungslustig.

Was sollte sie mit den Frauen reden? Sie war so schlecht im Smalltalk! Bevor sie sich weiter Gedanken machen konnte, erlöste sie Mira, die bereits eine ganze Weile mit der Sektflasche kämpfte. Mit einem lauten »Blopp« löste sich der Korken, sie rief selbst erschrocken »Huch« und lenkte somit die Aufmerksamkeit auf sich.

»Will jemand einen Sekt?«, fragte sie charmant lächelnd und hatte die Lacher auf ihrer Seite.

Wenig später saßen sie gemeinsam um die Fonduetöpfe und plauderten fröhlich, während sie Gemüse und Fleisch an langen dünnen Gabeln im Gemüsesud garten. Vicky hatte sich verleiten lassen, mit den Damen anzustoßen, und der Alkohol tat seine Wirkung. Die Hitze stieg ihr so ins Gesicht, dass sie knallrote Ohren bekam. Zudem musste sie aufpassen, dass sie ihre Gabel in die richtige Brühe hängte, denn Katharina war Vegetarierin und der Topf, der direkt vor ihr stand, war der Gemüsetopf.

Jana war Landärztin und erzählte von den kuriosen Fällen aus ihrer Praxis. Sie waren so bizarr, dass sie lauthals darüber lachten. Kathi konnte aus dem Krankenhaus, in dem sie als Pflegerin arbeitete, einige Anekdoten dazu beitragen. Das wiederum verleitete Mira dazu, von anstrengenden Hotelgästen und ihren Sonderwünschen zu berichten. Sie machte die verschiedenen Dialekte so gut nach, dass Vicky jedes Mal kicherte. Tante Lily erzählte eine Geschichte über einen älteren Herrn, der unbedingt ein Aktbild von sich selbst haben wollte. Er besuchte und bequatschte sie in regelmäßigen Abständen, bis sie nicht mehr wusste, wie sie ihm zum wiederholten Male absagen konnte, ohne unhöflich zu werden. Schließlich hatte sie eine Unterredung mit seiner Gattin, bei der es um »Frauenthemen« ging, und ein Vierteljahr später stand er abermals vor ihrer Tür, diesmal dankbar, mit einer kleinen Spende für ihr Sparschwein in der Hand. Von einem Aktbild war keine Rede mehr. Das Fondue zischte vor sich hin und verströmte einen Duft wie im Asia-Restaurant, während es langsam einkochte.

»Bevor ich an der Reihe bin, peinliche Sachen zu erzählen, schlage ich vor, wir räumen gemeinsam auf und spielen was. Wir haben noch zwei Stunden bis Mitternacht«, schlug Sophia schließlich vor.

»Ah, ich wollte schon eine Raucherpause beantragen!«

Mira sprang auf und sah Lily fragend an.

»Bist du in der „Ich-rauche-nicht-mehr“- oder in der „Ich-rauche-wieder“-Phase?«

Tante Lily lachte.

»Lass mich überlegen: Ich glaube, in der „Ich-rauche-weniger“-Phase … aber ich komme gerne mit.«

Beide verschwanden auf der Terrasse, während Vicky den anderen Frauen beim Abräumen half. Sie stapelte die Teller und Jana trug die halbleeren Bleche zur Spüle.

»Lily erzählte uns von deinem Unfall im Herbst«, sagte die Ärztin zu ihr. »Hat Martin dich auf HWS-Distorsion untersuchen lassen?«

Verwirrt blinzelte Vicky sie an.

»Sie meint Schleudertrauma.« Katharina nahm ihr das Geschirr aus der Hand und räumte die Maschine ein.

»Ja, wir waren beim Hausarzt«, antwortete Vicky.

»Aber das war im Grunde genommen kein Unfall. Wir haben eine Katze überfahren.«

»Ich hoffe, du kommst damit zurecht«, fiel Sophia ein, die an der offenen Kühlschranktür stand und das Bowlegefäß herausnahm. »Gerade für Jugendliche kann das versehentliche Töten eines Tieres ein Trauma hervorrufen.«

»Sie ist Psychotherapeutin, sie redet ständig sowas.« Katharina schnitt eine komische Grimasse. »Ich bin ja mal gespannt, wie ihr euch nachher beim ‚*Verboten*‘-Spielen schlagt. Mal schauen, welche Wörter euch da so einfallen.« Sie zwinkerte verschmitzt und klappte die Spülmaschine zu.

Die Raucherinnen kamen zurück und Mira schnappte sich das feuchte Spültuch, um den Tisch abzuwischen, während Lily zum Regal an der Terrassentür ging, in dem etliche Brettspiele gestapelt waren. Vicky kannte die meisten von ihnen, bei schlechtem Wetter hatte sie häufig mit Papa und ihrer Tante gespielt. Einige stammten noch aus ihrer Kindheit.

»Nun, meine Damen, soll ich nochmal die Regeln erklären?« Alle nahmen gespannt Platz. »Wir bilden zwei Mannschaften. Jede bekommt einen Stapel Kärtchen, auf denen Begriffe stehen. Eine erklärt, die anderen beiden raten. Es gilt innerhalb einer bestimmten Zeit« - sie hielt eine Sanduhr hoch - »das oberste Wort herauszufinden, ohne eines der anderen Wörter, die sich auf der Karte befinden, zu nennen. Das gegnerische Team passt auf und wird hiermit« - sie drückte eine Hupe - »Einspruch erheben, wenn eins der verbotenen Wörter fällt. Die Wörter, die in der vorgegebenen Zeit erraten werden, geben Punkte für das Rateteam. Die, die nicht erraten werden, ebenso wie die, bei denen die verbotenen Begriffe fallen, gehören dem Gegner. Soweit alles klar?«

Mira kicherte und holte sich ein Glas Bowle, während Sophia durch Flaschendrehen die Mannschaften zusammenstellte.

»Vicky, Jana und Mira. Die anderen zu mir. Hat jemand was dagegen, wenn wir anfangen?«

Nachdem keine Gegenwehr kam, mischte Tante Lily den Kartenstapel und teilte ihn in zwei gleichgroße Haufen.

»Ich beschreibe als Erste, damit ihr auch 'ne Chance bekommt.«

Sie sah ihre Nichte lächelnd an und hob die Augenbrauen, als sie die Karte aufnahm. Mira stellte die Sanduhr auf den Kopf, während Jana die verbotenen Wörter überwachte.

»Ein Ort, an dem man hingeht, um Wissen zu erlangen«, fing sie an.

»Klo, Bahnhof, Kiosk«, schrie Katharina wie aus der Pistole geschossen.

»Ähm, Bibliothek, Park, sag mehr!«, fiel Sophia ein. Vicky starrte auf ihre Tante und versuchte zu verstehen, was diese von ihr wollte. Plötzlich sah sie die Karte ganz deutlich vor sich. »Schule« stand zuoberst, gefolgt von den Wörtern »Gebäude, Schüler, lernen, Kinder« und »Lehrer«.

Sie wusste jetzt, was Lily vorhin damit gemeint hatte, sie hätte heute noch die Gelegenheit, ihre Gabe zu trainieren.

Mit den nächsten paar Wörtern ging es genauso, sie waren deutlich zu sehen, aber dann riss der Strom der Bilder urplötzlich ab. Sie konzentrierte sich, sah aber nichts mehr. Ihre Versuche, sich auf die Tante einzustellen, zeigten keine Wirkung. Wie ging das denn noch mal? Krampfhaft starrte sie sie an, komm schon, dachte sie, zeig mir was. Alles blieb schwarz. Sie atmete kontrolliert und spürte ein leichtes Kribbeln in der Bauchgegend, das sich kreisförmig ausweitete. Es fühlte sich so seltsam an, dass sie Gänsehaut bekam. Ihre Nackenhaare stellten sich auf und es war, als zöge sich ihre Kopfhaut zusammen; die Luft um sie wurde schwer, sie konnte sie wie warmen Wackelpudding um sich spüren, ihr Kopf leerte sich. Dann endlich, für einen kurzen Moment ein Wort. »Garten«. Aufgestiegen von der Magengegend zu ihrem Kopf, keine Eingebung von oben. Der überraschende Erfolg ließ alles zusammenstürzen. Ihr Herz hämmerte, ihre Gedanken drehten sich im Kreis, das komische Gefühl verschwand. Einbildung, dachte sie, ich spinne.

»Ich weiß es, ein Garten«, rief Sophia triumphierend.

Alle Geräusche stürzten auf sie ein, wo waren diese vorher gewesen? Lily nahm eine neue Karte auf, murmelte »Geht doch« und beschrieb das nächste Wort, aber Vicky brauchte eine Pause. Sie fand das unheimlich, sie hatte Angst vor sich selbst.

Die Frauen spielten bis Mitternacht und sie versuchte es noch ein paarmal, auch bei den anderen, war allerdings nicht mehr so erfolgreich. Bei Mira konnte sie einiges sehen, es war jedoch wirr und hatte nicht viel mit dem Spiel zu tun. Zum Rest bekam sie keinen Zugang und auch bei ihrer Tante wurde es jedes Mal schwerer. Mitzuraten und gleichzeitig zu versuchen, Informationen zu bekommen, strengte sie an. Ihr Kopf dröhnte, sie fühlte sich erschöpft.

»Gleich ist es soweit, kommt, wir sollten rausgehen!«, rief Jana endlich nach einer gefühlten Ewigkeit. Vicky ergriff die Gelegenheit, kurz auf der Toilette zu verschwinden, um sich kaltes Wasser ins

Gesicht zu spritzen. Sie war vollkommen erhitzt. Aus den Geräuschen im Flur schloss sie, dass Lily und ihre Freundinnen sich bereit machten, nach draußen zu gehen. Prüfend betrachtete sie sich im Spiegel. Sie sah schlecht aus. Nach dem Feuerwerk ist Ende Gelände, beschloss sie.

Eine kalte Nacht erwartete sie, als sie das Haus verließ und zur Wiese hinüber schlenderte, auf der sie an Heiligabend das Heer aus Schneeflocken gesichtet hatte. Sie war erstaunt darüber, wie viele Leute sich hier einfanden, einige waren mit leeren Sektflaschen und Raketen bewaffnet. Eine Gruppe Jugendlicher zündete bereits Knallfrösche an, sie hörte ein Mädchen schimpfen, begleitet vom Gelächter der Jungs. Jemand schrie: »Zehn, neun, acht ...«, andere fielen ein, bis der Countdown wie eine einzige Stimme ertönte. Sie brauchte eine Weile, bis sie ihre Tante ausmachte. »... drei, zwei, eins ...« Das Zischen einer Rakete, gefolgt von einem Heulen, war das Startsignal für das neue Jahr. Unter all dem Lärm hörte sie die Kirchenglocken. Der sternenübersäte Himmel wurde von bunten Lichtern erhellt, es roch nach verbranntem Feuerwerk. Sterne regneten auf die Wiese.

»Ein schönes neues Jahr, Vicky,« sie kannte diese weiche Stimme und wandte sich überrascht um. Da war er, ganz schüchtern, und drehte seine Mütze nervös in den Händen. Die lockigen Haare standen widerspenstig von seinem Kopf ab, der Sternenregen spiegelte sich in seinen Augen und Vickys Herz setzte für einen Schlag aus, bevor es wie wild weiter pochte. Sie traute sich nicht zu blinzeln, aus Sorge, er könnte ein Traum sein. Ihr Hals war wie ausgetrocknet und sie räusperte sich.

»Ein schönes neues Jahr, lieber Melchior,« sie brachte nur ein Krächzen hervor. In Filmen küsste man sich doch dann - oder? Nein, das war unter dem Mistelzweig, denken war ihr momentan unmöglich. So sah sie ihn einfach an, hoffte, dass ihr Lächeln nicht allzu dämlich rüberkam.

»Du wohnst hier?«, brach er schließlich das Schweigen und zeigte auf Lilys Haus.

»Ja, bei meiner Tante. Ich bin das ganze Schuljahr noch hier.«

»Vickkyyy, komm endlich!«

Sie sahen sich in die Augen und Vicky wagte nicht zu atmen.

»Ich, ehm, sie rufen mich …«, sie fühlte sich hilflos. Wenn er Interesse hätte, würde er doch nach ihrer Handynummer fragen, oder? Aber er tat es nicht. Eine Hälfte von ihr wollte bei ihm bleiben, doch die andere riet ihr, zu den Frauen hinüberzugehen.

»Ich muss auch …«, er deutete nach rechts, wo die Jugendgruppe stand, nickte kurz und setzte die Mütze wieder auf.

»Auf Wiedersehen, Victoria.«

»Auf Wiedersehen, Melchior.«

Ein letzter kurzer Blick, und er ging weg. Sie fühlte sich augenblicklich einsam. Schnell eilte sie zu Lily und ihren Mädels.

»Wo warst du denn?« Lily erwartete sie bereits mit einem halbvollen Sektglas, das sie ihr in die Hand drückte. »Ein gutes neues Jahr, Vicky!« Sie umarmte sie kurz und reichte sie an die anderen Frauen weiter. Gemeinsam schauten sie dem Feuerwerk zu, bis nur noch vereinzelte Lichter am Himmel explodierten. Vicky versuchte noch einen Blick auf Melchior zu erhaschen, konnte ihn aber nicht ausfindig machen. Es wurde empfindlich kalt und sie beschlossen, zurück ins Haus zu gehen.

»Das Beste kommt ja noch,« freute sich Mira. »Bleigießen!«

Vicky folgte ihnen langsam und zermarterte sich das Gehirn, warum sie so blöd war und den süßen Typen nicht selbst nach seiner Telefonnummer gefragt hatte. Ihre Schüchternheit war ja nicht auszuhalten. ‚Nächstes Mal', schwur sie sich. ‚Nächstes Mal frage ich ihn.' Sie kramte ihr Smartphone heraus, um Papa ein schönes neues Jahr zu wünschen. Er war ihr um viereinhalb Stunden zuvor gekommen.

Drinnen war es warm und Jana war dabei, das Feuer im Kamin zu entfachen. Auf dem Esstisch stand eine Schüssel mit Wasser und

Lily hatte eine Bienenwachskerze entzündet; davor waren sechs Bleifiguren wie kleine Soldaten aufgereiht. Vicky nahm das Deutungsheftchen und blätterte darin. Wie man Chrysanthemen gießen konnte, war ihr vollkommen schleierhaft. Mit viel Gelächter schmolzen Lilys Freundinnen die Zinnfiguren und rätselten gemeinsam, was die Klümpchen wohl darstellen mochten.

»Sieht das denn nun eher wie ein Kuchen oder ein Feld aus?«

»Das ist doch Wackelpudding mit Gewürm - kennt ihr noch dieses Slimy-Zeugs aus unserer Jugend?«

»Auf jeden Fall wirst du ein lustiges Jahr haben!«

Der Gießlöffel landete zum Schluss bei ihr. Sie nahm die letzte Figur auf: ein Glücksschweinchen. Kaum hatte sie es über die Flamme gehalten, schmolz es schon. Mit einem Zischen beförderte sie das Zinn ins Wasser.

»Und, was ist es?« Mira beugte sich über die Schüssel, als Vicky hineingriff, um das Gebilde herauszuholen. Sie öffnete die Hand und war selbst verblüfft. Es war ein Herz!

»Uiuiui!«, rief Sophia. »Da brauche ich kein Heft, um das zu deuten.«

Die anderen grinsten breit und warfen sich bedeutungsvolle Blicke zu.

»Jemand wird dir sein Herz schenken«, mutmaßte Mira.

»Komisch, in dem Heft steht nichts, die haben alles Mögliche drin, von der Eidechse bis zur Urne - aber kein Herz.«

Katharina blätterte nochmals.

»Also wer nachschlagen muss, was ein Herz bedeutet, ist selbst schuld«, lachte Lily.

Vicky betrachtete das Zinnherz lächelnd und steckte es sorgsam ein.

»Ich hoffe, es macht euch nichts aus, wenn ich jetzt ins Bett verschwinde. Ihr wollt bestimmt auch mal Erwachsenengespräche führen.«

Sie winkte noch kurz und ging nach oben. Im Bett kramte sie das kleine silberfarbene Herz abermals heraus. Natürlich wusste sie genau, was es bedeutete: Sie war das erste Mal in ihrem Leben verknallt. Mit einem Lächeln auf den Lippen schlief sie ein.

Dreikönig

10. Das Geschenk

Die darauffolgende Woche verbrachte Vicky im Wechselbad der Gefühle. Sie fühlte sich fremd im eigenen Körper, ihre Gedanken fuhren Achterbahn. Hinzu kamen Angstzustände, sie hatte feuchte Hände, schwitzte und fror zugleich. Insgeheim hoffte sie, ihre Tante würde sie auf alles, was auf der Party im Herbst geschehen war, ansprechen, gleichzeitig fürchtete sie das Gespräch. Die Tante ignorierte ihren Zustand. Sie tat, als sei ihre übernatürliche Verbindung das normalste der Welt. Das brachte Vicky auf die Palme. Dieses gegenseitige Gedankenlesen war nicht auf ihrem Mist gewachsen, in ihren Augen hatte Lily sie gezwungen, da mitzumachen! Unzufrieden schlich sie durchs Haus, unfähig, für sich zu sein.

Ein paarmal hatte sie Sandy angerufen, die die Gelegenheit sofort nutzte, um über ihre Beziehung zu Emil zu reden. Alles drehte sich um die Goth-Clique, ihre Erlebnisse in einem Schuppen namens Mausoleum und wer was wann zu wem sagte. Halbherzig versuchte Vicky ihr von Melchior zu berichten; jedes Mal, wenn sie ansetzte, bekam die Freundin entweder eine SMS oder einen eingehenden Anruf. Die eigene Bedeutungslosigkeit vor Augen geführt zu bekommen, tat weh.

Lustlos starrte sie auf den Monitor in Lilys Büro. Der Facebook-Newsfeed zeigte neben dutzenden Katzenbildern flache esoterische Sprüche. »Angst ist nicht real, du kannst dich jederzeit anders entscheiden«, sprang ihr ins Gesicht. Anfang Dezember hatte sie das letzte Mal ein Post verfasst.

Mit dem USB-Kabel verband sie ihr Handy mit dem PC, um das Bild des Christbaumes hochzuladen. »Adieu, schöner Baum!«, schrieb sie in das Statusfeld. Stumm betrachtete sie ihr Profilbild, das Sandy nach einer Styling-Session von ihr geschossen hatte. Gab es dieses Goth-Mädchen noch? Nach der Halloween-Party hatte sie von vielen Leuten Freundschaftsanfragen angenommen, die meisten kannte sie nicht einmal. Die Zahl ihrer Freunde stieg von 18 auf 211 an. Mit der Geisterbeschwörung hatte sie sich in den Kulthimmel befördert. Genau das, was ich wollte, dachte sie ironisch. Ihr Blick schweifte rastlos über Lilys Schrankwand mit den halboffenen Regalen, in denen Fachbücher standen. Aus einer Eingebung heraus ging sie hinüber, um ein paar Bücher in Augenschein zu nehmen. Als sie sich dem mittleren Schrank näherte, spürte sie ein Kribbeln in den Fingern; ihre Kopfhaut zog sich zusammen. Die Schranktür zog sie magisch an.

In Zeitlupe bewegte sie sich darauf zu, öffnete sie und blickte auf das grüne Päckchen, das harmlos zwischen Abrechnungsordnern steckte. Automatisch streckte sie ihre Hand aus. Als die ersten Bilder zu ihr kamen, wehrte sie sich nicht. Der Dunkle schwebte vor einem Abgrund; seine Traurigkeit erfüllte ihr Sein, breitete sich in jeder Faser ihres Körpers aus, sie merkte, dass sie weinte. Er hob seine Arme zum Trost; sein Umhang erweckte den Eindruck zweier schwarzer Flügel. Ich will nicht, kreischte sie innerlich auf. Geh weg, lass mich in Ruhe! Sie brachte ihre gesamte Willenskraft auf, um auf Abstand zu bleiben; es gelang nicht. Ein unsichtbares Gummiband hielt sie an das Paket gebunden. Ihr Atem ging flach, ihre Füße gehorchten nicht. Zurück, befahl sie sich, geh nach hinten! Mit einem Mal riss die Verbindung ab, sie stolperte und fiel. Laut schnappte sie nach Luft, als sie sich unsanft auf den Hosenboden setzte. Der Pulsschlag rauschte in ihren Ohren, die Lunge tat bei jedem Atemzug weh. Ihr Fuß streifte die Schranktür, und sie schloss sich mit einem Knall. Ich werde verrückt, dachte sie, es ist so weit, jetzt flippe ich aus. »Vicky?« Durch einen Nebel sah sie ihre Tante ins

Zimmer stürzen. Ihre Hand schwoll dick an; in ihrem Kopf hämmerte ein eifriger Schmied gegen die Schädeldecke. Sie verdrehte die Augen, als ihr Bewusstsein beschloss, sich auszuklinken.

Unter sich sah sie ein Meer aus goldgrün fluoreszierender Flüssigkeit. Erst hörte sie vereinzeltes Wispern, das kontinuierlich anschwoll, bis tausende Stimmen ihr gleichzeitig ins Ohr flüsterten. »Mein Name ist Ode, ich bin Bäuerin ... Constantin, ich zog in den Krieg ... Ich habe fünfzehn Kinder ...« Am Himmel funkelten Sterne. Es roch salzig, ein kalter Wind ließ sie frösteln. Als sie an sich herabschaute, bemerkte sie, dass sie keinen Körper hatte. Eine seltsame Stimmung erfasste sie, sie hatte Angst, zugleich fühlte sich leicht und frei. Sie drehte sich im Kreis, versuchte zu hüpfen - zwecklos; sie kam nicht vom Fleck. Das Flüstern schwoll an, als ob ein unsichtbarer Dirigent die vielen Stimmen zu einem Chor vereinte, der nach kurzer Zeit in ein hohes, vielstimmiges Summen überging. Auf dem Höhepunkt formten sich aus den Wellen Arme und Hände, die sich flehend nach ihr streckten. Instinktiv spürte sie die Gefahr, die eine solche Berührung mit sich bringen würde - sie versuchte zu entkommen und wirbelte um ihre eigene Achse. Substanzlose Finger schlossen sich um sie, zogen sie hinab, um sich mit ihr zu vereinigen, gierig nach ihren Geschichten. Ihre äußerliche Bewegung erstarb in dem Moment, als sie eintauchte; sie ahnte, dass sie in ihrem Inneren umso mehr pulsierte. Eine Woge der Liebe und des Friedens erfasste sie, als die leuchtende Substanz sie umschmeichelte. Sie fühlte den Drang, ihnen gleich zu sein, sich treiben zu lassen, ihren Worten zu lauschen, geliebt zu werden. Wissend, dass sie sich aufgab, ließ sie alles los, was ihre Persönlichkeit ausmachte.

Eine Verwirrung ergriff das Licht, sie spürte es an den Grenzen ihrer Existenz. Nach kurzem Zögern versuchte es, in sie einzudringen, sie aufzulösen; ungeduldig zerrte es an ihr, schubste sie herum, das Summen wurde unerträglich. Sie harrte aus, baute ein imaginäres Schneckenhaus, redete sich ein, sie sei in Sicherheit.

Zeitgleich vibrierte sie in der Schwingung, wie dünnwandiges Glas, den Frequenzen einer unsichtbaren Opernsängerin ausgesetzt.

Nach einer Ewigkeit gab die Substanz sie frei. Die Wesen zogen sich zurück und ließen von ihr ab, wie eine mit Luft gefüllte Kugel trieb sie aus der Tiefe den Sternen entgegen. Als sie an die Oberfläche kam, wurde sie abrupt nach hinten und oben weggezogen. Eine Stimme drang aus ihrem Kopf: »Vicky!« Unter sich sah sie das unheimlich leuchtende Meer und wurde mit wachsendem Abstand seiner Größe gewahr. »Victoria!«

Schmerzhaft wurde sie in einen schweren Körper geschleudert. Ein scharfer Geruch von Pfefferminze stieg ihr in die Nase. Ihr Hinterkopf pulsierte. Hatte sie an dieser Stelle ein Loch? Mühsam öffnete sie die Augenlider. Das Tageslicht tat weh.

»Geht es dir gut?«

Benommen sah sie sich um. Von Lily gestützt, saß sie auf dem Boden des Büros zwischen dem Schreibtisch und der Schrankwand. Die Tante musterte sie besorgt.

»Du warst eine ganze Weile weggetreten. Bist du vom Stuhl gefallen?«

Neben ihr stand ein Fläschchen mit einer grünlichen Flüssigkeit. Vicky tastete nach ihrem Kopf. Es schien alles heil zu sein, sie konnte keine Beule spüren.

»Ich ... in deinem Schrank ... das Geschenk.« Mehr brachte sie im Augenblick nicht über die Lippen.

Lily blickte auf die Schranktür.

»Hast du es angefasst?«, ihre Stimme bebte.

»Das wollte ich nicht, ehrlich.«

Vicky hielt sich kläglich die gerötete Hand.

»Ich muss einen elektrischen Schlag oder sowas abbekommen haben.«

Ihre Tante half ihr auf.

»Du brauchst einen Tee und ein heißes Bad. Danach erzählst du mir, was vorgefallen ist. Bis ich das vermaledeite Paket weggeschafft habe, bleibst du von dem Zimmer weg!« Das ließ sie sich nicht zweimal sagen.

Vicky saß im dampfenden Wasser und atmete den Duft der Kräuter und Blüten ein, die vereinzelt auf der Oberfläche des roten Salzwassers schwammen. Als ihre Tante von einem Bad sprach, hatte sie ein Schaumbad vor Augen, doch Lily hatte es sich nicht nehmen lassen, ihr das Badewasser eigenhändig einzulassen, das eben überhaupt nicht schäumte. Von der brennenden Duftlampe wehte ein süßlicher und zitroniger Geruch zu ihr herüber. Sie ließ den Blick durch das Badezimmer schweifen und fühlte sich wie in einem Wellnesshotel.

Lilys Bad war der wärmste Raum im Haus. Der Boden bestand aus Terrakottafliesen, es hatte weiß verputzte Wände und ein Waschbecken in Muschelform, unter dem sich ein Weichholzschrank mit Emailleknöpfen befand. Ein pompöser Spiegel, der von einem goldenen Pfau eingefasst wurde, hing darüber; wenn man hineinschaute, reflektierten die kleinen Lichtchen, die an der dunkelblau bemalten Decke eingelassen waren, und vermittelten den Eindruck, in einen Nachthimmel zu schauen. Sie sah sich selbst in der grün emaillierten Badewanne sitzen, die auf vier messingfarbenen Löwenfüßen stand. Auf dem Fensterbrett reihten sich ein Dutzend beschrifteter Keramikdosen mit Lilys Badesalzen und Essenzen.

Entspannt lehnte sie sich zurück und blickte an die Decke. Alles, was ihr in letzter Zeit widerfuhr, war beunruhigend, gleichzeitig wusste sie nicht, wie sie mit ihrer Tante darüber reden sollte. Ein paar Formulierungen hatte sie sich bereits überlegt, aber sie klangen alle so verrückt, dass sie befürchtete, man würde sie deswegen in die Klapsmühle einliefern. Unter den Kräutern konnte sie ein paar Rosenblätter ausmachen, die wie kleine Boote langsam an ihrem Knie vorbei trieben. Das warme Wasser und die vielen Düfte machten sie träge. Als sie bemerkte, dass ihre Augen zufielen, schreckte sie auf. War sie eingeschlafen? Wie viel Zeit war vergangen?

Sie hob ihre rechte Hand und starrte auf die schrumpeligen Finger. Gleichzeitig fing sie an zu frieren. Auf dem Boden der Wanne konnte sie grüne, vollgesaugte Pflanzenteile erkennen. Das Wasser hatte aufgehört zu dampfen. Schnell zog sie den Stöpsel, duschte sich ab und kleidete sich an. Gluckernd verschwand das Badewasser im Abfluss, graue Schlieren auf der weißen Emaillierung hinterlassend.

»Was möchtest du mir denn erzählen?« Lily saß auf dem Sofa und putzte ihre Brille. Vicky hatte es sich im Ohrensessel gemütlich gemacht, was bedeutete, dass ihre Beine über eine Armlehne herab hingen, während ihr Rücken an der anderen lehnte. Ratlos starrte sie vor sich hin, ihre Finger spielten nervös mit ihren Haaren.

»Also auf der Party, zu Halloween, da waren Sandy und ich eingeladen. Von dieser coolen Goth-Gruppe, und wir haben Tischerücken gespielt ...«, sie stockte und warf einen kurzen Blick auf ihre Tante.

»Die sagten mir, ich soll das Medium sein. Ich wusste zwar nicht, wie das geht, hab mich aber breitschlagen lassen. Und da ist das Fenster von selber aufgegangen, wir sind so erschrocken, dass wir aus dem Zimmer gesprungen sind.«

Lily runzelte die Stirn.

»Ist denn ein Geist erschienen?«

Vicky kratzte sich am Kopf.

»Hmm, ich weiß nicht ...«

»Was genau hast du gesehen?« Die Tante ließ nicht locker.

»Ein Schatten ..., in der Zimmerecke. Aber ich bin dann auch rausgerannt ...«

Lily nickte leicht. »Hattet ihr einen Kreis gemacht?«

Sie überlegte kurz. »Ja, mit den Fingern, jeder hat den Nachbarn berührt.«

Sie spreizte die Hand von sich, um es der Tante zu demonstrieren.

»Wann habt ihr euch losgelassen?«

Vicky schloss die Augen, um sich besser zu erinnern. Vor ihr lief die Szene noch einmal ab. Patty fragte, ob ein Geist anwesend war.

»Die Kerze ging aus ... das Fenster und die Tür flogen gleichzeitig auf ... da sind die Ersten losgesprungen.«

»Und du?«

»Ich ... ich war wie eingefroren. Dann sah ich einen Schatten ... erst konnte ich nicht sprechen, aber als es wieder ging, sagte ich, er soll verschwinden. Als er sich aufgelöst hat, bin ich losgesputet, zu den anderen.«

»Du warst die Letzte im Zimmer?«

»Ja.«

Die Tante schwieg und starrte vor sich hin. Vicky rutschte in dem Sessel hin und her. Nach einer Weile regte sich Lily.

»Nun zu dem Geschenk. Kannst du ausschließen, dass es ein Streich einer deiner Freunde war?«

Vicky seufzte. Das konnte sie eben nicht. Sie dachte immer noch, jemand habe es in Papas Tasche geschmuggelt und ihm sei es einfach nicht aufgefallen, als er die Päckchen unter den Baum legte. Aber was am Vormittag in Lilys Büro mit ihr geschehen war, widersprach jeder Logik.

»Kann ich nicht. Aber ich habe vorhin einen Schlag bekommen, als ich es berühren wollte, ehrlich.« Sie hob ihre gerötete Hand. »Ich wüsste auch nicht, wie meine Freunde das hätten anstellen können, ich mein, das in Papas Tasche zu legen.«

Lily zupfte an ihrer Unterlippe.

»Wer weiß noch, dass du einen Schatten gesehen hast?« Vicky blickte ihre Tante überrascht an.

»Außer dir habe ich das bislang noch niemandem erzählt!«

Langsam stand Lily auf und lief hin und her. Dabei sprach sie kein Ton, das machte Vicky unruhig. Sie wartete auf ein Donnerwetter bezüglich ihres okkulten Ausfluges, aber die Tante blieb still.

»Ich habe das noch nie gemacht, Lily, ehrlich! Wir haben uns zwar ein paar Hexenbücher für Teens gekauft und da waren zwar Rituale drin, aber nichts mit Geisterbeschwören oder so. Nur ein paar Zaubersprüche für gute Noten und ähnlicher Kram.«

Lily hob die Hand und Vicky verstummte.

»Vorhin, in meinem Büro. Hast du in meinen Schränken gestöbert?«

»Nein. Ich war auf Facebook und plötzlich hat mich da was aus deiner Schrankwand angezogen, wie ein Magnet. Ich ging rüber, und - halt mich für verrückt, ich habe nur die Tür aufgemacht und da war es. Als ich es anfassen wollte, bekam ich einen fürchterlichen Elektroschlag. Ich muss in Ohnmacht gefallen sein.«

Lily blieb stehen und musterte sie eindringlich.

Sie glaubte ihr doch, oder? Fast bereute Vicky es, so viel erzählt zu haben. Ängstlich sah sie sie an.

»Dieser Schatten, wie sah er aus?«, bohrte Lily weiter.

Vicky zuckte die Schultern.

»Dunkel, groß, wie ein Mensch. Ich konnte nur einen kurzen Blick draufwerfen ...«

»Hast du ihn seither nochmal gesehen?«

Vicky schloss die Augen und drückte die Bilder aus ihren Träumen und Visionen weg.

»Nein«, sagte sie nach einer Weile mit fester Stimme.

»Das war das einzige Mal, dass ich ihn gesehen habe.«

Lily schien einen Entschluss gefasst zu haben, denn sie eilte zum Telefon.

»Ich muss noch etwas klären, kann sein, dass ich noch weg muss. Sei so lieb und fang schon mal mit dem Abschmücken des Weihnachtsbaumes an. Er muss heute noch raus.«

‚Aber ich habe noch Fragen', schrie Vicky innerlich, ‚du kannst mich nicht einfach hier sitzen lassen!'

Die Tante war bereits im anderen Zimmer verschwunden. Vicky ärgerte sich über sich selbst; sie hasste sich dafür, dass sie nicht fähig war zu formulieren, was sie wollte. In die Stille hinein hörte sie von der Ferne Kindersingen. Sie trat an das Fenster und sah drei kleine, als Könige verkleidete Gestalten, begleitet von einem Erwachsenen, die Straße hinaufkommen. Einer von ihnen trug einen Stab mit einem goldenen Stern an der Spitze. Die Sternsinger kamen.

11. Der Orden

Lily fand einen Parkplatz direkt vor dem Gebäude, in dem sich die Räume des Ordens befanden. Der Gehsteig war geräumt und die Absätze ihrer Stiefel klapperten auf dem Kopfsteinpflaster, als sie zielstrebig auf die Eingangstüre zusteuerte. In der linken Armbeuge hielt sie das grüne Päckchen fest an sich gedrückt, über der rechten Schulter hing ihre Handtasche, deren Taschenschmuck bei jedem Schritt ein leises Bimmeln von sich gab. Sie drückte die Klinke hinunter. Abgesperrt. Das war ja klar, dass Zarkaraç noch nicht da war, das hätte sie sich denken können. Ungeduldig fischte sie aus ihrer Tasche ein silbernes Zigarettenetui und das Feuerzeug hervor. Sie wollte die unangenehme Situation hinter sich bringen und Warten war nicht ihre Stärke, zumal sie der Meinung war, Pünktlichkeit habe etwas mit Wertschätzung des Gegenübers zu tun. Bedächtig fingerte sie aus dem Etui eine selbstgerollte Zigarette und zündete sie an, dabei beobachtete sie den Rauch, der in blaugrauen Schwaden vor ihr in die Luft stieg. Sie erinnerte sich deutlich an das erste Mal, als sie hier gestanden hatte. Ungeduldig und aufgeregt, mit Respekt vor all dem Wissen, das sich ihr bald auftun würde. Es war, als sei es erst gestern gewesen, als sie sich als Novizin beworben hatte und dem Ältesten des Ordens gegenübertrat.

Der Rauch kringelte sich und verdichtete sich kurz, bevor er sich auflöste. Sie bildete sich ein, zuerst einen Pfeil, der nach oben zeigte, und anschließend ein missglücktes Kreuz zu erkennen. Runenzeichen. Tiwaz, die Rune der Gerechtigkeit und des göttlichen Gesetzes - und Naudiz, die für Not und Notwendigkeit stand. Sie war sich nicht sicher, ob diese als Vorzeichen oder als Erinnerungen zu deuten waren, weder die eine noch die andere Auslegung trug positiv zu ihrer Laune bei. Beim letzten Mal hatte ihr Besuch weniger erfreulich geendet: Wutentbrannt war sie aus der Tür gestürmt und hatte sich geschworen, alle Brücken zu dieser Vereinigung abzubrechen. Zarkaraç' Worte klangen ihr noch nach: »Unsere Schicksale sind miteinander verbunden. Du wirst wieder kommen!« Sie hatte es damals nicht glauben wollen; nun war sie gespannt, was die heutige Begegnung bringen würde. Ihre Augen suchten die Straße nach Zarçs Auto ab und blieben an einem Abfalleimer, der an einem Laternenpfahl befestigt war, hängen. Sie nahm noch einen Zug und ging hinüber, um die Zigarette auszudrücken und zu entsorgen. An der Laterne drehte sie sich um und musterte das Altstadthaus auf der gegenüberliegenden Straßenseite, das auf den ersten Blick wie ein gewöhnliches Wohnhaus wirkte. An den hohen Fenstern des Erdgeschosses waren schlichte Holzfensterläden angebracht, auf jeder Fensterbank standen Lorbeerpflanzen. Nichts deutete darauf hin, dass es sich um die Räume einer magischen Vereinigung handelte. Als sie zurückging, sah sie einen hochgewachsenen, dunkelgekleideten Mann an der Eingangstüre und vernahm das Klimpern von Schlüsseln. Er blickte kurz auf und ein Strahlen huschte über sein Gesicht, als er Lily erblickte. »Soror Artemia«, er trat einen Schritt auf sie zu. »Frater Verus!« Sie umarmten sich kurz, bevor er die schwere Holztür aufstieß und sie hineinließ. Drinnen war es nicht wärmer als auf der Straße. Lily beschloss, die Jacke anzulassen, und wartete im Vorraum darauf, dass man sie hereinbat. Es war eine Überraschung, auf den Ordensbruder zutreffen, sie hatte lediglich mit Michael telefoniert und ihm kurz die neuesten Vorfälle berichtet. »Jetzt komm schon rein, Lily, tu nicht so, als seist du fremd«, ertönte Verus' tiefe Stimme. Schüchtern trat sie in den Hauptraum, der aussah wie eine alte Buschenschenke. Zwei große Holztische nahmen den vorderen Teil ein, auf beiden standen Trinkhörner in geschmiedeten Haltern. Dahinter war ein gemauerter Kamin, Zarkaraç' Heiligtum. Sie musste grinsen, als sie sich an die Vorträge über das Putzen verrußter Kaminscheiben erinnerte. ‚Die magischste Handlung der Welt, das Reinigen des Feuerplatzes', dachte sie ironisch. Links auf Kaminhöhe war eine Wand eingezogen, an der sich eine

Theke befand, mit Spülmöglichkeit, einem kleinen Kühlschrank und einem Kaffeeautomaten. Hinter der Wand des Ausschanks war nochmals ein großer Holztisch, an dem sie an den Unterrichtssamstagen oft zusammengesessen hatten. Rechts rückseitig des Kamins führten Treppen nach unten in den Tempel.

»Magst du einen Kaffee?«

Sie legte das Geschenk auf dem hinteren Tisch ab und nahm Platz.

»Ja, mit viel Milch und drei Zucker«, heute war sie hier Gast, es war ein komisches Gefühl. Der Frater startete den Kaffeeautomaten, der mit viel Krach die Bohnen mahlte, es roch wunderbar nach frischem Espresso.

»Ich habe die Heizungen aufgedreht, wir waren seit 'ner Woche nicht hier drin.« Er trat mit einem dampfenden Becher zu ihr und nahm Platz. Sie musterte ihn unverhohlen. Seit ihrer letzten Begegnung schien er kaum gealtert zu sein. Sein Haar, das er schulterlang trug, war immer noch tiefschwarz, nur in seinem gestutzten Bart entdeckte sie vereinzelt graue Strähnen. Seine blauen Augen durchbohrten sie, sie wusste noch genau, wie sie als Novizin vor ihm und seiner lauten, tiefen Stimme viel Respekt gehabt hatte.

»Ist das noch dieselbe Kaffeemaschine von damals?«

Sie nahm einen Schluck.

»Es ist alles gleich geblieben. Nur die Kaminscheiben mussten ein paarmal erneuert werden. Du weißt ja, die Anwärter ...«

Sie dachte daran, wie sie oft selbst keine Lust gehabt hatte, am Tag nach den Gästeabenden extra reinzufahren, um den erkalteten Kamin zu säubern. Sie konnte sich vorstellen, dass einige versucht waren, ihn noch in der gleichen Nacht zu putzen.

Die Tür öffnete sich und zwei weitere Personen betraten den Raum. Sie erkannte Frater Quirinus und Soror Aliqua. Sobald Zarç eintraf, wäre hier der komplette Ältestenrat versammelt. Zögernd erhob sie sich und ging den Neuankömmlingen entgegen. Nach dem Noviziat war die Schwester ihre Patin gewesen, sie war eine Frau mittleren Alters, kräftig gebaut und mit einem warmen, herzlichen Lächeln - Lily hatte sie gern gehabt.

»Artemia, wie schön, dich wieder zu sehen!«

»Ich freue mich auch, allerdings ...«, sie zögerte, da sie nicht unhöflich sein wollte, und suchte nach den passenden Worten, »... bin ich auch mehr als überrascht ...«

»Wir haben eine Nachricht von Frater Zarkaraç bekommen«, fiel ihr Quirinus ins Wort. Seine Stimme war nicht weniger beeindruckend als die von Verus. Zu ihrer Zeit war er der Hohepriester gewesen, Lily hatte seine kraftvollen Anrufungen im Tempel geliebt. Er verlieh dem Satz ‚vibrieren bis an den Rand des Universums' den passenden Ton.

»Es sei von äußerster Dringlichkeit und wir müssten uns umgehend zu einer außerordentlichen Versammlung treffen. Ich bin mir sicher, wir alle sind ebenso erstaunt, dich hier anzutreffen, Soror.«

Dass die Ratsmitglieder sie beim Ordensnamen nannten, irritierte sie. Sie war bislang davon ausgegangen, mit dem Austritt ihren Status innerhalb des Ordens verloren zu haben.

»Dann warten wir eben auf Zarç«, beschloss Aliqua und nahm neben Lily Platz.

Nicht lange danach traf Zarç ein, er riss die Tür auf, rief: »Meine Brüder und Schwestern«, und breitete die Arme aus, als wolle er sie alle auf einmal in den Arm nehmen. Lily beherrschte sich, nicht allzu offensichtlich mit den Augen zu rollen. Sie fand ihn peinlich und überheblich.

»Wenn man vom Teufel spricht«, hörte sie Quirinus' Stimme hinter der Theke.

»Auch einen Kaffee, Micha, bevor wir loslegen?«

»Aber natürlich!« Zarkaraç ging von einem zum anderen und beglückte jeden mit seiner Umarmung. Es war ihr unmöglich, dem zu entkommen. Sie sah unauffällig auf ihre Uhr. Wenn es so weiterging, konnte es sich nur noch um Stunden handeln, bis sie wegkam.

Vicky war derweil allein zu Hause, das gefiel ihr überhaupt nicht. Aliqua bemerkte ihre Ungeduld.

»Wir sollten austrinken und uns ins Atrium begeben. Ich glaube, keiner von uns war auf dieses Treffen eingestellt und jeder hat noch andere Termine.«

Neben der Theke führte eine Tür in ein angrenzendes Zimmer, das mit einer langen Tafel ausgestattet war. Hier fanden die Vorträge und Unterrichtsnachmittage statt. Lily wartete, bis alle einen Platz gefunden hatten, bevor sie sich niederließ, sie wollte möglichst weit von Michael weg sitzen. Das Päckchen hielt sie auf ihrem Schoß umklammert. Quirinus bediente den Gong an der Wand.

»Ich eröffne hiermit die außerordentliche Ratssitzung und stelle den Antrag auf Abstimmung über Formverzicht«, seine Stimme vibrierte fast wie der Gong. Das ging ja gut los - Lily stellte sich auf eine lange Litanei von Paragraphen und Stimmabgaben ein. Sie wollte nur das Paket loswerden und die weitere Vorgehensweise besprechen, ohne ein Fass aufzumachen! Sie atmete ruhig und senkte die Lider. Es nutzte nichts, wenn sie sich aufregte, damit wurde das Verfahren keinesfalls beschleunigt. Der Rat hatte seine eigene Regeln, und als Außenstehende hielt man sich besser dran. Sie beschloss abzuschalten, bis sie an der Reihe war, das war einfacher, als aktiv zuzuhören und es ertragen zu müssen.

»Artemia«, Verus beugte sich vor und sah sie aufmunternd an. »Trage dein Anliegen vor.« Es war nicht so viel Zeit vergangen, wie sie erwartet hatte, sie wunderte sich etwas: So schnell waren sie doch sonst nie. Verwirrt blickte sie sich um und fühlte das Geschenkpapier unter ihren Fingern. Langsam legte sie das Paket vor sich auf den Tisch.

»Meine Nichte Victoria geriet an Samhain unvermittelt in eine Séance, bei der man sie drängte, als Medium zu agieren«, fing sie mit fester Stimme an. Aus den Augenwinkeln sah sie, wie Aliqua kaum merklich die Stirn runzelte.

»Ich versichere dem Rat, dass sie keinerlei magische oder okkulte Vor- oder Ausbildung hatte. Bei jener Sitzung erschien ein Zwischenwesen; die Jugendlichen waren so erschrocken, dass sie den Kreis gebrochen haben und auseinandergesprungen sind. Mir ist nicht bekannt, um welche Wesenheit es sich handelte, es wurde namentlich niemand Bestimmtes gerufen. An Weihnachten fanden wir dieses Geschenk für sie unter meinem Baum. Es beinhaltet ein Ouija-Brett. Der Signatur nach entspricht es der Macht, die wir vor sechzehn Jahren im Ritus beschworen haben. Frater Zarkaraç hat dies vor einer Woche bestätigt. Heute fiel Victoria durch eine versehentliche Berührung mit dem Päckchen in Ohnmacht, ich befürchte, sie befand sich kurzweilig in der Zwischenwelt und das Wesen hat sich an sie geheftet. Ich beantrage die Überprüfung des alten Rituals und seine korrekte Beendigung, um den Geist in seine Sphäre zurückzuschicken!«

Um sie herum erhob sich ein Gemurmel.

»Um diesem Antrag stattzugeben, muss Lily ... ehm, Artemia ein Mitglied des Ordens sein«, sagte jemand mit tiefer Stimme.

»Wir sollten ihr helfen, die Sache könnte sich sonst zu einer ernsthaften Gefahr ausweiten!«

»Es bedarf einer weiteren Prüfung der Signatur.«

Sie war es leid. Es war immer das Gleiche. Endlose Diskussionen, Abwägen über das Wenn und Aber, wertlose Zeit, die vergeudet wurde.

Doch sie war nicht mehr die junge, stürmische Novizin von damals. Dieses Mal ging es nicht um Wissen und Spielereien. Es ging um Evas Tochter. Eva. Lily schluckte. Sie war sich sicher, dass ihre Schwester nicht, wie es hieß, an »Komplikationen« gestorben war. Sie musste sterben, weil sie mit Mächten gespielt hatte, die keinen Sterblichen interessieren sollten, davon war sie überzeugt. Täglich lebte sie selbst mit dieser Schuld. Vicky würden sie nicht bekommen. Nicht, wenn sie es verhindern konnte.

Sie sah sich selbst, in eine schwarzen Kutte gehüllt, neben Zarç die Burgruinen hinaufgehen. Der Kies knirschte unter ihren Sandalen und das junge Gras kitzelte an ihren Knöcheln. Sie ging festen Schrittes, doch ihre Brust krampfte sich vor Sorge zusammen. Der Mond war hinter dunklen Gewitterwolken verschwunden. Es hatte aufgehört zu regnen und die nasse Erde verströmte einen süßen Duft, doch ihr Umhang war schwer und nass und sie zitterte. Als sie auf dem Turm angekommen war, riss der Wind ihr die Kapuze vom Kopf und sie wickelte die Kutte fest um sich. Unter sich sah sie den Ritualplatz, den Kreis aus Steinen, der um die Feuerstelle errichtet wurde. Besorgt sah sie auf das nasse Holz und auf die Menschen, die mit den Vorbereitungen beschäftigt waren. Ihre Intuition hatte sie noch nie getäuscht. Dieser Abend verhieß nichts Gutes.

»Soror Artemia. Deinem Antrag auf Wiederaufnahme im Orden wurde stattgegeben. Somit kannst du formell die Überprüfung des Rituals vor sechzehn Jahren beantragen!« Quirinus schlug sanft den Schlägel auf den Gong und riss sie aus ihren Erinnerungen. Lily schauderte, während sie sprachlos die Ratsmitglieder anstarrte. Irgendetwas lief hier falsch. Wiederaufnahme? ‚Nein!', tobte eine Stimme in ihrem Inneren, ‚das will ich nicht!', aber sie wusste, wenn Victoria eine Chance bekommen sollte, würde es nur mit Hilfe des Ordens gehen. Aber nicht so.

»Einspruch!«, rief sie. »Es muss eine andere Möglichkeit geben, eine, bei der ich kein Mitglied bin!«

Aliqua, die neben ihr saß, legte ihr beruhigend die Hand auf die Schulter.

»Du willst, dass wir das Ritual wiederholen und es zu Ende führen. Dazu brauchen wir den alten Kreis - und du weißt, dass kein Außenstehender in den Tempel darf. So sind die Regeln.«

Lily seufzte, ihre Gedanken gingen wild durcheinander. Es musste einen anderen Weg geben.

»Wir können die Sitzung auch vertagen«, schlug Verus vor. Aber das würde Zeit kosten. Kostbare Zeit, die sie nicht hatte. Sie sah zu

Zarkaraç, der am Kopfende des Tisches saß; ein triumphierendes Lächeln umspielte seine Mundwinkel. Es war vergebens, er hatte gewonnen. Vorerst.

12. Melchior

Vicky hatte sorgfältig den Baumschmuck abgehängt und in die Originalverpackung gelegt. Dabei hatte sie sich mehrere Male an den spitzen Nadeln des Nordmanns gestochen, was höllisch weh tat. Er sah nicht mehr ganz so frisch aus wie am ersten Tag, aber er nadelte auch noch nicht. Sie wunderte sich wie jedes Jahr darüber, warum ausgerechnet Lily, die sich sonst um keine Konventionen scherte, stets pünktlich am Dreikönigstag den Baum wieder auf die Terrasse stellte. Mit geschlossenen Augen atmete sie nochmals den Duft nach Weihnachten ein, um ihn für das kommende Jahr in ihrer Erinnerung zu konservieren. Die Mischung aus frisch geschlagenem Holz, Tannennadeln und Räucherwerk stimmte sie melancholisch. Sie trat einen Schritt zurück und suchte zum letzten Mal den Baum nach vergessenen Anhängern ab. Dann packte sie die Tüten und stellte sie an den Kellerabgang. Beim Hinausgehen fiel ihr Blick auf die Küchenuhr; es war bereits halb vier, draußen brach die Dämmerung an. Für einen Spaziergang zum Wald war es zu spät, aber sie brauchte frische Luft. Sie beschloss, das Futter am Vogelhäuschen zu kontrollieren, da wäre sie in Freien und doch noch am Haus. Ein paar Minuten später stapfte sie dick eingemummt, mit einer Packung Vogelkörner bewaffnet, durch die Schneewehen Richtung Schuppen. Schon von weitem sah sie einen Haufen leerer Samenhülsen um die Vogelkrippe verstreut, es sah sehr unordentlich aus auf dem weißen Schnee. Unter der überdachten Futterstelle machte sich ein kleiner Vogel mit rotem Bauch und schwarzer Kappe zu schaffen, sie hörte emsiges Rascheln und hektisches Picken. Abwartend blieb sie stehen, um ihn nicht zu stören. Er schien nicht zu finden, was er suchte, denn er hüpfte aufgeregt hin und her und schmiss die Samen, die ihm nicht gefielen, aus dem Häuschen. Das sah so putzig aus, dass Vicky lächeln musste. Plötzlich hob er den

Kopf, flatterte in ihre Richtung, sah sie an und flog direkt auf sie zu. Erschrocken duckte sie sich weg. Aus den Augenwinkeln beobachtete sie, wie er auf jemanden zuflog, der mit ausgestreckter Hand ruhig da stand. Aufgeregt hielt sie die Luft an, als sie ihn erkannte: Es war Melchior.

Der Dompfaff hatte sich auf seiner linken Hand niedergelassen und knabberte zufrieden an dem Futter, das er ihm darbot. Vicky wäre gerne zu ihm hinübergegangen, aber sie traute sich nicht und redete sich ein, sie wollte den Vogel nicht verscheuchen. Sie war dabei, sich erneut dem Vogelhäuschen zuzuwenden, als sie merkte, dass Melchior ihr Zeichen gab, näher zu treten. Sie lief rot an und atmete tief ein, um sich zu beruhigen. ‚Bleib cool, Vicky', sagte sie zu sich selbst. ‚Wir sind uns zufällig über den Weg gelaufen, es ist kein Date!' Vorsichtig setzte sie einen Fuß vor den anderen. Um das Tierchen nicht zu erschrecken, versuchte sie so wenig Lärm wie möglich zu machen. Dann stand sie vor ihm und blickte in sein strahlendes Gesicht. Er deutete ihr an, neben ihn zu treten und still zu sein, während er aus seiner Tasche eine Handvoll kleiner runder Körner hervorholte und ein paar davon in ihre Hand rieseln ließ. Sanft zog er sie dichter an sich heran, fasste leicht ihr Handgelenk und führte ihren Unterarm auf Brusthöhe. So stand sie eine Weile, bis ein weiterer Vogel auf Melchiors Hand flog und der erste, wie um ihm Platz zu schaffen, auf ihre behandschuhten Finger hüpfte und sofort anfing, sich über die Körner herzumachen. Unermüdlich bückte er sich nach dem Futter und die leeren Hülsen stoben im Sekundentakt rechts und links aus seinem kurzen Schnabel. Sie bewunderte sein Gefieder, den Übergang vom roten Bauch zu dem grauen Rücken bis zu den schwarz-weiß gestreiften Flügeln und den dunklen Schwanzfedern. Es war ein unglaubliches Gefühl, einem wildlebenden Tier nahe zu sein, sie spürte seinen Herzschlag durch den Handschuh, ihr Puls nahm den Rhythmus auf und für einen Augenblick war es, als würden ihre Herzen im selben Takt schlagen. Doch im nächsten Moment galoppierte das Herz des Gimpels voraus, um sich nach einer Weile erneut mit ihrem zu synchronisieren. Sie atmete flach, um ihn nicht zu stören, und verlor die Verbindung, als sie sich krampfhaft darauf konzentrierte, die Hand so ruhig wie möglich zu halten. Die Anstrengung bewirkte, dass sie erst recht zu zittern begann. Sie lenkte sich mit der Vorstellung ab, sie sei Heldin einer der Geschichten, die sie aus Kinderbüchern kannte - die von verzauberten Tieren im Märchenwald oder Ähnlichem handelten; sie erwartete beinahe, dass die Vögel anfingen zu reden. Aber zum Glück taten sie es nicht. Nach einer Weile stillen Futterns schienen sie gesättigt, und wie wenn sie sich ein Zeichen gegeben hätten, flogen sie mit einem Mal gleichzeitig davon.

»Oh wow«, Vicky sah ihnen nach und wandte sich schließlich Melchior zu. »Das war ja echt toll. Wie hast du das gemacht?«

Er lächelte verlegen und sie bemerkte die Grübchen an seinen Wangen.

»Das sind Hanfkörner. Die Dompfaffen lieben das.«

Wie er da stand, wirkte er noch schüchterner als sie selbst, der nächste Satz rutschte einfach aus ihr heraus.

»Das sah aus, als wären die Vögel deine Haustiere, die kamen einfach zu dir geflogen.«

Er zuckte hilflos die Schultern.

»Sie mögen mich. Und ich mag sie. Vielleicht kommen sie deswegen ohne Scheu.« Sie sah, wie er die übrigen Samen einsteckte, und tat es ihm nach.

»Magst du Tiere, Victoria?«

»Ja, ich mag sie sehr gerne. Leider konnten wir in der Stadt keine halten. Und Lily meint, Tiere gehören in die Freiheit und nicht eingesperrt ins Haus.«

Melchior nickte. »Deine Tante ist eine kluge Frau.«

Vicky erinnerte sich an die Vogelfutterpackung, die unter ihrem linken Arm klemmte, und deutete auf die Vogelkrippe. »Kommst du mit?« Er lächelte und sie stapften gemeinsam durch den Schnee. Sie gingen dabei so dicht nebeneinander, dass die Ärmel ihrer Jacken fast aneinander rieben. Schamhaft stellte sie sich vor, wie das wäre, wenn sie Händchen hielten. ‚Hör auf, so blöde Gedanken zu haben, Vicky', schalt sie sich, als sie an dem Vogelhäuschen angekommen waren. Sie konzentrierte sich darauf, das Futter auszulegen, konnte aber nicht verhindern, dass sie ständig zu ihm sah.

»Oben im Wald gibt es eine Futterstelle für Rehe, warst du da schon mal?«, fragte er nach einer Weile.

»Oben? Du meinst am Bach?« Sie runzelte die Stirn und sah ihn an.

»Nein, auf der anderen Seite vom Bach, zwischen Sägewerk und Kapelle.«

Folgte man der Hauptstraße an Lilys Haus ungefähr einen Kilometer, ging rechter Hand ein Feldweg ab. Er führte am Bachlauf vorbei durch ein kleines Waldstück, bis er an einem Stromhäuschen endete. An der Stelle, an der der Bach vom Weg aus zu sehen war, führte ein Trampelpfad zum Wasserlauf. Als Kind hatte sie dort mit Lily zusammen Steine gesammelt und auch Staudämme gebaut. Um tiefer in den Wald zu gelangen, musste man den Bach überqueren.

»Soweit war ich noch nie im Wald«, gestand sie.

»Wenn du magst, kann ich dir die Stelle gerne zeigen.«

Es war mittlerweile fast dunkel. Sie war zwar in ihn verschossen, aber doch nicht so leichtsinnig, alle Vorsicht fallen zu lassen, um mit einem Fremden in den Wald zu gehen.

»Heute geht das leider nicht mehr, schade. Tante Lily wird wahnsinnig, wenn sie merkt, dass ich nicht da bin, wenn sie heimkommt.«

Sie bildete sich ein, dass er enttäuscht war.

»Naja, muss ja nicht jetzt sein, vielleicht irgendwann ...«, er vergrub beide Hände in seiner Jackentasche und sah in eine unbestimmte Richtung.

»Hm, ich sollte auch wieder rein, muss noch meine Schulsachen packen, für morgen. Ich komme in eine neue Schule und muss gestehen, ich hab ganz schön Bammel ...«

»Bammel«, wiederholte er und hob die Augenbrauen.

»Ja, Respekt, Angst. Da sind lauter fremde Leute.«

Er legte den Kopf schief.

»Du magst keine Menschen?«

»Dooooch.« Sie dehnte das Wort, um sich selbst zu überzeugen.

»Ich hab nur nichts zu sagen. Sie reden alle so unheimlich viel und jeder erzählt, wie toll er ist oder was er alles Cooles erlebt hat. Da ist es schwer mitzuhalten. Ich bin absolut langweilig. Sandy, meine Freundin, die war die mit den Super-Einfällen. Ich vermisse sie schrecklich.«

Verwundert lauschte sie ihrem Wortschwall, es war, wie wenn ein anderer die Kontrolle über ihre Sprache übernommen hätte.

»Wenn du neu bist, schauen die Menschen dich so an, wie wenn sie etwas erwarten. Aber du musst es erraten, so einfach ist das ja nicht. Sie beobachten dich und warten darauf, dass du dich danebenbenimmst. Und dann denken sie sich, aha, eine Idiotin. Das haben wir uns ja eh gedacht. Weißt du, man kann es keinem recht machen, weil sie einem nicht sagen, was sie wollen.«

Während sie sprach und sich selbst zuhörte, fragte sie sich, warum sie den Klassenkameraden unbedingt gefallen wollte. ‚Damit sie mich nicht hänseln und mich in Ruhe lassen', meldete sich eine Piepsstimme aus ihrer Kindheit.

Sie sah eine kleine Vicky, die dem Lichterspiel der Kastanie vor dem Fenster des Klassenzimmers mehr Aufmerksamkeit schenkte als dem Unterrichtsstoff. ‚Träumerle' hatte man sie genannt. Sie hatte keine Freunde, denn sie sprach nicht gerne. Die Kinder gingen ihr aus dem Weg, manchmal stellten sie ihr auch den Fuß und machten sich über sie lustig. Es war ihr egal, dass sie mit niemandem befreundet war. Ihr Geschwätz nervte sie. Stundenlang konnte sie still für sich im Stadtpark die Ameisen beobachten, wie sie in einer langen Straße Essensreste aus den Abfalleimern zu ihrem Bau beförderten, während die Tagesmutter auf der Bank saß und Liebesromane verschlang. Das alles änderte sich schlagartig, als sie Sandy in der fünften Klasse kennenlernte. Sandy hatte sich in den Kopf gesetzt, ihre Freundin zu werden, und ihr erklärt, wie man sich zu benehmen hatte, um beliebt zu sein. Sie war ständig um sie herum. Unermüdlich verbrachte sie die Nachmittage in Vickys Kinderzimmer, spielte mit ihren Spielsachen und redete ununterbrochen auf sie ein, während sie selbst stumm auf ihrem Bett saß, beobachtete, zuhörte und über sie nachdachte. Dieses seltsame Mädchen könnte für sie ein Segen sein. Vielleicht zeigte sie ihr eine Welt, die ihr bislang verschlossen war und deren Regeln sie einfach nicht begriff. Eines Tages hatte sie sich zu ihr gesetzt, eine der Puppen genommen und »danke« gesagt. »Freundinnen für immer«, hatte Sandy daraufhin geantwortet. Die Besuche im Park hörten auf und Papa war froh, dass er keine Tagesmutter mehr bezahlen musste, denn Sandy war stets da und Vicky begann sich zu öffnen.

»Ich finde dich cool, Victoria.«

Ihr Herz setzte aus, der Satz klang wie ein Echo in ihrem Kopf nach. Sie musterte ihn und versuchte zu ergründen, ob er es ernst meinte. Ihr fiel auf, wie seltsam sich ‚cool' aus seinem Mund anhörte, wie wenn er es nicht oft benutzte. Überhaupt war der ganze Satz komisch. Noch nie hatte jemand gesagt, sie sei cool. Nicht mal Sandy, und die sollte es ja wissen; immerhin waren sie seit ein paar Jahren befreundet. Sie lief rot an und starrte verlegen auf ihre Schuhspitzen.

»Ich werd's schon überleben«, murmelte sie.

»Ja - und weißt du, die meisten Menschen sind gar nicht so übel«, sagte Melchior sanft. »Man muss sie nur erst genauer kennen. Jeder hat seine Gründe, warum er so ist, wie er ist.«

‚Dich', dachte sie, ‚dich würde ich gerne kennenlernen.' Sie blickte auf und sah ihn unsicher an. Er kramte in seinen Taschen und gab ihr sein restliches Vogelfutter.

»Einen schönen ersten Schultag wünsche ich dir, Vicky. Wir sehen uns.«

»Warte!«

Melchior, der dabei war, sich umzudrehen, stockte in seiner Bewegung.

»Ähm, hast du nicht 'ne Handynummer oder sowas?«, sie war so aufgeregt, dass ihre Stimme zitterte.

»Ich meine, wir können dann chatten oder so. Du weißt, was ich meine, SMS schreiben, etwas ausmachen. Wann wir die Rehe beobachten gehen.«

Er sah sie verständnislos an, am liebsten wäre sie ob ihres Mutes im Erdboden versunken. Nichtsdestotrotz hielt sie seinem Blick stand, sie bemerkte, dass der Mond hinter ihm aufging.

»Du möchtest mit mir in Kontakt bleiben?«, fragte er schließlich.

»Ich kenne keine Leute in meinem Alter hier, außer dir, ich meine, vielleicht können wir zusammen abhängen. Nein, war 'ne blöde Idee, entschuldige. Ich dachte nur, weil du meintest, ich sei cool ...«, sprudelte es aus ihr hervor.

Er hatte es wahrscheinlich nur gesagt, weil er höflich sein wollte. Ihr Gesicht glühte förmlich, so peinlich war ihr die gesamte Situation. Sie schmiss sich dem Jungen ja praktisch an den Hals.

‚Oh Gott, lass den Boden aufgehen und mich drin versinken.‘

Zum Glück war es mittlerweile stockdunkel.

»Ich habe keine Handynummer«, sagte er schließlich, und es klang amüsiert. »Aber wenn du mir eine Nachricht zukommen lassen möchtest ... siehst du diesen Behälter da?«

Er deutete auf die Kreuzung, zum Straßenschild hin. Auf Schulterhöhe war ein länglicher Kasten befestigt, der so eingeschneit war, dass sie ihn bislang nicht bemerkt hatte. Es war ein amerikanischer Briefkasten, allerdings ohne Klappfähnchen.

»Der Bauer, dem er gehört, holt die Post immer mittags mit seinem Traktor ab. Deswegen hängt er auch so hoch. Dort kannst du mir gerne Nachrichten hinterlassen, wenn du magst. Ich komme öfter am Tag vorbei.«

»Naja, hmm, ja o. k. ... Ich geb' dir Bescheid, wie's morgen war.«

Einen Brief schreiben, das war ungewohnt. Viel lieber wäre ihr ein Date gewesen.

»Ich freue mich darauf, Victoria. Es interessiert mich sehr, ob du einen guten Tag hattest.«

Sie liebte es, wie er ihren Namen aussprach, vor allem wenn er den vollen Vornamen verwendete, es hörte sich so vornehm an. Er winkte ihr nochmals zu, bevor er auf die Straße trat und nach links abbog, den Berg hinauf. Sie fragte sich, ob er jetzt in den Wald ging oder auf einem der Aussiedlerhöfe hinter den Hügeln zu Hause war. Ein wenig enttäuscht war sie schon.

Keine Handynummer, wo gab es denn sowas! Ob er sie angeschwindelt hatte? Andererseits überraschte es sie auch nicht. Sie war noch nie einem Jungen begegnet, der so war wie er. Ein dunkelgraues Auto fuhr den Berg hoch und sie erkannte Tante Lily. Sie beeilte sich, ihr entgegenzulaufen.

Jahresbeginn

13. Erster Schultag

Als Vicky am nächsten Morgen die Augen aufschlug, wusste sie, dass sie viel zu früh dran war. Ihr Zimmer wurde von den blassen Strahlen des zunehmenden Mondes erhellt, der durch das Westfenster schien, und die Möbel warfen lange Schatten auf den Dielenboden, wo sie sich zu neuen Formen zusammenfanden. In der Ferne hörte sie die Kirchturmuhr läuten und sie zählte langsam die Schläge mit. Es war Viertel vor irgendwas. Schlaftrunken tastete sie nach ihrem Handy und warf einen kurzen Blick aus halbgeöffneten Augen auf das Display: 5:45. Es war noch eine halbe Stunde Zeit, bis sie aufstehen musste. Sie wickelte sich in die weiche Daunendecke und versuchte einzuschlafen, doch sie merkte, wie die Unruhe sich in ihr breitmachte; vom Brustkorb aus kroch dieses unangenehme Gefühl bis zum Bauch, wo es sich wie ein Klumpen Blei in ihrem Magen zusammenzog, so dass ihr ganz schlecht davon wurde. Je mehr sie versuchte, ihm zu entkommen, desto schlimmer wurde es. Schließlich setzte sie sich auf und knipste die kleine Nachttischlampe an, die auf dem Schränkchen neben dem Bett stand. Ihr Schein beleuchtete ein zerknittertes, vollgekritzeltes Papier, auf dem bis auf zwei Wörter alle durchgestrichen waren, manche davon sogar mehrmals. Sie zog das Blatt von der Ablage; mit einem leisen »Klack« kullerte der Kugelschreiber, der die Nacht über auf dem Brief gelegen hatte, unter das Bett.

»Lieber Melchior«, las sie und ging nochmals die verworfenen Satzanfänge durch. Es war alles Mist, zu schmalzig oder zu neutral, zu hochgestochen und zu nichtssagend. Seufzend zerknüllte sie das Blatt und warf es in den Papierkorb. Schnell zog sie sich ein Sweatshirt über und beschloss, sich vor dem Zähneputzen einen Kaffee zu genehmigen.

Als sie die Küche betrat, hatte Lily die Beleuchtung der Dunstabzugshaube bereits angemacht, von der Tante selbst war jedoch nichts zu sehen. Sie bemerkte aus dem angrenzenden Wohnzimmer das Flackern von Kerzenlicht und ein zarter Duft von Räucherstäbchen drang ihr in die Nase. Auf Zehenspitzen schlich sie sich an die Wand, die die Essecke vom Wohnraum trennte, und wagte einen Blick in die Stube. Was sie sah, war etwas unheimlich, und doch schön. Lily saß mit geradem Rücken auf einem Stuhl vor der Konsole. Ihre Beine waren geschlossen, die Füße standen beide parallel auf dem Boden und die Hände ruhten locker auf ihren Knien. Der Schein der Kerzen warf eigentümliche Muster auf ihr friedvolles Gesicht, das jedoch genauso versteinert wirkte wie das der Marienstatue vor ihr. Der Rauch, der aus dem Räucherfass aufstieg, wallte um sie herum wie Nebel an einem Seeufer im Herbst. Fast war es, als glühte sie gleichzeitig von innen heraus. Kein Geräusch war zu hören und Vicky bemerkte erst nach genauem Hinsehen, dass sich ihre Brust ganz leicht bewegte, wenn sie einatmete. Auf leisen Sohlen ging sie zurück in die Diele und die Treppen hoch ins Bad. Während sie sich die Zähne putzte, dachte sie darüber nach, wer oder was Lily tatsächlich war.

»Stell dich doch einfach mal vor«, so ein harmloser Satz, doch er wirkte wie ein Todesurteil. Derweil sah sie überhaupt nicht angsteinflößend aus, Frau Neuweiler mit ihrer Brille, die aussah, als wäre sie zu groß für dieses spitze Mausgesicht mit den grünen Augen. Sie hatte hochtoupiertes blondes Haar und trug eine Frisur wie die James-Bond-Mädchen aus den 1960er Jahren. Der enge graue Rollkragenpullover betonte ihren schmale Gestalt und ihre langen Beine steckten in lila Steghosen, die in braunen Stiefeletten mit Leopardenmuster endeten. Sie lehnte entspannt am Lehrerpult und sah sie aufmunternd an. Vicky hätte am liebsten in das Waschbecken gespuckt, das neben der Tafel angebracht war, so schlecht war ihr. Sie fühlte zweiundzwanzig Augenpaare auf sich gerichtet, manche mit echtem Interesse, andere gelangweilt. Die ersten Sätze, die sie hier von sich gab, würden über ihr Schicksal während des nächsten Schuljahres entscheiden.

»Ich heiße Victoria Schubert«, ihre Stimme klang fest und war nicht zu leise. Sie starrte an die hintere linke Ecke des Klassenzimmers, ein Trick, den sie bei diversen Referaten erfolgreich angewandt hatte, um niemandem ins Gesicht schauen zu müssen.

»Mein Vater arbeitet zur Zeit als Softwareentwickler im Ausland, weswegen ich das nächste halbe Jahr bei meiner Tante wohne und eure Klasse besuchen darf. Ich bin fünfzehn Jahre alt und meine Hobbys sind Musik hören, lesen und mit meiner Freundin chatten.«

Geschafft, nun konnte sie sich hoffentlich setzen. Ein brünettes Mädchen, das ziemlich stark geschminkt war, hob die Hand.

»Ja, Caroline?«

Vicky versuchte anhand ihrer Mimik herauszufinden, was sie vorhatte.

»Victoria«, so wie sie ihren Namen aussprach, das verhieß nichts Gutes - mit einem scharfen »k« und einem gedehnten »o«.

»Ich sehe da an deinem Rucksack und um deinen Hals Uhrenräder und frage mich: Wenn du Uhrmacher werden willst, was tust du dann auf unserer Schule?«

Vicky zog sich nervös am Ohr. Dabei hatte sie sich extra unauffällig gekleidet, Blue Jeans und schwarzes Sweatshirt ohne Aufdruck, ihre Haare hatte sie hochgesteckt und lediglich die Wimpern getuscht. Dass ihre Accessoires sie verraten würde, daran hatte sie nicht gedacht. Ein paar Mädchen kicherten, es klang wie Entengeschnatter in ihren Ohren.

»Sie steht auf Steampunk, ihr Hühner.«

Neugierig flog ihr Blick über den dumpfen Linoleumboden zu der leisen männlichen Stimme aus der letzten Reihe. Sie sah endlose dünne Beine, die lässig übereinandergeschlagen neben dem Tisch geparkt waren; in den polierten Cowboystiefeln spiegelte sich das grelle Licht der Deckenbeleuchtung. Er hatte die Arme vor seinem Anthrax-T-Shirt verschränkt und sein langes, braunes Haar, das er zu einem Zopf gebunden hatte, ließen seine eckigen Wangenknochen noch mehr hervortreten. Sein Gesicht zierte ein löchriges Ziegenbärtchen, er hatte einen Ring im rechten Nasenflügel und bemühte sich um einen arroganten Gesichtsausdruck.

»Ja, ich stehe auf Steampunk, na und?«, sie nahm sich ein Beispiel an ihm und versuchte sich nicht aus der Fassung bringen zu lassen.

»Das musst du uns bei gegebener Zeit näher erklären«, flötete die Lehrerin. »Jetzt schauen wir einmal, wo wir dich hinsetzen.«

Ihr Blick schweifte durch die Klasse und die Schüler sahen alle betreten auf den Boden oder aus dem Fenster, wie wenn sie gleich ausgefragt werden würden. Vicky seufzte innerlich. Soweit sie überschauen konnte, waren die meisten Mädchen fast übertrieben auf ihr Äußeres bedacht, jede versuchte mit den Klamotten aus der Menge zu stechen, sie sahen aus wie Models aus einem Jugendmagazin. Es gab nur zwei, die an dem Wettbewerb der Eitelkeiten nicht teilnahmen, die eine war ziemlich beleibt mit fettigen blonden Haaren und die andere trug einen dunkelbraunen Norweger-Pullover und sah eher aus wie ein Junge. Hier war keine Freundin für sie in Sicht.

»Pia und Petra!« Die Angesprochen sahen gequält auf. »Ihr zwei redet mir eh zu viel im Unterricht, darf ich Pia bitten, ihre Sachen zu packen und zu mir in die erste Reihe zu diesem wundervollen, leeren Tisch zu kommen?« »Aber es macht mir nichts aus, da zu sitzen«, wollte Vicky ansetzen, doch Pia bedachte sie mit so einem giftigen Blick, als sie nach vorne lief, dass ihr die Worte im Hals stecken blieben.

»Setz dich, Victoria«, forderte Frau Neuweiler sie auf und zeigte zu Petra, die angewidert das Gesicht verzog. Sie schluckte und ging langsam los, aus den Augenwinkeln sah sie, wie jemand ein Bein unauffällig in den Gang streckte. Sie stieg darüber weg, ohne hinzufallen, und nahm neben dem Mädchen mit dem blonden Pferdeschwanz und dem blauen Augen-Make-up Platz. Die andere rutschte demonstrativ mit dem Stuhl von ihr weg.

‚Halleluja', dachte Vicky, ‚genauso habe ich mir meinen ersten Schultag vorgestellt.'

In der großen Pause stand sie in der Ecke des Pausenhofes, knabberte lustlos an ihrem Käsebrot und starrte auf die verschneiten Tischtennisplatten. Sie sah, wie sich ihre Klassenkameradinnen unter der kahlen Linde versammelten und über sie tuschelten. Es gab sonst keine andere Erklärung, sie sahen ständig zu ihr hinüber, bevor sie abermals die Köpfe zusammensteckten und laut kicherten. Ihre grell bunten Kleider hoben sich vom Grau des betonierten Schulhofes ab, dessen Farbe nahtlos in den Himmel überging. Genau so trist war ihre Stimmung, momentan war sie auf dem absoluten Tiefpunkt. Sogar die zwei Unauffälligen waren dabei, sie lachten zwar nicht, aber sie glotzten sie ebenso an. Suchend sah sie sich nach den Jungs um. Der lange Typ, der ihr vorhin zur Seite gestanden hatte, war mit seinem Smartphone beschäftigt. Nebenbei trank er eine Dose Energy-Drink aus und versuchte unnahbar auszuschauen. Er kickte die Dose Richtung Abfalleimer, traf und klopfte sich auf die Brust. Dann begegneten sich ihre Blicke und er kam unauffällig zu ihr rübergeschlendert.

»Hey, hast du 'n Spitznamen?«, sein Bart sah aus der Nähe noch ungepflegter aus als von Weitem.

»Vicky, und du?«

»Sebi.« An seinem Nietengurt baumelte eine Kette.

»Danke für vorhin«, sie lächelte zaghaft.

Er beugte sich zu ihr vor und tippte mit seinem Zeigefinger auf ihren Brustkorb.

Vicky ging automatisch einen Schritt zurück und wurde rot vor Ärger.

»Hör mal, glaub ja nicht, dass wir Freunde werden. Ich bin Metaller und du 'n Emo. Das geht nicht, o. k.? Wollt ich nur klarstellen!«, sagte Sebi im herablassenden Ton. Er schnippte Daumen und Mittelfinger zusammen und drehte sich mit einem spöttischen Lächeln weg.

»Alles klar!«, rief Vicky ihm nach und schnitt eine Grimasse.

»Lieber Melchior.

... Es war ein toller Tag in der Schule. Ich habe jetzt vier neue Freunde, Caroline, Pia und Petra und einen Jungen namens Sebi. (Durchgestrichen)

... Es war total beschissen, alle hassen mich, vor allem die Zicken Caroline, Pia und Petra. Sebi hat mir zwar geholfen, aber er ist Metaller und hasst Steampunk. (Doppelt durchgestrichen)

... Ich werde mich einfach auf das Lernen konzentrieren und die blöden Klassenkameraden können mich sonst wo ... mir gestohlen bleiben. (Ebenfalls verworfen)«

»Lieber Melchior. Es war kein schöner Tag, aber soziale Kontakte sind eh total überbewertet. Ich freue mich auf das Wochenende. Vielleicht können wir uns auf 'n Kaffee treffen und ich erzähle dir alles? Herzlichst, deine Victoria.«

Aufgeregt faltete sie das Blatt zusammen und steckte es in die Innentasche ihrer Jacke. Sie hatte gewartet, bis das Klassenzimmer sich leerte, und sie wartete noch zusätzliche Minuten, um sicher zu sein, dass ihre Mitschüler sich nicht mehr auf dem Schulgelände befanden. Langsam schlenderte sie über den leeren Schulhof und sah sich vorsichtig um. Sie passierte die ehemalige Post und steuerte auf die viel befahrene Hauptstraße zu, die an den Stadtpark grenzte. Dahinter war der zentrale Umsteigplatz, von wo aus ihr Bus abfuhr. Die Fußgängerampel war grün und so ging sie ohne Hast auf die andere Straßenseite. Als sie sich dem Park näherte, wurde sie von lautem Krähengeschrei begrüßt. Neugierig blieb sie stehen und suchte die dicht aneinanderstehenden Baumgruppen ab. Fasziniert

beobachtete sie, wie eine Schar Saatkrähen sich auf den kahlen Baumwipfeln niedergelassen hatte und sich lauthals bemerkbar machte. Das musste sie sich auf jeden Fall genauer anschauen! Gemächlich folgte sie dem gepflasterten Weg, der sie auf einem Holzsteg über einen kleinen Teich führte. Die gelben verdorrten Schilfhalme waren abgeknickt und hingen kraftlos im Schnee. In der Mitte des Steges blieb sie stehen und verrenkte sich fast den Hals, um nach oben zu schauen. Die nackten Äste wurden von schwarzen umherflatternden Vögeln mit grauen Schnäbeln bevölkert, ihre Schreie vermischten sich zu einem einzigen Lied ohne Anfang und Ende. Machte die eine Pause, hatte die nächste das Gespräch aufgenommen und führte es krächzend weiter. Nach einer Weile stummen Lauschens hielt sich Vicky die Ohren zu und lachte - sie musste an die Klassenkameradinnen auf dem Schulhof denken. ‚Dabei habt ihr da oben alle mehr Verstand als die Schnepfen!', dachte sie zynisch.
Durch die Büsche sah sie die Busse einfahren und beeilte sich, den ihren noch zu bekommen. Die anderen Schüler hatten vermutlich den Bus vorher genommen, denn außer ihr warteten nur noch eine ältere Frau und eine Mutter mit einem Kinderwagen und drinnen konnte sie ihren Sitzplatz frei wählen. Sie half der jungen Frau mit dem Buggy beim Einsteigen und kramte anschließend nach ihrer Fahrkarte. »Ist schon gut, setz dich«, als sie aufblickte, bemerkte sie, dass der Busfahrer eine Frau in den Dreißigern war, mit langen schwarzen Haaren und sechs Kreolen an einem Ohr. Am linken Handgelenk trug sie eine Tätowierung in Form einer roten Rose, mit grünem Stiel und spitzen Dornen. Die Fahrerin blinzelte ihr lächelnd zu und fuhr langsam an. Vicky stolperte auf den Sitzplatz hinter dem Fahrersitz und zog den Reißverschluss der Außentasche ihres Rucksackes auf, um sich zu vergewissern, dass sie den Fahrausweis nicht verloren hatte. Er war noch da. Entspannt lehnte sie sich zurück und hatte zum ersten Mal an diesem Tag das Gefühl, dass doch nicht alles so schlecht war.
Mitten im Dorf spuckte der Bus sie aus und fuhr auf der gesalzenen

Durchfahrtsstraße zur nächsten Ortschaft weiter. Der Asphalt der Hauptstraße hob sich dunkel glänzend von den nichtgeräumten Nebenstraßen ab, als wolle er ihnen damit ihre Belanglosigkeit demonstrieren. Vicky nahm den notdürftig geräumten Weg an der Bäckerei vorbei Richtung Friedhof und bog an der alten Kastanie links ab. Diesmal nahm sie die direkte Strecke diesseits des Bacherls den Berg hoch. Zielstrebig setzte sie einen Fuß vor den anderen und schaute nur auf den Schnee vor ihr, der vermischt war mit grauen Splittkörnchen. Als sie endlich oben an Lilys Haus vor dem Verkehrsschild stand, hatte sie einen Entschluss gefasst: Sie würde den Brief ohne Umschlag in den Aluminiumbehälter stecken. Wenn sie erst einmal im Haus war, würde sich bis zum Abend keine Gelegenheit mehr ergeben, sich erneut hinauszuschleichen. Sie hoffte, Melchior verzieh ihr, wenn er einen formlosen Zettel vorfand. Aufgeregt öffnete sie die Klappe und steckte die Nachricht an die hintere Wand des Briefkastens. So, auf nach oben und ans Fenster! Wäre doch gelacht, wenn sie nicht einen Blick auf ihn erhaschen konnte, wenn er hier vorbeikam!

14. Die Aufzeichnungen

»Siehst du diese Risse?«

Frater Verus zeigte an die dunkelblaue Decke des Tempels, die einem Gewölbe nachempfunden war. Die Glitzerfarbe verstärkte bei gedämpfter Beleuchtung den Effekt des Himmelszeltes, doch im unbarmherzigen Licht der Glühbirne konnte man sehen, wie die Farbe sich an manchen Stellen löste und sich etliche dünne Risse zeigten.

»Ich beobachte sie schon eine ganze Weile, und dass der Keller so feucht ist, beschleunigt es leider noch.«

Quirinus legte den Kopf in den Nacken, ging auf und ab und Verus konnte ein gelegentliches Brummen vernehmen. Schließlich sah er ihn an und zuckte die Schultern.

»Ja, der lange Betrieb des Tempels hat wohl seine Spuren hinterlassen. Was meinst du, was wir tun sollen? Handwerker beauftragen?«

»Ich hoffe, du scherzt«, entgegnete Verus mit hochgezogenen Augenbrauen.

Fremde Menschen in den Tempel lassen, und ihn damit entweihen! Bei der Errichtung hatten sie sich die größte Mühe gegeben, ihn zu dem zu machen, was er war. Etliche Formeln waren hier gesprochen worden, zur Reinigung und zur Weihe. Die wenigsten Mitglieder hatten außerhalb der Rituale Zugang zu den Tempelräumen. Nur den Angehörigen des inneren Kreises und den Obmännern war es erlaubt, ihn zu betreten, um ihn vorzubereiten oder zu säubern. Für alle anderen war der Tempel ein geheimnisvoller und mystischer Ort, und das sollte er auch bleiben.

»Als wir ihn errichteten, wussten wir, dass wir Schwierigkeiten mit der Feuchtigkeit haben würden«, sagte Quirinus bedauernd und durchquerte mit großen Schritten den Raum, der mit weiß-schwarzen Fliesen ausgelegt war. Er steuerte auf die hintere rechte

Ecke zu, vorbei an den Säulen im griechischen Stil, auf denen Brennschalen aus dunkelgrauer Keramik thronten. Einige Meter vor dem goldenen Satinbanner des Ostens mit seinen aufgestickten Symbolen befand sich der Altar, der mit einem dunklen Tuch bedeckt war. Dahinter standen zwei Behälter im unauffälligen Grau.

Prüfend nahm er das Sieb des einen Entfeuchters ab und inspizierte den Inhalt des Eimers.

»Wann hast du ihn denn entleert?«

»Heute Mittag, als die Novizen zum Essen gingen«, Verus dachte mit Grausen an den Arbeitskreis zurück. Divination mit Tarotkarten war zwar nicht seine Hauptkompetenz, aber er hatte sich gut vorbereitet – was man von den Teilnehmern nicht behaupten konnte. Keiner schien Interesse daran zu haben, die magische Kunst von Grund auf zu erlernen. Ärgerlich hatte er feststellen müssen, dass die Lehrbriefe nicht gelesen und die Übungen dementsprechend auch nicht verrichtet worden waren. Alle taten, als hätten sie einen »Crashkurs in Erleuchtung« belegt; er war gezwungen ihnen zu erklären, dass sie sich einer lebenslangen Arbeit an sich selbst verpflichtet hatten. Verus konnte sich ein realistisches Bild von der kommenden Magier-Generation machen; er war überzeugt, dass nicht einmal die Hälfte der Klasse es zur Weihe in den ersten Grad schaffen würde.

»Das Wasser steht schon wieder einen Fingerbreit drin«, riss Quirinus ihn aus seinen Gedanken.

»Ja, ich weiß, ich habe die Obmänner deswegen schon seit Wochen so eingeteilt, dass einmal täglich jemand die Behälter leert.«

Quirinus nickte und kam gemächlich zu ihm zurück.

»Auf dich kann man sich eben verlassen, Verus«, er klopfte ihm auf die Schultern. »Ich schätze, wir werden wohl die Obmänner und die Zweit-Gradler aktivieren müssen, um den Tempel auf Vordermann zu bringen. Lass mich bitte erst unsere Finanzen überprüfen, damit ich einen Überblick habe, bevor ich dir wegen des Budgets

Bescheid gebe. Im Übrigen: Habe ich erwähnt, dass der Gästeabend heute ausfällt?«

Verus lächelte erfreut; das bedeutete für ihn, dass er früher als geplant entlassen war. Im Kino lief ein spannender Film, den er anschauen konnte.

»Das sind gute Neuigkeiten. Ich wollte nur noch kurz das Ritual von damals raussuchen, du weißt schon, das, von dem Soror Artemia gesprochen hat, bevor ich mich dann in das Wochenende stürze.«

Gemeinsam verließen sie den Tempel durch die schmale niedrige Tür und Verus, der Quirinus den Vortritt gelassen hatte, löschte das Licht und sperrte zu.

»Ach ja, das Ritual«, Quirinus drehte sich am Treppenabsatz zu ihm um.

»Ich war ganz erstaunt, als Lily erzählte, dass sie eine Nichte hat. Wusstest du davon?«

Verus sah ihn überrascht an.

»Nein, woher auch? Artemia war einen Grad unter mir. Wir hatten den üblichen Kontakt, und seit sie den Orden verlassen hat, habe ich sie nicht mehr gesehen. Schade eigentlich, ich fand sie immer sehr nett. Ich weiß nicht mal genau, weswegen sie damals ging.«

Seiner Ansicht nach hatte Artemia viel Potential besessen und auch den Schneid, ihre eigene Meinung zu vertreten. Ihr Gespür für Energien war für die Loge nützlich gewesen. Bedauerlicherweise standen ihr Mitgefühl und ihre Schwarz-Weiß-Malerei ihr gelegentlich im Weg. Er konnte sich vorstellen, dass ihr ausgeprägter Sinn für Gerechtigkeit und ihre eigenwillige Definition von Gut und Böse zu dem Zerwürfnis geführt hatte. Er war sich nicht ganz schlüssig, ob ihre erneute Aufnahme einen Gewinn für den Orden darstellte oder nicht.

Quirinus kräuselte die Nase, sagte jedoch nichts mehr zu diesem Thema und betrat vor ihm das Büro der Loge. Amüsiert dachte Verus an die sprachlosen Gesichter der Novizen am Nachmittag, als er sich ihnen als Archivar vorgestellt und sie das erste Mal mit in sein Reich genommen hatte. Vermutlich hatten sie eine riesige Bibliothek erwartet – zugegebenermaßen waren die Regale auch gigantisch, jedoch beherbergten sie statt alter Schriften reihenweise Ordner; zwischen den unscheinbaren Pappdeckeln steckten ausführliche Aufzeichnungen über gehaltene Rituale, Anwesende, ausgeführte Anrufungen sowie deren Ergebnisse.

Die Bücher des Ordens hingegen wurden in den privaten Sammlungen der Ratsmitglieder verwahrt. Er selbst führte genauestens Buch über jedes verliehene Skript und den Zweck des Ausleihens. Es war eine reine Vorsichtsmaßnahme; dadurch sollten die Mitglieder davor bewahrt werden, mit Dingen zu experimentieren, derer sie noch nicht Herr wurden.

Der PC, der sich im vorderen Bereich des Raumes befand, piepte, als Quirinus ihn hochfuhr.

»Dann schaue ich mal nach dem Renovierungsbudget, während du in der Vergangenheit stöberst«, er nickte Verus kurz zu, bevor er sich setzte.

Verus warf einen abschätzenden Blick auf die vorderen Holzregale mit den grau marmorierten Ordnern und den sorgsam mit Monat und Jahreszahl beschrifteten Etiketten. Im harten Licht der Neonlampe, das ein Drittel des Raumes ausleuchtete, erschienen die koptischen Schriftzeichen wie Buchstaben eines außerirdischen Alphabets. Sein Ordnungssystem war recht pragmatisch – die aktuellsten Aufzeichnungen befanden sich im vorderen Bereich, mit zunehmender Raumtiefe wurden sie immer älter.

Seine Schritte knarzten auf dem abgetretenen Parkettboden, während er sich tiefer in den Raum bewegte. Die Regale waren rückseitig miteinander verschraubt, an die zwei Meter hoch und schluckten jedes Licht. Bedächtig ging er durch die Reihen wie auf einem Erinnerungspfad und erlebte die Geschichte der Loge rückwärts. Das Jahr, in dem sie keine Mitglieder akquirieren konnten; zwei Jahre früher, als sie den Ritualplatz am Waldrand verloren ...

Kleine Staubwolken wirbelten unter seinen Schuhen auf, als er sich den hinteren Büchergestellen näherte. Nachdenklich starrte er auf die Staubmäuse. Die Novizen sollten wahrlich gründlicher bei der Säuberung der Räume sein!

Willkürlich blieb er stehen und strich mit seinen Fingern über einen Ordnerrücken. Das war das Jahr, als viele Gründungsmitglieder weggezogen waren und sie überlegt hatten, einen Schwesterorden zu gründen. Der gesamte Lebenslauf der Loge lag hier vor ihm, alle Details anhand von Arbeiten und Ritualen nachvollziehbar - jedes magische Jahr umfasste im Schnitt zehn Ordner; das gesuchte Skript musste sich in der vorletzten Reihe befinden.

Er fand auf Anhieb das korrekte Jahr, nahm die Sammelmappe aus dem obersten Regalbrett und wunderte sich darüber, wie schwer sie war. Die ersten Seiten bestätigten ihm, dass er richtig lag; der Name Soror Artemia tauchte mehrmals auf. Einige Protokolle waren mit einer elektrischen Schreibmaschine geschrieben - an den Stellen, an denen Satzteile gelöscht und überschrieben worden waren, blätterten die mit dem weißen Löschband gedruckten Wörter stellenweise ab. Er musste sich anstrengen, um aus dem Buchstabensalat das passende Wort zum Satz zu entziffern. Sorgsam durchforste er die Aufzeichnungen; in chronologischer Reihenfolge fand er Gästeeinladungen, Arbeitskreisthemen und deren Dozenten, Einweihungen in die verschiedenen Grade und schließlich die Anwesenheitsliste sowie die Beschreibung der Mainachtzeremonie, die im Freien, bei der alten Burg abgehalten worden war. Gefolgt wurde sie vom Protokoll über die Schutzanrufung für den Cousin eines Ordensbruders, der Soldat war und in ein Kriegsgebiet ins Ausland eingezogen worden war.

Verus stutzte kurz und blätterte zurück. Das Ritual, das parallel zu der Schutzanrufung in der Nacht zum ersten Mai stattgefunden hatte, fehlte.

»Also ich bin so weit fertig«, hörte er Quirinus rufen. »Die Budgetfreigabe habe ich dir per Mail geschickt. Ich werde den freien Abend nutzen und mir mit meiner Frau einen Film anschauen. Wie schaut's bei dir aus?«

»Geh du nur zu, bei mir dauert's scheint's noch 'ne Weile. Und lass den PC ruhig an.«

War ihm beim Einordnen etwa ein Fehler unterlaufen?

»Dann noch einen schönen Abend, ich sperre hinter mir zu, dann kannst du in Ruhe weitermachen!«

Verus bekam nur am Rande das Geräusch der zufallenden Tür mit. Er nahm den Ordner mit zum Bürotisch, setzte sich auf den unbequemen Stuhl und durchforstete mehrmals die Niederschriften.

Der Geruch alten Papiers stieg ihm in die Nase, und einmal schnitt er sich beim Umblättern; er nahm es erst wahr, als er seine blassroten Fingerabdrücke an den Ecken der drauffolgenden Seiten entdeckte. Stirnrunzelnd sah er auf seine Armbanduhr. Das gesuchte Ritual war nicht abgelegt. Den Kinobesuch konnte er mittlerweile vergessen. Die Suche hatte mehr Zeit in Anspruch genommen, als er gedacht hatte.

Seufzend trug er den Ordner zu der Regalreihe zurück und stellte ihn in die freie Lücke. Damals wurden Daten auf einer 3,5-Zoll-Diskette gespeichert. Erst letztes Jahr hatte sich der Orden ein USB-Diskettenlaufwerk zugelegt, um alte Skripte umzuwandeln und auf der externen Festplatte zu sichern. So weit er informiert war, hatte aber noch niemand damit begonnen.

Mit neu erwachtem Ehrgeiz wandte er sich der verstaubten Schrankwand aus Eiche zu, die an der rückwärtigen Wand stand, und öffnete probeweise die rechte Tür, die widerstrebend und mit lautem Protestgequietsche den Inhalt preisgab. Etliche Diskettenschachteln aus grauem Kunststoff mit durchsichtigen Plexiglasdeckeln stapelten sich im ungeordneten Chaos über mehrere Fächer hinweg. Leichter Staub lag über allem. Als er durch die matten

Kunstglasdeckel spähte, stellte er mit Genugtuung fest, dass jemand sie mit einem blauen Kugelschreiber in altmodisch geschwungener Schrift mit Monats- und Jahreszahlen beschriftet hatte. Spontan griff er nach einer der hinteren Boxen und freute sich darüber, dass er nur um drei Jahre daneben lag. Es dauerte trotzdem fast eine Stunde, bis er die Schachtel mit den benötigten Disketten fand.

Mit einem grimmigen Lächeln wanderte er mit seinem Fund zurück zum Bürotisch und kramte in den Schubladen nach dem Floppy-Laufwerk. Er fand es im untersten Fach, zwischen Computerzeitschriften und alten Tageszeitungen versteckt. Es war noch originalverpackt.

Ob des Chaos beschloss er, bei der nächsten Versammlung eine Unterredung mit den Obmännern abzuhalten. So konnte das nicht weitergehen.

Während der PC quälend langsam aus dem Standby erwachte, packte er das schwarze Gerät, das die Größe eines Taschenbuches besaß, aus und schloss es an. Es gab ein leises andauerndes Knacken von sich und ein grüner Punkt leuchtete am Einschub auf. Das Betriebssystem meldete ein zusätzliches Laufwerk. Verus startete die Textbearbeitungssoftware und schob eine Diskette in den Schlitz des Floppys. Der knackende Laut änderte sich in ein tiefes kratzendes Summen, gefolgt von Pausen absoluter Stille, als er versuchte, die Datei zu laden. Ein Fenster poppte auf dem Bildschirm auf und meldete: »File corrupt.«

Verus fühlte sich herausgefordert und begab sich zur Recherche ins Internet. Es dauerte nicht lange, und er hatte auch dieses Problem gelöst, und die alten Dateien ließen sich endlich öffnen.

Unermüdlich durchforstete er die Disketten, bis er auf die Aufzeichnungen vom gesuchten Frühjahr stieß. Im Ordner »Rituale« waren eine Menge Files abgelegt, denn zur Übung waren die Mitglieder dazu angehalten, Ritualeröffnungen, Schließungen und Anrufungen zu schreiben, aber längst nicht alle kamen zur Ausführung.

Mit der Funktion des Explorers sortierte er sie nach Datum. Im Zeitraum vom Ende April bis Anfang Mai war eine einzige Akte abgespeichert, dabei handelte es sich um das sogenannte Beltane-Ritual, das in der Nacht zum ersten Mai abgehalten wurde. Mit Unbehagen kontrollierte er noch die darauf folgenden Dateien des Maimonats, aber der gesuchte Ritus blieb verschwunden.

Er lehnte sich zurück und strich sich nachdenklich über den Bart. Das konnte nur eines bedeuten: Jemand hatte das Skript gelöscht und aus der Vita des Ordens getilgt.

15. Der Wald

Bis zum Wochenende war Vicky mehrmals am Briefkasten gewesen, hatte jedoch keine Antwort auf ihre Nachricht erhalten. Schon am Abend des Tages, als sie ihn eingeworfen hatte, war er abgeholt worden. Trotz ihrer aufmerksamen Wache am Fenster hatte sie den Zeitpunkt verpasst, als Melchior den Zettel an sich genommen hatte. Das musste passiert sein, als sie beim Abendessen saß oder als sie mit Papa beim Skypen war. Sie war enttäuscht. Einen Blick auf ihn zu erhaschen, und wenn nur auf seinen Hinterkopf, wäre toll gewesen.

Als sie an diesem Tag aufstand, hatte sie jedoch das untrügliche Gefühl, dass sie im Laufe des Tages eine Antwort bekommen würde. Gut gelaunt half sie der Tante beim Haushalt und begleitete sie zum Einkaufen. Als es kurz schneite, bot sie sich sogar an, die Einfahrt zu räumen, in der Hoffnung, ihn am Alu-Tornister zu erwischen. Leider Fehlanzeige. Es war, als wäre Melchior vom Boden verschluckt. Unruhig erledigte sie ihre Hausaufgaben und beschloss einen kleinen Spaziergang zu machen. Lily, die eine Klientin erwartete, hatte nichts dagegen, ermahnte sie jedoch, bei Einbruch der Dämmerung zurück zu sein.

Das Wetter klarte auf und die Sonne brach durch, dadurch wurde es empfindlich kalt, so dass Vicky über den dünnen Baumwollsocken noch ein zusätzliches Paar aus Schafswolle zog, bevor sie in die wasserabweisenden Winterschuhe stieg. Schal, Mütze und dicke Handschuhe waren seit dem Einzug bei der Tante ihre täglichen Begleiter für Außenaktivitäten. An der Kreuzung überprüfte sie abermals erfolglos den Briefkasten und beschloss, den Berg weiter hinaufzuwandern. Bis zu der Stelle am Bach, wo sie als Kind gespielt hatte, war es nicht weit und sie würde locker zurück sein, bevor die Dunkelheit einbrach. Während sie die Schneefahrbahn entlangstapfte, versuchte sie sich zu erinnern, was Melchior über die Futterstelle gesagt hatte. Auf der anderen Seite vom Bach, bei der Kapelle? Die niedrig stehende Sonne schien ihr in die Augen und sie bedauerte, keine Sonnenbrille mitgenommen zu haben. Obwohl der Berg nicht steil war, kam sie langsam ins Schwitzen. Eine kleine Holzbank, die unter einer Wildkirsche stand, kam in Sicht; gegenüber an der Esche war der Bewirtschaftungsweg, der ein Stück in den Wald zum Bachlauf führte. Sie machte eine Pause und genoss den atemberaubenden Blick über das Tal auf die Ortschaft, die dahinterliegende Stadt und die schneebehangenen Berge. Kurzentschlossen trat sie auf den Feldweg.

Zunächst steuerte sie direkt auf die Holunderbüsche zu, bis der Weg links abknickte und sie in einem Bogen an den Haseln vorbeileitete. Der Schnee auf dem Pfad war niedergewalzt, sie sah das Profil großer Reifen, vermutlich von einem Traktor. Nach den Hecken war die Straße nicht mehr zu sehen, sie ging eine verschneite Wiese entlang, die von niedrigen Dornen gesäumt war. Vor ihr kam der Wald in Sicht. Der durchdringliche Schrei eines Mäusebussards ließ sie innehalten, und als sie sich nach ihm umschaute, sah sie ein paar Meter vor sich eine Schwanzfeder hinab segeln. Erfreut pflückte sie sie aus der Luft und bewunderte ihre gestreifte Zeichnung, die von Weiß bis Dunkelbraun reichte. Mit geschlossenen Augen strich sie sich die Feder über die Wange und stellte sich vor, wie es wäre, diesem herrlichen Vogel nahe zu sein. Glücklich steckte sie sich das unerwartete Geschenk in die Öse ihres Jackenverschlusses und spazierte gutgelaunt weiter. Es roch nach frisch gefallenem Schnee und unberührter Natur. Ein paar Schritte noch, dann begann der Wald.

Sie blieb bewusst einen Augenblick an der Grenze zwischen dem sonnendurchfluteten und dem schattigen Teil des Weges stehen und drehte sich seitlich, so dass der eine Fuß in der Sonne und der andere Fuß im Schatten stand. Es war ein seltsames Gefühl; sie konnte jederzeit umkehren und im Hellen bleiben, aber der dunkle Weg mit den blassgelben Flecken, der die Kieselsteine, welche durch den Schnee lugten, wie Gold erscheinen ließ, lockte sie mehr. Sie bekam eine Ahnung davon, was es hieß, seinen Weg selbst wählen zu können. Noch einen Schritt und sie befand sich unter den kahlen Baumkronen des Mischwaldes. Dicke und dünne Stämme, die krumm in den Himmel wuchsen, säumten den Pfad, der leicht abschüssig wurde. Im Vergleich war das Licht blaustichig und es roch nach feuchten Blättern. Vicky strich über die Feder am Revers und schritt beherzt weiter; nach einer Weile konnte sie den Bach gluckern hören. Als sie plötzlich ein Rascheln im Unterholz vernahm, hielt sie erschrocken inne. Ein aufgescheuchtes Eichhörnchen flitzte knapp an ihren Schuhen vorbei und erklomm den nächsten Baum, von wo aus es sie misstrauisch beäugte, bevor es in den Wipfeln verschwand. Nach ein paar Metern lichtete sich rechter Hand das Unterholz und der Bach kam in Sicht.

Etliche Tiere hatten einen Trampelpfad geschaffen, sie konnte Hasen- und Fuchsspuren erkennen, da sie diese auch aus dem Stadtpark kannte, bei den anderen tat sie sich schwer, sie zu erraten. Sie folgte ihnen zum Bachlauf hinunter, was sich gar nicht so einfach gestaltete, denn der Schnee verdeckte die Baumwurzeln und Erdlöcher. Einmal verfing sie sich und stolperte, konnte sich jedoch gerade noch abfangen. Vorsichtig tastete sie sich vorwärts. Es gab eine Stelle, an der die Böschung zum Bach nicht so steil verlief, trotzdem musste sie in die Hocke gehen und den kleinen Hang auf dem Hintern hinabrutschen. Doch es hatte sich gelohnt: Was sich ihr darbot, war eine unbeschreibliche Landschaft aus gefrorenem Wasser, schneebedeckten Steinen aller Größen und dem glitzernden Licht der untergehenden Sonne. Ein leichter Windhauch wehte den losen Pulverschnee von den Ästen und Vicky hatte Tränen in den Augen. Die Schönheit des Ortes war überwältigend. Nach einer Weile ehrfurchtvollen Staunens entdeckte sie ein paar Steine, die scheinbar zufällig angeordnet waren, aber in einer direkten Linie über das Bacherl führten. Dahinter sah sie eine natürliche Treppe aus Wurzeln und Geröll, die sich an einer Fichte die Böschung hinaufwand. Kurzentschlossen überquerte sie das Wasser und fand sich sogleich auf einer Rodung wieder.

Der Boden unter dem Schnee fühlte sich weich an, überall lagen lose Nadeln von immergrünen Bäumen und der Weg war gesäumt von langen, aufeinandergestapelten Baumstämmen. Der Geruch von Kiefernharz stieg ihr angenehm in die Nase und sie ging zielstrebig weiter. An der Anhöhe wurde der Weg steiniger und entfernte sich vom Bachlauf. Sie blieb stehen und orientierte sich. Soweit sie sich erinnerte, führte er direkt zum Schützenhaus und zum Sägewerk. Das konnte Melchior nicht gemeint haben. Nachdenklich schweifte ihr Blick den bewaldeten Hang hoch. Hinter dem Berg musste die Kapelle liegen, die er erwähnt hatte. Halbherzig wanderte sie noch ein paar Meter weiter; die Sonne würde bald untergehen. Zwischen zwei jungen Buchen entdeckte sie einen Tierpfad. Sie beschloss, ihm eine Weile zu folgen; sollte er allerdings nicht in die gewünschte Richtung führen, würde sie den Heimweg antreten.

Der Pfad führte steil bergauf und sie wunderte sich über das viele Laub, das aus dem Schnee hervorlugte. In leichtem Bogen umging er einen moosbewachsenen Felsen, und gerade als Vicky beschloss umzukehren, sah sie, dass der Wald zwei Steinwürfe entfernt lichter wurde. Erfreut verließ sie den Weg, steuerte auf die Lichtung zu und fand sich sogleich inmitten von Hagebuttenranken wieder, die an ihren Klamotten rissen. Sie ging die Dornenhecke entlang, bis sie auf einen Stacheldrahtzaun stieß, der den Wald von der dahinterliegenden Wiese abgrenzte. Entschlossen ging sie in die Hocke und krabbelte hindurch.

Sie befand sich noch auf allen Vieren, als sie die großen, braungrauen Tiere entdeckte, die langsam und majestätisch ein paar Meter von ihr entfernt aus dem Wald kamen. In der einsetzenden Dämmerung waren sie nur schwach zu erkennen und der tiefe Schnee verschluckte die Geräusche ihrer Tritte. Das Leittier hob den Kopf, schnupperte kurz und lief unbeirrt auf den Futterstand zu, der Vicky bislang entgangen war. Es war ein freistehendes Holzgestell mit einem geschindelten Dach auf überkreuzten Beinen, das mit Heu vollgestopft war. Leise setzte sie sich in den Schnee und sah den Tieren beim Fressen zu. Sie bewunderte ihre schlanken Körper mit den langen Läufen; eines von ihnen hatte ein kurzes Geweih, es musste ein junger Bock sein, aber sie war sich nicht sicher, ob sie Rehe oder Hirsche vor sich hatte. Es waren fünf Stück - und inmitten des Rudels stand eine Gestalt. Sie verengte ihre Augen zu kleinen Schlitzen, um besser sehen zu können. Nein, sie hatte sich nicht getäuscht, ein junger Mann war mitten unter ihnen und hielt einen geflochtenen Holzkorb, aus dem das Wild abwechselnd fraß. Er sah auf und in ihre Richtung; kein Zweifel, es war Melchior.

‚Heiliger Bimbam', dachte Vicky, ‚das muss er mir aber erklären.'

Nach einer Weile hatten die Tiere sich sattgefressen und trotteten in den Wald zurück. Mittlerweile war es stockfinster geworden. Mit steifen Gliedern stand sie auf und bemerkte erst jetzt, dass ihre Hände und Füße eiskalt waren. Melchior kam mit großen Schritten auf sie zu.

»Victoria!«

»Hey«, sie war ein wenig verlegen, hoffentlich glaubte er nicht, sie habe ihm hinterherspioniert.

»Ich war am Bach und dachte, vielleicht finde ich den Futterplatz auch alleine ...«, sie deutete hinter sich. Forschend sah er sie an und starrte anschließend zwischen die dunklen Bäume.

»Ja. Du hast ihn gefunden.« Von Begeisterung keine Spur.

»Hast du meinen Brief bekommen?«

»Oh, ja, das habe ich«, er sah sie irritiert an, »also den Weg da kannst du bei der Dunkelheit unmöglich zurückgehen!«, brach es schließlich aus ihm hervor. »Weiß deine Tante denn, wo du bist?«

Schönen Dank auch, er behandelte sie ja wie ein kleines Kind!

»Ist o.k., ich komme ungelegen, alles klar, hör mal, ich bin einfach gar nicht da, ja? Du hast mich nie gesehen. Mach's gut!«, wütend drehte sie sich um und suchte die Stelle im Zaun, durch die sie geschlüpft war. Heiße Tränen liefen ihr die Wangen hinab. Sie wusste nicht, ob sie sich über sich selbst oder über den Jungen ärgerte, der es nicht mal bemerkt hatte, dass sie all das nur wegen ihm veranstaltete.

»Vicky«, er war hinter sie getreten und legte ihr die Hand auf die Schulter.

»Ich ... ich mach mir nur Sorgen. Die Straße da vorne bringt dich auch zum Dorf runter. Dafür brauchst du ungefähr eine Stunde.«

Sie wischte sich das Gesicht trocken.

»Lily killt mich. Ich sollte längst zu Hause sein. Dabei wollte ich nur schauen, ob ich dich finde ... ich habe die ganze Zeit auf eine Nachricht von dir gewartet!«

Oh nein, sie hatte Rotz in der Nase! Vorsichtig versuchte sie ihn unauffällig hochzuziehen, ohne ein Geräusch zu machen. Dabei hoffte sie, dass er ihren letzten Satz nicht in den falschen Hals bekam.

»Ich wollte dir auf jeden Fall antworten, ich war nur neugierig, ob du deine Meinung über deine Mitschüler im Laufe der Woche noch änderst.«

Klag das wie eine Ausrede?

»Also - ist ja auch wurscht. Ich muss jetzt heim, und ich werde da wieder runter gehen, das ist der schnellste Weg. Du musst dich nicht mit mir befassen.«

Sie ging in die Hocke und kroch langsam unter dem Stacheldraht durch. »Coole Nummer, im Übrigen, das mit den Rehen.« Sie wandte sich ab und ging ein paar Schritte in die Dunkelheit.

»Es waren Hirsche.«

Sie hörte ein Rascheln und spürte ihn neben sich.

»Du findest den Weg alleine niemals da runter. Ich helfe dir.« Er nahm ihre Hand und zog sie sanft hinter sich her.

Die größte Zeit über stolperte sie an seiner Seite den Hang hinab. Ein paar Mal konnte sie Schemen erkennen, die sie als Baumstümpfe identifizierte, aber meistens waren um sie herum undefinierte Schatten in Grau, Blau, einem Dunkelgrau oder einem Dunkelblau. Wenn sie nach oben blickte, sah sie die Sterne. Irgendwann traten sie aus dem Wald auf einen Weg, Melchior zog sie mit und nach einer Weile roch sie Kiefernharz. Es war komisch, sie vertraute ihm voll und ganz. Auf dem gesamten Weg sprachen sie kein Ton, bis sie den Bach plätschern hörten. »Pass auf, jetzt wird's steil«, sagte er leise und sie tastete sich vorsichtig bis zum Bachlauf hinunter. Die Steine über dem Wasser schienen zu glänzen und er führte sie sicher hinüber, die Böschung wieder hinauf. Die ganze Zeit hielt er ihre Hand, und als sie endlich den Weg zu der Hauptstraße erreichten, ließ er sie immer noch nicht los. Vicky war verlegen und kämpfte mit einem schlechten Gewissen. Sie hatte sich sehr kindisch benommen, das wusste sie.

Sie holte tief Luft, bevor es aus ihr sprudelte: »Hör mal, ich möchte mich entschuldigen. Hoffentlich hast du jetzt nicht den falschen Eindruck von mir, also dass ich dir hinterherlaufe oder so. Es ist nur ...«

»Ich habe dich gern«, fiel ihr Melchior ins Wort, »und es tut mir ebenfalls leid, dass ich dich so angefahren habe. Aber es war einfach töricht von dir, zu dieser Zeit vollkommen allein in den Wald zu gehen. Ich möchte mir gar nicht ausmalen, was alles hätte passieren können, wenn wir uns nicht oben an der Futterstelle begegnet wären.«

Sie liefen schweigend nebeneinander her, Vicky spürte deutlich ihre Hand in seiner, und das Herz schlug ihr bis zum Hals. An der Hauptstraße blieb sie schließlich stehen und zog sie zögernd und mit Bedauern zurück.

»Danke nochmal, dass du mir geholfen hast. Den Rest schaffe ich selbst.«

Sie deutete den Hang abwärts.

»Es ist ja nicht mehr weit und du hast glaube ich noch was Besseres zu tun.« Oben am Berg sah sie Autoscheinwerfer. Sie war in der Zivilisation angelangt.

»Einen schönen Abend, liebe Victoria«, antwortete er ihr mit seiner weichen Stimme.

»Pass gut auf dich auf.«

Sie winkte ihm kurz zu und überquerte die Straße. Es tat ihr leid, so einen Abgang hinzulegen, aber was sollte sie denn tun, um ihr Gesicht zu wahren? Was für ein ungewöhnlicher Junge, dachte sie und sah ihn zwischen den Hirschkühen stehen. Ob das mit ihnen jemals was werden würde?

Als sie einen letzten Blick über ihre Schultern auf ihn werfen wollte, sah sie nur noch zwei leuchtende Lichter auf sich zukommen. Jemand riss sie in den Straßengraben. Sie hörte das Geräusch blockierender Bremsen und spürte aufgewirbelten Schnee auf ihrem Gesicht. Melchior lag neben ihr und hielt sie fest umklammert. Sie wagte einen kurzen Blick auf die Straße und sah, wie ein grünes Auto über die Fahrbahn schlitterte, sich schlingernd fing und weiterfuhr. Quietschende Laute eines hilflosen Tieres drangen an ihr Ohr. Sie befreite sich und sprang auf den Weg, dem furchtbaren Geräusch entgegen. Dann sah sie ihn. Der Dunkle kniete im Schnee über einem schwarzen Haufen Etwas und sah ebenfalls in ihre Richtung. Sie war sich sicher, dass er in ihr Gesicht blickte. Das Schreien verstummte. Er hielt einen kleinen grünlich fluoreszierenden Ball und steckte ihn in seinen Mantel, bevor er aufstand und sich langsam auflöste.

»Vicky!« Melchior kam ihr hinterher, während sie sich beeilte, die Stelle zu erreichen, wo der Schwarze sich befunden hatte. Sie kniete sich vor einem toten Fuchs nieder und schlug die Hand vor den Mund. Vor Entsetzen konnte sie fast nicht atmen.

»Hast du ihn gesehen?«, flüsterte sie tonlos. Wenn ihr Begleiter nicht so geistesgegenwärtig gewesen wäre ... Sie zitterte und war keines klaren Gedankens fähig. Der Junge sah sie an, half ihr auf die Füße und trat mit ihr an den Straßenrand.

»Den schwarzen Mann, hast du ihn auch gesehen?« Er legte die Arme um sie und hielt sie fest. Sie konnte den Moment nicht genießen, ständig hatte sie das Bild von der dunklen Gestalt vor Augen. »Komm«, sagte er schließlich, »ich bringe dich nach Hause.«

Mit zitternden Knien ließ sie sich die restliche Strecke die Straße entlang zum Haus führen. An der Einfahrt blieb er unentschlossen stehen. »Danke«, flüsterte Vicky und sah ihn an, »du hast mir das Leben gerettet.« Er zuckte verlegen die Schultern, zog sie an sich und drückte sie kurz. Sie fühlte seine Jacke auf ihren Wangen. »Wir sehen uns, Victoria.« Als er sie losließ und sich abwandte, merkte sie, dass sie weinte. Nur ein paar Schritte, und die Dunkelheit verschluckte ihn.

Lichtmess
16. Schutzzauber

Als sie das Haus betrat, verabschiedete Tante Lily soeben ihre Klientin, so dass Vicky unauffällig nach oben verschwinden konnte. Ihre steifgefrorene Hose taute allmählich auf und sie bemerkte erst jetzt, dass sie bis auf die Unterwäsche nass war. Sie fror und schwitzte gleichzeitig. Aus dem Schrank kramte sie frische Wäsche und eine Jogginghose; kaum hatte sie sie angezogen, klopfte es an ihrer Tür.

»Komm rein«, ihre Stimme zitterte leicht und sie versuchte sich zusammenzunehmen. Rasch stopfte sie den dreckigen Wäscheberg unters Bett.

Lily trug eine schwarze Fleecehose und einen langen Cardigan, in der Hand hielt sie eine dampfende Tasse Tee, ihr bohrender Blick durchlöcherte sie nahezu. Warum nur hatte sie ständig das Gefühl, sich rechtfertigen zu müssen? Seit sie denken konnte, fühlte sie sich unzulänglich in ihrer Gegenwart; egal was sie tat, um ihr zu gefallen; es war so schwer, ihr zu beweisen, dass ihre Existenz auch etwas Gutes hatte. Sie wartete auf den unvermeidlichen Anschiss und wollte ihn schnellstens hinter sich bringen, aber er kam nicht. Stattdessen setzte sich Lily aufs Bett, stellte den Becher aufs Nachtkästchen und sah sich um. Vicky bemerkte die verräterischen braunen Blätter auf dem Boden, die in einer Lache inmitten aufgetauten Schnees lagen.

»Was ist passiert?«

Sie rang mit den Worten, keines konnte beschreiben, was in ihr vorging, ein paarmal öffnete sie den Mund, holte Luft, schloss ihn dennoch wieder, ohne einen Laut von sich zu geben. Schließlich setzte sie sich stumm neben der Tante aufs Bett, dachte an den schwarzen Mann und zitterte. Lily nahm sie behutsam in den Arm und wartete.

»Der Geist von der Séance, erinnerst du dich?«, fing Vicky endlich an. »... Ich habe ihn danach doch nochmal gesehen. Es gab auf dem Heimweg den Unfall, bei dem Emil die Katze überfahren hat. Er war auch da. Und vorhin ...«, sie machte eine kurze Pause und sah ihn deutlich vor sich. Wie er sie anstarrte. »Auf dem Rückweg hätte mich fast ein Auto erwischt, wenn ich nicht in den Straßengraben gerutscht wäre. Da war er auch da. Tante Lily ... ich glaube, er will mich mitnehmen.«

Lily runzelte leicht die Stirn und hielt sie eine Armlänge von sich, wie wenn sie überprüfen wollte, ob sie noch bei Trost sei. Fast bereute Vicky ihre Beichte, aber nun war es raus und sie fühlte sich seltsam erleichtert. ‚Meinethalben soll sie denken, ich sei plemplem, es ist die Wahrheit', dachte sie trotzig. Es würde sie nicht wundern, wenn Lily jetzt ihre Freundin Sophia anrief, um für sie einen Termin zu vereinbaren. Sie versuchte, aus ihrer Mimik schlau zu werden. Die steile Falte auf ihrer Stirn und dieser Blick - sie bildete sich ein, es könnte doch ein Anflug von Besorgnis sein. Lily stand auf. »Komm mit«, sagte sie mit fester Stimme, »ich muss dir etwas zeigen.« Vicky nahm erstaunt ihre ausgestreckte Hand. Die Tante zog sie hoch und führte sie über den Gang zu ihrer Zimmertür. »Die Dinge sind nicht immer so, wie wir sie wahrnehmen«, bemerkte sie, während sie die Tür öffnete und einen Schritt zurück trat.

Vicky bekam plötzlich Herzklopfen, als ihr aufging, dass sie in all den Jahren noch nie in Lilys Zimmer gewesen war. Wollte sie jetzt wirklich wissen, was sich darin verbarg? Zweifelnd sah sie Lily an, die ihr aufmunternd zunickte.

»Ja, du darfst reingehen. Sieh dir alles an und lass dir ruhig Zeit.«

Zögernd betrat sie den Raum.

Überrascht von seiner Größe sah sie sich um. Er nahm die gesamte

Längsseite des Hauses ein und die vielen Bücherregale vermittelten den Eindruck einer Bibliothek. Dunkel hob sich ein gemütlicher, durchgesessener Ledersessel vom hellen Dielenboden ab und verstärkte das Bild. Schräg hinter ihm war eine Stehlampe mit einem bunten Glasschirm auf braunem Fuß, der einen Baumstamm darstellte. Sie sah aus wie aus dem Elfenland und Vicky konnte sich gut vorstellen, dass in unbeachteten Momenten kleine Schmetterlinge um den Schirm schwirrten. Am Fenster stand ein alter Schreibtisch, auf dem sich zahlreiche Bücher türmten; in der Mitte lag ein aufgeschlagenes Buch, auf dessen Seiten sie Lilys Handschrift erkannte. Seltsam konstruierte Zeichnungen von Pyramiden fanden sich auf den Blättern, sie glaubte nicht, dass es sich um herkömmliche Geometrie handelte. Es sah irgendwie - geheimnisvoll aus. Ihr Blick schweifte weiter zu der Ecke vor dem Tisch, in der eine Staffelei mit einem unvollendeten Bild einer verschleierten Königin auf einem Thron stand; sie saß unter freiem Himmel und ihre Füße waren nackt. Auf dem Hocker vor der Staffelei tummelten sich Farbtuben und Gläser mit Pinseln in verschiedene Größen, deren Spitzen nach oben zeigten wie fremdartige Federn. Direkt dahinter lehnte an der Wand ein längliches Bild mit bunten Kugeln, durch dünne silberne Striche miteinander verbunden. Es sah aus wie eine neuartige Molekülkette aus dem Chemieunterricht, dazwischen waren kleine Tarotkarten aufgeklebt. Mannshohe Regale nahmen die linke Querseite des Raumes ein, in denen sich Tiegel, Glas- und Tongefäße sowie zahlreiche Porzellanschütten befanden, an einer Schnur hingen getrocknete Kräuter wie an einer Wäscheleine von den Regalbrettern herab. Es roch nach einer Mischung aus Räucherwerk, Seife und frischen Farben. Die vielen Eindrücke erschlugen sie fast, einmal sah sie hierhin, dann wieder dorthin; es war, als ließe ihre Tante sie hinter ihre Fassade blicken, und doch wurde sie nicht schlau aus dem, was sie sah.

Rückseitig des Sessels war eine Wand durchgezogen und sie merkte, dass es sich um dieselbe Wand wie unten in der Essecke handelte. Dahinter befand sich Lilys Schlafzimmer, das nicht weniger seltsam ausgestattet war als der Vorraum. Sie ging hinein. In der Ecke stand ein Bett aus weißem Metall, in dem sich unzählige Kissen auf einer dunkelblauen Tagesdecke tummelten. Mitten auf der Decke war ein goldener fünfzackiger Stern in einem Kreis eingestickt. Davor lag ein runder roter Teppich mit einem schwarzen Rand. In jeder Himmelsrichtung war eine Figur eingewebt. Eine alte Reisekiste aus Holz mit metallenen Beschlägen befand sich in der anderen Ecke, umgeben von Trommeln verschiedener Größe und Gestalt. Auf einige Bespannungen waren Kreise, Spiralen und geometrische Muster aufgemalt. An der Heizung neben der Balkontür stand ein niedriges Kirschbaum-Tischchen; auch hier war der Stern als Einlegearbeit zu erkennen. Darauf lagen drei Beutel aus Samt. Am beeindruckendsten fand Vicky jedoch Lilys Schminktisch mit dem ovalen Spiegel. Er hatte nach außen geschwungene Beine, jede Seite beherbergte jeweils zwei Schubladen mit Emailleknöpfen, die wie kleine Totenköpfe aussahen, und er war dunkelblau, nahezu schwarz, angemalt, gespickt mit filigranen Sternen aus Gold. In der Mitte stand die Statue einer fremdartigen Göttin, flankiert von zwei Kerzenleuchtern in Form griechischer Säulen. Eine mit Sand gefüllte Räucherschale aus Messing auf drei Beinen befand sich leicht nach vorne versetzt vor der Skulptur und im Spiegel konnte sie erkennen, dass an allen vier Seiten des Schlafraumes ein Bild hing.

Sie drehte sich um und betrachtete ein Bild nach dem anderen. Die Motive sahen auf den ersten Blick gleich aus: Ein Mann in seltsamen Kleidern war darauf zu sehen, von astrologischen Zeichen umrahmt, jedoch zeigte jedes Bild eine eigene Grundfarbe. Die Männer hielten jeweils verschiedene Gegenstände wie Schwert, Stock und Schild in den Händen und waren sämtlich mit einem anderen Element abgebildet. Der Mann, der vor den Meereswellen stand, hatte keine Waffe, sondern einen gefüllten Becher in der Hand.

Es war alles verwirrend. Sie erinnerte sich an einen Abschnitt in einem der Hexenbücher für Teenager, in dem es um die Elemente und deren Wächter ging. Prüfend sah sie auf die Bilder, den Teppich und anschließend auf ihre Tante.

»Du bist eine Hexe?« Sie konnte nicht glauben, was sie soeben gesagt hatte, aber wenn sie sich das Inventar ansah, sich all die seltsamen Dinge, die Lily tat und über die sie nie nachgedacht hatte, vor Augen führte, kam sie nur zu diesem Schluss.

»Es gibt durchaus bessere und schönere Bezeichnungen«, Lily lächelte dünn. »Man nennt es auch das Handwerk oder die Kunst der Weisen. Und bevor du mich fragst, nein, wir können nicht auf Besen fliegen und häuten auch keine Babys. Wir lieben die Erde und respektieren jedes Lebewesen sowie die alten Götter und unsere Vorfahren«, während sie sprach, ging sie zur Trommelecke hinüber und zauberte zwei Meditationskissen hervor, die sie auf den Teppich legte. Mit einer Handbewegung deutete sie ihr an, auf einem von ihnen Platz zu nehmen. »Wenn der Geist, von dem du erzählt hast, dich töten will, benötigst du einen wirksamen Schutz - obwohl ich nicht glaube, dass er das vorhat, denn sonst hätte er es längst getan.« Vicky dachte an Melchior. Wenn er nicht gewesen wäre, wäre es dem Dunklen vorhin aber gelungen, davon war sie überzeugt. »Also machst du mir jetzt ein ... Amulett oder so?«, fragte sie mit piepsiger Stimme. Sie kam sich so klein und dämlich vor. Das letzte halbe Jahr hatte sie versucht, die Clique und das Internet mit Halbwissen zu beeindrucken, während hier ihre Tante saß und sie vermutlich die ganze Zeit belächelt hatte. »Willst du denn ein Amulett?«, entgegnete Lily und sah sie kühl an.

»Ich weiß nicht, ich dachte, sowas trägt man zum Schutz.«

»Wenn du glaubst, dass dich ein Kuscheltier, eine Vogelkralle oder auch eine Baumwurzel schützt, dann wird das auch funktionieren. Was meinst du denn, was du brauchst?«

Das war eine seltsame Frage. Lily war doch die Hexe, sie sollte doch wissen, was man brauchte. »Keine Ahnung. Dass du um mich rumrennst und rasselst oder mich bespuckst oder Zauberformeln murmelst. Was man halt so mitkriegt, was Hexen so tun.«

»Gut, dann suche ich jetzt meine Rassel«, Tante Lily wollte aufstehen, doch Vicky hielt sie zurück. Sie kam sich absolut albern vor.

»Halt. Ich will das gar nicht, dass du um mich rumspringst. Das habe ich nur so gesagt. Sicher fällt mir etwas anderes ein.«

Sie saß auf dem Kissen und starrte ratlos vor sich hin. Krampfhaft versuchte sie sich dran zu erinnern, was in diesen Zauberbüchern stand. Ihr Kopf war momentan ein absolutes Vakuum, das Einzige, was ihr in den Sinn kam, war Weihwasser, Kreuze und Pistolenkugeln aus Silber. Schließlich hatte sie eine Vorstellung, wenn auch mehr science-fiction-mäßig als magisch.

»Ich brauche sowas wie einen Schutzschild«, fing sie an. »Irgendwas, das um mich rum ist und mich vor Angriffen schützt. Vielleicht eine Creme oder so?«

Sie dachte an Siegfried aus der Nibelungensage, der in Drachenblut gebadet hatte.

»Klingt, als wolltest du einen Boxkampf austragen und nicht verwundet werden.« Lily saß im Schneidersitz, hatte die Hände gefaltet und hielt den Kopf schräg. »Was genau willst du denn fernhalten?«, fragte sie interessiert.

Vicky schnaubte.

»Na, den Geist. Ich will nicht mal, dass er in meine Nähe kommt!« Sie kam auf keinen Nenner und wurde wütend auf Lily, die sie nur ansah und durch Schweigen glänzte.

»Ein Schutzschild ist im Grunde eine gute Idee«, sagte die Tante schließlich. »Den kannst du sogar selbst erzeugen. Schließ die Augen und atme ganz ruhig.«

Vicky tat wie geheißen.

»Und nun stelle dir eine kleine goldene Kugel vor, die sich in der Mitte deines Bauches befindet. Diese dehnst du nun aus, bis sie dich umfängt. Sieh dich in deinem Inneren nach ihr um. Wie schaut sie aus? Macht sie ein Geräusch? Riecht sie nach etwas?«

Es dauerte eine Weile, bis sich das Bild bei Vicky einstellte, aber dann hörte sie tatsächlich ein lautes Knistern und es roch nach Elektrizität. Sie konnte fühlen, wie sich die Haare an ihren Armen aufstellen.

»Gut. Jetzt spiele mit ihrer Größe. Weite sie aus und lasse sie schrumpfen. Immer wieder. Zum Schluss ziehe sie in den Bauch zurück.«

Vicky folgte den Anweisungen ihrer Tante; es war gar nicht so schwer, damit herumzuspielen. Nach einer Weile zog sie das goldene Licht in den Bauchnabel und öffnete die Augen.

»Und das schützt mich jetzt vor dem Geist?«, das war doch viel zu einfach.

»Nein«, gestand Lily. »Das hilft dir, dich von schlechten Energien abzugrenzen und auch nur, wenn du das täglich übst.«

Sie sah sie lange an, bevor sie fortfuhr.

»Ehrlich gesagt, sehen die wenigsten Menschen diese Wesen. Die Auswirkungen ihrer Anwesenheit, wie Gegenstände, die bewegt werden, oder Stimmen und Flüstern, plötzliche Kälte, das bekommen sie eher mit. Was bei solchen Begegnungen immens wichtig ist, ist erstens, unter keinen Umständen Angst zu haben oder sie auch nur zu zeigen. Sprich sie an und sage ihnen, sie sollen woanders hingehen. Zweitens eine schützende Macht, an die du glaubst, wie ein Vorfahre, ein Gott oder ein Schutzengel. Sie können dich vor Schaden bewahren, körperlich wie auch geistig.«

»Und drittens?«

»Diese Übung gerade. Damit kannst du sie für eine Weile auf Abstand halten. Aber dein Schutzschild ist noch schwach und wird erst mit jedem Gebrauch massiver. Du musst trainieren wie ein Sportler, bis er eine wirksame Hilfe ist. Am besten, du machst diese Übung mehrmals täglich. Und denke daran, das schützt dich nicht vor herandonnernden Traktoren, sondern lediglich vor unsichtbaren Energien.«

Vicky war enttäuscht. Irgendetwas Handfestes wie einen Lichtball, den man aus der Tasche holen und gegen Geister schleudern konnte, hätte sie schon gerne gehabt. Und an Gott, seine Schutzengel oder einen toten Opa, der sie beschützte, glaubte sie auch nicht. Zweifelnd sah sie ihre Tante an, die sie lange musterte und ihr schließlich wissend zunickte.

»Setz dich in die Mitte des Kreises«, sagte sie leise, während sie aufstand und im ganzen Zimmer nach Dingen zu suchen schien. Als sie zurückkam, entzündete sie ein festgeschnürtes Bündel Salbeiblätter. Es stank fürchterlich. Sie lief ein paarmal gegen den Uhrzeigersinn um Vicky herum und murmelte komische Reime, von denen Vicky nichts verstand. Darauf stellte sie das qualmende Kräuterbündel in ein Glas, änderte die Laufrichtung und streute weiße Körnchen um den Teppich. Zum Schluss trat sie hinter Vicky und sie merkte, dass sich etwas Kaltes um ihren Hals legte.

Mit den Worten »Göttin, mögest du Victoria schützen, denn sie ist dein Kind«, trat Lily einen Schritt zur Seite und Vicky fühlte einen Anhänger am Kehlansatz.

»Bitte beschütze mich, denn ich bin dein Kind«, wiederholte sie automatisch. Dreimal klatschte die Tante laut in die Hände, dann half sie ihr auf. Die Prozedur ging so rasch vonstatten, ein Teil von ihr war erstaunt, ein anderer entsetzt und über allem schwebte der Gedanke ‚kompletter Unfug'. Sie drehte sich zum Schminkspiegel und nestelte an dem Amulett. Es war eine doppelköpfige Schlange in Hufeisenform, dazwischen befand sich der fünfzackige Stern.

»Sie wachen abwechselnd über dich«, sagte Lily, »du musst keine Angst mehr haben.« Vicky nickte zögernd und brachte ein krächzendes »Danke« über die Lippen. Lily lächelte.

»Komm, lass uns zum Essen gehen. Ich habe einen Auflauf vorbereitet. Hoffentlich ist er nicht angebrannt.«

17. Die Kiste

Stumm beugte sich Zarç über die vielen Blätter, die auf dem ausgedienten Esstisch ausgebreitet lagen. Die fremdartigen Zeichen tanzten vor seinen Augen und er tat sich schwer, die Zuordnungen der Namen mit den verschiedenen Tafeln abzugleichen. Er beschloss, sie zu sortieren; einen Stapel mit dem alten Material, einen mit den Kopien neuerer Arbeiten und einen mit der Lauttabelle und den Elementetafeln. Das diffuse Licht des Ritualzimmers, das sich im Keller seines Hauses befand, ließ die Buchstaben vor seinen Augen tanzen. Er dachte kurz darüber nach, die Tischlampe aus dem Büro im Obergeschoss zu holen, verwarf den Gedanken jedoch. Das würde die magische Stimmung, in die er sich soeben versetzen wollte, erheblich stören. Stattdessen ging er zur dunklen Anrichte an der Wand und suchte in den Schubladen zwischen mit Räucherwerk gefüllten Aluminiumdosen nach ein paar Stabkerzen. Jetzt benötigte er noch einen Kerzenständer. Prüfend schweifte sein Blick zum anderen Ende des Zimmers, zu der Vitrine, die neben der violetten Couch mit den asymmetrischen Mustern stand und seine persönlichen magischen Paraphernalien enthielt. Der silberne dreiarmige Leuchter, den er sonst nur zu Ritualzwecken verwendete, erschien ihm für die Studien als passend und er ging ohne Eile zum anderen Ende des Zimmers. Der graue Florteppich verschluckte das Geräusch seiner schweren Schritte. Als er die Glastür des Schaukastens öffnete, hörte er ein grässliches Quietschen, das vom Fensterbrett des Lichtschachtes zu ihm herüberdrang. Er hielt inne und starrte auf die kleine, würfelartige Holzkiste aus poliertem Buchenholz, auf der verschiedene Zeichen und Formeln eingebrannt waren. Unter der Fensterbank stand ein langer hölzerner Stab mit einem aufgesteckten metallenen Dreizack, dessen Enden auf das Kästchen zeigten.

Die Kiste vibrierte, als sie abermals ein lautes, langgezogenes Quietschen von sich gab. Es war das erste Mal seit Jahren, dass sie sich regte. Langsam trat er näher, griff nach dem Stock und flüsterte: »Wer bist du, und wie lautet deine Bezeichnung?« Die Kiste wackelte und quiekte wie ein gequältes Tier, aber es waren keine verständlichen Worte auszumachen. Er trat nach hinten und tippte sie mit der mittleren Spitze seines Werkzeuges an, worauf sie verstummte. Seufzend stellte er den Stab zurück und nahm den Kerzenleuchter aus dem Schrank.

Um den kleinen Kasten herzustellen, hatte er viel Zeit und magische Arbeit investiert. Wochenlang hatte er in seiner Freizeit alte Schriften studiert, Fluoride hergestellt und Holz zersägt. Er hatte sich dabei sogar verletzt und Blut vergossen. Doch was seinem Werk jetzt innewohnte, war eine komplette Enttäuschung und stand in keinem Verhältnis zum Aufwand. Das Einzige, was das Kästchen tat, war, diese komischen Geräusche von sich zu geben. Ein völlig nutzloser Gegenstand, nicht einmal gut genug, um die Novizen zu beeindrucken.

Während er zu dem Tisch mit den Manuskripten zurückkehrte, fiel sein Blick auf die Brandspur an der nordöstlichen Seite der Wand. Trotz etlicher Versuche, sie mit weißer Farbe zu übertünchen, erschien sie nach ein paar Wochen immer wieder und zog sich vom Boden bis zur Decke. Als er die Augen schloss, konnte er den beißenden Qualm riechen, der noch wochenlang in den Räumen gehangen hatte. Direkt unterhalb der Wand hatte sich das Dreieck befunden, das er sorgfältig mit Krepp-Papier auf den Teppich geklebt hatte, darauf achtend, dass es lückenlos war. Der Boden darunter war unversehrt.

Die Erinnerung an den Abend hinterließ einen faden Beigeschmack. Er steckte die Kerzen in den Leuchter, entzündete sie nacheinander mit einem Streichholz und stellte ihn auf den Tisch. Erneut wandte er sich den Schriften zu; das Kerzenlicht warf seltsame Muster auf das Papier und ließ kleine Schattenfiguren über die

Buchstaben tanzen. Es fiel ihm schwer, sich auf die Sigillen zu konzentrieren. Mit zitternder Hand übertrug er die Zeichnung auf Durchschlagpapier, um sie zur Kontrolle auf die korrespondierenden Tafeln zu legen. Die Kiste quietschte durchdringend in hohen Tönen. Ärgerlich warf Zarç einen Radiergummi nach ihr. Mit einem dumpfen Geräusch beförderte er das Kästchen damit ein kleines Stück Richtung Fenster.

»Sei endlich still, du nutzloses Ding!«, zischte er erbost, »oder hast du mir nach so langer Zeit irgendwas Sinnvolles zu erzählen?« Natürlich nicht.

Seine erfolglosen Versuche, die Kiste zum Reden zu bringen, hatten ihn zu Beginn fast an den Rand der Verzweiflung getrieben. Dabei hätte er der erste Magier der Neuzeit sein können, der eine sprechende Wahrsagekiste besaß. Stattdessen hatte das Ding noch weiter gekreischt, als er es zornig im Garten verbrennen wollte, so dass er befürchten musste, die Nachbarn würden die Polizei rufen. Seitdem hegte er den Verdacht, dass man ihn betrogen hatte. Die Essenz in der Kiste war keinesfalls das, was er bestellt hatte.

Leise knarzte das Kästchen vor sich hin, während Zarkaraç sich bemühte, den Zickzacklinien auf dem durchscheinenden Papier die entsprechenden Buchstaben der darunterliegenden Tabelle zuzuordnen. Er rieb sich die Schläfen und merkte, wie sich der Kopfschmerz ankündigte. Lustlos griff er nach einem Bleistift und notierte sich die Zeichen in der erforderlichen Reihenfolge. Die Bilder von damals vermischten sich mit denen der Gegenwart ...

... Mit brennenden Augen starrte er auf die Tafel mit dem Symbol der Erde, einer dunkel umrandeten Scheibe mit einem gleichschenkligen Kreuz in den Farben gelb, braun, schwarz und grün. In seinen Händen hielt er wie vorgeschrieben die Glyphe, auf Jungfernpergament mit Tusche und Feder gemalt. Außerhalb des Schutzkreises befand sich das Dreieck, das mit seiner Spitze auf den Salzkreis zeigte. In dessen Mitte war das Räuchergefäß aus Ton aufgestellt, mitsamt dem Holzkästchen, dessen Deckel einladend offen stand. Er beugte sich über die Grenze, penibel bemüht, diese nicht zu übertreten, zur glühenden Kohle hin und tat die Räucherwerkmischung aus einundzwanzig verschiedenen Zutaten hinein, die sofort zischend ihren Duft entfaltete. Das Papier legte er mit dem Bild nach oben neben die Holzkiste, die im Kerzenlicht glänzte. Rasch kehrte er in die Mitte des Kreises zu den übrigen sechs Gestalten in schwarzen Kutten zurück und nickte ihnen zu. Die Anrufungen begannen und er intonierte laut mit, während er gebannt in den sich entwickelnden Qualm starrte; Artemia stand vor ihm, seine Hand ruhte auf ihrer linken Schulter. An ihrem Blick bemerkte er, wie sie langsam in die andere Welt glitt, kein Wort kam über ihre Lippen. Nach einer Weile regte sie sich leicht und fixierte das Dreieck, das vor lauter Rauch kaum mehr zu erkennen war.

»Mächtiges Wesen der Wahrheit«, er ließ sie los und näherte sich mit klopfendem Herzen dem Rand des Kreises, »erscheint mir jetzt!«

Der Dampf waberte, doch er konnte keinen Schemen sehen - nichts, was auf die Anwesenheit eines Geistwesens schließen ließ. Unsicher blickte er Lily an, deren bleiches Gesicht unter der Kapuze der Robe kaum auszumachen war. »Ist er da?«

Sie nickte stumm.

»Wie lautet Euer Name und wer gebietet über Euch?«

Seine Stimme klang fest, doch innerlich zitterte er.

»‚Wem Gott hilft‘ werde ich genannt und ich unterstehe allein dem Einen, dem Allmächtigen!«

Es hallte von den Wänden, in seinem Kopf dröhnte das Echo; entsetzt fuhr er herum und sah Lilith an, denn die Worte kamen nicht aus dem Evokationsdreieck, sondern aus ihrem Mund ...

Mit einem Ruck kam er zurück in die Gegenwart. Seine Augen brannten und er rieb sich abermals die Schläfen. Etwas zu trinken wäre eine gute Idee. Mit einem leisen Geräusch fiel das Kästchen vom Fensterbrett und kullerte über den Teppich, bis es vor dem Tisch liegen blieb. Seufzend bückte er sich und stellte das Kistchen neben den Leuchter. Die Kopfschmerzen wurden so unerträglich, dass er zur Küchennische hinüberging und sich ein Glas Wasser einschenkte. Irgendwo in den Hängeschränken hatte er für Notfälle eine Medizinschachtel verwahrt mit Globuli, diversen Sportsalben, Verbandszeug und auch Schmerztabletten. Nach einigem Suchen hielt er das kleine braune Gläschen in den Händen. Er drehte es hin und her, um das Ablaufdatum zu finden, oha - das war zwei Jahre her, aber sie müssten trotzdem noch wirken. Zusätzlich könnte er ja noch Teebaumöl verwenden. Ein Trinkgefäß fand sich ebenfalls und das Geräusch des Wassers rauschte unnatürlich laut, als er es in das Bierglas laufen ließ.

Hinter ihm kippte die Kiste mit leisem Quieken von einer Kante zur nächsten, bis sie an den Leuchter stieß. Dort blieb sie eine Weile liegen, als müsste sie Kraft sammeln, bevor sie zu vibrieren anfing, um erneut gegen den Kerzenständer zu stoßen. Die Kerzen, die achtlos hineingesteckt waren, wackelten, eine fiel vornüber auf den Tisch und verlöschte im Flug. Das Wachs breitete sich über die Unterlagen aus. Unermüdlich rammte das Kästchen den Ständer, bis das nächste Licht herabfiel und das noch nasse Wachs der vorherigen Kerze entzündete.

Zarç schüttete sich zwei Tabletten in die hohle Hand und nahm beide auf einmal ein. Das Wasser schmeckte abgestanden - er sollte den Wasserhahn wohl öfters bedienen, oder sich am besten gleich eine Getränkekiste in den Keller stellen. Abermals roch er den beißenden Qualm, der ihn seit damals verfolgte, und gleichzeitig sah er kleine Dämonen an der Wand auf und ab hüpfen. Erschrocken drehte er sich um und musste zusehen, wie seine Unterlagen in Flammen aufgingen. Geistesgegenwärtig füllte er das Glas erneut mit Wasser und schüttete es beherzt auf den Tisch. Mit einem stinkenden Zischen verlosch das Feuer, zwei angekokelte Zettel und das Kistchen wurden von der Tischplatte gespült. Fluchend eilte er in die Waschküche, um ein paar Handtücher zu holen, und als er zurückkehrte, war die Kiste bereits unter die Couch gerollt.

Oh nein. Er könnte heulen vor Wut. Die obersten Blätter waren komplett zu Asche verbrannt, die restlichen Aufzeichnungen bestanden aus unlesbaren, zerlaufenen Buchstaben. Lediglich die Kopien aus den Büchern, die er zum Nachschlagen benötigt hatte, schienen heil zu sein.

»So eine Scheiße!«

Er merkte, wie sich der Ärger und die Enttäuschung in seinem Bauch zu einem Ungetüm zusammenfanden, packte den Leuchter und schleuderte ihn mit einem lauten Schrei an die gegenüberliegende Wand. Er prallte am Brandfleck ab und fiel mit einem metallenen Geräusch auf den Boden. Jetzt ging es Zarç besser. Kleine Schweißperlen standen auf seiner Stirn und er suchte in seiner Hose nach einem Taschentuch.

Sein Telefon, das in der Gesäßtasche steckte, vibrierte und er zog heraus. Das Display zeigte Frater Verus' Nummer. Mit dem Handrücken wischte Zarç sich über das Gesicht, atmete langsam ein und meldete sich anschließend mit gelangweilter Stimme: »Grüß dich, Bruder.« Er schaltete die Freisprechanlage ein und legte das Gerät auf das Sofa.

»Hallo Zarç«, Verus klang aufgeregt.

»Entschuldige, wenn ich gleich mit der Tür ins Haus falle. Ich habe schlechte Neuigkeiten. Das Ritual von damals ist verschwunden. Es gibt im ganzen Archiv keinen Beleg dafür, weder in den Ordnern noch auf Diskette.«

Er machte eine kurze Pause, während Zarkaraç voller Gram den verschmutzten Teppich inspizierte.

»Ich dachte, da du den Großteil davon geschrieben hast, ob du es eventuell in deinen privaten Unterlagen abgelegt hast?«

Sein Blick fiel auf die Katastrophe, die er angerichtet hatte, und er schüttelte bedauernd den Kopf.

»Ich muss dich leider enttäuschen, Verus. Alles, was ich hatte, war auf dem PC im Archiv. Es gibt keine weiteren Abschriften.«

Er nahm den Papierkorb und fegte, was von den Aufzeichnungen übrig war, mit einem Lappen vom Tisch.

»Das bedeutet, wir haben NICHTS?«, fragte der Archivar leicht ungehalten.

Mit einem Seufzen presste Zarç kurz die Lippen zusammen, bevor er ruhig antwortete: »Ja. Ich fürchte, wir werden es neu schreiben müssen.«

18. Sechzehn

Der absolute Horrortag war angebrochen! Natürlich waren ihre Erwartungen bezüglich des Geburtstages nicht wirklich hoch gewesen, aber der Morgen begann schon so grässlich, Vicky erwog ernsthaft, die Schule zu schwänzen. Die halbe Nacht hatte sie damit zugebracht, an diesem unsichtbaren Schutzschild zu arbeiten, es war ihr jedoch nicht mehr gelungen, die Lichtkugel weiter als bis zu drei Zentimeter von ihrem Körper entfernt auszuweiten. Dann, als sie endlich am Einschlafen war, kam eine SMS von Sandy, die ihr unbedingt als Erste gratulieren wollte – das Smartphone war auf volle Lautstärke gestellt, da sie es als Wecker benutzte und ihn in der Früh oft überhörte. Sie wäre fast aus dem Bett gefallen. Und danach drehten sich ihre Gedanken um Geister, die hinter ihr her waren, und um Melchior, den sie mittlerweile komplett abschreiben konnte, da sie sich aufgeführt hatte wie ein Baby. Er musste ja denken, dass sie nicht einmal fähig war, alleine die Straße zu überqueren. Wer wollte schon so 'ne Freundin haben?

Dann Lily - es war ja nicht so, dass es normal wäre, dass die eigene Tante eine Hexe war ... aber eine, die einen nicht für voll nahm, war ja die absolute Höhe überhaupt. Auf dem Frühstückstisch stand ein Wackelhamster, ein Plüschtier, auf dessen Fuß man drücken konnte und der dann zu tanzen anfing und dabei ein Geburtstagsständchen trällerte - ach du heiliger Bimbam, wo gab's denn sowas. Daneben war eine Torte platziert, die Lily selbst gebacken hatte, mit einer Steampunkglasur – ein hellbraunes Zahnrad auf weißer Schokolade, gespickt mit sechzehn rosaroten Kerzchen. ROSA! Haaallo? Es war doch nicht ihr sechster Geburtstag, das war ihr wohl komplett entgangen! Nebenbei bemerkt war der Kuchen so riesig, wie wenn sie eine Geburtstagsgesellschaft erwarten würde, was sie nicht tat. Sie hoffte inbrünstig, dass es auch dabei blieb und dass ihre Tante nicht auf die idiotische Idee gekommen war, ihre Freundinnen zum Kaffee einzuladen, da konnte sie mal jemanden streiken sehen.

»Dein Geschenk gibt's erst nach der Schule«, im Inneren äffte sie Lilys Tonfall nach, klar, erst essen wir die Burger, bevor wir die Juniortüte öffnen. Sie hasste ihr Leben.

Der Gipfel war, dass ihr soeben das Handy abgenommen worden war, da sie vergessen hatte, das Netz abzustellen, und Papa ihr gratuliert hatte. Die Hühner in ihrer Klasse waren selbstverständlich in Gegacker ausgebrochen, als sie das laute Piepen der SMS vernommen hatten. Nicht zum ersten Mal wünschte sie sich, der Boden würde sich auftun und sie verschlingen. Nun saß sie über die Mathe-Ex gebeugt; ihr Hirn war leer und sie verstand nur Waschbären, Kormorane und Expotentialrechnung. Sie starrte auf die karierten Kästchen und wusste, sie sollte irgendeinen Graphen zeichnen, aber sie konnte mit den Gleichungen nichts anfangen. Wunderbar, das hier würde in einer Sechs enden, wenn ihr nicht bald 'ne Lösung einfiel.

Wann wird der Waschbärenbestand die 5000 überschreiten?

»Noch eine Minute, bitte den Satz fertig schreiben«, von welchem Satz sprach Herr Wagner denn?

Sie kritzelte oben ihren Namen hin und biss die Zähne zusammen, bevor sie zumindest den Anfangsbestand an Waschbären in das Diagramm eintrug. Der Mathelehrer ging durch die Reihen und sammelte die Arbeitsblätter ein, sie fing einen Blick von Sebi auf, der über den Gang getrennt neben ihr saß. Spontan streckte sie ihm die Zunge raus. Als es endlich zur Pause läutete, schmiss sie unachtsam alles Arbeitsmaterial in den Rucksack und stürzte zur Tür. Dabei rempelte sie aus Versehen Sebi an, der ebenfalls auf den Gang treten wollte.

»Hey, mach mal langsam!«, rief er ihr zu und grinste spöttisch.

»Lief wohl nicht so gut, mit den Waschbären, was?«

»Klar, du Ass, wie wenn es bei dir besser ging!«

Am liebsten hätte sie ihm den Stinkefinger gezeigt, hielt sich jedoch zurück und blieb kurz stehen.

»Wann und wie krieg ich mein Handy wieder?«, fragte sie stattdessen.

Sebi kratzte sich an der Nase.

»Am besten, du lauerst dem Wagner nach der großen Pause am Lehrerzimmer auf und tust geknickt. So mit ‚bitte, bitte, ich mach's nie mehr' und so. Vielleicht hattest du ja auch 'n wichtigen Grund gehabt - deine Mum ist im Krankenhaus. Das zieht immer.«

»Danke für den Tipp«, sagte sie knapp, nickte ihm kurz zu und beeilte sich, die Toilette vor der nächsten Stunde zu erreichen.

»Erzähl das mit deiner Mutter, ich wette, das funzt!«, rief Sebi ihr hinterher.

»Sie ist vor sechzehn Jahren bei meiner Geburt gestorben, du Idiot!«, schrie sie zurück, bevor sie um die Ecke bog.

Zuerst war sie alleine auf dem Klo, hörte aber nach einer Weile Pia und Petra, die kichernd und lärmend hereinstolperten.

»Boah wie miiiies, Expotentialscheiß, ich wette, du hast bei der Streberin neben dir abschreiben können«, das war unverkennbar Pia.

»Die setzt sich immer so hin, dass man nix sehen kann, das macht die doch mit Absicht. Wie unsozial von ihr!«

»Wie unsoooziiiaaal«, wiederholte deren Freundin.

Vicky wünschte sich, Petra bliebe in der Schüssel stecken, oder ihre viel zu enge Hose würde platzen. Leise verließ sie die Kabine, ohne zu spülen, und stellte sich ans Waschbecken. Schnell, schnell, bevor die Zicken herauskamen. Sie kriegte mit, wie die Mädchen beinahe synchron die Spülung bedienten, und bekam leichte Panik. Ohne nachzudenken, formte sie in ihrem Bauch die goldene Kugel und ließ sie anwachsen, während sie sich geschwind die Hände abtrocknete.

»Mist, das Schloss klemmt, Piiiaaa, Hilfe, ich komm nicht mehr raus!«

»Das gibt's doch nicht! Drehst du auch richtig rum?«

Rasch verließ sie das Mädchenklo und rannte auf den Biosaal zu; der kleine Ball in ihrem Bauchnabel schrumpfte derweil von selbst auf Stecknadelkopfgröße zurück.

Sie hatte bereits das Buch und den Schnellhefter ausgepackt, als die Mädchen hinter der Lehrerin ins Zimmer huschten und in der vorderen Reihe Platz nahmen.

»Du warst echt umnachtet, Süße, wie funktioniert ein Schloss, haha«, gackerte Petra in das allgemeine Gemurmel. Ein Papierball traf Vicky am Kopf und sie hob ihn auf. Prüfend sah sie sich um, aber die Klasse war mittlerweile verstummt und richtete ihre Aufmerksamkeit auf Frau Uhlig, die über Zellteilung referierte.

Sie versuchte keine Geräusche zu machen, als sie das Papier entknüllte.

»Sorry wegen vorhin. Ich hatte ja null Plan, G. Sebi«, stand darauf.

Sie schob den Zettel zwischen die Buchseiten und sah auf die Tafel. Das Letzte, was sie wollte, war irgendjemandes Mitleid.

In der großen Pause war sie wie immer abseits und kaute an der Geburtstagstorte, unter deren Glasur sich ein Zitronenkuchen mit Buttercreme versteckte. Er schmeckte wunderbar und sie bekam ein schlechtes Gewissen, weil sie in der Früh so schnippisch auf Lilys Kreation reagiert hatte. Als Sebi sie ansprach, erwischte er sie völlig unvorbereitet.

»Ah, Kuchen, gibt's was zu feiern?«

Er beugte sich nach vorne und sah in ihre Brotzeitdose. Eine der rosa Kerzen lag verräterisch zwischen den Kuchenkrümeln.

»Oh. Geburtstag?«

Sie machte schnell den Deckel zu, schluckte den Bissen runter und sah ihn kalt an.

»Was willst du?«

»Ja, wegen vorhin ...«, er trat von einem Bein auf das andere. »Ich wusste das ja nicht. Es tut mir leid.«

»Mmh, ich hab den Zettel gelesen. Aber wenn du das rumerzählst, dann setzt's was!«

Was sollte denn diese Aktion jetzt? Sie war misstrauisch.

»Nein, bestimmt nicht, ich schwör.«

Heute trug er die Haare offen und war sogar um sein Ziegenbärtchen herum rasiert. Die Handhabung des Rasierers war ihm mutmaßlich noch nicht geläufig - Vicky konnte kleine Schnittwunden entdecken.

»Machst du später was? Feiern oder so?«

»Nee«, sie sah auf die Uhr, noch fünf Minuten bis zum Gong, sie musste noch den Mathelehrer erwischen, wenn sie ihr Handy zurückhaben wollte.

Vicky merkte, wie sich Aufregung in ihr breitmachte. Solche Dinge hatte Sandy bislang für sie geregelt. Mit ihrer resoluten Art brachte sie in der Vergangenheit alles ins Lot. In diesen Momenten vermisste sie sie richtig.

»Aber am Wochenende doch? Also wenn dir Metal nichts ausmacht, meine Kumpels und ich gehen immer ins Noctem.«

Irritiert sah sie ihn an – war das jetzt 'ne Anmache?

»Ah, o. k., weiß nicht, mal schauen ...«, was sagte man denn *dazu*?

Abgesehen davon, dass sie nicht wusste, ob er es ernst meinte, würde Lily ihr das nie erlauben.

»Ich muss los, mein Smartphone. Bis später!«

»Ich schreib dir über Facebook«, rief Sebi ihr nach.

Gerade als Herr Wagner aus der Tür trat, erreichte sie das Lehrerzimmer. Vicky nahm allen Mut zusammen, um ihn anzusprechen.

»Entschuldigen Sie bitte, ich wollte nur fragen, wann ich wieder mit meinem Handy rechnen kann?«, ihre Stimme klang fiepsig, wie die einer Maus, aber sie war froh, dass sie überhaupt etwas sagen konnte. Gleichzeitig spürte sie, wie ihre Ohren heiß wurden und das Blut ihr ins Gesicht schoss.

»Normalerweise mach ich sowas ja nicht, junge Dame, aber da du anscheinend die Regeln hier an dieser Schule noch nicht kennst, will ich eine Ausnahme machen. Handys sind hier absolut verboten! Für dringende Telefonate kannst du ins Sekretariat gehen, in der Aula steht zudem ein Münztelefon. Hier hast du es, aber ich rate dir: Lasse es zukünftig zu Hause!«

Erfreut nahm sie das Gerät entgegen und bedankte sich artig. Als sie zur nächsten Stunde ging, beschlich sie ein leichtes Hochgefühl und es war fast, als würde sie schweben: Solche Dinge hatte Sandy früher immer in die Hand genommen und Vicky war meist hilflos danebengestanden. Heute war das erste Mal, dass sie sowas alleine erledigte. Sie kam sich plötzlich echt erwachsen vor.

Als sie den Hausgang betrat, roch sie die gebratenen Schnitzel und das Wasser lief ihr im Mund zusammen. Lily hatte ihr Lieblingsessen gemacht! Sie beeilte sich, in die Hausschuhe zu schlüpfen, und stürmte in die Küche. Die Tante hatte bereits den Tisch gedeckt und mit einem Strauß roter Rosen dekoriert. Um ihren Platz herum waren drei Pakete drapiert, ein eingepacktes und zwei von der Post. Zwischendrin stand eine Schüssel Kartoffel-Gurken-Salat. Der Tag versprach sich doch noch zum Guten zu wenden.

Lily wendete das Fleisch am Herd und hatte eine weiße Kochschürze an, ihre Haare hingen wild aus ihrem Zopf heraus und sie begrüßte sie mit einem Lächeln.

»Hallo, Geburtstagskind, na, hast du einen schönen Tag gehabt?«, sie trat auf Vicky zu und umarmte sie kurz. Vicky gab ein Grunzen von sich und machte eine wegwerfende Handbewegung.

»Frag nicht, ich bin unvorbereitet in 'ne Ex gelaufen ...«, sie steuerte den Esstisch an und nahm eines der Päckchen in die Hand.

»Darf ich ...?«

Lily stapelte die Fleischstücke auf einen Teller und runzelte leicht die Stirn.

»Na gut, eines. Aber wir sollten dann anfangen, bevor die Schnitzel kalt werden.«

Vicky entschied sich für Sandys Paket, das auch das kleinste war, und wickelte es gespannt aus. Es enthielt eine CD von Abney Park und eine selbstgebastelte Karte mit einer Eule, die Zahnräder als Augen hatte. Zudem hatte sie ein Bild von sich und Emil eingepackt, die zwei sahen aus wie ein Goth-Duo aus einem Szene-Magazin. Schmerzlich wurde sie daran erinnert, wie weit weg ihr vorheriges Leben mittlerweile war.

Lilly lud ihr zwei Schnitzel und einen Haufen Kartoffel-Gurken-Salat auf den Teller und sie setzte sich. Interessiert begutachtete sie das andere Päckchen, das aus Indien kam.

»Was hast du denn nachher noch vor, Vicky? Wenn du irgendetwas machen willst, ich habe keine Termine, und wenn du möchtest, können wir gerne zum Beispiel in die Therme fahren oder so?«

Sie sah die Tante an, um herauszubekommen, ob das ihr Ernst war. Alte Frauen fuhren vielleicht in ein Hallenbad, aber das konnte sie nicht als Geburtstagszeitvertreib für eine Sechzehnjährige vorschlagen, oder? Lily wirkte unsicher und unbeholfen, beinahe tat sie ihr leid. Womöglich hatte sie sich den ganzen Vormittag den Kopf zermartert, was sie mit ihr unternehmen konnte, schließlich feierte Vicky ja sonst mit Papa. Vielleicht war sie einfach durch den Wind, weil heute ebenfalls der Todestag ihrer Schwester war?

»Du, nö, danke für den Vorschlag. Ich wollte nachher noch kurz auf'n Friedhof und dann ein wenig im Facebook abhängen. Und Papa skypt ja auch noch durch - also wegen mir müssen wir nichts großartig machen. Aber am Wochenende möchte ich gerne ins Kino, hast du Lust?«

Lily war begeistert.

»Kino, was für eine schöne Idee! Dann lass uns am Samstag vorher essen gehen und anschließend einen Film schauen. Das habe ich ja seit Jahren nicht mehr gemacht!«

Vicky war zufrieden. Das hörte sich ja mal gut an. Sie schlang das Schnitzel hinunter, da sie es nicht erwarten konnte, die übrigen Geschenke auszupacken. Endlich war es so weit.

Papa hatte ihr ein Armband aus schwarzen Steinen mit einem silbernen Eulenanhänger sowie ein Halstuch mit Bommeln geschickt. Der Stoff war ganz glatt und weich und erinnerte sie an Seide. Dazu hatte er eine indische Postkarte mit Bollywoodtänzerinnen gelegt, sie war so schreiend bunt, dass Vicky kichern musste.

»Schau mal, Lily, da brauchst du aber eine Sonnenbrille, um sie anzuschauen!«

Die Tante schüttelte grinsend den Kopf, während sie die Karte inspizierte, sie konnte sich nicht sattsehen an den seltsamen bunten Kleidern der Frauen.

»Ja, ja, es gibt auch noch andere Farben außer Schwarz«, sagte sie mit dramatischer Stimme.

Zum Schluss blieb das eingepackte Geschenk von Tante Lily übrig.

Was wohl da drin war?

Vorsichtig knöpfte sie das Juteband von dem roten Geschenkpapier, das über und über mit gelben Uhrenrädern bedruckt war, und wickelte es vom Karton. Langsam zog sie das Klebeband ab und öffnete das Päckchen. Zuoberst lag eine Steampunk-Sonnenbrille mit runden Gläsern in einer groben Messingfassung. Kleine goldfarbene Muttern waren in unregelmäßigen Abständen auf den hölzernen Bügeln verschraubt. Sie hatte zwar den Touch einer Schweißerbrille, war jedoch filigraner gearbeitet.

Absolut Kult, dachte Vicky sprachlos, Sandy würde in Ohnmacht fallen, wenn sie das zu Gesicht bekam. Darunter waren zwei Kleidungsstücke, ein schlichter Longsleeve und ein kurzärmeliges schwarzes T-Shirt, auf dem ein kompliziertes Uhrwerk in Grau-Weiß über die gesamte Vorderseite aufgedruckt war.

Sie sah zu Lily, die mit angehaltenem Atem dasaß und sie beobachtete.

»Du bist die beste Tante der Welt!«

Lachend stand sie auf und umarmte sie stürmisch.

»Ich zieh das gleich mal an, die Brille ist ja sowas von genial - vielen, vielen Dank, Lily!«

Etwas später betrat sie gutgelaunt den Friedhof durch den gewohnten Seiteneingang. Der angetaute Schnee lag in kleinen matschigen Häufchen an den Wegrändern und gab den Blick auf den grauen Splitt frei. Es war nicht viel los, am vorderen Teil sah sie eine ältere Dame andächtig vor einem Steinengel stehen. Als sie sich Mamas Grab näherte, hörte sie Schritte hinter sich und verharrte kurz, um den Besucher vorbei zu lassen. Sie wollte unbeobachtet sein, wenn sie zu ihrer Mutter ging. In ihrer Manteltasche fühlte sie nach dem Grablicht und dem Feuerzeug, es war noch zu kalt, um Blumen zu bringen.

»Guten Tag, Vicky.«

Erstaunt drehte sie sich um und blickte in sein lächelndes Gesicht.

»Hallo, Melchior.«

Ihn hier anzutreffen, damit hatte sie nicht gerechnet.

»Besuchst du auch jemanden hier?«

Er trat verlegen nach einem Kieselstein.

»Nein, ich sah dich vorhin hier reingehen. Ich hoffe, ich störe nicht?«

»Nein, tust du nicht.«

Sie versuchte ihre Aufregung zu unterdrücken und zeigte in die Reihe, in der Mama lag.

»Mama ist heute gestorben. Ich meine, heute ist ihr Todestag ...«

Hilflos nahm sie die Hände aus den Taschen, drehte sich um und deutete ihm an, mitzukommen. Gemeinsam traten sie an den Stein, der beinahe schneefrei war.

Vicky bewunderte wie immer die filigran gehauenen Rosenranken, bevor ihr Blick auf die Inschrift fiel.

4. Februar – das Datum sprang ihr förmlich ins Gesicht. Seltsamerweise fühlte es sich mit Melchior an ihrer Seite aber nicht so schlimm an, wie befürchtet. Sie entzündete die Kerze und stellte sie zwischen das bunte Heidekraut und den geschmolzenen Schnee. Als sie sich aufrichtete, streifte ihr Arm zufälligerweise seinen; er trat dicht an sie heran und seine kalten Finger schlossen sich um ihre linke Hand. Ihr wurde leicht schwindlig und das Blut schoss ihr ins Gesicht. Es war so ein ungewohntes Gefühl und dennoch tat sie so, als sei es das normalste der Welt.

»Weißt du, heute ist auch mein Geburtstag«, ihre Stimme zitterte und sie traute sich nicht, ihn anzuschauen. Er drückte ihre Hand, beugte sich zu ihrem Ohr und flüsterte: »Schließ die Augen.«

Automatisch befolgte sie seine Anweisung, ihr Herz klopfte aufgeregt.

Zuerst geschah nichts, doch nach einer Weile sah sie Mama auf einer Parkbank unter grün belaubten Kastanienbäumen sitzen und Tauben füttern. Sie trug eine Jeans und ein schlichtes, weißes T-Shirt, ihre Haare waren zu einem Pferdeschwanz gebunden, der frech auf und ab wippte, wenn sie sich zu den Vögeln vorbeugte und ihnen Brotstücke zuwarf. Ab und zu hielt sie inne und streichelte sich über den Bauch. Ein glückliches Lächeln umspielte ihre Lippen, während sie ein leises Lied summte.

»Hallo, du kleiner Mensch. Wer auch immer du bist, ich freue mich so sehr auf dich.«

Sie hörte die Stimme wie aus weiter Ferne, und doch so nahe - so vertraut und fast vergessen. Die Melodie des Liedes ließ eine Saite in ihr erklingen, sie konnte sie fast mitsingen. Mit Bedauern bemerkte sie, wie die Szene langsam verblasste und die Parkbank im Nebel verschwand.

Als sie die Augen öffnete, waren sie feucht und sie blickte auf die Grabinschrift:

»In unseren Herzen lebst du für immer weiter.«

Sprachlos wandte sie den Kopf und sah Melchior an.

In ihrer Hand, die seine umklammert hielt, spürte sie etwas Weiches, Flauschiges, das ihre Handflächen kitzelte.

»Alles Gute zum Geburtstag, Victoria.«

Sie hob das seltsamste Kettchen hoch, das sie je gesehen hatte: Getrocknete Beeren, Buchsblätter, Samen und Daunenfedern waren sorgsam auf einem dunklen Faden aufgezogen, dessen Enden zu Schlaufen geflochten waren. An einem Ende war ein Holzstäbchen eingebunden, so dass sie die Beerenschnur als Armkettchen benutzen konnte, wenn sie das Hölzchen durch die kleine Schlinge führte.

Sie sah ihm in die Augen, während sie sich vorstellte, wie er mit Sorgfalt dieses Geschenk für sie hergestellt hatte, und war gerührt. Er musste doch etwas für sie empfinden, wenn er sich solch eine Mühe machte?

»Es ist so toll, danke, Melchior! Ich glaube, ich habe sowas noch nie gesehen! ... Woher wusstest du ...?«

Er sah betreten weg und zuckte die Schultern.

»Ich habe es schon vor einiger Zeit gemacht, und als du vorhin sagtest, naja ... ich dachte, es würde dich freuen ...«

Sie fasste sich ein Herz, trat auf ihn zu und umarmte ihn kurz, dabei merkte sie, wie er zögernd zurückwich. Enttäuscht ließ sie ihn los.

»Ich muss weiter - «, er deutete auf die Mauer, zum Ausgang.

»Bis bald, Victoria.«

»Bis bald ...«

Ihre Hände schlossen sich behutsam um die Buchskette, während sie beobachtete, wie er zwischen den Grabsteinen verschwand. Mit seinem federnden, nahezu geräuschlosen Gang sah er fast aus, als würde er schweben.

Hatte sie ihn vertrieben?

War sie zu stürmisch gewesen?

Hatte sie seine Zeichen falsch gedeutet?

Unsicher wandte sie sich Mamas Grabstelle zu und sah auf ihrer beider Fußabdrücke. Dort, wo sie gestanden hatte, war der Schnee zu

Matsch getaut, Melchiors Abdrücke waren daneben fast nicht zu erkennen. Erstaunt folgte sie mit den Augen seinen Spuren, die sich kurz vor dem Hauptweg verloren. Ein Windstoß fegte losen Pulverschnee durch die Grabwege. Es war, als wäre er nie da gewesen.

Passionszeit

19. Der Anruf

Lily saß in ihrem Zimmer mit untergeschlagenen Knien auf dem runden Teppich, in dessen Mitte ein kupferfarbener Kessel auf drei Beinen stand, in dem eine Kerze brannte. Daneben befand sich ein Räuchergefäß, aus dem in unregelmäßigen Abständen Rauchwolken aufstiegen und einen süßlichen Geruch verbreitete. Ihre Augen hatte sie geschlossen.

Sie suchte in der Tiefe ihres Unterbewusstseins nach den Erinnerungen an den verhängnisvollen Abend, doch die Bilder, die kamen, zeigten Martin, wie er sie enttäuscht ansah, als sie ihm damals die Einladung für den Maitanz absagte.

Sein Blick schnitt ihr ins Herz und sie wandte sich ab und tat, als hätte sie ihn nicht bemerkt.

Über den Winter waren sie sich damals näher gekommen und sie musste gestehen, dass sie jedes Mal Herzklopfen bekam, wenn er in ihrer Nähe war. Einige Male waren sie ausgegangen, doch die besondere Situation, die man aus Filmen oder Romane kannte, wenn Held und Heldin sich küssten, die hatte sich bislang noch nicht ergeben. Ihre Hoffnung war, dass der Maiabend das ändern würde, aber sie hatte ihre Verpflichtungen gegenüber dem Orden vergessen. Sie musste beim Ritual zugegen sein, das hatte Vorrang vor dem profanen Leben.

»Lass uns doch stattdessen gemeinsam zum Maibaum-Aufstellen gehen, Martin, was meinst du? Vielleicht kann ja Eva mit dir zum Tanz gehen, wo du doch die Karten bereits gekauft hast?«

Im Nachhinein stieg Ärger in ihr auf und sie verfluchte sich dafür, dass sie so praktisch und so rational war. Ja, sie selbst hatte Eva und Martin zum Tanzen geschickt.

Martin, der sie immer zum Lachen brachte, mit seinem jugendlichen Lächeln und den verstrubbelten Haaren, sie musste sich oft zurückhalten, um ihm nicht durch den Schopf zu fahren, nur um zu wissen, wie sie sich anfühlten. Er, der sie zu den unmöglichsten Zeiten anrief oder einfach mit Lebensmitteln vor ihrer Tür stand, um ihr etwas zu kochen, wenn sie so in ihre Malerei vertieft war, dass sie darüber das Essen vergaß. Der einzige Mensch, dem sie bereit war, sich zu öffnen.

Sie merkte, wie ein Schluchzen in ihr aufstieg, und drängte die Erinnerung zurück. Mit einem tiefen Atemzug verblasste die Szene. Alles war dunkel, sie roch das Räucherwerk und spürte ihre Füße, die sich vom langen Sitzen taub anfühlten. Mit einer unmerklichen Bewegung suchte sie einen bequemeren Sitz auf dem Meditationskissen, das unter ihrem Gewicht leise knisterte. Mit gestrecktem Rücken lauschte sie in die Stille.

In der Schwärze hinter ihren Augenlidern stiegen weitere Bilder auf: Eva, wie sie bei der Besichtigung des Hauses plötzlich bleich wurde und die Toilette aufsuchte, um sich zu übergeben - ihr eigenes blankes Entsetzen, als die vage Erkenntnis sie überkam, was mit ihrer Schwester tatsächlich los war.

»Seit wann bist du in diesem Zustand?«

Eva sah sie elend an und hatte Tränen in den Augen. »Mir ist seit einer Woche ständig schlecht, ich weiß nicht, was mit mir los ist, Lily.«

»Aber ich«, kühl starrte sie sie an und trat einen Schritt zurück. Ihre kleine Schwester, die kein Wässerchen trüben konnte. Die immer so zerbrechlich und hilfsbedürftig auftrat – der alles einfach nur so zuflog, und die nie für etwas hatte kämpfen müssen. Die mit ihrem Kleine-Kinder-Lächeln alle um den Finger wickelte. Sie – sie hatte ihr Martin weggenommen. Es war nicht das erste Mal, dass sie ihr einen Mann ausspannte; in ihrer Jugend schien es ein Volkssport von ihr gewesen zu sein - aber musste sie sich jetzt ausgerechnet *ihn* aussuchen?

Ein Kloß, so dick, dass sie dachte, sie müsse daran ersticken, steckte in ihrem Hals, sie würgte eine Weile dran, bis sie endlich sprechen konnte.

»Du bist schwanger.« Das Blut rauschte in ihren Ohren und sie lauschte erstaunt ihren Worten, deren Echo an den kahlen, alten Wänden des WCs widerhallten. Braune Fliesen tanzten vor ihren Augen, mit einer weißen Blumenmusterbordüre, die sich in ihre Pupillen einbrannten - wie hatte sie die gehasst! Eine der ersten Aktionen in diesem Haus war gewesen, sie loszuwerden. Persönlich hämmerte sie jede einzelne ab, mit Tränen der Wut und Enttäuschung, die ihr heiß den Hals hinabliefen.

Eva schlug die Hände vor das Gesicht und weinte. Lilys Innerstes wurde eiskalt und sie bemühte sich nicht, sie zu beruhigen. Sie wollte es sich nicht vorstellen, wie Eva Martin umarmte und ihn küsste. Wie sie ihre Wangen an seine süßen Bartstoppeln rieb und den Duft seines Rasierwassers einatmete. Der Gedanke daran war unerträglich. »Ich kann mich nicht erinnern«, schluchzte die Schwester, »ehrlich, Lily, du musst es mir glauben – wir haben einiges getrunken und getanzt und ein Taxi gerufen. Wirklich, Lily, an mehr kann ich mich nicht erinnern ...«

Vorbei – alles vorüber, bevor es überhaupt angefangen hatte. Aber was hatte sie denn erwartet? Gab es jemals Glück für sie, wenn andere Menschen zugegen waren?

»Weiß er es?«

»Nein, ich habe ihn seither nicht mehr gesehen.«

Ja, er hatte von einem schwierigen Projekt gesprochen, beim Maibaum-Aufstellen, von einem, das ihn vollkommen vereinnahmte. Dabei hatte er wie immer gewirkt, und sie war völlig ahnungslos gewesen. Es waren vermutlich nur Ausflüchte gewesen, um sie nicht mehr zu sehen.

In ihr tobte ein Aufruhr, alles war bislang in der hintersten Ecke ihres Gefühls-Kleiderschrankes versteckt, damit sie seinen Anblick weiterhin ertragen konnte. Nun quollen die alten Emotionen hervor, wie wenn sie zu viele abgelegte Kleider hineingestopft, aber nie ans Ausmisten gedacht hatte.

»Das ist nicht fair, das ist eine verdammte Ungerechtigkeit!« Sie wollte schreien, aber ihr Mund blieb still. Wie grässliche Würmer krochen die Gefühle aus ihrem Herzen und schienen sie von innen auffressen zu wollen. Ihr Bauch brannte und sie schnaufte schwer.

Evas Gesicht mit den grünen Augen, den Sommersprossen und der Stupsnase verblasste und ließ sie allein mit dem Gewürm, das in ihr wütete, bis auch dies endlich blasser wurde und sie in völliger Finsternis zurückließ.

Frieden legte sich über sie und sie genoss die Stille. Weder Bilder, die sie heimsuchten, noch Gedanken, die vorüberhuschten. Sie ruhte in sich und war nur Atem. Eine kleine goldene Kugel pulsierte beruhigend in ihrem Bauch. Sie spürte ihre Kleider, die am Rücken kratzten, sowie ihre kalten Hände; ihre Knie, die den weichen Teppich berührten, und ihren Kopf, der leicht nach hinten, in den Nacken gesackt war. Nach einer Weile öffnete sie die Augen und streckte sich. Die Kerze war beinahe abgebrannt und die Uhr zeigte, dass sie über eine Stunde weg gewesen war.

Sie löschte das Licht und räumte leise die Gegenstände weg, während sie in das Haus hineinhorchte. Nebenan konnte sie überlaut die regelmäßigen Atemzüge ihrer Nichte in ihrem Kopf vernehmen. Ein paar Raben krähten draußen, im Garten. Es war erst acht Uhr in der Früh, und sonntags schlief Vicky meist bis halb zehn. Lautlos schlich Lily die Treppen hinab, um sich einen Kaffee zu machen.

Der Abend mit ihr war nett gewesen, sie hatten ein entspanntes Abendessen in einem italienischen Restaurant eingenommen, bevor sie sich einen Science-Fiction-Film anschauten. Ihre Hoffnung, der Tochter ihrer Schwester etwas näher zu kommen, schlug jedoch fehl. Sie hoffte, Vicky würde sich mehr öffnen und ihr von ihren Ängsten erzählen, doch die Gespräche blieben oberflächlich, und sie wollte nicht zu sehr in sie dringen, um nicht den Eindruck zu vermitteln, sie wolle sie aushorchen.

Sie erinnerte sich an die kleine Vicky. Ein verschlossenes Kind, das die Natur liebte und unsichtbare Freunde aus der Feenwelt hatte - fast sah sie sich selbst als Kind. Wie anders hingegen war Eva gewesen; ihr einziges Bestreben war, beliebt zu sein und anerkannt zu werden. In Gesellschaft von Freundinnen etwas zu unternehmen war ihr wichtiger, als ihren Träumen nachzuhängen. Wenn niemand sonst Zeit zum Spielen hatte, befasste Eva sich mit der älteren Schwester - aber nur um der Langeweile zu entgehen, wie Lily glaubte. Oft hatte Lily sich danach gesehnt, Eva *ihre* Welt zu zeigen. Eine Welt voller Sinneseindrücke, Gerüche und Farben; bevölkert von wunderbaren Wesen, von denen keiner Notiz nahm.

Ihre Gedanken schweiften zurück zu Vicky. Der dunkle Geist, von dem sie ihr erzählt hatte, ließ Lily nicht los. Irgendwie passte er nicht so recht zu dem Ouija-Brett, das Vicky unter dem Christbaum gefunden hatte. Geistwesen konnten Restsignaturen hinterlassen, das hatte sie selbst schon am eigenen Leib erfahren, aber die Kommunikation war viel direkter und penetranter. Umherfliegende Gegenstände, plötzlich zufallende Schranktüren oder auch Klodeckel - aber bislang war ihr nicht zu Ohren gekommen, dass ein Geist jemals eine Karte geschrieben hätte. Was, wenn das Präsent gar nicht von dem dunklen Wesen kam ...?

Als die Kaffeemaschine warmgelaufen war, machte sie sich einen Espresso und setzte sie sich an den Esstisch. Sie drehte sich aus dem Naturtabak mehrere Zigaretten, die sie in ihr silbernes Etui legte. Ihre Gedanken kreisten dabei abwechselnd um das Geschenk und um den Dunklen. Die Signatur des Päckchens ging ihr nicht aus dem Kopf. Sie war der Meinung, es wäre dieselbe gewesen wie die, die sie aus dem Ritual kannte. Die Energie kam ihr bekannt vor, aber mit einem Mal war sie sich nicht mehr sicher. Wenn sie sich nur erinnern könnte!

Das Brummen ihres Handys ließ sie aufschrecken. Missmutig starrte sie auf eine unbekannte Nummer und war versucht, sie wegzudrücken, wenn nicht die kleine Stimme in ihrem Inneren ihr eindringlich zugeflüstert hätte, es sei wichtig. Seufzend nahm sie ab.

»Lilith Mayr?«

»Soror Artemia? Hier ist Frater Verus.«

Kaum zurück in den Fängen des Ordens, schon wird man in die Pflicht genommen, dachte sie mit leichtem Ärger.

»Guten Morgen«, antwortete sie und wartete ab.

»Ich muss dich dringend sprechen, können wir uns sehen?«, seine Stimme klang vordergründig ruhig, aber es schwang eine gewisse Nervosität mit. Sie stellte sich vor, wie er seine Stirn kräuselte und eine Falte zwischen den Augenbrauen erschien.

»Verus, es ist Sonntag früh und ich habe mich um meine Nichte zu kümmern. Was gibt es so Wichtiges, dass man das nicht am Telefon besprechen kann?«

»Wegen des Rituals damals. Es ist weg.«

Die darauffolgende Pause klang unheilvoll. Nervös spielten ihre Finger mit den fertig gedrehten Zigaretten.

»Wie meinst du, es ist weg? Du sprichst von den Aufzeichnungen, oder? Sind sie nicht im Archiv?«

»Nein. Die Notizen sind verschwunden!«

»O. k., das bedeutet?«

»Dass wir es neu schreiben müssen. Zarç und der Rat sind bereits informiert. Ich hatte gehofft ...«, er zögerte.

Lily runzelte die Stirn und überlegte, was diese Information für sie und Vicky bedeutete. Ein unangenehmes Gefühl kroch ihr den Rücken hinauf.

»Ja ...?«

»Artemia, ich war bei dem Ritual nicht dabei, da ich das andere geleitet habe, ich habe nicht die geringste Ahnung wer alles außer dir und Zarç noch zugegen war und was vor sich ging. Ich hoffte, wir könnten uns sehen und du erzählst mir etwas davon?«

Sie dachte nach. Warum wollte er ausgerechnet mit *ihr* reden? Ihr Bauchgefühl mahnte sie zur Vorsicht. Irgendetwas ging hier vor.

»Ehrlich gesagt, weiß ich nicht, ob das eine gute Idee ist, Verus.« Sie bemühte sich um einen festen Tonfall.

»Zum einen denke ich, dass du alle Infos von Zarkaraç bekommen wirst - soweit ich im Bilde bin, hat er es geschrieben - zumindest hat er es geleitet. Und zum Ritual selbst kann ich dir leider nicht viel sagen, denn ich erinnere mich nicht daran.«

»Du weißt es nicht mehr? Du meinst, du hast es vergessen?«, er klang leicht entsetzt.

»Nein«, entgegnete Lily mit rauer Stimme. »Ich habe es nicht vergessen. Es ist, als sei ich nie dabei gewesen. Ich hatte einen Blackout.«

Am anderen Ende wurde es still und Lily musste daran denken, dass früher die analogen Telefonleitungen bei Gesprächsstille immer knackten, wie wenn jemand, der mithörte, ungeduldig wurde.

»Es ist ... ungewöhnlich.« Sie konnte sich seinen ratlosen Gesichtsausdruck richtig vorstellen.

»Ach ja? Zarç meinte damals, es käme zuweilen vor, dass Menschen mit zu viel Empathie so einen Anblick nicht aushalten und dann einfach wegtreten«, sagte sie und grollte innerlich.

»Was für einen Anblick – Lily, was habt ihr gemacht!?«

»Das frage doch bitte deinen Ratsältesten selbst. Ich wünschte, ich wäre an diesem Abend weit weg von euch allen gewesen!«

Sie legte auf und starrte erbost auf das Display. Jetzt war der richtige Augenblick gekommen, eine zu rauchen.

Lily fuhr in die schmale gepflasterte Auffahrt der Anbaugarage und stieg entschlossen aus. Dieses Mal würde sie sich nicht mehr abspeisen lassen. Zarç musste ihr endlich erzählen, was tatsächlich an dem Abend passiert war. Verus' Anruf hatte sie beunruhigt.

‚Was habt ihr da gerufen?'

Genau das interessierte sie brennend. Denn was immer es war, es hatte ihre Zukunft zerstört. Was sie für eine lästige Verpflichtung gehalten hatte, hatte bewirkt, dass alles, wovon sie jemals geträumt hatte, zerschlagen wurde wie eine Seifenblase. Und sie konnte nicht einmal sagen, ob es sich für sie gelohnt hatte.

Ihren Zorn unterdrückend, trat sie auf den gekiesten Weg, der zwischen niedrigen Dornenhecken auf die Tür des Einfamilienhauses zuführte. Mit zittrigen Händen drückte sie den Klingelknopf und hörte ein hohes Summen hinter der Tür.

Nichts passierte. Ungeduldig läutete sie erneut, dieses Mal ließ sie den Finger etwas länger auf dem Knopf verweilen.

Hinter sich hörte sie ein Fahrzeug herankommen und am Straßenrand parken. In Erwartung, Zarç beim Heimkommen anzutreffen, drehte sie sich um, doch es war Frater Verus' hohe Gestalt, die zwischen den Hecken auftauchte. Abschätzend starrten sie sich eine Weile an.

»Er ist nicht da«, brach Lily schließlich das Schweigen.

Verus neigte den Kopf leicht zur Seite, seine blauen Augen schienen sie zu durchbohren. Sie fühlte sich unbehaglich und wandte sich zum Gehen, doch er hielt sie an der Schulter fest.

»Lilith, ich bin hier, weil ich an der Wahrheit interessiert bin, genau wie du auch. Es wäre nett, wenn du damit aufhören könntest, alle Mitglieder in einen Topf zu werfen. Der Orden ist nicht Zarç – und Zarç ist nicht der Orden.«

Unmerklich trat sie einen Schritt zurück, seine Berührung war ihr unangenehm. Alte Gefühle stiegen auf, die sie mit aller Gewalt unterdrücken musste, um einen klaren Gedanken zu fassen. Es fühlte sich falsch an, hier zu stehen und mit Verus über seinen Ältesten zu reden.

»Also, Lily, ich habe mit Zarç kurz gesprochen. Er behauptet, es gebe außer den Aufzeichnungen im Archiv nichts über das Ritual, und die Aufzeichnungen seien verschwunden. Sie seien in Henochisch gewesen, einer Sprache, über die ich vor ein paar Jahren meine Meisterarbeit geschrieben habe ...«

»... weswegen er nun deine Hilfe benötigt, um das Ritual neu zu schreiben und alte Fehler auszumerzen?«, vervollständigte sie den Satz mit einem bissigen Unterton.

»Hör zu, Verus, damals ging mächtig was schief – ich bin davon überzeugt, dass meine Schwester deswegen gestorben ist und meine Nichte nun Dinge sieht, die sie nicht sehen sollte. Es soll einfach aufhören, ohne dass Vicky da weiter reingezogen wird, ist das zu viel verlangt?!«

Sie merkte, wie sie sich in Rage redete, und strich sich ihre Haare aus dem hitzigen Gesicht.

»Deswegen ist es ja so wichtig, zu wissen, was an dem Abend passiert ist«, eindringlich betonte er jedes Wort, wie wenn er zu einem Kind spräche, das brachte sie auf die Palme.

»Du sagst, du kannst dich nicht erinnern. Lily, genau das ist der Punkt. Mit Henochisch ruft man keine herumirrenden Geister, dafür ist es zu mächtig. Es ist die Sprache der Engel, Lily – auch die der gefallenen!«

In ihrem Hirn arbeitete es, die Gefühle zogen sich in ihren Bauchraum zurück und gaben der Logik Platz.

Was hatte sie mit alldem zu tun?

»Dein Gedächtnisverlust, das ist das, was mir so zu schaffen macht. Erinnerst du dich, wie wir während deiner Zeit in der Loge einige Experimente mit außerkörperlichen Erfahrungen gemacht haben? Wir wurden in Trance versetzt und sind in Gedanken ins Atrium gegangen, um gewisse Dinge, die auf dem Tisch platziert waren, zu erkennen. Du schnittest da mit am besten ab.«

»Ja und?«, misstrauisch forschte sie in seiner Mimik, auf was er hinaus wollte.

»Das bedeutet, magisch gesehen, dass du ein perfektes Medium bist. Ich könnte mir vorstellen, du weißt nichts mehr von dem Ritual, da du in tiefer Trance gewesen bist, um das zu finden, was auch immer ihr gerufen habt, und es in den Kreis zu holen.«

Sie blinzelte ihn verständnislos an und versuchte sich zu erinnern, ob sie damals jemandem die Erlaubnis erteilt hatte, sie zu hypnotisieren. Hilflos schüttelte sie den Kopf.

»Warum fragst du nicht Zarç, was da wirklich vor sich gegangen ist?«, in dem Augenblick, in dem sie es aussprach, fiel ihr die Antwort ein.

Weil Zarç es ihm verschwieg.

Er hatte es Verus genauso wenig erzählt wie ihr.

»Unendlich viele Rituale hat er schon geschrieben und geleitet, da ist es schwer, sich an ein bestimmtes zu erinnern«, Verus grinste ironisch.

»Ja, aber du wusstest noch davon, obwohl du selbst ein anderes geleitet hast«, sie verschränkte die Arme vor der Brust, für sie gab es keinen Grund, ihm zu trauen.

»Weil Zarç kurz vor Beginn des Beltane-Rituals zu mir kam und meinte, die Zeit wäre günstig für ein Experiment. Er hat ein paar Leute eingesammelt, ist weggefahren und hat mich mit dem Ganzen alleine gelassen. An dem Abend waren wir so oder so nicht vollständig, erstmalig wurden auch Gäste zugelassen und ich war vollauf beschäftigt.« Er stockte.

»Egal, *meine* Anwesenheitsliste ist zumindest mit den Abschriften abgelegt.«

Täuschte sie sich, oder hörte er sich verbittert an?

»Wer war damals eigentlich der Archivar?«, wagte sie zu fragen.

»Dreimal darfst du raten: Zarç.«

Sie schwiegen und Lily trat unbehaglich von einem Bein auf das andere.

War sie bis vor kurzem noch entschlossen gewesen, Zarkaraç zur Rede zu stellen, hatte sie plötzlich das Bedürfnis, so weit wie möglich von ihm weg zu sein. Ihr Bauchgefühl sagte ihr, sie wurde hier abermals in irgendetwas hineingezogen, das sich ihrem Einfluss entzog.

»Hör mal, vielleicht bist du bereit, wieder in eine Trance zu gehen. Ich verspreche dir, sie wird ganz leicht sein, so dass du dabei noch sprechen kannst. Was an dem Abend passiert ist, ist noch in dir drin. Lass Soror Artemia erzählen, was vorgefallen ist.«

»Hm«, sie hatte ihre Zweifel.

»Ich muss heim, Vicky wartet auf mich. Lass mich in Ruhe darüber nachdenken.«

Mit einem kurzen Nicken drehte sie sich um und ging zum Auto zurück.

»Lass dir nicht zu lange Zeit«, rief Verus ihr nach.

20. Der Spiegel

Vicky wurde durch das Geräusch der zufallenden Haustür geweckt und blinzelte verschlafen auf die hellen Quadrate, die die hereinscheinende Sonne auf dem Holzboden malte. Sie hörte den Klang von Reifen auf knirschendem Schnee, der von der Einfahrt zu ihr hinaufdrang. Verwundert setzte sie sich auf und rieb sich die Augen. Der erste Gedanke war, dass Lily zum Bäcker gefahren sein musste, um Brötchen zu holen, aber sie verwarf ihn gleich wieder. Da sie beide nicht frühstückten, wäre es vergebene Mühe. Außer ihre Tante erwartete vielleicht Besuch und hatte versäumt, ihr Bescheid zu sagen.

Sie schloss die Augen und ging in Gedanken die Treppe hinunter, durch die halboffene Küchentür zur Küchenzeile. Eine halbvolle, beige Tasse mit einer lustig gezeichneten Hexe im roten Kleid auf einem Besen stand neben der geriffelten Wasserflasche aus Glas. Davor lag ein beschriebenes Blatt Papier. Sie bemühte sich, die Schrift zu erkennen, aber es war mühsam und die Buchstaben verschwammen vor ihren Augen. Wie ein Kameramann drehte sie sich langsam zum Kaffeeautomaten um und sah, dass das grüne Licht an war. Daneben befand sich der silberfarbene Wassersprudler und neben der Spüle standen die benutzten Gläser vom Vorabend. Sie schwenkte die Kamera zurück zum Blatt und stellte den Fokus ein. Ihr Bauch kribbelte und sie musste sich zwingen, gleichmäßig zu atmen. Ihr Herz schlug so laut, man könnte meinen, es wäre ihr in den Hals gerutscht. Sie schluckte und verlor das Bild.

»Mist!« Es war immer das Gleiche, sobald sie meinte, es klappt endlich, wurde sie so aufgeregt, dass alles zusammenfiel.

Sie hatte lang mit sich gehadert, was ihre Gabe anging, und Lily hatte ihr lediglich einmal den Tipp gegeben, sie könne ein Kartenspiel benutzen und zum Spaß die Farben erraten, aber selbst das verlangte ihr einiges ab. Nicht dass es zu schwierig gewesen wäre, sie hatte schlicht und ergreifend Angst vor den Ergebnissen. Anfangs fand sie jede dritte rote Karte, doch nach einer Woche war sie bereits fähig, zwischen Karo und Herz unterscheiden. So richtig freuen konnte sie sich darüber jedoch nicht, ihr war oft recht unheimlich dabei zu Mute.

Das erste Mal, als sie ihr Zimmer verließ, ohne aufzustehen, war im Halbschlaf gewesen; sie hatte ihre Kette mit dem Sternanhänger gesucht und war in Gedanken ins Bad gegangen, wo sie sie auf dem Waschbecken vorfand. Anfangs hielt sie es für eine Erinnerung, aber dann experimentierte sie ein wenig und war erschrocken, als sie feststellte, dass sie Dinge im hintersten Winkel des Kellers sehen konnte, von deren Existenz sie nicht einmal gewusst hatte. Je öfter sie mit der goldenen Kugel in ihrer Mitte arbeitete, desto mehr nahm sie Sachen wahr. Irgendwie beängstigend.

Seufzend stand sie auf und schlüpfte in Jeans und Pulli. Bestimmt hatte ihre Tante irgendwelche Anweisungen auf dem Zettel hinterlassen. Auf dem Weg nach unten zwirbelte sie ihre Haare zu einem Dutt zusammen und steckte sie mit einer Klammer fest. Es überraschte sie nicht, die Szenerie genau so vorzufinden, wie soeben im Bett beobachtet.

Vor der Küchenzeile blieb sie stehen und schloss abermals die Augen.

Das Blatt war deutlich zu sehen, Lily benutzte einen grünen Filzstift, und es gab zwei Absätze. Darunter stand ein einzelnes Wort. Krampfhaft versuchte sie, die Buchstaben scharf zu stellen, doch je mehr sie sich anstrengte, desto undeutlicher wurde das Bild. Schließlich gab sie auf. Es war, als sei ihr inneres Auge blind für Geschriebenes.

Schade eigentlich, ein Buch zu lesen, das man nicht halten musste, wäre zu praktisch gewesen. Oder wenn eine SMS kam und man gerade nicht auf das Display schauen konnte. Auch das Abschreiben in Klausuren wäre dadurch vollkommen easy – ungeahnte Möglichkeiten hätten sich aufgetan!

Sie knabberte an ihrer rauen Unterlippe und dachte an das »Verboten-Spiel«. Wieso ging das am Silvesterabend so einfach, und jetzt so schwer? War das, weil Lily ihr damals aktiv Bilder schickte? Es nutzte nichts: Wenn sie wissen wollte, was Lily hinterlassen hatte, musste sie es mit »echten Augen« lesen.

»Guten Morgen Vicky, ich habe einen dringenden Anruf erhalten und muss kurz weg. Sollte ich bis mittags noch nicht da sein, schäl bitte die Kartoffeln und setze sie mit Salz auf. Die Karotten kannst du gerne auch schon vorbereiten, bis nachher, Lily«

Ein Blick auf die Küchenuhr sagte ihr, dass sie noch gut zwei Stunden Zeit hatte. Sie beschloss, sich erst mal einen Kaffee aus der Maschine zu lassen und den Vormittag zu verbummeln. Vielleicht konnte sie auf Facebook schauen, ob Sebi ihr etwas Lustiges gepostet hatte. Seit ihrem Geburtstag waren sie zumindest virtuell befreundet und er schickte immer komische Sprüche und ab und zu auch Links zu echt genialen Steampunk-Accessoires. Im »echten Leben« taten sie meist so, als würden sie sich aus dem Weg gehen, aber sie zwinkerten sich manchmal zu, wenn die Zicken auf dem Pausenhof mal wieder unmöglich waren. Sandy hatte eine Weile gebraucht, bis sie ihren neuen Facebook-Freund bemerkte - schrieb ihr aber dann sofort eine private Nachricht, ob das wohl ihr Ernst sei, sich nun mit Metallern abzugeben.

»Na, und?«, hatte sie geantwortet, es war seltsam, sie ärgerte sich nicht einmal darüber.

Mit der dampfenden Kaffeetasse in der Hand war sie unterwegs zum Büro, als sie durch die bemalten Scheiben der Haustür schemenhafte Umrisse sah und es kurz darauf klingelte. Sie war so erschrocken, dass sie etwas von dem heißen Getränk verschüttete.

»Wer ist da?«

»Guten Morgen, ich bin's, der Michael. Ich war gerade in der Gegend und dachte, ich schau einfach mal vorbei«, er flötete wie ein Minnesänger.

Vicky verzog das Gesicht und trat unmerklich einen Schritt zurück.

»Lily ist aber nicht da!«

»Das ist nicht schlimm, ich wollte ja auch dich besuchen und habe dir etwas mitgebracht. Es dauert nicht lang.«

Sie kämpfte mit sich selbst. Einerseits sollte sie zu den Geschäftspartnern ihrer Tante nicht unhöflich sein, andererseits mochte sie diesen Michael einfach nicht. Sagte er, er hätte ein Geschenk für sie? Was konnte es sein? Zum Schluss gewann ihre Neugierde und sie öffnete die Tür einen kleinen Spalt.

Zarç stand davor, strahlte sie an und breitete die Arme aus. In der rechten Hand hielt er einen dunklen Beutel.

»Hallo Vicky«, sie wusste gar nicht so richtig, wie es geschah, aber sie fand sich plötzlich in seiner Umarmung wieder und sein Parfüm bereitete ihr Übelkeit. Schnell befreite sie sich und überlegte, wie sie ihn an der Tür abspeisen konnte, doch er war bereits im Gang und trat auf die Stube zu.

»Wo ist sie denn hin, deine Tante?«

Vicky schloss die Tür und beeilte sich, ihn zu überholen.

»Möchten Sie etwas trinken? Einen Kaffee?« Aus einem Impuls heraus steckte sie unauffällig den Zettel ein, der noch auf der Anrichte lag.

Er setzte sich an den Küchentisch und sah sich lächelnd um.

»Gerne nehme ich was. Mit wenig Milch, bitte. Musste sie zu einem Klienten?«

Sie brummte etwas Unverständliches und war froh, dass das Mahlwerk der Maschine so laut war, dass es das meiste übertönte.

»... erst am frühen Nachmittag wieder da sein«, vollendete sie den Satz und stellte ihm die Tasse auf den Tisch, neben den dunklen Beutel aus Samt, der ihre Aufmerksamkeit auf sich zog.

»Setz dich doch«, die Lehne des Holzstuhls quietschte, als er ihr beim Zurücklehnen sein Gewicht anvertraute.

‚Er tut so, als wäre er hier zu Hause, und nicht ich', schoss es ihr durch den Kopf. Sie bemerkte, wie sich die goldene Kugel in ihrem Bauch wie von selbst regte und langsam anfing zu rotieren, aber sie nahm, nach außen hin ruhig, Platz.

»Lily meinte, du seist begabt?«, er sah sie bedeutungsvoll an.

»Ähm, naja, ich lerne viel, wir haben bald Prüfungen ...« Sie wurde nervös, etwas in seinem Blick gefiel ihr nicht.

»Nein, nicht so. Ich meine, medial begabt.«

Ihr Schutzschild aktivierte sich fast automatisch, sie schob das Kinn vor und blickte trotzig zurück.

»Medial?«

»Du hast sogar schon einen Geist beschworen.«

Sie konnte nicht glauben, dass ihre Tante damit hausieren ging und das ausgerechnet diesem Unsympath erzählt hatte.

Er lachte leise und zog etwas aus dem Beutelchen, das aussah wie ein Spiegel. Der Rahmen war goldfarben mit seltsamen Symbolen drauf, an den Seiten waren Bügel angebracht; wenn man diese nach hinten klappte, konnte man ihn ähnlich einem Kosmetikspiegel hinstellen. Das Erstaunlichste war jedoch die Scheibe selbst. Sie war pechschwarz, leicht nach außen gewölbt und absolut glatt.

»Was ist das?«, sie durchforstete ihr Gedächtnis danach, ob sie jemals von so einem Gegenstand gelesen oder gehört hatte.

»Oh, das, meine liebe Vicky, ist ein Wahrsagespiegel. In diesem hier kannst du zum Beispiel sehen, was gerade irgendwo passiert. Aber selbstverständlich nur, wenn du medial begabt bist.«

»Oh ja, natürlich«, sie machte ein gleichmütiges Gesicht.

Zarç drehte den Spiegel so, dass sie direkt hineinschauen konnte, und sie sah sich selbst, mit einem schiefen Dutt und heruntergezogenen Mundwinkeln.

»Also, was möchtest du wissen? Denk einfach daran und schau dir in die Augen.«

Trotz aller Bemühungen, woanders auf der schwarzen Oberfläche hinzuschauen, ertappte sie sich, wie sie es doch tat. Ihr eigener Blick zog sie magisch an. Dabei dachte sie an den zusammengefalteten Zettel mit Lilys Notizen und sah ihn in ihrer Hosentasche. Der grüne Stift hatte die Buchstaben durch das Papier gedrückt; Sätze in Spiegelschrift lagen über anderen Sätzen.

»Ich habe einen dringen- netlahre furnA ned und muss kurz w-.ge«, las sie erstaunt und blinzelte. Der Spiegel war fähig, ihre Gabe zu verstärken, so dass sie nun auch lesen konnte! Das Bild verschwand und sie sah wieder ihr eigenes Gesicht, das nun die Augenbrauen hochgezogen hatte.

Sie merkte, dass Zarç sie beobachtete, es war, als lauerte er auf eine Reaktion, während er langsam die Tasse zum Mund führte und schlürfte. Unauffällig dehnte sie ihren Schutzschild aus, der sich wie eine durchsichtige Eierschale aus buntem Licht um sie legte. Sie starrte auf der Spiegeloberfläche mal hierhin, mal dorthin, den eigenen Augenkontakt vermeidend. Ihre Gedanken ließ sie ganz still werden. Nach einer Weile sah sie auf.

»Damit kann man sich aber nicht schminken«, sie hoffte, sie hörte sich unbekümmert an.

»Von was auch immer für Talenten meine Tante berichtet hat, ich versichere Ihnen, ich bin vollkommen talentfrei.«

Sie schob den Stuhl zurück, erhob sich und ging zum Vorratsschrank hinüber. »Entschuldigen Sie, aber ich muss das Mittagessen vorbereiten.«

Zarç lachte leise und packte den schwarzen Spiegel wieder in den Beutel.

»Das lass ich mal hier – vielleicht bist du doch begabt und möchtest üben. Ich kann mir vorstellen, dass Lily mit ihren Instruktionen etwas geizig ist. Wenn es nach ihr ginge, sollten Jugendliche sich überhaupt nicht mit sowas befassen. Aber ich bin natürlich ganz anderer Meinung. Man kann nie früh genug damit beginnen, seine magischen Fähigkeiten zu trainieren.«

Zwinkernd stand er auf und ging langsam Richtung Diele.

»Im Übrigen – lass das bitte unser Geheimnis bleiben. In ein paar Wochen frage ich mal nach, wie es dir so damit ergangen ist. Also – keine Grüße an Lily.«

Er nickte ihr zu und im nächsten Augenblick hörte sie die Haustür knallen.

Sprachlos starrte sie auf den Tisch, wo das Samttäschchen unheilvoll lag. Mit spitzen Fingern packte sie es am Bändel, rannte damit die Treppen hoch und pfefferte es unter das Bett. Ihr Herz klopfte schnell und sie fühlte sich beschmutzt. Im Bad schrubbte sie sich die Hände, Zarç's Parfüm stieg ihr ständig in die Nase, und wenn sie an sich hinabroch, wurde es nicht besser. Schließlich zog sie den Pulli aus und schmiss ihn in den Wäschesortierer. Etwas an Zarç's Worten ließ sie wütend auf ihre Tante werden. Es war der Teil, dass Jugendliche sich nicht damit befassen sollten.

»Wenn es nach ihr ginge, wäre ich dazu verdammt, dumm zu sterben«, murmelte sie grimmig. Aus ihrem Schrank kramte sie einen Longsleeve und ging zurück in die Küche. Zarçs Geruch hing so penetrant in der Luft, dass sie Fenster sowie Terrassentür aufriss, um ihn loszuwerden.

Während sie die Kartoffeln schälte, versuchte sie den Besuch mit seinem seltsamen Geschenk zu verdrängen, aber es gelang ihr nicht. Seit sie bei ihrer Tante lebte, beschlich sie das Gefühl, dass ihre Welt langsam aus den Fugen geriet. Gab es so etwas wie eine »normale« Realität überhaupt? Wenn es Hexen und Magie gab, was konnte alles sonst noch existieren? Gehörten sie und ihre Fähigkeiten in diese Welt, oder waren sie so abartig, dass sie unterdrückt werden mussten?

Als ihre Finger klamm wurden vor Kälte, hoffte sie, Michaels Geruch losgeworden zu sein. Am besten tat sie so, als sei das alles nicht passiert, das hatte bislang immer geklappt. Einfach weitermachen und nicht darüber nachdenken. Sie schloss die offenen Fenster und Türen, und als sie erneut an der Spüle stand, konnte sie spüren, wie Lilys Auto langsam den Berg hinauffuhr. Kurz darauf hörte sie den Motor ihres Wagens im Hof und das Zuschlagen der Autotür. Sie würde bei ihr für eine Hofkamera plädieren – oder zumindest für eine Gegensprechanlage.

21. Noctem

Frau Neuweiler stand vor ihrem Tisch und lächelte sie an, in ihrer Hand ein Bündel Blätter auf Hüfthöhe haltend. Sie schien auf Tierfell-Drucke abzufahren, denn heute hatte sie sich einen hellblauen Schal mit Leopardenmuster um den Hals gewickelt, der sich leuchtend von ihrer dunkelbraunen Strickjacke abhob.

»Eine wunderbare Arbeit, Victoria, weiter so.«

Sie lief rot an und wusste, auch ohne hinzuschauen, dass ihre Nebensitzerin ihr wüste Grimassen zog. Nebenbei bemerkt konnte sie sich nicht vorstellen, was an einer Erörterung »wunderbar« sein sollte. Die Probe war äußerst langweilig und langwierig gewesen, sie hatte sich zusammennehmen müssen, um nicht ihre Klassenkameraden zu beobachten, was für sie mehr Reiz gehabt hätte.

Sie nahm die Arbeit entgegen und warf einen kurzen Blick auf die Endnote. Eine Zwei Plus, da konnte man ja recht zufrieden sein.

»... im Gegensatz zu Frau Petra Schmied, die sehr kreativ mit der deutschen Rechtschreibung umgeht.«

Die Klasse kicherte, während ihre Tischnachbarin seltsame Grunzlaute von sich gab und der Lehrerin die Blätter entriss. Vicky war sehr neugierig, sie tippte auf eine Vier, traute sich jedoch nicht nachzufragen. Seit sie sich den Tisch teilen mussten, herrschte zwischen ihnen eisiges Schweigen. Vielleicht konnte sie ja ... Vorsichtig dehnte sie ihre Aufmerksamkeit aus, ein bekanntes Kribbeln regte sich in ihrer Magengegend. Dann starrte sie plötzlich mit fremden Augen auf die Blätter, die gespickt waren mit angestrichenen Textstellen und Kommentaren in roter Farbe. Alles war verschwommen und zwei nasse Pfützen bildeten sich wie aus dem Nichts mitten auf den Sätzen und ließen die blaue und die rote Tinte in einem Violett ineinanderlaufen.

Erschrocken zog sie sich zurück und musterte heimlich die Nachbarin von der Seite, die sich über den Tisch beugte und an ihrer Unterlippe kaute. Das hellblaue Augen-Make-up war verlaufen und zog eine unmerkliche Spur die Wangen hinab. Eine Flut von Angst durchfuhr sie plötzlich und sie musste die Kugel in ihrem Inneren ganz klein machen, um nicht von Petras Gefühlen überwältigt zu werden.

Als die Schulglocke bimmelte, sprangen die Schüler beinahe synchron auf und verließen lärmend das Klassenzimmer. Vicky blickte Petras wippendem Pferdeschwanz nach und war erstaunt, was sie dabei empfand. Das Mädchen tat ihr leid.

»Hey, Goth-Lady!« Sebi lehnte lässig am Türstock und grinste sie an.

»Na, gehen wir mal rocken, in den Ferien?«

Langsam packte sie ihre Sachen ein und tat so, als hätte sie ihn nicht gehört.

»Frääulein Victooorìiiiaaa!«

»Ja doch.« Sie stuhlte auf und wandte sich ihm zu.

»Ich glaube, Petra hat 'ne Sechs. Die war echt fertig grad.«

Er zuckte die Achseln und machte eine wegwerfende Handbewegung.

»Wen kümmert, was sie hat? Die wird sich 'n reichen Idioten angeln und viele kleine Idioten in die Welt setzen. Deutsch braucht sie dann nur noch, um Einkaufslisten zu schreiben.«

»Das war jetzt aber gemein.«

Mittlerweile hatten sie die Tür erreicht und sie fühlte den Impuls, ihn in den Oberarm zu boxen, konnte sich jedoch noch beherrschen. Er ließ ihr den Vortritt und gemeinsam verließen sie das Schulgebäude. An den Stufen des Ausgangs blieben sie kurz stehen. Die Sonne blendete und Sebi kramte eine runde Sonnenbrille aus der Brusttasche seiner Jeansweste mit den ausgefransten Armausschnitten, die er lässig über seiner Lederjacke trug. Als er sie aufsetze, hatte er leichte Ähnlichkeit mit John Lennon.

»Nee, mal im Ernst, du wirst doch nicht die ganzen Osterferien über büffeln, oder?«

Der Schnee lag überall noch knöcheltief, es hatte zwar seit Wochen nicht geschneit, aber es war immer noch so kalt, dass nicht einmal die Schneeglöckchen sich trauten, aus der Erde zu schauen.

»Ich fühl mich überhaupt nicht nach Ostern.«

Sie blickte zum Himmel in der Hoffnung, Anzeichen für die Rückkehr der Zugvögel zu entdecken, wurde jedoch enttäuscht. Die Feiertage waren dieses Jahr recht früh, es war gerade mal sechs Wochen her, dass sie ihren Geburtstag gefeiert hatte. Mit Enttäuschung dachte sie daran, dass sie trotz ihrer vielen Ausflüge ins Dorf Melchior nicht wieder begegnet war.

»Erde an Vicky, Erde an Vicky!«

Sebi wischte langsam mit seiner Hand vor ihrem Gesicht herum.

»Morgen gehen wir zum Feiern ins Noctem, habe ich gerade beschlossen, o. k.? Diesmal gibt es keine Ausreden - sonst verwandelst du dich womöglich noch in einen Bücherwurm.«

Die Vorstellung musste er urkomisch finden, denn er kicherte.

»Was?«

Sie sah ihn sprachlos an.

»Hey, jetzt guck nicht so schissig. Achtung: ES IST KEIN DATE. Meine Kumpels und ein paar Mädels sind dabei. Das Noctem ist 'ne Kneipe, wo man Billard spielen und kickern kann. Nichts Großartiges. Und du musst auch nicht tanzen. Wir chillen einfach rum, wirst sehen, das gefällt dir.«

Er übersprang die letzten Stufen und landete gekonnt im Pausenhof.

»Eine Ausrede ist nicht erwünscht! Kannst ruhig in Steampunk kommen! Wir treffen uns um neun, ich schick dir noch meine Nummer.«

Mit einem kurzen Winken verschwand er um die Ecke.

»Warte -«, rief sie, doch er war weg.

»Verdammt, Lily wird das nicht erlauben, bestimmt nicht! Und ich kann nicht ausgehen, ich gehe nicht mit fremden Menschen aus, aaaaaaaaah!«

Sie merkte, dass sie Selbstgespräche führte, und verstummte. Ihr Herz pochte vor Aufregung. Eine schelmische Stimme wisperte in ihrem Ohr:

‚Warum eigentlich nicht?'

Sie neigte den Kopf und lauschte in sich hinein. Ja – warum eigentlich nicht? Schließlich war sie sechzehn Jahre alt, war es nicht das, was Jugendliche so taten - ausgehen? Wenn sie Lily erzählte, dass sie mit den Klassenkameraden die Ferien feiern wollte, da würde sie bestimmt nicht nein sagen.

Fragte sie nicht in regelmäßigen Abständen, ob sie nicht schon Anschluss gefunden hatte?

»Ich gehe morgen aus, Lily. Ja. Ich gehe aus!«, hörte sie sich selbst sagen.

Beschwingt hüpfte sie die Stufen hinunter und lief Richtung Bushaltestelle. Der Gedanke an den morgigen Abend fühlte sich aufregend an.

Ängstlich stand sie auf dem Bürgersteig und verfluchte sich insgeheim für ihren Mut. Mit klammen Fingern tippte sie eine SMS an Sebi: »O. k. Steh draußen.« In der Ferne sah sie die Rücklichter des sich entfernenden Fahrzeugs ihrer Tante. Zugegebenermaßen hatte sie gehofft, sie würde ihr den Abend verbieten, aber Lily hatte sich sichtlich gefreut und wusste sogar, wo dieses Noctem war.

»Ach wie schön, ich hatte keine Ahnung, dass es das noch gibt. Sag doch dem Axel liebe Grüße, den habe ich ja ewig nicht mehr gesehen!«

Wunderbar – wie cool konnte eine Kneipe sein, die von jemandem geführt wurde, den Lily kannte?

Sie trug schwarze Jeans, kniehohe Stiefel und das Uhrenräder-Shirt, darüber eine Jacke im Militärstil; die Haare trug sie offen und mit dem Make-up hatte sie gespart; lediglich die Augen waren dunkel geschminkt. Schließlich wollte sie nicht auffallen wie ein bunter Hund, unter all den fremden Leuten. Es wäre gut gewesen, wenn Sebi ihr ein paar Bilder vom Publikum des Ladens geschickt hätte, dann hätte sie sich vom Styling her wenigstens orientieren können. So hatte sie das Gefühl, sie würde ins offene Messer laufen.

In ihrer Umhängetasche befand sich ein für ihre Verhältnisse prall gefüllter Geldbeutel, ihre Tante war mit fünfzig Euro großzügig gewesen.

»Bevor du zu Fremden ins Auto steigst, nimm dir bitte ein Taxi. Und es wäre gut, wenn du um Mitternacht aufbrichst. Ich erwarte dich dann gegen halb eins. Viel Spaß!« Mit einem Lächeln war sie davongefahren und nun stand Vicky hier und fühlte sich wie Falschgeld.

Das Handy vibrierte.

»Na dann komm doch rein, die Treppen runter, wir sind schon da.«

Missmutig starrte sie auf die gegenüberliegende Straßenseite. Ein paar dunkle Gestalten lauerten vor dem Eingang der Kneipe und unterhielten sich angeregt, eine davon rauchte und stieß graue Wolken in die Luft.

Sie fasste all ihren Mut zusammen und überquerte die Straße. Augenblicklich verstummte das Gespräch und sie fühlte, wie mehrere Augenpaare sie kritisch musterten. Mit erhobenem Kopf ging sie an ihnen vorbei und trat auf die dunkle Holztür zu, die im schwachen Licht einer Laterne unheilvoll glänzte. Um sie nach innen zu drücken, brauchte Vicky fast ihre gesamte Kraft, sie lehnte sich dagegen und rechnete nicht damit, dass die Tür, nachdem sie zur Hälfte offen war, plötzlich leichtgängig wurde.

Kopfüber nach vorne stolpernd erreichte sie den Vorraum.

Von draußen hörte sie leichtes Gelächter und merkte, wie sie rot anlief. Die Tür fiel leise zu und sie sah sich unbehaglich um.

Sie befand sich in einem kleinen Raum, dessen Wände dutzende alter Konzertplakate von Metalbands zierten. Wilde, langhaarige, gitarrenschwingende Männer starrten sie düster an, wie Wächter eines sakralen Ortes, ‚Hau ab', schienen sie ihr zuzurufen, ‚du hast hier nichts zu suchen.'

Der ausgetretene Teppichboden, der vor einigen Jahrzehnten vermutlich mal königsblau gewesen war, zeugte vom regen Besuch der Kneipe. Von der Decke baumelte eine einsame Glühbirne ohne Halterung an einem Kabel wie ein seltsames Tier mit leuchtendem Kopf, das auf seine Opfer lauerte, und beleuchte das darunterliegende Loch, das von einem dunklen Holzgeländer eingezäunt wurde. Bei genauerem Hinsehen entpuppte es sich als eine mit demselben geschmacklosen Teppich ausgelegte Wendeltreppe nach unten. Vicky erkannte ein paar Stufen, die restlichen verloren sich im Dunkeln. Aus der Öffnung drangen Töne einer gequälten Elektrogitarre an ihr Ohr.

»Ach du grüne Neune, wo bin ich hier hingeraten!«

Sie holte tief Luft und trat auf die erste Treppenstufe.

Augen zu und durch!

Ihre Füße tasteten sich langsam die Stufen hinunter, während ihre Hände sich krampfhaft am Geländer festklammerten; sie widerstand dem Drang, sich einfach umzudrehen und die Flucht zu ergreifen. Noch ein Schritt, und sie war unten und Teil der lauten Musik, die sich bis in den hintersten Winkel des seltsamen Raumes erstreckte.

Sie stand inmitten einer kreisförmigen Grotte mit mehreren halbrunden Nischen, in denen Tische und Hocker untergebracht waren. Von der Decke hingen Kunst-Stalaktiten hinab, die täuschend echt aussahen; sogar die Luft war kalt und feucht wie in einem Bergwerk. Es war, als hätte jemand beschlossen, einer Tropfsteinhöhle ein Partyzimmer abzutrotzen.

Erstaunt blinzelte sie in das helle Licht der Theke gegenüber dem Eingang, hinter dem ein älterer Mann stand, Bier einschenkte und hingebungsvoll »Smoooooke on the waaaater« kreischte. Dabei warf er ab und zu seine dünnen langen Haare mit einer abrupten Bewegung nach vorne und schüttelte seinen Kopf im Takt des Basses vor und zurück.

Ein paar Jugendliche standen lärmend um einen Fußballkicker; als sie sie bemerkten, erstarben sie in ihrem Tun und starrten sie unverhohlen an. Im selben Augenblick ging die Musik aus; auch die älteren Männer, die bislang konzentriert die Bälle am Billardtisch fixiert hatten, stellten die Queues auf den Boden, um in ihre Richtung zu sehen. Fast wäre sie auf dem Absatz umgekehrt, wenn nicht plötzlich Sebi vor ihr gestanden hätte.

»Hey, da bist du ja endlich, komm mit, wir sitzen da drüben.«

Die Musik setzte erneut ein und er zeigte auf eine der Nischen, in der zwei Jungs und ein Mädchen um einen quadratischen Holztisch saßen. Aus den Augenwinkeln sah sie, wie die anderen Gruppen sich abwandten und sich zum Glück ihrem eigenen Geschäft widmeten.

»Am besten holen wir uns gleich was zu trinken, hier ist nämlich Selbstbedienung.«

Schüchtern folgte sie ihm zur Theke; der Mann mit dem schütteren Haar unterbrach sein Summen und lächelte sie beide an.

»Ah Sebi, endlich hast du 'ne Freundin, freut mich!«

Neugierig lehnte er sich nach vorne und musterte sie wohlwollend.

»Hübsch.«

»Ach, geh, das ist Vicky, meine Klassenkameradin – was noch lange nicht heißt, dass du sie angraben darfst, Axel!«

»Wie kommst du darauf, das Mädel könnte ja meine Tochter sein!«

Während er schallend lachte, beförderte er einen Würfelbecher auf den Tresen und stellte ihn vor Vicky.

»Wir haben heute Vollmond, da darfst du den Preis für dein Getränk würfeln und zahlst dann die Augenzahl. Was magst du denn trinken?«

Fast hätte sie automatisch ‚Mineralwasser' gesagt, biss sich jedoch noch rechtzeitig auf die Zunge.

Hilflos wandte sie sich an Sebi.

»Was trinkt denn ihr?«

»Na, Geißen-Maß, was sonst?« Er sah sie erstaunt an. »Kennst du das nicht? Na, da wird's aber Zeit!«

»Okay, ich nehm auch eine Geißen-Maß!«

Axel deutete auf den Würfelbecher. Vicky nahm ihn auf und schüttelte beherzt. Sebi und Axel beugten sich neugierig nach vorne.

»Eine Eins!«, rief Axel und klatschte in die Hände.

»Dann bekommst du jetzt eine Maß für einen Euro!«

Gutgelaunt drehte er sich um und summte laut die Gitarrenriffs des Liedes mit, während er nach einem riesigen Bierkrug griff.

Staunend beobachtete Vicky, wie einer der Jungen vom Kicker hinter die Theke trat. Er trug ein schwarzes Metallica-T-Shirt, auf seiner Nase thronte eine Brille mit dunkler Fassung; er sah sehr intellektuell aus. Behände öffnete er den mannshohen Kühlschrank und verschwand beinahe komplett in der Tür.

»Ich nehm mir zwei Weizen raus, Axel, ist das o. k?«

Der Barkeeper warf einen Blick über seine Schulter.

»Ah, der Guitar Player from Hell! Lass es dir schmecken, und vergiss die Striche nicht!«

»Hab ich das jemals?« Er lachte und zwinkerte Vicky zu.

»Das ist Gabriel, der Gitarrist von Strings of Darkness, du solltest den spielen sehen – abartig!«, raunte Sebi ihr sichtlich beeindruckt zu. »Ich hab ihn mal im Jugendhaus bestaunen dürfen.«

Sie blickte ihm nach, wie er mit den Flaschen zurück zum Tischfußball ging.

»Und siehst du die hübsche Rothaarige mit dem Korsett da? Das ist seine Freundin. Wenn der Schluss macht, werd ich mein Glück probieren!«

Zweifelnd sah Vicky von Sebi zu Gabriels Partnerin.

»Da friert aber vorher die Hölle zu!«, lachend stellte Axel das gigantische Bierglas auf den Tresen. »Für die Dame.«

»Komm, träumen darf man ja noch«, entgegnete Sebi und zog Vicky mit sich.

Eine Weile später lachte sie ausgelassen mit den anderen am Tisch. Sie saß zwischen Sebi und seinem Freund Joe, ihr gegenüber prosteten sich Farmer, Chris und seine Freundin Franzi in regelmäßigen Intervallen zu. Farmer hatte lange braune Haare und eine pickelige Stirn, er redete andauernd, entweder vom Fußball oder vom Wetter; oft waren es auch Filmzitate - sie hatte Schwierigkeiten, seinem Wortschwall zu folgen. und nach einer Weile gab sie es auf. Sie beobachtete lieber das Pärchen. Chris hatte die Angewohnheit, seltsame Anekdoten von Franzi zu erzählen, in denen alles Mögliche danebenging. Jede Geschichte beendete er mit »Unglaublich, wie doof meine Franzi sich anstellen kann«, dabei streichelte er liebevoll ihre Wangen und küsste sie. Ihr schienen diese Storys unangenehm zu sein, aber der abschließende Kuss machte wohl alles wieder gut. Vicky überlegte, wie *sie* reagieren würde, wenn ihr Freund lauter Peinlichkeiten von ihr vor fremden Leuten herumerzählte. Wahrscheinlich hätte sie ihm schon längst das Bier über den Kopf gekippt.

»Vicky, trinken!«, brüllte Joe ihr ins Ohr.

Er hatte kurz geschorenes blondes Haar mit einem Seitenscheitel und einen silbernen Ohrring im linken Ohr. Alle Viertelstunde fiel ihm ein neuer Witz ein, den er zum Besten gab.

Sie hob den schweren Bierkrug an den Mund und wunderte sich, dass er gar nicht leer werden wollte. Sie hatte doch bestimmt schon mindestens zehn Mal großzügig daraus getrunken? Das Getränk selbst schmeckte ihr ausgezeichnet, es hatte den Geschmack von Kirschcola mit wenig Bier und je mehr sie davon trank, desto mehr glühten ihre Ohren. Die unvermeidliche Ausfragrunde hatte sie überlebt; als die anderen herausfanden, dass sie normalerweise in Württemberg lebte, überschlugen sie sich mit Schwabenwitzen, so dass sie gar nicht mehr weiter reden musste. Sie nahm ein paar große Schlucke und stellte das Glas vor sich auf den Bierdeckel. So, nun war es nur noch halb voll.

»Zeit für 'ne Tequila-Runde, Mädels, ich geb einen aus.« Pickel-Farmer zwängte sich hinaus und ging an die Bar.

»Und, wie gefällt's dir hier?« Sebi beschrieb mit dem Zeigefinger einen Halbkreis in der Luft.

»Ja, ganz gut. Ist 'ne Super-Location.«

Ihr Kopf fühlte sich leicht und gleichzeitig schwer an, sie merkte, wie das Blut in ihre Wangen schoss.

»Sag mal, Sebi, aus was besteht denn die Geißen-Maß überhaupt?«

»Dunkles Bier, Kirschlikör und Cola. Wieso, schmeckt's dir nicht?«

»Oh doch ...«, irgendwie war ihr schwummrig.

Farmer kehrte mit einem kleinen Tablett zurück, das beladen war mit sechs Schnapsgläsern, auf denen Orangenscheiben lagen. Er stellte einen Zimtstreuer auf den Tisch und verteilte die Getränke. Sie beobachtete, wie die Jugendlichen sich die Orangenschnitze über die Kuhle zwischen Daumen und Zeigefinger strichen und anschließend Zimt drauf schüttelten. Unauffällig ahmte sie sie nach. Sie prosteten sich zu, leerten das Gläschen in einem Zug, leckten den Zimt ab und bissen dann in den Schnitz. Es schmeckte fürchterlich. Vicky musste husten und nahm einen tiefen Zug aus ihrem Maßkrug, der Geschmack nach Kirsche vermischte sich mit dem der Orange und sie würgte. Als sie den Krug abstellte, war er immer noch halbvoll. Misstrauisch sah sie zu Joe, der unschuldig lächelte. Kam es ihr nur so vor, oder hatte er auf jeder Seite zwei Ohren? Und wieso war es so heiß hier?

»Ich glaube, ich brauche zwischendrin ein Wasser, dieses Getränk klebt mir langsam den Mund zusammen.«

Ihre Zunge wurde schwer, sie musste sich anstrengen, einen vernünftigen Satz herauszubringen.

»Ah komm, du hast ja noch fast gar nichts getrunken!« Chris hob seinen Humpen, um mit ihr anzustoßen; sein Maßkrug war fast leer. Vorsichtig nippte sie, der Kirschgeschmack war unerträglich, sie musste alle Kräfte aufbringen, um nicht auszuspucken.

»Hm, mir kommt's aber fast so vor, als hätte ich schon mindestens anderthalb Liter intus. Wo ist denn die Toilette?«

Farmer und Joe gaben sich unauffällig Zeichen; sie blinzelte, um die Szene scharf zu stellen, aber es gelang ihr nicht.

»Siehst du die Treppen da, rechts neben der Bar?« Sebi deutete in eine unbestimmte Richtung.

Vicky sah außer Menschen und Lichtern nicht viel. Die Musik wurde schrecklich laut.

»Ah ja, gut, dann bin ich mal für kleine Mädchen. Bis gleich ...« Sie schulterte ihre Tasche, hangelte sich an der Tischplatte nach vorne und musste sich an Sebi, der aufgestanden war, um sie herauszulassen, abstützen. Der Boden waberte. Vorsichtig setzte sie einen Fuß vor den anderen.

»Alles o. k.?« Er sah leicht beunruhigt aus.

»Ja, bin gleich wieder da.«

Mit Beinen, weich wie Wackelpudding, und einem Kopf, der sich anfühlte wie eine übergroße Wassermelone, ging sie schwankend Richtung Theke. Es schien ewig zu dauern, bis sie endlich die beschriebene Treppe erreichte, und sie musste ihre ganze Konzentration aufbringen, die lächerlichen drei Stufen zu erklimmen. Was war nur mit ihr los? Im Vorraum der Toiletten standen einige Jugendliche um einen Flipperautomaten, die Lichter und das Geräusch der Kugel am Schlagturm sowie das mechanische Klappern des Zählmechanismus verursachten eine unerklärliche Übelkeit in ihr. Schnell stürmte sie das Mädchenklo und war froh, dass eine Kabine frei war. Kaum hatte sie die Tür geschlossen, ging sie auf die Knie und beugte sich über die blaue Klobrille. Der penetrante Uringeruch stieg ihr in die Nase, sie konnte gerade noch ihre Haare weghalten, bevor sich ihr Körper aufbäumte und sie alles, was sie am Abend getrunken hatte, von sich gab. Ihre Augen tränten, als sie sich zurücklehnte, der Raum drehte sich, und es war ihr vollkommen egal, dass sie auf irgendeiner unhygienischen Toilette auf dem Boden hockte. Die gelbe Kloschüssel tanzte vor ihrem Gesicht, die braunen Fliesen schienen sich in gigantische Kaffeebohnen zu verwandeln, mit dem Spalt in der Mitte sahen sie auch aus wie unzählige Augen eines wilden Tieres. Tief im Magen spürte sie erneut ein Grollen, gleichzeitig zog er sich zusammen und sie beugte sich abermals nach vorne. Als es vorbei war, schnaufte sie schwer. Geistesgegenwärtig riss sie ein paar Blätter Klopapier ab, wischte sich den Mund und lehnte sich zurück. Sie fühlte sich krank und wollte ins Bett. Was für ein Alptraum. Nach ein paar Minuten war sie imstande, aufzustehen und die Spülung zu betätigen. Langsam trat sie aus der Kabine zum Waschbecken. Sie brauchte dringend ein paar Schlucke Wasser, ihre Kehle brannte und der unangenehme Geschmack nach Kirsche und Alkohol hatte sich in jeden Winkel ihres Mundes gesetzt.

»Hey, alles in Ordnung?«

Im Spiegel konnte sie die rothaarige Freundin des Höllen-Gitarristen erkennen, die sich besorgt zu ihr herabbeugte.

Vicky hob leicht die Hand.

»Passt schon, danke, brauch nur etwas Wasser.«

Das kalte Nass tat ihr gut. Sie ließ es in ihre Handhöhle laufen und trank langsam. Dann benetzte sie ihre heißen Wangen. ‚Frische Luft', schoss es ihr durch den Kopf. ‚Ich muss hier raus.'

Der Boden waberte immer noch und sie versuchte, nicht nach unten zu schauen. Gesichter, Lichter, wirre Gitarrenriffs und eine Stimme, die ständig »Can't you see that I love my cock« kreischte, begleiteten sie bis zur Wendeltreppe. Als sie an der zweiten Stufe stolperte und sich gerade noch mit den Händen abfangen konnte, beschloss sie, den Rest auf allen Vieren hinaufzukriechen. Es war einfacher und vermutlich auch gefahrloser.

Oben angelangt öffnete sich die Tür und neue Gäste betraten die Kneipe. Sie zog sich am Geländer hoch und musste kichern, bevor sie sich an die Wand lehnte.

»Oje«, sagte einer von denen.

»Legendär«, meinte ein anderer.

Sie wollte warten, bis alle unten waren, bevor sie sich an das Öffnen der Eingangstüre machte, doch der Letzte der Neuankömmlinge blieb vor ihr stehen und sah sie entsetzt an.

»Vicky! Was machst du?«

Die Stimme kam ihr bekannt vor, als sie die Augen zusammenkniff, wurde aus der Doppelgestalt eine Einzige.

»Melchior? Melchior!«

Oh Mist, die ganze Zeit hatte sie gehofft, ihn wieder zu sehen, aber musste er ausgerechnet jetzt auftauchen? Mit gestrafften Schultern versuchte sie so gerade wie möglich auf ihn zuzugehen, aber der schwankende Boden machte ihr einen Strich durch die Rechnung. Nach drei wackeligen Schritten stolperte sie über ihre eigenen Füße, geistesgegenwärtig streckte Melchior ihr seine Hand entgegen.

»Ich wollte nur mal eben frische Luft schnappen. Hatte ja keine Ahnung, dass du ein Metaller bist. Vielleicht sehen wir uns ja nachher unten.«

Sie musste sich konzentrieren, einen klaren Satz zu sprechen. Ihre Zunge war wie betäubt.

»Ähm, entschuldige, aber ich glaube, das ist eine schlechte Idee, jetzt alleine rauszugehen. Es ist ziemlich glatt da draußen. Es ist besser, ich begleite dich.«

Schwungvoll öffnete sie die Tür und zog ihn hinter sich her.

»Na, dann auf!«

Beunruhigt starrte Lily auf die Zeiger der Küchenuhr. Es war weit nach halb eins. Wo blieb Vicky nur?!

Hatte sie ihr zu viel Vertrauensvorschuss gegeben? Sollte sie sich in ihr getäuscht haben? Der Eindruck, den sie bislang von ihr gewonnen hatte, war doch der einer vernünftigen Jugendlichen gewesen, die sich an Abmachungen hielt.

Sie machte sich ernsthafte Sorgen, dass etwas passiert sein könnte; andererseits, wenn Vicky vor lauter Feiern einfach die Zeit vergaß, wer mochte ihr das verdenken? Schließlich war man ja nur einmal jung. Lily wollte nicht als Spielverderberin auftreten, für ihre gerade mal sechzehn Jahre empfand sie ihre Nichte sowieso als zu gewissenhaft und zu ernst. Sie zeigte wenig Interesse an sozialen Kontakten - ja, Lily musste zugeben, sie war richtig froh gewesen, als Vicky den Wunsch geäußert hatte, mit ihren Klassenkameraden auszugehen.

Fünf Minuten - in fünf Minuten würde sie anrufen und nachfragen, wo sie blieb. Ihr Blick heftete sich auf den Sekundenzeiger, alle möglichen Szenarien gingen ihr durch den Kopf. Von Vicky wild knutschend auf dem Rücksitz eines fremden Autos bis zu einer Vicky, die willenlos auf den Straßenstrich ging. Sie wusste selbst, die Hälfte war Humbug, aber die Ungewissheit machte das Warten auch nicht besser. Beherzt griff sie schließlich nach dem Telefon. Streng wollte sie sich anhören, wenn sie mit ihr sprach. Notfalls wäre sie bereit, sie abzuholen.

Eine Ewigkeit verging, bis jemand abnahm, und mit jedem unbeantworteten Klingelton wich die Sorge der Angst.

»Städtisches Klinikum«, meldete sich schließlich eine kühle Frauenstimme.

Lily blieb das Herz stehen.

»Ähm, hier ist Lilith Mayr, ich wollte eigentlich meine Nichte Victoria Schubert sprechen«, ihre Stimme zitterte.

»Frau Mayr, gut, dass Sie anrufen. Wir haben Ihre Nichte vor ungefähr einer Stunde stark alkoholisiert vor der Notaufnahme gefunden. Sie scheint gestürzt zu sein, aber wegen ihres Zustandes können wir momentan nicht viel tun. Am besten, Sie kommen sofort her. Melden Sie sich am Empfang der Notaufnahme, die befindet sich am hinteren Ende des Hauptgebäudes.«

Karwoche

22. Besuch

Vicky schlug die Augen auf und musste sie, geblendet von der Sonne, die durchs Fenster schien, sofort wieder schließen. In ihrem Schädel dröhnte es, als hätte eine Horde wildgewordener Metaller die Nacht über darin ein Konzert gegeben, aber vergessen, die Verstärker auszuschalten. Sie hörte ein hohes Summen, gepaart mit einem gleichmäßigen Pochen, das ihr Schmerzen bereitete. Ihre rechte Gesichtshälfte fühlte sich dick an und sie versuchte, sich auf die andere Seite des Bettes zu drehen, weg vom Licht. Warum war ihr Arm so schwer? Sie blinzelte kurz und ihr Blick fiel auf den hellen Einbauschrank mit den silberfarbenen Griffen, vor dem ein buchefarbener Stuhl mit abgerundeten Armlehnen stand. Die ganze Zimmereinrichtung erschien ihr fremd. Wo war sie?

Sie wollte sich aufsetzen, doch ihre Glieder schmerzten, über sich sah sie verschwommen eine überdimensionale Triangel baumeln, wohl ein Griff, an dem man sich festhalten konnte. Als sie den rechten Arm hob, bemerkte sie, dass er bis über den Ellenbogen eingegipst war.

Was, zum Teufel, war passiert?

Nun war sie hellwach.

Eine Tür öffnete sich quietschend, vom Gang her hörte sie geschäftige Geräusche. Jemand betrat das Zimmer.

»Ah, Vicky, Liebes, schön, dich wieder unter uns Lebenden anzutreffen.«

Tante Lily näherte sich dem Bett, über der rechten Schulter ihre Handtasche, in der linken Hand eine Reisetasche, die sie auf dem Stuhl abstellte.

»Wie geht es dir? Ich habe hier ein paar Sachen für dich eingepackt, vor allem einen Pyjama und etwas zu lesen. Hast du Schmerzen?«

Sie nickte stumm und starrte verwirrt auf das leere Bett neben sich. War sie etwa in einem Krankenzimmer?
Ihr Magen knurrte und sie bemerkte ein Brennen im Rachen. Lily trat an den rollbaren Beistelltisch und schenkte ihr ein Glas Wasser ein. Zwischen der Flasche und einem Medikamentensortierer sah sie ihr Smartphone sowie ihren Geldbeutel liegen. Ihre Tante nahm aus dem Sortierer eine Tablette und reichte sie ihr gemeinsam mit dem Glas.
Die Pille war riesig und blieb ihr fast im Hals stecken.

»Hab ich was verpasst?«

Sie hustete, es fühlte sich an, als würde ihr Gehirn gegen die Stirn geschleudert, und sie sank in die Kissen zurück.

Lily zog einen Stuhl heran und setzte sich mit einem ratlosen Gesichtsausdruck an ihr Bett.

»Wie man's nimmt. Ich schätze, du hast den ersten Alkoholunfall deines Lebens verpasst.«

»Oje«, sie erinnerte sich dunkel an das Noctem, daran, dass sie frische Luft brauchte, dass sie an Melchiors Arm durch die Nacht gestolpert war ...
Melchior! Schamesröte zog sich über ihr Gesicht.

»Oh nein, Melchior! Hat er dir Bescheid gegeben?«

Lily kräuselte die Stirn.

»Ich wäre froh gewesen, *irgendjemand* hätte mir Bescheid gegeben. Wer ist Melchior? Ein Klassenkamerad?«

Vicky tastete vorsichtig mit der linken Hand an ihrem Gesicht herum. Die rechte Hälfte brannte höllisch.

»Bin ich hingefallen?«

»Naja, die Ärzte sagen, nach der Art des Bruches zu urteilen, schaut es so aus, als hättest du mit deinem Arm einen Sturz abfangen wollen, das hat wohl nicht so ganz funktioniert. Hat der Melchior dich ins Krankenhaus gefahren?«

»Mir war schlecht und ich war auf dem Weg nach draußen, um frische Luft zu schnappen. Melchior kam gerade und meinte, ich solle nicht alleine gehen, da es glatt sei. Alles hat sich gedreht, ich glaube, ich konnte nicht mehr geradeaus laufen.«

Sie schloss die Augen und erinnerte sich dunkel daran, wie sie an seinem Arm durch die Nacht gestolpert war. Nach ein paar Schritten wollte sie nur noch nach Hause und ins Bett. Ihr Kopf war ständig nach vorne gefallen und Melchior musste sie stützen. Dann war sie ausgerutscht und einfach liegen geblieben. »Gleich«, hatte sie gesagt, »gleich steh ich wieder auf, nur ein paar Minuten ausruhen.«

»Vermutlich hat er mich ins Krankenhaus geschafft. War er denn nicht mehr da, als du kamst?«

Oh Mann, was war das alles mega-peinlich. Sie konnte ihm nie mehr unter die Augen treten!

»Sie haben dich draußen vor der Notaufnahme aufgegabelt, Vicky. Es war weit und breit niemand zu sehen. Du saßt an die Tür gelehnt und warst offensichtlich hinüber. Ich habe mir solche Sorgen gemacht, als du nicht heimkamst! Herrschaft, Mädchen, du trinkst doch sonst nichts, wie konntest du dich so gehen lassen! Habt ihr euch alle so besoffen, deine Klassenkameraden auch??«

Lily sprang verärgert auf, ging um das Bett herum und wühlte in der Reisetasche. Nach einer Weile beförderte sie einen Spiegel hervor und hielt ihn ihr hin.

Das Gesicht, das ihr entgegen blickte, war auf der rechten Seite total verschrammt. Etliche Schürfwunden zogen sich quer über die Wange, an der Schläfe, direkt an der Augenbraue hatte sie eine riesige Beule, das Auge darunter zierte ein violett-gelbes Veilchen.

»Wow!«

Das war wohl falsch, denn Lily flippte nun fast aus.

»Da seid ihr stolz drauf, ihr Jugendlichen, mit eurem Komasaufen, was? Für dich sind das wahrscheinlich auch noch Trophäen, die man rumzeigen kann? Ich habe mir solche Sorgen gemacht, was dir alles zugestoßen sein könnte, ob du überhaupt noch lebst, und du sagst nur: Wow! Wenn du in dem Zustand irgendwo liegen geblieben wärst, du hättest erfrieren können!«

Sie sah, wie Lilys Augenwinkeln feucht wurden, während sie sich in Rage redete, und machte sich ganz klein. Es tat ihr so leid, aber sie konnte doch nichts dazu. Dieser kurzhaarige Junge, wie hieß der nochmal, der hatte sie abgefüllt. Ganz bestimmt. Natürlich hätte sie sich nicht auf einen Liter alkoholisches Mix-Getränk einlassen brauchen, aber sie hatte doch keine Wahl, wenn sie dazugehören wollte! Sollte ihre Tante ihr doch lebenslangen Stubenarrest erteilen, das wäre ihr sogar lieb. Diese blöden Regeln, was man alles tun musste, damit man nicht ins Abseits geriet, standen ihr sonstwo. Alle sollten sie einfach in Ruhe lassen!

Lily hörte plötzlich auf, strich sich die Strähnen aus dem Gesicht und setzte sich wieder. Sie musterten sich eine Weile wortlos.

»Es war nicht geplant, Lily, ich bin bestimmt nicht dahin, um mich sinnlos zu besaufen, das musst du mir glauben.« Hilflos griff sie nach der Hand der Tante.

»Ich weiß.« Lily drückte sie leicht und blinzelte. Vicky verstand plötzlich. Lily hatte Angst, dass sie sie verlieren könnte. Wie damals ihre Schwester.

»Und wer ist nochmal dieser Melchior?«

»Ein Junge. Ein ganz toller Junge, ich kenne ihn aus'm Dorf. Er hat mir wohl an dem Abend das Leben gerettet. Wie schon mal.«

»Wie schon mal???«

»Naja, der Unfall am Berg. Als ich den Dunklen nochmal gesehen habe. Wenn Melchior mich nicht in den Graben geschubst hätte, glaube ich, wäre nicht der Fuchs überfahren worden, sondern ich.«

Lily holte tief Luft und sah aus, als würde sie gleich in Ohnmacht fallen.

»Ich habe dir nichts von ihm erzählt, weil du sonst ausgeflippt wärst, weil ich mit einem fremden Jungen im Wald war«, warf sie schnell ein.

»Du warst mit ihm im Wald!?«

Irgendwie lief das Gespräch nun in eine falsche Richtung, sie musste schauen, wie sie wieder die Kurve kriegte.

»Er ist nett, Lily, er würde dir gefallen. Ganz anders als die anderen Jungs. Er liebt Tiere und stell dir vor, er hat nicht mal ein Handy. Und er gibt einem die Hand zum Abschied. Irgendwie hat er etwas Altmodisches an sich, aber er ist echt süß. Und er würde nie was tun, was sich nicht schickt« - schade eigentlich, fügte sie in Gedanken hinzu.

»Naja, in meinen Augen hätte es sich geschickt, wenn er zumindest bei dir geblieben wäre, bis ich eintraf. Aber egal. Vielleicht lädst du ihn mal zum Kaffee ein, dann lerne ich ihn auch mal kennen. Ich habe noch einen Klienten und muss für ein paar Stunden weg, aber ich komme am Abend wieder. Im Übrigen ist Montagnachmittag, nur zu deiner Orientierung.«

Sie stand auf und strich ihr sanft über das Gesicht.

»Wie schaut er denn aus, dein Melchior? Wetten, er hat dunkle Haare?«

»Leicht gelockt, braune Augen, und ganz goldige Sommersprossen auf der Nase!«

Lily rang sich ein Lächeln ab, sie sah trotzdem nicht wirklich beruhigt aus.

»Bis später, Vicky. Vielleicht checkst du mal dein Handy, es hat so oft gepiepst, ich befürchte, deine Nachrichten laufen über.«

Das taten sie tatsächlich. Als Lily gegangen war, hangelte sie sich an den Rolltisch und fischte das Telefon von der Ablage. In der Nacht ihres Absturzes fand sie mehrere SMS von Sebi.

Wo sie bleibe, wie es ihr gehe, ob sie zu Hause sei. Sie solle sich melden, er mache sich Sorgen.

Ob er etwas mit der Abfüll-Aktion zu tun hatte? Das konnte sie sich eigentlich nicht vorstellen.

»Bin total abgestürzt und jetzt im Krankenhaus. Hab mir den Arm gebrochen und Ärger mit meiner Tante. Sonst alles o. k.«, tippte sie mit der linken Hand. Es war noch recht ungewohnt, aber es ging einigermaßen.

Zwischen seinen ganzen SMS war auch eine von Sandy.

»Hey, bin mit Patty bis Dienstag in der Gegend. Können wir uns sehen?«

»Klaro, wenn ihr ins Krankenhaus kommt? Hatte am Wochenende einen Unfall, nix Schlimmes, bin aber erst mal hier zu finden«, antwortete sie.

Als sie zur Toilette musste, merkte sie, dass sie noch das Flügelhemdchen der Klinik trug, das hinten offen war. Auch der Schlüpfer war ein seltsames Gebilde aus Mull mit einer Einlage drin. Sie öffnete die Reisetasche und war dankbar dafür, dass Lily an alles gedacht hatte. Mit Waschtasche und frischen Klamotten bewaffnet ging sie mit zittrigen Beinen in das zum Zimmer gehörige Bad. Sie verzichtete darauf, nach einer Schwester zu klingeln, das hier schaffte sie gerade noch alleine.

»Ach du heilige Scheiße, du hast ja ein richtiges Veilchen!«

Sandy und Patty standen ehrfurchtsvoll vor ihrem Krankenbett und bewunderten ihre Blessuren. Sie musste an Tante Lilys Rede denken und war peinlich berührt.

»Maaann, was für 'n Absturz, und das von Geißen-Maß und *einem* Tequila?«

Patty schüttelte den Kopf, ihr Pferdeschwanz wackelte hin und her, während die riesigen Kreuze, die an ihren Ohren baumelten, leise aneinanderklirrten. Ihre Augen hatte sie so geschminkt, dass sie weit aufgerissen aussahen, wie bei einer Puppe, die mit ungläubigem Augenaufschlag in die Welt blickte. Wenn sie ihre perfekt gestylten Besucherinnen mit sich selbst verglich, kam sie sich leicht schäbig vor, mit ihrem schwarzen Schlafanzug und den kleinen aufgedruckten Totenköpfen drauf.

»Ich schätze, man hat dich abgefüllt. Hat man mit mir auch schon versucht, den Kirschlikör schmeckst du nämlich anfangs gar nicht. Aber naja, es braucht bei mir schätzungsweise ein bisschen mehr als bei dir.« Sandy grinste breit und hob eine Schachtel Nuss-Nougat-Pralinen hoch.

»Die magst du hoffentlich noch?«

»Hmm«, ihr Kopf fing langsam wieder an zu schmerzen und sie linste zum Medikamentensortierer.

»Wenn du mich fragst, ich hätte mich nicht getraut, in 'n Metal-Schuppen zu gehen. War echt mutig von dir! Wie war's denn sonst?« Sandy klappte das Tablett am Beistelltisch auf und legte die Schachtel darauf. Vicky bemerkte die vielen Ringe an ihrer Hand. An jedem Finger steckten mindestens drei, manche sahen aus, als seien sie zu klein, da sie sich direkt unter den schwarz lackierten Nägeln befanden.

»Ist 'n cooler Schuppen - sieht aus wie 'ne Tropfsteinhöhle. Naja, aber die Musik ist nicht ganz mein Geschmack.«

Sie kicherten gemeinsam, es fühlte sich gut an.

»Ah, apropos, gib mal dein Handy, ich spiel dir neue Lieder rüber!«

Lächelnd gab Vicky Sandy ihr Telefon. Es war wie früher, sie musste gestehen, dass sie die Freundin sehr vermisste. Es war schön, sie hier zu haben.

»Und was posten wir nun auf Facebook? Dass unser großes Medium sich sinnlos in einem Metal-Laden besoffen hat?« Patty sah sie kühl an, sie sah ebenso kühl zurück.

»Wie wär's mit gar nicht posten?«, fiel Sandy ihr ins Wort. »Wir machen doch eh schon so coole Sachen, das hier kann ja unter uns bleiben!«

»Ihr macht coole Sachen? Erzählt.«

»Naja, denk dir, Pattys Onkel, das ist ein echter Magier! So mit Orden und so. Bei dem sind wir ja die Tage. Er hat uns gestern beigebracht, wie man richtig Tarotkarten legt und pendelt.«

Vicky verspürte einen Stich in der Brust. Die Aktion, dass Sandy gemeinsam mit Patty unterwegs war, gefiel ihr gar nicht. Ihre Freundin hätte jederzeit über Ostern auf Besuch kommen können, ohne die Verwandtschaft von Patty zu behelligen. Wieso hatte sie nicht einfach angefragt? Sie musste zugeben, sie war eifersüchtig.

Patty lächelte dünn.

»Ja, mein Onkel bringt mir viel über das Okkulte bei. Er ist ein wahrer Meister. Stell dir vor, er hat einen echten Geist in eine Kiste gesperrt. Gruselig, was? Schade, dass du hier nicht rauskannst, sonst hätten wir die Séance mal so richtig bis zum Ende durchziehen können.«

Vicky verspürte nicht die geringste Lust auf eine Geisterbeschwörung, vor allem wollte sie auf keinen Fall diesen dunklen Geist mit Absicht rufen, der herumschwirrte und mit Leuchtkugeln wedelte.

»Naja, ich verzichte da gerne. Macht ihr das mal lieber alleine. Momentan ist mir gar nicht nach Hexenkram. Ich glaub, ich hab 'n Mordskater oder ich hab mir beim Sturz so richtig den Kopf gestoßen.« Sie griff nach den Tabletten.

Eine Kiste mit einem eingesperrten Geist drin, soso. Entweder war Pattys Onkel ein Aufschneider oder aber die Geschichte stimmte. Dann wollte sie ihm lieber nicht begegnen, sie hatte mit einer Hexentante genug am Hut.

Sandy war aufmerksam wie immer und schenkte ihr ein. Es klopfte leise an der Tür, bevor sie schwungvoll geöffnet wurde und Sebi mit wippenden Schritten in seinen Cowboystiefeln das Zimmer betrat.

»Guten Tag die Damen, dann bin ich ja hier richtig«, er grinste und musterte die Besucherinnen von oben bis unten.

»Ah, dich kenne ich glaub ich von Facebook«, meinte er an Sandy gewandt. »Bin der Sebi, Vickys Klassenkamerad.«

Er hatte ein Alpenveilchen im Topf dabei, das er nervös mal in der einen, mal in der anderen Hand hielt.

»So, du hast sie also abgefüllt, ja? Du weißt schon, dass sie sonst nichts trinkt?«

Wenn Blicke töten könnten, hätte sie Sebi bestimmt augenblicklich niedergestreckt, so sauer sah Sandy aus.

»Nein, ich hatte keinen Checker, ich schwör!«

Er wandte sich an Vicky.

»Als du aufs Klo geschwankt bist, schwante mir etwas, aber du bist dann einfach verschwunden. Kannst dir nicht vorstellen, was ich mir 'n Kopf gemacht hab! Was zum Kuckuck ist denn passiert?«

»Ich hab gespuckt und wollte an die frische Luft.«

»Aaaaah, das ist tödlich.« Patty schüttelte abermals den Kopf.

‚Ja, Miss Siebengescheit', dachte Vicky leicht ärgerlich. ‚Jetzt weiß ich das auch!'

»Ich hab dich überall gesucht. Keiner hat dich gesehen, ich bin die Straßen auf und ab gerannt. Mann, mann, mann. Hast du dir ein Taxi genommen?«

Hatte sie? Sie schob die Lippen vor und zuckte die Achseln.

»Naja, auf jeden Fall hast du wohl sauber mit 'm Gesicht gebremst.«

»Nicht nur das.« Mit dem Kinn zeigte sie auf den eingegipsten Arm.

»Meine Tante war auch nicht begeistert.«

»Schätzungsweise kommst du so schnell nicht mehr aus der Bude, was?«

Ungeschickt stellte er die Pflanze zwischen die anderen Sachen auf dem Beistelltisch. Abermals ging die Tür auf und eine Schwester brachte Brotzeit auf einem Tablett.

»O.k. Dann lassen wir dich mal. Wir schauen morgen nochmal kurz vorbei, bevor wir heimfahren, ja?« Sandy umarmte sie herzlich und Patty verteilte Küsschen in der Luft.

Sebi trat kurz an ihr Bett.

»Sorry«, sagte er leise.

»Meine Kumpels sind manchmal richtige Idioten.«

»Jo, scheint so«, antwortete sie.

»Gib Bescheid, wenn du draußen bist, ja?«

Er winkte und verließ mit den Mädchen das Zimmer.

Vicky griff nach ihrem Geldbeutel und schaute nach. Der Fünfzig-Euro-Schein war unangetastet. Nachdenklich starrte sie auf ihren Gipsarm.

Wie, zum Henker, war sie in die Klinik gekommen?

23. Einbruch

Träumte sie, oder war es eine Erinnerung? Sie stand an einem großen See, der angefüllt war mit einer leuchtenden Essenz, die seltsam vor sich hinpulsierte. Der Mantel ruhte schwer auf ihren Schultern, wie eine Jahrhunderte alte Last. Langsam legte sie ihn ab und breitete ihre schwarzen Schwingen aus. Die Präsenz des Ortes erfüllte jede Faser ihres Körpers. Dutzende Stimmen flüsterten gleichzeitig, wie eine sanfte Brise strichen sie über das Ufer. Sie hob den Kopf in den Nacken, schloss die Augen und lauschte. Farben explodierten hinter ihren Lidern, Universen rasten an ihr vorbei, Sterne und Planeten, doch wo immer sie hinkam, war sie zu spät. Die anderen waren schon fort oder noch nicht da, es war, als wäre sie aus der Zeit gefallen. Nur Stimmen, die leise nach ihr riefen; Stimmen, die sie begleiteten, seit sie denken konnte.

»Du musst zurückkommen«, flüsterte eine. »Komm zurück, es ist nicht die Zeit!«

Das Atmen fiel ihr schwer, sie wusste nicht, wo sie war. Der raue Teppich kratzte an ihrer Wange. »Komm zurück!« Langsam öffnete sie die Augen, sie sah goldene Tempelsandalen an verschiedenen Füßen, mehrere Gestalten in schwarze Kutten beugten sich über sie, die Kapuzen weit über den Kopf gezogen, so dass sie ihre Gesichter nicht erkennen konnte. Dicht bei ihr kauerte ein junger Mann mit dunklen Locken in seltsam altmodischer Kleidung. Er hielt ihre Hand und lächelte. »Du darfst noch nicht gehen. Es gibt so viel zu tun. Wir müssen sie beschützen.« Verwirrt stellte sie fest, dass niemand von ihm Notiz nahm.

»Beschützen? Wen beschützen? Wer bist du?«

»In eurer Sprache nennt man mich ‚König des Lichtes'.«

Seine Stimme hatte einen weichen, beruhigenden Klang.

»Ich muss nun gehen, aber wir sehen uns wieder.«

»... Wenn ich in die Hände klatsche, wachst du auf!« Jemand schrie ihr ins Ohr und sie schob die Person unwirsch zur Seite, um einen Blick auf den jungen Mann zu erhaschen. Er war verschwunden.

Dann bogen sich die Wände, begleitet von lautem Kreischen und Hämmern, nach innen. Mehrmals dröhnte es wie Donnergrollen, als ob ein Riese ungeduldig an der Haustür rüttelte; nach einer kurzen Verschnaufpause setzten die Geräusche erneut ein, das ganze Haus zog sich zusammen wie ein Gummiball, um sich dazwischen wieder auf normale Größe aufzublähen. Pentagramme, Wächterfiguren und Spiegelsplitter flogen in Zeitlupe durch die Luft, kleine Gnome zogen an ihrer Bettdecke und schrien panisch: »Alarm!«. Sie sah, wie etliche Salzkörnchen sich von den Fensterbrettern lösten, um mit den anderen Gegenständen zu schweben, als wenn die Schwerkraft aufgehoben wäre.

Jetzt wusste sie, wo sie war, sie war in der energetischen Projektion ihres Hauses. Erneut krümmte sich der Raum, überlaut hörte sie die Fensterläden klappern und sie beruhigte die Gnome, während sie sich darauf konzentrierte, in ihren Körper zurückzukehren. »Draußen beim Gargoyle«, schrien die kleinen Männchen auf, »er kämpft.« Sie ließ ihre feste Gestalt vorerst sein und schoss durch die Zimmerdecke bis zur Terrassentür, wo der geflügelte Steinwächter vor einer seltsamen Energiewelle stand. Er hatte seinen Platz auf dem Sockel verlassen und war selbst auf ein Vielfaches seiner Größe angewachsen. In der linken Hand hielt er eine schwere Kugel an einer Kette, die er immer wieder gegen eine dunkle Wand schleuderte, wobei er fauchende Geräusche von sich gab. Hastig konzentrierte sie sich auf ihr Kraftzentrum, den kleinen Ball in ihrem Inneren, sammelte Energie und dehnte sie mit einem Mal so weit aus, dass die Energie von einem Moment auf den anderen das ganze Areal umfasste. Die Dunkelheit wich vor dem goldenen Licht zurück, unternahm nochmals einen halbherzigen Vorstoß, doch der Gargoyle fauchte und warf sich abermals gegen die schwarze Welle. Dann war alles ruhig. Die dunkle Energie löste sich langsam auf.

Sie holte tief Luft und merkte, wie ihr Körper mit einem Ziehen am Hinterkopf nach ihr rief. Alle Gedanken loslassend kehrte sie zurück, wo sie verwirrt in ihrem Bett erwachte.

Lily öffnete die Augen und starrte auf den mechanischen Wecker, der leise tickte. Die Leuchtzahlen zeigten ihr, dass es erst halb vier in der Früh war. Beunruhigt stieg sie aus dem Bett, zog sich einen Morgenmantel über und ging die Treppen ins Wohnzimmer hinunter. Mit klopfenden Herzen machte sie das Terrassenlicht an und inspizierte den Gargoyle, der unauffällig an der Nische des Erkers lehnte, zwischen der Pflanzschale mit den gefrorenen Wasserlilien und dem Dekohäuschen, auf dessen Dach normalerweise zwei kleine Gartenzwerge aus Keramik saßen. Diese waren herabgefallen, der Arm des einen war über den Boden gekullert und lag ein ganzes Stück von seinem Körper entfernt. Der Gargoyle selbst saß etwas schief auf seinem Sockel, schien aber unbeschädigt zu sein. Sie setzte den heilen Zwerg zurück auf das Dach des Häuschens, den anderen nahm sie mit hinein, um ihn zu reparieren. Aus dem Kühlschrank nahm sie einen Becher Sahne und ein Stück Salami, die sie in eine Schüssel gab und mit einem »Danke« auf die Terrasse stellte. Nachdenklich löschte sie das Licht.

Konnte es tatsächlich sein, dass sie soeben einen versuchten magischen Einbruch erlebt hatte?

Alle modernen Schriften berichteten davon, dass das mittlerweile so unwahrscheinlich geworden sei und man lieber seine eigenen Ängste überdenken solle ... aber so etwas war ihr ja noch nie passiert. Während sie darüber nachdachte, machte sie einen Kontrollgang durch das Erdgeschoss und überprüfte vor allem die Fenster und Türen. Die Mobiles, die sie aus Spiegelsplittern angefertigt hatte, und die einige Fensterstöcke zierten, waren blind geworden. Die Knoblauchpflanzen auf dem Fensterbrett des Büros, die am Abend noch grün strotzten, ließen verdorrt die Stängel hängen. Das Glas der Eingangstür mit den drei Damen zeigte einen Sprung mitten durch das Kreuz, was sie sehr ärgerte. Die Splitter der Bordüre im Gang waren jedoch heil, was bedeutete, dass, wer auch immer in ihr Haus wollte, es nicht geschafft hatte. Zumindest nicht unten.

Beunruhigt ging sie die Treppen hinauf und kontrollierte das Zimmer ihrer Nichte, die noch im Krankenhaus war. Die Pentagramme aus Kreide, die sie auf die Fensterstöcke gemalt hatte, waren beinahe verblasst. Auch im Gästezimmer war so weit alles in Ordnung. Im Bad allerdings war das Chaos größer: Die Keramikdosen mit den Badesalzen lagen in der Wanne, einige waren beim Sturz zu Bruch gegangen und das Emaille der Badewanne war an mehreren Stellen aufgeplatzt. Sogar die Schutzvorrichtungen in ihren eigenen Räumen waren in Mitleidenschaft gezogen worden. Das Bild des Wächters des Nordens war von der Wand gefallen. Als sie aus dem Fenster blickte, sah sie, dass etliche Fensterläden, in die ebenfalls Pentagramme eingelassen waren, schief in den Angeln hingen. »Wenn ich den Stümper erwische, der das gewagt hat!«, dachte sie grimmig und knirschte mit den Zähnen. Elegant war diese Aktion auf keinen Fall gewesen. Es war mehr ein niederträchtiger Anschlag als ein versuchter Einbruch - wie wenn Terroristen mit einem Panzer vorgefahren wären, um ihr Haus niederzureißen. Entweder die Sache war persönlich gemeint, oder der, der sich das getraut hatte, machte das zum ersten Mal.

Sie zog sich an und ging in den Keller, um nach dem Vorrat an Streusalz zu schauen. Erleichtert stellte sie fest, dass sie noch genügend besaß, um einen dichten Schutzkreis zu machen. Während sie einen Eimer damit füllte, mengte sie dem Salz noch einige Handvoll getrockneter Salbeiblätter bei. Zum Schluss hob sie ihre Hände über die Mischung und bat um den Segen der Göttin. Seufzend machte sich anschließend auf den Weg nach draußen. Heute würde Frau Mayr früher als üblich für die Sicherheit der Gehwege ihres Hauses sorgen.

Den Vormittag verbrachte sie damit, die Schutzzeichen in jedem Zimmer aufzufrischen oder zu ersetzen, ebenso musste sie einen Handwerker organisieren, der sich um die Fensterläden kümmerte, und einen Glaser, um die Scheibe der Eingangstür auszutauschen. Sie stand etwas unter Zeitdruck, denn sie wollte auf keinen Fall irgendwelche energetische Lücken an dem Haus haben, wenn Vicky wiederkam. In ihrem Zimmer suchte sie nach gebohrten Spiegelsplittern, um die Mobiles zu reparieren. Sie dienten dazu, alles Schlechte, das auf das Haus projiziert wurde, zu reflektieren. Nebenbei bemerkt hatte sie festgestellt, dass sie auch unerwünschte Vertreter und Gottes Zeugen fernhielten, weswegen sie ungern auf sie verzichten wollte. Die gebohrten Splitter waren leider alle aufgebraucht, was bedeutete, dass ihr eine langwierige Arbeit bevorstand.

»Warte nur, bis ich rauskrieg, wer du bist, ich werd dir eine saftige Rechnung schicken«, grummelte sie.

Aus den Untiefen des Badezimmerschrankes beförderte sie zwei alte Puderdöschen, die man aufklappen konnte und die innen jeweils mit einem Schminkspiegel ausgestattet waren. Diese stellte sie so an die Fenster mit den erblindeten Mobiles, dass die Spiegelflächen nach draußen auf die Straße zeigten. Zum Schluss klebte sie vorsichtig den abgebrochenen Arm des Zwerges an und setzte ihn zurück auf das Dach des Dekohauses. Mit einem kurzen, prüfenden Blick auf den Gargoyle, der immer noch schief auf seinem kugelförmigen Sockel saß, verließ sie das Haus, um ihre Nichte zu besuchen. Die kleine Schüssel mit der Sahne und der Salami war leer.

Vicky lag im Bett und hatte die Augen geschlossen. Auf dem ausgeklappten Tablett des Beistelltisches entdeckte Lily zwischen einer halbverwelkten Pflanze und einer Pralinenschachtel ein angeknabbertes Wurstbrot und eine halbe Tasse kalten Tee. Sie war dabei, leise Platz zu nehmen, als ihre Nichte verschlafen blinzelte.

»Hey.«

»Na, Schlafmütze?« Sie strich ihr behutsam über die Stirn.

»Hattest du eine gute Nacht?«

»Ich hab nach dem Abendessen geschlafen wie ein Stein. Warst du gestern Abend auch schon da?«

Sie streckte sich, so weit sie konnte, und sah aus wie die dreijährige Vicky, die damals im Morgengrauen zu ihr ins Bett gekrochen kam. In diesem Alter war sie öfters von Alpträumen geplagt worden und Lily hatte während ihres Besuches im Gästezimmer nebenan geschlafen, um schneller erreichbar zu sein.

»Natürlich. Macht nichts, wenn du nichts mitbekommen hast, ich wollte einfach nachsehen, ob es dir gut geht. War die Visite schon da?«

»Ja, bereits um acht. Wusstest du, dass ich Schrauben da drin hab, Lily? Die haben mir die Knochen zusammenschrauben müssen.« Sie pochte auf den Gips und verzog das Gesicht.

»Natürlich haben die mir nochmal die Leviten gelesen. Es tut mir so schrecklich leid, dass ich dir so viele Sorgen gemacht hab. Mir war nicht klar, dass ich so blau, wie ich war, echt hätte sterben können, in der Kälte.«

»Du hattest ja einen Lebensretter, der ... äh ... wie hieß der nochmal?«

»Melchior.«

»Melchior«, wiederholte Lily nachdenklich.

Sie kannte den Namen von den Heiligen Drei Königen, Caspar, Melchior und Balthasar, von denen es ursprünglich hieß, sie seien Weise oder Magier aus dem Morgenland gewesen.

Der Ursprung des Namens könnte arabisch oder hebräisch sein, Melek oder Malak bedeutete eigentlich Bote oder Engel, wo hingegen Melech ... mit König übersetzt wurde. Der junge Mann aus der Vision fiel ihr ein, sie sah ihn direkt vor sich.

»Wo genau, sagtest du, hättest du ihn zum ersten Mal getroffen?«, nervös befeuchtete sie sich die Lippen und versuchte ihre

Aufregung zu überspielen. Sobald sie zu Hause war, musste sie den Namen überprüfen.

»Vor dem Friedhof. Er hat bei dem Kriegerdenkmal Schnee geräumt, und er wusste alles darüber. Ich glaube, sein Opa ist damals im Krieg gefallen, er war so traurig, als er mir das erzählt hat.«

»Und das zweite Mal ...?«

»Bei uns vor dem Haus. Dort habe ich ihn öfters getroffen. Warum fragst du?« Vicky wurde misstrauisch, sie durfte sie nicht so offensichtlich ausfragen.

»Liebes, ich wollte nur etwas über den Jungen erfahren, den du so toll findest. Was er macht, wo er wohnt, und was seine Eltern arbeiten. Hat er sich schon bei dir gemeldet?«

»Nein. Aber er hat ja auch kein Handy.«

Ihre Nichte sah so betrübt drein, dass Lily beschloss, das Thema zu wechseln.

»Wie ich sehe, hast du Besuch bekommen. Dein Alpenveilchen verdurstet gleich.«

Sie merkte, dass die Flasche, die auf dem Tisch stand, fast leer war, und holte aus der Tragetasche, die sie vorsorglich mitgebracht hatte, zwei neue. Mit dem abgestandenen Wasser goss sie die Pflanze.

»Stell dir vor, Sandy und Patty waren da!«, sprudelte es aus Vicky hervor.

»Die Nudel hätte ja nur was sagen müssen, wenn sie mich hätte besuchen wollen, was denkst du? Jetzt ist sie bei Pattys Onkel untergekommen. Das ist vielleicht 'ne Kuh!«

»Laaangsam. Wer ist Patty, und wen meinst du mit Kuh? Sandy?«

»Na, Patty. Das war die, bei der die Geisterbeschwörung stattfand. Ich hab ja keine Ahnung, dass die hier Verwandtschaft hat. Ihr Onkel sei ein richtiger Magier, in einem Orden und so. Weißt du, was sie sagt?«

Vicky machte kurz Pause und äffte Pattys Tonfall nach:

»Mein Onkel bringt mir alles über das Okkulte bei. Er hat sogar einen echten Geist in eine Kiste gesperrt. Die lügt doch, die Olle, stimmt's, Lily? Man kann keinen Geist in eine Kiste sperren. Am liebsten hätte ich gesagt, pfeif auf deinen blöden Onkel, meine Tante ist eine Hexe. Aber ich hab getan, als langweilt sie mich ... Lily, ist alles o. k.?«

Lily war aufgesprungen, wandte sich ans Fenster und mimte einen Hustenanfall. Was ihre Vicky ihr gerade erzählte, konnte nicht wahr sein. Ihre Gedanken schlugen Purzelbäume.

»Hab ... hab mich verschluckt, geht gleich ... was für ein Angeber, dieser Onkel.«

Ein paar Mal hustete sie in die hohle Hand. Ihr fiel nur eine Person ein, die mit solchen Geschichten Teenager beeindrucken wollte, nun sah sie einiges in einem anderen Licht. Sie musste nachdenken.

»Ja, und der Sebi war da«, fuhr Vicky fort.
»Er hat sich für seine Idiotenkumpels entschuldigt. Er war zumindest nicht daran beteiligt, mich abzufüllen. Schau, er hat über zehn SMS geschrieben.« Sie hielt ihr zum Beweis den Nachrichtenverlauf ihres Handys hin. Automatisch nickte Lily und machte »Hmm«, ohne mit den Gedanken bei Sache zu sein.

Ihre Nichte sollte so schnell wie möglich heim. Dafür musste sie jetzt sorgen. Sie hatte kein gutes Gefühl, wenn sie hier alleine im Krankenhaus war, und sie selbst konnte nicht rund um die Uhr auf sie Acht geben. Vor allem wollte sie verhindern, dass sie von Zarç heimgesucht wurde. Irgendwas führte er doch im Schilde. Sie mimte noch eine Weile die interessierte Zuhörerin, bevor sie langsam aufstand.

»Du, ich schau mal, ob ich jemanden finde, der mir sagen kann, wann du raus darfst, ja? Kann ja nicht sein, dass sie dich die Feiertage hier behalten wollen.«

Vicky schien vor lauter Erzählen müde geworden zu sein. »Ist recht. Falls du an einem Kiosk vorbeikommst, wäre es genial, wenn du mir eine Limo mitbringen könntest«, meinte sie matt.

»Alles, bloß keine Cola.«

»Keine Cola? Warum denn nur?« Mit einem Zwinkern verließ sie das Zimmer, zog die Tür zu und blieb kurz stehen, um sich zu sammeln.

Zarç! Es würde sie nicht wundern, wenn *er* hinter dem magischen Angriff steckte! Na, die Tour wollte sie ihm gehörig vermasseln. Niemand spionierte ihr einfach hinterher, und schon gar nicht so ein beknackter Magier.

24. Ritualsprache

»Fangen wir damit an, welche Entität ihr gerufen habt.« Frater Verus musterte ihn mit einem eisigen Blick, als wollte er in die Tiefen seiner Gedanken eindringen. Im Nachhinein bereute Zarç beinahe, ihn um Hilfe gebeten zu haben. Unruhig rutschte er auf seinem harten Bürostuhl hin und her.

Verus zückte derweil seinen Kugelschreiber und fing an, nach Vorschrift den üblichen Ritualablauf auf einem Block zu skizzieren.

»Wochentag, Datum, Mondstand, Planetenstunde, Anwesenheitsliste, Räucherung«, las er. Er befürchtete, seine eigenen Vorgaben könnten ihn nun einholen.

»Oder Intension? Wo möchtest du anfangen?«

Zarç sprang ungeduldig auf.

»Ach, das ist doch alles Humbug!«

Sein Gegenüber hob die Augenbrauen und sah ihn ruhig an. Mit einem Klicken fuhr die Kugelschreibermine in den Schaft zurück, bevor er den Stift zur Seite legte und sich zurücklehnte.

»Hör mal, ich hab das Siegel noch so ungefähr im Kopf ...«

Hektisch beugte Zarç sich über den Block mit den karierten Blättern und malte ein kompliziertes geografisches Muster über mehrere Kästchen. Vor jedem Knick machte er kleine Kringel. Zwischendrin musste er kurz nachdenken, war aber gegen Ende hin zufrieden mit seinem Werk.

Unbeeindruckt sah Verus kurz auf die Zeichnung.

»Und welche Tafel hast du benutzt?«

Langsam machte Verus ihn wütend. Wollte er ihm nun helfen oder ihn aushorchen? Um sich zu beruhigen und den Schein zu wahren, atmete Zarç unauffällig tief ein und sah aus dem Fenster. Vielleicht konnte er so tun, als hätte er es vergessen?

»Zarç, wir kommen so nicht weiter. Entweder du verrätst mir, welchem Zweck das Ritual diente - dann können wir es rekonstruieren und das Siegel überprüfen -, oder du sagst mir zumindest, welche Tafel, Engel, Ältesten und Könige du ausgewählt hast. Im Gegenzug erzähle ich dir, was für Wesen man damit ruft. Du pickst dir den heraus, der da war, und wir schreiben dann den Ritus drumherum.«

Ein ‚... aber *so* geht's nicht' hing im Raum und Zarç war entrüstet. Wie konnte Verus es wagen, so mit ihm zu reden, und das in seinem eigenen Haus! Am liebsten hätte er ihn rausgeschmissen.

»Ich habe mir irgendwelche ausgesucht - alle, die etwas mit Wahrheit zu tun haben.«

Frater Verus machte sich Notizen, Zarç hörte, wie der Stift über das Papier kratzte.

»Und welchen Ältesten?«

»Keine Ahnung, irgendwas mit Vergangenheit.«

Verus stockte und sah nachdenklich vor sich hin, bevor er weiterschrieb.

»So viel Wahrheit ...? Ich frage mich, was du damit wolltest?«, es klang beiläufig, doch das brachte ihn fast zum Explodieren.

Zarç wandte sich ab und sah scheinbar ruhig an seinen Bücherregalen hoch. Vielleicht sollte er den Archivar daran erinnern, dass es den Orden ohne den großen Zarkaraç überhaupt nicht gäbe, schließlich war er nicht nur Ältester, sondern auch Gründungsmitglied. Sein Blick fiel auf die kleine Kiste, die er Anfang der Woche seiner Nichte und ihrer Freundin gezeigt hatte. Unauffällig stand sie auf einem der Regalbretter. Das Herz rutschte ihm kurz in die Hose. Er war sich sicher, dass er sie zurück in den Keller gebracht hatte. Seit dem Brand schien sie verstummt zu sein, was seiner Vorführung bei den Mädchen nicht zuträglich gewesen war, aber nun hoffte er, sie würde nicht einfach aus einer Laune heraus zu quietschen anfangen. Seinem Ordensbruder ihre Existenz zu erklären, wäre ihm ein Graus.

»Brauchst du noch irgendwelche Informationen, um deine Arbeit zu erledigen?«, fragte er kühl.

»Ja, eines noch ... habt ihr die Hilfe eines Mediums beansprucht?«

Das reichte. Unterstellte Verus ihm etwa, er wäre nicht fähig, eine Anrufung erfolgreich durchzuführen?!

»Was glaubst du eigentlich, wie viele Entitäten ich schon evoziert habe, während du noch nicht mal im Noviziat warst!« Seine Halsschlagader fing an zu pochen, diese Unterredung war nicht gut für seinen Bluthochdruck.

»Ich denke, wir sind für heute fertig.«

»Naja, es gibt eben einen Unterschied zwischen einem Standardritual und einem, in dem die Hilfe eines Mediums benötigt wird. Das war rein interessehalber.«

Verus packte seine Sachen zusammen und Zarç sah aus den Augenwinkeln, wie die verflixte Kiste anfing, sich zu bewegen. Er machte zwei Schritte auf das Regalfach zu, doch gleichzeitig erhob sich der Archivar und stellte sich ihm in den Weg. Mit einem hölzernen Klang schlug das Kästchen auf dem Parkettboden auf und rollte mit einem leisen Quietschen auf sie zu. Es hörte sich an wie ein rostiges Scharnier. Erstaunt bückte sich Verus, hob es auf und betrachtete es von allen Seiten. Zarç hielt die Luft an und betete inbrünstig, das Ding würde einfach stumm bleiben.

»Interessant. Deine Meisterarbeit?«

Er gab ihm die Kiste zurück und deutete auf die kleine Werkbank am Fenster mit den frisch zugesägten Holzbrettern, dem Brennstift und den verschiedenen Fläschchen mit Tinkturen.

»Ja - ein Prototyp vorerst«, Zarç versuchte, seine Nervosität vor ihm zu verbergen.

»Wie du siehst, habe ich eigentlich überhaupt keine Zeit, mich mit vergangenen Ritualen zu befassen. Das tue ich lediglich, weil Lily mich um Hilfe gebeten hat. Ich hoffe nur, sie hat recht mit dem Geist und ihrer Nichte, und der Aufwand ist nicht umsonst. Du weißt ja, diese Solitär-Hexen leiden oft unter zu viel Phantasie und sind schlecht ausgebildet.«

Schnell steckte er die Holzkiste in seine Hosentasche.

»Ich hoffe, Soror Artemia weiß deine Großmut zu schätzen, Zarç. Immerhin haben wir sie wieder zu einer der unseren gemacht«, der Sarkasmus war kaum zu überhören.

»Und was deine Meisterarbeit anbelangt, freue ich mich auf deine Demonstration. Wann wird es so weit sein?«

»Oh, das dauert noch eine Weile. Du weißt ja selbst, die Mond- und Planetenkonstellationen ... was es alles zu berücksichtigen gibt ...«, Zarç rang sich ein Lächeln ab.

»Die schriftlichen Dokumentationen nicht zu vergessen.« Verus lächelte zurück.

»Leider habe ich noch einiges zu tun und werde dich nun alleine lassen. Du musst mich nicht begleiten. Ich finde selbst hinaus«, er nickte kurz zum Abschied.

In Zarçs Tasche wurde es langsam heiß, sein Oberschenkel fing an zu glühen. Sobald Frater Verus das Zimmer verlassen hatte, holte er das Kästchen heraus und schmiss es auf den Tisch, wo es leise vor sich hin quiekte. Es kam ihm vor, als lachte es ihn aus.

Zischend drohte er ihm alle möglichen Qualen an, doch es blieb unbeeindruckt. Nach einer Weile hörte er, wie die Haustür zufiel und kurz darauf ein Auto startete. Erleichtert wischte er sich die Stirn. Bis Verus mit den ersten Ritualentwürfen auftauchte, würden Wochen vergehen. Damals hatte er selbst über ein Vierteljahr für das Ritual gebraucht. Die Sprache, die er gewählt hatte, hing von so vielen Faktoren ab, es war einiges zu berücksichtigen. Nicht umsonst war sie so machtvoll.

Er ging zu seiner Werkbank hinüber und suchte in den Schubladen nach seinen Notizen für die Fluoride, die er noch herstellen musste, um die Holzbretter damit zu bestreichen. Während er sie durchlas, ging ihm Verus‘ Besuch nicht aus dem Kopf. Die Blicke und der seltsame Tonfall, als sie sich unterhielten.

Wollte er seine Kompetenz in Frage stellen?

Im Grunde genommen war es eine absolute Unverschämtheit, ihm zu unterstellen, er hätte das Ritual nicht im Griff gehabt oder gar

Fehler gemacht; aber immerhin, es war einige Zeit her, seit es gehalten worden war. Das Wissen um die alte Sprache, das von John Dee, dem großen Magier, überliefert wurde, war damals recht spärlich gewesen, denn mehrere Schriften verschiedener magischer Vereinigungen waren erst in den letzten paar Jahren veröffentlicht worden. Und obwohl Verus eine Meisterarbeit darüber verfasst hatte, stand es ihm nicht zu, so mit ihm zu reden. Schließlich gehörte er selbst zu denen, die seine Arbeit bewertet und abgenommen hatten. Überhaupt verdankte Verus seinen Aufstieg in der Loge, die Aufnahme in den inneren Kreis und im Ältestenrat *ihm.*

Konnte es sein, dass er scharf auf Zarçs Stellung innerhalb des Ordens war?

Ein leichtes Quieken drang von seinem Bürotisch zu ihm hinüber und er drehte sich schnell um, in Erwartung des nächsten Streiches der vermaledeiten Kiste. Sie vibrierte auf der Tischplatte, als versuchte sie, ihre Kräfte zu sammeln.

»Dich darf man wirklich keine Sekunde aus den Augen lassen«, murmelte er grimmig und holte sie zu sich an den Arbeitsplatz. Nachdenklich starrte er auf die eingebrannte Zeichen und Symbole. Verus hatte recht, die nächste Kiste würde sein Meisterstück werden. Wenn alles nach Plan verlief, würden er und sein Werk in die Annalen eingehen und sein Name im selben Atemzug genannt werden wie die der großen Magier.

Lange hatte er überlegt und geforscht und niemals war er der Lösung so nahe gewesen wie jetzt. Vor allem, da es auf einmal zwei medial begabte Personen in seiner Umgebung gab, ein Geschenk des Himmels.

Die Kiste surrte kurz und drehte sich unmerklich um ein paar Zentimeter nach rechts.

Er wettete etwas drauf, dass Lily ihm sagen konnte, was in dem Kästchen vorging. Sich in die Gedanken anderer Lebewesen hineinzuversetzen, war ihr ein Leichtes. Nur weigerte sie sich, das zu tun.

Warum Menschen, denen von Haus aus eine solche Begabung in die Wiege gelegt worden war, diese weder ausbauen noch nutzen wollten, war ihm nicht nur ein Rätsel, nein, es machte ihn auch ärgerlich. Tägliche Exerzitien und Meditationen, das alles über Jahrzehnte praktiziert, hatten ihn zwar auf ein gewisses magisches Level gebracht. Dachte er jedoch daran, wie leicht es Lily fiel, sich in den Zwischenwelten zu bewegen, ohne diese Übungen durchlaufen zu haben, wurde er wütend. Was gäbe er dafür, diese Fähigkeiten zu besitzen!

Nun, er hatte sich ihrer schon einmal bedient, und da ihm jetzt auch ihre Nichte zur Verfügung stand, taten sich wundervolle Alternativen auf.

Verus' kühler Blick fiel ihm wieder ein, mit dem er beinahe durchbohrt worden war.

Was wäre, wenn er eine Abkürzung fand, um an sein Ziel zu kommen?

Was wäre, wenn er gar kein Ritual im herkömmlichen Sinn brauchte?

Nachdenklich nahm er das Kästchen in die Hand.

»Vielleicht gibt es eine andere Möglichkeit, deinem Herrn zu befehlen«, seine Augen glänzten.

Die Kiste schien wie zur Bestätigung zu schnurren.

Karfreitag
25. Hexenbrett

Durch die angelehnte Tür des Atriums konnte Frater Verus gedämpfte Stimmen hören, als er das Objekt, das Lily ihnen überlassen hatte, aus dem Archiv holte. Er notierte flüchtig Datum und Uhrzeit auf der kleinen Karteikarte, die der eingepackten Schachtel beilag; in der Spalte »Zweck« schrieb er »Überprüfung«. Seit das Päckchen sich in der Obhut des Ordens befand, hatte niemand sich dafür interessiert. So stand es zumindest auf der Ausleihkarte.

Behutsam trug er es zum angrenzenden Raum und legte es in die Mitte des Tisches. Erfreut stellte er fest, dass fast alle Mitglieder des Ältestenrats seiner Einladung gefolgt waren.

»Zarç entschuldigt sich«, erklärte Quirinus, »wegen dringender privater Angelegenheiten. Aber er lässt ausrichten, dass er den Gegenstand ja bereits einer eingehenden Untersuchung unterzogen hat.«

Er saß vor einer dampfenden Tasse Kaffee, was Verus dazu veranlasste, die Augenbrauen hochzuziehen. Das Mitbringen von Speisen und Getränken war im Atrium strengstens untersagt, das sollte zumindest auch von den Ältesten eingehalten werden.

Quirinus nahm gelassen einen Schluck aus seiner Tasse und Verus beschloss, diese Übertretung der Vorschriften zu ignorieren. Stattdessen wandte er sich an Soror Aliqua.

»Schön, dass du kommen konntest.«

»Ich hoffe, es dauert nicht allzu lange, ich habe gerade das Osterbrot in den Ofen geschoben. Die Zeitschaltuhr ist zwar zuverlässig, aber mein Mann schaut einen Film und vergisst dabei oft die Welt um sich herum.« Sie lächelte zaghaft und spielte mit ihrem Siegelring.

»Das müssten wir ja gleich haben«, warf Quirinus ein.

Verus runzelte die Stirn und nahm am oberen Ende des Tisches Platz.

»Wir wollen heute lediglich feststellen, ob Lily und Zarç damit richtig liegen, dass diese Signatur aus der Zwischenwelt stammt«, sagte er mit dröhnender Stimme. »Natürlich hätte ich das auch alleine machen können, aber wenn drei unabhängige Personen es bezeugen, sind wir über jeden Zweifel erhaben. Es wird so lange brauchen, wie es braucht.«

»Gut«, Quirinus stellte seine Tasse auf die Seite und beugte sich neugierig zu dem grünen Geschenk nach vorne.

»Wer fängt an?«

»Moment - können wir bitte nochmals den Sachverhalt kurz durchgehen?«, meldete Aliqua sich zu Wort. »Lilys Nichte hat bei dem Versuch, das Päckchen zu berühren, einen Schlag bekommen?«

»So hat sie das auf jeden Fall erzählt«, sagte Verus.

»Aber Lily konnte das Geschenk hierher schaffen, und du hast vorhin, als du es geholt hast, auch nichts bemerkt?« Aliqua sah Verus fragend an.

»Nein, gespürt habe ich nichts«, antwortete er höflich, »wenn du Fingerkribbeln meinst, oder Ähnliches.«

»Vielleicht hat es sich ja einfach schon entladen!« Quirinus zog das grüne Päckchen ungeduldig zu sich hin und starrte es an.

»Wenn es euch nicht stört, möchte ich endlich anfangen!«

Er rieb mehrmals seine Handflächen aneinander, wie um sie aufzuwärmen, und hielt seine Hände anschließend dicht über das Geschenk, während er die Augen schloss. Die Prozedur wiederholte er ein paarmal, begleitet von Stirnrunzeln und gelegentlichem Grunzen. Schließlich lehnte er sich in den Stuhl zurück und verschränkte die Arme vor der Brust.

»O. k. Ich bin durch. Ihr seid dran.«

Er schob das Päckchen weiter zu Soror Aliqua, die ihm gegenübersaß.

Aliqua nestelte an ihrem Nacken herum, bis sie den Verschluss ihrer Kette aufbekam; nach einer Weile ließ sie endlich den schwarz glänzenden Anhänger, von dem Verus wusste, dass er aus Meteoritengestein war, über das Geschenk baumeln. Er schaukelte ein wenig hin und her, kam dann jedoch zum völligen Stillstand. Aliqua kratzte sich an der Nase und schloss die Augen, wie wenn sie sich konzentrieren müsste. Alle starrten gebannt auf das Pendel, das sich erst langsam mit leichten, kreisförmigen Bewegungen im Uhrzeigersinn bewegte, plötzlich seine Richtung änderte und dann einfach stehen blieb.

Mit einem Schulterzucken zog die Ordensschwester ihre Hand zurück.

»Hm, o. k., du bist dran, Verus«, sie lächelte zaghaft, während sie sich die Kette wieder umlegte.

Verus starrte düster auf die eingepackte Schachtel. Er hatte den Vormittag damit verbracht, darüber nachzudenken, wie er ihr das Geheimnis ihrer Signatur entlocken konnte. Nun zog er vier schwarze Räucherkegel samt Abbrennuntersetzern aus seiner Tasche und positionierte sie vor den vier Ecken des Päckchens. Mit einem Streichholz zündete er sie an und der Geruch von Weihrauch erfüllte den Raum. Er atmete flach und lehnte sich zurück, um den Rauch zu beobachten. Sollte etwas Ungewöhnliches an dem Geschenk sein, würde es so sichtbar werden. Er hatte bei früheren Anwendungen schon Spiralen, Fratzen und Ähnliches gesehen; doch jetzt brannten die Kegel, die auf ihren Untersetzern aussahen wie Spielhütchen auf weißen Mühlesteinen, gleichmütig vor sich hin, und der Rauch ringelte sich von jedem Konus gerade nach oben.

Etwas enttäuscht schürzte er die Lippen.

»Nun, welche Signatur die liebe Lily auch immer gefühlt hat, sie kam auf keinen Fall von einem Geistwesen.« Quirinus‘ Stimme durchbrach die Stille. Er hob seine Kaffeetasse und trank schlürfend.

»Aber Zarç kam doch zu einem anderen Ergebnis«, warf Aliqua ein.

Verus kratzte sich am Kopf und dachte nach. Lily hatte die Signatur des Geschenks mit der vom Ritual gleichgesetzt und daraufhin Zarç Bescheid gegeben, der es überprüft hatte. Als ihre Nichte bei der Berührung in Ohnmacht gefallen war, hatte sie ebenfalls Zarkaraç angerufen, worauf das Päckchen nun im Orden gelandet war.

»Es hat sich entladen, als Vicky es angelangt hat«, stellte er fest. »Und die Signatur stammt von einem Ordensmitglied, das beim Ritual damals dabeigewesen ist.«

Erschrocken rutschte Aliqua mit dem Stuhl ein Stück zurück. »Du meinst, es wurde beodet?«

Ob dieser Reaktion musste Verus grinsen. Sie tat ja so, als sei eine Beodung so etwas wie einen Gegenstand mit einem Fluch zu belegen, dabei bedeutete Beodung nur, etwas mit seiner eigenen Energie so aufzuladen, dass man die Resonanz mitbekam, wie auch immer sie geartet war.

»Aliqua, die Fortgeschrittene Aufladung haben wir im zweiten Grad behandelt. Man kann es personengerichtet machen und von dem Od hier ist nicht mehr viel übrig«, versuchte Quirinus sie zu beruhigen.

»Ja, aber warum hat man das gemacht?«, fragte sie und blieb weiter auf Abstand.

»Vielleicht war das ein Test?«, antwortete Quirinus langsam.

Verus starrte misstrauisch in die Runde.

»Mich würde ja brennend interessieren, was da wirklich passiert ist, damals, vor sechzehn Jahren, als Zarç ein paar Leute eingesammelt hat und weggefahren ist«, er bemühte sich um eine ruhige Stimme.

In der darauffolgenden Stille hätte man eine fallende Stecknadel hören können.

»Ich war den ganzen Abend daheim, mein Mann war krank und ich habe ihn gepflegt«, sagte Aliqua schließlich lahm. »Man hat mich zwar gefragt, ob ich das Amt der Hohepriesterin beim Beltaneritual bekleiden wollte, aber ich konnte nicht.«

Verus erinnerte sich und nickte. Er musste den Ritus damals mit Soror Tatiana durchführen, die ungenügend vorbereitet und zudem sehr nervös gewesen war, da sie ihr Debüt als Hohepriesterin gegeben hatte. Das Ganze endete in einem leichten Chaos, bei dem keiner mehr wusste, an welcher Stelle des Rituals sie textlich waren, und er inbrünstig gehofft hatte, die Gäste würden nichts davon mitbekommen.

Er sah zu Quirinus, der seine Tasse hin und her schob und auf die Tischplatte starrte. Ein paarmal räusperte er sich, als wolle er zum Reden ansetzen, doch irgendwie konnte er sich nicht so recht entscheiden und blieb stumm.

Ein lautes Piepen aus Aliquas Richtung ließ alle aufschrecken. Errötend fischte die Schwester ihr Handy aus der Tasche und warf einen Blick darauf.

»Oh, der Alarm - mein Osterbrot ist fertig. Ich hab ihn extra eingestellt, falls mein Mann die Küchenuhr nicht hört. Wenn ihr mich nicht mehr braucht ...«, Aliqua stand auf und sah fragend in die Runde.

»Ist schon gut, Soror, ich melde mich, wenn ich deine Hilfe wieder benötige«, sagte Verus mit einem gezwungenen Lächeln. Sie sah aus, als sei sie auf der Flucht, als sie aus dem Artium eilte.

Zurück blieb Quirinus, der den Eindruck vermittelte, er wolle bis ans Ende seiner Tage in seine Tasse starren. Verus zog das Päckchen an sich und beschloss, den Bruder vorerst links liegen zu lassen. Ohne Hast fing er an, das Geschenk aus seiner Verpackung zu lösen. Darin befand sich eine moderne Ausführung des Hexenbrettes mit netten Hochglanzbildchen auf Pappe aufgedruckt. Schmetterlinge, Elfen, verschiedene Bäume und Edelsteine waren im Kreis um das Alphabet herum angeordnet. Man hätte meinen können, es sei ein harmloses Orakelspiel und nicht etwa ein Instrument, um Geister zu beschwören.

Genau das Richtige, um Teenager zum Okkulten zu verführen, dachte er grimmig. Leider war das Mädchen, für das es gedacht war, gar nicht erst dazu gekommen, damit zu spielen, weil es durch die Wucht der Odladung daran gehindert worden war.

»Sensible Menschen sind in der Lage, einen geladenen Gegenstand zu fühlen, sie können sogar Abwehrreaktionen entwickeln«, drang Quirinus' tiefe Stimme an sein Ohr. Interessiert blickte Verus auf.

»Besonders medial begabte oder empathische Personen zeigen übersensible Reaktionen darauf.« Quirinus strich sich beim Reden übers Kinn und nahm einen langen Schluck aus der Tasse.

»Schätzungsweise ist Lilys Nichte also gar nicht zu dem gekommen, was sie mit dem Brett hätte tun sollen.«, fuhr er fort.

Mit einem lauten Scheppern stellte Frater Quirinus die Kaffeetasse auf der Tischplatte ab und erhob sich langsam.

»Für mich wird es auch Zeit, ich habe meiner Frau versprochen, ihr beim Kochen zu helfen. Wir wollen Kässpatzen machen.«

»Moment!« Aufgeregt sprang Verus auf und hielt ihn am Ärmel fest.

»Wieso interessiert es eigentlich niemanden in diesem Orden, was hier vor sich geht? Man hat uns um Hilfe gebeten und ich habe das Gefühl, ich bin der Einzige, den es kümmert! Was ist damals beim Ritual passiert?«

Quirinus trat einen Schritt zurück und sah Verus bekümmert an.

»Du weißt ja – es gibt Eide für jeden Grad, und daran sind wir alle nun mal gebunden. Ich kann dir lediglich eine Frage mitgeben, mein lieber Bruder: Was ist der Unterschied zwischen einer Evokation und einer Invokation? Und was geschieht, wenn sich das eine in das andere verwandelt?«

Er nickte ihm noch kurz zu, bevor er die Tasse ergriff und ihn alleine ließ.

In Verus' Hirn arbeitete es; etliche Fragen drängten sich ihm auf.

Zum einen: Was hätte Vicky mit dem Brett tun sollen, wenn sie nicht durch den Schlag aufgehalten worden wäre - einen Geist beschwören? Und wenn ja, welchen? Was hätte das dem Präparator des Hexenbrettes genützt?

Und die Frage aller Fragen - was hatte das alte Ritual damit zu tun?

Er schloss die Augen und rieb sich die Schläfen. Quirinus' letzte Worte klangen in ihm nach.

»Evokation - die Beschwörung von Mächten, um sie an einen Ort zu binden und sie sichtbar zu machen. Der Zweck besteht darin, ihnen den eigenen Willen aufzuzwingen und sich ihrer Fähigkeiten zu bedienen«, zitierte er leise einen der Lehrbriefe. Eine Invokation war hingegen eine Anrufung, bei der man seinen Körper als temporäres Gefäß dem Wesen zur Verfügung stellte. Normalerweise versuchte man damit, Kontakt zu den alten Göttern herzustellen, weswegen der Zustand oft auch »Gottesbesessenheit« genannt wurde. Das eine war eine »Hervorrufung«, das andere eine »Hineinrufung«.

Besessenheit ... Was geschieht, wenn sich das eine in das andere wandelt ... ungeplant?

Ein Schrecken durchfuhr ihn und er sprang auf. Er musste Lily sprechen. Sofort.

26. Scherben

»Und was ist mit der Scheibe an der Tür passiert?«

Vicky lümmelte auf der Couch im Wohnzimmer, kuschelte sich in die weiche Sternendecke und beobachtete Lily, die vor ihr mit untergeschlagenen Beinen auf dem Boden saß und kleine Spiegelscherben sortierte. Neben ihr stand eine Schachtel mit Bastelutensilien, Vicky konnte Holzringe in verschiedene Größen, eine Rolle Nylonschnur, eine Schere sowie ein Nadelkissen entdecken.

»Das war wirklich seltsam«, Lily, die dabei war, ein Stück Schnur zurechtzuschneiden, sah kurz auf. »Es muss einen Temperatursturz gegeben haben oder sowas, und drinnen hab ich wahrscheinlich zu arg eingeheizt. Ich werde mal mit der Autoscheibenwerkstatt reden, bestimmt kann man die irgendwie kleben.«

Draußen krähten die Raben und Vicky sah, wie einer von ihnen sich vorwitzig an die Terrassentür wagte und hineinspähte. Wieso musste sie bei seinem Anblick an Melchior denken? Er hatte sich bislang nicht gemeldet, interessierte es ihn gar nicht, wie es ihr ging? Vielleicht sollte sie ihm nachher eine Nachricht in den Briefkasten stecken.

»Ich bin froh, wieder hier zu sein. Im Krankenhaus waren sie nicht sehr nett«, sagte sie, um die Unterhaltung in Gang zu halten. Lily hatte sie gestern aus der Klinik geholt und sie war erst mal so glücklich darüber gewesen, in ihrem eigenen Bett zu sein, dass sie die meiste Zeit geschlafen hatte.

»Im Allgemeinen haben Ärzte und Schwestern nicht viel Mitleid für alkoholisierte Jugendliche, das sollte man zu ihrer Verteidigung anbringen.«

Lilys strenger Tonfall ließ Vicky erröten.

»Ich habe deinem Vater übrigens nichts von dem Zustand erzählt, in dem du warst, als der Unfall passiert ist. Alles, was er weiß, ist, dass du auf dem Glatteis ausgerutscht bist und dir den Arm gebrochen hast, nicht dass er sich Sorgen macht. Nur dass du nachher daran denkst, wenn ihr skypt.«

»Danke«, sie versuchte zu lächeln, hatte jedoch gemischte Gefühle dabei. Irgendwann würde er das doch bestimmt herausfinden, oder? Vielleicht sollte sie es ihm lieber gleich beichten?

»Wie geht es ihm?«

»Oh, ich denke gut. Er ist in ein Apartment Hotel mit vollem Service eingezogen, das zeigt er dir bestimmt nachher. Und die Arbeit scheint ihm recht gut zu gefallen.«

Lily hielt eine Spiegelscherbe auf Armlänge von sich weg und versuchte mit der Nadel das gebohrte Loch zu treffen. Dabei sah sie abwechselnd durch ihre Brillengläser und dann wieder über den Brillenrand. Vicky brannte eine Frage auf der Seele, sie wusste jedoch nicht, wann der richtige Augenblick war, sie zu stellen, deswegen wartete sie ab, bis ihre Tante die Scherbe aufgefädelt hatte.

»Spuck's schon aus, Vicky. Das hier könnte noch eine Weile dauern, ich glaub', ich brauch einfach eine neue Brille«, ertönte plötzlich Lilys Stimme in ihrem Kopf. Erschrocken setzte sie sich aufrecht hin, dabei machte sie eine ungeschickte Bewegung und ein kurzer, stechender Schmerz durchzuckte ihren Arm. Es dauerte einen Moment, bis sie sich gefasst hatte und wieder reden konnte.

»Hast du gerade eben etwas gesagt?«

Lily verknotete die Nylonschnur und sah sie gleichmütig an.

»Habe ich?«, sie blinzelte ihr zu.

»Wie ich sehe, hast du viel geübt die letzten Wochen.«

»Ja, habe ich«, sagte Vicky und rutschte unruhig hin und her. »Ich habe auch gemerkt, dass diese goldene Kugel in meinem Bauch sich schon fast automatisch regt, wenn mir was komisch vorkommt. Was ich aber nicht verstehe, ist, warum diese Gabe komplett ausgefallen ist, an dem Abend.«

Die Tante ließ ihre Hände sinken und sah sie prüfend an.

»Willst du eine wissenschaftliche Erklärung dafür haben? Die kann ich dir nicht liefern. Alles, was ich weiß, ist, dass diese Gabe sehr viel mit dem Bauchgefühl zusammenhängt. Und wenn wir Alkohol zu uns nehmen, wird das irgendwie abgeschaltet. In geringen Mengen mag Alkohol die Gabe für einen kurzen Moment verstärken, aber dann funktioniert es einfach nicht mehr.«

»Oh«, Vicky dachte daran, dass sie am besagten Abend relativ früh mit dem Trinken angefangen hatten.

»Du kannst jahrelang üben, Vicky, aber sobald Drogen oder Alkohol ins Spiel kommen, knockst du damit alles aus. Es ist wie eine zusätzliche Sinneswahrnehmung, die dann verwirrt wird.«

Nun schämte sich Vicky noch mehr. Allerdings - das hätte man ihr ja auch vorher sagen können.

Lily zwinkerte ihr zu.

»Ich hab dir ja bereits gesagt, dass dich die Gabe nicht vor körperlichen Schäden schützt, also hätte sie dir eh nicht viel genützt – außer vielleicht, um vorher herauszubekommen, was die Burschen vorhatten.«

Aus einer Eingebung heraus rutschte Vicky auf den Boden neben Lily und umarmte sie vorsichtig.

»Bist du mir sehr böse? Es tut mir so leid!«

»Ach, Vicky«, die Tante strich ihr sanft übers Haar.

»Ich bin einfach froh, dass nicht mehr passiert ist. Und eigentlich ist es auch richtig, dass du nicht ständig diese Gabe gebrauchst. Nur weil wir sehen können, bedeutet das noch lange nicht, dass wir immerzu andere Leute ausspähen müssen. Geschenke sollen helfen, nicht schaden. Denk bitte daran. Eines Tages wirst du so weit sein, dass du den umgekehrten Weg üben musst, nämlich den, dich abzuschirmen, um nicht ständig von fremden Eindrücken verwirrt zu werden. Aber bis dahin dauert das ja noch eine Weile.«

Vicky dachte an Petra und die Deutschprobe und bekam ein schlechtes Gewissen. Fiel das auch schon unter Spionieren? Was nützte dann so eine Gabe, wenn man sie überhaupt nicht benutzen durfte?

Der Rabe pickte an die Scheibe, hüpfte einen Schritt zurück und flog mit lautem Gezeter davon. Vicky ging an die Tür und sah ihm nachdenklich nach.

»Fütterst du die eigentlich an, oder ist das irgendwie etwas ... hm ... Hexisches?«, fragte sie halb im Scherz.

Lily erhob sich lachend. »Was meinst du denn? Manche Tiere mögen mich anscheinend. Möchtest du vielleicht noch ein Bad nehmen, während ich das Essen vorbereite?«

»Auja, gute Idee. Allerdings musst du mir eventuell mit den Haaren helfen. Ich glaube, ich habe seit ner Woche nicht geduscht!«

»Na, dann hopp. Lass die Badezimmertür einfach offen, dann hör ich dich, wenn du Hilfe brauchst.«

Das ließ Vicky sich nicht zweimal sagen. Als sie an der Haustür vorbeikam, betrachtete sie kurz die gesprungene Scheibe. Temperatursturz, soso. Ihre Tante glaubte nicht wirklich im Ernst, dass sie ihr das abnahm, oder?

Oben angekommen ließ sie sich ein Bad ein und suchte anschließend die schwarze Jeans mit den weißen Zickzacknähten, die sie nachher anziehen wollte und die einfach nicht aufzufinden war. Weder im Wäschesortierer noch im Kleiderschrank konnte sie sie entdecken. Sie setzte sich auf das Bett und grübelte, wann sie sie das letzte Mal angehabt hatte, und ihr fiel ein, dass auch das warme Paar Socken mit den Puschelabschlüssen, das Sandys Mama für sie gestrickt hatte, verschwunden war. Der Abend, als sie das erste Mal in Lilys Zimmer gedurft hatte, kam ihr in den Sinn. Natürlich, sie hatte damals alle Klamotten unters Bett gestopft, um den Rutsch in den Graben zu vertuschen. Na toll, die werden ja supermuffig sein, dachte sie mit leichtem Ekel. Besser, sie tat sie gleich in die Waschmaschine, bevor sie Ärger bekam.

Seufzend ging sie auf die Knie und beugte sich unters Bett. Der Boden darunter war vollgestopft mit allem möglichen Zeugs. Der Gnom ihrer Kindheit hatte auch immer so viel gehortet, nur diesmal konnte sie es leider nicht auf ihn schieben, sie wusste selbst, dass es ihre eigene Art und Weise war, ein Zimmer schnell aufzuräumen.

In Staubmäuse gehüllt rutschten Kugelschreiber, kleine Notizzettel, zwei Taschenbücher, ein paar Ohrringe, ein samtener Beutel und die gesuchten Klamotten ihr entgegen, als sie eine schwarze Fleecedecke aus den hintersten Winkeln zerrte. Der Staub kitzelte in ihrer Nase und sie musste niesen.

Auweia, die Hose fühlte sich immer noch klamm an, hoffentlich war sie nicht verschimmelt.

Schnell brachte sie die ganze Wäsche in den Keller, stellte die Maschine an und beeilte sich, zurück ins Bad zu kommen. Zum Glück erwischte sie gerade noch den Augenblick, als die Wanne fast am Überlaufen war, und konnte rechtzeitig den Hahn zudrehen.

Nach dem Bad würde sie Melchior eine Nachricht schreiben, nahm sie sich fest vor. Bestimmt hatte Lily nichts dagegen, wenn sie ihn am Ostersonntag zum Kaffee einlud?

Sie zog sich aus und stieg in das einladende schaumige Badewasser. Wieso Lily Badesalz bevorzugte, konnte sie gar nicht verstehen. Schon als Kind hatte Vicky gerne mit den Wasserspritzfiguren Schaumhöhlen gebaut. Sie dachte an die Wohnung in der Stadt, wo es nur eine Dusche gab. War sie tatsächlich bereits drei Monate hier?

»Vicky, ich wasch dir jetzt die Haare, bevor ich die Spätzle schab, weil dann kann ich da nicht weg!«, hörte sie Lily von unten rufen.

»Jaaaaaa, ist guuuut«, schrie sie zurück.

Oh Mist. Den Conditioner hatte sie noch in der Reisetasche im Zimmer. Lily hatte es zwar gut gemeint und ihr alles eingepackt, aber wohl nicht daran gedacht, dass sie im Krankenhaus mit dem Gips gar nicht zum Haarewaschen kommen würde.

Sie hörte ihre Schritte auf der Treppe.

»Du, ich hab das Haarwaschzeug noch im Zimmer«, rief sie durch die angelehnte Tür.

»Ist recht, ich hol's.«

Vicky lehnte sich zurück und schloss genüsslich die Augen. Ihre Zimmertür quietschte und vor ihrem inneren Auge sah sie Lily das Zimmer betreten und im Chaos auf dem Boden nach der Reisetasche Ausschau halten. Schnell schaltete sie das Bild ab und starrte an die Decke. Ein lautes Knirschen ließ sie aufhorchen, gefolgt von einem »Nanu, was ist denn das?«

Als sie noch überlegte, was das wohl gewesen sein konnte, stand Lily bereits an der Tür. In der einen Hand hatte sie die Flaschen mit dem Shampoo und dem Conditioner, in der anderen hielt sie mit spitzen Fingern einen zerbrochenen schwarzen Spiegel in einem goldfarbenen Rahmen hoch.

»Ich hoffe, dass du mir dafür eine Erklärung hast«, sagte sie kalt.

Mit großen Augen starte Vicky auf das Geschenk, das Zarç ihr aufgedrängt hatte. Das hatte sie komplett vergessen. Bei der Suche nach der Jeans musste es mit dem anderen Kram zusammen aufgetaucht sein. Sie schluckte.

Am besten, sie erzählte einfach die Wahrheit.

Als der Anruf von Verus kam, hatte Lily sich gerade so weit beruhigt, dass sie nicht sofort an die Decke ging.

Was Vicky ihr soeben berichtet hatte, hatte ihre Wut erneut entfacht. Die Tatsache, dass dieser eingebildete Zarç ohne ihre Erlaubnis das Haus betreten hatte, war schlimm genug. Aber dann auch noch die Frechheit zu besitzen, einen magischen Gegenstand hineinzubringen und ihre Nichte damit in Versuchung führen zu wollen, das grenzte schon an Unverfrorenheit!

Den schwarzen Spiegel hatte sie zur Sicherheit erst mal in einen Eimer Streusalz eingegraben; obwohl er zerbrochen war, konnte sie nicht sicher sein, zu welchem Zweck Zarç ihn hergestellt hatte. Am Abend würde sie sich eingehender damit befassen, und dann, schwor sie sich, dann würde er sein blaues Wunder erleben.

»Du kommst mir gerade recht, euer Orden geht mir momentan tierisch auf den Zeiger!«, fauchte sie in das Telefon, als sie Verus' Namen auf dem Display las.

»Guten Tag, Lily, es ist immer wieder eine Wohltat, deine Stimme zu hören«, er klang bemüht freundlich. »Ist etwas vorgefallen?«

»Ob was vorgefallen ist? Könntest du bitte deinem Ordensältesten ausrichten, dass ich ihn persönlich kopfüber an die Esche in meinem Garten knüpfen werde, damit er vielleicht Anstand lernt!? Hinterherschnüffeln tut er mir, er hat sogar versucht, bei mir einzubrechen!«, sie dämpfte ihre Stimme, als sie sah, dass Vicky, die dabei war, den Tisch zu decken, aufhorchte. Mit großen Schritten eilte sie auf den Flur und zog die Tür hinter sich zu.

»Einbrechen?«, Verus klang entsetzt.

»Hast du die Polizei gerufen?«

»Nein, nicht so, also nicht physisch, sondern magisch«, sagte Lily und starrte wütend auf die zersprungene Türscheibe.

»Moment, also, wir reden hier schon von Zarç, oder?«, fragte er ungläubig.

»Ich bezweifle nämlich, dass er so etwas überhaupt kann.«

»Konnte er auch nicht, trotzdem hat er einigen Schaden angerichtet, ich bin mächtig sauer!«

»Also wenn er das tatsächlich gewesen war, verstehe ich dich voll und ganz. Im Übrigen habe ich auch Neuigkeiten. Wir haben das Hexenbrett untersucht. Die Signatur stammt definitiv nicht von einem Geistwesen. Außerdem habe ich mir so meine Gedanken über das alte Ritual gemacht - können wir uns heute treffen?«

Lily runzelte die Stirn. Eigentlich verspürte sie momentan nicht die geringste Lust darauf, irgendjemand vom Orden zu sehen. Andererseits interessierte es sie tatsächlich, was er über das Ritual herausgefunden hatte.

»Hm, also gut. Komm heute Abend her, du weißt, wo ich wohne?«

Während sie ihm die Adresse durchgab, strich sie mit der Hand nachdenklich über den Sprung des Glasbildes, der mitten durch das Kreuz verlief. Wenn die Energie von dem Geschenk nicht von einem Wesen der Zwischenwelt stammte, konnte sie sich momentan nur eine Person vorstellen, dem sie eine solche Tat zutraute.

»Gut, ich komme gegen Abend. Dann kannst du mir alles über den Einbruch erzählen.«

»O. k. Bis dann.«

Als sie zurück in die Küche ging, saß Vicky bereits am Tisch und sah unglücklich drein. Lily holte die Kässpatzen aus dem Ofen, stellte sie auf den Holzuntersetzer und setzte sich zu ihr.

»Tante Lily ... dieser Michael ... Zarç ... ist das ein ...?«

Vicky zögerte und schien nach den richtigen Worten zu suchen.

Lily seufzte. Es wurde Zeit, ihrer Nichte reinen Wein einzuschenken.

Sie verteilte stumm das Essen, bevor sie zum Reden ansetzte:

»Zarç ist ein Magier und der Gründer dieses Ordens, bei dem ich vor langer Zeit mal Mitglied gewesen bin. Ich war mit vielen seiner Arbeitsmethoden nicht einverstanden und wir haben uns deswegen ziemlich gestritten. Das Ganze endete damit, dass ich, nachdem du auf die Welt gekommen bist, ausgetreten bin. Ich hatte gehofft, ihn nie wieder zu sehen.«

Vicky starrte sie mit offenem Mund an, was Lily unangenehm war.

»Weißt du, der Orden war damals noch recht jung und wir haben mit vielem herumexperimentiert, was uns allen nicht gut bekommen ist. Zarçs Frau hatte ihn verlassen, weil sie fand, dass seine Ordensarbeit Humbug und Energieverschwendung sei. Das hat er niemals richtig überwunden und vieles, das wir taten, war darauf ausgerichtet, seine Frau zu beeindrucken oder zurückzugewinnen. Ich war irgendwann an einem Punkt, dass ich ihm geraten habe, lieber das Gespräch zu suchen und Zeit mit ihr zu verbringen, als die perfekte Anrufung für den Liebesgott zu schreiben, aber davon wollte er nichts wissen. Er konnte sich so richtig in eine Sache hineinsteigern. Als die magische Arbeit dann ebenfalls anfing, sich negativ auf mein Leben auszuwirken, kamen wir übers Kreuz und das war's dann für mich.«

Lily stockte und dachte an Evas Schwangerschaft und an Martin, der ohne irgendetwas abzustreiten die volle Verantwortung einschließlich der Heirat übernommen hatte. Sie verspürte immer noch einen Stich im Herzen.

»Und, wieso ist er dann wieder aufgetaucht?«, fragte Vicky.

Die Frage klingelte in Lilys Ohren, sie sah durch ihre Nichte hindurch, die vor dem Teller mit den dampfenden Kässpatzen und den gerösteten Zwiebeln saß und noch keinen Bissen davon angerührt hatte.

»Ich hab mein Telefon genommen und ihn angerufen«, sagte sie lahm. »Wegen des dunklen Geistes, den du gesehen hast, und wegen des verflixten Geschenks.«

27. Hexenhaus

Verus überprüfte abermals die Adresse an seinem Navi und unterdrückte ein Fluchen. Der Nebel machte es fast unmöglich, auch nur die Hand vor Augen zu sehen. Mehrmals war er schon den Berg hoch- und runtergefahren, doch jedes Mal, wenn die mechanische Frauenstimme »Sie haben ihr Ziel erreicht« quäkte, suchte er vergeblich nach einem Haus oder auch nur einer Einfahrt. Schließlich gab er es auf, parkte das Auto am Straßenrand und stieg aus.

»Ich finde dein Haus nicht, kannst du vielleicht ein Licht anmachen?", tippte er in sein Handy und schickte die Nachricht an Lily ab.

Einen Moment später läutete es.

»Hi Verus. Ich hab hier volle Lotte die Festbeleuchtung an. Bist du auch an dem Weg an der Wiese, beim Haselstrauch?«, ihre Stimme klang spöttisch.

Er trat ein paar Schritte nach vorne und erkannte ein Straßenzeichen, an dem seltsamerweise in Brusthöhe ein amerikanischer Tornisterbriefkasten angebracht war. Von einem Haus war weit und breit nichts zu sehen, geschweige denn, dass er irgendwelche Sträucher ohne ihre Blätter identifizieren konnte. »Ich stehe an einer Abzweigung mit einem Schild, ja. Aber der verfluchte Nebel ist so dicht ...«

Aus seinem Mobiltelefon erklang ein helles Lachen.

»Moment, ich komm raus.«

Verus ging zu seinem Wagen zurück und schloss ab. Nach ein paar Minuten hörte er leichte Schritte auf sich zukommen - wie ein Wesen aus einer anderen Welt tauchte Lily plötzlich vor ihm auf.

Ihr Zopf war unordentlich zusammengebunden, ein paar Strähnen hatten sich gelöst und standen wild vom Kopf ab.

»Du bist schon richtig, da ist doch das Haus!«

Sie zeigte hinter sich und im Nebel manifestierte sich langsam ein typisches alpenländisches Haus, dessen Fenster behaglich beleuchtet waren.

Verus starrte erst das Haus, dann Lily verblüfft an.

»Das ist ja wie bei Hänsel und Gretel! Ich hätte schwören können ...«

»Am besten, du parkst in der Einfahrt, nicht dass noch mehr Leute so blind sind und dann in dein Auto fahren«.

Lily warf den Zopf zurück, lächelte und ging ein paar Schritte vor ihm den Berg hoch.

Während er wieder ins Auto stieg, folgte er ihrer Gestalt mit den Augen. Er musste zugeben, dass er Soror Artemia sehr erstaunlich fand. Er wendete das Auto und fuhr auf die Zufahrt des Hauses zu. Sobald Lily aus seinem Blickfeld verschwunden war, senkte sich der Nebel erneut und er beeilte sich, sein Auto an dem beschriebenen Ort abzustellen. An der Auffahrt drehten allerdings die Reifen durch, so dass er nicht einen Millimeter vom Fleck kam. Er fuhr rückwärts, schlug das Lenkrad anders an, versuchte es abermals, aber keine seiner Aktionen wurde von Erfolg gekrönt. Es schien fast so, als ließe das Haus es nicht zu, dass er sich ihm nur näherte. Frustriert ließ er das Fahrerfenster hinunter und rief nach ihr.

»Lily! Vielleicht solltest du dem Ort hier noch meinen Besuch mitteilen?«

Sie stand bereits einige Meter vor der Motorhaube und machte mit den Armen eine Bewegung, als wolle sie einen unsichtbaren Vorhang öffnen. Das Auto schoss plötzlich vorwärts, tat einen kurzen Sprung und der Motor erstarb genau vor Lilys Füßen. Mit schnellen Schritten lief sie um das Fahrzeug herum, stellte sich hinter den Kofferraum und vollführte die umkehrte Armbewegung.

»Entschuldige, ich wusste selbst nicht, wie dicht der Kreis ist, aber ich will keine ungebetenen Besucher mehr, das kannst du dir ja denken!«

Sie strich sich die Haare aus dem Gesicht, ihre Augen glühten wie heiße Kohlen.

Verus bekam eine Gänsehaut und war versucht, die ganze Situation als Zufall abzutun. Gelebte Magie war ihm fremd. Bislang hatte er alles fein säuberlich getrennt – auf der einen Seite das profane Leben, auf der anderen Seite der Orden. Schutzkreise wurden für Rituale gebraucht, sonst für nichts. Er war von Lilys Anwendung mehr als beeindruckt.

Leicht verunsichert folgte er ihr bis zur Haustüre, deren bunt bemalter Glaseinsatz einen Sprung aufwies. Sie ging ihm voraus, drehte sich im Türstock um und machte eine einladende Handbewegung.

»Seid für diesen einen Besuch hier willkommen, Frater Verus.« Ihre Stimme klang halb feierlich, halb spöttisch, und er erwischte sich dabei, wie er kurz die Luft anhielt und die Schultern hochzog, als er über die Schwelle trat. Zum Glück bekam er keinen Stromschlag oder Ähnliches verpasst.

Mit großen Augen sah er sich im Flur des Hauses um und erkannte mehrere heilige Zeichen in Form von Bildern - der zweifarbige Fußboden, die Spiegelbordüre, die Lampen ... eine gewisse Ehrfurcht ergriff ihn. Als er die Wohnküche mit der angrenzenden Stube betrat und die Einrichtung in Augenschein nahm, schüttelte er ungläubig den Kopf.

Für normale Besucher mochte dies ein seltsam dekoriertes Haus sein, aber in Wirklichkeit befanden sie sich im Inneren eines Tempels.

Lilys Nichte saß in der Stube auf der Couch und sah fern. Ihr rechter Arm war eingegipst und ihre schwarzen Haare ließen ihr blasses Gesicht mit den großen Augen elfenhaft erscheinen. Sie sah ihrer Tante sehr ähnlich.

»Vicky, das ist Verus, ein Ordensbruder. Wir haben etwas zu besprechen, wegen der Geschenke, mit denen du zurzeit überhäuft wirst.«

Lily zeigte mit dem Finger in eine unbestimmte Richtung.

»Bleib ruhig sitzen, wir gehen ins Büro.«

Das Mädchen lächelte zaghaft und nickte ihm zu, bevor sie sich wieder dem Bildschirm zuwandte.

Verus fühlte sich leicht unbehaglich. Ihm fiel ein, dass er über Lily nicht wirklich viel wusste, und wenn er sich so umsah, dann hatte sie sich die letzten Jahre ein enormes Wissen angeeignet. Vielleicht wäre ein Treffen an einem neutraleren Ort besser gewesen?

Lily führte ihn zum Flur zurück und öffnete die Tür zum besagten Büro. Auch hier fielen ihm weitere Schutz- und Bannzeichen auf. Neben der Computerecke waren verschiedenartige Sitzgelegenheiten in einem Kreis aufgestellt, irritiert stellte er fest, dass in der Mitte ein weißer Eimer mit Streusalz und einem grünen Deckel stand.

Die Hausherrin setzte sich in einen roten Sessel mit nach außen geschwungener Lehne, dessen Füße in violetten Schuhen endeten, er selbst nahm in einem schlichten, braunen Ohrensessel Platz.

»Dieser Ort«, fing er an und hüstelte, »... dieses Haus ...«

»Es befindet sich auf der Grenze zur Zwischenwelt, ja«, fiel Lily ihm lächelnd ins Wort. »Anfangs war es nicht sehr einfach, hier zu wohnen, ständig diese ungebetenen Besucher, die immerzu ein und aus gingen. Frag mich nicht, wie viele Nächte ich zitternd bei vollem Licht im Bett gesessen und mich nicht mal aufs Klo getraut habe.«

Sie erzählte das in einem Plauderton, als wenn sie über einen Arztbesuch berichten würde.

»Ich habe sehr viel über sie und auch über mich selbst lernen müssen; wie man sie fernhält und in Frieden mit ihnen lebt. Mittlerweile kommen sie zum Glück nicht mehr ungebeten ins Haus, was ich auch der Kombination aller möglichen Schutzzeichen zu verdanken habe.«

Auf dem Fensterbrett konnte er Pflanzen, Talismane und verschiedene kleine Statuen entdecken.

»... weswegen es mich auch wahnsinnig macht, wenn irgendwelche Idioten versuchen, hier einzubrechen, und mir meine halben Schutzvorrichtungen einreißen!« Lily beugte sich vor und fauchte, ihre Augen sprühten Funken. Plötzlich sah sie aus wie ein wildes Tier, das zum Angriff ansetzte, was Verus dazu veranlasste, tief in seinen Sessel zu sinken und die Luft anzuhalten. Der Eindruck verflog aber ebenso schnell wieder, wie er gekommen war, sie schloss kurz die Lider und hatte sich bald gefasst.

Hatte er am Nachmittag nach ihrem Telefonat noch daran gezweifelt, ob ein magischer Einbruch überhaupt möglich war, glaubte er ihr nun jedes Wort.

»Das heißt, du kannst sie sehen? Diese Geister?«

»Ja. Es ist nicht immer ein Segen, glaub mir das.«

Eine Weile schwiegen sie sich an, Verus studierte fasziniert ihre Gesichtszüge und sie sah offen zurück.

»Wieso hast du Zarç um Hilfe gebeten, Lily? Ich habe nicht den Eindruck, du seist so hilflos, wie du tust, was Zwischenwesen anbelangt.« Er machte eine allumfassende Bewegung.

Lily kaute auf der Unterlippe herum, bevor sie zur Antwort ansetzte.

»Das Wesen, das Vicky beschrieb, das Gefühl, das ich bei dem Hexenbrett hatte ... es ist alles so – fremd. Mit sowas habe ich nichts am Hut, das sind keine Geister, die mir bekannt sind, und freiwillig rufen würde ich sie auch nicht. Ein einziges Mal habe ich ihre Anwesenheit gespürt und das war damals bei diesem Ritual. Mir ging es eine ganze Woche schlecht, körperlich wie auch seelisch, ich war komplett neben der Spur. Kopfschmerzen, energielos, ich wollte sterben. Nein, nie mehr möchte ich damit zu tun haben. Zarç sagte, sie hätten das dunkle Wesen weggeschickt, aber als Vicky mir die Erscheinung beschrieb, konnte ich es durch ihre Augen sehen. Zarkaraç hat gelogen. Es ist nicht weg, und Zarç führt irgendetwas im Schilde!«

Sie sprang auf, öffnete den Eimer und wühlte eine Weile darin herum. Verus beugte sich vor und erkannte, dass es sich tatsächlich um Streusalz handelte. Schließlich hielt sie ihm einen schwarzen runden Spiegel in einer goldenen Fassung unter die Nase. Das Glas war unregelmäßig gesprungen, die Risse zogen sich wie Spinnenweben über die leicht gewölbte Oberfläche. Ein kleines Stückchen fehlte komplett.

»Kannst du dir vorstellen, dass er heimlich hier war? Als wir ihn gesucht haben, du und ich, da war er hier und hat das meiner Nichte angedreht!«

Verblüfft nahm er ihr den Spiegel aus der Hand. Soweit er beurteilen konnte, war er nach allen Regeln der magischen Kunst hergestellt worden. An der Stelle, wo das Glas abgesprungen war, erkannte er Rückstände eines glitzernden Pulvers. Dabei handelte es sich vermutlich um einen sogenannten trockenen Kondensator, um bestimmte Energien, mit denen der Spiegel geladen war, zu halten. Auf dem Rahmen waren planetarische Zeichen angebracht.

»Erstaunlich. Es ist ein Zwillingsspiegel. Die kenne ich theoretisch nur aus Abschriften verstorbener Magier. Und du sagst, Zarç war hier und hat ihn deiner Nichte gegeben?«

Lily schnaubte auf. »Ich konnte ja nicht damit rechnen! Sonst hätte ich es Vicky verboten, überhaupt jemand ins Haus zu lassen, wenn niemand da ist. Aber so rasch kommt mir keiner mehr hier herein!«

Sie sah abermals aus wie ein gefährliches Tier kurz vor dem Angriff.

Verus' Herz schlug schneller, er wollte nicht anwesend sein, wenn sie komplett ausflippte.

»Das ist dir ja auch gut gelungen, Lily, ich hoffe, wenigstens der Postbote findet dein Haus noch«, sagte er mit ruhiger Stimme und rang sich ein Grinsen ab.

»Was ist ein Zwillingsspiegel?«, sie kauerte mit angezogenen Beinen auf dem Sessel und zupfte sich an den Haaren.

»Mit magischen Spiegeln im Allgemeinen kennst du dich aus?«, fragte er und wartete ihr Nicken ab.

»Also weißt du, dass man damit auch in verschiedene Welten reisen kann. Bei einem Zwillingsspiegel verhält es sich so, dass, wie der Name schon andeutet, zwei von ihnen existieren. Dadurch wird dem Magier ermöglicht, Kontakt mit dem Besitzer des anderen Spiegels aufzunehmen, quasi zu sehen, was vor sich geht, mitzubekommen, was er sieht, und so weiter. Man nennt ihn darum auch den telepathischen Spiegel.«

Auf ihrem roten Sessel schaukelte Lily auf ihren Fußsohlen vorwärts und rückwärts und machte ein düsteres Gesicht.

»Habe ich es richtig verstanden, dass es ihm dadurch auch möglich gewesen wäre, sie telepathisch zu beeinflussen?«

»Ähm, theoretisch – ja«, antwortete er vorsichtig.

»Hmm, gut. Ich glaube, am besten tust du ihn dann wieder da rein, bevor Zarç mitkriegt, dass wir über ihn reden«, sie deutete auf den Eimer.

Verus musste gestehen, dass er ihn gerne behalten hätte, traute sich aber nicht zu widersprechen. Es war schon seltsam, was Zarç so alles unternahm, der Zweck war ihm jedoch völlig schleierhaft.

Beinahe körperlich bemerkte er, wie Lily ihn mit ihren Blicken durchbohrte.

»Das Hexenbrett stammt ebenfalls von Zarç, hast du erzählt?«

»So habe ich es nicht gesagt«, versuchte er sich herauszuwinden.

»Hör mal, Lily, der Schlüssel zu dem Ganzen liegt meines Erachtens in dem Ritual. Bist du bereit, zurückzugehen und Soror Artemia erzählen zu lassen, was sich tatsächlich zugetragen hat?«

Sie schwieg eine lange Zeit, wie um in ihrem Inneren nach einer Antwort zu suchen.

»Gut«, sagte sie schließlich.

»Lass uns anfangen.«

Lily setzte sich so bequem wie möglich hin, stellte die Füße nebeneinander und schloss die Augen.

Ihr Herz klopfte und ihre Hände wurden feucht.

»Du musst mich nicht in Trance leiten, das mache ich schon selbst«, sagte sie leise.

»Verlier mich bloß nicht und führe mich sicher zurück, ja?«

»Wir werden nicht so tief reingehen, Lily, das verspreche ich dir. Du wirst immer in der Lage sein, mich zu hören und mir zu antworten«, hörte sie Verus' leise Stimme nahe an ihrem Ohr.

»Gib mir einfach ein Zeichen, wenn du entspannt bist.«

Sie atmete tief ein und aus und wartete, bis sie vollkommen ruhig wurde. Tausend Dinge gingen ihr durch den Kopf, sie versuchte sich auf keinen bestimmten Gedanken zu fokussieren, sondern konzentrierte sich auf ihre Körpermitte. Schließlich nickte sie unmerklich.

»Stell dir vor, du befindest dich in einem Gefährt, mit dem man in der Zeit zurückreisen kann, um dir bestimmte Dinge nochmals anzuschauen«, stimmte Verus sie mit ruhiger Stimme auf die Trance ein.

»Sieh dich genau um. Was gibt es zu sehen, was gibt es zu hören? Vielleicht riechst oder fühlst du auch etwas ... du bist in deiner eigenen Zeitmaschine. Wenn du magst, kannst du sie mir beschreiben ...«

Lily schluckte und sah sich mit ihren inneren Augen um. Sie saß in der ersten Reihe eines leeren Kinosaales, vor ihr war eine messingfarbene Armatur mit verschiedenen Hebeln angebracht, deren Griffe aus Holz waren. Die Leinwand war dunkel.

Mit leiser Stimme beschrieb sie die Szenerie.

»Gut. Hast du eine Vorrichtung, um die Zeit einzustellen?«

Zwischen den Hebeln sah sie drei kleine Scheiben, und als sie probeweise an einem der Griffe zog, drehte sich die eine surrend. Hinter sich hörte sie ein Summen, das sie an die Lüftung eines Computers erinnerte, etwas Mechanisches ratterte langsam los.

»Stelle irgendeine Zeit ein, die du dir nochmals anschauen willst. Gib Bescheid, wenn du so weit bist«, drang Verus Stimme wie von weiter Entfernung an ihr Ohr.

Lily spielte an den Hebeln, die Leinwand flackerte hell auf und sie konnte das Zirpen von Grillen hören. Dann erschien auch ein Bild: Sie sah sich selbst auf der Gartenbank vor ihrer Terrasse sitzen, der Mohn im frisch angelegten Beet hatte am Vormittag seine Kapsel gesprengt und leuchtete in sattem Rot.

Es musste in dem Jahr gewesen sein, als das Haus fertig renoviert wurde, denn der Blutahorn war noch klein.

»Ich bin in meinem Garten und genieße die Sonne. Der Mohn blüht das erste Mal«, sie lächelte glücklich. Ja, die Renovierung hatte viel Zeit in Anspruch genommen, aber sie hatte sich gelohnt.

Sie sah, dass die Lily auf der Leinwand einen zufriedenen Eindruck machte.

»O. k. Lass uns nun zurückgehen in das Jahr, als du noch im Orden warst«, sagte Verus nach einer Weile bestimmt.

Lily runzelte die Stirn, etwas in ihr sperrte sich gegen diese Anweisung, ihr Herz pochte ungleichmäßig und sie starrte auf die Datumsscheiben. Zögernd stellte sie sie schließlich ein.

Mehrere Bilder erschienen in rascher Abfolge, manchmal waren es auch Filmsequenzen, mal mit, mal ohne Ton. Sie ließ die Hebel los, beugte sich leicht nach vorne und sah gebannt auf die Leinwand.

Eva und Martin standen vor einem Tisch. An ihrer Körperhaltung konnte man sehen, dass ihnen die Situation unangenehm war. Eva hielt Martins Hand umklammert, unter ihrem geblümtem Kleidchen wölbte sich ihr schwangerer Bauch. Wie in einem alten, nachkolorierten Film waren gewisse Farben unnatürlich grell, wie zum Beispiel das Blau von Martins Jeans oder die kleinen grünen Blütenstile auf Evas beigefarbenem Kleid. Sie beugten sich nach vorne, um ein Dokument zu unterschreiben, auf der anderen Seite des Tisches saß der grauhaarige Standesbeamte und blätterte geschäftig in einer dunkelbraunen Ledermappe.

»Nun der Trauzeuge.«

Sie sah sich selbst, ganz in Schwarz gekleidet und mit einem verkniffenen Gesichtsausdruck nach dem Kugelschreiber greifend. Etwas in ihr schrie auf. »Ich will das nicht, ich *will* das NICHT!«

Ohne ihr Zutun wurde sie in die Szenerie gezogen, sie beobachtete nicht mehr die Lily, sie *war* die Lily.

»Ich hasse dich, Eva«, dachte sie grimmig. »Möge deine Ehe furchtbar und dein Leben nie glücklich werden. Ich wünschte, du wärst tot!«

Scheinbar ruhig setzte sie ihre Unterschrift auf das Dokument und sah es nochmals prüfend an, bevor sie es dem Standesbeamten reichte. An den Stellen, wo sie den Stift angesetzt hatte, war das Papier durchgedrückt.

»Lily, was siehst du?«, Verus‘ Stimme holte sie auf den Kinosessel zurück.

Irgendjemand schien den Film wahllos vorwärts oder rückwärts zu spulen.

»Viele Bilder und Szenen«, das Reden fiel ihr schwer, sie war noch ganz gefangen von den Gefühlen, die sie lange unterdrückt hatte.

Der Film hielt wieder an. Sie sah sich selbst auf einem Krankenhausgang. Mit einem Quietschen und Rattern spielte das Vorführgerät das nächste Filmstückchen ab, erst in Zeitlupe, dann im normalen Tempo.

Die Lily auf der Leinwand begann unruhig hin- und herzulaufen, um schließlich an einer Korkwand stehen zu bleiben, auf die Dutzende Babyfotos und Dankesschreiben gepinnt waren. Man hatte sie gerade aus dem Kreißsaal geschickt, nachdem es Komplikationen gegeben hatte. Es hieß, sie müssten eventuell einen Kaiserschnitt machen. Lily zupfte sich an den Haaren und schien einen Entschluss gefasst zu haben, denn sie steuerte die nächste Sitzgelegenheit an und setzte sich steif und mit gesenkten Lidern hin.

Wieder wurde sie in die Szene gezogen, sie merkte, wie Lily ihre Aufmerksamkeit erweiterte, wie ihr Geist den ihrer Schwester suchte, und ein plötzlicher Schmerz durchzuckte sie. Mit aufgerissenen Augen starrte sie in eine Deckenlampe, mehrere Personen in medizinischer Kleidung sprangen hektisch um sie herum. Es dauerte eine Weile, bis sie merkte, dass sie nun in Eva hineingeschlüpft war.

»Wie geht es meinem Kind«, hörte sie ihre Schwester jammern, und doch schienen diese Sätze aus ihrem Mund zu kommen. Dann sah sie eine schwarze Gestalt in einem Mantel inmitten der anderen stehen, seine Ruhe hatte etwas unnatürlich Wohltuendes. Langsam steckte er eine Hand zwischen die Falten seines Umhanges und zog eine durchsichtige Kugel hervor.

Tränen liefen an Evas Wangen hinab. »Nein«, flüsterte sie, »nicht mein Kind ...«

Lily merkte, wie sie selbst in ihrer Schwester eiskalt wurde, bevor sie sich konzentrierte und sie dazu brachte, zu reden.

»Bitte ... verschone ... das Kind.«

Ein innerer Kampf tobte zwischen den beiden, bis Lily die Oberhand gewann.

»Nimm ... mich«, zwang sie Eva zu sagen.

»Bitte ... nimm mich stattdessen.«

Der Schwarze trat an das Kopfende und sah sie lange an. In seinem Blick lag etwas Sanftes.

»Hab keine Angst,« ertönte seine Stimme in ihrem Kopf.

Als er die Kugel über Evas Stirn hielt, zog sie sich in ihren eigenen Körper zurück. Beim Schrei eines Säuglings öffnete sie die Augen.

Die Lily im Kinosessel beugte sich vor, schlug die Hände vors Gesicht und weinte.

»Hol mich hier raus, Verus«, schluchzte sie laut. »Bitte, bitte hol mich *sofort* hier raus!«

Ostern
28. König des Lichts

Es war noch stockdunkel, als sie aus der Kirche traten. Vicky kniff die Augen zusammen, in der Hoffnung, sie würden sich bald an die Dunkelheit gewöhnen. Auf ihren Pupillen tanzten immer noch die Flammen unzähliger Osterkerzen, sogar Lily hatte eine dabeigehabt. Irgendwann während des Gottesdienstes hatte sie aufgehört, sich über ihre Tante zu wundern, die sie am frühen Morgen geweckt und in die Kirche gescheucht hatte. Sie hatte mit halbem Ohr die Liturgie verfolgt und einfach den Marienaltar bewundert, vor dem sie gesessen hatten, und das pompöse barocke Kirchenschiff.

»Geh schon mal voraus, Vicky«, rief ihre Tante ihr zu, die an der Kirchentür stand und sich angeregt mit einer älteren Frau unterhielt. In der rechten Armbeuge hatte sie einen geflochtenen Korb mit der Kerze, dem geweihten Osterlamm und der Siegesfahne aus Papier, alles sorgsam mit einem frischen Geschirrtuch abgedeckt. In der linken Hand hielt sie das Gesangbuch und den Rosenkranz - irgendwie skurril für eine Hexe, fand Vicky.

Ein junges Paar mühte sich mit dem Kinderwagen auf dem Schotterweg ab, der Säugling darin quäkte laut seinen Protest aus. ‚Es werden immer weniger Kinder geboren', hatte Lily ihr zugeflüstert, als die drei Täuflinge vorhin vorgestellt worden waren. In Vickys Taufjahr seien es mindestens zehn gewesen.

Vicky hatte keine Lust auf ein Frühstück im Pfarrhaus, die Babys erinnerten sie an ihre eigene Geburt.

»Bin noch bei Mama«, gab sie Bescheid, machte einen Bogen um die stolzen Eltern und bog nach rechts ab. Der Schnee war endlich geschmolzen und auf einigen Gräbern konnte sie gelbe und violette Krokusse entdecken, die frech ihre Köpfe der aufgehenden Sonne entgegensteckten. Die Ostergeschichte ging ihr noch ziemlich nach. Es war schon unheimlich, wie Maria Magdalena am frühen Morgen das Grab leer vorgefunden und gedacht hatte, Jesus' Leichnam sei geklaut worden. Vor lauter Schreck hatte sie nicht mal den Engel erkannt. Dass der Ostergottesdienst vor Anbruch des neuen Tages stattfand, erschien ihr nun stimmig.

An der Aussegnungshalle machte sie einen kurzen Abstecher zur Gefallenentafel des Zweiten Weltkrieges. In alphabetischer Reihenfolge waren viele Namen in die zwei Steintafeln gehauen, sie wünschte, sie hätte eine Taschenlampe dabei, um sie genauer zu studieren.

‚Wie könnte Melchior wohl mit Nachnamen heißen?', ging ihr durch den Kopf. Huber, Allgeier, Bauer ... vielleicht hieß er auch ganz exotisch, wie Kiebolzki oder Stradivari? Sie kicherte. Melchior Kiebolzki, das hörte sich ja echt komisch an.

Gedankenversunken wandte sie sich um und war dabei, die Stufen zum Weg zurückzugehen, als sich ein Schatten von der Wand löste und auf sie zutrat. Vor Schreck blieb ihr fast das Herz stehen, beinahe automatisch aktivierte sie ihren Schutzschild. Die Gestalt trat schnell einen Schritt nach hinten.

»Frohe Ostern wünsche ich dir, Victoria«, hörte sie die bekannte weiche Stimme.

Die Kugel in ihrem Bauch machte sich wieder klein.

»Melchior! Hast du mir einen Schrecken eingejagt!«

Zögernd trat er einen Schritt auf sie zu.

»Entschuldige, das war nicht meine Absicht,« er lächelte unsicher und zog sich die Mütze vom Kopf.

»Das ist echt komisch, ich habe gerade an dich gedacht und mir überlegt, wie du mit Nachnamen heißen könntest, und ob dein Opa wohl da auf der Tafel steht.«

Melchior folgte ihrem Finger und sah mit einem interessierten Gesichtsausdruck auf die in Stein gehauenen Namen.

»Ähm, ich bin nicht von hier«, sagte er schließlich und sah sie offen an. Sein ebenmäßiges Gesicht faszinierte sie jedes Mal wieder.

»Oh. Hmm. Macht nichts – ich ja auch nicht.« Sie lachte, hakte sich bei ihm unter und zog ihn mit sich mit, Richtung Mamas Grab. Er leistete zumindest keinen Widerstand.

»Ich muss mich noch bei dir bedanken, Melchior, wegen der Aktion im Noctem, oder auch entschuldigen, am besten beides«, wenn sie daran dachte, könnte sie im Nachhinein noch im Erdboden versinken.

»Der Alkohol …«

»Ja, du warst nicht wirklich Herrin deiner Sinne«, es lag kein Spott und keine Häme in dem, wie er es sagte, vielmehr klang es wie eine einfache Feststellung.

»Lily meinte, du hast mir das Leben gerettet, ich hätte im Suff auf der Straße erfrieren können.«

Peinlich berührt sah sie auf ihre Schuhspitzen.

»Und ich bin froh, dass es dir besser geht, liebe Vicky. Tut es sehr weh?«

Melchior zeigte auf ihren Gipsarm.

Sie könnte ja jetzt ganz cool sein und es einfach abtun, aber es widerstrebte ihr, ihm etwas vorzumachen.

»Ja, es tut verdammt weh, ich muss mehrmals am Tag Schmerztabletten nehmen. Danke sehr, dass du mich in die Klinik gebracht hast. Wieso bist du eigentlich nicht geblieben?«

Er setzte zu einer Antwort an, wurde jedoch durch Tante Lilys Ruf vom anderen Ende des Friedhofs unterbrochen: »Viiiicccck-kkkkyyy!«

»Mist, ich schätze, sie will, dass ich ins Pfarrhaus zum Osterfrühstück gehe. Kommst du auch mit?«

»Ich frühstücke nicht.« Melchior machte plötzlich einen recht gehetzten Eindruck.

»Viiiiiiccccckkkkky!«, rief Lily erneut.

»Hieeer, bei Mama!«, sie hob den Gipsarm so gut es ging. Lily winkte zurück und kam langsam auf sie zu.

»Ähm, dann werde ich mal ...«, Melchior zeigte hinter sich und wandte sich um.

»Nein, du musst nicht gehen. Lily wollte dich eh gerne kennenlernen, sie ist echt nett.«

An seinem zweifelnden Blick erkannte sie, dass er das für keine so gute Idee hielt.

Als Lily gemächlich auf das Grab ihrer Schwester zutrat, wunderte sie sich darüber, dass ihre Nichte scheinbar Selbstgespräche führte. Ihre linke Hand hatte sie zu einer Faust geballt, wie wenn sie krampfhaft etwas festhalten würde, und sie sprach auf jemanden ein, der für normale Menschen nicht sichtbar war. Die ganze Situation erinnerte Lily an die Zeit, als Vicky von diesem Gnom heimgesucht worden war. Stirnrunzelnd kniff sie die Augen zusammen, besann sich auf ihr Bauchzentrum und stellte ihren Lichtkörper neu ein, ähnlich wie bei einem Weltempfänger, der einen anderen Kanal suchte. Vor ihr tauchte undeutlich ein junger Mann auf, mit braunen Locken, einer mit Sommersprossen übersäten Stupsnase und altmodischen Kleidern. Kein Zweifel, er war derselbe wie in ihrer Vision.

Es fiel ihr schwer, sich nichts anmerken zu lassen, als sie ihn neugierig und doch leicht nervös musterte; ihre Nichte hingegen war sehr aufgeregt.

»Lily, darf ich dir Melchior vorstellen - Melchior, das ist Tante Lily.«

Lily streckte ihre Hand aus und war gespannt auf den Händedruck. Melchior ergriff sie schüchtern und traute sich anscheinend nicht, ihr ins Gesicht zu sehen. Er war leicht und flüchtig wie ein Windhauch.

»Du bist also der Lebensretter – wieder mal. Freut mich, dass wir uns endlich kennenlernen«, sagte sie freundlich.

»Schau, das hab ich dir doch gesagt, sie ist echt nett. Können wir ihn zum Kaffee einladen, Tante Lily, bitte, bitte?« Vicky sah sie flehend an, während Melchior sanft versuchte, sich aus ihrer Umklammerung zu befreien.

Fasziniert beobachtete Lily die Szene. Es war, als würden beide auf der gleichen Frequenz schwingen, für Vicky war er so körperlich wie jeder andere Mensch auch!

»Naja, ich glaube nicht, dass ...«, setzte Lily zum Reden an, doch Melchior hob schnell den Zeigefinger an den Mund und deutete ihr damit an, nichts zu verraten.

»... er spontan Zeit hat, heute Nachmittag zum Osterkaffee zu kommen ...?«

»Leider nicht - tut mir sehr leid, Vicky«, er hatte seine Hand freibekommen und versenkte sie tief in seiner Jackentasche, »aber ich muss mich um die Tiere kümmern. Ein anderes Mal gerne.«

Er nickte beiden kurz zu und verschwand fluchtartig hinter der Kirche.

»Wo will er denn hin? Da gibt es doch keinen Ausgang, oder?«, fragte Vicky erstaunt ihre Tante.

»Nein, gibt es nicht«, bemerkte diese trocken. »Da wollte jemand einfach schnell die Fliege machen.«

»Er ist halt schüchtern, wäre ich ja auch.« Lily sah den verklärten Ausdruck auf Vickys Gesicht, als sie auf die Stelle blickte, an der er verschwunden war.

»Und ... wie findest du ihn?«

Lily räusperte sich und sah hilflos auf den Grabstein ihrer Schwester. Wie sollte sie ihrer Nichte nur beibringen, dass Melchior niemand war, mit dem man eine Beziehung führen konnte? Sie wusste ja nicht einmal, ob sie ihn freiwillig ins Haus lassen würde. Abgesehen davon, dass sie dann erst mal sämtliche Schutzvorkehrungen aufheben müsste, wozu sie bestimmt nicht gewillt war.

»Hm, ja, er scheint recht sympathisch zu sein, dein Lebensretter«, brummte sie. Was für eine Art Wesen war er?

»Du magst ihn nicht«, zweifelnd sah Vicky sie an.

»Aber natürlich mag ich ihn«, beeilte sich Lily zu antworten.

»Ich muss mich, glaube ich, erst mal an den Gedanken gewöhnen, dass du nicht mehr mein kleines Mädchen bist. Gib mir ein bisschen Zeit, o. k.?«

Vicky lächelte sie zaghaft an.

»Ich weiß ja nicht mal, ob er mich auch mag. Er benimmt sich oft so komisch und meldet sich nie – naja, wie denn auch, ohne Handy.«

»Sicher mag er dich, sonst würde er ja nicht ständig deine Nähe suchen«, rutschte es Lily heraus.

»Und an eurer Kommunikation müsst ihr halt noch arbeiten. Sag mal, hast du Lust zu frühstücken?«

»Du meinst mit den anderen im Pfarrhaus?«, Vicky machte ein Gesicht, als hätte sie ihr gerade erzählt, sie müsse zum Zahnarzt.

»Ist gut, ich habe schon verstanden. Dann lass uns einfach heimgehen,« schlug Lily vor.

Sie steckte das Gesangbuch und den Rosenkranz in den Korb und streckte ihrer Nichte die rechte Hand entgegen. Vicky ergriff sie bereitwillig und hüpfte neben ihr her.

»Hast du seine süßen Sommersprossen gesehen?«

Sie kicherte und sah so glücklich aus.

Lily schüttelte seufzend den Kopf. Dass Vicky sich verliebt hatte, war ja schön und gut – aber ein Junge aus Fleisch und Blut wäre ihr lieber gewesen.

Zu Hause angekommen bat ihre Nichte um eine Schmerztablette, bevor sie sich ins Bett legte. Lily war ganz froh darum, denn so konnte sie sich ebenfalls in ihr Zimmer zurückziehen, um über Melchior nachzudenken. Prüfend ging sie vor den Regalen ihrer magischen Bibliothek auf und ab, zog mal das eine, dann das andere Buch heraus, blätterte darin und stellte es dann doch wieder weg. Was sie beunruhigte, war, dass Vicky Melchior in der materiellen Welt physisch spüren und mit ihm interagieren konnte. Ihr war nicht bekannt, dass es jemals einem Menschen gelungen war, ein Geistwesen gegen seinen Willen festzuhalten, außer er bediente sich eines magischen Käfigs. Ihre Nichte hingegen hatte ihn einfach an der Hand festgehalten.

Sie setzte sich in den Lesesessel, nahm die Brille ab und rieb sich den Nasenrücken.

Vielleicht handelte es sich um die Restsignatur eines Verstorbenen?

Nach kurzem Grübeln verwarf sie den Gedanken wieder; diese Art Geister kannte sie. Meist hatten sie ein Anliegen oder eine Geschichte zu erzählen, Melchior hingegen ...

Ihr Blick fiel auf den Eimer mit dem Streusalz, den sie unter ihrem Schreibtisch aufbewahrte.

In ihrer Vision hatte sie den jungen Mann das erste Mal gesehen, als sie nach dem Ritus in Zarçs Keller wieder zur Besinnung kam. Langsam öffnete sie den Deckel und zog nach einigem Wühlen einen schwarzen Splitter hervor.

Es wurde Zeit, dass sie ebenfalls zu schnüffeln anfing. Irgendwo in Zarçs Ritualzimmer musste es Antworten geben.

29. Gefangener Stern

Der Geruch von Sandelholz und Rosenweihrauch füllte ihre Lunge und sie zwang sich, langsam und gleichmäßig weiter zu atmen, während sie die schwarze Scherbe aufnahm. Nicht zum ersten Mal benutzte sie den runden Teppich als Schutzkreis; sie saß in dessen Mitte und versuchte die Flammen der vor ihr stehenden Kerze mit dem Splitter einzufangen.

»Heilige Mutter, hilf mir, die, die mir schaden wollen, ausfindig zu machen«, murmelte sie leise.

»Offenbare mir ihre Pläne, damit ich die Meinen schützen kann.«

Sie drehte das Spiegelstückchen in ihren Fingern und hielt es etwas flacher. Das einfallende Licht reflektierte auf der gewölbten Oberfläche wie die Strahlen des Vollmondes auf einem nächtlichen See. Lily lächelte grimmig.

»Bring mich zu deinem Herren«, flüsterte sie, »zeig mir, wo er wohnt!«

Ein komisches Gefühl in ihrem Bauch, gepaart mit einem leichten Ziehen am Hinterkopf, deutete ihr an, dass eine Reise in die Zwischenwelt bevorstand. Ihre Augen fixierten ein letztes Mal den hellen Punkt auf dem schwarzen Glas, dann löste sich das Zimmer auf und sie stand in einem verwilderten Vorgarten.

Mit klopfendem Herzen dehnte sie die goldene Kugel in ihrer Mitte aus und sah sich vorsichtig um. Sie war jedes Mal von Neuem überrascht, wie sich die energetischen Projektionen mancher Orte von der Wirklichkeit unterschieden. Es gab nicht viele Plätze, wo beides eins zu eins übereinstimmte, und wenn, dann waren das meist Areale, von denen die Menschen sich schon lange Zeit zurückgezogen oder die sie noch nie betreten hatten.

Vor sich sah sie, umgeben von alten, ungeschnittenen Bäumen und meterhohem Gras, ein windschiefes Haus, das auf den ersten

Blick einen verlassenen Eindruck machte. An vielen Stellen war der Verputz abgebröckelt, es schien, als hielte einzig der wuchernde Efeu das Gemäuer noch notdürftig zusammen. Die Fenster starrten vor Schmutz.

Mit angehaltenem Atem trat sie auf den mit Unkraut überwucherten Weg; dort, wo sich in der echten Welt eine Garage befand, stand ein Holzschuppen mit löcherigem Dach. Die Dornenhecken waren mannshoch und sie befürchtete schon, es könne sich um eine Schutzvorrichtung handeln, doch als sie sie passierte, blieben sie stumm und regten sich nicht. Langsam ging sie bis zur verwitterten Haustür, auch hier zeigte sich der traurige Verfall - das Holz war wurmstichig und an einigen Stellen morsch. Die trostlose Umgebung verwirrte sie und stand im krassen Gegensatz zu der spießigen Fassade, die Zarçs Einfamilienhaus ansonsten vermittelte.

Wie musste es wohl erst im Inneren seiner Seele ausschauen, dachte sie entsetzt, aber so genau wollte sie es eigentlich gar nicht wissen.

Sie schloss die Augen und dehnte ihren Schutzschild so aus, dass er ins Haus hineinreichte; erstaunlicherweise fühlte sie keinerlei Widerstand. Konnte es sein, dass der Magier keinen magischen Schutz installiert hatte?

Misstrauisch machte sie einen Schritt auf die Haustüre zu und glitt durch sie hindurch; im Inneren des Hauses sah es nicht besser aus als draußen. Ein muffiger, moderiger Geruch lag in der Luft. Lily verzog angewidert das Gesicht und wandte sich im quadratischen Vorraum an die erste Tür. In ihrer Erinnerung war das Treppenhaus in den Wohnraum integriert, es schadete nicht, wenn sie auch dieses in Augenschein nahm, statt den direkten Weg durch den Boden in den Keller zu nehmen. Kurz lauschte sie in das Haus hinein – aus dem oberen Stockwerk konnte sie ein gleichmäßiges Atmen mit gelegentlichem Grunzen vernehmen. Der Hausherr war also daheim.

Das Wohnzimmer war genauso heruntergekommen wie der Rest des Gebäudes, dicke Staubschichten lagen auf den Möbeln, die

Vorhänge waren steif vor Schmutz und einige Käfer krochen mit zuckenden Beinen die Randleisten entlang. Lily durchquerte die Stube und steuerte auf die Treppe zu; hier gab es nichts weiter zu entdecken und sie wollte keine Zeit vergeuden.

Am Treppenabsatz angekommen starrte sie die Stufen hinunter ins Zwielicht. Seltsame Spuren zogen sich durch die Wand, wie grün leuchtender Schneckenschleim. Maden und Würmer wanden sich im morschen Holz der Tritte und der Gestank, der zu ihr hinaufdrang, war widerlich. Es roch süßlich-schwefelig, wie wenn irgendetwas verweste.

Lily nahm all ihren Mut zusammen und ging nach unten. Als sie vor der Tür zum Ritualzimmer stand, hörte sie das Geräusch zum ersten Mal. Ein kaum wahrnehmbares Wimmern, wie das eines verzweifelten Kleinkindes, das sich in den Schlaf weinte. Ihre Nackenhaare stellten sich auf, sie hob den Kopf und spürte ihm nach, konnte aber den Ursprung nicht ausfindig machen. Nach einer Weile wurde es leiser, bis es schließlich verstummte.

Vielleicht hatte sie sich zu früh in Sicherheit gewiegt und Zarç hatte doch eine Alarmanlage? Mit angehaltenem Atem machte sie sich auf sein Erscheinen gefasst, doch als nichts dergleichen geschah, trat sie durch die Tür und befand sich in Zarçs privatem Tempelraum.

Sprachlos sah sie sich um. Die Wände bestanden aus glattem, blank poliertem schwarzen Gestein, auf dem die astrologischen Zeichen der vier Elemente in deren korrespondierenden Farben leuchteten. Auf dem weißen Boden waren verschiedene geometrische Muster, Heptagramme und Pentagramme in Dunkelrot eingelassen, ein großer Kreis umschloss sie. Lily ging am Kreisumfang entlang bis zum Symbol der Erde und blickte auf ein gleichschenkliges Dreieck, ebenfalls aus schwarzem Stein, dessen Spitze in die Mitte des Raumes zeigte. Die Wand dahinter hatte flammenförmige Risse, bei genauerem Hinsehen bemerkte sie, dass es keine Risse im herkömmlichen Sinn waren, vielmehr sah die Stelle so aus, als sei das Material durch eine sehr hohe Temperatur geschmolzen. Lily war drauf und dran, einen Fuß ins Evokationsdreieck zu stellen, um die Wand näher zu betrachten, als sie erneut dieses Wimmern vernahm. Überrascht hob sie den Kopf und starrte an die Decke. Das Geräusch kam aus den oberen Räumen und klang in ihren Ohren wie ein Hilferuf. Sie dehnte ihre Aufmerksamkeit nach dem Magier aus und hörte ihn leise schnarchen.

Kurzentschlossen konzentrierte sie sich und schwebte der Zwischendecke entgegen. Sie durchdrang sie, sammelte sich abermals im Wohnzimmer, durchdrang die nächste Decke und landete in einer aufgeräumten und sauberen magischen Werkstatt.

Dutzende Bücher standen nach Größe sortiert in einem Regal, der Schreibtisch war ordentlich aufgeräumt, sogar das Fenster, das zum Hof zeigte, war geputzt.

Es war erschreckend, aber der Zustand des Hauses, bis auf diese Ausnahmen, führte zu dem Schluss, dass Zarç sein »normales« Leben nahezu aufgegeben und sich ausschließlich der Magie verschrieben hatte. In vielen Schriften wurde davor gewarnt; man könne darüber den Verstand verlieren, hieß es.

Erneut hörte sie das Wimmern, es steigerte sich bis zum Schluchzen und kam von der Werkbank, hinter dem Bücherregal. Lily näherte sich ihm vorsichtig und sah ein schwaches fluoreszierendes Licht in einem kleinen Käfig leuchten. Die Essenz der Lichtkugel erinnerte sie dunkel an einen weit entfernten Ort, aber sie wusste nicht genau, ob das tatsächlich ihre eigene Erinnerung war. Interessiert beugte sie sich nach vorne. Die Gitterstäbe waren engmaschig angeordnet und mit Zauberformeln in einer fremden Sprache versehen, sie leuchteten leicht in tiefem Blau.

»Schhhht«, flüsterte sie. »Ich bin da, beruhige dich.«

Das Schluchzen hörte auf und das Licht fing an zu pulsieren, wie ein flatternder Herzschlag.

Sie blickte in die goldgrüne Lichtquelle und sah ein kleines pelziges Lebewesen wie in einem Hamsterrad aufgeregt auf sie zurennen. Das musste die Essenz des Lichtes sein. Hinter ihm tauchte ein größeres Tier mit fletschenden Zähnen auf. Im Innern des Käfigs blinkte es nun hektisch und das Wimmern setzte erneut ein.

»Oh nein.«

Sie kannte solche Bilder von den Restsignaturen Verstorbener, die immer und immer wieder die letzte Erinnerung an ihr irdisches Leben abspielten. Es waren Anteile, die sich von der Ursprungsessenz gelöst hatten, ihr nicht schnell genug folgen konnten und nun in der Zwischenwelt umherirrten. Allerdings schien es sich hierbei nicht um ein solches Fragment zu handeln, sondern um die Ursprungsessenz selbst – das, was allgemein auch als Seele bezeichnet wurde.

Das kleine Lichtlein durchlebte in regelmäßigen Abständen die letzten Momente seines irdischen Lebens.

Was musste das für ein Mensch sein, der auf die Idee kam, eine lebendige Seele in einem Käfig gefangen zu halten! Ihr blieb vor Entsetzen fast das Herz stehen: Das war Magie, wie sie schwärzer nicht vorstellbar war.

»Ich lass mir was einfallen«, flüsterte dem Lichtlein zu, »du wirst bald zum großen Ganzen zurückkehren, ich vergesse dich nicht.«

Nebenan flachte Zaçs Schnarchen ab und sie konnte ihn fluchen hören:

»Verdammte Kiste, sei endlich still!«

Ihr Blick fiel auf die Arbeitsplatte der Werkbank und sie sah weitere unfertige Zauberformeln aufleuchten. Den Abmessungen des Trägermaterials nach zu urteilen, handelte es sich um einen größer dimensionierten Käfig.

Das Ziehen am Hinterkopf deutete ihr an, dass es Zeit war, in ihren Körper zurückzukehren; die Geräusche aus dem Schlafzimmer des Magiers mahnten sie zur Eile.

Sie hörte, wie er sich aus dem Bett wälzte, und seine Schritte verursachten kleine Erschütterungen in der Signatur.

Sie warf einen letzten mitleidvollen Blick auf das pulsierende Licht.

»Ich vergesse dich nicht«, versprach sie noch einmal, »mir fällt bestimmt was ein!«

Mit geschlossenen Augen gab sie dem Ziehen nach und wurde auf direktem Weg durch die Wände des Hauses zurück in ihren Körper geholt. Das Gefühl war unangenehm, ein wenig, wie wenn sie mit der Achterbahn hinabstürzte, und sie war froh, als ein leichtes Vibrieren ähnlich einer Einkalibrierung ihr anzeigte, dass sie sich wieder im eigenen Leib befand. Augenblicklich merkte sie, wie ihre Beine kribbelten, der Nacken war steif, und als ihr Blick nach einer Weile klar wurde, sah sie, dass sie die Scherbe immer noch auf Augenhöhe hielt.

Langsam ließ sie ihren schmerzenden Arm sinken und starrte fassungslos in die Flamme der halb herabgebrannten Kerze.

Jemand musste Zarkaraç das Handwerk legen, bevor etwas Schlimmes passierte.

30. Metal Heart

Vicky hatte heimlich den ganzen Sonntag auf ein Lebenszeichen von Melchior gewartet. Sie gab die Hoffnung nicht auf, dass er sich vielleicht mit einem Gegenvorschlag melden würde. Konnte ja sein, es war ihm zu viel, gleich mit Lily Kaffee zu trinken, aber immerhin wusste er nun, dass sie wieder zu Hause war und Interesse hatte, etwas mit ihm zu unternehmen.

Als Montagnachmittag die Haustürklingel ging, war sie fest davon überzeugt, dass nur er es sein konnte, und schlich ihrer Tante in den Gang hinterher. Ein leicht eingeschüchterter Sebi stand an der Tür und sah recht betreten drein, als Lily ihn mit den Worten: »Ach, du musst der Klassenkamerad meiner Nichte sein, der gerne Mädchen abfüllt«, begrüßte.

»Äh, es tut mir sehr leid, Frau ... Vickys Tante ...«

»Mayr.«

»... Frau Mayr, ich möchte mich aufrichtig dafür entschuldigen. Ich weiß, die Blümchen hier wiegen die Sorgen nicht auf, die Sie sich gemacht haben, aber ...«

Neugierig trat Vicky einen Schritt nach vorne und sah, wie Lily einen Strauß roter Rosen überreicht bekam. Damit hatte Sebi aber echt ins Schwarze getroffen, sie wusste, dass Lily die liebte.

»Nun ja, zumindest scheinst du plötzlich gute Manieren zu haben«, hörte sie sie mit leichter Skepsis sagen.

»Aber dass ich nicht begeistert von dem Vorfall in dieser Kneipe war, kannst du dir sicher denken! Junger Mann, wenn man mit einem Mädchen ausgeht, ist man für sie verantwortlich!«

»Ich, ähm, wir waren nicht ... ja, es tut mir auch sehr leid. Meine Kumpels sind Idioten und ich habe nicht aufgepasst ...«

Eine Weile war es still, dann sprach Lily wieder, diesmal mit milderer Stimme:

»Bestimmt bist du nicht nur gekommen, um mich mit Blumen zu beglücken?«

»Ähm ... doch, aber da ich eh schon hier bin, könnte ich ebenso gut Ihre Nichte besuchen, wenn Sie gestatten?«

Vicky hielt sich den Mund zu, um nicht laut zu kichern. Sie musste zugeben, der Sebi war echt 'ne Marke für sich.

»Nun gut, dann will ich mal nicht so sein.«

Lily trat zur Seite.

»Komm rein, bring Glück herein. Vicky könnte tatsächlich etwas Aufmunterung gebrauchen.«

Schnell verdrückte sich Vicky ins Wohnzimmer, warf sich auf die Couch und versuchte einen gelangweilten Eindruck zu machen, als die beiden auftauchten.

»Stell dir vor, wer sich traut, hier zu erscheinen«, Lily wedelte mit dem Blumenstrauß Richtung Sebi, der in seiner Metallerkluft, allerdings ohne Schuhe und in rot-gelb-blauen Ringelsocken, mitten im Raum stand und in den Händen einen kleinen grünen Korb hielt.

»Ja, der Osterhase hat mir viele Grüße ausgerichtet, ich soll dir das vorbeibringen.«

»Ach Sebi, wie cool. Ist das ein Osternest?«

»Jupp – ich glaube allerdings, dass das Häschen leicht farbenblind war.«

Er gab ihr den Korb, in dem ein lila Schokohase, umringt von kleinen quietschbunten Schokoeiern, auf rosa Gras saß.

»Krass. Ich brauch fast 'ne Sonnenbrille«, entfuhr es Vicky.

»Jo, hab leider nix Besseres gefunden, meine Schwester ist erst vier und steht auf sowas. Das war das Nest vom letzten Jahr.« Er grinste und Vicky war leicht gerührt. Wenn er wollte, konnte er schon ganz süß sein. Sie dachte an die vielen Textnachrichten, die er ihr in der Nacht, als sie abgestürzt war, geschickt hatte.

»Und die Eier? Hast du die auch deiner Schwester geklaut?«

»Hey!«, er tat entrüstet. »Ich hab die Farbkombination liebevoll aus all den Osternestern, die ich gefunden hab, zusammengestellt!«

Vicky musste lachen. Es war echt nett, dass Sebi vorbeischaute.

In der Küche stellte Lily die Blumen in einer Glasvase auf den Tisch, neben zwei Flaschen Limo und einem Krug Wasser.

»Ich schätze, ihr könnt für eine Weile auf mich verzichten? Falls ihr mich sucht, ich bin im Büro. Bedient euch einfach.«

Sie ging raus und Sebi sah sich in der Stube um. Leise pfiff er durch die Zähne.

»Wow. Du hast mir nie gesagt, dass du in 'ner Eso-Bude wohnst!«

Er trat auf das Fenster zu und tippte das Spiegelsplitter-Mobile an, das Lily endlich fertiggestellt hatte.

»Das hier soll die Vorbeikommenden ablenken«, rief er begeistert, »und das da ...«

Vickys Augen folgten seinem Finger zu dem blauen Glasanhänger mit den weißen, hellblauen und schwarzen ineinandergeschmolzenen Kreisen.

»... das ist das Auge Fatimas – das wehrt den bösen Blick ab.«

Sie bekam das Gefühl, das er zu jeder Dekoration und zu jedem Symbol in Lilys Einrichtung etwas würde sagen können. Wieso war sie selbst nie auf die Idee gekommen, dass das alles mehr als nur Verzierung war?

»Aha. Du kennst dich da voll aus, oder?«

Sebi zuckte die Schultern und grinste breit.

»Ja, hab mal 'ne Weile Death Metal gehört. Da beschäftigt man sich dann zwangsweise ein wenig mit dem Okkulten, wenn man verstehen will, was die da so singen - was dagegen, wenn ich mich setze?«

Vicky rutschte zur Seite und machte ihm Platz, während sein Blick an Lilys Altar hängenblieb.

»Okkultes? Du meinst so Beschwörungen und so?«

Gespannt sah sie ihn an.

»Die funktionieren ja nicht«, meinte er grinsend. »Wir haben mal versucht, so 'n Dämon anzurufen, aber es ist nix passiert. Zumindest sind weder Sachen durch die Luft geflogen oder sonst was. Naja - vielleicht sind solche Anrufungen auch was für Luschen und Abergläubige. - Das ist doch ein Altar der Stella Maris, oder?«

»Hm.«

Sebi hat auch schon Geisteranrufungen gemacht, dachte sie mit klopfenden Herzen. Sie kämpfte eine Weile mit sich, ob sie ihm von ihren eigenen Erfahrungen erzählen sollte.

»Wie habt ihr das denn mit dem Dämon angestellt?«, fragte sie, »so rein interessehalber.«

»Du guckst keine Horrorfilme, oder? Es muss Vollmond sein, und das Ritual findet zur Mitternacht statt. Man macht einen Kreis, entweder aus Kreide oder Salz, und dann muss man so 'ne Zauberformel sprechen. Wir haben das aus 'nem Lied von der Black-Metal-Band Myhem - klang cool, funktionierte aber leider nicht.«

Aus Sebis Mund hörte sich das ziemlich harmlos an.

»Ich wollte dann wissen, ob noch mehr dahinter steckt, und hab mir 'n Haufen Bücher über schwarze Magie, Voodoo und Hexerei angeschafft und auch einiges ausprobiert. Leider hab ich nichts zu Stande gebracht.«

Vicky musterte ihn neugierig.
»Und? Was meinst du? Gibt's sowas wie 'ne unsichtbare Macht?«

Sie war gespannt auf seine Antwort.

»Naja, ich denke, ein paar Leute sind zugänglicher für solche Sachen und andere tun sich einfach schwerer. Grundsätzlich würd ich das aber nicht ausschließen«, er grinste sie an.

»Wir haben auch mal 'n Geist beschworen. Letztes Halloween, bei Patty, das war die Dunkle von den Zweien im Krankenhaus – ich wäre froh gewesen, es hätte nicht so gut geklappt«, rutschte es einfach aus ihr heraus.

Hoffentlich hielt er sie nun nicht für eine Aufschneiderin.

»Cool! Echt? Mit den zwei Schnepfen? Die waren ja voll ätzend, wollte ich dir eh noch sagen.«

»Moment mal, du redest von meinen Freundinnen!«, rief Vicky ärgerlich.

»Die wirkten so aufgesetzt, ich mag sie halt nicht«, Sebi zuckte die Schultern und zwinkerte ihr zu.

»Erzähl lieber von der Beschwörung - was ist passiert?«

Interessiert sah er sie an, dabei griff er wie automatisch nach einem der Schokoeier und befreite es von der bunten Alufolie. Vicky musste zwar zugeben, dass sie Patty auch nicht sonderlich mochte, aber das gab Sebi noch lange nicht das Recht, so über die Mädels herzuziehen. Da sie aber seine Meinung über den Halloweenabend hören wollte, beschloss sie, das Thema »Schnepfen« erst mal zu verschieben.

»O. k. Also -«, sie überlegte, wie sie es formulieren sollte, »wir saßen zusammen im Kreis um einen Tisch und haben uns an den Händen gehalten. Es gab keine Zauberformeln oder so. Wir haben einfach einen Geist gebeten, zu erscheinen. Zuerst flog das Fenster auf und alle Kerzen gingen aus. Dann stand da ein großer Mann mit einem dunklen Umhang. Er trug so eine kleine Glaskugel mit sich rum.«

Sebi sah sie an, wie wenn er abschätzen wollte, ob sie nicht zu dick auftrug.

»Und was habt ihr mit ihm gemacht?«

»Du bist gut. Die waren alle so erschrocken, dass sie aus dem Zimmer gestürzt sind, ich war alleine mit ihm und als ich endlich reden konnte, habe ich ihm gesagt, er soll verschwinden.«

Sebi stöhnte und schüttelte den Kopf.

»Ihr habt ihn erst gerufen, um ihn dann wieder wegzuschicken?? Maaaann!«

»Hey, ich bin fast gestorben vor Angst! Konnte ja keiner ahnen, dass irgendwas auftaucht! Vor allem hab ich das Gefühl, er verfolgt mich seitdem.«

»Oh, das ist cool, du hast ihn noch öfters gesehen!«

»Ja, kurz darauf haben wir eine Katze überfahren, da war er auch da. Er hat mich angeguckt, als würde er mich kennen.«

»Hast du ihn gefragt, was er will? Ich meine, was hat er denn da gemacht?«

Sebi hatte mittlerweile das zweite Ei in Arbeit und sie beschloss, den Hasen zu schlachten.

»Ich weiß nicht, wenn ich so darüber nachdenke, habe ich das Gefühl, er sammelt was ein. In seiner Glaskugel. Die wird dann so grünlich – wie bei einem Knicklicht, weißt du, was ich meine?«

»Oh, du meinst, er klaut Lebensessenz?«

»Hä?«

»Seelen. Habt ihr einen Seelenklauer gerufen?«

»Du willst mich wohl verarschen, oder?«, sie sah ihn erschrocken an.

»Wer würde denn bitte sowas rufen?!«

»Ich!«, er lachte und wurde sofort wieder ernst.

»Natürlich nicht, aber die Bands, deren Musik ich gehört habe, haben ständig von solchen Dämonen gesungen. Eigentlich hab ich das ja schon unter Spinnerei abgehakt, bis du mir gerade davon erzählt hast, dass es das doch gibt. Also, wer verarscht hier nun wen?«

Sebi sprang auf und ging zu Lilys Altar hinüber, um die Statue zu begutachten. Vicky hatte den Eindruck, er würde kein Wort von dem glauben, was sie soeben von sich gegeben hatte.

»Sag mal, wie esoterisch ist deine Tante denn so? Hat sie vielleicht 'ne Kartenleg-Hotline?«

»Hör auf, dich über sie lustig zu machen! Sie ist überhaupt nicht esoterisch, sie ist eine Hexe! Und wenn du das rumerzählst, dann blüht dir was!«

Sie schmiss ihm eins der Eier an den Hinterkopf.

»Aua. Jetzt krieg dich doch wieder ein, ich mach mich ja gar nicht lustig über sie. Ist ja vernünftig, dass sie das alles hier veranstaltet, damit der Seelenfänger von dir fernbleibt!«

Warum hörte sich das aus seinem Mund so spöttisch an?

Sie beobachtete ihn, wie er sich den Kopf rieb und den Boden nach dem Wurfgeschoss absuchte.

»Wenn du mir das hier von deiner Tante gleich am ersten Tag erzählt hättest, wären wir schon länger Freunde geworden. Ich hielt dich für 'n langweiligen Fake.«

»Und du bist immer noch derselbe Idiot geblieben, der mir gesagt hat, dass Metaller nicht mit Emos befreundet sein können!«

Vicky streckte ihm die Zunge raus. Sie bereute es aufrichtig, ihm von der Séance erzählt zu haben.

»Ihr seid doch allesamt krasse Emo-Tanten mit schlimmem Hang zur Esoterik!«

»Sind wir nicht! Ich kann's beweisen! Hast du was in der Hose?«

Verblüfft sah Sebi sie an und blickte dann an sich hinab. Er lief rot an und hob schützend beide Hände vor sein Gemächt.

»Ja, also ...«

»Nein, ich mein in den Hosentaschen!«

»Ach so, ja klar ...«

»Sag nichts. Ich werd dir beweisen, dass ich kein Spinner bin.«

Sebi steckte seine Hände in die Taschen und machte ein Pokerface.

»Dann lass mal hören.«

Nervös biss Vicky sich auf die Unterlippe und konzentrierte sich auf ihr Zentrum. Wenn das jetzt nicht klappte, konnte sie den einzigen Freund verlieren, den sie hier hatte. Die kleine Kugel pulsierte langsam vor sich hin und sie schaffte es, sie zum Rotieren zu bringen. Nach einiger Zeit setzte das bekannte Kribbeln ein, und sie war plötzlich in Sebi.

‚Die Alte hat echt 'n Hau, bin mal gespannt, wie die aus der Nummer rauskommt', hörte sie seine Stimme in ihrem Kopf. Die rechte Hand umfasste einen Gegenstand.

Vicky schloss die Augen und ließ sich komplett fallen. Sie war nicht nur in Sebi, sie war Sebi.

Irgendwann vor den Ferien war er auf einem Flohmarkt gewesen und hatte in einer alten Kiste mit Uhrmacherwerkzeug ein Taschenuhrwerk gefunden, dessen Platinen die Form eines Herzens aufwiesen. Er hatte gleich an Vicky denken müssen und es nach zähen Verhandlungen für zehn Euro erstanden. Eigentlich hatte er es ins Osternest legen wollen, aber auf dem Weg von der Bushaltestelle zum Haus hatte ihn doch der Mut verlassen und er hatte es wieder herausgenommen.

Sie räusperte sich kurz.

»Ähm. Ja, also ... es ist ein Uhrwerk. In Herzform. Und du hättest es echt im Osternest lassen können, ich wär nämlich vor Freude ausgeflippt.«

Sebi öffnete kurz den Mund, schloss ihn dann wieder und zog den besagten Gegenstand aus der Tasche. Seinem Gesichtsausdruck nach zu urteilen konnte er entweder gleich fluchtartig die Wohnung verlassen oder auch laut zu schreien anfangen - Vicky kannte ihn nicht gut genug, um das beurteilen zu können. Sie hoffte inbrünstig, er würde bleiben - auch wenn das bedeutete, dass er einen Schreikrampf bekam. Unsicher kam er auf sie zu, setzte sich sprachlos und ließ das kleine Stück Mechanik langsam in ihre Hand gleiten. Nach einer kurzen Weile sagte er endlich etwas.

»Ja ähm, naja, das mit dem Anhänger war jetzt kein Annäherungsversuch oder so«, stotterte er.

»Also, nicht dass ich dich scheiße find oder so ...«, hilflos sah er sie an.

»Naja, o. k., ich fand dich doch ganz süß. Und nach der Aktion grad kann ich nur sagen: Du bist echt ohne Worte. Die krasseste Frau, die ich kenne.«

Vicky lief rot an und drehte das Herzchen in den Fingern. Dabei bewegte sich das größte Rad, das keine Zähne hatte, und verursachte ein leises Ticken.

»Weißt du, Sebi, ich habe echt bisschen Schiss vor diesem Schwarzen. Vielleicht hast du ja 'ne Idee, was er von mir will und wie ich ihn mir vom Hals schaff. Ich könnte echt 'n Freund brauchen.«

Er sah sie aus großen Augen an.

»Den hast du«, versicherte er, und es klang aufrichtig.

»Kannst jederzeit auf mich zählen!«

Keimmond

31. Henochisch

»Also, nach dem, was du mir erzählt hast, über diesen schwarzen Geist mit seiner leuchtenden Kugel, habe ich die spärlichen Informationen, die Zarç mir zu seiner Evokation überlassen hat, untersucht …«

Verus stockte und wühlte in den Aufzeichnungen herum, die er auf Lilys Esstisch ausgebreitet hatte. Endlich fand er das Schriftstück mit seinen Notizen von ihrer Rückführung. Nach der Erinnerung an den Schwarzen am Bett ihrer Schwester hatte er sie vorzeitig aus ihrer Trance zurückholen müssen; aber er war sich sicher, sie würde sich bald einen Ruck geben, um das Ritual von damals zu erkunden.

Er merkte, wie sie ihn mit ihren Blicken durchbohrte, und fühlte sich äußerst unwohl. Die Tatsache, dass er wieder in ihrem Haus zu Gast war, konnte er als leichten Erfolg in Bezug auf ihr Vertrauen ihm gegenüber werten. Allerdings machte er sich Sorgen, dass sie ihn in einen Frosch verwandeln würde, sobald er etwas sagte, was ihr nicht in den Kram passte. So ganz realistisch war das zwar nicht, aber wer konnte ihm denn schon dafür eine Garantie geben?

Endlich fand er die Kopien der entsprechenden Tafeln, auf denen er bestimmte Buchstabenkombinationen mit verschiedene Farben markiert hatte.

»Hier sind die Engel, siehst du - im Kalvarienkreuz der Wassertafel …«

Lily starrte ihn an, als würde er Chinesisch reden. Er stockte in seinem Redefluss.

»Du möchtest keine Erläuterungen …?«

Verus sah verunsichert auf die Blätter in seinen Händen, die für ihn die Erklärung für den Plan Gottes zur Erschaffung der Welt bedeuteten. Was mochte Lily wohl darin sehen? Vermutlich mehrzeilige Buchstabentabellen mit Kombinationen unlesbarer Wörter, bar jeglicher Vokale. Er hatte vergessen, dass sie den Orden vor dem Arbeitskreis in Henochisch verlassen hatte.

»Also, was hast du genau herausgefunden?«, fragte sie und rang sich ein Lächeln ab.

»Und bitte die finale Version; ich glaube dir, dass du dein Handwerk beherrschst. Sogar Zarç vertraut dir hier.«

Dass sie ihn für kompetent hielt, freute ihn und half ihm etwas über ihr augenscheinliches Desinteresse an seinem Lieblingsthema hinweg.

»Naja – ich dachte zuerst, es könnte sich um einen dunklen Dämon handeln, aber es gibt keinen Dämon, der mit allem, was mit Wahrheit zu tun hat, gerufen werden kann. Ich weiß, es langweilt dich, aber lass es mich dir trotzdem zeigen.«

Er zückte eines der Blätter und Lily beugte sich höflich darüber.

»Schau, hier haben wir Vadali, den, der die geheime Wahrheit kennt. Laut Zarçs Hinweisen bei den Ältesten haben wir hier Laidrom, übersetzt bedeutet sein Name: der, der die Geheimnisse der Wahrheit kennt. Bei den Königen haben wir den, der der Vergangenheit Form verleiht. Also die Intension wird hier recht erkennbar – Zarkaraç wollte vermutlich etwas herbeirufen, das ihm irgendwie wahrsagen sollte.«

Lily runzelte die Stirn und schüttelte langsam den Kopf.

»Aber der König ..., entschuldige, wieso der, der der Vergangenheit Form verleiht? Wäre irgendwas mit ‚der alles Wissen hat' oder so nicht stimmiger ...?« Gleichsam überrascht wie erfreut sah Verus sie an.

»Du wärst eine wundervolle Magierin geworden, Lily! Da genau ist die Crux, an dieser Stelle ist es nicht ganz rund, und ich bin mir nicht sicher, ob es beabsichtigt ist! Weil in dieser Kombination ...«

Er machte eine kunstvolle Pause und merkte befriedigt, wie sie an seinen Lippen hing.

»... man mitunter einen sehr mächtigen Engel herbeirufen kann – nämlich den Engel des Todes höchstpersönlich.«

Enttäuscht stellte er fest, dass sie keinerlei Reaktionen aufzeigte, vielmehr schien sie über etwas nachzugrübeln, denn sie kaute auf ihrer Unterlippe herum und hatte einen leicht nach innen gekehrten Blick. Nach einer Weile sah sie auf, schüttelte den Kopf und ging zum Kaffeeautomaten hinüber.

»Magst du auch was?«, fragte sie zerstreut.

Seufzend sammelte Verus seine Unterlagen zusammen. Ein wenig mehr Emotion hätte sie im Angesicht seiner Anstrengungen schon zeigen können, fand er. Das Mahlen der Kaffeemaschine war für eine Weile das einzige Geräusch, schließlich setzte sich Lily mit einer dampfenden Tasse zu ihm an den Tisch.

»Es passt nicht wirklich zusammen, Verus, oder wir übersehen irgendetwas. Wenn der Todesengel meine Nichte holen wollte, wie wir alle erst gedacht haben, hätte er es doch schon längst gemacht und nichts auf dieser Welt hätte ihn abhalten können. Aber sie lebt, trotz einiger Gefahrensituationen, ganz munter vor sich hin. Hmm. Ich glaube, wir müssen zur Intension des Rituals zurück – wie passt das mit diesem Engel überhaupt zusammen?«

»Du scheinst recht unberührt von meiner Recherche zu sein«, sagte Verus frei heraus.

»Hast du das etwa schon vorher gewusst, oder wie muss ich das deuten ...?«

Überrascht sah Lily ihn an und räusperte sich.

»Nein, ähm, ich meine, ich wusste nicht, dass es sich um diese Art Wesen handelt. Irgendwie verbinde ich mit Engeln ganz was anderes - naja, eigentlich ist mir bisher auch noch nie einer untergekommen ... Ich hielt sie, ehrlich gesagt, bislang für religiöse Legenden ...«

»Also glaubst du nicht an ihre Existenz? Obwohl du mir bei der Rückführung erzählt hast, dass du beim Tod deiner Schwester den Dunklen gesehen hast?«

Sie seufzte und starrte auf den Berg Papier vor sich.

»Entschuldige, aber ich dachte an alles Mögliche, nur nicht an Engel bei seinem Anblick! Verstehst du? Da waren keine weißen Gewänder, kein leuchtendes Licht, keine Flügel und kein Heiligenschein. Ich hielt ihn wirklich einfach für ein unbekanntes Zwischenweltwesen, das ...«

Verus sah, wie Lily schluckte und leicht bleich wurde, sie rang offenbar mit den richtigen Worten.

»Das ...?«, er studierte ihr Gesicht, sie schloss kurz die Augen und sah ihn dann offen an.

»Das Seelen klaut.«

Sie sprang auf, lief hin und her und zwirbelte an ihren Haaren.

»Weißt du, ich hatte es bislang mit recht erdverbundenen Wesen zu tun, die kenne ich. Erd- und Luftwesen, die sich um Pflanzen und um das Land kümmern. Sie wohnen in Welten, die der Erde nahe sind. Manchmal sehe ich auch Seelenanteile Verstorbener, aber damit hat es sich. Ich glaubte nicht an Engel und Dämonen, ich war der Meinung, das sei so ein Magier-Tick.«

Dann blieb sie einfach stehen und starrte eine Weile vor sich hin.

Verus schüttelte den Kopf; er wusste nicht, wie er ihr Schweigen deuten sollte, anscheinend dachte sie über etwas nach. Er beschloss, ihr ein paar Informationen zu geben, ungeachtet dessen, ob sie ihm tatsächlich zuhörte oder nicht.

»Henoch war einer der Männer, von denen geschrieben steht, dass sie nicht gestorben, sondern gleich in den Himmel gekommen sind. Gott selbst und die Engel sollen ihm gezeigt haben, woraus die Welt besteht, wie sie zusammengehalten wird und was der Schöpfer mit alledem vorhat. Er lernte die Engel und ihre Sprache kennen, aber nicht einmal er hat uns überliefert, wie sie denn wirklich aussehen. Die einzige Engelart, die in der Bibel bildlich dargestellt wird, sind die Seraphim, die sechs Flügel haben. Wahrscheinlich denken wir Menschen deswegen, dass alle Engel fliegen können.«

Verus stockte und Lily blieb stehen.

»Erzähl bitte weiter, das hilft mir beim Nachdenken«, forderte sie ihn auf. Irritiert stellte er fest, dass sie nun wie ein wissbegieriges Mädchen wirkte, mit großen dunklen Augen und einem alterslosen Gesicht.

Er räusperte sich verwirrt und fuhr fort:

»Henoch überlieferte uns die Namen einiger Engel, vor allem die der Anführer der zweihundert Engel, die auf die Erde stiegen, um sich mit den Menschenfrauen zu vereinigen - woraus dann die Nephilim entstanden, diese schrecklichen Riesen, von denen vermutlich auch Goliath einer war. Sie haben die Menschheit ganz schön terrorisiert. Zweifelsohne handelte es sich bei diesen Engeln um die gefallenen Engel, auch allgemein als Dämonen bekannt. Ich persönlich denke nicht, dass es den Frauen bewusst war, mit wem sie sich einließen, und optisch werden sie wohl auch nicht so abstoßend gewesen sein. Das Ganze führte dann zur Sintflut, Gottes Versuch, ein neues Kapitel ohne diese Plagen zu starten.«

Lily nahm ihre Wanderung quer durch die Küche wieder auf, etwas schien mächtig in ihr zu arbeiten.

»Die Bibel beschreibt Engel zwar als nichtmaterielle Wesen, doch in Ausnahmefällen nahmen sie menschliche Gestalt an, wie zum Beispiel in der Geschichte von Sodom, um Lot zu warnen. Wie gesagt, gibt es die guten und die bösen Engel, optisch kaum voneinander zu unterscheiden, weswegen man sich bei ihren Anrufungen auch strikt an die überlieferten Tafeln halten sollte, wenn man keine Überraschungen erleben will. Die Dämonen sind einfach recht verschlagen ...«

»Dieser sogenannte Todesengel. Was ist das denn für einer?«, fiel ihm Lily unerwartet ins Wort.

»Ich meine, nach deinem Verständnis, ist das eher einer von den Guten?«

Verus kratzte sich am Bart. Tatsächlich hatte er sich bislang noch keine Gedanken darüber gemacht. Für den Umgang mit jedem dieser Engel gab es strikte Regeln, und solange man sich daran hielt, passierte einem während der Anrufung nichts. Dass sie auch außerhalb des Ritualkreises anzutreffen waren, war interessant.

Er starrte auf seine Aufzeichnungen und überlegte, ob es einen Unterschied machte, welche Art Wesen man evozierte; nach den Lehren des Ordens konnte man von beiden Seiten etwas lernen.

»Also, nachdem er eine feste Aufgabe hat, nämlich die Menschen aus dem Leben zu holen, denke ich, es ist lediglich ein undankbarer Job, den er von Gott persönlich bekommen hat. Andererseits ist die Definition eines gefallenen Engels auch die, dass er nicht mehr ins Paradies zurückkehren kann, was zweifellos, zumindest momentan, auch auf ihn zutrifft, denn seine Aufgabe lässt es ja bis zum Jüngsten Gericht nicht zu. Demnach würde ich sagen: weder noch.«

Er war gespannt, ob sie mit dieser Antwort zufrieden war. Sie kam an den Tisch zurück und setzte sich.

»Lass uns doch mal systematisch vorgehen. Was wissen wir denn überhaupt von diesem Wesen? Ich dachte, er rennt mit der Sense herum und so. Oder schreibt ständig in einem Buch oder streicht Namen raus.«

»Naja, also in der Bibel selbst steht nichts über ihn, die Überlieferungen stammen mehr aus anderen Schriften, vornehmlich aus dem arabischen Raum, wo es heißt, dass es einen Engel gibt, dessen Aufgabe es ist, die Seelen aller Geschöpfe zu entnehmen. Er soll auch die Namen der Neugeborenen aufschreiben sowie die der Verstorbenen durchstreichen.«

Verus zückte sein Smartphone und versuchte eine Suchmaschine aufzurufen, während Lily seine Unterlagen begutachtete.

»Er sammelt also Seelen«, murmelte sie gedankenverloren, »in einer Art gläsernen Kugel ...«, Lily sah plötzlich aus, als fiele ihr etwas siedend heiß ein, ihre Stimme klag aufgeregt, als sie weitersprach.

»Sag mal, Verus, ist dir bei Zarç schon mal sowas wie ein viereckiger Käfig aufgefallen?«

Abermals war er verblüfft über ihre Gedankensprünge, er hatte gerade noch darüber sinniert, wie viele Leute wohl den Todesengel sehen konnten, oder ob er sich *jedem* in seiner Todesstunde zeigte.

»Ähm, ein Käfig?«

»Ja, in Würfelform, ungefähr zehn auf zehn Zentimeter, mit Zauberformeln beschrieben?«

Ihm fiel das kleine Kistchen ein, das ihm beim letzten Besuch vor die Füße gerollt war.

»Also, einen Käfig würde ich das nicht gerade nennen. Es ist mehr eine Kiste, sowas wie ein Holzwürfel. Zarç sagt, es sei ein Prototyp, da er momentan an seiner Meisterarbeit feilt ...«

Verus stockte, da Lily auf einmal kreidebleich wurde.

»Ist alles o. k.?«

»Meisterarbeit? Was für eine Meisterarbeit?«

»Er baut eine größere Kiste. Allerdings weiß ich nicht, für was, das erfahren wir dann bei der Vorstellung - Lily, du siehst gerade echt schlecht aus, was ist los?«

Sie setzte die Brille ab und rieb sich mit beiden Händen über die Augen.

»Ich hab den schwarzen Spiegel benutzt«, gestand sie leise, »und war bei Zarkaraç zu Hause.«

Verus musste sich weit zu ihr hinüberbeugen, um sie zu verstehen.

»Ich war in seiner Werkstatt und habe einiges herausgefunden. Diese Kiste ist ein Gefängnis, Verus, er hält darin die Seele eines Tieres gefangen«, sie zögerte kurz, bevor die Worte aus ihr herausschossen wie bei einem Staudamm, dessen Schleusen geöffnet wurden.

»Ich denke, er hat herausgefunden, wie er den Transportbehälter des Todesengels nachbilden kann, und vermutlich hat er es im Ritual irgendwie geschafft, dem Engel zu befehlen, die Seele des armen Geschöpfes da reinzutun. Dass Zarç nun noch ein Gefängnis baut, hat nichts Gutes zu bedeuten.«

Verus runzelte die Stirn, er konnte ihr nicht folgen.

»Würdest du mich bitte an deinen Gedankengängen teilhaben lassen ...?«, bat er vorsichtig.

»O. k.«, sie holte Luft und er sah, dass sie sich bemühte, ihre Gedanken in Worte zu fassen.

»Erst das Hexenbrett, das hier auftauchte. Und dann der Spiegel, von dem wir wissen, dass Zarç ihn meiner Nichte gegeben hat. Ich war bislang der Meinung, er wolle mich damit ausspionieren, aber der Spiegel kann auch etwas anderes, nicht wahr?«

Verus dachte nach.

»Ja«, gab er zu, »es heißt, er könne latente magische Fähigkeiten verstärken ...«

»Das passt«, Lily sah ihn grimmig an.

»Vicky ist medial begabt. Wahrscheinlich noch mehr als ich. Sie hat mir erzählt, wie Zarç sie darüber ausgequetscht hat, als er ihr den Spiegel gegeben hat. Mittlerweile bin ich nicht mehr der Ansicht, dass wir den Ritus wiederholen sollten, Verus, vielmehr müssen wir das, wenn es irgendwie geht, verhindern. Etwas sagt mir, nicht der Dunkle ist hinter Vicky her, sondern Zarkaraç.«

Wortlos starrte er Lily an, sein Verstand verbat ihm, auch nur ein Wort von dem zu glauben, was sie gerade von sich gab, doch sein Gefühl sagte ihm, dass sie auf der richtigen Fährte war. Die Gedanken überschlugen sich, er ging nochmals die Wächter, die Ältesten und Könige auf den Tafeln durch.

»Ja, natürlich«, meinte er dann lahm.

»Wie konnte ich das übersehen? Jetzt macht alles einen Sinn. Er wollte etwas haben, das er besitzen konnte und das ihm ständig die Wahrheit sagt.«

»Eine sprechende Seele«, sagte Lily trocken.

»Tierseelen sprechen keine Menschensprache.«

Verus sah sie an und eine Eiseskälte kroch ihm den Rücken hinauf.

»Aber menschliche Seelen«, vervollständigte er ihren Satz.

Magie war für ihn bislang etwas Theoretisches, Unwirkliches gewesen, etwas, das man studierte und von dem man dann so tat, als ob es funktionierte. Keinesfalls war Magie eine Kunst, vor der man sich fürchten musste. Aber nun ... sein Herz klopfte schneller.

Verus hatte zum ersten Mal im Leben Angst vor dieser Macht.

So richtig Angst.

32. Essenzen

Langsam und gleichmäßig glitt der Pinsel über das dunkle Holz und hinterließ eine glänzende Spur.

Zarç atmete den Duft von Kopalöl ein und konzentrierte sich darauf, nichts von dem kostbaren Flüssigkondensator zu vergeuden. Noch ein paar Striche, und die Seitenwand wäre so weit fertig gestellt, dass er die Kiste zusammenbauen und ihr den letzten Anstrich verpassen konnte.

Zufrieden sah er, wie die Flüssigkeit von dem Holz aufgesaugt wurde und in die eingebrannten Zauberformeln sickerte.

Die Herstellung des Fluids hatte sehr viel Zeit gekostet, denn er hatte sich strikt an die Anweisungen gehalten. Die Zutaten wurden unter Berücksichtigung von Planetenstunden, Wochentagen und Mondläufen präpariert, selbst die Aufbewahrungsgefäße mussten besonders vorbehandelt werden, um die Bestandteile aufbewahren zu können. Beispielsweise schrieb das Rezept vor, dass das Gefäß, in dem der Kondensator aufbewahrt wurde, zehn Tage in fließendem Wasser liegen sollte. Das hatte ihm einiges an Kopfzerbrechen verursacht, denn die Stelle, die er sonst für solche Zwecke besucht hatte, war mittlerweile zu einem beliebten Ausflugsort avanciert. Er hatte zwar einen anderen Platz, an einem ruhigen Bach, gefunden, hatte aber Sorge, dass neugierige Wanderer seine Arbeit zunichtemachen konnten. Über eine Woche lang musste er jeden Abend eine Wanderung unternehmen, um nachzuschauen, ob das Fläschchen, das er an einen Stein festgeklemmt hatte, noch da war. Körperliche Betätigungen in der Natur waren nicht gerade sein Lieblingszeitvertreib, aber er entdeckte bei den Ausflügen eine Lichtung, die den perfekte Platz für Rituale bot. Dorthin würde er die Kiste an Schwarzmond hinbringen, um sie zu laden.

Vorsichtig legte er den Pinsel über den Rand der kleinen Glasschüssel, in der sich das kostbare Fluid befand, und wischte sich den Schweiß von der Stirn. Prüfend sah er auf das digitale Thermometer, das 32 Grad Celsius anzeigte. Es war immens wichtig, dass die Temperatur konstant gleichblieb, ebenso musste diese magische Arbeit unter Kunstlicht erfolgen, weswegen er die Jalousien in seinem Arbeitszimmer herabgelassen hatte.

»Na, da staunst du, was? Bald bin ich fertig, und du wirst Zuwachs bekommen.« Grimmig lächelnd drehte er sich nach dem kleinen Kistchen um, das unscheinbar auf dem Bücherregal stand und sich in Schweigen hüllte. Das ging schon seit einigen Tagen so, Zarç wurde den Verdacht nicht los, dass es irgendetwas ausheckte.

»Dieses Mal werde ich den Dunklen ganz konkret nach der Seele fragen, die er ursprünglich mit sich führte, ein zweites Mal lasse ich mich nicht betrügen, hörst du?«

Er ging hinüber und tippte es an; anstatt froh zu sein, dass es stumm blieb, ärgerte er sich über seine Gleichgültigkeit. Vielleicht sollte er schnell den Dreizack aus dem Keller holen, um es damit zu piesacken? So sehr er sein unkontrolliertes Quietschen hasste, so sehr genoss er es auch, zuweilen der Verursacher der Töne zu sein. Das hatte etwas von Macht, wie damals, als er seinem Hund »Sitz« und »Mach Männchen« befahl und das Tier ihm dann aus Angst vor Strafe gehorcht hatte. Leider hatte Zarç den Terrier eines Tages einschläfern lassen müssen, da er mehrmals auf ihn losgegangen war und ihn einmal so böse gebissen hatte, dass er mit mehreren Stichen genäht werden musste.

Ein lautes Klingeln riss ihn aus den Überlegungen; Zarç brauchte eine Weile, bis er begriff, dass jemand an der Haustür läutete. Unentschlossen sah er zu der Schüssel mit dem Flüssigkondensator hinüber. Bei der warmen Zimmertemperatur trocknete das Fluid relativ schnell ein; er hatte keine große Lust, wertvolle Zeit mit erneutem Flüssigmachen zu verlieren. Er zog ein Buch aus dem Regal, stellte den Pinsel in ein leeres Glas und deckte das Schüsselchen mit dem »Lehrbuch über die Hermetik« ab. Aus den Augenwinkeln registrierte er eine kaum wahrnehmbare Bewegung des Kistchens.

»Brauchst dir gar nicht einbilden, dass ich dich hier alleine lasse. Wer weiß, was du mir hier kaputtmachst!«

Als es erneut läutete, packte Zarç die Kiste, öffnete die Tür gerade so weit, dass er hindurchpasste, und schloss sie schnell wieder. Hoffentlich war es der Postbote, er wartete schon ungeduldig auf die Lieferung getrockneter Belladonnablätter. Das Kistchen wollte er in die Hosentasche stecken, dann erinnerte er sich jedoch an die schmerzhafte Erfahrung vom letzten Mal und ließ es am Treppenaufgang liegen, in der Zuversicht, dass es dort keinen Schaden anrichten konnte.

Schwungvoll öffnete er die Tür und stellte verblüfft fest, dass keinesfalls der Postbote davor stand, sondern Quirinus.

»Na, wusste ich's doch, dass du da bist«, der Frater lächelte selbstgefällig und betrat unaufgefordert das Haus. »Ich wette, mit mir hast du nicht gerechnet!«

Zarç zwang sich zu einem Lächeln und breitete die Arme aus.

»Aber, mein Bruder, du bist doch jederzeit willkommen«, er drückte ihn an sich und hoffte, dass sein Tonfall unverfänglich war.

Mit Frater Quirinus verband ihn einiges, beide gehören zum inneren Kreis des Ordens und hatten gemeinsam schon manch ‚magische Unfälle' überstanden. Oft war es eben Quirinus, der gewagte Rituale entschärft und letztendlich zu einem guten Ende geführt hatte. Aber heute kam er ihm sehr ungelegen.

»Hattest du geschäftlich in diesem Stadtteil zu tun?«, panisch überlegte Zarç, wie er den Frater am schnellsten wieder loswurde.

»Nein, tatsächlich ist das ein gezielter Besuch – aber wie wär's, wenn wir das bei einer Tasse Kaffee besprechen?«

Quirinus trat vor ihm ins Wohnzimmer und Zarç bemerkte, wie er sich kritisch umsah.

»Sag bloß, du hast die Putzfrau entlassen?«

Er blieb an dem Esstisch stehen, fuhr mit dem Zeigefinger über die Tischplatte und starrte auf die glänzende Spur, die er hinterlassen hatte.

»Sie war mir einfach zu neugierig und ich will zurzeit keine fremden Leute im Haus haben.«

Zarç ging in die Küche und startete die Espressomaschine. In den Schränken suchte er nach einer sauberen Tasse.

»Wie laufen die Geschäfte?«, hörte er Quirinus fragen.

Von welchen Geschäften sprach sein Ordensbruder da?

Zarç blickte auf den Geschirrberg in seiner Küchenspüle und öffnete die Spülmaschine. Als er das ganze schmutzige Geschirr darin sah, fiel ihm ein, dass diese ja seit einiger Zeit kaputt war.

»Na, hast du wieder ein paar Verträge abschließen können?« Quirinus trat an die Küchentür und hob die Augenbrauen.

»Ich bin leider nicht dazu gekommen, die Tassen zu spülen – die Maschine hat das Zeitliche gesegnet ...«

Schnell wandte Zarç sich ab und stellte das Wasser an.

»Mir scheint, dass sich auch dein Rasierer verabschiedet hat«, sagte Quirinus spöttisch.

Unwillkürlich fasste Zarç sich ins Gesicht und fühlte seine Bartstoppeln; wann hatte er eigentlich das letzte Mal geduscht?

Quirinus trat neben ihn und nahm ihm die Tassen aus der Hand.

»Setz dich einfach, ich mach das schon.«

Zarç folgte wie automatisch der Aufforderung und schob ein paar Stapel alter Zeitungen auf dem Küchentisch zur Seite. Er dachte an das Kistchen am Treppenabsatz und hoffte, dass es sich ruhig verhielt.

»Ich mache mir Sorgen um dich, Zarç – wir haben dich schon einige Zeit nicht mehr im Orden gesehen. Bist du krank? Brauchst du Hilfe?«

Zarç blinzelte und starrte auf die Zeitungen. Er konnte sich nicht erinnern, ob er sie gelesen hatte, aber es war ja auch nicht wichtig. Er musste zurück zum Werktisch, es war nicht mehr viel Zeit bis Schwarzmond.

»Mir geht es gut, Bruder – ich habe mir nur ein paar Tage Auszeit genommen, nichts weiter. Zum Fasten und Meditieren. Exerzitien – du verstehst ...«

Quirinus hatte zwei Tassen gespült, stellte sie in die Espressomaschine und startete das Programm.

Er musterte ihn von oben bis unten, schien ihm das aber abzunehmen.

»Nun ja, du wirst schon wissen, was du tust. Ich wollte dich nur an die Organisation des Beltane-Ritus erinnern und fragen, ob wir das mit dem Wiederaufnahmeritual für Soror Artemia verknüpfen wollen?«

Beltane – die Nacht zum ersten Mai! Das erinnerte Zarç daran, dass die Zeit ihm davonrannte.

»Ah, Lily ...«

Zarç starrte in die Tasse mit dem schwarzen dampfenden Getränk, das Quirinus vor ihm auf den Tisch gestellt hatte, und setzte zum Reden an:

»Ich hab die Idee, dass der Orden wieder zwei Rituale macht. Das reguläre für die Fruchtbarkeit und das zweite, um ...«

Ein unüberhörbares hölzernes Geräusch drang von der Treppe zu ihnen hinüber, als würde ein schwerer Korbball die Holzstufen hinabkullern.

»... und das zweite, um den Schwarzen endgültig in die andere Welt ...«, fuhr er unbeirrt fort, inbrünstig hoffend, Quirinus hätte nichts bemerkt.

Der Bruder neigte zwar leicht den Kopf, schien ihm aber weiter zuzuhören. Gerade als Zarç dachte, es sei alles glimpflich abgelaufen, ertönte ein Quietschen und ein Knarren, wie wenn jemand ein schweres Möbelstück im Wohnzimmer über den Parkettboden ziehen würde.

Quirinus sprang auf und eilte dem Treppenabsatz entgegen, bevor Zarç es verhindern konnte.

»Wie – du hast sie noch, ich dachte, sie gammelt auf dem Grund des Bergsees vor sich hin!«

Quirinus' Stimme klang wie ein Donnergrollen.

Zarç seufzte und erhob sich. War ja klar, dass das Kistchen wieder Ärger machte! Er hätte es tatsächlich schon vor Jahren loswerden sollen.

Frater Quirinus hob die Kiste mit spitzen Fingern auf und starrte sie mit einer Mischung aus Faszination und Ekel an.

»Weißt du, ich dachte, bevor wir den Schwarzen für immer wegschicken, könnte er vielleicht den Inhalt des Kästchens wieder mitnehmen«, erklärte Zarç im Plauderton und versuchte seiner Stimme einen warmen und gütigen Klang zu verleihen.

»Selbstverständlich müsste Vicky auch dabei sein, dann tun wir uns leichter, sie zu trennen.«

»Wie kommst du darauf, dass der Schwarze hier noch rumgeistert – und was hat die Kleine mit alledem zu tun?«

Zarç hob die Augenbrauen an: Quirinus verstand es nicht, für ihn war das Ritual ja auch abgeschlossen und er hatte sich mit der Erschaffung der Kiste zufriedengegeben. Die ganzen Zusammenhänge des damaligen Abends hatten sich offenbar nur ihm selbst, dem großen Zarç, offenbart.

»Denk doch mal nach!«, flüsterte er und konnte sich ein Grinsen nicht verkneifen.

»Bevor er in Lily gefahren ist, als wir sie losschickten, ihn zu suchen ... Sie sagte, er habe einen Stern aus dem See geschöpft ... und dann habe er ihn verloren ... und was geschah neun Monate nach dem Ritual? ... Wer kam und wer ging? ... Und sie kann ihn sehen, Quirinus, Vicky kann ihn sehen! Ich hatte schon immer den Verdacht und lange nach ihr gesucht. Lily war schlau, sie wegzuschicken ... Und als meine eigene Nichte mir von der erfolgreichen Anrufung erzählte und dass Vicky dabei das Medium war ...«

Er war so überwältigt von seiner Brillanz, dass er nicht bemerkte, wie Frater Quirinus ein paar Schritte zurückwich.

»Zarkaraç, ich halte das alles für sehr weit her geholt. Wir haben das Hexenbrett untersucht und es hat keinerlei Signatur von dem Schwarzen aufgezeigt. Wo du da auch immer Verbindungen sehen magst, es gibt keine. Deswegen glaube ich auch nicht, dass es nötig ist, nochmal ein Ritual zu machen. Die Teenager haben Ouija gespielt und es ist ein Geist aufgetaucht, was ja auch Sinn und Zweck dieses Spiels ist. Das Geschenk hat nichts mit dem Dämon aus unserem Ritus zu tun - das sind die Fakten«, sagte Quirinus mit polternder Stimme und drückte ihm die Kiste in die Hand.

»Und wenn man es richtig bedenkt, besteht nicht mal die Notwendigkeit, Lily wieder aufzunehmen, zumal sie sowieso nicht den geringsten Wert darauf legt«, fuhr er mit Nachdruck fort.

»Ich werde mit den anderen Ratsmitgliedern darüber reden. Für mich ist die Sache keine Ordensangelegenheit mehr.«

»Du irrst dich, Quirinus!« Zarç musste sich beherrschen, ihn nicht anzuschreien.

»Die Kleine und der Dämon, die hängen irgendwie zusammen. Wir konnten zwar Lily und ihn trennen, aber irgendetwas ist da passiert ...«, es kostete Zarç einige Kraft, ruhig zu bleiben.

Quirinus sah ihn eine Weile stumm an, bevor er leise antwortete:

»Du hast die Kiste und Lily ihr Leben. Wir sollten es dabei belassen«, dabei legte er ihm die Hand auf die Schulter, wie um ihn zu beruhigen.

»Wenn ich dir als Freund einen guten Rat geben darf: Wende dich wieder der Realität zu. Was auch immer du für Exerzitien machst, sie tun dir nicht gut. Ich erwarte dich am Donnerstag in den Ordensräumen, wo wir das Frühlingsritual planen werden.«

Er nickte ihm zu und wandte sich zum Gehen.

»... Und was die Kiste anbelangt: Werd sie endlich los!«

Zarç bekam gar nicht mehr mit, wie Quirinus das Haus verließ. Das Einzige, woran er denken konnte, war, dass man ihm sein Ritual wegnehmen wollte. Er musste Alternativen finden, so kurz vor dem Ziel gab der große Zarkaraç nicht einfach auf. Das Kästchen quietschte in seiner Hand.

»Nein, nein, nein, mach dir keine Sorgen. Wir machen das. Ich verspreche dir, dass du nicht mehr lange alleine bist.«

Sein grimmiges Lächeln spiegelte sich auf der blankpolierten Fläche des Kistchens wieder.

33. Prüfungsvorbereitungen

»Und …? Jetzt streng dich halt mal an!«

Sebi hatte eine Falte zwischen den Brauen und versuchte ernst auszuschauen, während er in das aufgeschlagene Englischbuch blickte. Frustriert schloss Vicky die Augen und konzentrierte sich zum wiederholten Mal auf ihre goldene Kugel. Es gelang ihr nicht, sie für länger als ein paar Sekunden zu aktivieren. Verärgert schnaubte sie auf.

»So ein Mist! Es ist, als wenn ich da 'ne komplette Sperre hätte! Lassen wir es für heute, ich bin wohl ein totaler Legastheniker auf der anderen Ebene. Sobald ich mir sage, komm, wir gehen lesen, krieg ich ja gar nichts mehr gebacken!«

Sie wusste nicht, was sie falsch machte; an dem Abend, als sie mit Lilys Freundinnen »Verboten« spielte, hatte es doch auch geklappt.

»Mach mal halblang und komm mal wieder runter. Vielleicht brauchste einfach mal 'ne Pause?«

Er saß mit unterschlagenen Beinen auf dem Boden und kramte in den Taschen seiner Jeanskutte herum. Nach einer Weile fischte er eine verdrückte Packung Kaugummi hervor und hielt sie in Vickys Richtung. Vicky, die zwischen weichen Kissen auf dem Bett lümmelte, beugte sich vor, streckte ihren Arm aus und bekam einen in Zellophanpapier gewickelten Streifen zu fassen.

»Ach – mich nervt das alles. Hast du gesehen, wie ich mit links schreibe? Wie ein Kleinkind! Außerdem brauche ich viel zu lange! So kriege ich die Prüfungen nie hin!«

Sie deutete auf das Nachtkästchen, auf dem der Block mit den Hausaufgaben lag.

»Papa und Lily überlegen schon, ob sie mich nicht zurückstellen wollen!«

»Das ist doch Quatsch – du hast doch alles im Hirn, und es sind ja noch ein paar Tage hin. Geduld scheint nicht grad 'ne Stärke von dir zu sein, was?«

Vicky schnaubte und wickelte umständlich den Kaugummi aus dem Papier, während Sebi einen Stapel Spielkarten mischte. Es war seine Idee gewesen, ihre magische Fähigkeiten auszubauen, um dem Schwarzen bei der nächsten Begegnung nicht ganz so hilflos gegenüberzustehen; sie selbst hatte im Gegenzug vorgeschlagen, ihm das, was Lily ihr über die goldene Kugel beigebracht hatte, weiterzugeben. Leider erwies sich Sebi als vollkommen unbegabt, was ihn jedoch nicht davon abhielt, beharrlich zu üben. Das war schon fast bewundernswert.

»Rot, rot, schwarz«, murmelte er und deckte drei Karten hintereinander auf. Es war genau umgekehrt. »Hey, vielleicht funktioniert das bei mir ja irgendwie andersrum, was meinst du?«

Er lachte auf und klopfte sich auf die Schenkel. Vicky musste grinsen.

»Dann versuch's halt mal, kann ja sein, es klappt.«

Sie beobachtete, wie er sich konzentrierte und dann »Schwarz, rot, rot«, rief. Diesmal hatte er sogar einen Treffer.

»Yay! Wie cool! Ich hab vom ganzen Stapel zwei richtige, wenn ich so weiter mach, gewinn ich bestimmt mal im Lotto!«

»An deiner Stelle würde ich nicht versuchen, dein Geld mit Glücksspiel zu verdienen. So endest du sicher am Bettelstab«, konnte Vicky sich nicht verkneifen.

»Dann hilf mir doch einfach. Kannst du nicht so in mich fahren und mir vorsagen? Wär auch cool für die Proben, so.« Sebi zwinkerte sie an.

»Ich versprech dir auch, ich denk nur Gutes über dich, wenn du bei mir guckst.«

Vicky bekam einen roten Kopf. Sie hatte ihm unvorsichtigerweise erzählt, dass sie wusste, dass er dachte, sie hätte einen Hau, als sie damals nach dem Inhalt seiner Hosentaschen geschaut hatte.

Seitdem glaubte er, sie könne ständig in seinen Gedanken lesen, und es dauerte eine Weile, bis sie ihn davon überzeugen konnte, dass dem nicht so war.

»Du kommst ja echt auf Ideen, keinen Plan, ob das hinhaut ...«, sie zögerte etwas.

»Na, im schlimmsten Fall hör ich dann dauernd deine Stimme – dann hab ich sozusagen einen Ohrwurm, haha!« Er lachte lauthals und amüsierte sich köstlich über seinen eigenen Witz. Seine grünen Augen blitzten schelmisch auf, wieso war ihr seine Augenfarbe bislang noch nie aufgefallen?

»Jetzt komm, hilf mir. Kartenfarben kannst du ja aus'm Effeff.«

»Na gut. Aber das ist echt die letzte Übung heute, okay?«

Vicky setzte sich aufrecht hin und schloss die Augen. Sie hörte, wie Sebi die Karten mischte, und konzentrierte sich auf ihre Mitte. Die kleine Kugel pulsierte und drehte sich, nicht lange darauf fing sie an, sich auszudehnen. Dann kribbelte ihre ganze Haut und sie sah sich selbst das Bett verlassen und hinter Sebi treten. Er hielt die Spielkarten locker in den Händen und hatte die Augen zugekniffen. Sie beugte sich zu ihm hinüber und flüsterte in sein Ohr: »Rot, schwarz, schwarz, rot.«

Nichts geschah. Sie wiederholte die Worte, nun etwas lauter, aber er hörte sie nicht. Seufzend versuchte sie nun, sich auf ihn einzustimmen, sie starrte so lange auf seine Hände, bis sie selbst die Kanten der Karten fühlen konnte. Amüsiert stellte sie fest, dass er leise, in Gedanken, ‚Hänschen klein' sang. »Rot«, dachte sie und überlegte, ob es möglich war, beim Denken die Lautstärke zu regeln?

Sie hörte, wie Sebi weiterhin das Kinderlied trällerte, und hegte den Verdacht, dass das für die Aktion nicht sehr hilfreich war. Zudem ging es ihr langsam auf den Senkel, wie sollte man sich denn da konzentrieren?

»Roooohhhooot«, sie hätte so gerne geschrien, aber der in Wort gefasste Gedanke war bar jeglicher Emotion.

»Sprich halt mit mir«, sagte Sebi nun auch noch, das stresste sie immens.

‚… aber Mutter weinet sehr …', dudelte es weiter - erstaunlich, dass Sebi auch in seinem Kopf falsch und schief singen konnte – sie unternahm einen letzten Versuch, ihm die Kartenfarbe zu nennen.

»Herrschaftszeiten - hör halt mit dem ollen Lied auf, dann würdest du vielleicht auch mitkriegen, dass ich die ganze Zeit ROT sage!«

Vicky war so erschrocken, die Worte aus Sebis Mund zuhören, dass sie sofort in ihren Körper zurückgezogen wurde, was einen schlimmen Schwindel verursachte. Mit geöffneten Augen sah sie die Zimmerdecke wabern, es war fast so schrecklich wie im Noctem. Sogar ein leichter Brechreiz stellte sich ein, sie würgte ein paarmal, aber zum Glück blieb alles drin. Langsam atmete sie ein und aus, ihr Puls ging wie nach einem Sprint und die Kugel in ihrem Bauch pulsierte wie eine Warnleuchte. Es dauerte eine Weile, bis sie sie wieder ganz klein bekam. Als sie sich endlich gefasst hatte, warf sie einen Blick auf Sebi, der steif und mit weit aufgerissenen Augen auf die aufgedeckte Karte in seiner Hand starrte.

»Hey«, krächzte sie.

»Hey, alles o. k.??«

Er rührte sich nicht und sie merkte, wie die Übelkeit wieder in ihr aufstieg. Zudem fing ihr Gipsarm an, sich mit dumpfen Schmerzen bemerkbar zu machen.

»Scheiße, wach auf, mir ist schlecht!«

Sie griff panisch nach einem Kissen und schmiss es nach ihm, Tränen schossen ihr dabei in die Augen.

»Autsch, mach mal langsam mit den jungen Pferden!«

Endlich, Sebi bewegte sich und sprang auf.

»Soll ich dir einen Eimer holen?«

»Hilf mir hoch - ich muss ins Bad …«

Er zog an ihrem Arm, und als sie auf den Beinen stand, stürmte sie, so schnell sie konnte, über den Gang und schaffte es gerade noch rechtzeitig, den Kopf über die Schüssel zu halten.

»Ist alles o. k. bei euch da oben?«

Na toll - jetzt hatten sie auch noch Lily aufgescheucht. Vicky riss sich zusammen.

»Alles prima – ich musste nur dringend aufs Klo!«, rief sie durch die Tür.

Sie hoffte, es klang munter genug, um die Tante davon abzuhalten, in das obere Stockwerk zu kommen.

»Ist gut – macht auch langsam Schluss für heute, ihr lernt ja schon seit Stunden!«

Vicky hörte, wie Lilys Schritte sich Richtung Büro verzogen, und atmete auf. Nachdem sie den Mund am Waschbecken ausgespült hatte, ging sie ins Zimmer zurück.

Sebi räumte gerade die Sachen vom Boden und sah sie besorgt an.

»Maaann, hast du mir 'n Schrecken eingejagt.«

»Iiiich? Iiiich hab dir einen Schrecken eingejagt?«

Sie war so sauer, dass sie ihn in den Oberarm boxte.

»Du bist so ein Idiot! Was glaubst du, was ich gedacht hab, als du einfach so rumgesessen bist und nichts mehr gesagt hast! Das war das letzte Mal, dass ich auf dich gehört hab! Ich hab geglaubt ...«

Er hielt sie am Arm fest und sah sie amüsiert an.

»Hast geglaubt, du hättest mich kaputtgemacht, was? Keine Sorge, da braucht's schon ein bisschen mehr als das. Ich war einfach total begeistert, wie du das angestellt hast - es hat gestimmt, die Karte war rot.«

Sie riss sich los und schüttelte ungläubig den Kopf. Hatte er überhaupt mitbekommen, was tatsächlich passiert war?

»Sebi«, setzte sie zum Reden an, ihre Stimme zitterte.

»Ich habe gerade ...«

»Jetzt mach mal ein fröhliches Gesicht, Vicky«, fiel er ihr freudestrahlend ins Wort.

»Ich bin ja nicht ganz blöde, wir haben einen immensen Durchbruch geschafft: Endlich haben wir eine Methode gefunden, wie du mir bei der mündlichen Prüfung einsagen kannst!«

Er kicherte und stupste sie an.

Vicky verdrehte die Augen. Manchmal erinnerte er sie wirklich an einen verspielten Hund.

»Hey, jetzt lach doch mal – oder ist dir noch schlecht? Ist es immer so, wenn du sowas machst?«

»Nein – das war das erste Mal. Ich glaub, ich bin einfach zu schnell aus dir raus.«

Sie setzte sich auf die Bettkante und musterte ihn kritisch.

»Und dir geht's wirklich gut? Wie war das denn so für dich? Hast du was gemerkt?«

Sebi überlegte kurz.

»Naja, eigentlich nicht, ich war ja dabei, an nichts Besonderes zu denken. Dann hab ich laut gesprochen, wie wenn ich einfach 'n Gedanken aussprech - hat nicht weh getan oder so – als wär's aus mir selber rausgekommen, wie 'ne Idee, weißt du, was ich mein? Wie wenn ich plötzlich 'ne Erkenntnis gehabt hätte.«

Das war wirklich interessant. Hieß das, man bekam gar nichts mit, wenn ein anderer in einem drin war?

»Sebi, irgendwas musst du aber doch gemerkt haben, ich kann doch nicht einfach die Steuerung übernehmen, denk doch mal nach. Gänsehaut vielleicht?«

Er kratzte sich am Kinn und setzte sich zu ihr auf die Bettkante. Nach einer Weile meinte er: »Ja, hmm, also zuerst fühlte mich irgendwie beobachtet, so ein komisches Gefühl im Nacken. Dann hat's mich leicht gefroren, aber nicht schlimm, ich dachte einfach, der Boden sei kalt. Hilft dir das weiter?«

Vicky seufzte.

»Also nächstes Mal musst du besser drauf achten. Und ich darf nicht so abrupt raus, das ist ja, als wenn ich zu schnell zu viel gesoffen hätte ...«

Sie hangelte nach dem Schulblock und schlug eine neue Seite auf.

»Wir sollten uns ein paar Erkenntnisse notieren, was meinst du?«

Lächelnd sah Sebi sie an.

»Find ich cool, dass wir weitermachen. Und wenn wir dadrin fit sind, vielleicht überlegst du's dir dann doch noch mit der mündlichen Prüfung?«

»Boah, ich glaub, du gehst jetzt heim, bevor ich dir doch noch eine mitgeb!«, rief Vicky halb im Scherz.

Er warf einen Blick auf die Uhr.

»Tatsächlich fährt auch mein Bus gleich. Also, wenn du heute Abend noch experimentieren willst – ich lieg ab neun im Bett und tu einfach mal nichts. Darfst gern mit mir durch unsere Wohnung laufen, wenn du magst.«

»Das ist viel zu schwierig, das schaff ich nie. Aber danke sehr fürs Angebot. Wenn ich nur wüsste, wie ich das bei dem Seelenfänger anwende, wär mir echt geholfen.«

»Sei nicht so unkreativ - du wärst, glaub' ich, die Erste, die'n Dämon fernsteuern könnte, haha. Scherz beiseite, also - ich schlaf auch mit den Händen auf der Decke – versprochen!«

»Du bist der größte Idiot, den ich kenne!«, rief sie lachend, »Mach dich vom Acker!«

»Bis Montag! Ich find schon alleine raus!«

Er stürmte die Treppen runter, ein »Tschüss, Frau Mayr, ich verpass meinen Bus!« auf den Lippen.

Vicky ertappte sich dabei, wie sie ihm grinsend nachsah.

Nach dem Abendessen fragte sie Lily, ob sie eine Kerze und etwas Räucherwerk bekommen konnte.

Die Tante sah sie zwar kritisch an, schien jedoch keine Einwände zu haben. Sie kramte eine Weile im Küchenbuffet herum und förderte schließlich einen schlichten Kerzenständer und ein kleines Räucherfässchen aus Messing mit einem engmaschigen Sieb zu Tage. Aus den rosaroten Hängeschränkchen holte sie eine Packung Räucherkegel, eine weiße Stabkerze und eine Streichholzschachtel hervor.

»Achte darauf, dass sie keine Zugluft abbekommen, auf einem festen Untergrund stehen und nichts Brennbares in der Nähe ist«, schärfte sie ihr ein. Vicky war fast beleidigt; sie war doch kein kleines Kind mehr, das im Umgang mit Feuer eine Einweisung brauchte. Doch sie bedankte sich artig.

»Wenn du irgendwelche Fragen hast, dann komm einfach«, damit wandte sich Lily dem Abwasch zu. Sie war recht wortkarg in letzter Zeit, fiel Vicky auf.

»Also, ähm, soll ich dir noch irgendwie helfen ...?«

Sie fühlte sich etwas nutzlos.

»Nein, Schatz, nun geh halt zu. Ich komm damit schon klar.«

Lily warf ihr noch ein strahlendes Lächeln zu, bevor sie sich an das Schrubben der Töpfe machte.

Langsam stieg Vicky die Stufen zu ihrem Zimmer hinauf. Ihr Herz klopfte schneller als sonst, denn sie hatte während des Abends beschlossen, Sebis Angebot anzunehmen und seine Wohnung in seinem Körper auszukundschaften. Sie hatte keine Ahnung, ob es funktionierte, darum hoffte sie, dass die Kerze und das Räuchern vielleicht ihre Gabe verstärken konnten. Schließlich saß Lily ja auch Morgen um Morgen im Schein des Kerzenlichts, umwabert von Weihrauchdämpfen, vor ihrem Altar. Irgendeine Wirkung musste das ja haben.

In ihrem Zimmer angekommen, machte sie sich ein Kissen zurecht, auf dem sie sitzen wollte. Die neuen Schätze stellte sie vor sich auf den Boden. Vorsichtshalber suchte sie noch Melchiors Kette und den Anhänger mit der doppelköpfigen Schlange heraus – ihre zwei Glücksbringer. Man wusste ja nie.

Vicky steckte die Kerze in den Ständer und zündete sie an, bevor sie das Licht löschte. Dann fummelte sie einen der Räucherkegel aus der Verpackung und hielt ihn in die Flamme. Vorsichtig stellte sie ihn dann auf das Räuchergefäß. Alles fühlte sich so neu und so spannend an, sie merkte, wie sie zitterte. Wie sollte sie nun weitermachen? Sie erinnerte sich daran, dass Lily viel betete, und so dachte sie an die Stella Maris unten im Wohnzimmer und murmelte:

»Liebe Mutter. Bitte hilf mir bei meinem Experiment. Sei bei mir und unterstütze mich bei dem, was ich vorhabe. Amen«

Es war nichts Großartiges, aber es fühlte sich gut an. Dann setzte sie sich, so bequem es ging, auf das Kissen, schloss die Augen und konzentrierte sich auf ihre Mitte. Diesmal ging es viel schneller als am Nachmittag und als sie so weit war, versuchte sie sich Sebi vorzustellen, wie er in seinem Bett lag.

Das war schwierig, sie wusste nicht, wie sein Zimmer aussah und was für Bettwäsche er hatte.

Irgendein Anhaltspunkt wäre echt hilfreich gewesen! Als er vor ihr auf dem Boden gesessen hatte, war es viel einfacher gewesen.

Sie versuchte sein Bild vor ihrem inneren Auge zu sehen, seine langen Haare, seine grünen Augen. Das Kribbeln auf ihrer Haut wurde fast unerträglich. Dann, ganz unerwartet, sah sie dunkle Locken, eine sommersprossenbedeckte Nase und eine grobe Wolljacke. Etwas zog an ihrem Hinterkopf und sie saß plötzlich neben Melchior auf einer Wiese unter einem von Sternen übersäten Himmel.

Er hatte die Hände in den Taschen vergraben, den Kopf in den Nacken gelegt und starrte mit einem leicht verzückten Gesichtsausdruck nach oben. Mit klopfendem Herzen folgte sie seinem Blick und blickte in Sternbilder, die ihr nichts sagten. Sie sah ihn an und fand es seltsam, einfach so bei ihm zu sein. Nach einer Weile senkte er den Kopf und sah sie überrascht an.

»Victoria?«

Ihr blieb fast das Herz stehen.

»Du kannst mich sehen?«

Ach du Kacke, wie erklärte sie ihm das nun?

»Ja, wieso sollte ich dich nicht sehen können, was tust du hier? Ich hab dich gar nicht kommen hören!« Er sah sich um und kräuselte die Stirn, was in ihren Augen einfach umwerfend aussah.

»Ähm, ich muss dir gestehen, eigentlich bin ich auch gar nicht hier, sondern daheim in meinem Zimmer ... Ich probier da was aus, weil, naja, wie soll ich's dir erklären ...«, sie leckte sich nervös über die Lippen, wahrscheinlich hielt er sie nun für vollkommen bekloppt.

»Komm her ...«, er zog sie unter seine Jacke und war sichtlich unruhig.

Die grobe Wolle kratzte, doch sein Körper war warm und weich und er roch nach getrocknetem Heu.

»Hör zu, das darfst du niemals wieder tun, hörst du mich«, seine Stimme hatte einen hektischen Klang.

»Er merkt es, wenn du unterwegs bist, und er wird dich holen. Hier kann ich nicht viel für dich tun.«

Melchior nahm ihren Kopf zwischen seine Hände und sah sie bittend an. Die Sterne spiegelten sich in seinen Augen wieder; er war so schön, dass es ihr fast den Atem nahm. Doch seine Worte hallten in ihren Ohren.

»Wer, er? Meinst du den Schwarzen?«

Leichte Panik stieg in ihr auf.

»Ja. Der Dunkle, der die Lichter bringt. Mal an einen Ort, mal an einen anderen. Komm nicht wieder her, liebe Victoria. Er weiß, dass ich dich gefunden habe. Und solange du zu Hause bist, bist du sicher.«

»Aber ich will bei dir sein!«, rief sie. Nun war es ausgesprochen.

Melchior sah sie mit sanften Augen an.

»Ich weiß es. Aber nicht jetzt. Die Zeit wird kommen. Geh zurück, wir sehen uns bald!«

Ein Wind kam auf, und Vicky hörte ein Geräusch wie von riesigen Flügeln. Sie duckte sich und presste sich an seine Brust.

»Stell dir vor, wie du in deinem Zimmer bist, Victoria. Kehr heim. Schnell.«

Alles drehte sich und etwas zog an ihrem Hinterkopf, wie wenn dort ein Seil befestigt war. Sie schloss die Augen und hoffte, ihr würde nicht wieder übel, während sie sich ganz dem Ziehen überließ. Dann fühlte sie einen Schrecken, wie manchmal kurz vor dem Einschlafen, wenn sie dachte, sie stolperte eine Treppe hinunter. Unsanft landete sie in ihrem Körper, der bestimmt an die hundert Tonnen wog. Sie getraute sich nicht, die Augen zu öffnen, und als sie es tat, war ihr noch schlechter als am Nachmittag. Eilig sprintete sie auf die Toilette und erbrach das ganze Abendessen.

Diesmal blieb ihre Aktion nicht unentdeckt, Lily war mit schnellen Schritten oben und legte ihr die kalte Hand auf die Stirn. Nach einigen Minuten war alles vorbei und die Tante hielt ihr einen feuchten Waschlappen hin. Sie schien abzuwarten, bis sie sich gefangen hatte, und sah sie dann liebevoll an.

»Die ersten Male sind die Hölle, aber wenn du rausbekommen hast, wie es funktioniert, hält es sich in Grenzen.«

Erstaunt sah Vicky sie an.

»Wie, du kennst das auch?«

Die Tante nickte.

»Das erste Mal traf es mich komplett unvorbereitet. Ich war ungefähr dreizehn Jahre alt und saß über einer Probe. Zugegebenermaßen war ich nicht sehr gut in der Schule und stellte mir vor, wie es wäre, die Streberin Caroline zu sein, die zwei Bänke vor mir saß. - Und plötzlich stand ich hinter ihr und starrte auf ein fein säuberlich beschriebenes Blatt mit mathematischen Berechnungen! Ich war recht schnell wieder in mir selbst, aber die Probe war für mich gelaufen, weil ich nämlich dann auf den Tisch gespuckt hab.«

Vicky hätte gerne gelacht, musste sich jedoch erneut über die Schüssel beugen.

»Es ist die Geschwindigkeit«, fuhr Lily fort, während sie ihr leicht auf den Rücken klopfte.

»Man darf nicht zu schnell zurück.«

Vicky schnäuzte sich und hätte heulen können, so elend ging es ihr. Vorsichtig nahm Lily sie in den Arm und strich ihr die Haare aus der Stirn.

»Ich weiß, es fühlt sich an wie ein Fluch, Vicky, aber das ist es nicht. Es ist nichts Böses, wir können Gutes damit tun.«

»Scheiße, ich mach das nie wieder, Lily, mir tut alles weh!«, wimmerte sie.

Ihr Kopf brummte, als würde er gleich explodieren.

»Beruhige dich. Ich mach dir sofort einen Tee – aber vorher erzähl mir bitte, wo du warst. Wo warst du, Vicky?« Lily schob sie auf Armlänge von sich weg und sah sie eindringlich an.

»Ich wollte den Sebi ausspionieren, aber irgendwie bin ich bei Melchior gelandet«, hilflos wischte sie sich die Augen. Tante Lily schüttelte den Kopf.

»Auf Entfernung funktioniert das nicht, aber das kannst du ja nicht wissen. Die Person muss in der Nähe sein. - Für alles andere braucht man Hilfsmittel ...«

Vicky blinzelte. Das erklärte, warum Lily in der Nacht im Noctem auf einen Anruf gewartet hatte, anstatt sie irgendwie aufzuspüren.

»Es war richtig unheimlich, Lily, er – er sagte, ich soll sofort wieder gehen, der Dunkle würde mich dort finden! Was hat er damit gemeint? Und wieso konnte er mich sehen ...«

Sie merkte, wie sie erneut zu heulen anfing.

»O. k., du schläfst heute Nacht bei mir. Keine Widerrede.«

Obwohl Vicky sich nach Lilys Worten wie ein Kleinkind fühlte, was sie doch froh, nicht allein sein zu müssen. Sie ließ sich widerstandslos in das Zimmer ihrer Tante führen und ins Bett bringen.

»Ich mach noch deine Kerze aus und bereite dir was gegen die Übelkeit. Bin gleich wieder da, ja?«

Sie nickte und starrte auf die ganzen Hexenutensilien in dem Raum. Nicht zum ersten Mal wünschte sie sich, sie wäre einfach normal.

Zeit der Offenbarungen

34. Schutzgeist

Die ganze Nacht über wälzte sich Vicky in Lilys Bett hin und her. Sobald sie die Augen schloss, sah sie abwechselnd Melchior, den Schwarzen oder auch sich selbst, wie sie herumlief und anderer Leute Gedanken ausspähte. An Schlaf war überhaupt nicht zu denken. Dass ihre Tante zudem beschlossen hatte, lieber an ihrem Schreibtisch zu sitzen und dicke Bücher zu wälzen, statt sich zu ihr zu legen, machte das Ganze auch nicht besser. Aber sie wollte nicht alleine in ihrem Zimmer sein, also nahm sie das alles in Kauf.

Irgendwann musste sie dann doch eingedöst sein, denn als sie die Augen aufschlug, schien die Sonne bereits durch die Balkontür.

Lily hatte den Arbeitstisch abgeräumt und darauf fürs Frühstück gedeckt, was sehr ungewöhnlich war, wenn man bedachte, dass sie beide in der Früh höchstens einen Kaffee zu sich nahmen. Sie saß an der Stirnseite und knabberte an einem Croissant, während sie eifrig irgendwelche Notizen studierte.

Vicky setzte sich auf und streckte sich vorsichtig; zum Glück schien ihr Körper wieder normal zu sein, denn er fühlte sich so an wie immer. Die Schmerzen im Gipsarm waren fast verschwunden.

Nach dem bitteren Salbeitee von gestern Abend hatte sie erst gedacht, sie müsse sich erneut übergeben, aber erstaunlicherweise schien er ihr geholfen zu haben.

»Ah, du bist wach!«, Lily nickte ihr zu und deutete auf den leeren Stuhl.

»Komm, setz dich und iss was. Du brauchst etwas im Magen, wir haben heute einiges zu tun.«

Neugierig trat Vicky näher und nahm an dem ausladenden Tisch Platz. Es gab Gebäck, Schnittwurst und Marmelade sowie eine

Kanne Kaffee und Orangensaft. Augenblicklich fing ihr Bauch an zu knurren und sie griff beherzt nach einem Brötchen.

In Lilys Zimmer zu frühstücken hatte was – es fühlte sich an, als sei sie im Urlaub von der echten Welt.

»Ich habe die ganze Zeit nachgedacht und versucht, alle Informationen, die wir haben, zusammenzutragen«, die Tante hielt die beschriebenen Blätter hoch.

Erstaunlicherweise sah man ihr überhaupt nicht an, dass sie die Nacht über auf gewesen war.

»Allerdings habe ich das Gefühl, es fehlt was, und drum brauch ich deine Hilfe.«

Vicky schnitt umständlich das Brötchen mit der linken Hand auf und beschmierte den Deckel dick mit Butter, auf den Boden kamen drei Scheiben Wurst.

»Gut, was willst du wissen?«, fragte sie zwischen den Bissen.

»Dieser Unfall – als ihr die Katze überfahren habt. War da etwas Ungewöhnliches dabei?«

»Du meinst, außer dass ich den Schwarzen gesehen hab?«

Es schien ein halbes Leben her zu sein, sie dachte eine Weile nach.

»Hm, weiß nicht ... das Auto hat gerumpelt, Sandy und Emil stiegen aus. Ich wollte auch aussteigen und dann tauchte er auf ...«

Sie schloss kurz die Augen.

»Denk bitte nochmal genau nach, was war anschließend?«, Lily ließ nicht locker.

»Also, Papa rief an, er war ebenfalls auf der Rückfahrt, allerdings von der anderen Seite der Stadt. Er meinte, an unserer Auffahrt hätte es einen schweren Unfall gegeben ...«

Jetzt fiel es ihr wieder ein, die Regionalzeitung hatte es am nächsten Tag als Aufreißer gebracht. Sie hatte nur kurz einen Blick darauf geworfen und von alledem nichts wissen wollen, es war einfach zu schrecklich gewesen.

»Drei junge Erwachsene sind umgekommen, stand am nächsten Tag in der Zeitung. Der Fahrer hatte wohl einiges getrunken und fuhr viel zu schnell«, sie bekam eine Gänsehaut.

»Sie sind an der Auffahrt zur Schnellstraße aus der Kurve geflogen. Wenn wir nicht durch die Katze aufgehalten worden wären, wären wir wahrscheinlich im gleichen Moment dort gewesen wie das Unfallfahrzeug ...«

Sie wollte nicht weiter darüber nachdenken. Das Schicksal hatte es gut gemeint und außer einer toten Katze waren sie alle heil aus der Geschichte herausgekommen.

Lily runzelte die Stirn und machte sich Notizen, während Vicky das Brötchen fertig kaute und sich Orangensaft einschenkte.

»War noch etwas ungewöhnlich? Es ist wichtig, wir brauchen jedes Detail.«

»Hmm, nein, oder doch ...?«

Sie sah sich selbst auf dem Rücksitz des Jettas, die Stirn an der kühlen Scheibe.

»Ich war total aufgewühlt von dem Abend und wusste nicht, ob das alles ein übler Scherz war ... Sandy wollte mich beruhigen und kurz vor dem Knall ...«

Eine Gestalt stand am Straßenrand, sie sah sie aus den Augenwinkeln, doch Emil fuhr zu schnell.

»Da war jemand, draußen, am Auto.«

Sie spulte die Szene zurück, es war nicht der Seelenfänger, dessen war sie sich sicher.

Lily beugte sich zu ihr rüber.

»Mach die Augen zu«, sagte sie leise.

»Sei ganz entspannt ... du machst das gut ... du bist wieder auf dem Rücksitz, ... auf welcher Seite sitzt du?«

»Ich sitze hinter Sandy auf der Beifahrerseite.«

»Was sagt Sandy?«

»Sie sagt: Süße, ist alles o. k.? - sie hat sich zu mir umgedreht - da, ein Schatten.«

Ihr Herz pochte und sie vergaß fast zu atmen.

»Halte die Szene fest, Vicky, du kannst es. Stoppe das Auto. Was siehst du?«

Sie hatte die Welt angehalten und saß nun als Einzige, die sich noch bewegen konnte, in Emils Jetta. Durch das Seitenfenster starrte sie nach draußen.

Im Schein des Vollmondes stand eine Gestalt am Straßenrand. Sie war dick angezogen, mit einer gestrickten Mütze und einer altmodischen groben Jacke. In ihrem Arm hielt sie ein Bündel, etwas mit Fell, schwarz-weiß gescheckt. Vicky kniff die Augen zusammen, diese grobe Jacke kam ihr bekannt vor.

»Melchior«, flüsterte sie entsetzt.

Die Landschaft außerhalb des Fensters bewegte sich mit einem Sprung, wie ein Standbild, das in das nächste Bild wechselte. Sie sah, wie Melchior das Fellbündel losließ und es im darauffolgenden Bild direkt unter das Auto sprang.

»Ich habe Melchior gesehen«, krächzte sie, ihre Kehle war ganz trocken.

»Und er ... er hat uns die Katze ins Hinterrad geworfen!«

»Bist du dir sicher?«

»Ja«, sie schluckte, »es ist Melchior.«

Was hatte das zu bedeuten? Spielte ihre Erinnerung ihr einen Streich?

Lily zog sich die Brille ab und massierte sich den Nasenrücken.

»Ich brauche eine kurze Raucherpause, danach können wir reden, ist das in Ordnung für dich?«

Vicky war so verwirrt, sie wusste nicht einmal mehr, was in Ordnung war und was nicht. Das Brötchen bekam einen faden Geschmack, auch der Orangensaft schmeckte nicht mehr nach Orangen.

Sie sah sich um und alles kam ihr so unwirklich vor.

Was war denn überhaupt noch echt und was fand nur in ihrem Kopf statt? Sie hatte das Gefühl, sie würde gleich ausflippen.

Zum Glück kam Lily bald zurück und legte ihr beruhigend die Hand auf die Schulter.

»Hast du schon mal etwas von Schutzgeistern gehört?«

Da musste sie passen – das erste Mal hatte irgendein Mädchen auf der Halloween-Party damit angefangen, aber sie hatte kaum hingehört. Oh, wie sie diesen Abend verfluchte!

»Manche nennen sie auch Schutzengel. Das sind Wesen, deren Aufgabe es ist, auf bestimmte Menschen aufzupassen und ihnen zu helfen. Was auch immer du von Melchior halten magst, er scheint mir so ein Wesen zu sein. Er hat euch allen an diesem Abend das Leben gerettet ... Vicky, hörst du mir zu?«

Melchior – ein Schutzgeist? Nicht einfach ein Junge? Ein total süßer, aber einfach ein Junge?

»Moment, Lily das kann nicht sein, ich kann ihn anfassen. Und die Tiere, sie kommen zu ihm und lassen sich streicheln. Du hast ihm doch selbst die Hand geschüttelt, nein, du täuschst dich!«

Aufgeregt sprang sie auf und wusste doch nicht, wohin sie gehen sollte. Bestimmt mochte Lily ihn nicht und wollte ihn ihr madigmachen ...

»Du willst nur, dass wir nicht zusammenkommen, weil du neidisch bist, weil – weil ich jemanden hab und du nicht!«, rief sie vor Zorn.

Lily lehnte sich zurück und sah sie kühl an. Ihre Lippen bildeten fast einen Strich.

Vicky merkte, wie sich rote Flecken in ihrem Gesicht ausbreiteten, sie holte tief Luft und versuchte sich zu beruhigen.

»Wenn du fertig bist, können wir ja weitermachen«, meinte Tante Lily nach einer Weile. Ihre Stimme war eiskalt und schnitt Vicky fast körperlich ins Fleisch.

»Sei vernünftig und schalte dein Gehirn ein. An welchen Orten hast du ihn bislang angetroffen?«

Was sollte diese blöde Fragerei?, dachte Vicky ärgerlich, antwortete jedoch, wenn auch mit Widerwillen.

»Hier vor dem Haus, unten auf dem Friedhof, oben bei den Wildständen – und im Noctem.«

Lily seufzte, schüttelte leicht den Kopf und sagte mit sanfter Stimme, wie wenn sie ihr irgendetwas beibringen musste:

»Unser Haus steht auf der Grenze zur anderen Welt, Vicky. Ganz früher hieß es, der Ort sei verflucht und böse Elfen oder Feen würden hier umgehen. Eigentlich hätte ich es wissen müssen, eine Kreuzung, an der drei Wege aufeinandertreffen, außerhalb des Dorfes, das ist kein guter Platz für ein Heim. Im Mittelalter hat man gerne Verbrecher an solchen Weggabelungen hingerichtet. Mir wurde das leider erst bewusst, als ich die erste Nacht in diesem Haus verbracht habe. Die ganzen Schutzvorrichtungen hier«, sie zeigte auf die Fenster, »sie dienen dazu, diese Wesen davon abzuhalten, ins Haus zu kommen. Nach der Sache mit deinem Gnom musste ich noch etwas nachjustieren, aber das bedeutet auch, dass Melchior es nicht schaffen wird, sich weiter als bis zur Einfahrt dem Anwesen zu nähern.«

Vicky dachte an den Abend, als er sie in den Graben gestoßen hatte, um zu verhindern, dass sie überfahren wurde. Er hatte sie exakt bis zur Einfahrt gebracht. Sie hatte sich nichts dabei gedacht, vielleicht wollte er einfach Lily nicht begegnen.

»Der Friedhof – nun, das spricht ja wohl für sich, und wenn du von dem Tierstand da oben im Wald sprichst, das ist ein sogenannter Kraftort. Davon gibt es hier recht viele, die Bauern haben früher meist eine kleine Marienkapelle oder Ähnliches darauf errichtet. Diese Orte sind etwas Besonderes, dort sind die Grenzen zur anderen Welt sehr dünn, so wie hier auch.«

Mit großen Schritten durchquerte Vicky das Zimmer und steuerte das Fenster an, von dem aus man das Feld sehen konnte. Der Schnee war geschmolzen, doch ganz deutlich sah sie vor ihrem inneren Auge das Wilde Heer, das sich damals aus dem Sturm gebildet hatte – und Melchior, wie er hinter ihnen hergestapft war. Sie rieb sich die Stirn und drehte sich um.

»Und das Noctem? Dafür hast du keine Erklärung, was?«

»Du warst in Gefahr, Vicky, und lass mich raten – war es zufälligerweise Vollmond?«

Das Vollmondwürfeln! Sie hatte eine Eins beim Geißen-Maß-Würfeln gehabt.

Sie wollte nicht zugeben, dass Lily recht hatte, das konnte nicht sein.

»Aber du hast ihn doch auch gesehen und ihm die Hand gegeben!«

Lily schien nach den richtigen Worten zu suchen.

»Ich habe ihn zuerst *nicht* gesehen, Vicky. Es war beinahe wie bei dem Gnom damals, erinnerst du dich?«

Allzu deutlich sah sie den kleinen verschrumpelten Mann vor sich, der ausgerechnet an ihren Lieblingsspielsachen Gefallen gefunden hatte. Erst hatte sie gedacht, Lily hielte sie für eine Lügnerin, sie wäre nie auf die Idee gekommen, dass ihr merkwürdiger Besucher nur für sie sichtbar war.

»Ich musste mich erst auf Melchior einstellen und dann war er zwar da, aber ganz blass. Ich würde behaupten, dass ich die anderen Wesen besser sehen kann als ihn. Und anfassen konnte ich ihn auch nicht, er war wie ein Windhauch ...«

Sie kräuselte die Stirn und machte eine kurze Pause, wie wenn sie nachdenken würde. Schließlich fuhr sie fort.

»Aber es ist doch auch egal, was er ist, meinst du nicht? Er ist dein Beschützer – er hat dir ein paarmal das Leben gerettet.«

Melchior, ein Schutzgeist? Das glaubte sie nicht, er fühlte sich an wie aus Fleisch und Blut, Lily musste sich täuschen ...

Plötzlich blitzte es in ihren Augen auf, eine längst verdrängte Szene kam ihr wieder in den Sinn.

Sie wurde ganz ruhig und versuchte so normal wie möglich zu klingen.

»Wenn Melchior mein Schutzengel ist, dann muss ich ja zwei von denen haben«, sie machte eine kunstvolle Pause, um den folgenden Worten eine besondere Bedeutung zu geben:

»Bei der Séance nämlich, da wollte Patty, dass ich meinen Schutzgeist anrufe. Und das hab ich auch. Ich habe ihn gerufen, und erschienen ist der Dunkle - der Seelenfänger!«

Der Satz schlug ein wie eine Bombe, denn Lilys Gesicht blieb einfach stehen.

Unsicher setzte Vicky sich wieder hin und merkte, wie ihre Hand zitterte.

Die Ungeheuerlichkeit des Satzes wurde ihr jetzt erst bewusst, nachdem sie ihn ausgesprochen hatte, und sie bekam es mit der Angst zu tun. Ihre Gedanken überschlugen sich.

Was hatte der schwarze Mann mit Melchior zu tun? Wie konnte es sein, dass beide sie beschützen wollten, wo doch der eine ein Seelensammler war? Und überhaupt, Melchior - was war das für einer, er hatte eine Katze getötet, um ihr Leben zu retten - was war er noch bereit zu tun?

Rechtfertigte die Rettung der einen den Tod anderer? Ihr wurde plötzlich kalt.

Draußen auf dem Balkon krähte unheilvoll ein Rabe.

35. Ritualplanung

Nach dem Dritt-Grad-Ritual war Verus der Letzte, der den Tempel verließ. Er hatte sich vergewissert, dass das Feuer in den Brennschalen tatsächlich erloschen war, und danach die Entfeuchter entleert. Zwar hatte er diese Aufgaben dem Obmann der Gruppe übertragen, doch die Ordensmitglieder schienen allesamt etwas anderes im Sinn zu haben als die magische Arbeit. Nachdem sie sich umgezogen hatten, war einer nach dem anderen gegangen. Es gab Zeiten, da hatten sie wenigstens noch eine halbe Stunde zusammengesessen; nun kam es ihm vor, als wenn alle die Ritualarbeit als lästige Pflicht empfinden würden.

Mit einem leichten Gefühl der Enttäuschung schloss er die Tempeltür ab und ging die Treppen hoch. Aus dem Atrium hörte er gedämpfte Stimmen und horchte auf. Auch wenn die Mitglieder nun doch noch zusammensaßen – das Atrium war den Vorlesungen und Ratsversammlungen vorbehalten. Sich dort außerhalb dieser Zeiten aufzuhalten, verstieß gegen die Regeln.

Erbost trat er auf die angelehnte Tür zu und wollte schon einen Verweis von sich geben, als er die Stimmen von Quirinus und Zarkaraç erkannte, die in eine hitzige Diskussion verstrickt waren.

»... Das Ritual wurde korrekt beendet, Zarç – es hat zwar einige Spuren hinterlassen, aber es wurde zu Ende geführt und die Entität in ihre Sphäre zurückgeschickt – so, wie es Vorschrift ist«, hörte er Quirinus' unverkennbare tiefe Stimme.

»Aber als wir Lily von ihm ... befreiten ..., da ist etwas passiert, ich weiß es. Warum sonst sollte er wieder da sein und sich an die Kleine geheftet haben?«, der Klang in Zarçs Tonfall beunruhigte Verus und er schlich näher, in der Hoffnung, einen Blick auf ihn erhaschen zu können.

»Mooment. Die Einzigen, die das behaupten, sind Lily und du. Aber gesehen hat ihn von euch auch niemand. Du stützt dich hier auf die Aussagen eines Teenagers, der seiner ersten Geisterbeschwörung beigewohnt und die Nerven verloren hat. Deswegen sollen wir nochmal ein Ritual machen? Um eine Verbindung zu trennen, von der wir nicht mal wissen, ob sie existiert?«

»Lily sagte doch, es sei dieselbe Signatur wie im Ritus gewesen«, Zarç klang nun einschmeichelnd und Verus, der fast am Türspalt klebte, runzelte die Stirn.

»Weil sie nicht wusste, dass du ihr während des Rituals die ganze Zeit über die Hand auf die Schulter gelegt hast, um ihr einzusagen. Sie hat *deine* Signatur erkannt, Zarç, nichts anderes.«

Lily war als Medium benutzt worden, dachte Verus aufgeregt, er hatte es geahnt!

»Es wäre einfacher gewesen, das Mädchen hätte das Brett befragt, dann wüsste ich mit hundertprozentiger Sicherheit, ob sie den Schwarzen tatsächlich gerufen hat. Leider habe ich nicht bedacht, dass sie so zart besaitet ist. Die Ladung war wohl zu hoch dosiert.«

In der darauffolgenden Stille atmete Verus ganz flach, damit man ihn nicht entdeckte.

»Was für eine Schnapsidee, das Geschenk unter Lilys Baum zu schmuggeln ...«

Verus hörte ein Geräusch, wie wenn jemand eine Tasse auf den Tisch hin und her schob. Hatte Quirinus etwa wieder einen Kaffee mit hineingenommen?

»... ich hielt sie für grandios. Es hätte ja klappen können! Sie haben den Kofferraum des Wagens offen stehen lassen. Durch meine Nichte wusste ich, dass Vicky für eine Weile bei Lily sein würde - den ganzen Morgen habe ich gewartet, und dann habe ich das Geschenk in eine der Taschen getan.«

Zarç kicherte. Er hörte sich unheimlich an, Verus bekam eine Gänsehaut.

»Natürlich vermutete ich nur, dass Vicky den Schwarzen gerufen hatte, Patty war zudem auch noch zu ängstlich, um dazubleiben und dem Wesen ins Gesicht zu sehen! - Aber das Brett, das hätte es bestätigt.«

»Angenommen, der Dämon wäre nie weggewesen - warum um alles in der Welt, sollte er sich ausgerechnet an Vicky heften? Damals gab es sie ja nicht mal!«

Verus stellte sich vor, wie Quirinus nun seine Arme verschränkte und Zarç mit diesem gewissen Blick musterte, bei dem man nicht anders konnte, als mit der Wahrheit herauszurücken. Zarç murmelte vor sich hin, Verus war gezwungen, die Tür weiter aufzumachen, wenn er ihn verstehen wollte.

»... nach dem Ritual vorgeworfen, ich hätte sie in etwas hineingezogen, das ihr Leben zerstört hat. Erst nachdem Eva starb, wurde mir bewusst, was es wirklich war. In der Nacht, als wir die Kiste erschaffen haben, wurde Vicky gezeugt! Ich bin überzeugt, dass das kein Zufall war – irgendwie hängen die beiden zusammen –, und da wir die Verursacher sind, müssen wir es wieder ins Lot rücken.«

»Aus purer Menschenliebe, ja? Das soll ich dir abnehmen?«, sagte Quirinus spöttisch.

»Du verrennst dich da in etwas, und das tut dir nicht gut. Wärst du ein Erstgradler, würde ich dir in deinem Zustand jegliche rituelle Tätigkeit verbieten! - Lass es gut sein, Zarc, vergiss das andere Ritual. Sei froh, wenn wir die ganze Sache ordensintern regeln - ich verspreche dir, Lily wird nichts von deiner Schmuggelaktion erfahren. Wir sagen, ihr beiden habt euch mit der Signatur getäuscht, und gut ist. Dass du dich bei dieser Aktion nicht mit Ruhm bekleckert hast, das muss ich wohl nicht extra erwähnen?«

Ein lautes Geräusch aus dem Inneren des Atriums ließ Verus einen Schritt zurücktreten, jemand musste hektisch aufgesprungen sein und dabei den Stuhl umgeworfen haben.

»Du sagst mir nicht, ob ich ritualbereit bin oder nicht, hörst du? Wenn du nicht mitmachen willst, o. k. Aber ich weiß, was ich weiß!« Zarçs Stimme war nicht wiederzuerkennen, sie hatte einen unheilvollen, drohenden Unterton.

Vorsichtig zog Verus sich zurück und ging leise die Treppen zum Tempel hinunter.

Er hatte genug gehört.

Laut rasselte er mit den Schlüsseln, spielte am Schloss und schimpfte über den Obmann, der sich nicht um die Entfeuchter scherte. Dann stapfte er nach oben und warf die Kaffeemaschine an, die mit lauten Geräuschen ihr Mahlwerk startete - dabei arbeitete sein Gehirn auf Hochtouren. Er musste Lily sehen – heute Abend noch. Und wenn sie ihn in einen Frosch verwandelte.

Tief Luft holend öffnete er die Tür zum Atrium und steckte seinen Kopf hinein.

»Quirinus – Zarkaraç«, tat er erstaunt und trat einen Schritt zurück.

»Ich wollte nicht stören.«

Frater Quirinus stand auf und nickte ihm freundlich zu.

»Wir haben den Ablauf des Beltanerituals besprochen und sind gerade fertig geworden«, sagte er lächelnd. »Zarç hat sich bereit erklärt, das Amt des Hohepriesters zu bekleiden, nicht wahr?«

Verus warf einen Blick auf den Angesprochenen, dessen Mimik recht versteinert aussah.

»Sofern mir nichts dazwischen kommt, wüsste ich nicht, was ich lieber täte«, Zarç zwang sich zu einem Lächeln.

»Gut, dann gebt mir doch demnächst die Amtsliste und ich mache die Skripte fertig. Standardritus, nehme ich an?«

»Wie jedes Jahr, Verus, auch die Besorgungsliste bleibt die gleiche. Neun Hölzer und Frühlingsräucherung. Wir sehen uns.«

Quirinus ging an ihm vorbei, stellte seine Kaffeetasse auf die Theke und verschwand Richtung Ausgang. Die Tür schlug zu und Verus war mit Zarç, der immer noch im Atrium am Tisch saß, allein.

Nervös spülte er Quirinus' Tasse, brachte die Küche in Ordnung und sah heimlich auf die Uhr. Es war halb elf, die Chancen standen schlecht, dass Lily ihn noch empfangen würde.

»Ah, Verus, wie weit bist du im Übrigen mit der Rekonstruktion des henochischen Rituals?«

Er hatte nicht mitbekommen, wie Zarç an die Theke getreten war, und ließ fast die Gläser, die er in das Regal stellen wollte, fallen. Langsam drehte er sich zum Ordensältesten um.

Hatte Quirinus nicht erst vorhin gesagt, es würde dieses andere Ritual nicht geben?

»Ich bin so gut wie fertig, Bruder, zumindest mit dem äußeren Rahmen«, er musste sich dazu zwingen, seine Stimme ruhig klingen zu lassen.

»Nachdem mir die Intension der Anrufung nicht mitgeteilt wurde, konnte ich nicht am Kern arbeiten.«

Zarç winkte ab. »Für wie viele Personen hast du es ausgelegt?«

Scheinbar gelassen drehte Verus sich wieder um und räumte die restlichen Gläser ein.

»Ich habe es für den inneren Kreis geschrieben«, er machte eine kurze Pause, konnte sich jedoch den Zusatz »ohne Medium« nicht verkneifen.

Zarç schien unberührt, denn er bohrte weiter: »Und für welche Mondphase?«

»Die planetarischen Aufstellungen wirst du wie immer am Anfang des Skriptes finden. Anhand der Wächter, Könige und Ältesten habe ich die Zeit um Neumond festgelegt, allerdings kann sie um ein paar Stunden variieren, das hängt vom Hauptteil ab ...«

»Schick mir deinen Stand doch bitte bis morgen Abend als E-Mail – ich, äh, möchte es einfach gegenlesen. Und vielleicht bekomme ich den fehlenden Part doch noch irgendwie selbst zusammen ...«

Verus sah, wie Zarç an seinem Siegelring fummelte und in die Ferne starrte.

Er hatte dunkle Ringe unter den Augen und seine Wangen waren eingefallen; Quirinus hatte recht, einem Bruder der niederen Grade würde man in diesem Zustand jegliche Ritualarbeit verbieten.

Scheinbar gleichmütig zuckte Verus die Achseln, in seinem Inneren sah es jedoch anders aus. Zarç kam ihm momentan nicht geheuer vor, er hatte etwas vor und das hing mit dem Ritual zusammen, dessen Rahmen, er, Verus, nun geschaffen hatte.

»Ich werde sehen, was ich tun kann. Sobald ich fertig bin, bekommst du es. Wenn du mich jetzt bitte entschuldigen würdest, auch ich habe ein profanes Leben.«

Zarç sah ihn an und lächelte, es sah aus wie ein Zähnefletschen.

»Gibt es tatsächlich ein anderes Leben, außerhalb der Magie?«, sinnierte er und legte ihm plötzlich die Hand auf den Arm. Verus spürte ihre Kälte durch den Ärmel seines Pullovers.
»Es ist wichtig, dass ich es bis morgen Abend habe. Hast du mich verstanden?«

Langsam entzog sich Verus seinem Griff.

»Selbstverständlich, Zarç, du bekommst es.«

Ruhig nahm er seinen Mantel und zwang sich, gemächlich zum Ausgang zu gehen. Er schaffte es bis zur Straßenecke, ohne einen Blick zurückzuwerfen. Dann lief er fluchtartig zu seinem Auto.

Verus hatte den Wagen an der Kreuzung zu Lilys Haus abgestellt und sah besorgt in die Richtung, in der das Gebäude sich befinden sollte. Diesmal umwaberte zwar kein dichter Nebel das Anwesen, aber die absolute Dunkelheit, in die er seit dem Verlassen des Fahrzeugs eingetaucht war, machte die Situation auch nicht besser. Und nach dem, was er in den Ordensräumen mitbekommen hatte, war ihm momentan überhaupt nicht nach magischen Spielereien zumute.

Er sah weder die Hand vor Augen noch einen Himmel, dabei müssten doch wenigstens die dünne Sichel des abnehmenden Halbmondes und einige Sterne zu sehen sein.

Schlecht gelaunt zückte er das Handy und wählte Lilys Nummer. Heute würde er nicht gehen, bevor er nicht wusste, was in dem besagten Ritual vor sich gegangen war.

»Bist du des Wahnsinns, es ist halb zwölf«, fauchte Lilys charmante Stimme ihn aus dem Hörer an.

»Du hast recht, ich muss vollkommen wahnsinnig sein. Ich stehe nämlich vor deinem Haus und gehe nicht weg, bevor du mich reinlässt!«

Irgendetwas in seiner Stimme musste sie dazu bewogen haben, nachzuhaken.

»Oje, ist etwas Schlimmes passiert?«

»Hol mich einfach aus diesem schwarzen Loch hier ab, Lily, o. k.? Ich steh am Auto.«

Keine Minute später stand sie vor ihm, im Gegensatz zu sonst umspielte kein spöttisches Lächeln ihre Mundwinkel, sondern sie sah richtiggehend besorgt aus.

»Meine Güte, du bist ja vollkommen aufgelöst, dann komm schon rein, soll ich dir einen Tee machen?«

Lily schien vor sich hinzuleuchten, erst bei näherem Hinsehen bemerkte Verus, dass es nicht sie war, die ein Licht verströmte, sondern dass die Dunkelheit im Umfang von etwa zehn Zentimetern von ihr abprallte. Wenn er den Kopf leicht neigte, konnte er dicht hinter ihrem Kopf die Mondsichel sehen.

Verwirrt folgte er ihr ins Haus, wo sie ihn in die schwach beleuchtete Wohnküche geleitete.

»Oder magst du etwas Härteres? Einen Obstler?«

Verus schüttelte den Kopf und knöpfte seinen Mantel auf. Dabei merkte er, wie seine Hände zitterten.

»Ich -, ähm, entschuldige, ich wollte dich nicht einfach überfallen, aber ich komme gerade vom Orden ...«, umständlich faltete er den Mantel zusammen und suchte einen Platz, an dem er ihn ablegen konnte. Schließlich legte er ihn einfach auf die Bank.

»Setz dich, ich mache dir einen Johanniskraut-Tee, du schaust aus, als könntest du ihn brauchen.«

Der elektrische Wasserkocher in Teekesselform machte knackende Geräusche, als Lily ihn einschaltete.

»Hast du einen Geist gesehen?«, sie musterte ihn kritisch.

»Keinen Geist - aber Zarç, und er schaut im Übrigen mittlerweile fast wie einer aus – er möchte von mir das henochische Ritual bis morgen Abend haben ...«

Er nahm auf einem der Holzstühle Platz und fuhr sich nervös durch die Haare.

»Außerdem habe ich ein Gespräch zwischen Zarç und Quirinus belauschen können, es war zwar interessant, aber auch äußerst beunruhigend ...«

Ein hohes Pfeifen ließ ihn zusammenzucken, Lily blickte ihn entschuldigend an und goss das kochende Wasser aus dem Kessel in die bereitgestellten Teetassen.

»Du ... du wurdest in dem Ritual als Medium benutzt, Lily – in der Nacht, als diese Kiste mittels des Todesengels erschaffen wurde. Außerdem meinte Zarç noch, dass in dieser Nacht etwas anderes geschehen war, etwas, von dem du sagst, es hätte dein Leben zerstört, und das hängt mit deiner Nichte zusammen. Deswegen wären der Dunkle und Vicky miteinander verbunden.«

»Ich weiß nicht, von was Zarç da redet!«, Lilys Stimme klang kühl, als sie ihm mit einem Klirren die Teetasse auf den Tisch stellte. In ihrem Gesicht sah er einen verbissenen Ausdruck. Er wettete darauf, dass sie sehr wohl wusste, was Zarç meinte.

Verus gab sich einen Ruck und griff nach ihren Händen, er wunderte sich selbst über seinen Mut.

»Lily. Ich habe Zarç gesehen. Er schaut aus wie ein Wahnsinniger, der kurz vor dem Ausflippen ist. Er hat zugegeben, dass er das Hexenbrett hierhergeschmuggelt hat, damit Vicky ihm Sicherheit darüber gibt, welcher Geist bei der Séance gerufen wurde, die seine Nichte gegeben hat.«

Sie sah ihn an, zog ihre Hände jedoch nicht weg, das deutete er als gutes Zeichen.

»Bei Quirinus wollte er abseits des Beltane-Rituals nochmal ein anderes durchbringen, doch Quirinus hat das abgelehnt. Kurz danach fragte er mich allerdings nach dem Skript für den Ritus, das ich für ihn rekonstruieren sollte ... weißt du, was das heißt, Lily? - Ihm ist es vollkommen egal, was der Orden sagt – er wird auf jeden Fall sein eigenes Ritual machen!« Der Gedanke beunruhigte ihn und er sah Lily bittend an.

»Es wird Zeit, dass wir erfahren, was damals wirklich geschehen ist, damit wir wissen, was er vorhat – um es zu verhindern!«

Sie wollte sich losmachen, doch er hielt sie sanft fest.

»Ich möchte dir helfen, Lily. Aber du musst mir auch helfen. Bitte.«

Er blickte sie lange an und sie sah zurück, ihre Augen blitzten hinter den Brillengläsern, doch kein böser Zauberspruch kam über ihre Lippen.

»O. k.«, sagte sie nach einer Weile mit zögernder Stimme.

»Ich kann ja nicht ständig davor weglaufen. Lass es uns gleich tun, damit wir es hinter uns haben.«

Für einen kurzen Augenblick hatte er das Gefühl, sie hätte Angst, aber er konnte sich auch getäuscht haben. Langsam ließ er ihre Hände los.

36. Der alte Ritus

»Hast du alles eingestellt?«

Verus' Stimme klang wie von weit her.

Lily starrte auf die seltsamen Armaturen mit den mechanischen Zeitscheiben und wartete auf das bekannte Geräusch des Filmprojektors, während sie sich weit in den Kinosessel zurücklehnte. Es war unglaublich, wie schnell es ihr diesmal gelang, in Trance zu gehen. Soeben hatte sie sich noch in ihrem Wohnzimmer befunden, im Ohrensessel vor dem Kamin, und hatte in die rote Glut des langsam verlöschenden Kaminfeuers gestarrt. Nun saß sie hier, im menschenleeren Kinosaal. Unbehaglich sah sie auf die Leinwand, die wie von hinten angestrahlt glimmte. Hinter ihr ratterte es los.

»Verus?«, ihre Stimme zitterte.

»Ich bin bei dir, Lily«, er hörte sich an wie aus der Zwischenwelt, so unwirklich und nicht real.

»Es gibt noch etwas, das ich dir erzählen muss ... Martin, Vickys Papa, und ich ... aus uns hätte was werden können, wenn nicht ...«

Mit einem lauten ‚Klick' und dem darauffolgenden Surren startete der Film und sie wurde hineingezogen.

Der Wind riss an ihrem schwarzen Umhang und der feine Sprühregen setzte sich in ihren Haaren fest. Sie stand auf den Ruinen des alten Turmes und starrte auf den Ritualplatz hinab. An ihrer Seite befand sich eine weitere Gestalt, die abwartend lauerte. Es war Zarç.

Sie versuchte sich zu freuen, doch das Einzige, das sie empfand, war Sorge. Ein bedrohliches Gefühl stieg aus ihrem Bauch in die Brust. Sie sollte nicht hier sein, ihre Gedanken drehten sich um Martin und den Maitanz.

»Was sagst du dazu?«

Sie starrte Zarç verwirrt an, hatte er ihr eine Frage gestellt?

»Artemia, ich habe dich soeben zu einem Ritual des inneren Kreises eingeladen.«

Zarçs Gesichtszüge hatten etwas Gönnerhaftes, Lily suchte den Mond, der sich zwischen den Wolken versteckte.

Es war vollkommen egal, an welchem Ritus sie teilnahm, der Abend war für sie lediglich eine Verpflichtung, dachte sie resigniert. Ihr Herz war ganz woanders.

Martins verletzter Blick, als sie die Verabredung abgesagt hatte, ging ihr nicht aus dem Sinn.

Unten auf dem Platz schichteten die Ordengeschwister das Holz für das Frühlingsfeuer auf.

Sollte sie sich geehrt fühlen? Seufzend wandte sie sich ihm zu.

»Danke, Zarç – ich weiß es zu schätzen. Sei versichert, ich werde mein Bestes geben, um dem Ritual dienlich zu sein.«

Sie hatte sich damals entschieden – als sie in den Orden eingetreten war, wollte sie so schnell wie möglich alles über Magie lernen, auch wenn es bedeutete, Opfer zu bringen.

»Dann komm«, er reichte ihr seinen Arm, den sie mit gemischten Gefühlen ergriff.

Wieso nur hatte sie die Befürchtung, soeben ihre Seele verkauft zu haben?

Die Szene wechselte und sie befand sich unter schwarzgewandeten Ordensbrüdern in Zarçs privatem Ritualzimmer. Alle hatten die Kapuzen weit in das Gesicht gezogen; anhand der nackten Füße, die in goldenen Tempelsandalen steckten, versuchte sie herauszufinden, wer da eigentlich um sie herumstand.

Es wurden Skripte verteilt, nur sie bekam nichts.

»Wo bist du, Lily?«, hörte sie Verus' Stimme in ihrem Kopf.

»In Zarçs Ritualzimmer, ich glaube, es geht gleich los.«

Auf dem Teppichboden bemerkte sie ein mit Kreppband abgeklebtes Dreieck, dessen Spitze nach innen, in den Raum, zeigte. In ihm befanden sich ein Räucherfass und eine kleine offenstehende

Holzkiste. Deutlich sah sie die messingfarbenen Scharniere im Kerzenschein glänzen. Ein Stück Papier mit seltsamen Zeichen lugte unter ihr hervor.

»Ich sehe die Kiste.«

»Artemia, komm du zu mir - du musst nichts weiter tun, als deinen Geist vollkommen zu leeren.«

Einer der Ordensbrüder winkte sie zu sich und anhand der Stimme erkannte sie Zarkaraç.

Langsam ging sie auf ihn zu und stellte sich vor ihm auf.

Um sie herum erhob sich ein tiefes Brummen aus einzelnen Vokalen, eine Gestalt lief den vorgezeichneten Kreidekreis ab und bestärkte ihn mit Salz aus einer Keramikschüssel.

Ein kleiner elektrischer Schlag ließ sie zusammenzucken, als Zarç ihr die Hand auf die Schulter legte. Sie musste tief durchatmen, um die Berührung auszuhalten und nicht dem Impuls zu folgen, die Flucht zu ergreifen.

Ihr Herz klopfte und sie wünschte sich nichts anderes, als bei Martin zu sein, und mit ihm in den Mai zu tanzen. Mit geschlossenen Augen stellte sie sich vor, wie er sie über das Tanzparkett führte, das machte sie etwas ruhiger.

Als sie endlich bereit war, an dem Ritual teilzunehmen, fiel ihr Blick als Erstes auf das Evokationsdreieck, das augenblicklich eine Gänsehaut in ihr hervorrief. Sie war definitiv noch nicht so weit, um den Anblick eines Dämons zu ertragen.

Die Stimmen hoben an und ein monotoner Singsang in einer seltsamen Sprache erfüllte den Raum. Lily lauschte den Tönen, die auf sie beruhigend wirkten, und schaukelte unmerklich im Rhythmus hin und her. Schwerer Weihrauch stieg ihr in die Nase und schien sich in ihren Knochen festzusetzen, denn ihre Körperteile wogen auf einmal Tonnen; gleichzeitig wurde sie so müde, dass es ihr nicht mehr gelang, die Augen offen zu halten. Zarç drückte leicht ihre Schulter und flüsterte ihr etwas zu, doch sie driftete bereits weg.

Getragen von den Wellen des fremden Liedes drehte sie sich in Martins Armen auf einer Lichtung, über sich einen klaren Sternenhimmel. Er hielt sie ganz sanft und lächelte ihr zu, ihre Füße berührten kaum den Untergrund. Als die Tonlage des Chors um eine Oktave stieg, ließ Martin sie los und sie schwebte höher und höher, dem Firmament entgegen. Die Waldlichtung unter ihr verwandelte sich in einen Tanzsaal und Martin wirbelte lachend eine neue Tanzpartnerin im Kreis herum.

Es war ihre Schwester Eva.

Ärgerlich wollte sie ihr etwas zurufen, doch ihr Schreien vermischte sich mit den Stimmen des Liedes und ging ungehört unter.

Der Gesang wurde immer eindringlicher und schraubte sich nach oben, gleichzeitig beschleunigte sich ihr Flug und sie wurde fortgezogen, nur diesmal nicht in ihren Körper zurück, sondern von der Erde weg, durch die Sterne, einem unbekannten Ziel entgegen.

»Sprich mit mir, Lily«, Verus' Stimme war kaum noch hörbar.

»Ich schwebe«, flüsterte sie, »ich schwebe weg ...«

Schneller und immer schneller schossen Lichter und Spiralen an ihr vorbei, ein paarmal war ihr so schlecht, dass sie glaubte, sich übergeben zu müssen, und sie kniff ihre tränenden Augen zusammen. Gerade, als sie meinte, sie würde die Besinnung verlieren, hörte das Ziehen an ihrer Schulter plötzlich auf.

Das Lied des Ordens war in den Hintergrund getreten, Lily lauschte mit angehaltenem Atem und konnte ein tiefes, gleichmäßiges Summen vernehmen, ähnlich einer Brummspannung aus defekten Lautsprechern. Zitternd öffnete sie die zusammengepressten Augenlider und blickte auf einen See aus fluoreszierendem, grünlichem Licht, umgeben von einer schroffen Landschaft aus schwarzem, glänzendem Gestein bar jeglicher Vegetation. Über sich konnte sie einen mondlosen Nachthimmel erkennen, mit Sternbildern, die ihr nicht geläufig waren. Sie befand sich am Ufer des seltsamen Sees und das elektrische Brummen schien aus dessen Tiefen emporzusteigen. Dicht auf der Oberfläche sah sie kleine blinkende Lichter wie Sterne auf- und abhüpfen. Neugierig trat sie näher, doch eine Bewegung aus den Augenwinkeln ließ sie innehalten. Sie war nicht alleine.

Ein paar Schritte von ihr entfernt entdeckte sie in der Dunkelheit ein hünenhaftes Wesen. Es überragte jeden Mann, den sie kannte, um Längen; obwohl er bewegungslos dastand, flößte sein Anblick ihr Furcht ein. Eine kleine Ewigkeit starrte er über das leuchtende Wasser, schließlich machte er einen Schritt auf das Ufer zu und entledigte sich mit einem unmerklichen Schulterzucken seines Mantels. Sein nackter Oberkörper glänzte wie das Gestein dieses Ortes und die Oberfläche des Sees spiegelte sich darin. Aus seinen Schultern wuchsen gigantische Schwingen; in den Händen hielt er eine pulsierende Kugel in derselben Farbe wie die Essenz des Sees.

Er ging in die Hocke und strich leicht über den Lichtball, der augenblicklich seine feste Masse verlor. Das Licht strömte wie Gas aus der wabernden Kugel und sammelte sich über der Oberfläche des Sees, dabei zog es sich in sich selbst zusammen und leuchtete wie ein grünlicher Diamant. Jetzt kam Bewegung in den See, gleichzeitig mit dem Wellengang änderte das gleichmäßige Summen seine Frequenz und die blinkenden Sterne fingen an zu tanzen, bis einer nach dem anderen schließlich in die Fluten gezogen wurde.

»Bist du da? Kannst du ihn sehen?«

Irritiert vernahm sie die Stimme in ihrem Kopf, sie konnte nicht sagen, ob sie von Verus oder Zarç stammte.

»Wenn du ihn sehen kannst, hol ihn her!«

Ängstlich sah Lily auf den Schwarzen, der bewegungslos am Ufer verharrte; vorsichtig versuchte sie sich auf ihn einzustellen. Gerade, als sie dabei war, in seinen Geist einzudringen, erhob er sich, breitete die Arme aus und murmelte einen Satz. Seine Stimme war sanft, wie die eines jungen Mannes, gleichzeitig war sie jedoch so laut, dass die Worte an den Felsen widerhallten.

Abermals erhob sich der See und warf wilde Wellen auf, der Dunkle hielt die leere Kugel auf Augenhöhe und diesen Augenblick nutzte Lily, um in ihn hineinzuschlüpfen.

Die Einsamkeit, die sie plötzlich fühlte, raubte ihr fast die Sinne. Ihr Verstand wehrte sich und spielte ihr Streiche; mal war sie im Ritualzimmer, mal auf der Lichtung bei Martin, dann wurde sie wieder durch Lichter und Spiralen gezogen. Sie versuchte sich auf einen Punkt vor ihrem inneren Auge zu konzentrieren, ihr Hinterkopf schmerzte, als hätte sie eine offene Wunde. Zwinkernd starrte sie auf den See, aus dem sich ein kleiner Stern formte und sich tanzend auf sie zu bewegte. Die Hände, auf die sie blickte, waren nicht ihre eigenen. Sie zog sich so weit zusammen, wie sie konnte, und versteckte sich im letzten Winkel ihres einsamen Herzens. Sprachlos beobachtete sie, wie der leuchtende Diamant in die Kugel gezogen wurde, wie sich seine Essenz darin ausbreitete und zu pulsieren anfing. Das trostlose Gefühl wurde schwächer, etwas wie Hoffnung breitete sich aus. Mit fremden Augen sah sie in die Kugel auf das Abbild einer jungen Frau, das ihr traurig entgegenlächelte. Sie spürte Sehnsucht in sich aufsteigen, und es kam ihr vor, als wenn das Wesen diese Bilder im Laufe der Zeit immer wieder betrachtet hätte.

»Bist du nun erneut gekommen, um mir das Liebste zu nehmen?«, flüsterte die Frau in der Kugel.

»Ich würde alles tun, um alle Schmerzen von dir abzuwenden, das weißt du.«

Hinter der Frau trat die schwarze Gestalt des Dunklen hervor, sie sahen sich an und die Frau lehnte schließlich ihren Kopf an seine Schulter. Sie weinte und er drückte sie an sich.

»Du tust nur deine Pflicht, das ist mir bewusst. Dann tu es schnell, denn er leidet furchtbar. Und versprich mir, wenn auch meine Stunde kommt, zögere nicht.«

Er ließ die Frau los und Lily fühlte ein warmes Gefühl in sich aufsteigen. Es war Mitleid - und Liebe.

Der Schwarze beugte sich nach vorne und sie sah ein blasses kleines Kind auf einem Strohlager liegen. Es atmete schwach und hatte die Augen wie im Schlaf geschlossen. Mit einem letzten Blick auf die Frau hob der dunkle Engel die Kugel über den Kopf des Kindes und zog seine Essenz hinein.

»Soror Artemia, hole ihn zu uns in den Kreis!«

Die fremden Hände des Dunklen senkten sich, die Bilder in der Kugel verblassten; er beugte sich nach vorne und strich sanft über die Oberfläche des leuchtenden Balls. Lilys Herz war zum Zerbersten erfüllt von einer noch nie gekannten Traurigkeit. Konnte es sein, dass der Engel liebte? Und zwar nicht nur Gott, sondern eine menschliche Seele? Sie wusste nicht, welcher Teil von ihr es dachte, aber es tröstete sie.

»Hol ihn her!«

Ihr Hinterkopf schmerzte wieder, etwas zog grob an ihrer Schulter, während sie abrupt nach hinten weggezogen wurde. Der Chor des Ordens schwoll überlaut an und überdeckte jedes andere Geräusch. Erschrocken sah sie auf die Kugel, deren Oberfläche sich langsam auflöste, als sie rückwärts durch das Firmament gezogen wurde.

‚Die Seele, sie darf nicht verloren gehen!‘, dachte sie voller Panik.

Schwarze, glänzende Finger schlossen sich behutsam und doch fest um den wabernden Leuchtball, überrascht stellte sie fest, dass es nicht ihre eigenen Finger waren.

‚Stecke ich etwa noch in dem Dunklen drin?‘, dachte sie entsetzt. ‚Habe ich ihn mitgenommen?‘

Alles drehte sich, mal war sie auf der Lichtung, mal in einem Tanzsaal, dann wieder in der Schwärze des Universums. Als sie abermals Martin und Eva sah, löste sich die Essenz von der Kugel, zog sich wie ein kleiner, leuchtender Stern zusammen und schwebte auf das tanzende Paar hinab, wo sie in Evas Scheitel eintrat.

»Der Stern«, rief sie entsetzt, »wir haben ihn verloren!«

Dann, endlich, klinkte sich ihr Verstand aus und überließ sie der Dunkelheit des Vergessens.

»Lily!« - »Artemia!«

Stimmen riefen laut durcheinander, ihr Kopf schmerzte und etwas Raues kratzte an ihren Wangen.

»Du musst zurückkommen«, flüsterte eine der Stimmen. Der sanfte Tonfall schaffte es, zu ihr durchzudringen.

Langsam öffnete sie die Augen und sah goldene Tempelsandalen an verschiedenen Füßen um sie herum stehen.
Neben ihr kauerte ein junger Mann mit dunklen Locken in seltsam altmodischer Kleidung. Er hielt ihre Hand, doch sie spürte seine nicht.
»Du darfst noch nicht gehen, es gibt noch so viel zu tun. Wir müssen sie beschützen.«

Die Stimme hatte denselben Klang wie die des Engels vom Sternensee; verwirrt stellte sie fest, dass niemand außer ihr von ihm Notiz nahm.

»Beschützen? Wen beschützen? Wer bist du?«

»In eurer Sprache nennt man mich ‚König des Lichtes'.«

‚Melchior', fuhr es ihr durch den Kopf.

»Den Stern müssen wir beschützen. Unter keinen Umständen darf ihm etwas geschehen, hast du verstanden?«

Seine weiche Stimme beruhigte sie, er lächelte sie an.

»Ich muss nun gehen, aber wir sehen uns wieder.«

»... wenn ich in die Hände klatsche, wachst du auf!«, schrie ihr jemand ins Ohr.

Unwirsch schob sie den Störenfried zur Seite, um einen Blick auf den jungen Mann zu werfen, doch er war verschwunden. Stattdessen sah sie verbrannte Tapeten an der Wand, vor der sich das Evokationsdreieck befand, und der Geruch von Feuer und Schwefel stieg ihr in die Nase. Das Kistchen war nicht zu sehen. Sie hustete und nieste sofort, gleichzeitig hielt ihr einer der Ordensbrüder einen mit Wein gefüllten Ritualbecher hin.

»Trink, Artemia. Trink aus. Willkommen zurück in der Welt der Lebenden.«

Der Stimme nach konnte es Quirinus sein, sie wusste es nicht genau. Mit einem Zug leerte sie den Becher, augenblicklich fühlte sie ihren schweren Körper und sie merkte, wie sie würgte. Jemand schleppte sie zur Toilette.

»Verus!«, flüsterte sie kraftlos zwischen den Spuckanfällen.

»Hol mich hier raus! Ich habe genug gesehen!«

Wandelmonat

37. Schwarzmond

Mit brennenden Augen starrte Zarç in den schwarzen Spiegel und versuchte, vollkommene Gedankenleere herzustellen. Sein knurrender Magen erinnerte ihn daran, dass seine Nahrung seit Tagen aus Wasser und klarer Brühe bestand, aber er war entschlossen, dieses Mal alles richtig zu machen. Missmutig wanderte sein Blick von dem Zwillingsspiegel in seinen Händen zur hinteren Wand, an der sich der Brandfleck, der vom Boden bis zur Decke ging, erneut zeigte.

‚Lily hat damals alles versaut', schoss es ihm durch den Kopf und er wurde wütend. Statt den Schwarzen in das Evokationsdreieck zu holen, hatte sie ihn in ihren Körper hineingerufen. Er hatte einen riesigen Schreck bekommen, als sie ihn aus pupillenlosen Augen angestarrt und ihn mit fremder Stimme verhöhnt hatte. Henochisch hatte sie gesprochen, mit einer Betonung, wie sie im Orden nicht gelehrt wurde. Da hatte er gemerkt, dass alles schiefgelaufen war. Sie hatten sie in das Dreieck befördern und den Dämon gewaltsam von ihr trennen müssen, damit dieser seine Mission erfüllen konnte. Es war eine unangenehme Situation gewesen; er erinnerte sich daran, wie Quirinus dank seines enormen Wissens über kabbalistische Zauberformeln diesen Geist aus Lily hinausgetrieben hatte, wobei sie so schrie, als würde man sie unter Qualen foltern. Hierbei waren grünliche Flammen aus ihr herausgeschossen, die seitdem seinen Tempel entstellten. Er selbst war weniger um sie besorgt gewesen als um die Mission, denn er wollte unbedingt die Kiste gefüllt haben, und zwar um jeden Preis.

»Dieser Stern ...«, murmelte er nachdenklich.

Lily hatte damals in Trance gesprochen, kurze, abgehackte Sätze, aber sie erzählte leise von dem Sternensee und dass der Dunkle daraus eine leuchtende Essenz in seinen Transportbehälter getan -

und dank ihrer stümperhaften Aktion auch wieder verloren hatte. Grünlich, fluoreszierend und summend, umgeben von schwarzen glatten Felsen. Lange hatte er nach diesem ominösen See geforscht; in den alten Schriften gab es nur Andeutungen in blumiger Sprache, und diese unfähige Hexe hatte es dank seiner Hilfe tatsächlich geschafft, dorthin zu kommen. Alle Seelen wurden also am Ende des Lebens in diesem See vereint; er war sich sicher - nur er hatte diese Worte gehört, die anderen waren damit beschäftigt, Lily mit dem henochischen Lied in der Sphäre des Dämons zu halten. Als sie den Stern in der Kugel erwähnte, da wusste er, dass er die passende Entität ausgesucht und sich sein langgehegter Verdacht dadurch bestätigt hatte:

Der Engel des Todes war auch ein Engel des Lebens, er holte nicht nur die Seelen - er brachte sie auch.

Er ärgerte sich erneut, denn er war überzeugt: Eben dieser Stern, den Lily so leichtfertig verloren hatte, wäre der richtige für seine Kiste gewesen, stattdessen war ihm irgendein nutzloser, billiger quietschender Ersatz untergejubelt worden. Welche Seele sonst konnte die ganze Wahrheit kennen, als die, die gerade erst aus dem See des Wissens und der Erfahrungen geholt worden war? Genau genommen war er sich nicht einmal sicher, ob die Essenz, die er nun besaß, menschlichen Ursprungs war.

Ärgerlich starrte Zarç erneut in den Spiegel.

»Zeig dich schon, wo haben sie dich hingetan?«

Alles blieb dunkel.

Zarç bezwang seine Ungeduld und versuchte etwas anderes. Er stellte sich vor, wie er die Straße zu Lilys Anwesen hochfuhr, musste jedoch zu seinem Erstaunen feststellen, dass es sich nicht zeigte.

Das letzte Mal, als er nach ihr sehen wollte, konnte er zumindest um das Haus herumgehen, auch wenn die Türen ihm verschlossen geblieben waren. Sogar an den Fenstern hatte er es probiert, aber es war ihm nicht möglich gewesen, einen Blick ins Innere des Hauses zu werfen.

»Da war ein Haselstrauch, und ein Blutahorn«, befahl er seiner Vorstellungskraft, doch es gelang ihm nicht, sich auch nur das kleinste Blatt vorzustellen. Es war wie verhext! Er musste sich zusammenreißen, um dem Impuls, den Spiegel an die Wand zu werfen, nicht nachzugeben.

Lily – war sie ihm etwa auf die Schliche gekommen?

Erschrocken hielt er inne und grübelte.

Ihre Worte von damals klangen ihm noch in den Ohren: »Ich wünschte, ich wäre dir und diesem vermaledeiten Orden nie begegnet! Ihr habt mein Leben zerstört. Sie ist tot, hörst du, meine Schwester ist tot, und an allem war dieses beschissene Ritual schuld! Halte dich von mir fern, ich will dich in meinem Leben nie mehr wiedersehen!«, damit war sie vor sechzehn Jahren aus den Ordensräumen gestürmt.

Es hatte eine gefühlte Ewigkeit gedauert, bis er dahintergekommen war, dass Lily in der Nacht, als Eva starb, eine Nichte bekommen hatte. Diese schlaue Hexe hatte sie weggeschickt, weit weg von ihm, aber er war geduldig gewesen, hatte seine Augen und Ohren überall gehabt und jede noch so spärliche Information gesammelt. Und das Schicksal hatte es gut mit ihm gemeint, als seine eigene Nichte Patty ihm letzten Herbst aufgeregt von ihrer erfolgreichen Séance erzählt und ihm dabei den Namen des Mediums genannt hatte. Ein paar Mausklicks im Internet und er hatte Vickys Profilbild auf der Facebook-Seite gefunden. Sie sah aus wie ihre Tante.

»Ja, du bist es, kleine Victoria. Du bist die Seele, die damals in meine Kiste gehört hätte, ich bin mir sicher.« Er fletschte die Zähne und hob den Spiegel auf.

Er musste wissen, was in dem Hexenhaus vor sich ging, und wenn magische Mittel versagten, dann mussten eben die profanen einspringen.

Grimmig lächelnd griff er zum Handy und wählte Lilys Nummer, während er langsam die Treppen zu seinem Büro hochging.

»Grüß dich, Zarç«, ihre Stimme klang neugierig, was ihn erstaunte.

»Lily, meine Liebe, ich wollte mich erkundigen, wie es dir geht?«

»Es geht mir recht gut, danke der Nachfrage – und selbst?«

»Ich kann nicht klagen. Allerdings befinde ich mich gerade im Exerzitium für das nächste Ritual, du weißt schon, fasten und so.«

»Ach ...«, konnte es sein, dass es sich fast gelangweilt anhörte?

»Ja, ich bereite mich auf Vickys Trennungsritual von dem Schwarzen vor, es wäre im Übrigen sehr von Vorteil, wenn nicht nur du, sondern auch Vicky anwesend wäre, dann täten wir uns leichter ...«

Am anderen Ende herrschte Stille.

»Du erinnerst dich doch, deswegen hattest du mich Anfang des Jahres angerufen?«, sagte er leise. »Du meintest, das Ritual müsse neu gemacht und zu Ende geführt werden?«

»Ähm, nun ... die Sache ist die, dass ich nun leicht verwirrt bin, Zarç«, kam es zögernd aus dem Hörer. »Laut Orden ist das Hexenbrett frei jeglicher Signatur aus irgendwelchen Zwischenwelten – zumindest wurde mir das so ausgerichtet.«

Zarç schnaubte und überlegte, welcher seiner Ordensbrüder ihm hier in den Rücken gefallen sein konnte. Quirinus etwa?

»... Und wir hatten bislang auch keine weiteren Vorfälle, bei denen der Schwarze aufgetaucht wäre ... Drum erstaunt mich das nun ein wenig, dass du ein Trennungsritual planst?«

Seine Gedanken rasten, er musste etwas finden, womit er Lily überreden konnte, ihm ihre Nichte zu bringen.

»Nun, aber sie war doch im Krankenhaus?«, fragte er lauernd.

»Ja, aber ich versichere dir, das hatte rein gar nichts mit irgendwelchen Mächten zu tun«, drang es spöttisch aus dem Hörer.

»Woher willst du das wissen? Es könnte doch sein ...«, warf Zarç nervös ein.

»Sie hat sich heillos besoffen, Zarç, wie es Jugendliche zuweilen tun, und dabei ist sie unglücklich gefallen. Erzähl mir jetzt bitte nicht, ein dunkler Geist hätte da seine Finger im Spiel gehabt, das wäre vollkommen lächerlich – außer natürlich du gehörst plötzlich zu der Fraktion, die meint, dass unsere Jugend ständig von Satan in Versuchung geführt wird.«

Ihr Lachen tat ihm weh in den Ohren, er spürte, wie sich die Wut in seinem Bauch rührte. Sein engster Vertrauter im Orden fiel ihm in den Rücken, und diese Hexe verhöhnte ihn offensichtlich.

»Um sicherzugehen, könnten wir das Ritual trotzdem ausführen. Es schadet ja nicht«, wagte er einen letzten Vorstoß.

»Nein«, schnitt sie ihm das Wort ab.

»Ich danke dir für deine Bemühungen und weiß deine Hilfe zu schätzen, Zarç, aber es wird definitiv keinen Ritus geben, nicht mit mir und mit Vicky schon gar nicht. Ich glaube, ich habe zu überstürzt gehandelt, als das Hexenbrett auftauchte, ich hätte besonnener sein und abwarten sollen. Tut mir leid, dass ich alle aufgescheucht habe – aber hey, ein Gutes hat das doch: du kannst das Fasten nun bleiben lassen!«

Er hatte eine scharfe Entgegnung auf der Zunge, schluckte sie jedoch hinunter.

»Nun gut. Dir zuliebe hätte ich den Ritus gerne wiederholt, sozusagen als Wiedergutmachung«, er machte eine kunstvolle Pause. »Trotzdem bist du zum Beltaneritual herzlich eingeladen. Vielleicht überlegst du es dir ja nochmal, in den Orden zurückzukommen.« Alle Liebenswürdigkeit, die er noch aufbringen konnte, legte er in diesen Satz. Wie erwartet lehnte sie dankend ab, sie sagte noch ein paar Floskeln, bevor sie auflegte, doch Zarç hörte eh nicht mehr zu.

Kein Ritual.

Und sie glaubten alle, er würde sich dem fügen?

Seit jeher hasste er dieses beklemmende Gefühl der Fremdbestimmung. Aber eben dieser Hass hatte ihn sich in der Vergangenheit auch zu ungeahnte Höhen aufschwingen lassen - hatte aus dem unscheinbaren Michael den großen Zarkaraç gemacht, der Pläne

schmiedete und sie umsetzte.
Genau dieser Zarkaraç würde jetzt schnellstens wieder die Fäden in die Hand nehmen.
Von wegen kein Ritual, von wegen mit Vicky schon gar nicht.
Sie würden noch Augen machen.

Zarçs Handy vibrierte und das Zeichen eines Briefumschlags leuchtete auf dem Display auf. Aufgeregt überprüfte er seinen Maileingang. Eine Nachricht von Verus – mit Anhang - das henochische Ritual war angekommen! Augenblicklich verflog seine schlechte Laune. Mit schnellen Schritten war er beim Schreibtisch und fuhr den PC hoch; gleichzeitig drückte er den Startknopf seines Druckers.

Der gute Verus, auf ihn war immer Verlass, dachte er glücklich. Gab man ihm eine Aufgabe, konnte man darauf vertrauen, dass er sie zu tausendprozentiger Zufriedenheit ausführte. Da nahm Zarç seine lästigen Fragen gerne in Kauf; der Ordensbruder musste ja alles verstehen, bevor er gute Arbeit ablieferte. In der Praxis mochte Verus eine absolute Null sein, in der Theorie jedoch glänzte er mit Wissen, als wäre es ihm unmöglich zu vergessen, was er jemals gelernt oder gelesen hatte.

Endlich war das Betriebssystem hochgefahren. Zarç öffnete ungeduldig das Mailprogramm und druckte den Anhang der Mail aus.

Während der Drucker ratterte, streifte sein Blick die fertiggestellte Kiste, die in ihrer vollen Pracht auf dem Werktisch stand und die alte um einiges überragte. Vorhin hatte er den letzten Anstrich aufgetragen, ein Gemisch aus verschiedenen Harzen, um die Fluide zu versiegeln. Das quietschende Kistchen war dabei ganz still gewesen, als sei es vor Ehrfurcht erstarrt. Bei Sonnenuntergang würde er sein neues Meisterstück in den selbstgenähten Beutel aus Wildseide tun und mit ihm zu der Waldlichtung fahren, um es zu laden.

Der Drucker war fertig und Zarç griff befriedigt nach den Seiten, um sie zu überfliegen.

Verus hatte das Ritual, wie angekündigt, für mehrere Personen geschrieben. Ab der Mitte des Skriptes stutzte Zarç jedoch und blätterte hektisch weiter. Vor Zorn wurde er ganz blass und seine Hände knüllten schließlich zitternd das Papier zusammen.

Sämtliche Anrufungen waren statt in Lautschrift mit henochische Buchstaben verfasst! Es würde ihn Tage kosten, diese in für ihn verständliche Laute zu übersetzen, um herauszufinden, ob sie brauchbar waren. Wollte Verus ihn damit ehren oder etwa veräppeln??

Panik stieg in ihm auf, die Zeit rannte ihm davon. Es war von äußerster Wichtigkeit, dieses Ritual in der Nacht zum ersten Mai auszuführen. Wie zum Hohn wackelte nun auch die Quietsche-Kiste, die neben der neuen stand, vor sich hin.

»Freu dich bloß nicht zu früh«, zischte er erbost. »Das Skript ist für unsere Zwecke eh nur bedingt brauchbar. Wir haben keinen Chor, wir haben kein Medium ...«

Eine Idee keimte in ihm auf und seine Augen blitzten gefährlich. Da war sie, die Abkürzung, nach der er all die Zeit gesucht hatte. Er brauchte das ganze Brimborium ja gar nicht, denn wann ließ sich dieser Dämon immer blicken? Wenn eine Seele zurück in den See musste. Und wenn das in einem Evokationsdreieck geschehen würde ...

»Wie könnte man den Engel des Todes denn am schnellsten herbeirufen, hmm? Was meinst du?«

Das Kistchen quietschte laut auf, während Zarç zufrieden nickte und lächelte.

»Genau. Du hast es erfasst. Mit einem althergebrachten Opferritual. Und so kriege ich sogar die Seele, die eigentlich schon von jeher mir gehört hätte. Oder ich bestelle mir einfach eine neue.«

Er ging zum Regal und wühlte in der alten Schmuckschatulle seiner Frau. Nach einer Weile zog er das Bettelarmband mit den kleinen Anhängern aus mechanischen Damenuhrwerken heraus, das seine Nichte bei ihrem letzten Besuch vergessen hatte. Triumphierend hielt er es hoch und drehte sich um.

»Das ist doch perfekt, was meinst du? Genau das Richtige für eine junge Dame. Keine Angst, ich borge es mir nur aus, Patty wird nichts davon mitbekommen«, er kicherte und war zufrieden mit seinem Plan. Böse grinsend beugte er sich über das kleine Kistchen und flüsterte:

»Es gibt viel zu tun heute Abend. Wir werden zwei Sachen aufladen, verstehst du? Für ein Opferritual benötigt man selbstverständlich ein Opfer. Und für das zartbesaitete Mädchen, das zu stark beodete Gegenstände nicht aushält, einen Köder!«

Die Kiste bewegte sich nicht mehr und war ganz still.
Zarç lächelte milde.

»Du musst mir nicht applaudieren, aber natürlich fühle ich mich trotzdem geschmeichelt. Mein eigener Genius versetzt mich zuweilen selbst in Entzückung.«

Vor seinem inneren Auge sah er sich bereits am Ziel: Er würde als der größte Magier der Neuzeit in die Annalen eingehen.

38. Tempelgeheimnisse

Der Geruch von frischer Farbe gemischt mit Weihrauch und verbrannten Kräutern hing im Tempel, als Verus die Tür öffnete und eilig zu dem einzigen Fenster des Raumes ging, um es einen Spalt zu öffnen. Er schob den schweren dunklen Samtvorhang, der vor dem kleinen Kellerfenster hing, zur Seite und kippte die Luke, deren Scheibe von innen geschwärzt war. Um die Blicke neugieriger Passanten abzuwehren und die Anrufungen im Tempel zu dämpfen, waren diese Maßnahmen nötig gewesen. Betrachtete man die Ordensräume von der Hauptstraße aus, wäre kein Mensch auf die Idee gekommen, dass in diesem unauffälligen Stadthaus Magie gelehrt wurde. Prüfend begutachtete Verus zum wiederholten Mal die Ausbesserungen, die die Obmänner und Mitglieder des zweiten Grades an der Decke des Tempels vorgenommen hatten.

Es hatte ihn einige Mühen und Überredungskünste gekostet, das alles zu organisieren. Viele E-Mails waren hin- und hergegangen und mit Erstaunen hatte er zur Kenntnis nehmen müssen, dass seine Ordensmitglieder nicht fähig waren, den Doodle zu bedienen, den er zur Terminfindung aufgesetzt hatte. Nach der Mail mit den Screenshots, wie dieser zu handhaben war, hatte man sich endlich über die Termine einigen können.

Die letzten Wochenenden war unter seiner Anleitung gespachtelt, gemalt, geputzt und geschrubbt worden, und das hatte der Raum auch dringend nötig gehabt, wie er mit Entsetzen hatte feststellen müssen. Das jahrelange Abbrennen der Altarkerzen sowie die unzähligen Räucherungen hatten einen Rußfilm auf den Wänden und vor allem an der Decke hinterlassen, an der unglücklicherweise auch noch die dunkelblaue Farbe stellenweise abgeplatzt war. Nun erstrahlte alles wieder in frischem Glanz, als sei der Tempel soeben erst errichtet worden.

Er hörte Quirinus' Schritte auf der Treppe und drehte sich nervös zur Tür. Gerade heute war es ihm wichtig, das Wohlwollen des Ältesten zu erlangen; er plante, ihn in ein Gespräch über Lilys Invokation zu verwickeln, um die ihm noch fehlenden Informationen über den verhängnisvollen Abend zu erfahren.

Seit Lilys letzter Rückführung befand er sich im Zustand äußerster Anspannung - wie wenn er kurz davor wäre, das Geheimnis einer unlösbaren Gleichung zu durchschauen.

Lily hatte ihm von einem Wesen erzählt, das sich Melchior – König des Lichts – nannte; es hatte sie ihrer Meinung nach bei der Anrufung des Dunklen zurück ins Bewusstsein geholt. Zudem hatte sie nebenbei erwähnt, dass Vicky, seit sie bei ihr eingezogen war, Melchior ständig sah. Das wiederum hatte ihn selbst zu der Frage geführt, wieso Lily noch nie auf die Idee gekommen war, dass ihre Nichte nicht etwa von dem Todesengel, sondern von diesem Melchior heimgesucht wurde.

Ihr verblüffter Gesichtsausdruck hatte ihn daraufhin daran erinnert, was Zarç einmal über Hexen im Allgemeinen gesagt hatte: Sie seien naiv und verlören recht schnell den Überblick über das große Ganze. In diesem Moment war er sogar geneigt gewesen, ihm zu glauben.

Was ihn jedoch am meisten beunruhigt hatte, waren Lilys Schilderungen von der angebrannten Wand direkt hinter dem Evokationsdreieck, die vor ihrer Trance noch makellos gewesen war. Eine ungewollte Invokation war bestimmt eines der Dinge, die im Ritual schiefgegangen waren, aber die Wand in Zarçs Ritualzimmer lieferte einen weiteren Hinweis darauf, dass etwas anderes nicht ganz so verlaufen war, wie geplant.

Wesenheiten, die vor ihrer Entlassung in Flammen aufgingen, waren ihm bislang in keiner Schrift begegnet. Und wie, zum Kuckuck, hatten sie den Schwarzen wieder aus Lily hinausbekommen?

»Na, das riecht hier ja alles noch ganz frisch!«

Gut gelaunt betrat Quirinus den Tempel und sah sofort an das renovierte Deckengewölbe.

»Sieht irgendwie verändert aus«, meinte er nach einem kurzen Blick.

»Ja, wir haben jetzt zusätzlich mit Leuchtfarbe gearbeitet, um den Effekt des freien Nachthimmels zu verstärken, Moment, ich demonstriere.«

Verus trat vor die Tempeltür, schaltete das Licht aus und gesellte sich wieder zu Quirinus. Mit in den Nacken gelegten Köpfen betrachteten sie gemeinsam die leuchtenden Sterne eines fremden Universums. Unbekannte Galaxien und Sternbilder zeichneten sich im Dunkel des Raumes am Tempelgewölbe ab; heimlich beobachtete Verus das erstaunte Gesicht des Ordensbruders und gestattete sich das Gefühl eines leisen Stolzes.

»Das ist wirklich gelungen«, sagte Quirinus beeindruckt. Er schritt den Tempel ab, blieb mal hier, mal dort stehen und konnte den Blick nicht von der Decke wenden.

»Eine hervorragende Arbeit, Verus, ich bin tatsächlich sprachlos.«

»Ja, somit können wir die Tempelwache zu einem unvergesslichen Erlebnis machen. Die Leuchtsterne halten das Licht einige Stunden, abhängig davon, wie lange sie vorher bestrahlt wurden, aber wir haben die Glitzerfarbe ebenfalls aufgefrischt ...«

Er ging zum Altar und entzündete zwei große Kirchenkerzen, deren Flammen im leichten Luftzug, verursacht durch das gekippte Kellerfenster, hin- und hertanzten und die Sterne am Gewölbe zum Blinken brachten.

»Ich denke, damit werden die Wachen noch effektvoller«, er sah Quirinus an, der erfreut lächelte.

»Was für eine grandiose Idee, endlich weht in diesen heiligen Räumen ein frischer Wind!«, rief Quirinus aus. »Ich habe mir tatsächlich auch schon überlegt, ob wir nicht einige Rituale, vor allem die Initiationsriten, mehr aufpeppen sollten, um die Ordensbrüder und -schwestern mal wieder für die Logenarbeit zu begeistern. Verus, mit diesem ersten Schritt hast du mich überzeugt, das Ganze anzugehen! Ich freue mich sehr, dass du die Initiative ergriffen hast. Du musstest vermutlich das Budget etwas dehnen?«

Bescheiden winkte Verus ab.

»Nein, ich bin sogar noch zweihundert Euro unter dem geblieben, was du mir genehmigt hattest. Aus dem Geld könnten wir neue Stoffe für die Banner kaufen, die Feuchtigkeit des Kellers hat auch sie über die Zeit ziemlich angegriffen, was meinst du? Außerdem habe ich mir erlaubt, unsere Entfeuchter um weitere zwei Stück aufzustocken. Gerade bei den Ritualen, bei denen alle Mitglieder anwesend sind, erhöht sich die Luftfeuchtigkeit durch den ausgestoßenen Atem doch erheblich.«

Quirinus klopfte ihm auf die Schultern.

»Ich bin mit deiner Arbeit für die Gemeinschaft sehr zufrieden, Verus, da könnten sich einige Mitglieder ein Vorbild an dir nehmen – ich denke da insbesondere an einen unseren Ältesten, der mir momentan große Sorgen bereitet ...«, Quirinus stockte und eine steile Falte erschien auf seiner Stirn.

‚Die Gelegenheit', dachte Verus, doch sein Herz schien plötzlich in seinen Rachen hochgerutscht zu sein und pochte dort unangenehm vor sich hin. Er brachte lediglich ein Krächzen hervor.

»Du meinst Zarç? ... Ja, er erscheint mir in letzter Zeit etwas ... kränklich und nicht bei der Sache zu sein.«

‚Nun reiß dich schon zusammen', schalt er sich selbst, aber er war nicht sehr bewandert im unterschwelligen Aushorchen oder strategischen Fragenstellen.

»Ja, er ist momentan nicht sehr stabil«, mehr sagte Quirinus nicht, sondern wandte sich zum Gehen.

Verus schluckte den Kloß in seinem Hals hinunter, er durfte diese Situation nicht ungenutzt verstreichen lassen. Zaghaft räusperte er sich und rief dem Ältesten leise hinterher:

»Auf ein Wort, Bruder.«

Quirinus blieb stehen, drehte sich um und sah ihn an. Sein Gesicht lag im Halbdunkel, die Kerzenflammen ließen seltsame Schatten auf seiner rechten Wange tanzen.

»Ich ... ich habe lange darüber nachgedacht, was du damals zu mir gesagt hast. Erinnerst du dich an den Nachmittag, als wir herausfinden wollten, ob das Hexenbrett dieselbe Signatur wie aus einem vergangenen Ritual aufweist oder nicht?«

Verus war nervös und seine Stimme zitterte leicht.

»Ja?«, Quirinus' Augen glühten wie Kohlen, als er ihm abwartend ins Gesicht schaute.

»Es ging um eine ungewollte Invokation damals, nicht wahr, und ich denke, in diesem besonderen Fall ging es darum, dass Soror Artemia wohl unwissentlich von einem dunklen Wesen besetzt wurde.«

Während Verus seinen eigenen Worten lauschte, wurde er auf einmal sehr ruhig, als hätte sein Puls einfach ausgesetzt.

»Ich frage mich seitdem: Wie hat Zarç es geschafft, die beiden zu trennen? Ich meine, die Situation war doch wohl recht ... unerwartet, und ich kann mir nicht vorstellen, dass er für diesen Fall in seinem Skript etwas vorgesehen hatte?«

Quirinus machte eine abfällige Handbewegung und gab grunzende Geräusche von sich.

»Unerwartet ist ja sehr wohlwollend ausgedrückt. Wie vielen Ritualen hast du in deinem Ordensleben schon beigewohnt, Verus?«, er stockte kurz, doch Verus hatte nicht den Eindruck, als wolle er eine Entgegnung hören. Tatsächlich fuhr Quirinus einfach fort:

»An die Tausend, nehme ich an, wenn nicht noch mehr. Ich frage dich außerdem: Bei den Ritualen, bei denen Zarç anwesend war, wie oft hat er sich an das Skript gehalten? - Lass mich raten: kein einziges Mal! Mit Zarç im Zirkel zu arbeiten bedeutet von Haus aus schon, unkalkulierbare Risiken einzugehen!«

Verus beobachtete Quirinus, wie er die Arme hinter dem Rücken verschränkte und vor dem Altar auf- und abging, als suchte er nach einer Antwort auf die ihm gestellte Frage, ohne allzu viel preisgeben zu müssen. Inbrünstig hoffte er, sein Ordensbruder würde nicht einfach mit dem Reden aufhören.

»Du willst wissen, wie Zarç es geschafft hat, die beiden zu trennen?«, Quirinus blieb stehen und starrte in den Sternenhimmel.

»Gar nicht. Es war nicht er, der die beiden getrennt hat. *Ich* habe sie getrennt.«

Seine Worte hallten von den Wänden des Tempels wieder, als hätte Quirinus eine machtvolle Evokation gesprochen. Die Kerzen flackerten wild.

Seufzend fuhr Quirinus fort, ohne jedoch den Blick von der Decke zu wenden.

»Der Dunkle konnte seinem Auftrag nicht nachkommen, nicht solange er in Lily steckte, und die Gute war bereits drauf und dran, das Zeitliche zu segnen. Wir haben sie in das Evokationsdreieck geschafft und ich war gezwungen zu improvisieren. Glaube mir, die Intension des Rituals war mir in dem Moment wirklich scheißegal, ich wollte nur, dass wir da alle heil rauskommen. Während Zarç mit dem Wesen verhandelte, musste ich mir etwas einfallen lassen, und ich denke, ich habe mein Möglichstes gegeben – zumindest wandelt Lily noch unter den Lebenden, und ich kann ihr nicht verdenken, dass sie mit dem Orden gebrochen hat.«

»Wie hast du das gemacht?«, fragte Verus mit angehaltenem Atem.

Es war ungeheuerlich genug, den Todesengel zu invozieren, ihn aber loszuwerden, ohne dass jemand zu Schaden kam – er konnte sich nicht daran erinnern, in den alten Schriften irgendetwas darüber gelesen zu haben.

»Wie du weißt, beschäftige ich mich weniger mit John Dee und seiner Engelssprache als vielmehr mit der Kabbala. Nach dieser Lehre wirken Worte nicht nur in der materiellen Welt, sondern auch in der spirituellen.«

Er machte eine kurze Pause und sah ihn an.

Verus blinzelte und sah verdutzt zurück, er wusste nicht, worauf der Frater anspielte.

Quirinus trat in die Mitte des Raumes, breitete seine Arme aus und dröhnte mit seiner eindrucksvollen Ritualstimme:

»Am Anfang schuf Gott Himmel und Erde; die Erde war wüst und leer, und es war finster über den Tiefen, und Gottes Geist schwebte über den Wassern.«

Nach einer kunstvollen Pause fuhr er kraftvoll und beinahe theatralisch fort:

»Und Gott sprach: Es werde Licht - und es ward Licht. Und Gott sah, dass das Licht gut war.«

Verus war beeindruckt, wie der Frater unter dem Sternenhimmel stand und die ersten Sätze der Bibel rezitierte - es war fast so, als höre er Gott selbst bei der Erschaffung der Welt.

Quirinus senkte die Arme und lächelte.

»Worte haben Macht, Verus, schon immer. Denk an die ehrwürdige Geschichte vieler Magier durch die Jahrhunderte.«

Verus dachte an die sorgsam notierten Rituale des Ordens und an all jene, die sich vor ihnen der magischen Kunst verschrieben hatten. Seine Gedanken drehten sich von John Dee zu den mittelalterlichen Alchimisten bis hin zu den Gelehrten der Kabbala, die jedes Wort der Heiligen Schrift akribisch analysierten, um dem Geheimnis der Schöpfung auf die Spur zu kommen.

»Ich habe ihm befohlen, zu gehen und alle irdischen Anteile lebend hier zu lassen«, sagte Quirinus schlicht.

Verus machte ein ungläubiges Gesicht. Er konnte nicht glauben, dass es so leicht gewesen sein sollte.

»Wie ... einfach so, das war alles? Und das auf henochisch?«

Quirinus grinste.

»Oh, er hat uns getestet, der Dunkle - er hat mit uns in allen möglichen Sprachen gesprochen, wand sich bei der Frage nach seinem Namen, antwortete in henochisch, latein, russisch und was sonst noch. Ich hatte zu dem Zeitpunkt keine Ahnung, wer er war, ich glaube, das wurde uns allen erst zum Ende des Rituals klar, wen wir da beschworen haben, aber eines wusste ich aus seinen Antworten genau: Er war älter als die Menschheit und unterstand nur dem Allmächtigen allein.« Er machte eine kunstvolle Pause und kräuselte nachdenklich seine Stirn.

»Ich habe Hebräisch benutzt, die alte Sprache der Kabbalisten. Dabei habe ich eine Entlassungsformel für Dämonen modifiziert. So einfach war das gar nicht, Verus, ich war gezwungen, ähnlich einem Exorzismus, diese Formel in einer sich immer wiederholenden Litanei runterzubeten, und Lily wand sich wie unter Krämpfen, während die anderen sie festhielten. Ich musste an die Worte glauben, und der Zweifel an ihrer Wirksamkeit hat mich sehr oft überkommen, in diesen unsäglichen Minuten. So etwas hatte ich noch nie erlebt, und ich möchte es auch nie wieder erleben. Sie stand da und schrie minutenlang, ohne Luft zu holen, bis sich das Wesen mit einer gigantischen Stichflamme endlich von ihr löste. Ich glaubte, Lily würde in der Mitte auseinandergerissen; das Geschrei wurde mehrstimmig und schließlich war es, Gott sei Dank, vorbei. Bevor sie umfiel, habe ich sie in den Kreis zurückgezogen, sie atmete nicht mehr und wir mussten sie reanimieren. Es wurde doch ziemlich hektisch.«

»Und der Auftrag? Hat der Schwarze ihn ausgeführt?«, flüsterte Verus atemlos.

»Er kam nochmals in das Dreieck zurück, das Zarç bewachte, während wir uns um Lily kümmerten, und wurde dann von ihm nach Standard entlassen. Es war eines der nicht ganz so ruhmvollen Rituale in der Geschichte des Ordens, das kann ich dir sagen.«

Quirinus starrte auf seine Fußspitzen und Verus verstand plötzlich, warum jemand das Protokoll von damals aus den Archiven entfernt hatte. Der Ritus hatte es in sich gehabt; er wollte sich nicht vorstellen, was ungeübte Magier mit diesem Skript anstellen mochten.

Aber trotzdem ... in Verus' Hirn arbeitete es auf Hochtouren und er überlegte fieberhaft, welcher Entlassungsformel Quirinus sich bedient haben konnte.

»Hebe dich hinfort, um deinen Auftrag zu erledigen, und lasse alle deine irdischen Anteile lebend hier, war das ungefähr der Wortlaut?«, wagte er weiterzubohren.

Lily und der Schwarze wurden getrennt, dachte er, aber welche Auswirkungen hatten diese Worte noch gehabt?

Der König des Lichts war erschienen, er hatte sich direkt neben Lily materialisiert und sie zurück ins Bewusstsein gerufen. Seither fungierte er als Lebensretter für Vicky und war jedes Mal zur Stelle, wenn der Dunkle auftauchte ... Ein entsetzlicher Gedanke drängte sich ihm auf.

König des Lichtes ... der Schwarze Engel mit der leuchtenden Kugel ...

Konnte Melchior eine Abspaltung des Todesengels sein ...?

War er der Träger der irdischen Anteile des Dunklen?

»Lass alle deine irdischen Anteile lebend zurück, ja.«

Quirinus fasste ihn am Arm und sah ihn eindringlich an.

»Gegenüber Lily haben wir ihren Ausflug in die andere Welt in einer – sagen wir mal – recht harmlosen Art und Weise dargestellt, und die genauen Umstände sollten auch weiterhin als Ordensinterna behandelt werden.«

Er ließ ihn los und machte eine ausholende Geste.

»Du weißt, dass alles, was jemals innerhalb des Tempelraumes gesprochen wird, im Tempel bleibt?«

»Ich weiß es«, antwortete Verus.

Das war einer der Gründe gewesen, Quirinus hier unten abzupassen; seine Hoffnung, dass das Tempelgeheimnis die Auskunftsfreude des Bruders erhöhen würde, war nicht enttäuscht worden.

»Gut«, entgegnete Quirinus. »Dann lass uns wieder nach oben gehen. Ich brauche dringend einen Kaffee.«

Zischend verloschen die Altarkerzen unter Quirinus' angefeuchteten Fingern und der Ordensbruder sah erneut zur Decke.

»Eine wunderbare Arbeit, Verus. Ich bin mehr als zufrieden.«

»Danke Bruder - für all deine Worte«, entgegnete Verus und verbeugte sich.

Quirinus machte eine wegwerfende Handbewegung und ging auf den Treppenabsatz zu, der zur Tempeltür führte.

Wenn Melchior und der Todesengel bei der Anrufung getrennt wurden, überlegte Verus mit trockenem Mund, dann hatte Lily von Anfang an recht gehabt und das Ritual sollte auf jeden Fall ordnungsgemäß zu Ende geführt werden.

Aber was für Konsequenzen mochten sich ergeben, wenn Zarç den Schwarzen erneut beschwor, und zwar mit einer vollkommen anderen Intension als der, seine Anteile wieder zusammenzuführen?

Etwas Kaltes kroch ihm den Nacken hinauf – es konnte ein leichter Luftzug sein, oder auch sein eigenes Grausen über mögliche Folgen des Rituals. Er war sich bewusst, dass der Schwarze nicht sehr erbaut von dem Ritus sein würde. Eilig folgte er Quirinus zur Tempelpforte und verschloss die Tür.

39. Verantwortung

»Du wirst dafür geradestehen müssen.«

Sie sah ihn kalt an, ihr Herz war zu einem einzigen Eisklumpen gefroren; sie versuchte jede Gefühlsregung zu unterdrücken - derweil tobte eine Furie in ihrem Inneren, die drohte, jederzeit auszubrechen und die Kontrolle zu übernehmen.

Martin stand hilflos vor ihr und schwieg. Sein trauriger Blick sprach jedoch Bände.

Nach einer Weile hob er dann doch zu sprechen an.

»Ich weiß es nicht, Lily. Ich war der Meinung, wir sind getrennt heimgefahren. Zumindest bin ich in meinem eigenen Bett aufgewacht – alleine.«

Er strich sich nervös durch die Haare.

»Aber ich kann mich tatsächlich nur an den Anruf bei der Taxizentrale erinnern.«

»Ach!«

Was für eine billige, beschissene Ausrede!

Mit unterdrücktem Zorn pfefferte sie den Pinsel zurück in den Farbeimer und wischte sich die gelben Finger an ihrem mit Farbklecksen übersäten Blaumann ab. Es war nicht der beste Ort, um dieses Gespräch zu führen; sie standen in dem Wohnzimmer des Hauses, in das sie ursprünglich mit ihrer Schwester hatte einziehen wollen. Nicht nur, dass Eva ihr wegen ihrer ständigen Übelkeitsattacken nun nicht zur Hand gehen konnte, für Lily war es mittlerweile undenkbar geworden, mit ihr und dem Kind – Martins Kind – in Zukunft unter einem Dach zu leben.

»Tatsache ist: Sie ist schwanger. Und zwar nach eurem gemeinsamen Tanzabend. Dass sich keiner von euch beiden an irgendetwas erinnern will, schafft das Ganze auch nicht aus der Welt!«

Sie ärgerte sich über ihre zittrige Stimme; sie sollte sich souverän anhören, denn ihr Entschluss stand bereits fest.

»Lily – mich hat deine Schwester nie interessiert, das weißt du doch! Mit dir wollte ich doch zusammen sein, ich dachte, das war dir klar!«

Sein Blick zeigte, dass er verletzt war, für Lily war es fast schmerzhafter anzusehen als an dem Nachmittag, als sie ihm mitgeteilt hatte, dass sie nicht mit zum Maitanz konnte.

Oh Gott, diese Augen ... wie oft hatte sie sich gewünscht, sie wären ein Paar.

Verbittert wandte sie sich ab.

»Egal, was passiert ist: Das Kind hat eine Familie verdient. Ihr werdet heiraten und du wirst dich um meine Schwester kümmern – das ist das Mindeste, was einem der Anstand gebietet! Du weißt, dass ihr als alleinerziehender Mutter die Lehrbefähigung für die katholische Religion aberkannt wird?«

Nun hatte sie es ausgesprochen und damit die letzte Tür zu einer möglichen gemeinsamen Zukunft mit Martin zugeschlagen. Nicht als seine Partnerin, sondern als Tante seines Kindes und als seine Schwägerin würde sie auf ewig an ihn gebunden sein – es war furchtbarer, als Lily sich in ihren schlimmsten Albträumen hätte ausmalen können.

Obwohl sie auch Eva für ihren Verrat hasste, konnte sie ihr nicht auf Dauer böse sein. So elend, wie sie heute früh über der Kloschüssel gehangen hatte. So verzweifelt, wie sie sich bei Lily entschuldigt hatte. So hilfsbedürftig, wie sie wieder ausgesehen hatte, ihre kleine Schwester, der sie schon als Kind immer aus der Patsche hatte helfen müssen.

Sie musste sich um sie kümmern.

»Lily, ist es wirklich das, was du willst?«, fragte er entsetzt.

Die Furie in ihrer Brust drängte nach Freiheit, doch sie hielt sie mit eiserner Disziplin zurück. Martin, Eva, ein kleines Kind, ihr eigenes Leben ... die Gedanken und Gefühle wirbelten nur so um sie und drohten sie mitzureißen. Sie musste jetzt hart bleiben. Nicht denken, nicht fühlen. Augen zu und durch.

»Was ich will, hat mittlerweile keine Bedeutung mehr«, sie war selbst erstaunt darüber, wie sanft sich ihre Stimme plötzlich anhörte.

»Es ist Eva, um die es geht. Versprich mir bitte, gut für beide zu sorgen.«

Sie nahm den Pinsel wieder auf und wandte sich erneut der Wand zu.

»Wenn es wirklich dein Wunsch ist ...«, er klang nun resigniert.

»Ja«, sagte sie fest.

»Und eine andere Bitte hätte ich noch: Sobald das Kind da ist - nimm deine Familie und geh fort von hier. Ich werde euren Anblick nicht ertragen können.«

Sie merkte, wie ihr die Tränen in die Augen schossen, und malte hilflos ein paar ungelenke Striche an die Wand.

»Lily ...«

Martin trat auf sie zu, drehte sie zu sich um und nahm ihren Kopf sanft zwischen seine Hände. Für einen Moment überließ sie sich dem süßen Gefühl der Zugehörigkeit, bevor sie abrupt einen Schritt nach hinten trat.

»Es tut mir leid, ich wollte das nicht«, er sah sie bittend an, »es hätte anders kommen sollen!«

»Ja, hätte es vielleicht, aber es ist nun so, wie es ist!«

Die Tränen rannen unaufhaltsam ihre Wangen hinab, die Furie ließ sich nicht mehr lange aufhalten.

»O. k. Lily, ich übernehme die Verantwortung, aber nur, weil ich weiß, dass ich dich sonst nie wieder sehen werde ...«, er machte zögerlich einen Schritt zur Seite.

Lily dachte an die Nacht, an die sich keiner erinnern wollte. Bilder von Eva und Martin zwischen den Bettlaken drängten sich ihr auf.

»Geh!«, brüllte sie voller Wut und Enttäuschung. »Nun geh endlich! Geh mir aus den Augen!«

Sie schleuderte ihm den Pinsel vor die Füße; ihr ganzer Körper zitterte.

Alles in ihr war in Aufruhr, sie fühlte, wie die letzten Ketten, die das tobende Ungeheuer in ihrem Inneren zurückhielten, eine nach der anderen barsten.

Endlich ging Martin. Ohne ein weiteres Wort oder einen Blick verließ er das Haus und schloss leise die Tür.

Lily war einen Moment wie erstarrt und lauschte dem Geräusch des wegfahrenden Fahrzeugs. Langsam ging sie in den Gang und blickte unentschlossen auf die Haustür. Ihr Blick streifte die verschiedenen Hämmer, die wie Soldaten am Treppenaufgang aufgereiht standen. Entschlossen packte sie den schwersten und ging damit zur Gästetoilette mit den hässlichen Fliesen – dem Raum, in dem Eva ihr vor Wochen zwischen Spuckanfällen gestanden hatte, dass sie ein Kind erwartete.

Sie holte tief Luft und schloss kurz die Augen.

‚Da hast du's – hoffentlich bist du nun zufrieden. Das war's doch, was du wolltest?', schrie eine Stimme in ihrem Kopf.

Ihre Hände hielten krampfhaft den Hammer fest. Dann brach die letzte Kette und das Ungeheuer übernahm die Kontrolle.

Entsetzt wandte Lily den Blick von der verblassenden Leinwand und starrte auf die mechanischen Armaturen. Die Scheiben der digitalen Anzeige rotierten ohne ihr Zutun und zählten die Tage mal vorwärts, mal rückwärts, unentschlossen, sich auf ein bestimmtes Datum einzustellen.

Sie fühlte den weichen Stoff des Kinosessels und wunderte sich, wie sie hierher gekommen war. Eben noch war sie ins Bett gegangen und hatte sich auf einen erholsamen Schlaf gefreut. Unbehaglich sah sie die leeren Reihen des Kinos auf und ab. In die Zwischenwelt zu reisen war eine Sache, die sie kannte – die eigenen Erinnerungen zu bereisen machte ihr jedoch Angst. Jahrelang hatte sie sich in Gedankenleere geübt, um nicht mehr an das Vergangene denken zu müssen. Nur so konnte sie ohne Verbitterung weiterleben – nur so war es ihr möglich, wieder etwas wie Zuneigung und Liebe zu empfinden, vor allem gegenüber dem Kind, das unschuldig an diesem Chaos war.

Die Scheiben vor ihr ratterten laut, als wollten sie ihre Gedankengänge mit Absicht stören.

Als sie das erste Mal in diesem Kinosaal gewesen war, hatte sie Dinge zu sehen bekommen, die sie nicht glauben mochte, und der letzte Ausflug hatte es auch nicht besser gemacht. Es konnte doch nicht sein, dass sie selbst der Auslöser für all diese Geschehnisse sein sollte?

Wie Martin sie soeben aus ihrer Erinnerung heraus angeschaut hatte ... Hatte sie Eva und ihn etwa all die Zeit über falsch verdächtigt? Wäre ihre Schwester wegen des verlorenen Sterns so oder so schwanger geworden?

Sechzehn Jahre lang hatte sie alle Gefühle unterdrückt; die vielen Emotionen, die nun in ihr aufbrachen, verwirrten sie.

Seufzend lehnte Lily sich zurück und dachte an Eva, wie sie im Kreißsaal panisch nach ihrer Hand gegriffen hatte. Sie hatte ihr vertraut, und sie selbst? Sie hatte einfach ...

In ihr sträubte sich alles gegen diese Vorstellung.

Das konnte nicht sein, sie war keine eiskalte Mörderin; auch wenn sie ihre Schwester lieber am Ende der Welt gesehen hätte, sie hatte sie nicht »einfach« dem Todesengel angeboten.

Irgendetwas an dieser Szene stimmte nicht, ganz und gar nicht.

Sie beugte sich nach vorne und stellte das genaue Datum des besagten Tages im Februar vor sechzehn Jahren ein – des Tages, als Vicky das Licht der Welt erblickte.

Dann lehnte sie sich zurück und wartete mit klopfendem Herzen darauf, dass der Film startete.

Eva versuchte sich auf dem Stuhl der Wohnküche im neuen Haus gemütlich hinzusetzen, was aufgrund ihres enormen Bauches nicht leicht war. Alle paar Minuten änderte sie die Haltung und schob die Teetasse, die Lily ihr hingestellt hatte, auf dem Tisch hin und her.

»Es läuft nicht gut zwischen uns – eigentlich läuft es überhaupt nicht«, sagte sie leise.

Lily beobachtete sie kritisch und wartete auf weitere Anzeichen. Seit ihrem Eintreffen war Eva zweimal im Abstand von etwa zwanzig Minuten zusammengezuckt, heimlich zählte Lily mit und warf jedes Mal beunruhigt einen Blick auf ihre Armbanduhr.

»Was meinst du damit?«, fragte sie irritiert.

»Wir kennen uns ja überhaupt nicht und ich habe das Gefühl, er lässt mich auch gar nicht an sich heran«, Eva seufzte.

»Versteh mich bitte nicht falsch, er ist sehr aufmerksam, führt mich zum Essen aus, hat alles für das Baby besorgt. Aber ... es ist, als würde ich neben einem Fremden einschlafen ... ich hatte gehofft, nach der Hochzeit würden wir uns etwas annähern, aber er hält mich auf Abstand. Ich habe im Nachhinein das Gefühl, dass das mit dem Heiraten keine so gute Idee war ...«

Sie zuckte erneut zusammen und hielt sich den Bauch.

»Wie lange geht das schon«, wollte Lily besorgt wissen, »ich meine, das mit den Wehen?«

»Ach das – seit gestern früh. Ich habe allerdings gelesen, beim ersten Kind soll man erst in die Klinik, wenn sie alle zehn Minuten kommen«, antwortete Eva und versuchte zu lächeln.

»Zuerst kamen sie alle zwei Stunden, seit vorhin haben sich die Abstände etwas verkürzt.«

»Weiß Martin Bescheid?« Lily runzelte die Stirn.

»Nein – er ist gestern Vormittag zu einem Bewerbungsgespräch nach Mitteldeutschland aufgebrochen und wollte sich anschließend nach einer Wohnung für uns umschauen, heute Nacht sollte er eh wieder da sein.«

»Demnach hat er am Abend nicht angerufen und erzählt, wie's gelaufen ist? Ihr habt euch nicht mehr gesprochen?«, bohrte Lily nach, obwohl sie die Antwort bereits wusste.

Martin und Eva hatten sich nichts zu sagen; die Ehe, in die die beiden gedrängt worden waren, war eine Farce.

Eva machte eine wegwerfende Handbewegung.

»Das ist ja auch nicht wichtig, ehrlich gesagt möchte ich ihn bei der Geburt sowieso nicht dabei haben. Weißt du, ich kann mich nicht erinnern, dass wir jemals intim waren, wenn du verstehst, was ich meine, und naja, es wäre mir einfach unangenehm ...«

Erstaunt zog Lily die Augenbrauen hoch. Sie hatte sich eben wohl verhört? Hieß das, seit der Hochzeit hatten sie sich weder geküsst, noch sonst was?

»Ja, also ... kannst du nicht stattdessen ...? Kannst du nicht bei mir sein, wenn das Kind kommt?«

Eva zuckte abermals zusammen, schloss die Augen und versuchte, tief zu atmen.

Zwölf Minuten, dachte Lily leicht panisch. Dass sie mit in den Kreißsaal sollte, hatte sie weder eingeplant noch darauf spekuliert.

»Bitte, Lily – mir wäre einfach wohler, lass mich bitte nicht alleine da durch gehen!«

Sie sah, wie Eva vor Anspannung ganz blass wurde, und legte ihr beruhigend die Hand auf die Schulter. Ihr war zwar selbst nicht ganz geheuer bei dem Gedanken, einer Geburt beizuwohnen, aber es war ihre Pflicht, ihr beizustehen. Schließlich waren sie Schwestern.

»Alles wird gut. Ich werde bis zum Schluss bei dir bleiben, o. k.«, sie versuchte ihrer Stimme einen zuversichtlichen Klang zu geben, obwohl sie bestimmt aufgeregter war als Eva. Hoffentlich fiel sie nicht im entscheidenden Moment in Ohnmacht.
Eva lächelte dankbar.

Die Szene wechselte und es wurde hektisch um sie herum. Eva hielt ihre Hand umklammert, ihr Gesicht war nass, und Lily konnte nicht sagen, ob vor Schweiß oder vor Tränen. Der Wehenschreiber zeigte alle paar Sekunden einen vollen Ausschlag auf dem Monitor, irgendein anderes Gerät piepte laut. Die Hebamme tastete Evas

Bauch ab, während eine Frau mit einer weißen Schürze beruhigend auf sie einredete. Die Tür öffnete sich und zwei Männer in hellgrünen Kitteln mit ebenso grünen Hauben betraten den Raum.

»Bitte gehen Sie kurz raus, Frau Mayr«, sagte einer von ihnen mit ruhiger Stimme.

»Wir werden Sie sobald wie möglich wieder reinholen.«

»Lily ...«

Eva sah sie flehend an, der Griff ihrer Finger tat ihr weh.

»Es wird alles gut, Kleine, ich bin nur kurz vor der Tür. Du machst das prima!«

Sie versuchte, sich von ihr zu lösen.

»Aber wenn was ist – sie sollen auf mich keine Rücksicht nehmen, ja? Versprich mir, dass du dich um mein Kind kümmern wirst.«

»Red nicht so 'n Quatsch, Eva, alles wird gut!«

»Versprich es mir!«

»Ich verspreche es.«

Endlich ließ ihre Schwester sie los und Lily lächelte ihr nochmals aufmunternd zu, bevor sie auf den kalten Gang trat. Ihr Herz klopfte und sie hatte ein schreckliches Gefühl in der Magengegend.

Es würde doch alles gut gehen, nicht wahr? Ganz bestimmt!

Ihr fröstelte und um sich abzulenken, steuerte sie auf die Korkpinnwand mit den Babykarten voller Dankesbezeugungen zu. Puttenartige Babys mit runden Backen strahlten ihr aus rosaroten und hellblauen Kärtchen gespickt mit Störchen und Herzchen entgegen.

Ein eisiges Gefühl kroch plötzlich langsam an ihren Armen hinauf, ihre Nackenhaare stellten sich auf und die Kopfhaut zog sich zusammen, als wäre sie einfach geschrumpft und dadurch zu klein für ihren Schädel geworden. Gleichzeitig spürte sie ein seltsames Stechen zwischen den Schulterblättern, wie wenn jemand sie beobachten würde. Verwirrt sah sie nach hinten, konnte aber niemanden entdecken. Sie zog die Schultern hoch und schlang die Arme um sich, ihr Herz klopfte. Ruhig versuchte sie weiterzuatmen und die aufkommende Panik zu unterdrücken, während in ihr sämtliche Alarmglocken läuteten.

Wenn ihr Körper so reagierte, dann war meistens ein Zwischenwesen in der Nähe; seit sie das erste Mal in dem Haus übernachtet hatte, schienen sie sie an allen möglichen Orten heimzusuchen.

»Es ist ein Krankenhaus«, schalt sie sich leise. »Hier gehen die Seelen ein und aus, kein Grund zur Sorge.«

Mittlerweile tat ihr der Kiefer vom Zusammenbeißen weh, doch sie wollte sich keine Blöße geben und mit den Zähnen klappern.

»Zeig dich«, zischte sie endlich. »Na los, zeig dich schon.«

Irgendetwas schien sich direkt neben ihr zu befinden, aber sie sah immer noch nichts.

Lily schloss kurz die Augen, unterdrückte ihre Angst und suchte in der Zwischenwelt nach irgendeiner Frequenz.

»Lilith«, vernahm sie eine verzerrte Stimme, die von Rauschen und Knistern unterbrochen wurde. Sie hörte sich an wie aus einem alten Radio, wenn die Antenne nicht richtig ausgerichtet war. Lily konzentrierte sich noch mehr, dann konnte sie sie ganz deutlich hören.

»Guten Abend, Lilith«, die Stimme klang sanft und beruhigend.

Sie öffnete die Augen und sah überrascht in das Gesicht eines jungen Mannes, das mit kleinen Sommersprossen übersät war.

»Du?«, fragte sie verblüfft, »was tust du hier?«

»Wir müssen ihn beschützen, hast du das vergessen?«, entgegnete er freundlich.

»Wen beschützen?«, sie wusste selbst, es klang wie eine Wiederholung ihrer ersten Begegnung, aber sie war verwirrt.

»Du hast doch damals einen Stern verloren. Ihm darf nichts passieren.«

Er legte ihr die Hand auf den Arm und sie zitterte wie Espenlaub, obwohl sie seine Bewegung kaum spürte.

Der König des Lichts kam näher und flüsterte ihr ins Ohr:

»Er ist unterwegs zu ihm und wird ihn mitnehmen, wenn wir nichts unternehmen.«

»Wer ist unterwegs?«, ihre Stimme war brüchig und sie versuchte, sich zusammenzureißen.

»Der, der das Licht holt und bringt, von dem einen Ort zu dem anderen. Schhhhhht ... hörst du seine Schwingen?«

Lily hörte über sich ein leises Rauschen, das langsam immer lauter wurde.

Das Bild des schwarzen Riesen am Sternensee drängte sich ihr auf und sie vergaß fast zu atmen. Er hatte bestimmt den Frevel mitbekommen, den sie begangen hatte, und würde vermutlich nicht die beste Laune haben, wenn er sie sah.

»Er will den Stern holen, aber er darf ihn nicht bekommen.«

»Was?« Lily hatte keine Ahnung, was der junge Mann von ihr wollte.

»Meinethalben soll er ihn gerne mitnehmen, was kümmert mich das?«

Er trat einen Schritt zurück und blickte sie erstaunt an.

»Entschuldige, aber aufgrund deiner besonderen Fähigkeiten dachte ich, du hättest alles durchschaut. Ich sehe, dem ist nicht so.«

Melchior sah sie eine gefühlte Ewigkeit an, im krassen Gegensatz zu seinem jugendlichen Gesicht erschienen ihr seine Augen steinalt.

»Du warst die Verursacherin, Lilith«, sagte er endlich, »durch dich wurden wir getrennt. Der Dunkle und ich, wir waren zusammen, seit der Erschaffung der Welt. Ich bin der, der Mitleid, Liebe und Trost in sich birgt.«

Er machte eine kurze Pause und zeigte den Gang hinunter.

»Der Stern ... ihm wurde der Zugang zum irdischen Leben lange verwehrt, denn der Schwarze und ich, wir wollten ihm all die Schmerzen, die ihr Menschen durchleiden müsst, ersparen. Aber der See braucht das ganze Wissen; man kann keine Seele dadurch schützen, dass man ihr die Chance nimmt, eigene Erfahrungen zu machen – auch wenn es aus Liebe geschieht, das weiß ich jetzt.«

Geduldig sah er sie an, doch sie verstand immer noch nichts.

»Lilith, der Dunkle ist Malik al maut, der Todesengel. Wenn er kommt, muss jemand gehen, so ist das Gesetz. Und wir müssen verhindern, dass es unser Stern ist.«

Die Lage war noch schlimmer, als sie gedacht hatte.

Der Todesengel war im Anflug. Sie wollte in den Kreißsaal stürmen und die Ärzte warnen. Doch dafür war es schon zu spät. Sobald er erschien, würde auf jeden Fall jemand sterben - das würde sie nicht mehr verhindern können. Aber Eva durfte nicht sterben, das Kind brauchte seine Mutter! Und sie ihre Schwester! Wie konnte sie ihr nur helfen?

Sollte sie sich selbst aus dem Fenster stürzen?

»Ja, jemand muss sterben, Lilith, aber ich brauche dich noch. Deshalb muss es eine andere sein.«

Sprach er wirklich von Eva? Wollte er nichts dagegen tun, dass Eva starb?

»Du bist wohl wahnsinnig - zu diesem Stern habe ich überhaupt keinen Bezug, du redest hier von meiner Schwester, die ich zeit meines Lebens kenne!«

»Dieser Stern ist etwas ganz besonders, Lilith. Seit vielen Zeitaltern haben der Dunkle und ich ihn begleitet. Seine Geburt ist von äußerster Wichtigkeit. Sein Leben können wir nur durch ein ganz besonderes Opfer schützen. Es tut mir sehr leid, Lilith, aber du stehst in meiner Schuld, deshalb verlange ich deine Hilfe. Du bist nur deshalb hier und nicht in der Zauberkiste eures Rituals, weil ich es verhindert habe. Der Dunkle hatte den Auftrag, eine Seele in die Kiste zu sperren, und du warst die, die dem Tode am nächsten war, an jenem Abend. Aber ich selbst habe dafür gesorgt, dass der Schwarze stattdessen das Licht einer Ratte bekam, indem ich vor dem Haus einen Marder auf das Tier gehetzt und somit den weiteren Verlauf beeinflusst habe. Du bist an dieser Sache beteiligt und nun brauche ich dich als Verbündete, damit wir gemeinsam darüber wachen, dass der Stern überlebt. Ich war es, der dich ins Leben zurückgeholt hat. Es ist nur gut und billig, wenn du mir nun hilfst.«

Sprachlos sah sie ihn an. Er meinte jetzt nicht dieses Ritual an Beltane, oder doch? Alle hatten ihr versichert, es sei alles normal verlaufen und der Gedächtnisverlust sei eine Nebenwirkung gewesen, die manchmal auftrat!

Und eine Seele in einer Kiste - handelte es sich dabei etwa um das Kistchen, das sie kurz in dem Evokationsdreieck gesehen hatte ...? Sie hatte keine Ahnung von der Intension des Rituals gehabt. Ihre Gedanken rasten.

»Dann nimm doch wieder irgendeine Ratte, hier wimmelt es doch bestimmt von denen!«, zischte sie.

Melchior sah sie unbeeindruckt an.

»Der Stern ist etwas ganz Besonderes«, wiederholte er.

»Irgendwann wirst du mich verstehen.«

»Und deshalb muss Eva also sterben«, fauchte sie.

»Was meinst du eigentlich, wie ich das bewerkstelligen soll? Da reinspazieren und alle Kabel ziehen? Herrschaft, du verlangst von mir, meine Schwester zu töten! - Und du bist sicher, dass du Mitleid, Liebe und Trost in dir hast, ja?«

Das Rauschen der Flügel kam näher und wurde immer lauter.

»Lilith - in diesem besonderen Fall geht es um die Geburt des Sternes, ein Ereignis, das niemals geplant war. Du musst deine Schwester dazu bringen, auf ihr Leben zu verzichten. Es gibt keinen anderen Weg als ihr Opfer.«

Melchiors sanfte Augen täuschten über seine bösen Absichten hinweg, sein Lächeln war bittersüß.

»Woher weißt du denn, ob ihre Zeit nicht eh schon gekommen ist? Deine Schwester meinte soeben, ihr bräuchtet auf sie keine Rücksicht zu nehmen, und du hast versprochen, dass du dich um das Kind kümmern wirst. Dazu muss es doch erst mal leben, oder –

sollte dein Wort etwa wertlos sein?«, die Augen des Wesens blitzten auf.

»Geh fort«, sie machte eine unwirsche Bewegung und steuerte auf die Stühle, die vor dem Kreißsaal standen, zu. Vielleicht würde es helfen, wenn sie ihn ignorierte.

Melchior folgte ihr, aus den Augenwinkeln sah sie, wie er neben ihr herschwebte. Seine Füße berührten kaum den Boden.

»Du musst nichts weiter tun, Lilith, als mir Einlass in deinen Geist zu gewähren - ich verspreche dir, ich werde alle Erinnerungen daran von dir nehmen«, sagte er einschmeichelnd.

»Wir waren schon einmal eins, der Dunkle, du und ich. Ich brauche lediglich deine Fähigkeiten, mehr ist es nicht.«

»Verschwinde einfach und lass mich in Ruhe«, zischte sie nervös. Zwar war es unwahrscheinlich, dass sie etwas besaß, das für ihn nützlich sein konnte, aber so ganz sicher war sie sich doch nicht.

»Es wird sowieso geschehen, ob du es nun willst oder nicht ...«, er hörte sich an, als drohte er ihr.

»Es wäre nur weniger schmerzvoll für dich, wenn du dich nicht wehren würdest.«

Lily hatte die Schnauze voll von dieser Unterredung. Sie wusste mittlerweile, dass Geister viel Humbug von sich gaben, und hoffte, es wäre bei diesem Wesen nicht anders. Unter großem Kraftaufwand zog sie ihre Aufmerksamkeit von Melchior zurück und fokussierte sich wieder auf die Vorgänge um sie herum.

Wahrscheinlich halluzinierte sie, ohne es zu merken, sie war schließlich schon ein paar Stunden hier. Wann kamen die Ärzte endlich heraus, um sie zu holen?

Während Lily den Geräuschen aus dem Kreißsaal lauschte, merkte sie mit Entsetzen, wie ihre Gliedmaßen immer schwerer wurden und die Kälte in ihrem Inneren einer seltsamen Müdigkeit wich. Verzweifelt kämpfte sie dagegen an - sie dachte an Eva, die drinnen in den Wehen lag, und wehrte sich mit allen Fasern ihres Körpers, doch es war zwecklos. Nach ein paar Minuten musste sie sich hilflos geschlagen geben; ihr Kopf kippte langsam nach hinten weg und unter Schmerzen übernahm irgendetwas anderes die Kontrolle über ihren Geist.

Beltane

40. Vorahnungen

»Bist du auch fleißig am Lernen?«

Papa sprach schneller, als seine Lippenbewegungen mitziehen konnten; auf dem Skype-Bildschirm sah es aus, als würde Vicky mit einem schlecht synchronisierten Schauspieler reden.

»Jaaa, jeden Tag neben den Hausaufgaben! Frag Lily, ich bin schon ganz blass und weiß gar nicht mehr, wie das Tageslicht ausschaut! Wie kommst du denn mit deiner Abteilung voran? Kannst du wie geplant an Pfingsten zurückfliegen?«

Sie tat, als sei alles in Ordnung, doch eigentlich hatte sie Stress.

Unter dem Bürotisch hatte sie parallel auf dem Handy einen Chat mit Sandy am Laufen, die ihr ein Bild von Emil und Patty geschickt hatte. Beide waren darauf beim wilden Knutschen erwischt worden. Die Freundin war verständlicherweise am Toben und verlangte, augenblicklich angerufen zu werden.

»Naja, es kann sein, dass es sich um ein paar Wochen verschiebt, aber sobald ich feste Pläne machen kann, bemühe ich mich um ein Rückticket, versprochen!«

Papas Lächeln tat ihr gut, es strahlte so etwas Normales aus. Vicky hoffte, mit seiner Rückkehr würde die Normalität auch bei ihr einziehen; momentan sah das leider ganz anders aus, vor allem die Sache mit Melchior machte ihr zu schaffen.

Dem Handyvibrieren nach hatte Sandy erneut getextet - sie hatte keine Lust, nachher mit ihr zu telefonieren, denn sie wollte nach dem Gespräch mit Papa eigentlich eine Nachricht für Melchior aufsetzen.

»Patty und er waren ein Paar, bevor wir zusammengekommen sind!«

Vicky scrollte im Messenger nochmal zum Bild des knutschenden Ex-Paares hoch, das gestern Nacht entstanden war, nachdem Sandy nicht mit zur Party hatte gehen können.

»Und was sagt Emil zu seiner Verteidigung?«, schrieb sie zurück.

Wenn das stimmte, dass beide schon mal zusammen waren, war Patty ein größeres Biest, als sie dachte. Sie hatte sich bestimmt nur deshalb mit Sandy befreundet, um sie auszuhorchen.

»Vicky, ist wirklich alles in Ordnung mit dir? Du wirkst so fahrig.«

»Alles in Ordnung, Papa, ich bin nur etwas müde.« Sie schenkte ihm ihr schönstes Lächeln.

»Wann kommt der Gips ab?«, wollte er wissen.

Vickys Strahlen bekam einen leichten Dämpfer.

»Wenn ich Glück habe, noch vor den Prüfungen, aber die müssen ja die Nägel rausmachen, das heißt, vermutlich kriege ich dann nochmal einen verpasst.«

»Also, wenn dir das alles zu viel wird, können wir dich auch noch ein Jahr zurückstellen lassen, Vicky ...«

Sie winkte ab.

»Ich krieg das schon hin – wusstest du, dass ich jetzt auch mit links schreiben kann? Zumindest besser als mit rechts!«

Vicky schnappte sich ein Stück Papier aus dem Drucker und schrieb:

»Ich liebe dich, Papa.« Die Schrift sah zwar aus wie von einer Grundschülerin, aber sie war lesbar. Sie malte noch ein Herz drumherum und hielt das Blatt stolz in die Kamera.

Papa schmunzelte.

Unter dem Tisch brummte es abermals.

»Soll ich ihm denn sagen, dass ich es weiß?!«, schrieb Sandy.

Oh maaaaann! Vicky verdrehte heimlich die Augen. Wenn ihr Freund fremdknutschen würde und sie würde das herausbekommen, dann würde sie ihm ein Riesentheater hinlegen, um anschließend Schluss zu machen. Was gab es da noch zu diskutieren?

»Kannst ja vorbeifahren und ihm das Bild unter die Nase halten«, tippte sie.

Mit einer Mischung aus Bedauern und Erleichterung dachte sie daran, dass ihr das mit Melchior vermutlich nie passieren würde. Konnte man ihn überhaupt fotografieren? Und wenn sie die Einzige war, die ihn auf Gottes Erdboden sehen konnte, würde sie ihn auch nie beim Knutschen mit anderen Mädchen erwischen, oder? Er küsste wahrscheinlich nicht mal.

Sie war versucht zu schreiben: »Ich habe mich in einen Geist verknallt«, das waren nämlich die echten Probleme des Lebens, nicht so was Banales wie das, was ihre Freundin gerade mit Emil durchmachte.

»Ist Lily auch da?«, fragte Papa in ihre Gedanken hinein.

»Hmm, ja, ich hol sie gleich.«

Erleichtert sprang Vicky auf. Wenn Papa jetzt das Gespräch beendete, bedeutete das für sie, dass sie vielleicht doch noch Zeit hatte, mit Sandy zu sprechen UND einen Brief zu schreiben. Sie steckte das Handy in die Hosentasche und warf Kusshände auf die Kamera.

»Gute Nacht, Papa, ich hab noch zu tun, sei nicht böse, wenn ich heute so wortkarg bin!«

Papa fuhr sich durch die Haare und lachte.

»Ist schon in Ordnung, meine Große, ich hab auch Tage, wo ich nicht ganz in Form bin. Schlaf gut, ich hab dich lieb!«

»Ich dich auch – Liiiiilyyyyyy, Papa will dich!«, rief sie über den Gang, während sie die Treppe zu ihrem Zimmer hinaufstürmte und zugleich Sandys Nummer wählte.

»Mach dir nichts draus, sie ist nun eben eine Jugendliche ...«, hörte sie noch Lilys Stimme aus dem Büro, bevor sie ihre Zimmertür zuschmiss.

Nach nur einem Freizeichen nahm Sandy ab.

»Boah nee, was hast du so lange gemacht?«, sie klang echt verheult.

»Ich hatte heut Skypeabend mit Papa.«

Sandy ignorierte ihre Antwort und schimpfte sofort auf Emil los.

»Was für ein Arsch ist das? So eine miese Aktion von dem Vollidioten! Ich hätte echt Lust, meinen Beziehungsstatus auf Facebook zu ändern!«

Klar, wie wenn das jemanden interessieren würde, dachte Vicky leicht amüsiert.

»Wer hat dir eigentlich das Bild geschickt?«, wollte sie wissen.

In den Schubladen ihres Schreibtisches suchte sie nach ihrem Schreibblock und einem Stift. Da sie Melchior nicht anrufen konnte und auch keine weitere Lust auf einen Ausflug in die Zwischenwelt verspürte, wollte sie ihm ihre Meinung durch den Briefkasten geigen.

»Dani, die Rothaarige, du kennst sie auch – BlueMoon94, ich könnte die Wände hochgehen! Patty, das Biest hat nur abgewartet, bis ich mal nicht dabei war! Wetten, die war die ganze Zeit über scharf auf ihn!«

»Hey, mach mal langsam, der feine Herr Emil hat ja wohl auch mitgemacht, das auf'm Bild sieht jetzt mal nicht so aus, als hätte er sich gewehrt?«

»Viiiickkkky, was soll ich denn tuuun, mein Leben ist zu Ende. Ich will stäääärbennn«, der Rest ging in einem lauten Schnäuzen unter, Sandy rotzelte wahrscheinlich in ein Taschentuch und jammerte dabei vor sich hin.

»Naja, logisch gesehen hast du drei Möglichkeiten«, setzte Vicky an. »Entweder du machst Schluss, du ignorierst es, oder du konfrontierst ihn damit. Ich wäre ja für das Erstere – bei mir hätte er's für immer verschissen!« Für sie war die Sache ganz klar, sie konnte nicht verstehen, warum ihre Freundin so ein Riesenfass aufmachte.

»Ich - ich kann nicht Schluss machen«, schniefte Sandy, »da wär ich ja aus der Clique draußen. Ich will nicht mehr in die komplette Bedeutungslosigkeit zurückfallen, Vicky, verstehst du das?«

Vicky runzelte die Stirn – nein, sie verstand es nicht. Was war an ihrem Leben vor dieser Goth-Clique unbedeutend gewesen? Sie hatten doch trotzdem Spaß zusammen gehabt; dass Sandy das als bedeutungslos bezeichnete, tat ihr weh.

»Ich versteh nicht, warum du Emil nicht gefragt hast, was da überhaupt abging. Oder hat er sich heute noch nicht gemeldet?«

»Doch, er schrieb, es war langweilig und ich hätte nichts verpasst ... wieso lügt er mich an?«

Das Heulen ging von neuem los; Vicky verlor langsam die Geduld mit Sandy. Wenn sie Sebi morgen davon erzählte, würde er sich vor Lachen wegschmeißen, dessen war sie sich sicher.

»Weil es ihm nichts bedeutete, vermutlich. Sonst hätte er sich nicht mehr bei dir gemeldet.«

Sie hoffte inbrünstig, die Freundin würde davon absehen, eine Analyse von Emils Verhalten der letzten Wochen zu starten.

»Das kann ich ihm niiiieeee verzeihen!«, konnte Vicky zwischen Schniefen und Schnäuzen vernehmen.

»Boah, nee, dann schreib ihn ab.«

»Aber das geht ja nicht, nur als seine Freundin bin ich in der Clique ja geduldet ... wie konnte das passieren! Ich werde das nächste Mal alle Fiebermittel der Welt einnehmen, nur um keine Party mehr zu verpassen, so eine Scheiße!«

Vicky schüttelte verständnislos den Kopf. Das Image, das Sandy durch die Clique erhielt, war ihr anscheinend so wichtig, dass sie diese miese Behandlung durch ihren Freund billigend in Kauf nahm. Für so oberflächlich hatte sie sie bislang nicht gehalten.

»Dann lösch das Bild und tu so, als hättest du es nie bekommen«, riet sie ihr seufzend.

Aus der Leitung konnte sie ein komisches Summen vernehmen.

»Oh mein Goootttt, er ruft an, ich hab ihn auf der anderen Leitung, bleib dran Vicky, bin gleich wieder da ...«

Sie hörte ein kurzes Klicken, gefolgt von einem Tuten, ähnlich dem des Besetztzeichens.

Resigniert stellte sie das Handy auf laut und legte es auf den Tisch neben den Block. Kurz dachte sie an Sebi, der von beiden,

Patty wie Sandy, keine hohe Meinung hatte. Bei dieser Aktion musste sie ihm leider zustimmen. Was für ein Affentheater.

Leicht genervt setzte sie sich an den Schreibtisch und versuchte, Sandys Liebesprobleme auszublenden und sich auf ihre eigenen zu konzentrieren.

Ein paar Tage nach Lilys Enthüllungen über Melchior war sie sich vorgekommen wie in einem schlechten Film, aber irgendwann hatte sie die Tatsachen dann doch akzeptiert. Der Traumtyp mit den süßen Sommersprossen war kein Mensch, er war nicht mal das Gespenst eines Toten, sondern ein ganz anderes Wesen - also dass sie jemals ein Paar werden würden, konnte sie sich so gut wie abschminken.

»Hey Melchior«, fing sie sorgfältig an zu schreiben.

Das Getute aus dem Telefon machte sie ganz kirre.

»Ich bin wahnsinnig stinkig auf dich! Wir müssen reden, triff mich bitte heute Nachmittag um vier auf dem Friedhof!«, sagte sie laut.

Hörte sich blöd an. Wer würde schon zu einer Verabredung kommen wollen, wenn er im Voraus wusste, dass der Andere schlechte Laune hatte?

»Ich habe einiges über dich herausbekommen. Können wir uns treffen? Heute Nachmittag um vier an Mamas Grab? Ich freue mich auf dich. Deine Vicky.«

Das war schon besser. Wenn sie morgen aus dem Haus ging, würde sie den Brief in den Tornister legen.

Sie fing an zu schreiben und war fast fertig, als das Tuten auf einmal aufhörte. Die Stille danach war fast unheimlich. Sie sah auf das Display und musste der bitteren Wahrheit ins Auge blicken: Sandy hatte sie aus der Leitung geschmissen. Mal wieder hatte die Freundin sie einfach abserviert.

»Du bist eine Schnepfe, Sandra Krüger!«, schimpfte sie wütend. »Und das nächste Mal werde ich dir das auch sagen!«

Als Vicky in der Früh die Küche betrat, war Lily erst dabei, ihr die Brotzeit für die Schule herzurichten. Sie trug noch ihren Schlafanzug und die Haare standen wirr von ihrem Kopf ab. Demnach hatte sie noch nicht mal meditiert. Erstaunt sah Vicky auf die Küchenuhr, die kurz nach halb sieben anzeigte – um diese Zeit war ihre Tante normalerweise schon angezogen, hatte ekelhaft gute Laune und ein Lied auf den Lippen, davon schien sie heute aber meilenweit entfernt zu sein.

»Oje, schlimme Nacht gehabt?«, wagte sie sie anzusprechen.

»Schlimm? Total beschissen, ich glaube, ich hab kein Auge zugetan.«

Lily schob die Brille hoch und rieb sich die müden Augen.

»Heute ist der Abend vor dem ersten Mai und ich habe kein gutes Gefühl. Was hältst du davon, wenn du blaumachst, und wir fahren spontan weg?«

Erstaunt sah Vicky ihre Tante an. Was für ein Vorschlag, und das aus ihrem Mund! Sie war doch sonst das Pflichtbewusstsein in Person! Das musste ein Scherz sein.

»Klar, Lily, normalerweise gerne, aber heute habe ich Sebi versprochen, ihm beizustehen. Er vermutet stark, dass er ausgefragt wird, und wir wollten was ausprobieren«, ein Blick in Lilys fahles Gesicht und sie stockte. »Du meinst es ernst, oder?«

»Ach nein, vergiss es einfach.« Lily strich sich die Haare aus der Stirn und steckte die fertig geschmierten Wurstbrote in die Brotzeitdose.

»Lass uns stattdessen heute Abend ins Kino gehen, hast du Lust?«

Vicky ging stirnrunzelnd zum Kaffeeautomaten hinüber; sie fand Lilys Verhalten äußerst beunruhigend. Sie ließ sich einen Espresso heraus und bemühte sich um einen lockeren Ton.

»Wenn wir nicht gerade einen Schmalzfilm anschauen, warum nicht. Aber sag mal, ist heute nicht die Freinacht? Klar, Walpurgis ist doch, machst du da nicht normalerweise was anderes?«

Sie wollte noch scherzeshalber »so was wie auf den Brocken fliegen« hinzufügen, doch Lilys Miene ließ sie verstummen.

»Ich hab schlecht geträumt«, sagte ihre Tante, während sie mit zittrigen Händen den Apfelsaft in Vickys Trinkflasche füllte.

»Falls dir der Micha irgendwie über den Weg laufen sollte, halte dich bitte von ihm fern und lass dich auf kein Gespräch mit ihm ein, ja?«

Komisch, dass Lily meinte, er könne ausgerechnet heute auftauchen, wo er sich all die Wochen überhaupt nicht hatte blicken lassen.

»Keine Sorge, ich werd das Weite suchen, wenn ich ihn sehe, den finde ich nämlich voll daneben.«

Verwirrt packte Vicky die Brotzeit in den Schulrucksack und nippte an ihrem Kaffee. Sie hatte noch fünf Minuten, bis sie das Haus verlassen musste, um den Bus rechtzeitig zu bekommen; vorher wollte sie den Zettel für Melchior noch in den Briefkasten packen.

Ihre Tante hatte bemerkt, wie sie auf die Uhr schaute, und sagte hektisch:

»Im Übrigen fahre ich dich heute und hole dich auch ab, da würde ich mich einfach wohler fühlen, ich hoffe, das ist o. k. für dich?«

Vickys Blick wanderte entsetzt von Lilys Vogelnestfrisur über den verknitterten Pyjama bis hin zu ihren nackten Füßen, die in Gesundheitssandalen steckten.

»Ja, aber nicht so, oder? Du musst dich da schon beeilen, sonst komme ich zu spät!«

Erstaunt sah die Tante an sich herab.

»Ach herrje - du hast recht – ich bin gleich wieder da.«

Kopfschüttelnd beobachtete sie, wie Lily die Treppen zum Badezimmer hinaufeilte, und beschloss, die Zeit zu nutzen, um die Botschaft in den amerikanischen Tornister an der Kreuzung zu legen.

Vorher holte sie sich jedoch noch ihre zwei Schutzbringer. Wenn Lily so durch den Wind war, konnte es ja nicht schaden, wenn sie die einsteckte. Wer wusste denn schon, was dieser Tag noch so brachte.

»Frau Victoria Schubert!«

Gedämpft hörte Vicky die Stimme von Herrn Widmann, dem Englischlehrer, doch sie konzentrierte sich darauf, ganz langsam in ihren Körper einzutreten. Neben sich vernahm sie das hämische Kichern ihrer Banknachbarin. Für einen Moment verspürte sie größte Lust, doch ganz schnell zurückzukehren, um dann anschließend auf den Tisch zu spucken. Petras Gesicht hätte sie dabei schon gerne gesehen, aber angesichts der Umstände, dass vermutlich gerade die ganze Klasse auf sie starrte, ließ sie es lieber bleiben.

Ohne Eile machte sie die Augen auf und blinzelte.

»Wenn mein Unterricht Sie so unterfordert, halte ich es für angebrachter, Sie würden ihm einfach fernbleiben, statt Ihre Langeweile so offenkundig zur Schau zu stellen.«

Das Licht der Deckenlampe spiegelte sich in Herrn Widmanns Glatze wieder, seine buschigen Augenbrauen wucherten wild hinter der dunklen Hornbrille hervor und erweckten den Eindruck, das Gestell wäre über den Gläsern mit schwarz-grauem Webpelz beklebt. Dem Gesichtsausdruck nach war der Lehrer mehr beleidigt als erzürnt. Vorsichtig warf Vicky einen Blick auf Sebi, der wie immer mit verschränkten Armen auf seinem Platz saß, diesmal umspielte jedoch ein siegessicheres Grinsen seine Lippen.

Das Experiment war geglückt; als er zur Vokabelausfrage aufgerufen wurde, war sie in ihn hineingeschlüpft und hatte für ihn alles richtig beantwortet. Leider hatte sie nicht bedacht, dass ihr Körper in Trance aussah wie im Tiefschlaf, was ihr nun diese peinliche Situation bescherte. Vielleicht sollte sie sich das nächste Mal, wenn sie wieder so was plante, lieber im Wandschrank verstecken?

»Haben Sie zu Ihrer Verteidigung irgendetwas vorzubringen?«

»Ähm …«, sie lief rot an und suchte nach einer Ausrede.

»Entschuldigen Sie, Herr Widmann, es war gestern wohl doch später als gedacht, ich werde künftig etwas früher schlafen gehen.«

»Die wird mal wieder auf Sauftour gewesen sein«, hörte sie eine Stimme aus den hinteren Reihen; die halbe Klasse kicherte und Caroline drehte sich spöttisch lachend nach ihr um.

Vicky saß aufrecht und ließ es über sich ergehen – sie hatten ja alle keine Ahnung; sollten sie sich ruhig über sie lustig machen.

»Ja, Schlaf ist immens wichtig für die Jugend. Beim nächsten Vergehen werde ich Ihnen einen Verweis ausstellen müssen.«

Zum Glück beließ Herr Widmann es dabei und fuhr mit dem Unterricht fort. Vicky bemühte sich den Rest der Stunde darum, nicht weiter aufzufallen.

In der Pause wartete Sebi an der Tür des Klassenzimmers auf sie.

»Hey Mann, wie krass, ich glaub, das war die erste Eins, die ich jemals in einer Ausfrage bekommen hab. Hast du das Gesicht vom ollen Widmann gesehen?«, er schlug ihr so fest auf die Schulter, dass sie stolperte und beinahe die Trinkflasche fallen ließ.

»Es ging ja nicht anders, du hast ihn ja die ganze Zeit angestarrt.«

Für Vicky war es nicht angenehm gewesen, ständig in die buschigen Augenbrauen des Lehrers sehen zu müssen, während sie so tat, als kämen die Antworten von Sebi. Er hätte wenigstens auf den Boden oder an die Decke schauen können.

»Naja, aber auf jeden Fall danke, das war echt stark – hätt nicht gedacht, dass das hinhaut – besser als ein Sender im Ohr!« Sebi strahlte und bot ihr einen Schluck aus seiner Energy-Drink-Dose an.

»Aber das nächste Mal brauchen wir einen anderen Plan, kann ja nicht sein, dass du jedes Mal meine guten Noten verpennst!«

»Haha«, sagte Vicky.

Sie traten auf den Pausenhof und Vicky freute sich an dem strahlend blauen Himmel. Die Linde war die letzte Woche erwacht und hatte zaghaft die ersten hellgrünen Blätter entfaltet. Ihre Krone sah noch aus wie der Erstentwurf eines Kunstmalers, mit spärlich verteilten Farbflecken, aber sie wusste, es handelte sich nur noch um Tage, bis der Baum in vollem Grün stehen würde.

Unter der Linde standen die Hühner ihrer Klasse und tuschelten, ein paar von ihnen versuchten unauffällig zu ihr hinüberzuschauen; es war offensichtlich, dass sie mal wieder zum Gesprächsthema auserkoren worden war.

»Tja, schätze, nun bin ich vollkommen unten durch«, schnaubte sie und dachte mit Bedauern an die verpasste Gelegenheit, auf Petras Tisch zu kotzen.

»Ach, die sind alle neidisch, weil sie meinen, wir wären zusammen. In Wirklichkeit sind sie nämlich alle in mich verschossen, wusstest du das nicht?«

Sebi lachte laut und hob die Dose an den Mund.

»IN DICH? Oh Maaaaann«, Vicky kicherte und sah zu Petra und Caroline. Sie versuchte sich vorzustellen, wie sie heimlich von Sebi träumten.

Am Straßenrand hinter dem Baum erblickte sie die Gestalt eines Mannes in dunklem Anzug mit einem schwarzen Schurmantel, der langsam am Schulhof vorbeischlenderte und dabei die Schüler beobachtete. Sein Gesicht lag im Halbschatten, doch es war unverkennbar Michael. Erschrocken dachte sie an Lilys Warnung und trat schnell hinter Sebi.

»Hey, was 'n los?«

»Nichts - bleib einfach stehen. Ist er weg?«

»Wer, weg?«

»Der Mann im Anzug, der lief da gerade die Straße lang.«

»Da ist keiner. Oh doch, Moment, meinst du den Typen, der ausschaut, wie wenn er unterm Mantel einen Stapel ‚Wacht auf'-Heftchen spazieren trägt?«

»Ja.«

»Der ist grad in ein Auto gestiegen. Wieso versteckst du dich, hast du ihn mal beklaut?«

»Idiot. Fährt er weg?«

»Hmm, ja, er parkt grad aus ... jetzt wartet er, bis die Ampel grün wird ... nun ist er weg.«

Vicky trat einen Schritt zur Seite und vergewisserte sich, dass er wirklich fort war.

Ausgerechnet heute tauchte Zarç direkt an ihrer Schule auf, und das, nachdem Lily das in der Früh vorhergesagt hatte. Das konnte doch kein Zufall sein, oder? Irgendetwas ging doch hier vor?

»Wer ist 'n dieser Typ?«, fragte Sebi interessiert.

»Ein Bekannter von Lily, ich find ihn voll ätzend. Er muss nicht unbedingt wissen, wo ich zur Schule geh.«

Zum Glück beendete das Klingeln die Unterhaltung.

Nun hatte auch Vicky ein komisches Gefühl bezüglich des Tages.

41. Der Sternensee

Beinahe synchron zum Läuten des Schulgongs piepte das Handy, das unter der Schulbank lag. Mit leichtem Schrecken fiel Vicky ein, dass sie tatsächlich vergessen hatte, es auszuschalten. Scheinbar gelassen sammelte sie ihre Sachen ein und wartete, bis die meisten Klassenkameraden den Raum verlassen hatten, bevor sie einen Blick auf das Display warf.

Lily hatte eine Nachricht geschickt:

»Suche noch nach einem Parkplatz, bin gleich da.«

Sie merkte, wie ihr Herz auf einmal schneller schlug, und dachte an die dunkel gekleidete Gestalt, die in der großen Pause an der Schule herumgeschlichen war.

»Hey, soll ich dich zur Bushaltestelle begleiten?«

Sebi stand an ihrem Tisch und strahlte sie an.

»Ich besorg dir am Kiosk auch dein Lieblingsgetränk, hast ja schließlich was gut bei mir.«

»Nee, danke, meine Tante holt mich gleich ab, ein anderes Mal gerne.«

Sie steckte das Handy in die Gesäßtasche und schulterte den Rucksack, während Sebi für sie den Stuhl an den Tisch klemmte.

»Hmm, o. k. - vermutlich sagst du auch nein, wenn ich dich frage, ob du heute Abend mit uns in die Schmiede magst?«

Vicky fühlte sich zwar geschmeichelt, aber wenn sie an die letzte Aktion im Noctem dachte, verspürte sie nicht die geringste Lust auf weitere Alkoholexzesse. Außerdem wollte sie Lily nicht versetzen, die sich mittlerweile hoffentlich einen Actionfilm ausgesucht hatte. Dankend lehnte sie ab und merkte, dass er enttäuscht war.

Er sah aus wie ein Welpe, der gerade geschimpft wurde.

»Hör mal, vielleicht hast du Lust, am Wochenende vorbeizukommen? Wir könnten einfach Musik hören und quatschen?«, schlug sie nach einigem Zögern vor. So wie er sie anschaute, das war ja nicht auszuhalten.

»Jo, klar, gute Idee«, Sebis Stimmung wechselte von einem Moment auf den anderen, »ich saug dir ein paar emo-taugliche Songs meiner Lieblingsbands, bin echt gespannt, wie sie dir gefallen.« Gutgelaunt pfiff er vor sich hin und setzte sich die runde Sonnenbrille auf, mit der er aussah wie John Lennon.

Das Telefon in Vickys Hosentasche brummte; Lily schrieb, dass sie aufgegeben hatte und nun mit laufendem Motor vor der Schule stand.

»O. k., meld dich per WhatsApp, wann es dir am besten passt - ich muss los, sollen wir dich noch heimfahren?«, sie steckte das Handy diesmal in den Schulrucksack zurück.

»Nee, ich muss noch ein paar Sachen für meine Mutter einkaufen und dann meine Schwester von der Kita holen. Aber erzähl's bloß nicht rum, mein Image wäre ruiniert!«

Hatte sie sich gerade verhört? Fasziniert musterte sie den Jungen in dem coolen Mettleroutfit; das war eine Seite, die sie von ihm gar nicht kannte.

Sebi konnte fürsorglich sein? Sie dachte an die vielen Textnachrichten, die er ihr in der Nacht, als sie im Krankenhaus gelandet war, geschrieben hatte. Ihr war nie in den Sinn gekommen, dass er sich womöglich tatsächlich schlimme Sorgen gemacht haben könnte.

Vor dem Schulgebäude verabschiedeten sie sich mit Handschlag; das komische Gefühl von vorhin beschlich sie erneut und mit eiligen Schritten ging Vicky auf Lilys grauen Kleinwagen zu, um schnell einzusteigen. Erst dann wagte sie, sich vorsichtig umzuschauen.

»Hi, ist was passiert?«, die Tante musterte sie besorgt.

»Äh, nein ... ich dachte nur, die Weiber von meiner Klasse wären noch wo«, redete sie sich heraus. Auf keinen Fall wollte sie Lily beunruhigen, weswegen sie auch beschloss, Zarçs Auftauchen an der Schule zu verschweigen. Sie verdrängte jeden Gedanken daran, damit die Tante nicht aus Versehen darauf kam. »Die halten mich mittlerweile für eine Säuferin«, fügte sie für alle Fälle hinzu und dachte an Carolines hämisches Lachen am Vormittag.

»Woran du ja vollkommen unschuldig bist«, bemerkte Lily trocken und steuerte den Wagen vom Straßenrand.

Unauffällig sah Vicky über die Schulter, konnte aber zum Glück keinen Zarç entdecken. Langsam entspannte sie sich und lehnte sich zurück.

»Fahren wir gleich heim oder müssen wir noch zum Kaufmarkt?«, versuchte sie in unverfänglichem Ton das Gespräch fortzuführen.

»Ich war da schon – hab auch Eier und Frühstücksspeck gekauft, damit wir morgen schön brunchen können.«

Lily zeigte mit dem Daumen über die Schulter nach hinten zum Kofferraum.

»Und Stinkkäse, ich rieche das ja bis hierher!«

Vicky zog genüsslich den Geruch ein.

»Sag bloß, es gibt morgen Kässpätzle?«

»Mit Tomatensalat, das magst du doch so gerne?«

»Ja, mit schön gerösteten Zwiebeln!«

Sie freute sich darauf, denn wenn es etwas gab, was Lily richtig gut konnte, dann waren das handgeschabte Spätzle. Augenblicklich knurrte ihr Magen.

»Und was gibt es nachher?«

»Ich dachte, wir machen aus den übrigen Pfannkuchen von gestern 'ne Flädlesuppe? Und heute Abend könnten wir vor dem Kino ja noch essen gehen, wie an deinem Geburtstag, was meinst du?«

Vicky sah Lily von der Seite an und spürte eine Welle von Zuneigung aufsteigen. Sie war wirklich die beste Tante der Welt.

Lily lächelte und zwinkerte ihr zu; es war eine der Situationen, in denen sie nichts weiter zu sagen brauchten.

Als sie die steile Straße, die zu Lilys Haus führte, hochfuhren, hatte Vicky plötzlich ein Kribbeln in der Magengegend, wie wenn ein ganzer Ameisenhaufen in ihr herumwuselte. Ein unbestimmtes Gefühl sagte ihr, dass der Briefkasten an der Kreuzung diesmal nicht leer sein würde.

Mit Mühe unterdrückte sie ihre Aufregung, als sie an ihm vorbeifuhren; sie konnte ihre Augen nicht von ihm wenden und es schien eine halbe Ewigkeit zu dauern, bis sie in die Einfahrt bogen. Wie magisch fühlte sie sich von ihm angezogen.

»Lily, ich hab einen Bärenhunger«, sagte sie und fuhr sich nervös mit der Zunge über die Lippen, als das Auto endlich hielt.

»Kannst du nicht schon reingehen und die Suppe machen? Ich kümmer mich derweil um den Einkauf?«

Die Tante lachte und stieg aus.

»Alles klar, ich beeil mich; und wenn du gerade dabei bist, könntest du auch die Post reinholen.«

Sie drückte ihr den Briefkastenschlüssel in die Hand, bevor sie um die Hausecke verschwand. Kopfschüttelnd drehte Vicky den Schlüssel zwischen den Fingern - vermutlich hatte die Tante schon beim Verlassen des Hauses gesehen, wie der Briefkasten vor Prospekten überquoll, und wollte ihr damit andeuten, dass sie den Papiermüll in die blaue Tonne schaffen sollte. Aber das hatte noch Zeit. Zuerst musste sie Melchiors Antwort erfahren.

Mit wackeligen Beinen und klopfendem Herzen ging Vicky das kleine Stück von der Einfahrt zur Kreuzung hinunter. Sie hatte nicht einmal die Autotür geschlossen, das konnte sie später noch machen.

Es war etwas im Tornister, dessen war sie sich sicher. Egal ob Melchior ihr nun für nachher absagte oder nicht, sie würde endlich eine Antwort auf ihre Nachricht bekommen.

Mit zittrigen Händen öffnete sie die Klappe und musste sich beherrschen, nicht sofort hineinzugreifen.

Der Brief, den sie in der Früh hineingelegt hatte, war weg.

Stattdessen lag etwas Unförmiges, Silbriges darin - es sah aus wie eine Kette, jedoch mit vielen Anhängern dran, einer davon tickte leise wie ein Uhrwerk.

Ein Steampunk-Armkettchen?

Erfreut steckte ihre Hand in die Öffnung und griff nach dem Geschenk.

In Sekundenschnelle stieg ein stechender Schmerz ihren Arm hoch und verteilte sich in ihren Gliedmaßen, bis er sich schließlich in ihrem Hinterkopf zusammenballte. Sie wurde ganz steif und fühlte noch, wie sie hinterrücks aus ihrem Körper gezogen wurde - dann war alles schwarz.

Wie eine mit Luft gefüllte Blase trieb sie auf der Oberfläche der fluoreszierenden Substanz, die ab und zu leise summte. Es war unmöglich zu sagen, ob die Sternbilder, in die sie blickte, sich ober- oder unterhalb von ihr befanden, denn die Dimensionen hatten sich aufgelöst, ebenso wie alle Definition von körperlichem Sein. Sie wusste nicht, ob sie tatsächlich auf der Oberfläche des glühenden Sees schwamm oder gerade von ihm ausgespuckt wurde. Sie wusste nur, dass sie ein ausgestoßener Teil von ihm war, so alt wie er selbst, aber seit langer Zeit nutzlos, ohne neue Erfahrungen, ohne Aussicht, jemals wieder welche zu sammeln. Ihre Erinnerungen waren verstaubt, doch immer wenn *er* kam, vermochte er sie von neuem aufzuwecken, sie für einen Moment lebendig zu machen.

War das die Strafe dafür, dass sie ihn liebte?

Wann immer die Sterne zurückkehrten und ihre Erlebnisse wie kleine Bruchstücke dem großen Ganzen hinzufügten, verspürte sie die Sehnsucht, ebenfalls zu den Erkenntnissen des Sees beitragen zu können. Denn nur so wurde gesichert, dass das Werk des *Einen* Fortschritte machte. Sie waren die Auserwählten, Wesen, die durch Seine Gnade eine feste Form annehmen durften, um alles bis zum letzten Ende zu durchleben. Keine seiner anderen Schöpfungen kannte ungebärdige Freude und unsagbares Leid so gut wie die Seelen, die der Essenz des Sees entstammten. Sie war eine von ihnen und sie wusste nicht, für welches Vergehen sie büßen musste.

Die Oberfläche kräuselte sich, als die sanfte und doch machtvolle Stimme des Wächters erklang. Kleine Wellen schlugen hoch; es dauerte nicht lange und der See war in Aufruhr, als würde ein Orkan darüber hinwegfegen.

Ihre Substanz tanzte auf dem Wasser und bewegte sich ohne ihr Zutun auf die große schwarze Gestalt des Wächters zu. Kurz vor dem Ufer erhob sie sich in die Luft und fing an zu schweben; sie sah in seine sanften Augen und bereitete sich auf die Auffrischung ihrer Erinnerungen vor - die einzige Gunst, die ihr seit Jahrhunderten zuteilwurde.

Langsam verflüssigte sie sich und wurde in die Kugel gesogen.

Die Nacht war sehr kalt und sie hatte sich an Großvater gekuschelt, um etwas Wärme abzubekommen, doch als sie aufwachte, fror sie um so mehr. Der Vater ihrer Mutter lag ganz steif und starrte in die Ecke der kleinen Kammer, die sie sich mit ihren Geschwistern teilten. Sie folgte seinem Blick und sah mit Schrecken eine schwarze Gestalt auf sich zu kommen, die eine Kugel unter dem Mantel hervorzog. Instinktiv fühlte sie, dass Großvater nun gehen musste, und klammerte sich verzweifelt an ihm fest.

Seit Wochen hatte es fast nichts zu essen gegeben und er hatte seine Rationen heimlich verteilt, da sie und die anderen Kinder ständig an Hunger litten. Dadurch war er immer schwächer geworden und die letzten Tage hatte er das Bett nicht mehr verlassen, sondern die meiste Zeit im Halbschlaf verbracht. Sie griff nach Großvaters Hand, auch um sich selbst zu beruhigen, denn sie war vor Angst fast erstarrt. Der Schwarze hob seine Kugel hoch und sie wagte es, ihm ins Gesicht zu schauen, während dicke Tränen ihre Wangen hinabliefen. Trotz seines versteinerten Gesichtsausdruckes hatten die Augen des Dunklen etwas Sanftes und er sah sie direkt an.

Sie nahm allen Mut zusammen, und brachte ihre Bitte vor.

»Mach, dass es Großvater nicht weh tut, wenn du ihn mitnimmst.«

Er blickte lange in ihre Augen, bevor er die Kugel über Großvaters Kopf hob . Ein grünliches Licht trat aus dessen Scheitel aus und wurde in das runde Ding gesogen. Wortlos wandte er sich anschließend um und ließ sie mit dem seelenlosen Körper zurück.

Es war das erste Mal in jener Verkörperlichung gewesen, dass sie ihn sah, und sie war damals vier Jahre alt gewesen. Im Laufe der nächsten Wochen hatte er alle ihre Geschwister geholt, auch den kleinen Samuel, den sie besonders lieb gehabt hatte, und ein halbes Jahr später musste Mutter gehen.

Sie jedoch verschonte er, als läge ein Fluch auf ihr.

Er wurde zu ihrem ständigen Begleiter, immer wenn er kam, verrichtete er stumm seine Arbeit, während sie zwischen Zorn und Verzweiflung schwankte, ihn beschimpfte und verfluchte, doch niemals schien er Notiz von ihr zu nehmen.

Bis er eines Tages, als sie dabei war, sich nach der Feldarbeit am Bach zu waschen, aus dem Schatten des Waldes trat und auf sie zukam. Sie war zu Tode erschrocken, denn sie war alleine und glaubte, nun wäre auch ihre Zeit gekommen. Doch er setzte sich auf einen Stein und starrte zunächst stumm in das Wasser, bevor er zu sprechen anhob:

»Es ist ein einsames Geschäft, das ich verrichte. Gottes Geschöpfe haben Angst vor mir, und die wenigen, die mich sehen können, wenden den Blick ab. Keiner spricht mich an, bis auf das kleine Mädchen, aus dem nun langsam eine junge Frau geworden ist.«

Seine Stimme war faszinierend sanft wie auch beruhigend und nahm ihr etwas die Angst.

Sie studierte sein Gesicht, das so ebenmäßig und alterslos war - so schön und vollkommen wie das eines Engels. Seine Taten jedoch straften seiner Schönheit Lügen.

»Wo immer du auftauchst, bringst du den Tod, wie kannst du erwarten, dass die Menschen dich freudig in ihrer Mitte aufnehmen? Wann immer ich dich sehe, weiß ich, dass du mir die Liebsten genommen hast und so weiter machen wirst, bis auch ich an der Reihe bin.«

Ruhig richtete sie ihre Gewänder und flocht ihre Haare.

»Mach, dass es nicht weh tut, habt ihr mich einst angewiesen«, entgegnete er nachdenklich.

»Ihr Menschen leidet auf dieser Welt; sogar wenn ihr vorgebt zu lieben, leidet ihr. Was hält euch alle hier fest, an diesem Ort, der nicht einmal eure Heimat ist?«

Vorsichtig näherte sie sich ihm und setzte sich an seine Seite.

»Du hast keine Ahnung vom Menschsein, nicht wahr?«

Sie zeigte auf den glitzernden Bach und den blauen Himmel. Es war ein wunderbarer Tag und die Vögel zwitscherten, die Sonne brach sich in den Wipfeln der Bäume und tauchte alles in goldenes Licht. Der Duft der blühenden Obstbäume auf der anderen Seite des Baches lag betörend in der Luft.

»Das hier, das macht, dass einem das Herz übergeht. An solchen Augenblicken ist man Gott so nahe, es raubt einem den Atem ...«

Sie blinzelte und lächelte. »... und das gibt einem die Zuversicht weiterzumachen, weil man weiß, es lohnt sich.«

Vorsichtig streckte sie ihre Hand aus, sie wunderte sich selbst über ihren Mut, doch nach kurzem Zögern schlossen sich ihre Finger um seine und sie war erstaunt darüber, wie warm sie waren.

Er sah sie verwundert an, so als hätte er schon seit Ewigkeiten keine Berührung mehr gespürt.

Sie führte seine Hand an ihr Herz, das vor Aufregung laut pochte.

»Es mag sein, dass ihr recht habt und wir Menschen leiden, aber Gott hat uns ein Herz gegeben, das trotz aller Wunden wieder heilen und Freude empfinden kann. Das ist sein größtes Geschenk.«

Die Zeit stand still, als hätte die Welt den Atem angehalten.

Schließlich löste der Schwarze sanft seine Hand aus ihrer und zog sie zurück. Langsam erhob er sich und holte mit einer fließenden

Bewegung eine grünliche Kugel aus seinem Umhang, deren Glitzern mit den Strahlen der Wasseroberfläche wetteiferten.

»Ihr tut mir unrecht, mich nur den, der den Tod bringt, zu nennen«, sagte er, seine Stimme bekam einen traurigen Unterton.

»Ich bin ebenfalls der, der das Licht bringt«, er schob den leuchtenden Ball zurück in den Mantel.

»Eine eure Gefährtinnen wird bald ein neues Menschenkind auf die Welt bringen, das euch allen sehr viel Freude bereiten wird.«

Er wandte sich zum Gehen, drehte sich jedoch nochmals kurz um.

»Ich wünsche euch einen wunderbaren Tag, schöne Jungfrau.«

Dann trat er in den Schatten der Bäume und löste sich auf.

Sie sah ihm verwirrt hinterher und spürte immer noch seine warme Hand auf ihrem Herzen.

»Victoria!«

Alles an ihr schmerzte, doch sie empfand es wie durch Watte, als sei sie noch nicht wirklich wach. Eine Hand hielt die ihre und es roch leicht nach frischem Heu.

»Bleib hier und geh noch nicht zurück!«

War das Melchiors Stimme?

»Lass die Augen zu und sieh durch deine Mitte, kannst du das?«

Was meinte er damit?

Sie dehnte mit Mühe ihre Aufmerksamkeit aus und konnte ihn endlich neben sich knien sehen.

Hinter ihm befand sich eine Wand, die aussah, als hätte eine furchtbar heiße Flamme den Fels zu Glas geschmolzen.

»Wo sind wir?«, fragte sie entsetzt.

Er zog sie hoch und unter sich konnte sie ihren eigenen Körper liegen sehen, gefesselt und geknebelt in einem gleichmäßigen Dreieck aus schwarzem Stein liegend. Ihre Gliedmaßen sahen leicht verdreht aus. Es war unheimlich und sie bekam eine Gänsehaut.

»Egal, was passiert – ich bin bei dir. Aber du musst tun, als sei ich nicht da, hast du verstanden? Außer dir kann mich keiner sehen.«

»Bin ich – bin ich tot?«, flüsterte sie entsetzt.

»Nein«, antwortete Melchior grimmig, »und, beim Allmächtigen, sofern ich es verhindern kann, wird es auch nicht passieren!«

42. Zeit ist relativ

Die Suppe blubberte vor sich hin und die in Streifen geschnittenen Pfannkuchen schwammen aufgequollen an der Oberfläche wie dicke gefleckte Würmer.

Lily zog den Topf von der Platte, schaltete den Herd aus und griff mit zitternden Händen nach ihrem Handy. Sie konnte nicht glauben, dass sie so leichtsinnig gewesen war und sich darauf verlassen hatte, dass der Kreis sie alle schützen würde – ebenso wenig hatte sie an Zarçs Gerissenheit gedacht. Wie konnte er es wagen, direkt hier, vor ihrer Haustür …!

Wütend ging sie zum Fenster und sah auf den Tornister an der Kreuzung, dessen Klappe offen stand, als ob er ihr hämisch zugrinste.

Als Vicky nicht gleich mit den Einkäufen aufgetaucht war, hatte sie zuerst gedacht, ihre Nichte würde, wie bei Jugendlichen üblich, einfach trödeln. Vielleicht hatte sie auch eine der Gummibärentüten aufgerissen und genascht, womöglich vorher noch ihre Lieblingsmusik angemacht und die Kopfhörer aufgesetzt, so dass sie ihr Rufen durch das Küchenfenster nicht hören konnte. Aber als Lily aufgebracht zur Auffahrt gegangen war, fielen ihr die offenstehende Beifahrertür und der geschlossene Kofferraum sofort ins Auge. Von Vicky keine Spur.

Besorgt war sie zur Straße gerannt und hatte den Berg auf und ab gesehen – bis ihr der offene Tornister an der Straßenlaterne aufgefallen war.

Vor dem Briefkasten hatte sie dann deutlich Zarçs Signatur gespürt, besser gesagt dieselbe Signatur, die das Hexenbrett am Weihnachtsabend verströmt hatte. Sie war so eine Idiotin gewesen, sich damals von ihm auf die falsche Fährte locken zu lassen. Und nun ihr fataler Irrglaube, der Schutzkreis würde Zarç schon irgendwie von ihr fernhalten. Hatte sie nicht selbst ihrer Nichte eingebläut, ein Lichtkreis schütze nicht vor einem herannahenden Traktor?

»Verdammt, nimm ab!«

Ihr erster Gedanke war es, ins Auto zu springen und direkt zu Zarç zu fahren, doch nach einigem Zögern dachte sie, es wäre besser, wenn sie Verstärkung dabei hätte, nur für alle Fälle. Sie hatte Zarç seit ein paar Wochen nicht gesehen, aber Verus' Beschreibungen nach war er nicht er selbst, um nicht zu sagen: dem Wahnsinn nahe.

Die Mailbox schaltete sich ein.

»Verus, was auch immer du gerade tust, ruf mich sofort zurück, er hat sie entführt, Verus, Zarç hat Vicky entführt!«

Panisch lief sie zwischen Küchentisch und Herd hin und her und überlegte, was sie tun konnte. Sollte sie die Polizei verständigen und eine Vermisstenmeldung aufgeben? Nach kurzem Nachdenken verwarf sie den Gedanken jedoch wieder. Wenn sie erzählte, dass ein verrückt gewordener Ordensbruder Vicky entführt habe und sie vermutlich opfern wolle, würden sie sie bestimmt auf ihren Geisteszustand hin untersuchen lassen, und überhaupt - was konnten Polizisten gegen einen wild gewordenen Magier ausrichten?

Misstrauisch sah sie auf ihr Smartphone: Wie gut waren Zarçs Fähigkeiten mittlerweile entwickelt, hatte er ihren Anruf bei Verus bemerkt? Hoffentlich nicht.

Sie ging zurück zum Auto, um nach Hinweisen zu suchen, und sah, dass Vickys Rucksack noch auf dem Beifahrersitz lag und ihr Handy aus der Außentasche lugte. Das Mädchen hatte nicht einmal ein Telefon dabei, um Hilfe zu rufen.

Melchior kam ihr in den Sinn und sie beruhigte sich, soweit es ihr möglich war, um sich auf die letzte Frequenz einzustellen, auf der sie ihn wahrgenommen hatte. Trotz aller Anstrengung war er nicht zu erreichen, sie probierte es auf verschiedene Arten, stellte sich ihn vor, rief ihn, aber schließlich musste sie sich eingestehen, dass auch Vickys Schutzgeist verschwunden war. Sie konnte nur hoffen, dass beide zusammen waren und er auf sie achtgab.

Hilflos starrte sie auf die offene Autotür, ihre Gedanken drehten sich und dann fiel es ihr wie Schuppen von den Augen: Der Spiegelsplitter, sie hatte noch den Zwillingsspiegel!

Wenn sie wissen wollte, ob Vicky sich in Zarçs Haus befand, dann konnte sie es über dieses magische Werkzeug herausfinden.

Doch so charmant der Gedanke auch war, sie bekam Herzklopfen, wenn sie daran dachte – ziemlich unangenehmes Herzklopfen. Was war, wenn Zarç das auch mit einkalkuliert hatte? Wenn er ihr in der astralen Projektion eine Falle gestellt hatte?

Sie sah auf die Uhr – es war Viertel vor zwei. Es waren noch gute neun Stunden, bis das Beltaneritual startete, vorausgesetzt, der Orden hatte am Ablauf nichts geändert. Lily versuchte das Risiko eines astralen Besuches abzuschätzen, während sie in den Waschkeller eilte, wo der Eimer mit dem Streusalz in der Ecke hinter dem Trockner stand.

Sie schleppte ihn nach oben in ihr Zimmer und stellte ihn mitten auf dem runden Teppich ab - ihrem dauerhaft installierten Zirkel. Gerade als sie beschlossen hatte, es zu wagen, klingelte das Telefon.

Verus hatte wie aufgetragen die verschiedenen Hölzer besorgt und sie soeben am Ritualplatz abgeladen. Wenn am Nachmittag die Obmänner eintrafen, würde es an ihnen sein, das Holz nach Vorschrift aufzuschichten. Er hoffte, dass sie diesmal unbehelligt blieben, im letzten Jahr waren alkoholisierte Jugendliche aufgetaucht, die jedoch nach einem Blick auf die schwarzgewandeten Gestalten sofort das Weite gesucht hatten.

Obwohl er wusste, dass keiner ihre Erzählungen für voll nehmen würde, war er doch sehr angespannt deswegen. Wenn sie diesen Abend erneut von Jugendlichen gestört würden, müssten sie sich einen neuen Platz suchen – wieder einmal.

Die nächste Besorgung auf der Liste waren Bierbänke und Getränke. Würde ein Außenstehender einen Blick auf das handgeschriebene Blatt Papier auf seinem Beifahrersitz werfen, wäre er der Meinung, es handelte sich um eine Einkaufsliste für einen vergnüglichen Grillabend.

Vorsichtig steuerte Verus seinen Wagen über den holprigen Feldweg, der durch ein kleines Waldstückchen führte, und überlegte, ob er nochmal kurz zu Hause vorbeifahren sollte, um seine Robe und die ausgedruckten Skripte für das Ritual zu holen. Erfahrungsgemäß wurde es gegen Abend immer eng, und je mehr Helfer auftauchten, desto mehr musste er koordinieren. Als er auf die Hauptstraße auffuhr, sah er besorgt zum Himmel. Die Wettervorhersage hatte zwar eine sternenklare Nacht vorausgesagt, aber er sah am Horizont dicke Wolken aufziehen.

Sein Handy, das in einer der Plastiktransportkisten auf dem Rücksitz lag, brummte, bis sich die Mailbox einschaltete. Er hatte keine Eile, auf das Display zu schauen, bestimmt war das einer der Ältesten, dem noch die eine oder andere Kleinigkeit eingefallen war.

Verus parkte das Auto, nahm eine Transportkiste und ging in seine kleine Zweizimmerwohnung, wo er die Robe, die Kiste mit dem Räucherwerk und die Beltane-Skripte auf dem Bett zwischengelagert hatte. Vorsichtshalber hatte er die Blätter noch laminiert, denn bei einem der letzten Freiluft-Rituale hatte es so heftig geregnet, dass die Buchstaben, obwohl sie sich in Dokumentenfolien befanden, zerlaufen waren, so dass der Hohepriester gezwungen war zu improvisieren. Er erinnerte sich an Quirinus' Worte: Mit Zarç im Kreis zu stehen, war immer unberechenbar; aber in diesem besonderen Fall hatte er wirklich nichts dafür gekonnt. Zarç hatte damals völlig entnervt das nasse Blatt aus der Hülle genommen und zerknüllt, um dann auf seine Art und Weise den Ritus fortzuführen. Zum Glück war es ein Standardritual gewesen, und außer dass er mit dramatischer Stimme endlose Anrufungen von sich gegeben hatte, war nichts weiter passiert. Nur den Novizen, die in Anrufungshaltung, mit nach oben gestreckten Armen, an den Kardinalspunkten des Kreises standen, hatte man nach einer Weile die Anstrengung angesehen. Mit zitternden Händen und Schweiß auf den Stirnen konnten sie das Ende kaum abwarten.

Um allen Anwesenden eine erneute Tortur zu ersparen, hatte er den Ritualablauf nun eingeschweißt.

Wenn er allerdings an Zarç und das Hohepriesteramt am Abend dachte, bekam er leichte Bauchschmerzen. Nicht dass er sonderlich intuitiv war, aber er hatte beim letzten Treffen mit ihm den Eindruck gewonnen, er hätte heute ganz etwas anderes vor, als an einem Frühlingsritual seines Ordens teilzunehmen. Dass Verus zudem keine Antwort auf seine E-Mail mit dem angeforderten henochischen Ritual erhalten hatte, schürte in ihm den Verdacht, Zarç könnte einen anderen Weg gefunden haben, um an sein Ziel zu kommen.

Der Anrufbeantworter, der im Flur neben seinem Drucker und dem kleinen Computerarbeitsplatz stand, blinkte und Verus startete ihn, bevor im Vorbeigehen den ausgedruckten Stapel Papier vom Bürotisch nahm, um damit in die Küche zu gehen und sich einen Kaffee aufzubrühen.

Dabei handelte es sich um eine modifizierte Version des Skriptes, das er Zarç hatte zukommen lassen. Der Unterschied lag darin, dass dieses hier ein komplettes Ritual war, mit Intension und klaren Anweisungen für die herbeizitierte Entität.

»Anruf um vierzehn Uhr siebenundzwanzig«, tönte die weibliche Computerstimme vom Band, gefolgt von einem lauten Klicken.

»Verus - hier ist Quirinus. Ich versuche die ganze Zeit Zarkaraç zu erreichen, weil ich mit ihm gerne nochmals das heutige Ritual durchgehen möchte«, drang die tiefe Stimme des Ordensbruders aus dem Lautsprecher.

»Falls du von ihm hören solltest, sag ihm bitte, er soll mich dringend zurückrufen – oder um sechs in der Loge sein!«

»Anruf vierzehn Uhr fünfunddreißig. Keine Nachricht hinterlassen.«

»Anruf vierzehn Uhr vierzig. Keine Nachricht hinterlassen.«

»Anruf vierzehn Uhr zweiundvierzig. Keine Nachricht hinterlassen.«

Verus hob die Augenbrauen und starrte auf seine Armbanduhr. Es war eine Viertelstunde vor fünf.

»Du hast dich sicherlich schon gefragt, wo deine süße kleine Nichte abgeblieben ist?«, Zarçs Stimme hatte einen sarkastischen Unterton und Lily musste sich zwingen, ruhig zu bleiben und nichts Unüberlegtes zu sagen. Sie hatte mit allem gerechnet, nur nicht mit seinem Anruf.

»Geht es ihr gut?«, sie konnte ihre Sorge nicht verbergen.

»Wo denkst du hin? Auch ich habe eine Nichte, die ich über alles liebe. Eine sehr begabte Nichte, im Übrigen, sie hat Potenzial, in meine Fußstapfen zu treten – wenn sie auch nicht ganz so begabt ist wie deine.«

»Ich bin mir sicher, dass deine Nichte ganz nach dir kommt«, rutschte es Lily heraus und sie hielt kurz den Atem an, um dann hastig weiterzusprechen.

»Wie geht es Vicky?«

»Oh, den Umständen entsprechend. Sie ist etwas, sagen wir mal, weggetreten, aber sie wird es überleben – vorausgesetzt, du bist mit meinen Bedingungen einverstanden.«

Im Hintergrund hörte sie Geräusche wie aus einem fahrenden Auto. Zarç war demnach unterwegs.

»Was für Bedingungen?«

Lily starrte auf den Streusalzeimer, ihr Unterbewusstsein kam nicht davon weg, dass der Zwillingsspiegel eine Hilfe sein musste.

»Du hast mir das wichtigste Ritual, das ich jemals machte, versaut!«, fauchte es aus dem Hörer.

»Die ganze Zeit hast du mir vorgejammert, der Ritus hätte dein Leben zerstört, aber an mich hast du niemals gedacht, was? Du schuldest mir etwas, und heute fordere ich es ein!«

Verblüfft nahm Lily das Handy vom Ohr und starrte auf das Display, auf dem ihr sein Name entgegenleuchtete. Verus hatte vollkommen recht – Zarç war wahnsinnig geworden!

»Was sind deine Bedingungen?«, sie presste den Hörer ans Ohr, es fiel ihr schwer, gelassen zu klingen.

»Du kommst zum Ritual gewandet, wie es die Vorschriften gebieten, nach einer angemessenen Reinigung, um einundzwanzig Uhr zu dem Platz, den ich für den Ritus vorgesehen habe. Ich schicke dir noch die Koordinaten zu. Und lass dir nicht einfallen, irgendjemand zu benachrichtigen, sonst werde ich mich gezwungen sehen, das ganze Brimborium auszulassen und den verkürzten Weg über ein Opferritual zu nehmen. Ich gehe davon aus, dass du dir denken kannst, wen oder was ich gedenke zu opfern?«

»Ja.« Sie zitterte und hatte panische Angst um Vicky.

Er würde ihr doch nichts antun, bevor sie auftauchte, oder?

War jetzt die Zeit gekommen, dass auch sie für das Leben des Kindes eintreten musste, wie damals ihre Schwester?

»Schön, dass wir uns so gut verstehen. Dann sehen wir uns nachher. Auf eine gute Zusammenarbeit – und keine Tricks!«

Sie sah förmlich sein süffisantes Lächeln vor sich, bevor die Leitung stumm wurde.

Der Streusalzeimer schien übermächtig groß zu werden, sie wurde das Gefühl nicht los, dass die Lösung nur einen Meter entfernt von ihr lag. Aber was sollte sie in der Projektion von Zarçs Haus ausrichten können?

Frustriert steckte sie das Handy ein und suchte in den Tiefen ihres Kleiderschrankes nach der schwarzen Robe.

Wenn Zarç meinte, sie würde sich kampflos seinem Willen beugen, dann hatte er sich geschnitten. Ihr würde bestimmt etwas einfallen, um ihm ins Handwerk zu pfuschen ... Als sie die Kutte entdeckte, hielt sie in ihrer Bewegung inne und trat einen Schritt zurück.

Ein grimmiges Lächeln umspielte ihre Lippen. Eine Idee glimmte wie ein kleines Licht in ihr auf. Es bestand eine geringe Chance, dass sie funktionieren würde, aber sie musste sofort handeln. Schnell ging sie zum anderen Ende des Raumes und suchte in den Vorratsbehältern nach dem Kiefernharz.

Verus war beunruhigt von den Nachrichten, die er soeben abgehört hatte. Die aufeinanderfolgenden Anrufe waren unter normalen Umständen nicht sonderlich besorgniserregend, denn gerade bei Freiluft-Ritualen gab es eine Menge zu organisieren, aber die Tatsache, dass Quirinus auf der Suche nach Zarç war, gab dem Ganzen eine gewisse Brisanz. Er schnappte sich das Telefon und sah bei der Historie der eingehenden Anrufen nach, aber die Nummer war jedes Mal unbekannt. Hatte sein Handy vorhin im Auto nicht auch geklingelt? Nervös ging er ins Wohnzimmer zu der Transportkiste hinüber und musste feststellen, dass sie leer war. Das Handy lag in der anderen Kiste im Auto. Eilig packte er die hergerichteten Sachen sowie das henochische Skript in die Plastikbox und verließ die Wohnung. Unten angekommen schnappte er sich als Erstes das Smartphone, das ihm fünf entgangene Anrufe anzeigte. Gleichzeitig hatte ihm die Mailbox via SMS mitgeteilt, dass eine Sprachnachricht für ihn vorlag.

Mit angehaltenem Atem wählte er die Nummer zur Voicemailbox.

Als er eine halbe Stunde später die Ordensräume betrat, wartete Quirinus bereits mit besorgter Mine und in Ritualkleidung auf ihn.

»Hast du Zarç erreicht?«

Verus schmiss achtlos die Kiste, die er gerade trug, auf den Boden, die eingeschweißten Skripte, die zuoberst lagen, rutschten dabei über die Holzdielen und schoben eine Wolke Staubmäuse vor sich her. Außer ihnen beiden befand sich niemand in der Loge und Verus beschloss, nicht lange um den heißen Brei zu reden.

»Nein, und ich befürchte, du wirst hier auch vergeblich auf ihn warten«, er wollte weniger panisch klingen, aber es gelang ihm nicht.

»Was ist passiert?«

»Er hat Vicky entführt – ich habe einen Anruf von Lily erhalten – aber die nimmt nun auch nicht mehr ab.«

Seine Hände zitterten, als er Quirinus die Aufnahme vorspielte.

Eine steile Sorgenfalte bildete sich auf der Stirn des Ordensältesten und er rieb sich das Kinn.

»Was zum Kuckuck hat er vor?«

»Es ist alles meine Schuld!« Verus rang mit den Worten.

»Zarç verlangte von mir die Rekonstruktion des letzten Rituals, an dem Lily teilnahm, und ich habe sie ihm erst vor ein paar Tagen gemailt. Ich habe die Anrufungen mit henochischen Buchstaben geliefert, ich befürchte, das war ein Fehler.«

Oh Gott, wenn Vicky etwas passierte, würde er damit leben können?

Quirinus war ungehalten.

»Also will er das Ritual tatsächlich wiederholen!? Ich habe gedacht, ich hätte es ihm ausgeredet, Gott, verdammmich, diese vermaledeite Kiste und dieses Geschwätz über Seelen, die ihm wahrsagen können – ich war der Meinung, das ist Geschichte!«

»Wo könnten sie sein?«, fiel Verus ihm ins Wort.

Er wollte nicht einfach herumstehen und Zarçs Motive diskutieren, er hatte das Gefühl, dass das Mädchen in Gefahr war.

»Ich war gerade vorhin an seinem Haus«, räumte Quirinus ein, »aber es hat niemand aufgemacht.«

»Und ich habe versucht dich anzurufen, aber du hast nicht abgenommen.«

»Oh, ich habe es nicht mitbekommen. Um Zarçs Haus herum scheint neuerdings der Empfang gestört zu sein.«

Verus hatte sich in seinem Leben noch nie so hilflos gefühlt.

»Lass uns zu Lily fahren«, schlug er vor, »vielleicht finden wir da ein paar Anhaltspunkte.«

Sein Ordensbruder stimmte zu und gemeinsam verließen sie die Loge.

»Mich wundert, warum er Vicky entführt hat«, sagte Quirinus auf dem Weg zu Verus' Auto.

»Und wo er doch kein Henochisch lesen kann, wie kommst du darauf, dass deine Rekonstruktion schuld ist?«

Wortlos sperrte Verus das Auto auf und beförderte seine Kutte sowie ein paar lose Blätter Papier vom Beifahrersitz nach hinten auf die Rückbank.

»Auch wenn ihr das alle versucht habt zu verschleiern, ist mir die Intension des Ritus mittlerweile klar geworden. Ihr habt den Todesengel gerufen, um eine Seele für eine sprechende Kiste einzufangen.« Er warf einen kurzen Blick auf seinen Ordensbruder, als er das Auto startete.

»Zarç hat an einer größeren Kiste gebaut, er nannte sie seine Meisterarbeit. Ich wusste lange nicht, dass das Ritual und die Kiste zusammenhängen, aber nun ... rate mal, wie man am schnellsten einen Todesengel, ganz ohne Anrufungen, herbeizitieren kann.«

Quirinus schloss die Augen und wurde ganz blass.

»Zur Hölle, fahr zu, Verus«, sagte er dann mit rauer Stimme, »wir dürfen keine Zeit verlieren! Ich verständige die Obmänner, das Beltaneritual wird heute wohl ohne uns stattfinden.«

Sorgsam achtete Lily auf alle bekannten Anzeichen, die auf einen Hinterhalt deuten konnten, aber sie fand keine. Die Bäume und Gebüsche standen genauso trostlos an dem windschiefen Haus wie bei ihrem letzten Besuch. Überhaupt erschien ihr die ganze Szenerie um einiges verwahrloster als in ihrer Erinnerung.

Entschlossen trat sie durch die Eingangstür und durchquerte das Wohnzimmer. Sie schickte ihre Aufmerksamkeit aus, konnte aber keine Anzeichen menschlichen Lebens entdecken.

Langsam ging sie die Stufen zum oberen Stockwerk hoch. Das musste klappen, heilige Mutter, lass die Unternehmung erfolgreich sein! Mit angehaltenem Atem glitt sie durch die verschlossene Tür der magischen Werkstatt.

Der kleine Käfig stand auf der Werkbank neben seinem großen Gegenstück und glimmte wie ein winziger Funken vor sich hin. Lily fiel ein Stein vom Herzen – wenn der große Käfig noch da war, bedeutete das, dass Zarç auf jeden Fall nochmal zu Hause vorbeischauen musste, bevor er zum Ritual aufbrach – wo auch immer er es geplant hatte.

Vorsichtig beugte sie sich über das glimmende Licht und konnte sich des Eindrucks nicht erwehren, dass es auf seine eigene Art schlief.

»Kleiner Stern«, flüsterte sie, »hallo, kleiner Stern, ich bin wieder da.«

Das Glimmen wurde zum aufgeregten Pulsieren, während das Licht wuchs, und Lily hörte ein leises, jammerndes Quietschen.

»Scht. Alles wird gut. Aber ich brauche deine Hilfe. Kannst du mich verstehen?«

Der Stern verstummte, das konnte »ja« bedeuten oder auch das Gegenteil.

»Ich suche einen schwarzen Spiegel, weißt du, wo er ist?«

Sie versuchte sich auf das Kistchen einzustimmen, so wie sie das ab und zu mit den Raben, die in ihrer Umgebung wohnten, machte, aber sie war nicht sehr geübt in Tierkommunikation. Mit einiger Anstrengung dachte sie an den Spiegel und hielt die Vorstellung aufrecht, bis sie die Einzelheiten klar sehen konnte, bevor sie dem Stern das Bild schickte.

Eine Weile geschah nichts und Lily befürchtete schon, dass ihre ganzen Bemühungen umsonst gewesen waren, doch dann fing das Licht plötzlich aufgeregt zu hüpfen an.

»Wo ist er?«, fragte Lily.

»Ist er hier, in diesem Raum?«

Sie deutete auf die Schubladen des Werktisches und der Stern dimmte sein Licht.

»Oder ist er im Schlafzimmer?« Lily zeigte durch die Tür nach nebenan, aber auch das erzeugte keine Reaktion. Verstand die Kiste sie nicht?

Sie versuchte sich an die astrale Projektion von Zarçs Tempel zu erinnern und schickte dem Stern das Bild. Augenblicklich fing das Kistchen an zu vibrieren, Lily hatte Sorge, es würde vom Tisch kullern, und das wäre gar nicht gut, denn sie konnte in dieser Realität keine Materie bewegen und es deshalb auch nicht auf die Werkbank zurückstellen.

»Im Tempel also, ja? Ich bin gleich wieder da.«

Lily sammelte die Aufmerksamkeit in ihrer Mitte und stellte sich vor, wie sie ganz schwer wurde, um anschließend durch den Fußboden nach unten zu sinken.

Das Regal mit Zarçs Paraphenalien stand in der Ecke des Tempelraumes, hinter der Tür, weswegen sie es beim ersten Besuch nicht wahrgenommen hatte. In dieser Projektion sah es aus wie ein glasverkleideter Waffenschrank, gefüllt mit Spezialwerkzeugen, um astrale Wesenheiten zu foltern. Zwischen ihm und der Wand lehnte ein Dreizack mit scharfen Enden, die gefährlich rot glühten.

Aufgeregt glitt ihr Blick über den Schrankinhalt, wobei ihr klar war, dass Zarç jederzeit auftauchen konnte.

Sie hatte keine Ahnung, ob er ihren Besuch bemerken würde, aber sie wollte nichts riskieren. Da, endlich, neben einem Ring mit einer glühenden Innenseite aus Dornen und vor einem schweren Zauberstab, der entfernt aussah wie ein doppelläufiges Gewehr, bemerkte sie eine handgroße Diskusscheibe, die bläulich schimmerte.

Darunter sah sie eine größere Lücke; die Umrisse, die die Signatur der fehlenden Waffe in zartem Violett hinterlassen hatte, wiesen sie als etwas Messerförmiges aus.

Zarçs Ritualdolch fehlte.

Sie drang durch die Zwischendecken zurück zu dem kleinen Stern und konnte ihre Sorge nicht verbergen.

»Hör zu, ich habe einen speziellen Auftrag für dich, und es ist sehr wichtig, dass du ihn ausführst!« Krampfhaft suchte sie in Gedanken nach den passenden Bildern.

»Der böse Mann - wenn er nachher auftaucht, dann wird er nicht alleine sein ...«

Es war schwer, dem Licht die Anweisung zu schicken, es war, wie wenn ein illegaler Fernsehsender versuchte, aus einem Kellerstudio an eine unbekannte Frequenz zu senden. Aber es musste klappen.

Sie hatte alles probiert, um Melchior zu erreichen, aber er schien genauso verschwunden zu sein wie Vicky. Als ihr Schutzgeist konnte er doch nur bei ihr sein, oder? Außerdem hatte er ihr erzählt, dass er ebenfalls am Schicksal dieses kleinen Sternes beteiligt war.

Heilige Mutter, das musste einfach klappen!

Als Lily von ihrem Ausflug zurückkehrte, zeigte die Uhr bereits kurz vor sechs. Sie sputete sich, denn sie hatte noch einiges zu tun.

43. **Zwillingsspiegel**

Fasziniert betrachtete Vicky ihren scheinbar leblosen Körper. Je länger sie daraufschaute, desto mehr schien er sich zu verändern, bis sie schließlich eine junge Frau mit einer komplizierten Zopffrisur erblickte, die mit altmodischen Gewändern bekleidet war – die Klamotten erschienen ihr noch archaischer als Melchiors Jacke. Plötzlich wusste sie, woran sie diese Gestalt erinnerte - an eine der Reenactment-Bäuerinnen, die sie aus Emils Mittelaltermarkt-Heftchen kannte.

War das das das Bild, das Melchior von ihr hatte?

Verwirrt sah sie sich um – ihr war bewusst, dass das alles um sie herum echt war – und irgendwie doch nicht. Es fühlte sich so an wie bei dem letzten Ausflug aus ihrem Körper, als sie statt bei Sebi bei Melchior gelandet war.

Was war das nur für ein seltsamer Ort?

Sie wollte etwas sagen, doch Melchior hob die Hand, legte den Kopf zur Seite und lauschte in die Stille. Nach einer Weile hörte sie es auch: ein leises Wimmern, wie von einem Baby.

»Was ...«, hob sie an, doch er legte den Zeigefinger an seine Lippen und deutete ihr an, still zu sein.

Das Heulen wurde langsam, aber stetig lauter, gefolgt von einer ärgerlichen Männerstimme, die wüste Beschimpfungen kläffte; Vicky fühlte sich, als wäre sie Zeugin einer Kindesmisshandlung geworden. Es war so schrecklich, das mit anhören zu müssen, ohne helfen zu können; und gerade, als sie es nicht mehr aushalten konnte, murmelte Melchior etwas.

Das Wimmern hörte auf, während er leise in einer fremden Sprache Anweisungen zu geben schien. Dann brach es erneut los, aber weit weniger eindringlich als vorher.

Schließlich sah Melchior sie an.

»Du musst zurück in deinen Körper.«

»Was?«, stammelte Vicky und starrte auf die seltsam verrenkten Gliedmaßen der jungen Frau zu ihren Füßen hinab.

»Aber vorhin sagtest du doch noch ...«

»Ich weiß«, er legte ihr sacht die Hand auf den Arm.

»Aber es gibt nun etwas, was du tun kannst, und wenn du leben willst, dann tust du es besser.«

Die unheilvollen Worte, gepaart mit seinem eindringlichen Blick, machten ihr den Ernst der Lage erst bewusst.

Wenn sie leben wollte ...

»Was soll ich tun?«, fragte sie ängstlich.

»Geh, so schnell du kannst, zurück, aber nicht zu schnell, denn es wird weh tun. Ich werde dir auf die Füße helfen und die Fesseln, so gut es geht, lockern. Siehst du den Schrank da drüben?«

Er zeigte die Wand entlang zu einem unförmigen Kasten, der unheilvoll vor sich hinglühte.

»Dort drin befindet sich eine Scheibe, so groß wie deine Hand, die musst du an dich nehmen. Beeil dich, ich weiß nicht, wann dieser Magier zurückkehrt.«

Vicky hatte Angst. Sie wusste nicht, was sie erwartete, wenn sie wieder in ihrem Körper war.

»Ähm – warum kannst du das nicht machen?«, fragte sie unsicher. Er war doch der Stärkere von ihnen – und sie wettete etwas drauf, dass er keine Schmerzen hatte.

»Weil ich es nicht kann«, antwortete er schlicht.

»Ich kann nicht so einfach einen magischen Gegenstand anfassen.«

Seufzend schloss Vicky kurz die Augen.

Sie musste ihm vertrauen.

Wenn sie leben wollte.

Sie konzentrierte sich auf ihren Hinterkopf, suchte die Verbindung zu ihrer sterblichen Hülle und innerhalb von Sekunden merkte sie, wie sie von ihr angezogen wurde. Nicht lange danach war sie wieder in sich selbst und fühlte sich wie unter schweren Steinen begraben. Sogleich tat ihr alles so weh, dass ihr Tränen in die Augen schossen und sie unmerklich die Luft anhielt. Hatte Zarç ihr alle Gliedmaßen gebrochen? Sie wusste noch nicht einmal, wo ihre Arme oder Beine waren, sie bestand aus Schmerzen in allen Nuancen.

»Atme, Victoria, atme ganz langsam«, Melchior kniete neben ihr und mühte sich damit ab, ihre Fesseln zu lockern. Es sah so aus, als würden seine Finger anfänglich einfach durch das Nylonseil hindurchgreifen, doch dann merkte sie, dass er es zumindest so weit geschafft hatte, dass sie die Füße einzeln bewegen konnte.

Der blanke Boden war verschwunden, stattdessen lag sie auf einem grauen Teppichboden in einem mit Kreppband abgeklebten Dreieck.

»Du brauchst deine Hände«, sagte Melchior, »kannst du sie nach vorne bringen?«

Er richtete sie so weit auf, dass sie saß, aber trotz aller Anstrengung schaffte sie es nicht, ihren Po durch die zusammengebundenen Handgelenke zu fädeln, weder im Sitzen noch im Liegen. Vor Schmerzen liefen ihr die Tränen hinab.

»Es geht nicht«, flüsterte sie verzweifelt.

Melchior trat hinter sie und machte sich an dem Knoten zu schaffen. Es kam ihr wie eine Ewigkeit vor, bis das Seil so weit gelockert war, dass sie den linken Arm herauswinden konnte. Den Gipsarm spürte sie schon gar nicht mehr.

»Du musst sie vorne wieder zusammentun, glaub mir, der Magier wird es nicht bemerken.«

Zitternd tat sie, was er sagte, aber es war fast noch schwieriger, die Hände in die Schlinge zu fädeln, als sie herauszubekommen. Sie sah, dass ihre Handgelenke blau waren.

Schwarze Flecken tanzten vor ihren Augen, doch Melchior trieb sie weiter an.

»Ich ziehe dich jetzt hoch und dann holst du die Scheibe, ja? Du schaffst es.«

Oben entfachte der Streit zwischen dem Mann und der wimmernden Stimme erneut, und als Vicky stand, hörte sie das Blut in ihren Ohren rauschen, während sie befürchtete, ihre Beine würden wegsacken. Sie konnte sie nicht fühlen! Panik stieg in ihr auf.

»Du machst es gut, Vicky.«

»Meine Beine«, flüsterte sie entsetzt.

»Alles gut, es ist nichts gebrochen. Geh zum Schrank, Vicky, schnell.«

Melchior hatte leicht reden, sie konnte sich nur zentimeterweise vorwärtsbewegen und ihr Kopf brummte wie nach der Nacht im Noctem. Endlich erreichte sie den Schrank, der in dieser Welt eine Vitrine war, und suchte nach etwas, das annähernd so aussah wie eine Scheibe. Die ausgestellten Gegenstände waren das reinste Wimmelbild.

»Hast du es?« Besorgt warf Melchior einen Blick an die Decke, als könne er verstehen, was im oberen Stockwerk vor sich ging.

Hektisch starrte sie in der Auslage, mal hierhin, mal dorthin. Da – ihr Blick blieb am Abbild des schwarzen Spiegels, das Zarç ihr gegeben hatte, hängen. War es das, was Melchior meinte?

Warum sollte sie ausgerechnet ihn einstecken?

»Ich habe einen Spiegel hier, meinst du den?«

»Steck ihn ein.«

Vicky hoffte inbrünstig, sie würde nicht wieder einen Schlag bekommen. Davon hatte sie nun echt die Schnauze voll. Mit den zusammengebundenen Händen öffnete sie die Vitrinentür, und bevor sie nach dem Spiegel griff, hielt sie kurz den Atem an, doch es passierte zum Glück nichts.

»Steck ihn ein!«

Wo sollte sie ihn hintun? Er war zu groß für ihre Hosentasche, nach einigem Zögern steckte sie die kalte schwarze Scheibe vorne in die Hose, zog das T-Shirt drüber und drehte sich zu Melchior um.

Ein Poltern, als würde ein schwerer Mann die Treppe herunterkommen, drang durch die Kellertür und ließ sie zusammenfahren.

Sie biss die Zähne zusammen und ignorierte das Kribbeln an den Beinen, das vom Aufwachen ihrer Füße kündete. So schnell sie konnte, tippelte und hüpfte sie auf Melchior zu, den letzten Meter stürzte sie panisch kopfüber in das Dreieck zurück, einen Schmerzschrei unterdrückend.

Gleichzeitig mit dem Geräusch der sich öffnenden Tür stellte sie sich ohnmächtig, während Melchior sich über sie beugte und ihr ein »Gut gemacht« ins Ohr flüsterte. Sie blinzelte kurz, um einen Blick auf ihren Entführer zu erhaschen, doch das Einzige, das ihre Aufmerksamkeit auf sich zog, war die Glastür der Vitrine, die sperrangelweit offen stand: Sie hatte vergessen, sie zu schließen.

»Was ist das denn?«

Leicht amüsiert nahm Verus Quirinus' Verblüffung wahr, als sie sich Lilys Haus näherten. Mit jedem Meter, den sie den Berg hinaufgefahren waren, hatte sich der Nebel immer dichter um sie gelegt, nicht einmal die Strahlen der untergehenden Sonne kamen mehr durch. Irgendwo hier musste es sein.

»Das ist Lilys Schutzkreis, beeindruckend, was?«

Er merkte erst, dass sie am Haus vorbeigefahren waren, als sie das Ortsausgangsschild passierten und die Sicht besser wurde.

Leicht genervt wendete er den Wagen und fuhr die Straße in Schrittgeschwindigkeit wieder hinunter, bis er die kleine Wegkreuzung entdeckte, an der er schließlich hielt.

»Sie hat einen Kreis um ihre Wohnung errichtet?«

»Ja. Und ich wundere mich schon die ganze Zeit, ob das jeder so wahrnimmt wie ich. Aber du siehst das anscheinend auch.«

Verus zog sein Handy aus dem Handschuhfach und wählte Lilys Nummer, diesmal nahm sie sofort ab.

»Verflucht, wo bleibst du denn, hast du die Nachricht nicht bekommen?«

»Beruhige dich, Lily, wir sind da, direkt vor deinem Haus. Lass uns rein.«

Er war es gewohnt, am Telefon so charmant empfangen zu werden, doch in Anbetracht der Umstände verzieh er ihr dieses Mal.

»WER – WIR?«

»Ähm, ich habe Quirinus mitgebracht, ich dachte …«

»Kommt rein.«

Die Nebelschwaden verflüchtigten sich etwas und Verus konnte nun zumindest die Umrisse des Gartens erkennen.

»Ich glaube, wir sind willkommen«, wandte er sich an Quirinus, der immer noch fasziniert aus der Windschutzscheibe starrte.

»Komm schon, Bruder – die Zeit drängt!«, forderte er ihn auf und stieg aus dem Auto.

Lily empfing sie an der Haustür und sah fürchterlich aus. Sie musste geweint haben, denn der Kajalstrich war verlaufen und schwarze Ringe umrahmten ihre Augen. Zudem hatten sich ihre Haare aus dem Zopf gelöst und standen elektrisch vom Kopf ab, mehr denn je sah sie wie das Klischee einer bösen Hexe aus.

»Seid für diesen Abend willkommen«, murmelte sie und musterte Quirinus misstrauisch, bevor sie zur Seite trat und die Tür hinter ihnen verschloss. Der Duft von Kiefernnadeln hing im ganzen Haus.

»Er ist komplett ausgeflippt, euer lieber Ältester, er hat gedroht, Vicky zu opfern, wenn ich nicht nachher erscheine!«

»Wo erscheine?«, fragte Verus.

Sie folgten ihr in die Küche; der Kiefernnadelgeruch verstärkte sich, gemischt mit dem vom verbrannten Holz und Weihrauch.

»Das weiß ich nicht – er wollte mir noch die Koordinaten schicken, Mist, wir sind hier doch nicht bei einem verflixten Geocaching-Event!«

Lily ging weiter ins Wohnzimmer. Im Kamin brannte ein Feuer und an den Wänden darüber war eine Wäscheleine an zwei Dübeln gespannt, von der ihre alte Ordensrobe an einem Kleiderbügel hinabhing. Im Schein des Kaminfeuers sah die schwarze Kutte aus wie ein unheilvoller dunkler Geist. Sie nahm etwas vom Sims und warf es in die Flammen, wo es zischend verbrannte und einen süßlichen Duft hinterließ.

»Du reinigst deine Robe?«

Quirinus zog die Augenbrauen hoch.

»Ja – das ist eine angemessene Abkürzung, oder meinst du nicht? Ich kann mich nicht stundenlang um ein Weihrauchfässchen kümmern, schließlich habe ich ein Leben zu retten! Einige eurer Vorschriften sind so was von vorsintflutlich!«

Lily sah die Ordensbrüder provozierend an.

»Hauptsache, das Ergebnis stimmt«, meinte Quirinus gleichmütig.

Verus schüttelte den Kopf. Die ganze Situation war so grotesk, und noch immer standen sie einfach rum und ließen wertvolle Zeit verstreichen.

»Ich hab einen Plan«, sagte Lily und warf ihm einen Blick zu.

»Aber lasst mich kurz.«

Sie stellte sich vor den qualmenden Kamin, bespritzte sich mit Wasser aus einer Sprühflasche und drehte sich im Qualm hin und her, während sie vor sich hinmurmelte.

»Ich wette, das ist entweder Salz- oder Floridawasser«, flüsterte Quirinus ihm ins Ohr.

»Sehr außergewöhnliche Wege geht die Dame hier, aber vom Ablauf her richtig.«

Verus verdrehte innerlich die Augen; sie waren ja hier nicht in der Anschauungsstunde zur angewandten Magie.

Endlich war Lily fertig und wandte sich den beiden zu.

»Der verehrte Zarç hat bei seinem letzten Besuch hier etwas hinterlassen, das wir benutzen können. Leider war es leicht lädiert, aber ich habe mein Bestes gegeben, damit es wieder brauchbar wird. Allerdings habe ich keine Ahnung, wie man es verwendet.«

Vom Kaminsims zog sie einen dunklen Beutel und übergab ihn Verus.

Quirinus trat neugierig einen Schritt näher und Verus merkte, wie er die Luft anhielt, als er den schwarzen Spiegel hervorzog.

»Ein Zwillingsspiegel!«, entfuhr es dem Ältesten.

Lily hatte ihn sorgfältig repariert, nun wusste Verus auch, woher der Kieferngeruch stammte; sie musste das Harz benutzt haben, um die Splitter zusammenzukleben.

Vorsichtig strich er über die Oberfläche, die fast eben war; an den Stellen, an denen die Teile der Spiegelfläche zusammenstießen, war eine minimale Erhöhung zu erspüren.

»An der Rückseite war so Glitzerpulver«, sagte Lily aufgeregt, »ich dachte, damit er wieder zu gebrauchen ist, müssen die Einzelteile irgendwie mit einem magisch-leitenden Stoff verbunden werden. Das Harz, das ich benutzt habe, stammt von meiner Kiefer im Garten und ich habe es letztes Jahr abgekratzt, als es zehn Tage hintereinander geregnet hat. Dabei habe ich auch das Marmeladenglas, in dem ich es aufbewahre, so lange in den Regen gestellt. Seitdem war es im Küchenschrank meiner Werkstatt und vorhin habe ich die Bude so hoch geheizt, bis ich mich fast nackt habe ausziehen müssen, und alle Jalousien runtergelassen, um die Teile wieder zusammenzufügen. Ich hoffe, ich habe alles richtig gemacht.«

»Du hast das Harz hier am Feuer geschmolzen?«, fragte Quirinus interessiert.

»Ja, in meinem feuerfesten Glastopf, in dem ich sonst auch die Salben mache.«

Verus seufzte. Lilys Arbeit war zwar gut, aber was sollte das nützen? Und dass die beiden anfingen zu fachsimpeln, half auch niemandem weiter.

»Alles schön und gut, Lily, aber wenn Zarç den Spiegel gar nicht mit sich führt, dann war deine Mühe leider vergebens. Wir können dann nicht herausbekommen, wo er hinwill, und das war doch dein Plan, oder?«

Eigentlich kein schlechter Plan, dachte er. Vorher herausfinden, wo der Ritualplatz sein würde, um dann im entscheidenden Moment Zarçs Pläne zu vereiteln.

Er wollte ihr den Spiegel zurückgeben, doch sie lehnte ab.

»Ich … ähm, ich habe vorhin einen Freund um einen Gefallen gebeten und ich muss wissen, ob es funktioniert hat. Könnt ihr bitte einen Blick hineinwerfen, ob ihr etwas seht? Bitte?«

»Welcher Freund?«, Verus horchte alarmiert auf.

»Wer außer uns weiß denn noch Bescheid?«

»Zarçs kleiner Stern in diesem Gefängnis«, sagte Lily leise, »… und hoffentlich Melchior. Bitte schaut nach, ob es funktioniert hat.«

Quirinus sah verwirrt von Verus zu Lily und zurück. Es war offensichtlich, dass er nicht mehr mitkam.

»Ich nehme an, du meinst mit dem Stern die Seele in Zarçs Quietschekiste?«, warf Verus schnell ein.

»Und wer ist dieser Melchior?«, fragte Frater Quirinus irritiert.

»Vickys imaginärer Freund aus der Zwischenwelt«, antwortete Lily.

»Der irdische Anteil des Todesengels, den *du* damals abgetrennt hast«, fügte Verus hinzu.

Es war eine Weile still, einzig das Knistern des Feuers war zu vernehmen.

Lily starrte Verus an und ihre Augen sprühten Funken, als sie begann zu verstehen. Er selbst wandte seinen Blick zu Quirinus, dessen Gesicht ihm erst überrascht entgegenblickte, sich jedoch mit zunehmender Erkenntnis verdüsterte, bis sich eine steile Falte auf seiner Stirn bildete.

»Gib mir den Spiegel«, sagte Quirinus schließlich.

»Und nachher will ich alles wissen, hört ihr? Alles!«

Aus den Augenwinkeln sah Vicky, wie ein Paar Füße auf das Sideboard, das an der gegenüberliegenden Wand stand, zuging. Ihre Sicht wurde durch ein Tischbein und zwei Stühle behindert, aber Zarç hatte die offene Vitrinentür zum Glück noch nicht bemerkt. Stattdessen öffnete er eine Schublade nach der anderen, als suchte er etwas. Melchior murmelte wieder in dieser komischen Sprache, aber da das offenbar nicht ihr galt, ignorierte sie es und versuchte sich zu konzentrieren. Sie musste den passenden Moment abwarten, nicht zu früh und nicht zu spät, hatte Melchior ihr eingetrichtert. Aber woran sollte sie merken, wann er gekommen war?

»Da ist sie ja, meine Evokationsmischung!«

Erfreut richtete Zarç sich auf und hielt ein dunkelbraunes Glasgefäß hoch. Machte er eine Bewegung nach links? Ihr Herz klopfte laut, und Vicky beschloss, dass dies hier der richtige Zeitpunkt sein musste.

Sie stöhnte leise und regte sich.

»Ah, meine Freundin wacht auf, wie fein, wie fein.«

Vicky hörte, wie etwas auf dem Tisch abgestellt wurde, und presste kurz die Augen zusammen, bevor sie sie langsam öffnete. Ihr Blick glitt den Boden entlang, bis er an der angelehnten Tür hängenblieb, durch die gerade eine würfelförmige Kiste rollte, die über und über mit seltsamen Zeichen bemalt war. Sie stockte kurz, als müsse sie sich orientieren, und bewegte sich dann auf die Vitrine zu.

Vickys Oberkörper wurde jäh nach oben gerissen, als Zarç versuchte, sie aufzusetzen, und sie war gezwungen, weiterhin die gerade Aufwachende zu mimen. Es war nicht einfach, doch sie ließ alle Gliedmaßen locker, so dass sie wieder nach hinten plumpste und dabei mit dem Hinterkopf auf dem Boden aufschlug, als er sie losließ. Der Schmerzenslaut, der nun aus ihrem Mund drang, war echt.

»Wasser«, sagte Zarç, »das wird helfen.«

Er stand wieder auf und entfernte sich, während die Kiste sich vor der Vitrinentür sammelte, um mit einem leisen »Bling« dagegenzustoßen. Das reichte, um sie zu schließen. Vicky beschloss, spontan einen Hustenanfall zu bekommen, um von Nebengeräuschen abzulenken.

Währenddessen krümmte sie sich zusammen und schob damit die schwarze Scheibe vorne tiefer in die Hose hinein.

Zarç kam zurück, riss sie erneut hoch und flößte ihr eine Flüssigkeit ein, die komisch schmeckte - eine Mischung aus bitter und sauer.

»Niemand soll behaupten, ich sei ein Unmensch. Ich habe dir eine Schmerztablette aufgelöst, nur für den Fall, dass dir der Kopf brummt. Bist du wieder da?«

Sie verzog das Gesicht. Etwas sollte sie nun sagen, aber was?

»Micha?«

Hinter ihm sah sie Melchior mit verschränkten Armen stehen, es war tatsächlich eine seltsame Situation.

»Was ist passiert? Wo bin ich?«

»Ach, liebe Vicky. Du wirst heute am ersten Ritual deines Lebens teilnehmen, und es wird dich beeindrucken, das kann ich dir versprechen.«

Zarç verzog sein Gesicht zu einem Grinsen und es sah aus wie eine Fratze.

»Aber zuerst muss ich noch einige Dinge einpacken, die wir später noch brauchen werden.«

Er zwang sie, das Glas leer zu trinken, und musterte sie dabei kritisch.

Vicky hoffte, er würde die falsch gefesselten Hände nicht bemerken.

»Ich muss gestehen, dass ich froh bin, dass du endlich wach bist. Das bedeutet nämlich, du kannst selbst laufen und ich muss dich nicht bis zum Auto schleppen. Du verstehst sicher, dass ich mit meinen Kräften haushalten muss.«

Er ging zum Tisch zurück, packte die Glasdose und verließ das Zimmer, sie hörte, wie er die Treppen hochging.

Erleichtert atmete sie auf und suchte den Boden nach dem Würfel ab, konnte ihn jedoch nirgends entdecken.

Melchior nahm neben ihr Platz und sah sie eindringlich an.

»Nachher im Auto musst du versuchen, den Spiegel so zu verstecken, dass er die Landschaft widerspiegelt, hörst du?«, bläute er ihr ein.

»Er muss nach draußen zeigen, raus aus dem Innenraum.«

Sie nickte, obwohl sie keine Ahnung hatte, warum sie das tun sollte.

»Hast du irgendwas zu deinem Schutz dabei?«

Vicky dachte an das Medaillon mit der doppelköpfigen Schlange und tastete in ihrer Hosentasche danach, aber es war nicht da. Dafür fühlte sie ein Knistern in der rechten Gesäßtasche.

»Dein Buchsarmband – aber ich befürchte, es löst sich gerade auf ...«, flüsterte sie.

»Das macht nichts«, sagte Melchior beruhigend, »es wird trotzdem seine Arbeit tun.«

Er nahm sie vorsichtig in den Arm und strich ihr über die Wangen.

»Tapfere Victoria. Es ist mir eine Ehre, dich begleiten zu dürfen. Wir werden es durchstehen und du wirst eine Menge zu erzählen haben.«

»Na – auf diese Story hätte ich aber liebend gern verzichtet«, entgegnete sie trocken.

Zarç kam gutgelaunt zurück und band ihre Beine los. Dann zerrte er sie auf die Füße, trat hinter sie und bog ihren Kopf an den Haaren nach hinten. Sie spürte etwas Kaltes an ihrer Kehle und sah, wie Melchior mit besorgter Mine einen Schritt zur Seite wich.

»Los geht's, auf die Reise«, Zarçs liebenswürdiger Ton jagte ihr eisige Schauer über den Rücken.

»Das hier an deinem Hals ist im Übrigen ein Messer, und wenn du noch so lange leben willst, bis deine Tante zu uns stößt, dann sei ein braves Mädchen und tu genau das, was ich sage.«

Vicky schluckte und versuchte den Kopf stillzuhalten.

Wenn sie das hier überlebte, würde sie darüber schreiben, schwor sie sich. Ob ihr allerdings jemand glaubte, war die andere Frage.

»Ich bin da«, hörte sie Melchiors Stimme hinter sich.

»Und ich bleibe bei dir bis zum Schluss.«

Eine schlimme Vorahnung überkam sie und sie drückte das Gefühl schnell weg.

Es ist erst vorbei, wenn es vorbei ist.

Wie hatte Lily damals zu ihr gesagt?

Keine Angst haben, jeden Tag trainieren und an eine höhere Macht glauben. Bis auf die Angst hatte sie mittlerweile recht gute Voraussetzungen, sich den Schwarzen vom Hals zu halten. Sie brauchte nur einen Plan, um dem Magier sein Ritual zu vereiteln. Und zwar möglichst bald.

Verus bemerkte Lilys kritischen Blick, als Quirinus den Spiegel vorsichtig in die Hand nahm und ihn bewundernd hin und her drehte und dabei murmelte: »Eine tadellose Arbeit, das hätte ich unserem Zarkaraç wirklich nicht zugetraut.«

Er befürchtete, sie würde gleich vor Ärger platzen, darum nahm er dem Bruder vorsichtig die Scheibe aus der Hand.

»Lass uns anfangen.«

Quirinus kratzte sich am Kinn und sah sich prüfend um.

»Wir – ähm – brauchen Platz für einen Kreis und Paraphernalien, die die Elemente repräsentieren ... und außerdem wäre es sehr hilfreich, Verus, wenn du gewandet wärst. Und Lily – ich benötige ein Bild von Vicky, denn mir fällt ein, ich habe sie noch nie gesehen.«

»Ihr werdet jetzt doch keinen Staatsakt daraus machen, oder?«, rief Lily entsetzt.

»Ich habe meine Robe im Auto«, fiel Verus ein, »Moment, ich hole sie schnell«.

Er beeilte sich, denn er war nicht sicher, ob Lily nicht eventuell in Erwägung zog, Frater Quirinus in eine Kakerlake zu verwandeln.

Als er zurückkehrte, war sein Ordensbruder noch in Menschengestalt, und Lily, die mittlerweile ebenfalls gewandet war, wandte sich ihm sichtbar erleichtert zu.

»Also, bevor ihr mir hier irgendeinen energetischen Mist baut, habe ich beschlossen, euch meinen Kreis zur Verfügung zu stellen.« Sie zückte ihre Sprayflasche.

»Allerdings kommt ihr mir nicht ohne Reinigung da hoch, zieh dich endlich um, ihr vergeudet wertvolle Zeit!«

Verus beeilte sich, die Kutte überzuziehen. Unterdessen drehte Lily Quirinus vor dem Kamin gegen den Uhrzeigersinn im Kreis und besprühte ihn mit dem Inhalt der Flasche, während sie leise etwas rezitierte. Im Schein der Flammen sah Verus fasziniert, wie sich eine Art Dampf von seinem Ordensbruder löste und in den Rauchfang gezogen wurde.

Dann war er selbst dran. Die Flüssigkeit roch leicht nach Zitrone und Lily murmelte dabei »Mit der Macht der Erde und des Wassers wasche ich dich rein, mit der Macht von Feuer und Luft erhebt sich alles Schlechte von dir. Bei der Göttin, so sei es.«

Dann lotste sie sie Richtung Treppe.

»Ich hatte recht, es war Floridawasser, nicht wahr?«, fragte Quirinus.

»Es war Salzwasser mit einem Schuss Zitrone«, gab Lily trocken zurück.

»Man muss nicht immer teure Zutaten beschaffen, nur damit etwas wirkt.«

Als sie oben ankamen, konnten sie das Läuten der Kirchturmuhr hören. Es war bereits acht Uhr.

Verus sah, wie Lily kurz stockte, bevor sie die Klinke zu der Tür rechts vom Treppenabgang hinunterdrückte.

»Wenn das hier vorbei ist, werdet ihr alles vergessen, was ihr in diesem Haus gesehen oder gehört habt, verstanden? Ihr seid an diesem Abend nie hier gewesen!«

Er nickte stumm, während Quirinus ungeduldig auf den Füßen vor- und zurückwippte.

»Ich muss verrückt sein, dass ich das hier mache«, grummelnd öffnete sie die Tür und gewährte ihnen Einlass.

Verus kam aus dem Staunen nicht mehr heraus. War er bisher der Meinung gewesen, sich in Lilys Haus in einem Tempel zu befinden, so war dieses Zimmer das Herzstück des Heiligtums. Er fühlte sich sogleich vom hinteren Bereich angezogen, dessen Wände mit Bildern von Elementewächtern geschmückt waren und in dessen Mitte ein runder Teppich lag.

»Legt einfach los«, wies Lily sie an, »und bitte beeilt euch, die Zeit läuft uns davon – im Übrigen müsst ihr keine Anrufungen starten, die Wächter sind schon da. Sie sind immer da.«

Sie deutete auf die Mitte des Kreises und Verus legte den Spiegel vorsichtig ab, während sie in ihrem Smartphone ein Bild ihrer Nichte heraussuchte. Quirinus schaute zwar skeptisch, gesellte sich jedoch nach einigem Zögern zu ihnen und kniete sich hin.

Er strich leicht über die dunkle Spiegeloberfläche und murmelte etwas, dabei machte seine Hand eine Bewegung im Uhrzeigersinn.

»Ich möchte, dass ihr euch alle auf Vicky konzentriert«, sagte er.

»Ruft sie leise in Gedanken und schaut in das Spiegelbild eurer Augen. Wenn sie das Pendant dieses Spiegels mit sich führt, werden wir in der Lage sein, durch ihn zu sehen.«

Verus war sehr aufgeregt, und nicht nur wegen Vicky.

Für ihn war es das erste Mal, dass er den Nachbau eines magischen Werkzeuges, das er bislang für eine Legende gehalten hatte, in Aktion erleben würde.

»Wenn das nicht klappt«, bemerkte Lily, die links neben ihm war, trocken, »werde ich umgehend die Polizei informieren. Nur dass ihr euch darauf einstellt, dass der Orden dann nicht mehr geheim ist.«

Sie sahen sich alle an und Verus merkte das kurze Zögern in Quirinus‘ Augen, das sich aber schnell in einen entschlossenen Ausdruck wandelte.

»Einverstanden – dann lasst uns sehen, ob Zarçs Arbeit etwas taugt«, sagte sein Bruder mit fester Stimme. Es wurde still, und Verus stellte sich Lilys Nichte vor, wie er sie das letzte Mal gesehen hatte: entspannt auf der Couch.

Er versuchte seinem Spiegelbild in die Augen zu schauen, was sich als schwierig erwies, denn er musste den Blickwinkel ändern und sich dabei leicht nach vorne beugen. Als er dann eine Weile auf die dunkle Oberfläche gestarrt hatte und nichts weiter geschah, stieg Panik in ihm auf.

Konnte es sein, dass die Magie hier versagte? Jahrelange Exerzitien, hatte er seine Zeit mit Sinnlosem vergeudet?

Seine Nerven waren zum Zerreißen gespannt und in dem Moment, an dem er aufgeben wollte, sah er einen grauen Abendhimmel sowie ein paar Gebüsche durchs Bild huschen.

Verus traute sich nicht zu blinzeln, aus Angst, er könne damit die Vision zerstören, gleichzeitig atmete er ganz flach. Er sah einen Fahrersitz von hinten, dann eine Mittelkonsole und anschließend wieder den Himmel.

»Sie fahren«, flüsterte Lily, »sie ist in Zarçs Auto.«

Wie in einem selbstgedrehten Video zogen Bäume und Landschaften auf der schwarzen Oberfläche an ihm vorbei, er war hin- und hergerissen zwischen Erstaunen und Verzweiflung.

Nichts von dem, das sich ihm zeigte, bot einen Anhaltspunkt auf Zarçs Ziel. Die Dämmerung neigte sich der Nacht zu, und dann sah er am Horizont rote Lichtpunkte. Verus kniff die Augen zusammen und erkannte helle, spitz zulaufende metallene Flügel, die sich drehten. Windräder! Seine Gedanken rasten, dann konnte er nicht mehr an sich halten.

»Ich weiß, wo das ist«, seine Stimme überschlug sich fast.

»Hinter den Windrädern befinden sich ein Wald mit Bachläufen und eine Lichtung an einem Steinbruch. Vor ein paar Jahren habe ich den Platz selbst mal für den Orden als Ritualplatz in Erwägung gezogen, aber es gab zu wenig Parkplätze und es sind ungefähr fünfzehn Minuten Fußmarsch, drum habe ich es wieder verworfen!«

»Ich weiß, welchen Ort du meinst«, Quirinus sprang auf.

»Lass uns sofort hinfahren und Zarç zur Vernunft bringen!«

Verus erhob sich, so schnell er konnte, und warf einen Blick auf Lily, die ebenfalls startklar aussah.

»O. k., wo ist es?«, fragte sie.

»Lily, ich weiß nicht, ob das eine gute Idee ist, wenn du auch gleich losfährst«, er sah sie zweifelnd an.

»Wenn du plötzlich vor Zarç herfährst oder er erst nach dir da ist ... das könnte seinen Verdacht erregen und die Mission gefährden.«

»Verus hat vollkommen recht, du solltest hier bleiben und die besorgte Tante mimen«, stimmte Quirinus ihm zu.

»Ja ähm ...«, Lily sah auf einmal hilflos aus, sie nahm den Spiegel hoch und presste ihn sich ans Herz. »Vielleicht ist es besser so ... ich warte dann hier auf Zarçs SMS, oder? ... Wir sehen uns nachher ...«

Verus widerstand dem Drang, sie tröstend in die Arme zu nehmen, legte aber kurz seine Hand auf ihre Schulter.

»Wir schaffen das«, er zwang sich zu einem Lächeln.

»Ja – wenn wir das alles überstehen, dann kommst du morgen zum Kässpätzleessen«, entgegnete sie trocken.

»Ich werde dich beim Wort nehmen.«

Er zwinkerte ihr kurz zu und eilte hinter Quirinus aus dem Haus.

Todesengel
44. Ritualplatz

Mit einem Ruck kam das Auto zum Stehen und Vicky, die unangeschnallt auf dem Rücksitz saß, wurde nach vorne gegen die Kopfstütze des Beifahrersitzes geschleudert, bevor sie sich die Hände vors Gesicht halten konnte. Dabei stieß sie sich die Nase an der Lehne an und biss sich zudem auch noch so fest auf die Unterlippe, dass sie blutete. Der Spiegel, den sie heimlich zwischen den rechten Oberschenkel und die Tür geklemmt hatte, rutschte in den Fußraum und verschwand unter dem Vordersitz.

»Ist alles in Ordnung?«, Melchior, der wie auf einem unsichtbaren Luftkissen einen Fingerbreit in der Luft schwebend neben ihr saß, schien die Schwerkraft nichts anhaben zu können, denn das abrupte Abbremsen hatte ihn keinen Millimeter bewegt. Er sah sie besorgt an. Vicky nickte und warf einen vorsichtigen Blick auf Zarç, der mit den Fingern auf das Lenkrad klopfte und durch die Windschutzscheibe spähte.

Die ganze Fahrt über hatte sie überlegt, ob sie ihm nicht die Fesseln ihrer Hände hinterrücks über die Kopfstütze an den Hals legen und sich nach hinten fallen lassen sollte, aber solange das Auto fuhr, erschien ihr die Aktion zu riskant, denn sie wollte selbst gerne noch eine Weile leben. Wer wusste, ob sie nicht gegen einen Baum gefahren wären oder sich das Fahrzeug gar überschlagen hätte. Die Gelegenheit war aber jetzt recht günstig.

Wie wenn er ihre Gedanken lesen konnte, drehte Zarç sich um und sah sie an. Nach einer Schrecksekunde rief er: »Verdammt nochmal, meine Polster!«

Er stieg behände aus dem Wagen, rannte zum Heck und riss die Autotür auf. Grob packte er sie am Gipsarm und zerrte sie auf den Kiesweg, dabei schmiss er sie unsanft auf den Boden.

»Das ist Wildleder, Mädchen, die Flecken bekomme ich ja nie mehr raus!«, schrie er sie mit wutverzerrtem Gesicht an.

Vicky schluchzte leise; sie hatte Angst vor Zarçs wahnsinnigem Blick, alles schmerzte und sie wünschte sich weit weg von ihrem Körper. Sie sah, wie Zarkaraç seine Kutte nach oben schob, aus der Hosentasche ein Papiertaschentuch fummelte und sich ins Auto lehnte, um die Blutflecken zu entfernen, die sie hinterlassen hatte. Das wäre die perfekte Gelegenheit, ihn zu überwältigen, doch als sie versuchte, sich zu bewegen, merkte sie, dass ihre Beine ihr erneut nicht gehorchen wollten. Sie konnte sich nicht einmal aufrichten. Bittend sah sie Melchior an, doch dieser starrte den Zubringerweg hinunter und schien zu lauschen.

Warum half er ihr nicht?

In der Ferne bewegten sich zwei Lichtkegel auf sie zu, dann hörte sie Geräusche eines nahenden Fahrzeugs. Auch Zarç musste das mitbekommen haben, denn er schmiss die Autotür zu und war mit zwei Schritten bei ihr, um sie unsanft auf die Füße zu stellen. Ihre Knie waren wie aus Gummi; es fiel ihr schwer, sich aufrecht zu halten, und sie schwankte.

Das Auto wurde langsamer, und als es zum Stillstand kam, erkannte sie erleichtert ihre Tante hinter dem Lenkrad. Jetzt würde bestimmt alles gut werden.

Kaum hatte Lily das Auto abgestellt, stürzte sie auch schon aus dem Fahrzeug und rannte auf sie zu.

Irritiert stellte Vicky fest, dass Lily genauso gekleidet war wie Zarç.

»Was hast du mit ihr gemacht!?«, die Stimme ihrer Tante hallte von den Eichen, die um die Parkbucht standen, wider und wie zur Antwort fuhr ein Wind in deren Wipfel und ließ das trockene Laub, das noch nicht durch die jungen Blätter ersetzt worden war, rascheln.

Vickys Kopf wurde nach hinten gerissen und sie spürte erneut die kalte Klinge des Messers an ihrer Kehle.

»Du bleibst, wo du bist«, schrie Zarç, »oder du wirst es bereuen!«

Aus den Augenwinkeln sah Vicky, wie Lily langsamer wurde und beinahe über ihre schwarze Robe gestolpert wäre. Schließlich blieb sie stehen, straffte die Schultern und ballte ihre Hände zu Fäusten.

»Gut, hier bin ich. Und nun lass sie gehen«, Lily versuchte ruhig zu klingen, aber Vicky hörte das Zittern in ihrer Stimme.

Zarçs Kichern hallte in ihren Ohren, sie hätte gerne den Kopf weggedreht, aber die Vorstellung, sich dadurch selbst die Kehle aufzuschlitzen, hielt sie davon ab.

»Wir haben noch etwas zu erledigen, Soror Artemia«, er bewegte sich langsam auf Lily zu und stieß Vicky dabei vor sich her.

»Und es hängt ganz vom Erfolg des Rituals ab, ob ihr beide heute Nacht heimkommt oder nicht.«

»Du musst keine Angst haben«, hörte sie Melchiors Stimme, ganz nahe bei sich. »Solange der Dunkle nicht da ist, ist kein Leben in Gefahr.«

Wie beruhigend, dachte sie sarkastisch. Und solange du mir nicht hilfst, wohl auch nicht.

Zarç schubste sie zum Auto und öffnete mit der Hand, in der er das Messer hielt, den Kofferraumdeckel, während die andere sich in ihre Haare am Hinterkopf festgekrallt hatte, so dass er sie eine Armlänge auf Abstand hielt. Durch einen Tränenschleier konnte Vicky eine vollgepackte Transportkiste erkennen, obendrauf lag etwas Dunkles aus Stoff.

»Komm her, Lily, nimm das hier für mich. Geh vor uns her, bis zu der Stelle, zu der ich dich hinlotse - und versuche gar nicht erst, mich auszutricksen. Es sind sehr viele Wurzeln auf dem Weg in den Wald, nicht auszudenken, was passiert, wenn ich aus Versehen stolpern sollte.«

Lily sah in ihre Richtung und Vicky versuchte tapfer zu lächeln, doch sie merkte schnell, dass die Aufmerksamkeit ihrer Tante gar nicht ihr galt, sondern etwas anderem, das sich nicht weit von ihr selbst befand.

Lily hatte Melchior entdeckt.

»Sie wissen schon, dass wir hier eine Geschwindigkeitsbegrenzung von 70 haben?«, sagte der Polizist, der zuerst seinen Kopf durch die heruntergelassene Scheibe gesteckt hatte, beim Anblick der zwei Männer in schwarzer Robe jedoch unsicher einen Schritt zurücktrat.

»Entschuldigen Sie, aber wir sind etwas spät dran und müssen das Schild übersehen haben.«

Der Fahrer lächelte ihn freundlich an, während der Beifahrer die Arme verschränkte und missmutig durch die Windschutzscheibe starrte.

»Geben Sie mir bitte Ihren Führerschein und die Fahrzeugpapiere«, sagte der Polizist bestimmt und überlegte, was diese zwei wohl für Vögel waren und aus welchem Grund sie sich so anzogen. Waren sie gefährlich?

Der Mann hinter dem Lenkrad beugte sich zum Handschuhfach und suchte eine Weile, dann gab er ihm eine kleine schwarze Mappe aus Plastik.

Mit gerunzelter Stirn nahm der Verkehrspolizist die Papiere in Augenschein und verglich das Bild des Führerscheins mit dem Gesicht des Fahrers.

Irgendetwas an den beiden kam ihm seltsam vor, vorsichtshalber wollte er ihre Personalien und das Autokennzeichen überprüfen lassen.

»Einen Moment«, sagte er und ging zum Einsatzbus, wo auch seine Kollegin mit der Geschwindigkeitsmesspistole stand und ihm die Zahl der Überschreitung nannte. Er sah, wie in dem angehaltenen Fahrzeug eine Diskussion losbrach.

»Was ist mit denen?«, fragte die Kollegin.

»Keine Ahnung, könnten Mitglieder irgendeiner religiösen Sekte sein …«

»Hmm, diese komischen Kutten, meinst du nicht, das sind Satanisten oder so? Ist heute nicht die Mainacht?«, sie sah leicht besorgt aus.

»Was hat die Mainacht mit Satanisten zu tun?«, brummte er.

Die schon wieder, musste mal wieder alles besser wissen.

Er gab die Daten in den Computer ein und wartete auf die Ergebnisse.

»Na, die Hexen, die fliegen auf den Brocken, das weiß man doch. Und die Satanisten, die beschwören in der Mainacht Dämonen!«

Alles klar - er verdrehte die Augen. Er hatte am Nachmittag schon gedacht, dass das die größte Strafe war, mit ihr Dienst zu schieben.

»Pack zusammen, nach den beiden machen wir Feierabend.«

Die Suchsoftware schlug nicht an, und er ging zum wartenden Pkw zurück.

»Sie haben die vorgeschriebene Geschwindigkeit, abzüglich Toleranz, um vierundzwanzig Kilometer pro Stunde überschritten. Das sind siebzig Euro und ein Punkt. Haben Sie das Geld dabei?«

Der Fahrer brummte etwas, während der Beifahrer ausstieg und die Kutte hochschob. Darunter trug er ganz normale Jeanshosen, aus deren Gesäßtasche er einen Geldbeutel zog, den gewünschten Betrag abzählte und ihn dem Fahrer übergab.

»Kommen Sie bitte kurz mit, sie müssen die Messung noch bestätigen«, forderte er den Mann auf.

Satanist, dass er nicht lachte. Auf ihn wirkten sie wie Mönche.

»Lassen Sie's gut sein, wir glauben Ihnen«, der Mann hinter dem Lenkrad gab ihm das Geld und deutete auf die schwarze Mappe.

»Kann ich das wiederhaben?«

»Die Vorschriften …«, er warf einen Blick auf seine Kollegin, die mit verschränkten Armen und einem sauertöpfischen Gesicht am Einsatzbus wartete.

Er konnte sich gut vorstellen, was in ihr vorging, und sie hatte ja recht; wenn er den Fahrer vorhin mitsamt den Papieren gleich mitgebracht hätte, könnten sie jetzt Feierabend machen.

Fast war er versucht, ihm alles zurückzugeben, doch sein Blick fiel durch die Scheibe auf den Rücksitz, der übersät war mit komischen Ausdrucken. Auf einem von ihnen entdeckte er einen seltsamen Stern in einem Kreis, was ihm dann doch verdächtig vorkam.

»Steigen Sie bitte aus, wir benötigen Ihre Unterschrift«, sagte er bestimmt. Befriedigt stellte er fest, dass seine Amtsstimme auch dieses Mal Wirkung zeigte, denn der Fahrer öffnete die Tür und schälte sich umständlich aus dem Sitz. Mit der schwarzen Robe wirkte er wie ein Relikt aus einer vergangenen Zeit.

Mittlerweile war sich der Verkehrspolizist nicht mehr sicher, ob seine Kollegin nicht vielleicht doch recht hatte. Er wies auf das Einsatzfahrzeug, sein Tonfall war herablassender als beabsichtigt: »Dann gehen Sie mal langsam voraus und erzählen mir derweil, warum Sie es so eilig haben.«

»Äh, wir sind verabredet und schon ziemlich spät dran …«, der Mann in der Kutte wich seinem Blick aus.

»Ach, was für eine Verabredung ist es denn?«, sie waren an dem Polizeiauto angelangt, und seine vorlaute Kollegin schaltete sich unaufgefordert ein.

»Wohin wollten Sie denn fahren? Etwa zu einer Art Ritual?«

Ihre blassblauen Augen durchbohrten den Verkehrssünder beinahe und der Polizist musste wegschauen. Erst vorhin hatte sie ihn verdächtigt, ihre Thermoskanne versteckt zu haben, er kannte diesen Blick und hatte ihn fürchten gelernt.

»Hmm, ja, es ist so eine Art Grillfest mit Tanz in den Mai«, der Mann wirkte gehetzt.

»Ich habe die Genehmigung von der Gemeinde im Auto, wenn Sie die benötigen.«

Heimlich musste der Polizist grinsen und holte das Protokoll, das seine Kollegin vorbereitet hatte, aus dem Wagen.

»Ah so. Und was tut ihr da so auf eurem Fest? Opfert ihr irgendwelche Tiere? Womöglich schächtet ihr sie noch?«, bohrte sie weiter.

»Ähm, nein. Wir machen ein Feuer und tanzen drumrum und hüpfen manchmal paarweise drüber.«

Er sah sie beide offen an und schien sich nicht wirklich wohl in seiner Haut zu fühlen.

»Was seid ihr denn für einen Haufen? Etwa Satanisten?«

Nun übertrieb es die Kollegin aber restlos, trotzdem war der Polizist auf die Antwort gespannt.

»Satanisten?!«, die Entrüstung des Mannes war echt, das spürte er.

»Wir sind keine Satanisten und wir opfern auch keine Tiere!«

»Hier Ihre Unterschrift, bitte«, er hielt dem Mann mit der Kutte das Protokoll entgegen und schnitt somit der Kollegin das Wort ab. Sie hätte gerne noch etwas gesagt, das sah er ihr an, doch er war immer noch der Dienstälteste hier.

»Dann glauben wir Ihnen einfach mal fürs Erste und lassen's gut sein.«

Sichtlich erleichtert unterschrieb der Verkehrssünder das Protokoll, ohne einen Blick darauf zu werfen; der Polizist war sich sicher, er hätte in dieser Situation sogar einen Schuldschein unbesehen signiert.

»Kann ich jetzt meine Papiere haben und gehen?«

Abermals deutete der Mann in der Robe auf die kleine schwarze Plastikmappe.

»Denken Sie daran: Sicherheit geht vor«, ermahnte ihn der Polizist, bevor er ihm das Gewünschte zurückgab.

»Halten Sie sich an die Geschwindigkeitsbeschränkung, die ist nicht zum Spaß da.«

Der Mann nickte kurz zum Abschied und eilte zu seinem Auto zurück. Langsam rollte das Fahrzeug vom Seitenstreifen.

Irgendwie verdächtig waren die Vögel aber schon, dachte der Polizist sich, wischte den Gedanken aber nach einem Blick auf die Uhr zur Seite.

»Ach, und wenn sie nachher ein Huhn opfern«, sagte er leise zu sich und schloss kopfschüttelnd den Kofferraum des Dienstfahrzeugs. »Ich werde zum Glück gleich zu Hause vor meinem Tatort sitzen und nichts mehr damit am Hut haben! Satanisten – dass ich nicht lache!«

Der Wald lichtete sich und Lilys Fuß verfing sich in einer Wurzel, so dass sie beinahe vornüber in das nasse Gras gefallen wäre, wenn sich ihre Kutte nicht gleichzeitig in den Dornen eines Brombeerbusches verfangen hätte, wodurch sie nach hinten gezogen wurde. Die Transportkiste fiel mit einem dumpfen Geräusch auf die kleine Wiese, die sich vor ihr erstreckte. Im fahlen Licht des zunehmenden Mondes, der durch dunkle Wolken aufblitze, glänzten große Felsbrocken, die sich dem Wald gegenüber zu einem riesigen Massiv auftürmten. Lilys Nackenhaare sträubten sich. Etwas Unheilvolles ging von diesem Platz aus; sie hatte kurz die Vision von einem in Hirschfell gekleideten Mann, mit einem Hirschgeweih, der in der Mitte der Lichtung vor einem riesigen Feuer stand und einen Dolch in die Höhe hielt. Vor ihm auf dem Boden lag zuckend und mit zusammengebundenen Beinen ein Stier, der ihn panisch ansah. Um ihn herum drängten sich ein Dutzend schmutziger Menschen, in Fellen gekleidet - es waren auch Kinder dabei.

Die Kiste kippte, mehrere Gegenstände kullerten heraus und brachten sie in die Realität zurück.

»Hey, heb das sofort auf! Ich hoffe, du hast nichts verloren!«, brüllte Zarçs Stimme hinter ihr.

Langsam drehte sie sich um und sah ihn an. Was sprach eigentlich dagegen, dass sie ihn niederschlug, ihre Nichte nahm und einfach verschwand?

Der Ritualdolch blitzte auf, als er damit auf Vickys Halsschlagader zielte, seine Augen leuchteten unheimlich aus der Dunkelheit. Vicky wimmerte.

Mit Bedauern wandte Lily sich der Kiste zu und sammelte die Sachen wieder ein. Eine Weihrauchschale, ein Glas mit Räuchermischung und eine schwarze Robe ...

War da nicht noch etwas gewesen? Sie dachte, es wäre noch etwas herausgefallen.

»Wird's bald?«, kläffte Zarç ungeduldig.

»Ich schau, ob ich nichts verloren habe«, gab sie zurück.

Prüfend schweifte ihr Blick über die Lichtung. Wo konnten Quirinus und Verus sich versteckt haben? Vor der Felswand zeichnete sich der helle Stamm einer einsamen Birke ab, der Wald erstreckte sich linker Hand im Bogen um den ganzen Platz. Irgendwo im Unterholz mussten sie sein, sie hoffte inbrünstig, dass die Ordensbrüder einen Hinterhalt geplant hatten.

Ohne Eile faltete sie das Gewand zusammen und legte es auf dem viereckigen Plastikkorb ab.

»Geh weiter, in die Mitte des Platzes«, befahl Zarç und sie spürte etwas Spitzes zwischen den Schulterblättern. Schnell trat sie nach vorne und marschierte los.

Nach ein paar Schritten bemerkte sie einen dünnen weißen Streifen im Gras, der die Bäume optisch von der Wiese abgrenzte, sie kniff die Augen zusammen und folgte der Spur, die sich im Halbkreis zur Felswand zog, bis ihr dämmerte, dass Zarç bereits einen Schutzkreis markiert hatte.

»Stell die Kiste ab!«

Zögernd tat sie wie geheißen, wenn sie jetzt schnell genug wäre und ihm die Kutte überwerfen konnte ... sie streckte ihre Hand aus, doch der Magier hatte sich bereits gebückt und die Robe an sich genommen.

»Wir gehen da rüber«, er zeigte mit der Spitze des Dolches zur einsamen Birke, die andere Hand hielt Vickys Nacken umklammert. Lily war besorgt: Ihre Nichte sah aus, als würde sie vor Erschöpfung gleich zusammenbrechen. Sie sah, dass Melchior sie stützte, so gut er konnte.

‚Wieso unternimmt er nichts, um sie zu befreien?', dachte sie misstrauisch, ‚hat er etwa einen ganz anderen Plan?'

»Hör mal, ich finde, du kannst sie doch einfach gehen lassen, jetzt, wo du mich hast«, fing sie an. Der Schlag, der sie ins Gesicht traf, kam unverhofft und warf sie von den Beinen. Überrascht hielt sie sich die schmerzende Wange und merkte, wie das Ungeheuer in ihr träge erwachte. Am liebsten wäre sie auf Zarç losgegangen, doch sie wusste, sie musste die Wut erst langsam nähren, bevor sie sie als Waffe einsetzen konnte.

»Für wie blöde hältst du mich? Du sollst etwas für mich erledigen, und wenn du es nicht tust, ist die Kleine fällig. Warum soll ich sie also laufen lassen?«

Zarç schien Freude an ihren Schmerzen zu haben, denn als sie versuchte, sich aufzurichten, setzte er ihr seinen Schuh auf die Brust und stieß sie zurück auf den Boden, so dass sie auf den Hinterkopf fiel. Der Schmerz kam ihrem Zorn ganz gelegen. Sie musste alle Schmähungen sammeln, um dem Ungeheuer in ihrem Innern Nahrung zu geben - und es dann zum richtigen Zeitpunkt zu entfesseln. Gib mir mehr, dachte sie kalt, ich kann noch einiges einstecken.
Sie hörte, wie Vicky laut nach Luft schnappte.

»So, und nun rüber da!«

Er zog sie hoch und sie wunderte sich, wie stark er war. Melchiors teilnahmsloser Gesichtsausdruck irritierte sie; er stand regungslos neben ihrer Nichte und sah durch sie durch. Gehetzt sah sie zum

Waldrand. Das wäre eigentlich der richtige Augenblick für Verus und Quirinus, um aus dem Gehölz zu brechen und sie zu befreien! Wo blieben sie nur? Hatte Zarç ihnen aufgelauert und sie überwältigt?

Sie spürte etwas Warmes den Hals hinablaufen und tastete unauffällig nach der Wunde in ihrem Gesicht. Zarçs Ordensring musste ihr die Haut aufgeritzt haben. Sprachlos starrte sie auf die dunklen Flecken an ihrer Hand. Sie blutete.

‚Das wirst du büßen', dachte sie grimmig, ‚du hast dich mit der Falschen eingelassen!'

Ihre Augen suchten den Boden nach etwas ab, das sie als Waffe benutzen konnte, ein herabgefallener Ast oder ein herumliegender Stein, doch die Wiese war leergeräumt. Vor der Birke entdeckte sie zwei spitz zulaufende weiße Linien, die auf den Kreis zeigten, er schien aus Kreidepulver oder Mehl zu bestehen. Die Wolken rissen auf und gaben den Blick auf die ganze Szenerie frei. Zarç hatte um den Baum herum ein Evokationsdreieck gezogen.

Vicky wurde von dem Magier grob an den Baum geschleudert, sie wimmerte, als ihre Schulter den Stamm der Birke schrammte. Lily wollte auf sie zueilen, doch sie spürte erneut das Messer in ihrem Rücken.

»Du machst ihre Hände los und wirst ihr die Robe anziehen. Aber ganz langsam«, raunte Zarkaraç ihr ins Ohr. »Danach bindest du sie an den Baum. Denk daran – ich bin immer dicht hinter dir.«

Die Klinge bohrte sich abermals zwischen ihre Schulterblätter, als der Magier die Kutte auf Vicky warf.

Melchior kniete neben Vicky und half ihr unauffällig hoch.

»Mach, was er sagt, Lily«, sagte er mit seiner sanften Stimme, die Lily auf die Palme brachte.

»Und tu nichts Unüberlegtes, es ist momentan zu gefährlich.«

Man muss auch mal Risiken eingehen, hätte sie ihm am liebsten entgegnet, biss sich jedoch auf die Zunge. Vicky streckte ihr die Hände entgegen und sah sie flehend an; sie solle den Ratschlag des Wesens befolgen, hallte es in ihrem Kopf. Seufzend knotete Lily das

Seil an den Handgelenken ihrer Nichte auf und zog ihr das Ritualgewand vorsichtig über.

»Wieder die Hände zusammen und ran an den Stamm.«

Zitternd befolgte Lily die Anweisung, an der Birke lag bereits ein Nylonseil, wie es die Bergsteiger benutzten. Sie versuchte Vicky so locker wie möglich um den Baum zu binden, doch Zarç zog jede Windung straff und sie konnte sich gut vorstellen, wie er dabei hämisch grinste. Kaum war sie fertig, packte er von hinten ihre Arme und zwang sie mit einem Tritt in die Kniekehle auf den Boden.

»Vorsichtshalber werde ich dich auch verschnüren, liebe Lily, ihr habt mir schon genug Zeit geraubt, die Kleine und du. Es gibt noch einiges vorzubereiten und du bist mir gerade etwas im Weg.«

Er schubste sie unsanft zur Mitte des Kreises zurück, wo er ihr beim letzten Schritt das Bein stellte, so dass sie kopfüber ins Gras fiel. Bevor sie sich umdrehen konnte, hatte Zarç eine Schlaufe um ihre Füße gelegt, die er so fest anzog, dass sie befürchtete, er würde ihr damit das Blut abschnüren.

Benommen ließ sie es über sich ergehen, während ihre Augen den Waldrand absuchten. Verflixt, wo blieben nur die zwei Ordensbrüder!

»So. Keine Angst, du bekommst nachher noch Arbeit, aber zunächst muss das Opfer gereinigt werden.«

Zarç kramte in der Transportkiste und nach einer Weile konnte sie den Geruch von Weihrauch wahrnehmen. Sie drehte den Kopf und sah, wie er eine Flasche Portwein entkorkte und den Inhalt gemeinsam mit einem Pulver in einen silbernen Kelch füllte.

»Nur für den Fall, dass du es wieder versaust, liebe Artemia, wird dich sicherlich der Gedanke trösten, dass die Kleine nichts von ihrer Opferung spüren wird.«

Entmutigt schloss sie die Augen. Sie hatte gehofft, dass Vicky ihr im Ritual noch würde nützlich sein können, aber wenn sie jetzt den Wein zu sich nahm, wären auch ihre magischen Fähigkeiten dahin.

Das war die aussichtsloseste Situation, in die sie jemals geraten war.

Vorhin, als sie gegen den Baum gefallen war, hatte Vicky gemerkt, wie Melchior unauffällig die Buchsbaumkette aus ihrer Gesäßtasche an sich genommen hatte. Er schien abgewartet zu haben, bis Lily und Zarç sich wieder entfernten, bevor er die Kette auseinanderrupfte und ihr die Beeren entgegenhielt.

»Du musst sie einnehmen.«

»Ist das irgendein Zauber?«, ängstlich beäugte sie die kleinen verschrumpelten Früchte, die in der Dunkelheit beinahe schwarz aussahen.

»Es ist zu deinem Schutz. Du darfst sie nicht kauen, sondern sollst sie im Ganzen hinunterschlucken. Vertrau mir.«

Was blieb ihr denn auch anderes übrig?

Sie nickte, öffnete den Mund und fühlte die Beeren auf ihrer Zunge.

‚Wenn das Gift ist, dann lass es bitte schnell wirken', dachte sie noch, bevor sie sie tapfer hinunterwürgte. Aufgeregt horchte sie in ihren Körper hinein und blendete alles um sich herum aus, doch sie merkte keine Veränderung. Vielleicht wirkte das bei ihr gar nicht? Ihr war weder schwummrig noch verspürte sie Übelkeit. Enttäuscht wandte sie den Kopf zu Melchior, doch er deutete ihr an, still zu sein.

Zarç war zurück, stellte eine dampfende Schale an den Baumstamm und hielt ihr einen glänzenden Kelch vors Gesicht.

»Trink, mein kleines Opferlämmchen, du musst ja ganz ausgetrocknet sein«, seine einschmeichelnde Stimme widerte sie an und sie presste die Lippen fest aufeinander.

»Ach – so widerborstig wie die Tante!« Er kicherte und drückte ihr die Nasenflügel zusammen. Vicky konnte nicht anders, als bald nach Luft ringend den Mund aufzusperren; diesen Moment nutzte Zarç, um ihr die Flüssigkeit einzuflößen. Die eine Hälfte lief ihr rechts und links die Mundwinkel hinab, die andere schoss ihr in die Nase und sie hustete.

»Ich rate dir: Trink einfach. Du siehst doch, dass ich eh am längeren Hebel sitze.«

Melchior nickte ihr zu und sie trank mit großen Schlucken den süßen Alkohol. Augenblicklich grummelte es in ihrem Bauch und ein leichter Brechreiz sowie Schwindel überkam sie.

»Na, du kannst ja auch ganz brav sein«, bemerkte der Magier befriedigt.

»Lass es noch drin, Vicky, bis er weg ist, bitte, zwing dich.« Melchior war ganz dicht an ihrem Ohr und legte ihr seine kühle Hand auf die Stirn.

Er hatte leicht reden! Wer war an einem beschissenen Baum gebunden und musste sich gleich übergeben? Dann sollte sie das noch aushalten, bis ihr Peiniger sich wieder der Tante zuwandte, mit Verlaub, das war wirklich zu viel verlangt! Der Ärger half ihr etwas dabei, sich zusammenzureißen, aber lange würde sie das Gesöff nicht mehr bei sich behalten können.

»Genieß die Wirkung«, raunte der Magier ihr zu und stellte eine viereckige Kiste mit nach oben geöffnetem Deckel neben die Weihrauchschale. Der süßliche Geruch der Räuchermischung verstärkte noch ihre Übelkeit und sie versuchte, sich auf ihre Umgebung zu konzentrieren.

Sie konnte Lily als dunklen Haufen in der Mitte der Lichtung ausmachen, auf den Zarç nun pfeifend zuging. Die Ablenkung nutzte nichts, ihr Magen rebellierte und sie war nicht mal in der Lage, sich zusammenkrümmen.

»Ich – ich kann nicht mehr«, japste sie und wandte den Kopf zur Seite. Wie eine Fontäne schoss der Portwein die Speiseröhre hoch und verließ in einem großen Schwall ihren Mund. Irgendwo schrie ein Käuzchen. Es war fast wie im Noctem, nur dass sie dieses Mal stocknüchtern war und Melchior bei ihr stand. Jedes Mal, wenn ihr etwas hochkam, schrie der Nachtvogel, und als sie nach dem letzten

Anfall wieder klar sehen konnte, bemerkte sie, wie eine Feder, die aus ihrem Armband stammen musste, sanft zu Boden schwebte.

Melchior konnte *doch* zaubern? Hatte er den Vogel zum Schreien gebracht, damit man sie nicht hören konnte?

Etwas verdunkelte den Mond und Vicky verdrehte den Kopf, um nach oben zu sehen. Eine schwarze Wand schob sich wie ein Gewölbe über den Himmel. Ängstlich sah sie zum Waldrand, von dem aus sich die Schwärze im Halbrund verteilte.

»Es geht los«, sagte Melchior. »Er hat deine Tante gezwungen, den heiligen Raum zu schaffen, bevor sie den Kreis ziehen und die Wächter rufen.«

»Heiliger Raum?«, sie blinzelte.

»Der heilige Raum ist wie ein Tempel, der überall installiert werden kann. Er schützt nicht nur das Areal vor ungebetenen Besuchern, sondern er verstärkt auch die Mächte, die in seinem Inneren wirken. Deine Tante ist sehr gut darin, den Raum zu erschaffen, wie ich sehe.«

Sie spürte seine Hand auf ihrer Schulter, war aber keineswegs beruhigt.

Er wusste wohl mehr über Magie als sie.

Prüfend sah sie ihn an und ihr dämmerte, dass er weit älter war, als seine äußere Gestalt zu vermitteln schien.

Oh Gott, wo war sie nur hier hineingeraten, und vor allem: Was hatte Melchior vor? Warum band er sie nicht einfach los?

Verflixt, es musste doch etwas geben, das sie tun konnte?

Wie von weit her hörte sie Lilys Stimme in ihrem Kopf: »Du kannst jahrelang üben, Vicky, aber sobald Drogen oder Alkohol ins Spiel kommen, knockst du alles aus. Es ist wie eine Sinneswahrnehmung, die verwirrt wird.«

Hatte Melchior ihr die Beeren gegeben, damit sie nüchtern blieb?

Sie dachte an Sebi, wie sie ihn heute früh bei der Ausfrage ferngesteuert hatte. War das echt erst ein paar Stunden her? Jetzt wusste sie, was sie tun konnte.

Dankbar lächelte sie Melchior an und wartete auf ihre Gelegenheit.

45. Heiliger Raum

Rutschend kam Verus‘ Wagen hinter Lilys zum Stehen, der wiederum neben Zarçs Familienkutsche parkte.

»Verflucht, es ist halb zehn, wir sind zu spät«, schimpfte Quirinus.

»Ich hab mein Bestes gegeben, wer konnte ahnen, dass wir in ‘ne Radarkontrolle kommen!«

Fast synchron sprangen sie aus dem Auto und eilten auf den Wald zu.

»Dort vorne ist irgendwo ein Trampelpfad, der bergauf führt«, japste Verus und bemühte sich, mit Quirinus mitzuhalten. Zu allem Unglück fing es auch noch an zu tröpfeln, doch sobald sie den Wald betraten, fingen die jungen Blätter den Regen ab.

»Ich hab ihn«, er hörte knackende Fußtritte auf trockenem Holz und Blätterrascheln, dann verschwand sein Ordensbruder zwischen zwei Gebüschen.

Der Pfad stieg steil an, Wurzeln alter Bäume bildeten eine natürliche Treppe und doch musste er aufpassen, um nicht über den Zaum seines Gewandes zu stolpern. Er schwitze und schwor sich, zukünftig mehr auf seine Fitness zu achten. Durch die unregelmäßige Atmung bekam er Seitenstechen und musste langsamer gehen, bis er sich schließlich an einen Baum lehnte, um zu Atem zu kommen. Der Gedanke an Lily und Vicky trieb ihn jedoch weiter. Verbissen setzte er einen Fuß vor den anderen; sein Gehirn spielte ihm einen schlimmen Film vor: Er sah Vicky tot auf dem Waldboden liegen, während Zarç ihr Blut in einem Kelch auffing und es dem Schwarzen darbot. Schnell verdrängte er die Bilder und legte einen Zahn zu, um zu Quirinus aufzuschließen. Die Robe schürzend lief er schließlich in den Frater hinein, der nach der letzten Kurve stehen geblieben war.

»Was ist?«, fragte er verblüfft.

Quirinus zeigte nach vorne.

»Es ist zwar recht dunkel in diesem Wald, aber so etwas sehe ich zum ersten Mal - oder zum ersten Mal nicht, wie man's nimmt.«

Verus folgte seinem ausgestreckten Arm mit den Augen und wusste sofort, was er meinte:

Vor ihnen breitete sich eine tiefe Finsternis aus, wie ein alles Licht verschluckendes schwarzes Loch.

Er kannte dieses Phänomen, es war an Lilys Haus genauso gewesen.

»Mist«, fluchte er leise, »wir sind da. Aber Lily hat den Kreis um den Ritualplatz erschaffen.«

»Unglaublich, so dicht haben wir das ja noch nie hinbekommen ... dann hoffen wir mal, dass sie so intelligent war und ein paar Schlupflöcher gelassen hat«, bemerkte Quirinus trocken und sah ihn entschlossen an.

»Bist du bereit?«

Verus nickte.

»Ja. Lass uns die Show beginnen!«

»Gut, ich würde sagen, wir gehen gegen den Uhrzeigersinn«, Quirinus zeigte nach rechts.

Da es im Grunde vollkommen egal war, welche Richtung sie nahmen, stimmte Verus ihm zu.

Eine Weile gingen sie schweigend nebeneinander her und versuchten, so wenig Geräusche zu machen wie möglich, was nicht so einfach war, denn wohin sie auch traten, das Laub auf dem Boden raschelte ohrenbetäubend laut. Verus erinnerte sich an den vergeblichen Versuch, mit seinem Auto in Lilys Einfahrt zu fahren; dementsprechend hatte er wenig Hoffnung, irgendeine Lücke in ihrem Schutzkreis zu finden.

»Hast du schon mal reingefasst? Fühlt sich seltsam an, wie Pudding«, wisperte Quirinus.

Verus verdrehte die Augen. Er konnte es nicht fassen, dass sein Ordensbruder sich trotz der brenzligen Situation immer noch von magischen Phänomenen ablenken ließ.

Prüfend betrachtete er die anscheinend massive Wand vor sich; Lily hatte damals ausgesehen, als würde sie leuchten, als sie vor ihm stand. Kaum wahrnehmbar sah er ein kurzes Stück, das eine Nuance heller war als das Schwarz, das sich vor ihnen auftürmte.

»Dann steck mal deine Hand hier rein«, gab er aufgeregt zurück. »Ich wette, hier haben wir Lilys Hintertür.«

Unerschrocken trat Quirinus vor die Stelle und musterte sie kurz. Mit dem linken Arm strich er über die Grenze des Kreises und verharrte kaum merkbar an der Stelle, die Verus aufgezeigt hatte. Beherzt trat er einen Schritt nach vorne und war verschwunden. Verus beeilte sich, es ihm gleichzutun, doch als er den Durchlass passierte, blieb ihm beinahe das Herz stehen. Ein eisiger Wind umwehte ihn und riss an seiner Robe; vor ihm stand ein riesiger Krieger in Lederrüstung mit einem gelb-violetten Umhang, der ihnen ein glänzendes Schwert entgegenstreckte. Seine langen schwarzen Haare peitschten ihm von hinten in Gesicht und seine Mimik sprach Bände: Er würde freiwillig keinen in den heiligen Raum lassen.

Sie standen vor dem Wächter des Ostens.

Lily konzentrierte sich auf ihre Mitte, und obwohl es ihr sehr schwer fiel, ihren Körper zu verlassen, wusste sie doch, wie wichtig ihre Mission war. Sie sollte den Dunklen rufen, aber sie hatte beschlossen, ihm stattdessen einen Besuch abzustatten und eine Bitte vorzutragen.

»Du weißt, was du machen sollst, also mach' es schnell«, raunte Zarç in ihr Ohr. Er verstärkte den Druck auf das Messer und die Spitze bohrte sich schmerzhaft in ihren Nacken.

»Leider trägt dich jetzt kein Engelsgesang in seine Sphäre, aber das ist ein Detail, auf das wir bedauerlicherweise mangels Teilnehmern verzichten müssen. Zufälligerweise weiß ich aber, dass der

Adept jederzeit an Orte, die er schon mal besucht hat, zurückkehren kann, also streng dich an!«

»Es wäre allerdings sehr hilfreich, wenn du mich nicht ständig stechen würdest«, zischte Lily zurück.

Zarç lachte böse.

»Oh, ich kann noch fester. Leg endlich los!«

Mit einem kurzen Blick auf Vicky, die wie leblos am Baum stand, schloss Lily die Augen und ließ alles hinter sich: ihre sterbliche Hülle, den Schutzkreis, die Lichtung. Wie ein Blatt in einem Wirbelsturm wurde sie nach oben gezogen, Sterne explodierten vor ihren Lidern, ihr war heiß und kalt zugleich. Dann hörte sie ein hohes Summen, das immer lauter wurde, während der Sog langsam nachließ; und schließlich war sie am Ufer des Sternensees angelangt.

Fasziniert betrachtete Lily die grün-gelbliche Oberfläche, die sich bis zum Horizont erstreckte. Nach längerem Hinschauen bemerkte sie ein leichtes Pulsieren, als hätte der See einen eigenen Herzschlag. Sie sah sich aufmerksam um, doch sie konnte den schwarzen Engel nirgends entdecken. Vorsichtig näherte sie sich der Flüssigkeit und ging in die Knie, um sie besser betrachten zu können. Das Summen wurde tiefer und die Farbe wechselte in ein sattes Grün, wie wenn man einen Smaragd vor eine Lichtquelle halten würde.

»Ich brauche eure Hilfe«, wisperte sie.

Ihre Stimme hallte von den Felsen und wurde über die Oberfläche getragen. Der See wurde dunkler und wieder heller, wie der kleine Stern in dem Käfig, am Nachmittag in Zarçs magischer Werkstatt. Sie konzentrierte sich und versuchte Bilder zu schicken, von dem Ritual, das ewig zurücklag, und von Zarç und ihr auf der Lichtung, ebenso von Vicky, die am Baum festgebunden war.

Sie hatte Angst vor dem, was sie nun sagen würde, aber ihr wurde bewusst, dass sie diese Entscheidung schon lange getroffen hatte. Die Chance auf die große Liebe hatte sie dank ihrer magischen Interessen verspielt; durch ihre Schuld war Vickys Seele in die Welt gekommen und ihre Schwester gestorben. Sie hatte alle ins Unglück gestürzt. Das einzig Gute, das nun noch übrig blieb, war ihre Nichte. Mit Bitterkeit dachte sie an Melchior, der ihr damals in den Krankenhausgängen unmissverständlich klar gemacht hatte, aus welchem Grund sie vor dem Schwarzen gerettet wurde: damit sie Vicky beschützen konnte. Nun hatte sie verstanden.

»Wie auch immer das nachher ausgehen mag«, ihre Stimme zitterte, »ich möchte den Todesengel darum bitten, meine eigene Seele statt der meiner Nichte zu nehmen«.

Eisiger Wind kam auf, und wie wenn auf dem Grund des Sees ein riesiges Tintenfass geöffnet wurde, breitete sich in dessen Mitte etwas Dunkles aus. Das Summen verwandelte sich in einen tiefen Bass, gleichzeitig peitschen Wellen auf, formten eine Gestalt, die sich hoch vor ihr auftürmte und aus der sich langsam Beine, Schultern, Flügel, Umhang und schließlich ein Kopf herausbildeten.

Erschrocken trat Lily einen Schritt zurück, als die Essenz des Sees den Wächter entließ und er vor ihr über dem See schwebte. Er verharrte einen Moment und sah ihr in die Augen, sein ebenmäßiges Gesicht erinnerte sie entfernt an die engelhaften Gesichtszüge Melchiors und in seinen Augen spiegelte sich das Universum.

»Diese Entscheidung hast nicht du zu treffen«, seine Stimme war sanft und freundlich und der See wiederholte die Worte gleich einem Echo.

»Bitte«, stammelte Lily, »bitte nehmt mich.«

Sie senkte den Kopf und machte sich bereit, ihre Existenz aufzugeben, doch der Schwarze berührte behutsam ihr Kinn und zwang sie, ihn anzusehen.

»Diese Entscheidung hast nicht du zu treffen«, sagte er mit Nachdruck.

Dann sah er zu den Sternen, warf den Mantel zurück, spreizte seine Schwingen und flog mit lautem Flügelschlagen dem Weltall entgegen.

»Was passiert da?«, Vicky kniff die Augen zusammen und versuchte zu erkennen, was in der Mitte der Lichtung vor sich ging. Seitdem diese unheimliche Schwärze über den ganzen Platz gezogen war und sogar den Himmel mit eingeschlossen hatte, konnte sie nur Melchior wahrnehmen. Ihre rechte Hand ruhte in seiner und das gab ihr etwas Zuversicht.

Sie versuchte zu verstehen, wieso sie in diese Situation geraten war, aber der einzig logische Schluss war nach wiederholtem Grübeln jedes Mal der gleiche geblieben: Zarç musste mit Lily noch eine Rechnung offen haben. Er hatte sie entführt, um sich an ihrer Tante zu rächen, eine andere Möglichkeit gab es nicht, vor allem da sie ihn ja kaum kannte. Was hatte Lily nur getan, das ihn so in Rage gebracht hatte?

Angestrengt lauschte sie in die Dunkelheit und hörte den Magier nach einer Weile in einer fremden Sprache rufen; dann flackerten nacheinander vier Lichter auf, die ein Quadrat um den freien Platz zwischen Wald und Steinbruch bildeten. Bei genauerem Hinsehen erkannte sie Dauerlichter, wie sie sie auch auf dem Grab ihrer Mutter manchmal aufstellte.

Im Schein der Grabkerzen sah sie zwei dunkle Gestalten; die vordere stand eine Weile stocksteif da und fiel dann langsam in sich zusammen, wie eine aufblasbare Matratze, der man die Luft herausgelassen hatte.

‚War das etwa Lily?', dachte Vicky erschrocken.

In der Hand der hinteren Person blitzte etwas auf, als sie sich über den Haufen vor ihren Füßen beugte.

»Melchior, oh Gott - wir müssen ihr helfen!«, flüsterte sie entsetzt.

Hilfesuchend sah sie ihn an, doch er sah unberührt zurück.

»Ich weiß, du verstehst es nicht, Vicky, aber sie ist nicht wichtig. DU musst leben – alles andere ist ohne Belang.«

Seine Antwort machte sie sprachlos. Wenn ihm wirklich etwas an ihr liegen würde, dann konnten ihm doch die Menschen, die ihr nahestanden, nicht vollkommen egal sein?

»Melchior – ich liebe sie, sie ist meine Tante! Du erwartest nicht im Ernst, dass ich zusehe, wie sie stirbt?«, zischte sie erbost.

»Tu nichts Unüberlegtes, Victoria«, er beugte sich über sie und sah besorgt aus. »Es geschehen Dinge, die dein Können weit übersteigen. Du würdest mit deinem Leben bezahlen.«

Behandelte er sie gerade wie ein kleines Kind, das seine Entscheidungen nicht überblicken konnte? Das hatte er doch schon einmal getan, als sie ihn im Wald gesucht hatte.

»Ich pfeife gerne darauf, wenn ich damit Lily helfen kann«, fauchte sie ihn wütend an.

»Keine Ahnung, was du genau bist, aber dort, wo ich herkomme, bedeutet Liebe, füreinander einzustehen!«

»Vicky ...«, setzte er an, doch sie drehte trotzig den Kopf zur Seite, schloss die Augen und versuchte alles auszublenden; sie würde da rübergehen und ihrer Tante helfen; sollte Melchior doch säuseln, was er wollte.

»Bitte tu's nicht, der Schwarze wird dich finden«, seine Stimme war sanft, wie immer, doch sein Blick war eindringlich.

»Wenn du wirklich mein Schutzgeist bist, dann ist der Typ wohl deine Angelegenheit«, gab sie sauer zurück, »ich jedenfalls lasse die Meinen nicht einfach hängen!«

Sie konzentrierte sich auf ihre Körpermitte, bis sie die kleine goldene Kugel hinter ihrem Bauchnabel spürte, und dehnte ihre Aufmerksamkeit aus. Als sie aus ihrem Körper trat, hörte sie über sich lautes Flügelschlagen wie von einem großen Vogel, gleichzeitig erhob sich ein eisiger Wind. Ungläubig sah sie nach oben. Das schwarze Nichts, das die Lichtung überspannte, teilte sich wie ein Vorhang. Ein riesiges Wesen mit ausladenden Schwingen trat mit den Beinen voran ein, stoppte kurz in der Luft und kreiste dann über die Wiese. Ohne seine silbrige Aura wäre er nicht auszumachen gewesen; er segelte mit elegantem Flügelschlag in die Tiefe und ihr wurde plötzlich bewusst, was hier gerade passierte: Der Dunkle hatte den heiligen Raum, den Lily erschaffen hatte, durchbrochen und setzte zur Landung an.

Hektisch blickte sie nach vorne zu ihrer Tante; fast überdeutlich konnte sie Zarç in der Mitte des neonblauen Kreises ausmachen, denn sein Körper glühte ebenso rötlich wie sein Dolch; doch Lily, die vor ihm auf dem Boden lag, war dunkelgrau – wie eine verlassene Hülle.

Lebte sie noch? Was hatte er ihr angetan? An den Kardinalspunkten des Kreises änderten Energiewirbel ihre Farbe, nicht weit von ihr entfernt war einer, der ständig von hellem Gelb zu dunklem Blau wechselte. Irritiert fragte sie sich, ob sie etwa wieder in der Zwischenwelt gelandet war, und drehte sich um.

Sie sah sich selbst als das Mädchen vom Nachmittag, mit altmodischen Klamotten; sie war mit roten Fäden an einen goldglitzernden Baum gebunden, ihr Körper war genau so grau wie der ihrer Tante.

Es hatte funktioniert, sie war tatsächlich in der Zwischenwelt.

Um den Baum herum war ein neonblaues Dreieck gezeichnet.

»Vicky – er wird dich sehen«, eine Hand legte sich auf ihre Schulter, sie war warm und weich.

Es war verführerisch, einfach bei Melchior zu bleiben und den Dingen ihren Lauf zu lassen.

»Tu doch bitte irgendwas, täusch ihn, lock ihn weg, was weiß ich ...«, sie kämpfte mit den Tränen.

»Wenn er kommt, muss einer gehen, so ist das Gesetz«, entgegnete er.

»Und woher willst du wissen, dass nicht der da ihn gerufen hat?!« Erbost zeigte sie auf den Magier, der seine Arme erhoben hatte und mit konzentriertem Gesichtsausdruck vor sich hinbetete. In seiner Hand hielt er etwas Rotglühendes, das musste der Dolch sein, mit dem er sie die ganze Zeit bedroht hatte.

Wo war Lilys Essenz? Holte sie irgendwo Hilfe?

Entschlossen trat sie einen Schritt auf den blauen Spitz des Dreiecks zu, das den Kreis berührte. Etwas traf sie wie ein elektrischer Schlag und sie wurde nach hinten geschleudert.

»Verflucht, was ist das?«, schrie sie schmerzerfüllt auf.

Melchior half ihr auf die Beine.

»In dieser Welt können wir da nicht hindurch. Die Magier benutzen dieses Dreieck als Gefängnis für Zwischenwesen. Ich habe nicht daran gedacht, dass du genauso betroffen sein könntest ...«

Oh Mann! Ihre Gedanken rasten, dann lächelte sie grimmig.

»O. k., eine Idee hab ich noch – und ich verlasse mich darauf, dass du einfach auf mich aufpasst, wie es deine Aufgabe ist«

Sie dachte abermals an Sebi, wie sie ihm am Vormittag vorgesagt hatte, schloss die Augen und versuchte sich an die Situation zu erinnern. Vor ihrem inneren Auge stellte sie sich Lily vor, wie sie im Gras lag, das Gesicht zur Seite gedreht. Ein komisches Gefühl erfasste sie, daran merkte sie, dass es klappte. Sie wurde in ihre Tante gezogen, doch kaum hatte sie ihren Körper eingenommen, ließ ein ungeahnter Schmerz in ihrem Bauchnabel sie fast aufschreien. Automatisch presste sie die Hand auf den Bauch und fühlte etwas an Lilys Eingeweiden zerren, gleichzeitig stieg eine nie geahnte Wut in ihr hoch.

Zarç stand mit dem Rücken vor ihr, murmelte unverständliche Worte und zeigte mit seinem Dolch nach oben. Verzweifelt versuchte sie sich zurückzuziehen, um die Schmerzen ihrer Tante besser ertragen zu können. Ihre Hände waren zwar gefesselt, aber erstaunlicherweise waren die Füße frei - Zarç hatte sie vermutlich losgebunden, als sie den heiligen Raum erschaffen musste. Wenn sie einfach aufsprang, konnte sie den Überraschungsmoment ausnutzen und ihn so überwältigen.

Blinzelnd hielt sie nach Melchior Ausschau, doch was sie stattdessen sah, ließ ihr Herz kurz aussetzen: Das geflügelte Wesen war gelandet, auf menschliche Größe zusammengeschrumpft und kam mit riesigen Schritten und wehendem Mantel auf sie zu.

Einer musste gehen, dachte sie grimmig – aber das war gewiss nicht sie!

»Ich bin neben dir, Vicky – tu, was nötig ist!«, hörte sie Melchiors Stimme an ihrem Ohr.

Sie sammelte sich, nahm Lilys ganzen Körper ein, ignorierte die Schmerzen, die nicht die ihren waren, und ließ sich von dem Toben in Lilys Bauchhöhle einnehmen.

Wie eine Spirale schnellte sie hoch und riss im Sprung die Arme nach oben; als sie auf Zarçs Rücken landete, stülpte sie ihre gefesselten Arme über seinen Kopf, ließ sich mit ihrem ganzen Gewicht nach hinten fallen und riss ihn damit um. Er griff sich an den Hals, dabei ließ er den Dolch los, der neben ihr ins Gras fiel. Zarç drehte sich und versuchte das Messer zu erreichen, doch sie zog, so fest sie konnte, am Strick und hörte ihn röcheln.

Sie sah, wie der Schwarze unter seinen Mantel griff und eine Kugel herausholte.

»Vicky!«, schrie plötzlich eine Stimme und sie brauchte eine Weile, bis sie merkte, dass diese aus ihrem eigenen, in dem Fall aus Lilys Mund kam.

»Lass mich es machen, verschwinde!«

War ihre Tante etwa wieder da? Sie hatte ihren Eintritt nicht bemerkt!

In Inneren des Körpers, den sie eingenommen hatte, wütete ein Ungeheuer, das nach Blut dürstete und weiter an den Strick ziehen wollte, gleichzeitig wurde sie sich bewusst, dass sie drauf und dran war, einen Menschen zu töten. Zarç nutzte ihr Zögern aus, griff nach dem Dolch und stach zu. Dann brach der Tumult los.

46. Evokationsdreieck

Der Sog um den Wächter des Ostens wirbelte Laub und kleine Zweige auf und Verus hob schützend die Hände über seinen Kopf. Es war das erste Mal, dass er ein solches Wesen sah, und er konnte seine Verwunderung und seine Angst kaum verbergen.

»Das hier ist ein heiliger Bezirk, und um ihn zu betreten, müsst ihr erst an mir vorbei!«

Der Wächter rammte das Schwert vor ihnen in den Boden, es vibrierte und gab summende Laute von sich. Verus fühlte, wie seine Kräfte langsam aus ihm herausgesaugt wurden, während die magische Waffe des Wächters zu leuchten anfing.

»Ich kenne dich«, rief Quirinus, der neben ihn stand, unerschrocken.

»Dein wahrer Name ist: der, der laut am Ort der Verlassenheit ruft! ORO IBAH AOZPI!«

Der Wächter strich sich die Haare aus dem Gesicht, warf den Kopf nach hinten und lachte dröhnend. In Verus' Ohren hörte es sich an wie das Donnergrollen eines nahenden Gewitters.

»Ich wurde als Naturgewalt erschaffen, lange bevor ihr überhaupt nur ein Gedankenfunken des Schöpfers wart«, der Wächter verbeugte sich amüsiert, »aber ich fühle mich geschmeichelt, wenn ihr mich mit des Schöpfers geheimen Namen ansprecht.«

Verus' Herz pochte - Quirinus hatte sich getäuscht! Es war keinesfalls der Erzengel Raphael, der traditionelle Wächter des Ostens, denn er hatte ja auch einen Stab und kein Schwert! Er musterte den Riesen, dessen Haare im Wind flatterten, und dann traf ihn die Erkenntnis. Sie standen vor Paralda - dem König der Winde. Aber wenn es doch Zarçs Ritual war, warum hatte er nicht zumindest den Wassermann aus dem großen Pentagrammritual gerufen, sondern Paralda mit dem Schwert?

Es gab nur eine Erklärung: Lily hatte auch die Wächter installiert – demnach war sie die Einzige, die sie hineinlassen konnte.

Der Wind nahm zu und Verus fiel es schwer, sich noch auf den Beinen halten. Er sah, dass auch Quirinus zunehmend schwächer und ratloser wurde. Einen Ritualkreis von außen durchbrechen – das hatten beide noch nie gemacht. Zu allem Unglück hatte auch niemand von ihnen daran gedacht, ein magisches Werkzeug mitzunehmen.

Was konnte man gegen den König der Winde ausrichten?

‚Der Osten, das Schwert, der Verstand, die Trennung, der Intellekt', wiederholte er in Gedanken, was er im Noviziat auswendig gelernt hatte. Wenn er nur sein eigenes Ritualschwert dabei hätte! Die Ordensbrüder hatten ihn damals alle ausgelacht, als er zur Weihe in den ersten Grad als Repräsentant für den Osten statt eines Dolches ein Kampfschwert angeschleppt hatte. Wenn er die Augen schloss, konnte er sein Gewicht fühlen, das Leder, mit dem er den Griff umwickelt hatte und das sich an einigen Stellen ganz glatt und rutschig anfühlte ... Verus blinzelte und blickte ungläubig auf die magische Waffe, die sich auf einmal in seiner rechten Hand materialisierte.

Sogleich fühlte er, wie das Od, das er über lange Zeit in das Werkzeug gesteckt hatte, zu ihm zurückfloss und ihn stärkte.

»Lerne deine Waffen genau kennen, damit du sie jederzeit visualisieren kannst«, rezitierte er eine Stelle aus den Lehrbriefen. »... dann wirst du sie auch im Astralen immer mit dir führen!«, vervollständigte Quirinus mit grimmiger Stimme den Satz. Aus den Augenwinkeln sah er, wie sein Ordensbruder ebenfalls etwas in den Händen hielt, es sah aber mehr wie ein glühender Lötkolben aus als wie ein Ritualdolch.

»Ah, ihr wollt euch mit mir messen!« Paralda zeigte auf seine eigene Waffe, die sich mit einem Knirschen aus dem Boden löste und in seine ausgestreckte Hand flog.

»Er bewegt sich nicht von der Stelle, hast du's gesehen?«, hörte Verus Quirinus zischen. »Wir sollten ihm lieber nicht zu nahe kommen, sondern uns von ihm wegbewegen.«

»Der nächste Quadrant wird vom König des Feuers beherrscht, ich weiß nicht, was das kleinere Übel ist«, gab Verus zweifelnd zurück, während er mit erhobenem Schwert langsam nach links auswich.

Paralda machte eine kaum merkliche Bewegung mit dem Kopf und der Wind wandelte sich in einen starken Sog, der beide ergriff, sie in die Höhe hob und im Kreis um den Wächter herum wirbelte. Farben flimmerten vor Verus Augen, die Kutte wickelte sich so fest um seinen Körper, dass er sich gefangen fühlte, und ihm wurde von der Drehung übel. Jetzt war alles verloren, dachte er panisch, sie würden wahrscheinlich die nächsten Jahrtausende hier in der Sphäre festgehalten werden! Krampfhaft hielt er sein Schwert fest und unterdrückte seine Panik. Dann kam ihm ein Gedanke.

»Wir müssen gegenlenken!«, schrie er Quirinus zu und nahm alle Kraft zusammen, um seine Waffe auf Brusthöhe zu heben. Er stellte sich vor, wie seiner Klinge ein Luftstrom entwich, der sich zu einem gegenläufigen Orkan ausdehnte. Erstaunt beobachtete er, wie seine Gedanken Wirklichkeit wurden. Quirinus tat es ihm gleich, und in dem Moment, als die Kräfte der Magier sowie die des Wächters sich ausglichen, hörte der Sturm auf und beide stürzten unsanft auf den Boden zurück. Dabei wurden ihre Waffen immer durchsichtiger, bis sie schließlich ganz verschwanden.

In der darauffolgenden Stille starrte Verus ängstlich auf Paralda und erwartete seinen nächsten Angriff; dieser grinste jedoch nur mit vor der Brust verschränkten Armen, als hätten sie eine Runde Fangen gespielt.

»Ich rufe Frater Verus und Frater Quirinus in den Kreis und gebiete den Wächtern: Gewährt ihnen Einlass!«

Wie aus riesigen Lautsprechern erklang Lilys Stimme von überall her, verwirrt versuchte Verus sie auszumachen, konnte sie aber nirgends entdecken.

»Ach schade, es begann mir gerade Freude zu bereiten«, Paralda zwinkerte ihnen zu und schrumpfte auf die Größe eines durchschnittlichen Mannes zusammen. Mit einer lässigen Bewegung zeigte er hinter sich.

»Beeilt euch lieber, ich glaube, die Dame benötigt eure Hilfe!«

Mit einem weiteren Windstoß wurden sie aus der Sphäre des Wächters entlassen und stolperten mitten in den Kreis hinein.

Der Schmerz an ihrer Seite raubte ihr fast den Verstand, aber das Ungeheuer in ihrem Inneren beunruhigte sie mehr. Vicky würde es nicht kontrollieren können, sie selbst hatte jahrelang mit ihm gerungen, und erst seit einiger Zeit die Oberhand gewonnen. Man durfte es nicht einfach freilassen, man musste sich seiner Kräfte bedienen.

»Zieh dich zurück, Vicky, lass mich das machen«, befahl sie abermals in Gedanken, während sie versuchte, sich zur Seite zu rollen. Diesmal schien ihre Nichte zu gehorchen, wenngleich sie immer noch nicht aus ihrem Körper verschwunden war, aber es gelang Lily, dem nächsten Stich auszuweichen und auf die Füße zu springen.

Hektisch sah sie sich um – bevor sie in ihren Körper zurückgekehrt war, hatte sie doch Verus und Quirinus ausgemacht und sie in den Kreis gerufen, wo zum Teufel blieben sie?!

»Du meinst doch nicht im Ernst, dass du das hier überlebst!«

Auch Zarç war mittlerweile wieder auf den Beinen, seine Augen glänzten ebenso gefährlich wie sein Ritualdolch, der plötzlich eine rotglühende Aura annahm.

Lily kniff kurz die Augen zusammen und schüttelte leicht den Kopf - rechts hinter Zarç sah sie am Rand des Steinbruchs einen gelb glühenden Wirbel. Konnte es sein, dass sie gleichzeitig in ihrem

Körper UND in der astralen Welt war? Lag das an Vickys Präsenz in ihr?

»Wir werden sehen, wer hier überlebt«, fauchte sie und ließ das Ungeheuer in ihr an der Laufleine los. Die Wut, die sie erfüllte, verdrängte jeden körperlichen Schmerz. Ihre Augen fixierten die Klinge in des Magiers Hand, sie rannte mit gefletschten Zähnen auf ihn zu und rammte ihn den Kopf in die Magengrube; gleichzeitig versuchte sie nach dem Messer zu greifen.

»Er ist schuld«, dachte sie grimmig und fütterte damit das wilde Tier in ihr drin, »und er soll bezahlen!«

All die verpassten Gelegenheiten und die vergeudeten Jahre, wegen *einer* Entscheidung, vor langer Zeit getroffen! Bilder wie Gespenster aus der Vergangenheit zogen an ihr vorbei: Sie sah sich selbst, in Zarçs Kellertempel stehend, während Eva und Martin gemeinsam in den Mai tanzten. Eva, wie sie spuckend über der Kloschüssel hing, dann die Ärzte, wie sie ihr sagten, ihre Schwester habe es nicht geschafft ... Martin, mit dem zu leben es ihr nun unmöglich war. All das hatte Zarç ihr angetan, die Wut erfüllte sie mit einer ungeahnten Kraft.

Zarç stieß sie zurück und riss den Dolch nach oben, geistesgegenwärtig hielt sie sich schützend die Arme vors Gesicht, so dass die Klinge lediglich ihr Handgelenk streifte, doch die Hitze der Messerschneide hatte das Nylonseil, mit dem sie gefesselt war, zum Schmelzen gebracht. Ein kurzer Ruck, und sie konnte endlich beide Hände getrennt benutzen. Erneut sprang sie auf ihn zu und schwang den losgelösten Strick als Peitsche, doch diesmal war der Magier vorbereitet und duckte sich rechtzeitig weg, während er ihr mit ausgestelltem Bein die Füße wegzog. Sie fühlte noch, dass der Peitschenhieb ihn mit voller Wucht traf, bevor sie mit ihrer verletzten Seite in etwas Spitzes fiel und benommen liegen blieb.

Wie von weit her hörte sie jemanden ihren Namen rufen.

Das Ungeheuer zog sich in eine Ecke ihres Bewusstseins zurück und leckte seine Wunden. Der Schmerz, jetzt wieder ungezügelt, schoss mit voller Kraft in ihren Körper und ließ sie fast ohnmächtig werden.

Es war vorbei, alles war verloren.

Sie fühlte sich kraftlos, wie immer, wenn die Furie sich gezeigt hatte; sie war zu müde, um sich zu bewegen. Über sich erwartete sie Zarç, der seine Tat vollenden würde, doch sie blickte in die Augen eines jungen Mannes mit Sommersprossen auf der Nase.

»Er ist da, Lily«, seine sanfte Stimme beruhigte sie keineswegs.

»Du musst Vicky nun wegschicken, denn sie muss leben!«

Mit Anstrengung wandte sie den Kopf zur Seite, sah den Schwarzen auf sich zukommen, eine durchsichtige Kugel wie aus Glas vor sich haltend, und sie erinnerte sich an ihre Bitte von vorhin. Direkt dahinter sah sie dunkle Schemen, die miteinander kämpften.

Die Ordensbrüder waren endlich eingetroffen, dachte sie erleichtert, sie würden Vicky retten.

»Schnell, Lily, schick Vicky weg, sonst war alles vergebens«, drängte Melchior.

Jemand kniete neben ihr nieder und hielt ihren Kopf.

»Lily!«, sie erkannte Verus‘ Stimme.

»Beweg dich nicht, du bist verletzt.«

»Geh weg«, sie musste alle Kräfte zusammennehmen, um sprechen zu können.

»Der Dunkle ist hier. Verschwinde auf der Stelle. Sie sind alle hier.«

Melchior lächelte befriedigt und nickte ihr zu, während sie sich bemühte, die Augen offenzuhalten. Sie konnte spüren, wie Vicky sie langsam verließ, und zwang sich, noch so lange bei Bewusstsein zu bleiben.

Verus starrte sie an, dann endlich schien er zu verstehen, denn er legte ihren Kopf sachte auf den Boden zurück. Das Letzte, das sie sah, war, wie er auf das Evokationsdreieck zusputete.

Unsanft purzelte Verus in den Kreis und befürchtete schon, blind

geworden zu sein, denn nach der hellen Sphäre des Ostens umgab ihn nur ein schwaches Licht, das von den kleinen Flammen der Grablichter an den Kardinalspunkten stammte. Hektisch schweifte sein Blick über die Lichtung, um die Situation zu erfassen. Vicky war an einen einsamen Baum vor einer Steinwand angebunden.
»Zarç verprügelt gerade Lily«, fauchte Quirinus neben ihm.

»Dem zeig ich es. Kümmer du dich um das Mädchen!«

Sein Ordensbruder schürzte die Robe und rannte los, während er selbst unsicher auf den Baum zusteuerte; seine Gedanken waren jedoch bei Lily.

Er warf einen Blick nach hinten und sah sie fallen. Zarç stand über ihr, hatte seinen rechten Arm erhoben und etwas blitzte in seiner Hand auf. Es war sein Ritualdolch.

»Lily!«

Quirinus sprang beherzt auf Zarç zu und warf ihn zu Boden, ein wildes Gerangel brach aus, als dieser seinen Ordensbruder erkannte und wüst beschimpfte.

Das Mädchen war gerade nicht in Gefahr, panisch änderte Verus die Richtung und hechtete auf die Mitte des Kreises zu. Er warf einen Blick nach links und sah, wie Quirinus Zarç zu Boden rang, der fluchend unter ihm zappelte.

Lily lag auf dem Rücken, die Augen halb offen, und ihr schönes Gesicht war verschrammt und blutverschmiert. Die Brille hing krumm auf ihrer Nase, er nahm vorsichtig ihren Kopf hoch, dabei streifte seine Hand ihre Seite und er spürte etwas Feuchtes. Fassungslos starrte er auf seine blutige Hand.

»Beweg dich nicht, du bist verletzt«

Krank vor Sorge überlegte er, was er tun konnte. Sein Handy war im Wagen, aber er musste einen Arzt rufen.

»Geh weg«, krächzte sie, ihr Blick ging jedoch an ihm vorbei, als würde sie hinter ihm etwas anderes sehen.

Meinte sie ihn, oder wer war sonst noch da?

»Der Dunkle ist hier. Verschwinde auf der Stelle. Sie sind alle hier.«

Sie klang so schwach, als würde sie alle Kraft zusammennehmen, um zu sprechen.

Hatten ihre Worte eine bestimmte Bedeutung? Versuchte sie ihm etwas mitzuteilen?

Sie sind alle hier, was meinte sie damit?

Seine Gedanken rasten. Vicky, Zarç, sie selbst, der Schwarze und ... Melchior!

Plötzlich wusste er, was sie ihm sagen wollte; er dachte an das Ritual, das er fertig geschrieben hatte und das nun auf dem Rücksitz seines Fahrzeuges auf ihn wartete. Er musste es auch ohne Skript hinbekommen.

Vorsichtig bettete er Lilys Kopf zurück ins Gras und rannte, so schnell er konnte, zum Evokationsdreieck.

‚Dieses Mal wird das Ritual richtig beendet werden', schwor er sich. Das war er Lily schuldig.

Kaum war Vicky wieder in ihrem eigenen Körper, merkte sie, wie jemand an dem Seil riss, mit dem sie an den Baum gefesselt war.

»Du musst aus dem Dreieck raus, schnell«, sagte eine männliche Stimme.

Ihr Füße versagten und sie kippte auf die Knie, beinahe wäre sie auf die seltsame Kiste gefallen, die sich mit geöffnetem Deckel vor ihr auf dem Boden befand.

»Ach, das Meisterstück«, bemerkte die Stimme grimmig, eine Hand griff danach, gleichzeitig wurde sie hochgezogen.

»Kannst du gehen?«

Sie blinzelte und erkannte den anderen Ordensbruder, der Lily an einem Abend mal besucht hatte. Wie war sein Name gleich? Bruder Verus?

»Wir müssen nur einen Schritt machen.«

Hastig band er auch ihre Hände los und ihr Blick blieb an der neonfarbenen Spitze des Dreiecks hängen. Wieso konnte sie das sehen, sie war doch wieder in ihrem Körper?

Verus schob sie mit Nachdruck nach vorne. Kaum hatte sie den Kreis betreten, sackten ihre Beine weg und sie musste kurz ausruhen, während der Frater sich mit dem Gesicht zum Baum stellte und in der gleichen seltsamen Sprache wie Zarç vorhin zu rezitieren anfing.

‚Irgendwie drehen grad alle durch', dachte sie verwirrt. Sollte er doch machen, was er wollte, sie musste zu Lily.

Hilfesuchend sah sie sich nach Melchior um, konnte ihn aber nirgends entdecken, nur der Schwarze stand mit dem Rücken zu ihr gewandt wie ein Felsen vor Lilys zusammengesacktem Körper, während Zarç lautstark fluchend mit einer anderen Gestalt kämpfte.

Hieß das, dass sie außer Gefahr war?

Panik stieg in ihr hoch. Hatte Melchior nicht erst vorhin gesagt, wenn der Dunkle kam, dann musste einer gehen? Sie konnte nicht erkennen, ob die Kugel gefüllt war!

»Lass sie in Ruhe«, schrie sie aus Leibeskräften, während sie auf allen Vieren auf die Mitte des Kreises zukroch. »Du kannst mir nicht immer alles nehmen, was ich liebe! Es ist genug!«

Tränen liefen ihr die Wangen hinab, sie schluchzte, doch der Dunkle drehte sich nicht einmal nach ihr um. Lilys Körper war wieder grau, nur im Bauchraum leuchtete schwach ein gelbliches Licht. Schließlich war Vicky direkt vor ihm, sie griff nach seinem Umhang, und als sie sich daran hochzog, stellte sie verwundert fest, dass der Stoff sich genauso anfühlte wie Melchiors Jacke. Bittend sah sie ihn an, er hatte dieselben Augen wie in der Vision, als sie ihn am Bach getroffen hatte. Nur war der Ausdruck nun unbarmherzig, als wäre er nicht derselbe wie damals.

»Bitte nimm mich«, presste sie hervor.

Der Schwarze hob seinen Arm und zeigte stumm auf die kämpfenden Männer. Irritiert folgte sie seinem Blick; im Gerangel sah sie ein paar Mal die rote Klinge des Dolches aufleuchten.

War das der Weg, ihre Tante zu retten? Sollte sie sich in das Messer stürzen?

»Das tust du nicht!«

Aus dem Nichts war Melchior wieder da, hielt sie fest und schob sich zwischen sie und den Schwarzen.

»Du hast das nicht zu entscheiden«, die Stimme des Dunklen war gelassen, wie Melchiors Stimme vorhin.

»Du wirst sie nicht wieder für Jahrhunderte einsperren, ihre Erfahrungen sind zu wertvoll dafür!«

Hörte sie etwa einen Hauch von Emotion aus diesem Satz? Von Melchior, für sie?? Das war ja nicht zu fassen. Außerdem unterhielten sie sich, als würden sie sich schon ewig kennen.

»Tun wir nicht alles, was in unserer eigenen Macht liegt, um die, die wir lieben, zu beschützen?«

Der Schwarze schob Melchior einfach zur Seite und sah Vicky an.

»Verflixt, und wenn ich tausende Jahre irgendwo schmoren muss, du bekommst meine Tante jetzt nicht!«

»Vicky!«

Sie hatte ihre Entscheidung getroffen, da nützte Melchiors bittender Blick auch nichts mehr! Ihr Herz klopfte und sie holte tief Luft, doch in dem Augenblick, in dem sie sich auf die Männer werfen wollte, hörte sie ein Quietschen, wie am Nachmittag in Zarçs Haus. Zögernd suchten ihre Augen den Boden ab – da, hinter der Transportkiste, die Zarç stehen gelassen hatte, vibrierte der kleine Würfel, der für sie die Vitrinentür geschlossen hatte. Er sah ganz anders aus, wie ein Käfig mit einer pulsierenden Energie in der Mitte, die mit jedem Vibrieren heller leuchtete, doch an seinem Klang hatte sie ihn erkannt. Anscheinend sammelte er Kraft, denn als er Sekunden später aussah wie ein glühender Stern, kippte er ein Stück nach hinten und kullerte dann beherzt zwischen die Füße der Kämpfenden.

Was hatte er vor?

Angespannt beobachtete Vicky, wie Zarç sich nach vorne beugte und sich bemühte, den anderen Mann, der halb auf seinem Rücken hing, abzuschütteln. Beide zerrten an dem Dolch; ihre Füße traten mal hier hin, mal dorthin und verfehlten jedes Mal knapp das Kistchen. Beim nächsten Schritt jedoch landete einer der Schuhe halb auf dem Kästchen, Zarç rutschte ab, stolperte und kippte fluchend vornüber um, die andere Gestalt fiel ächzend auf ihn drauf. Es gab ein komisch schmatzendes Geräusch, dann blieben die Männer regungslos liegen.

Erschrocken fuhr sie zusammen, als plötzlich ein Blitz krachend hinter ihr einschlug; ihre Haare standen elektrisch vom Kopf ab, für einen kurzen Moment konnte man die ganze Lichtung überblicken. Sprachlos drehte Vicky sich um und musste die Augen zusammenkneifen, um in der Helligkeit etwas erkennen zu können.

Das Evokationsdreieck brannte! Die grünliche Stichflamme reichte bis an die obere Sphäre des heiligen Raumes und vor dem seltsam glänzenden Gerippe der Buche zeichneten sich die Silhouetten des Dunklen und die einer kleineren Gestalt ab. Sie trug eine altmodische Jacke, ihr Haar stand widerborstig vom Kopf ab und die Bewegungen waren leicht linkisch, verglichen mit denen des schwarzen Engels. Mit Schrecken erkannte Vicky, dass es sich um Melchior handelte.

Dicht davor, noch innerhalb des Kreises, stand Verus in seiner Robe; er hatte seine Arme erhoben und rief mit dröhnender Stimme:

»Im Namen des Allmächtigen füge ich zusammen, was getrennt wurde. Alle irdischen Anteile sollen fortan wieder eins sein - und mögt ihr als Einheit die Aufgabe erfüllen, für die der Herr euch erschaffen hat!«

»Melchior!«, rief sie entsetzt.

Er wandte den Kopf, suchte ihren Blick und lächelte zuversichtlich. Ein letztes Mal sah sie seine Grübchen, die geliebten Sommersprossen und die braunen Augen, dann verschmolzen der Dunkle und er zu einem riesigen glitzernden Wesen, das nur aus Sternen zu bestehen schien und die Flammen absorbierte.

»Ich bitte euch: kehrt nun zurück in eure Sphäre – möge stets Frieden zwischen uns sein, im Namen des Schöpfers, so sei es.«

Nein, dachte sie verzweifelt, das konnte nicht sein, er durfte doch nicht einfach so fortgehen! Sie wollte ihm noch so vieles erzählen, sich bedanken, auf ihn wütend sein - und ihm vor allem sagen, dass er der tollste Junge war, den sie kannte. Und nun war er nicht mehr da! Kein Melchior - nur noch dieses seltsame Wesen, mit dem er verschmolzen war. Ein Schluchzen stieg aus ihrem Brustkorb auf - sie fühlte sich auf einmal unendlich alleine.

In dem Moment, als Verus die Arme senkte, verloschen auch die Linien des Evokationsdreiecks, ebenso wie das Leuchten des Dunklen.

Vicky hielt den Atem an, als der Todesengel mit einem Schritt das Dreieck verließ und langsam auf sie zukam. Sein Mantel wehte, obwohl es windstill war, und sein Gang erinnerte sie entfernt an Melchiors.

Das Herz klopfte ihr bis zum Hals.

Es war noch nicht vorbei, es musste immer noch einer gehen, dachte sie entsetzt.

Frater Verus folgte ihm stumm und mit besorgtem Gesichtsausdruck.

Ängstlich warf sie sich über ihre Tante und hielt sie fest, sie konnte keinen Atem hören und auch das Licht in ihrem Bauchnabel war fast erloschen. Neben ihr rappelte sich der Mann, der Zarç überwältigt hatte, auf und starrte mit offenem Mund auf das Wesen, das sich näherte. Gleichzeitig kullerte das Kistchen leise quietschend unter Zarçs Körper hervor, direkt auf sie zu. Es leuchtete kaum noch, wie wenn es seine ganze Kraft verbraucht hätte, und es stoppte ab und zu, bis es schließlich an Lilys Arm stieß und zum Stehen kam.

Der Dunkle hielt inne und sah nach unten. Nach einer Weile bückte er sich und hob das Kistchen auf. Leicht strich er über dessen

Gitter und mit einem Klicken öffnete sich wie in Zeitlupe der Deckel. Aus seinem Umhang zog er eine kleine Kugel und positionierte sie vorsichtig über den Würfel. Das Licht vibrierte noch einmal, stieg als leuchtendes Gas nach oben, zeigte sich kurz in der Gestalt einer Ratte und wurde dann in den durchsichtigen Ball gesogen. Der Schwarze sah ihn noch kurz an, wie wenn er sich versichern wollte, dass alles in Ordnung war, bevor er ihn einsteckte.

»Kleiner Stern. Mögest du eine gute Reise haben …«, flüsterte eine kraftlose Stimme neben ihr.

Lily?

Vickys Herz tat einen Sprung und sie musste vor Erleichterung heulen, während sie ihre Tante an sich drückte.

»Oh Gott, du lebst«, schluchzte sie leise, »ich bin so froh!«

Der Dunkle griff abermals in seinen Umhang und holte dieses Mal eine größere Kugel hervor. Er ging neben Zarç in die Knie und drehte ihn mühelos mit einer kurzen Bewegung um. Das Ritualmesser steckte im Bauch des Magiers, der Schaft pulsierte neonrot. Vicky konnte sehen, dass seine Augen stumpf und ohne Glanz waren.

Beunruhigt setzte sie sich auf und beugte sich leicht nach vorne, um besser beobachten zu können; der Todesengel positionierte den durchsichtigen Ball auf Zarçs Scheitel und die Kugel füllte sich nach und nach mit einer gasförmigen Substanz.

Sie hatte noch nie einen Menschen sterben sehen, und der Anblick erfüllte sie mit Entsetzen. Doch dann dachte sie daran, wie gemein Zarç gewesen war und welche Freude er am Zufügen von Schmerzen gehabt hatte. Mit morbider Faszination starrte sie seinen leblosen Körper an. Er würde ihr nie mehr etwas antun können. Ja, der Tod kam zu allen, den Guten wie den Verbrechern; war er für manche nicht eher eine Erlösung als eine Strafe?

Wie wenn der Dunkle ihre Gedanken gelesen hatte, hörte der Strom plötzlich auf. Er holte das kleine Kistchen, das nun leer war, hervor und ließ das Gas, das nur die Hälfte der Kugel einnahm, hineinfließen. Dann klappte er den Deckel der Kiste zu und zog den

Dolch aus Zarçs Bauch. Mit dem Messer strich er über die Wunde und in dem Maße, wie die Klinge verglühte, schienen Zarçs Verletzungen zu heilen. Vicky sah, wie sein Brustkorb sich wieder, wenn auch kaum sichtbar, hob und senkte. Schließlich stand der Schwarze auf, drehte sich zu Verus um und übergab ihm die Kiste sowie das Ritualmesser.

»Mögt Ihr weise darüber wachen, bis seine Zeit gekommen ist, und möge stets Frieden zwischen uns sein.«

Vicky sah, wie der Frater verdattert nickte und zweifelnd auf die magischen Gegenstände blickte, wohl nach der richtigen Entgegnung suchend, doch der Schwarze schien keine Antwort erwartet zu haben, denn er wandte sich ihr zu und half ihr auf. Seine Hand war warm und weich, wie die des jungen Mannes, den es nicht mehr gab.

»Ich wünsche Euch ein langes Leben, liebe Victoria, der Frieden zwischen uns währt ewiglich.«

Sie sah ihn prüfend an und wie aus heiterem Himmel wusste sie plötzlich seinen Namen. Der Dunkle lächelte Melchiors Lächeln, hielt den Zeigefinger an die Lippen, warf den Mantel über die linke Schulter und fing nach einem langen Blick auf Lily einfach an zu verblassen. Kein spektakulärer Abgang mit Sturm und Flügelschlagen, er war irgendwann weg, genau so, wie die seltsame Zwischenwelt sich langsam auflöste. Ihr Herz tat weh, nicht körperlich, sondern anders; fühlte sich so Liebeskummer an?

Noch ganz benommen starrte sie auf die Stelle, an der er vorhin noch gestanden hatte, aber Verus, der zu Lily geeilt war, brachte sie mit seiner besorgten Stimme in die Realität zurück.

»Geht es dir gut? Du blutest!«

Er hatte sacht seine Arme um ihre Tante gelegt und strich ihr behutsam die Haare aus dem Gesicht.

»Ach, nur Schnittwunden, nicht tief«, krächzte Lily, »ich muss auf den Kopf gefallen und kurz ohnmächtig geworden sein. Sag bloß, wir haben es alle überstanden?« Sie wischte unwirsch seine Hand zur

Seite und versuchte sich alleine aufzurappeln, aber Verus ignorierte einfach ihre abweisende Haltung und stützte sie vorsichtig.

»Ja, scheint so. Schätze, du musst morgen Kässpätzle machen«, sagte er dabei und lachte leise.

Augenblicklich fing Vickys Magen zu knurren an und ihr fiel ein, dass sie den ganzen Tag noch nichts gegessen hatte.

»Ich möchte eure Wiedersehensfreude ungern stören, aber ich schätze, wir haben ein ernsthaftes Problem hier.«

Der Mann, der Zarç überwältigt hatte, zeigte auf den Magier, der neben ihm saß und dessen Blick ins Leere ging. Aus Zarçs Mundwinkeln troff unkontrolliert der Speichel.

»Im Übrigen bin ich Frater Quirinus, freut mich, meinen Beitrag zu deiner Rettung geleistet zu haben.«

Lilly hatte nach ihrer Entführung den Orden aktiviert?

Vicky starrte den Frater verwundert an. Dabei hatte ihre Tante doch nichts mehr von einer magischen Vereinigung wissen wollen? Lily hatte ihr nach diesem Abend auf jeden Fall einiges zu erklären!

»Was ist mit ihm?«

Verus beugte sich über Zarç und wedelte mit der Hand vor seinem Gesicht herum.

»Weißt du, wer du bist? Sag mir deinen Namen!«

Zuerst zeigte er keine Reaktion, doch dann öffnete er seinen Mund und ein leises Quietschen war zu hören, das sich langsam steigerte.

Vicky bekam eine Gänsehaut und wandte sich ab.

Zarç bestand nur noch aus einer menschlichen Hülle mit einer halben Seele.

47. Tagebuch

»Vicky!«, erklang Lilys Stimme aus dem unteren Stockwerk. »Du hast Besuch!«
»Ich komme gleich!«

Sie schrieb den letzten Satz in das Tagebuch, das sie vorletzte Weihnachten geschenkt bekommen hatte, und wie ein Wunder hatte der Platz für die Geschichte gerade ausgereicht. Behutsam strich sie über das Leder und sie bewunderte zum wiederholten Male die filigranen Taschenuhrräder, die auf dem Einband aufgenäht waren.

Bevor die letzten Erinnerungen verblassten, hatte sie das Bedürfnis gehabt, die Begebenheiten niederzuschreiben. Manchmal, wenn sie zu den ersten Kapiteln zurückblätterte, erschien ihr alles wie eine phantastische Geschichte, die sich jemand ausgedacht hatte. Bereits am Nachmittag nach dem Ritual, als sie gemeinsam beim Kässpätzleessen saßen, hatte sie gemerkt, dass einzelne Details verblassten, und so hatte sie angefangen, sich Notizen zu machen, um nichts zu vergessen. Nun war sie fertig, die Geschichte vom Wächter des Sternensees, sie hatte die Erzählungen von Lily und Verus noch mit eingearbeitet und war im Nachhinein wieder erstaunt darüber, dass sie alle es überstanden hatten.

Als Papa wiedergekommen war, war sie nicht mehr dieselbe Vicky gewesen; die Vorkommnisse an dem Abend zum ersten Mai hatten sie verändert, ebenso die Magie. Obwohl es ihr schwergefallen war, hatte sie doch gewusst, dass sie nicht mehr in die kleine Wohnung in die Stadt zurückkehren konnte, sondern lieber bei Lily leben wollte.

Ihre Hoffnungen, Papa würde ebenfalls bei der Tante einziehen, wurden jedoch zerschlagen, denn Lily bestand darauf, dass er sich ein eigenes Appartement nahm, was er auch tat. Er lebte nun ein paar Kilometer entfernt in der Kreisstadt und kam, so oft er konnte, vorbei, manchmal übernachtete Vicky auch bei ihm. Sie hatte die Realschulprüfung mit Bravur gemeistert und bereitete sich nun auf das Fachabitur vor.

Kurz nach dem Fremdknutschen hatte Emil seinen Facebook-Status auf Single geändert, und Sandy hatte sich dem nächstbesten männlichen Goth an den Hals geschmissen. Das interessierte Vicky jedoch nicht mehr weiter, sie hatte ihr Facebook-Profil am Nachmittag des ersten Mai endgültig gelöscht und sie texteten sich nur noch sporadisch über WhatsApp; ihre Freundschaft war im Grunde genommen am Auslaufen.
Lily traf sich ab und zu mit Frater Verus, der in Wirklichkeit Carsten hieß, und hatte ihrem Wiederaufnahmeantrag in den Orden widersprochen. Ein paarmal im Jahr fungierte sie als freie Dozentin bei Arbeitskreisen der niederen Grade, aber sonst hielt sie sich von der Ordensarbeit fern.

Seufzend stand Vicky auf und sah aus dem Fenster auf die löwenzahnübersäte Wiese; die gelben Blüten leuchteten wie kleine Sonnen. Ihr Blick fiel auf den Tornister an der Kreuzung und das Herz wurde ihr schwer.

In den letzten Raunächten hatte sie sehnsuchtsvoll auf die wilde Jagd gewartet, aber es war kein Junge in einer altmodischen Jacke zurückgeblieben; auch waren ihre Versuche, von ihm zu träumen, gescheitert. Er war einfach aus ihrem Leben verschwunden. Wenn sie jedoch an Mamas Grab stand, bildete sie sich ein, ihn neben sich spüren zu können.
Seit dem Ritual hatte sie sich nicht mehr aus ihrem Körper gewagt und Lily hatte ihr angeboten, nach erfolgreichem Abitur könne sie bei ihr eine magische Ausbildung beginnen, aber das musste sie sich erst nochmal überlegen.

»Vicky - wo bleibst du denn?«
»Sofort!«

Sie drehte am mechanischen Zahlenschloss des Tagebuches und verstaute es tief in der Schublade ihres Schreibtisches, dann sprang sie fröhlich die Treppen hinunter.

Unten im Gang stand Sebi vor der geöffneten Haustür und hatte sich mit Helm, Ellenbogen- und Knieschützern verkleidet. Er sah wirklich urkomisch aus.

»Um Himmels willen, was hast du denn vor? Ich dachte, ich soll dir nur das Fahrradfahren beibringen?«

Während sie das Lachen unterdrückte, stellte er sich in Pose wie ein Mannequin, stemmte die Arme in die Hüften und drehte sich lasziv.

»Naja, ich möchte schließlich einigermaßen heil aus dem Abenteuer rauskommen, das kann man mir ja nicht verdenken«, näselte er dabei.

»O. k.«, sie packte ihn kichernd am Arm und zog ihn nach draußen.

»Dann lass uns einfach anfangen, bevor du dir vor Angst noch in die Hosen machst!«

Epilog

Patty setzte sich umständlich und wartete, bis die Pflegerin den Raum verließ. Dann musterte sie ihren Onkel von oben bis unten, er schien seit ihrem letzten Besuch noch mehr abgebaut zu haben. Zwar saß er aufrecht in seinem Rollstuhl, doch sein Blick fixierte etwas, das weit entfernt hinter ihr oder auch hinter der Wand liegen musste.

Seit er im Pflegeheim war, besuchte sie ihn mehr oder weniger regelmäßig. Es hatte geheißen, er hätte einen Schlaganfall erlitten und einer seiner Freunde hätte ihn im Keller seines Hauses gefunden.

Verächtlich verzog Patty das Gesicht. Von wegen: Freunde, nie hatte sie jemanden angetroffen und auf Nachfrage hatte man ihr erklärt, er bekäme außer von ihr und ihrer Mutter keinen Besuch.

»Onkel Michael, ich habe dir doch erzählt, dass Mama gerade dein Haus renoviert, weil wir dort einziehen werden.«

Er zeigte nicht die geringste Regung, der Speichel troff langsam von seinem Mundwinkel und lief ihm das Kinn hinab, bis er schließlich im Revers des gestreiften Frotté-Bademantels versickerte.

Patty zog ein Papiertaschentuch aus ihrer Jackentasche, beugte sich zu ihm hinüber und wischte die Spucke ab, dabei verzog sie keine Miene.

»Ich habe all deine magischen Paraphernalien zusammengepackt und über der Garage verstaut, für den Fall, dass du sie noch brauchst. Aber bin ich auf etwas Interessantes gestoßen ...«

Sie kramte in ihrer Umhängetasche und beförderte einen Stapel bedrucktes Papier und einige handschriftliche Notizen hervor. Eine Weile musste sie blättern, bis sie das Gesuchte fand: Es war eine Skizze von einer würfelförmigen Kiste, die mit fremdartigen Zeichen übersät war.

»Schau mal her, Onkel Micha, war das nicht die Kiste, die du Sandy und mir mal gezeigt hast?« Sie hielt ihm das Blatt direkt vor die Nase und wartete eine Weile, bevor sie den Arm wieder senken ließ.

»Weißt du, wo sie ist? Ist das hier die Bauanleitung?«

Michael starrte stumpf vor sich hin, und Patty dachte schon, sie hätte ihre Zeit verschwendet, als er sich plötzlich nach vorne beugte und ihren Arm ergriff.

Sein Blick wurde für einen Moment klar, sie glaubte, ein Wiedererkennen zu bemerken. Dann lächelte er, öffnete den Mund und quietschte. Erst ganz leise und dann immer lauter, bis Patty es schließlich nicht mehr aushielt. Sie machte sich los und versuchte sich zusammenzunehmen, damit er ihre Angst nicht mitbekam. Schnell steckte sie die Blätter wieder ein und stand eilig auf.

An der Tür drehte sie sich nochmals um.

»Ich glaube nicht an Schlaganfälle oder magische Unfälle, oder was man sonst in der Stadt über dich erzählt. Wer auch immer dir das angetan hat, wird sich dafür verantworten müssen, das verspreche ich dir.«

Schnell trat sie auf den Gang, das unheimliche Quietschen ihres Onkels in den Ohren. Sie würde wiederkommen. Bald.

# Danksagung

Dieses Projekt wäre ohne die Geduld meiner Mitmenschen nie realisiert worden, und deshalb möchte ich mich zuerst bei meinem Mann und besten Freund, sowie meinen Kindern herzlichst dafür bedanken, dass sie meine Arbeit immer unterstützt und gemeinsam mit mir am Plot gearbeitet haben. Ohne meinen Mann wären manche Szenen gar nicht entstanden, es ist so schön, dass es dich gibt! Auch meine Betaleserinnen Geli, Körsi, Moni und meine Lektorin Claudia Ziehm, deren Nerven oft mit abrupten Cliffhängern strapaziert wurden, haben ein aufrichtiges »Vergelt's Gott« verdient - das nächste Mal werde ich es besser machen, versprochen! Vor allem möchte ich meinen schreibenden Freundinnen Sabine, Myra und Bee Nee, die mich täglich in dieser blauen Online-Kommunikationsplattform mit dem weißen »F« inspirieren, danken, einfach weil sie da sind. Meinen außerordentlichen Dank noch den besten Freunden vor Ort - meinen Freundinnen Mona und Moni und vor allem Flo, der langsam meinen Marvel Spleen teilt. Ganz besonders möchte ich allen meinen spirituellen Lehrern und Ausbildern danken, ebenso meinen Mitstreitern in dieser Kunst, die mich antreiben und deren Freundschaft einzigartig ist. Ohne euch gäbe es dieses Buch nicht.

Wir kennen uns alle, seit die Welt erschaffen wurde.

Halloween 2012 - Beltane 2014,
Demetria Cornfield

Über die Autorin

Foto: © Manuel Haneberg

Demetria Cornfield, Jahrgang 1970 verbrachte ihre frühe Kindheit im katholischen Francis Xaver Internat in ihrer Geburtsstadt Bangkok. Das Aufeinandertreffen der thailändischen Geisterwelt mit dem mystischen Katholizismus prägt seither ihre Weltsicht. 1977 zog die Familie nach Deutschland. Die Kinderjahre verbrachte die Autorin in einem kleinen Waldenserdorf in der Nähe von Maulbronn und besuchte mit Eifer die Kinderkirche und den evangelischen Bibelunterricht. Erstmalig mit dem Okkulten kam sie während ihrer Jugendzeit in Kontakt, und ist seitdem auf der Suche nach der Macht, die das Universum zusammenhält.
Demetria ist ehemaliges Mitglied eines hermetischen Ordens und seit vielen Jahren Studentin der Hexenkunst. Sie arbeitet im Onlinemarketing einer renommierten Internet-Agentur und lebt mit ihrer Familie im Allgäu.